KB076962

곡두기행

幻影紀行

첫 번째 이야기

글 지바겐

MM NOVEL

표지 RD **편집** 전미혜 **마케팅** 김정훈 **주간** 정다움

목차

서장. 청사 고도

　해는 달무리를 끌어와 산중에 걸어 놓고 사라졌다. 비가 쏟아지는 와중에도 은은하게 하늘을 밝혀 주던 햇빛은 흔적도 없이 물러났다. 보이는 것은 눈앞에 자욱하게 낀 안개뿐. 귓속을 예민하게 들추는 빗소리는 한철 지난 장마처럼 요동쳤다.

　쏴아아아아아.

　빗줄기 속에서 사내는 조금도 움직이지 않았다. 사내의 젖은 손은 검 자루를 쥐고 있었다. 쏟아지는 빗줄기에 손에 쥔 검이 자꾸만 미끄러졌지만 새하얗게 긴장된 손가락은 끝까지 검을 놓지 않았다.

　사내는 발밑을 내려다보았다. 젖은 짚신 아래에는 오랜 시간 몸싸움을 벌인 끝에 간신히 제압한 남자가 흙탕물에 처박혀 있었다. 남자는 몸싸움에서 졌지만, 맹렬한 눈으로 저를 밟고 선 사내를 노려보았다. 검날이 겨누어진 목은 언제 잘려 나가도 이상하지 않을 만큼 위태로웠음에도, 사내를 보는 두 눈에는 투기가 들끓었다. 남자의 눈은 파랬다. 청자에 고인 샘물보다도 더 투명하고 맑게 빛나는 푸른 눈동자였다. 이는 인간이 가질 수 없는 색이다. 검을 쥔 사내는 그 청안을 바라보며 말했다.

　"인간을 홀리는 게 너희들의 타고난 재주인가."

　쏟아지는 빗줄기와 달리, 사내의 목소리는 가뭄처럼 메말라 있었다. 감정이라곤 티끌만치도 보이지 않았다. 이립을 넘기지 않은 젊은 청년이지만, 풍기는 분위기와 음색은 그보다 더 많은 삶을 살아온 구도자와 같았다. 세상의 이치와 진리를 대부분 꿰뚫은 듯, 눈동자는 염세적이었다.

어찌 보면 속세에 미련이 없어 죽을 날만 기다리는 자와 같았다. 하지만 제 아래 깔려 있는 남자를 위협하는 손길은 겉보기의 무심함과는 사뭇 달랐다.

사내는 검날의 각을 세워 청안의 목을 눌렀다. 금세 깊은 상처가 생겼고, 그 속에서 피가 흘러나와 빗물과 함께 바닥으로 씻겨 내려갔다. 사내의 말을 가만 듣고 있던 남자는 목을 파고드는 검날을 알면서도 입술을 끌어당겨 웃었다.

"홀리는 게 내 재주라면 참 볼품없는 능력이구나. 고작 너 따위도 속이지 못했으니 말이야."

아름다운 눈동자와 비교해도 부족함이 없는 음색이었다. 남자라는 성별로 어떻게 이리도 완벽한 외모와 그윽한 목소리를 가질 수 있단 말인가. 사내는 쯧, 혀를 찼다.

"네 운이 여기서 다할 명이었다."

사내가 검을 고쳐 잡자 도력이 깃든 칼 속으로 남자의 피가 흡수되기 시작했다. 남자는 자신의 처지도 잊고 소리를 내어 웃었다. 청운의 꿈을 그리는, 정의로운 선비처럼 티끌 없이 맑은 목소리였다. 하지만 그 속에는 고상한 선비들로서는 상상도 할 수 없는 경멸 어린 기색이 담겨 있었다.

"고도, 그래, 고도, 고도, 고도! 내가 왜 널 보자마자 이름을 묻지 않았을까! 너 같은 명사名士를 몰라보다니!"

남자가 손을 뻗었다. 고도라 불린 사내가 즉시 그 손길을 피하려 했지만, 남자의 움직임이 더 빨랐다. 차가운 손바닥이 고도의 볼을 감쌌다. 머리카락을 타고 흘러내린 빗줄기는 볼 위로 굴러 떨어지기도 전에 남자의 손등을 적셨다. 남자가 고도의 얼굴을 자신에게로 바싹 끌어 내린 뒤 속삭였다.

"소문만 무성한 남자가 이리도 젊고 아름다울 줄은 꿈에도 생각지 못했다."

지척에서 마주친 푸른 홍채가 가늘어졌다. 뱀의 눈처럼 세로로 길게 찢어진 눈동자를 보고 고도는 피부 위로 소름이 돋고 말았다.

"그렇지 않았다면 너부터 먹고 봤을 것을."

청안은 고도의 멱살을 움켜쥐고 자신 쪽으로 끌어당겼다. 동시에 검날이 청안의 목으로 더 깊이 찔려 들어갔다. 그는 목에 난 상처에 개의치 않고 고도에게 입을 맞췄다. 고도의 눈이 삽시간에 커졌다. 예상치 못한 접촉에 시종일관 침착하기만 하던 고도의 머릿속이 혼비백산이 되었다. 재빨리 몸을 일으키려 하자 남자가 고도의 두 팔을 붙잡았다.

방심했다.

이제야 사태를 파악한 고도가 몸을 움직이기도 전에 청안의 손에 떠밀려 뒤로 넘어졌다. 단숨에 고도의 몸 위로 올라탄 남자가 몸부림치는 고도를 짓눌렀다. 고도의 몸에서 열기처럼 도력이 뻗어 나왔다. 두 사람 위로 쏟아지던 빗줄기가 휘어 공중으로 솟구쳤다. 피부를 저릿하게 만드는 강력한 힘에 청안의 남자가 직선으로 가늘어진 눈을 더 좁혔다. 그의 몸에서 방출하는 요력에 고도는 잔기침을 뱉으며 몸을 파르르 떨었다.

엎치락뒤치락, 흙탕물을 뒹군 끝에 상대를 제압한 사람은 청안의 남자였다. 그는 가빠진 숨을 뱉으면서 조금 전과 달리 역전된 상황에 미소를 지었다.

"네가 졌다, 멍청한 인간아!"

가늘어진 동공이 팽창하는 순간, 고도는 어깨에 메고 있던 죽통을 붙잡았다. 남자의 독이 발린 뾰족한 송곳니가 고도의 목에 박히자 고도는 죽통의 뚜껑을 열었다. 뚜껑이 열리니 죽통의 안쪽에 알아볼 수 없을 만큼 빼곡하게 적힌 글씨들이 일제히 요동쳤다. 남자의 송곳니에 목덜미가 물린 고도는 입술을 깨물며 신음을 참았다. 대신, 재빠르게 한 손을 뻗어 남자의 심장 위를 겨냥했다. 그 본체를 죽통으로 몰아넣었다.

"으아아악!"

강력한 힘에 의해 남자의 몸이 죽통 안으로 빨려 들어가기 시작했다. 남자의 날카로운 시선이 당장이라도 고도를 죽일 것처럼 노려보았다. 마지막으로 분출한 요력으로 인해 고도의 두루마기 곳곳이 찢어졌다. 하지만 거센 요력 역시 육신과 더불어 죽통 안으로 끌어당겨졌다.

"망할 도사 자식아!"

글씨들에 잡아먹히듯 죽통 안으로 빨려 들어가던 남자가 악에 받쳐 외쳤다.

"내 기필코 복수할 것이다! 가만 두지 않겠어!"

섬광처럼 번쩍이는 거대한 빛과 회오리를 남기고 죽통의 뚜껑이 닫혔다. 바닥에 떨어진 죽통이 요란스럽게 흔들리며 당장이라도 깨질 것처럼 바닥을 쳐댔다. 금줄과 부적을 두른 죽통은 그 파괴적인 힘을 꿋꿋하게 견뎠다. 한동안 난리법석을 부리던 죽통에서 차츰 힘이 빠지더니 종국에는 젖은 빗물 아래 고요하게 굴러다니기만 했다.

고도는 뒷목을 왼손으로 눌렀다. 송곳니에 물려 독이 퍼지지 않도록 호흡을 가다듬었다. 독 기운에 눈앞이 일렁였다. 산속의 나무 그림자들이 엿가락처럼 늘어났다가 뭉쳐지길 반복했다. 어지러운 머리를 흔들어 턴 고도는 지친 기색이 역력한 얼굴로 죽통을 집었다. 죽통을 잡을 때는 달그락거리며 고도의 손길에 격렬한 거부 반응을 보였다. 고도는 제 알 바 아니라는 듯, 죽통의 양끝에 끈을 매어 어깨에 사선으로 걸쳤다. 바닥에 처박힌 자신의 삿갓을 털어 머리에 썼다. 얼기설기 얽힌 갈대 사이로 빗물이 뚝뚝 흘러내렸다. 고도의 시선이 성긴 지푸라기 틈을 지나 하늘을 향했다.

하늘에서 끊임없이 토하는 빗줄기는 좀처럼 가늘어질 기미가 보이지 않았다. 짧으면 하루, 아니 앞으로 닷새는 더 이런 식의 폭우가 쏟아질 기세였다. 먹구름이 너무 높아 달무리도 보이지 않았다. 비를 피하고 몸을 추스르느라 여정이 더욱 길어질 것이다.

고도는 비바람에 쓸려 온 나뭇가지에 몸을 의지해 일어났다. 남자에게 물린 목에서 독 기운이 퍼져 정신도 혼미했다. 그래도 괴로운 내색 없이 삿갓을 고쳐 쓰고 죽통과 검을 단단하게 여민 채 발길을 옮겼다.

입추立秋하고도 사흘이 지난 날.

고도의 기록서에 한 줄이 더해졌다.

푸른 눈을 가진 뱀 요괴 청사青蛇를 포획하다.

그것이 기묘한 여정의 시작이었다.

늦은 밤, 산길을 따라 도읍으로 향하던 오누이가 있었다. 바닥에 땅거미가 자욱하게 내려앉은 오후였다. 수중에는 먹을 것이 없으니 다리가 무거워지고 배는 가벼워졌다. 공복에 숲의 무서움까지 더해져 신경이 예민해지자, 밤중 요기에 잠식당한 남동생이 누나를 탐하게 되었다. 후에 정신을 차린 남동생이 눈물을 흘리며 자책하고는 스스로 목숨을 끊었다. 누이는 죽어 버린 동생을 원망하며 목이 멜 때까지 울고 또 울었다.

슬픔에 빠져 거친 산길을 맨발로 헤매던 누이는 며칠 후에 바위틈에서 칠색 무지갯빛으로 반짝이는 영롱한 것을 발견했다. 어린아이 주먹만 한 구슬이었다. 달빛 아래서 보면 오색찬란하여 신비롭기 그지없었다. 동생을 잃은 저를 가엾게 여긴 신선의 선물이라 생각한 누이는 그 구슬을 두 손에 쥐고 소원을 빌었다.

"신령님, 신령님. 남동생을 용서하오니 살려 주세요. 죽은 이를 되살려 줄 수 없다면 요기에 사로잡힌 남자에게 탐해질 여자들을 보살펴 저와 같이 가여운 이를 만들지 마소서."

길을 잃고 십 일을 산기슭에서 헤매던 누이는 발을 헛디뎌 벼랑 끝으로 떨어져 죽고 말았다. 남동생에 대한 원망과 설움으로 시체는 눈을 감지 못했다. 또한, 왼손에 쥔 구슬을 놓지 못해 이승의 한이 맺혔다고 하더라.

* 달래고개설화에서 모티브를 차용했습니다.

제1장. 누이의 여우구슬

탐스럽고 새빨간 석류다. 알알이 박힌 붉은 열매는 입에 넣고 와그작 씹으면 시큼한 즙과 향이 입 안을 가득 메울 것처럼 보였다. 어린아이들은 산 위에 올라가 석류 서리를 했고, 밭을 지키라 명을 받은 노비들은 아이들을 쫓아내느라 한바탕 전쟁을 벌였다. 노비들이 빗자루를 들고 왁자지껄 몰려다니는 아이들과 술래잡기를 하는 동안에 둔덕 아래에서는 아낙들이 치마폭에 석류를 담고 있었다.

바닥에 떨어진 석류들을 치마폭에 감싸자 치마가 금세 붉게 물들었다. 석류는 태반이 너무 잘 익은 열매라 바닥에 떨어지는 즉시 반으로 쩍 갈라졌다. 덕분에 일일이 치마폭에 감쌀 때마다 월경 앓는 소녀처럼 치마는 짙은 색으로 젖어들었다. 치마가 묵직해지고 더 이상 머리에 이는 바구니에도 석류를 담지 못하는 지경이 되자 아낙들은 조잘거리며 수다를 떨면서 산길을 내려왔다.

고도는 마을을 지켜 준다는 삼백 년 된 삼나무 위로 올라가 그 풍요로운 풍경을 바라봤다. 그 어느 것 하나 모난 데 없는 평범한 마을 모습이었다. 아이들은 기운찼다. 아녀자들은 제 할 일에 충실했다. 집집마다 즐겁게 살아가는 모습에서 어떠한 문제점도 찾을 수 없었다. 다만 고도의 눈에 밟히는 집이 한 채 있었으니, 이 마을 제일가는 부자라는 한 진사 댁이다.

한 진사 댁에는 소향이라 불리는 열여섯 계집이 있었다. 어려서부터 몸이 약했다는 소향은 체구가 또래보다 작았다. 햇빛을 못 받은 안색은 창백하고 표정도 밝지 않지만, 곱상한 이목구비로 남심을 흔들어 놓는 미인이기도 했다. 특히 사슴처럼 가느다랗고 긴 목이 고상하여 뒷덜미에 홀린 도령이 한둘이던가. 담벼락 너머로만 볼 수 있는 그녀는 항상 화선지에 붓으로 난을 치고, 비단에 수를 놓기만 할 뿐 또래와 잘 어울리지 않아 외롭고 쓸쓸해 보였다. 그런 그녀가 시집간다는 소문이 돈 것이 바로 세 달 전이었다.

상대는 자량이라는 도읍 안에 사는 잘나신 도련님이었다. 한 진사 댁이 시댁에 관해서는 쉬쉬하기 때문에 그 도령에 대해서 알려진 것은 없다. 남편 될 사람이 전쟁 나가서 팔 한쪽을 잃은 불구라느니, 벌써 과거에 급제한 나라의 재원이라느니 헛소문만 무성했다.

그런 소향을 위해 한 진사는 손수 고도를 불렀다. 비에 쫄딱 젖어 산을 넘는 그에게 몸을 말릴 곳을 마련해 주면서 친히 부탁을 했다.

'얼마 전부터 산 입구에서부터 사람들이 사라지는 괴현상이 일어나오. 이게 무당을 불러 굿을 해도 소용없는지라. 날이 갈수록 소문은 흉흉해지니, 사람들이 산길을 오고 다니지도 않게 되지 않소. 더욱이 보름 후면 손녀딸은 혼인을 하기 위해 산을 넘어야 하는데, 혹여나 불상사를 당하지 않을까 걱정이 되어 밤에 잠도 오지 않더이다. 그러니 도사님이 직접 이 문제를 해결해 주시는 게 어떠하오.'

갈 길은 멀고 남은 시간은 많으니 그 정도 부탁이 대수일까. 고도는 한 진사의 부탁을 선뜻 들어주기로 했다. 문제는 그 이후부터다. 남녀노소 불문하고 마을사람들이 실종된다면 괴괴한 암운이 감돈다고 마땅히 생각할 텐데 마을 자체는 평화롭기 그지없었다. 아이들은 태평하게 석류 서리를 한다. 노비들이 그런 아이들을 쫓는 데 충실하다. 아낙들은 잘 익은 열매를 주우며 까르륵 웃는다. 누가 이 모습을 보고 사람들이 사라진다 할는지.

"이것이야말로 귀신이 곡할 노릇이구나."

고도는 흐음 하며 목울대만 울렸다. 보자기에 석류를 담아 집으로 돌아가는 아낙들 뒤로 그 붉은 열매 같은 노을이 지평선을 물들이고 있었다.

쫑긋, 귀를 세운 소녀가 고개를 들었다. 오늘 밤은 만월이라 쏟아지는 달빛을 받은 소녀의 머리가 유독 창백하게 빛났다. 소녀는 노인보다 더한 백발과 그 안에서 달린 짐승의 귀 두 짝을 연신 쫑긋거렸다. 털이 보송보송해 아직 다 자라지 못한 새끼 여우의 뾰족하고 커다란 귀였다. 그 귀를 푸득 털던 소녀는 어떤 소리를 들은 듯 담 너머로 고개를 쭉 뺐다. 자박자박 느긋한 발걸음 소리에 맞춰서 무언가 다가오고 있었다. 소녀의 붉은 눈동자가 월하의 흰한 외길을 따라 걸어오는 것을 응시하더니 곧 드러난 그림자를 보고 반색했다. 삿갓을 턱 밑까지 푹 눌러쓴 검은 두루마기 차림의 사내였다.

"고도!"

툇마루를 펄쩍 뛰어넘은 소녀가 한달음에 문밖으로 튀어 나갔다. 뒷짐을 지고 어슬렁거리며 길을 올라오던 사내가 그 소리에 고개를 들었다. 고도라고 불린 사내는 손에 쥔 검 자루로 시야를 가린 삿갓을 들췄다. 환하게 트인 시야로 소녀 하나가 달려오고 있었다. 커다란 바위가 굴러오듯, 저돌적으로 달려오는 탓에 퍽 무섭게까지 느껴졌지만, 고도는 소녀를 받아주려는 것처럼 가만히 서 있었다. 소녀가 깍깍거리며 사내의 품에 안기려는 순간, 고도의 등 뒤에서 새파랗게 빛나던 불덩이가 펑, 하고 소녀의 앞길을 가로 막았다.

"츠츠츠츠! 조신해야 할 계집이 이게 무슨 짓이더냐!"

험상궂은 산도적 꼬락서니의 도깨비였다. 그는 헐겁게 틀어 올린 상투머리를 흔들면서 고도에게 안기려는 소녀의 이마를 한 손으로 턱 막았다. 허공에서 두 팔을 허우적거리던 소녀가 홍옥처럼 붉은 눈동자를 세로로 가늘게 뜨고 도깨비를 노려봤다.

"아저씨가 반가워서 이런 거 아니니까 놔주지?"

"고도가 곤란해하는 거 안 보이느냐."

"뭐가 곤란해. 고도는 이런 적극적인 거 좋아해, 그치?"

도깨비의 시선과 고양이 눈동자가 동시에 고도의 얼굴에 박혔다. 얼떨결에 둘의 대화 속 주인공이 된 남자가 "음?"하고 지극히 관망하는 어투로 소리를 냈다. 그 얼굴과 목소리에서 도깨비가 말하는 곤란함도, 소녀가 말한 즐거움도 찾아볼 수가 없었다. 무슨 생각을 하는지 모를 새까만 눈을 태평하게 깜빡이면서 고개만 갸웃하는 모습이 도깨비와 소녀의 신경전 자체를 이해하지 못한 듯이 보였다.

도깨비는 동공 없는 새파란 안광을 빛냈다. 곧이어 누런 이를 드러내어 씨익 웃으며 소녀의 목덜미를 달랑 잡아 올렸다.

"이놈은 네 마음 받아 줄 생각조차 없나 보다."

"으으, 미워, 고도."

도깨비가 달랑 집어 든 소녀를 제 목에 태웠다. 목말을 탄 소녀가 도깨비의 상투머리를 잡고서 떨어지지 않도록 주의하고 나서야 고도는 멈추었던 걸음을 옮겼다. 그의 목적지는 소녀가 툇마루에 앉아 하루 종일 저를 기다리던 폐가였다. 고도는 폐가의 황량함이 무섭지도 않은지, 태평하게 툇마루에 걸터앉았다. 삿갓을 풀어 옆에 두고 나막신을 벗어 양반다리를 하는 모습에서 그 어떤 거리낌도 찾아볼 수 없었다.

이 집은 십수 년 전에 장원급제한 생원이 살던 곳이다. 그 생원에게는 일가친척이 하나도 없었기에 과거에 급제하고 자량으로 올라가자, 주인 잃은 초가집은 아무도 찾지 않는 폐가가 됐다. 고도는 한 진사의 도움으로 당분간 이곳에 머물 수 있게 된 것이다. 마을 주민들이 사는 곳과 외따로 떨어져서 스산한 분위기가 적잖이 풍기지만 조용하고 남의 눈치 보지 않아도 되니, 고도에게는 불편할 것이 없는 곳이었다.

고도는 툇마루에 드러누워서 가만히 보름달을 구경하다가 눈을 감았다. 몸이 피곤해서인지 이대로 스르륵 잠에 빠질 것만 같았다. 머릿속이 뿌예지면서 잠결에 취하려는 찰나, 닫힌 눈꺼풀 너머로 아른거리는 그림자가 드리워졌다. 마치 고도의 눈 감은 얼굴을 구경이라도 하는 것처럼 쭈뼛거리던 것이 조그마한 손으로 고도의 이마를 콩 때렸다. 고도는 몽롱한 눈을 뜨고 머리맡에 쭈그려 앉은 백발의 소녀를 쳐다봤다. 그녀는 입이 댓 발이나 튀어나온 뚱한 표정을 하고 있었다.

"고도, 못됐어. 고도는 나만 내버려 두고 소 아저씨랑은 만날 밖을 싸돌아다니더라. 날 데리고 다니는 게 싫어? 그래서 여기에 이렇게 가둬두는 거야?"

어린애 같은 투정에 짚신 도깨비 '소'가 대신 대꾸했다.

"그럼 너도 짚신으로 변해라."

"내가 어떻게 그래?"

"츠츠츠츠. 그러니 같이 못 다니지. 사람들이 네 머리랑 귀를 보면 무슨 생각을 하겠어."

그녀는 냅다 두 손으로 제 귀를 가렸다. 귀신처럼 새하얀 머리와 쫑긋 솟은 두 귀는 빈말로도 인간의 형상이 아니다. 그러니 사람들 눈에 띄지 않게 도깨비불 형상으로 고도의 어깨에 타고 다니는 소를 탓할 수만은 없는 것이다.

언제까지 이렇게 혼자 시간을 보내야 하는 걸까 싶어서 코를 훌쩍이는 소녀를 보고 고도는 눈을 느리게 깜빡였다. 그는 이대로 한숨 곤히 자고 싶을 만큼 피곤해 보였으나, 머리맡에 붙어서 풀이 죽어 있는 소녀를 귀찮아하거나 밀치는 기색은 보이지 않았다. 오히려 저 때문에 이 흉가에 쭈그려 앉아서 하루 종일 기다렸을 생각을 하자 소처럼 장난으로라도 비난하는 소리를 할 수 없었다.

고도는 손을 뻗어 소녀의 볼을 손바닥으로 감쌌다. 갑작스러운 접촉에 소녀가 놀라서 눈을 휘둥그레 떴다. 고도의 눈빛이 무감정했던지라 설렘을 느끼긴 어려웠지만 말이다.

"지진아."

참으로 못된 별명 짓기로다. 소녀는 입술을 삐쭉 내밀었다.

"지진아 아니야. 미호야. 미호. 예쁜 이름으로 불러 줘."

"그래, 우리 팔미호. 이번 일은 인간들 보는 눈이 많아서 너를 데리고 다닐 수가 없다. 이것만 끝나면 산에서 같이 토끼 사냥을 하자꾸나. 내 친히 널 위해 엉덩이가 토실토실한 놈으로 잡아 주지."

굳이 제 동료들보다 꼬리수가 하나 부족한 것을 들춘 것은 미웠지만, 뒤이어 토끼 사냥 이야기는 참으로 군침 도는 제안이었다. 미호는 조금 전까지도 느꼈던 서운함이 눈 녹듯 사르르 없어진 기분이 들었다. 고도를 쳐다보며 헤헤 웃은 미호는 고도의 곁으로 조금 더 가까이 다가왔다.

"오늘 별일 없었어?"

미호가 양반다리를 하고 앉았다. 색동 치마 위에 억지로 고도의 머리통을 올려놓았다. 처음에는 몸을 돌려 미호와의 접촉을 피하던 고도도 끈질긴 무릎 베게에 어느 순간 얌전해졌다. 고도는 여덟 살 남짓한 어린아이 다리에 머리를 올려놓고 있으려니 어색하고 무안한 탓에 끙 하고 불편한 소리를 냈다. 자꾸만 몸을 뒤집어대는 고도를 보면서 미호는 가만있으라며 이마를 찰싹 때리는 것으로 응징했다.

"칠복산 서쪽 산길에 결혼 안 한 처자들이 사라진다면서. 그거 해결한다고 의뢰금까지 받더니 어떻게 된 거야? 말 좀 해줘."

미호는 잘 익은 찹쌀떡이라도 되는 양, 고도의 볼을 잡고 쭉쭉 잡았다 늘였다를 반복하면서 물었다. 고도는 볼을 가지고 노는 손길에는 딱히 신경을 쓰지 않으면서 눈을 굴려 무언가를 생각했다. 머릿속을 정리하고 결론을 내린 고도가 어눌한 발음으로 말했다.

"일주일 동안 그 근처를 샅샅이 둘러봤지만, 특이한 점을 못 찾겠다."

고도와 미호 옆에 엉덩이를 붙이고 앉은 소도 그 말을 거들었다.

"내가 봐도 영 평범한 것들이야. 요괴니 도깨비니 귀신이니 하는 기운이 하나도 없지. 츠츠, 이매망량도 없는 산이라니. 그게 오히려 이상하지 않누?"

고도는 소의 이야기를 들으면서 외진 산길을 다시금 떠올렸다. 사람들이 하나둘 사라지는 곳이란다. 혹여나 사람들이 멧돼지나 곰한테 습격을 받아 죽었으면 그 시체라도 보여야 할 텐데, 시체는커녕 핏자국 하나 떨어진 곳이 없었다. 살인이 아닌 납거拉去가 유력하다는 생각이 자연스레 떠올랐다. 하나, 이렇게 가설을 세워 놔도 마음에 걸리는 것이 있다. 인간이 인간을 잡아끌고 간 흔적도 없었다. 지금까지 사라진 마을 사람들은 대부분이 성인 여성이나 남성이지 않나. 그들은 끌려가지 않으려고 적지 않은 저항을 했을 터. 그 저항의 표시가 산 어디에도 남아 있지 않으니 이것이 참 이해할 수 없는 부분이었다.

산짐승이 벌인 짓도 아니다. 인간이 벌인 짓도 아니다. 그렇다면 결국 요괴의 소행이라는 소린데 그 어디에도 요괴의 힘은 없지 않은가.

재복, 인복, 행복, 건강복, 아이복, 처복, 지아비복을 가져다준다 하여 칠복산이라 불리는 그곳은 가을의 풍광이 빼어난 4대 절경 중 하나로 손꼽힌다. 굽이쳐 흐르는 산줄기가 몹시 용맹하고 단단해 장군산이라고도 불리는 칠복산은 요괴나 귀신, 도깨비가 살 만큼 터가 음습한 곳이 아니다. 풍수지리적으로도 사람이 살기 적합하고, 땅을 일궈 농사를 짓기 풍요로운 형태를 지니고 있다. 한 가지 흠이라면 산세가 지나치게 높아서 한번 구름이 몰려오면 산마루에 걸려 반대편 계곡으로 잘 넘어가지 못한다는 것뿐. 다른 지방에 이틀 내릴 비가 삼 일 내리는 그 차이를 딱히 단점이라고 부를 수는 없었다.

이렇듯 인간과 살기 좋은 조화를 가진 산에 갑자기 요괴가 출몰하여 인간을 흔적도 없이 데리고 가는 경우가 있기는 할까. 고도는 부적을 발에 붙이고 축지법을 부려 일각에 십 리의 거리를 돌아다녔지만 산은 평범했다. 지나치게 평범해서 사라졌다는 사람들의 기운이 전혀 느껴지지 않을 만큼이나.

단순한 요괴 소행인가 싶은데, 도깨비도 모르겠다 하고 산에게 물어도 산은 대답하지 않으니.

고도는 휘영청 밝은 달을 응시하다가 항상 몸에 들고 다니는 죽통을 바라봤다. 평소 때는 얌전하다가 밤만 되면 달그락거리며 요동을 치는 놈이었다. 이 영험한 죽통 안에서 온갖 난리를 치는 이가 누군지는 쉽게 추측할 수 있었다. 고도는 흔들리는 죽통을 신중하고도 집요하게 쳐다보다가 미호에게 시선을 옮겼다.

"지진아."

"으익! 미호래도, 이 사람이!"

고도는 펄쩍 뛰는 새끼 여우의 심정은 안중에도 두지 않고 물었다.

"요괴는 오래 살수록 요력이 강해지지?"

"어……, 아무래도 그렇지. 요력뿐만 아니라 지력이나 인격도 모두 높아져. 요괴 중에 신령이 되는 경우도 왕왕 있으니까."

"오래 산 요괴는 다른 요괴들의 습성 같은 것도 잘 알고?"

"당연하지. 나만 해도 세상 요괴들은 다 아는 걸. 신령 급은 빼고. 아저씨도 알지 않아?"

"츠츠츠츠, 난 도깨비랑 이매망량 한정."

고도의 머릿속에 몇 가지 가설이 떠올랐다. 칠복산 서쪽 산길에서 사라진 사람들, 그 주범이 요괴라는 소문이 흉흉하나 실제로 그들 짓이라는 흔적은 없다. 고도가 요괴에 대해서 전문가라 할지라도 세상 모든 요괴를 훤히 다 아는 것은 아니다. 부족한 지식을 보충하고자 도깨비를 데리고 산을 뒤져 보았지만 소에게서 큰 도움을 받지 못한 것이 사실이다. 그렇다고 미호를 데리고 다니자니, 머리며 눈이며 십 리 밖에서도 눈에 띌 만큼 화려한 계집인지라 사람들의 이목이 집중될 것만 같았다. 그렇다면 도깨비나 인간보다 요괴에 대해 잘 알면서 미호처럼 눈에 띄는 외양이 아닌 존재에게 도움을 받아야 한다는 소리인데.

"그런데 그건 왜 물어, 고도?"

미호가 턱 밑을 만지작거리며 무언가를 골똘히 생각하는 고도에게 물었다. 별안간 요괴의 특징에 대해 묻더니 그 이유도 말해 주지 않고 자기만의 생각에 푹 빠진 이유가 궁금했다. 고도는 미호의 궁금증을 속 시원히 풀어 주지 않았다. 대신 그녀의 머리를 토닥여 주고는 자리에서 일어나 방으로 들어가 버렸다. 미호는 닫힌 문만 멀뚱히 바라보다가 소에게 고개를 돌렸다. 소 역시 고도가 왜 저러는지 몰라 어깨를 으쓱였지만 말이다.

"자는 거야? 벌써 자게?"

미호가 닫힌 문을 도로 열어 빼꼼 고개를 들이밀자, 때마침 고도가 허리춤에서 검을 풀고 있었다.

"밤이 늦었다."

고도는 주술이 걸린 검을 품에 안고 벽에 등을 기댄 채 앉았다. 달그락거리는 죽통은 왼편에 얌전히 두고 고개를 조금 숙였다. 벽에 기대어 앉은 형상처럼 보이나 저것이 고도 특유의 잠자는 버릇임을 아는 미호는 샐쭉한 표정을 지었다. 그녀는 고도가 집에 오자마자 놀아 주지도 않고 잠을 잔다며 심통을 부렸다.

"나랑 안 놀아 줄 거야? 하루 종일 기다렸는데?"

"소랑 놀아라, 소랑."

"우우, 난 고도랑 놀고 싶어."

"소야, 이 귀여운 아씨랑 놀아 주려무나."

고도의 말에 소가 냉큼 미호의 뒷덜미를 잡았다. 양쪽 귀가 축 처진 미호가 서러운 표정을 지었지만 고도는 피곤한 얼굴로 손만 흔들 뿐이었다. 고도가 손가락을 까딱이니 밤바람에 운율을 맞추어 삐그덕, 삐그덕 울리던 문이 스르륵 닫혔다. 미호가 손톱을 세워 방문을 긁어도 문은 꿈쩍도 하지 않았다. 고도의 도술은 때로는 너무 강력해서 이렇게 손톱으로 긁어 보아도 격자무늬 창호지조차 찢을 수가 없다. 몇 차례 더 캥캥, 울어대던 미호가 제풀에 지쳐 시무룩해졌다. 그녀는 툇마루에 걸터앉아서 땅에 닿지 않는 발을 앞뒤로 흔들었다.

"고도."

처량 맞게 불러보아도 대답은 없다. 대신 소가 미호의 머리통을 툭툭 치며 말했다.

"저 인간은 하루 한 시진밖에 못 잔다. 내버려 둬라. 심심하면 나랑 같이 마을 갈까? 인간들 좀 골려 보자."

"아저씨 혼자 해."

소는 싫음 말라면서 도깨비불로 변해 저 마을 밑으로 내려갔다. 보나마나 지나가는 사람을 붙잡고 해가 뜰 때까지 씨름을 하거나, 여염집 부억으로 몰래 숨어 들어가 물건들을 난장판으로 만들 것이다. 소는 그런 어린애 장난질을 삶의 활력소로 여기는 도깨비였다.

어쩐지 마을 어귀에서 여자 비명 소리가 들린 것 같다며 귀를 쫑긋거리던 미호는 두 다리를 끌어 모아 품에 안았다. 눈이 시릴 만큼 커다란 만월 때문에 기분이 몹시 우울해졌다. 달은 원래 만물의 어머니라 태초의 기억마저 상기시키는 힘이 있다. 쓸데없는, 아니 몹쓸 기억까지 상기시키는 힘이. 이런 날은 누군가 옆에 있어 주면 좋겠는데 그 바람을 들어줄 유일한 인간은 방문 너머에서 눈을 붙이고 있다.

"우울해."

여덟 개뿐인 꼬리가 힘없이 살랑거렸다.

이른 아침부터 땅 지킴이 노비들을 피해 와르르 몰려다니며 석류 서리를 하는 아이들이 한바탕 요란법석을 떨었다. 고도는 어른과 아이들의 쫓고 쫓기는 꼬리물기 풍경을 멀찍이서 구경했다.

평소라면 해가 뜨자마자 이 지역 산을 샅샅이 뒤지고 다녔을 테다. 일주일간의 조사에서 아무런 소득이 없자 더 이상 발품을 팔러 다니지 않았다. 대신 조금 더 효과적인 다른 방법을 강구하기 위해 마을을 한눈에 굽어볼 수 있는 나무 위로 풀쩍 뛰어올랐다.

삼백 년이 되었다는 삼나무는 장승처럼 마을을 지키고 있었다. 사람들이 나무 주위에 금줄을 달고 무당의 부적까지 붙여 놓고 신적인 존재로 취급하고 있건만 고도는 겁 없이 그 나무의 꼭대기에 걸터앉은 것이다. 누가 보면 저 후레자식 당장 끌어내라 하겠건만 정작 죄책감을 가져야 할 당사자는 따사로운 아침햇살에 나른하게 하품만 하고 있었다.

마을은 지극히 평범하고 산은 응답이 없으니 마을 사람 실종 사건을 해결하기 위해서는 발상의 전환이 필요하다. 그런데 딱히 떠오르는 술수가 없다. 이렇게 시간만 보내다가는 실종 사건을 의뢰한 한 진사가 사기꾼이라면서 노발대발할 듯싶었다. 고도는 턱밑을 긁적이다가 결국 그리 결론 내렸다.

하는 데까지 해보고 안 되면 포기하자. 여차하면 그냥 도망가지 뭐.

물론 돈을 돌려줄 것인가, 말 것인가에 대해서는 깊이 고민하지도 않았다. 이미 받은 걸 돌려주는 것은 예의가 아니지 않은가.

"안녕하신가, 흑의 선생."

문득 어디선가 들어 본 목소리가 나무 밑에서 울렸다. 처음에는 저를 부르는 소린지 몰랐던 고도가 흑의라는 말에 입고 있던 두루마기 색을 확인하게 되었다. 아무래도 목소리가 찾는 이가 고도가 맞는 모양이었다.

삼나무 꼭대기에 앉아 마을을 보던 고도가 발밑으로 시선을 내렸다. 나무 밑둥에는 흰머리를 상투 틀고 망건까지 쓴 노인 하나가 뒷짐을 지고 서 있었다. 허실하게 웃는 모습으로 보아 고도에게 의심 많은 시선을 던지는 뭇 마을 사람들과는 다른 종류의 호기심을 가지고 있었다. 고도는 나무에서 내려가는 대신 자세만 고쳐 앉았다. 얇은 나뭇가지 몇 가닥이 고도의 무게를 이기지 못해 흔들리다 부러져 나무 밑으로 떨어졌지만 몸이 추락하지는 않았다.

"호랑이인가 보군, 한 진사."

호랑이?

한 진사는 난데없는 호랑이 타령에 눈만 껌뻑였다. 고도는 호랑이도 제 말 하면 온다는 말을 비유하고자 그리 말했으나 진사가 그러한 고도의 속사정을 알 리 없다. 그는 호랑이가 무언고 몇 차례 고민을 하더니만 결국은 답을 찾지 못하고 이야기의 화제를 돌렸다.

"허허, 그 삼나무는 우리 마을의 수호수요. 그렇게 올라가 마을을 구경하는 전망대는 아니외다."

"그건 걱정 말도록. 이 아이는 내가 앉는 것도 영광이라고 생각한다."

거 무슨 자신감인지 모르겠다. 마을을 수호하는 나무에 올라간 일이 오히려 영광이라고 말하는 뻔뻔함에 한 진사는 웃지도 울상을 짓지도 못했다. 자신에게 하대하는 것이야, 도사라는 족속들이 언제나 을의 입장보다는 갑의 입장에 있으니 고개를 숙이지 못한다고 생각하면 그만이다. 하지만 나무를 밟고 있는 것은 마음에 걸렸다.

"날 기억하오? 내, 소향이 할아비 되는 사람이오."

암 기억하고말고. 서쪽 산길에서 여자들이 사라지는 문제를 해결해야 하는 궁극적인 이유가 되는 사람이었다. 칠순을 넘긴 할아버지가 손녀딸 문제로 직접 행차한 것은 간단한 용건 때문은 아닐 터. 돈까지 쥐어 주면서 실종 사건을 해결하라 일렀는데 아직까지 깜깜무소식이라 고도를 보채기 위해 온 것일지도 모른다.

고도는 몸을 일으켜 풀쩍, 나무 밑으로 뛰어내렸다. 여덟 장은 되는 높이에서 떨어지는 고도를 보고 한 진사가 놀라서 뒤로 까무러쳤지만 다리나 팔이 부러져야 정상인 고도는 멀쩡했다. 한 진사는 귀신에 홀린 기분이었다. 상식적으로 벌어질 수 없는 일을 아무렇지 않게 해내는 고도가 신기하고 두려웠다. 저자를 어찌 대해야 할지 몰라 속으로 끙끙거리던 한 진사는 간신히 마음을 다잡고 나서야 고도를 최소한의 어색함만으로 대할 수 있게 되었다.

"혹 아직 조반을 잡수지 않았다면, 울 집에 가서 한 상 했으면 하는데, 어떤가, 선생."

밥은 명분이고 다른 중요한 볼일이 있는 모양이다. 고도는 딱히 거절할 말도 없고, 거절할 만큼 불편함을 느끼지도 않아 고개를 끄덕였다.

"떡이 먹고 싶은데 그것도 함께 준비해 줄 수 있나?"

"떡이라. 마침, 소향이 혼례로 오늘 저녁에 잔치를 벌인다 하여 시루를 찌고 있네. 것도 괜찮으면 상에 올리겠네."

"이왕이면 불덩이를 삼키는 기분이 드는 것으로 부탁하지."

막 쪄낸 뜨거운 떡을 대접해 달라 말하는 것인가. 한 진사는 화법이 특이한 도사라는 생각과 더불어 길을 안내하듯 먼저 앞서 걸었다. 일정한 간격을 벌리고 따라오는 고도에게서 발소리가 들리지 않았다. 귀신인가, 사람인가. 꼭 허공을 밟는 것처럼 오묘하기 짝이 없는 느낌이다. 힐끗 고개를 돌려 고도를 바라봤다. 놀랍게도 그는 지극히 평범한 걸음으로 한 진사를 따라오고 있었다.

고도는 계절 나물과 이 지역에서 보기 드문 생선 요리로 칠첩반상의 대접을 받았다. 진사쯤 되면 이 정도 밥상 마련도 무리가 없나 보다 생각한 고도는 소화가 채 되기도 전에 술이며 떡을 준비하라 시키는 성급한 노인을 묵묵히 지켜봤다. 그는 재작년에 담근 석류주를 내밀었다. 안사람으로 보이는 노년의 여성이 갓 찐 수수떡도 대접해 주었다. 그러곤 노인네가 이야기를 하기 앞서서 계집종을 시켜 안채에 있는 소향을 건너오게 했다.

소향은 처음에는 누가 손으로 왔는지 전해들은 바가 없어 영문을 모른 채 할아비가 시킨 대로 방을 건너왔다. 그러다 곧 조부와 함께 앉아 있는 고도를 보며 몹시도 불쾌한 기색을 보였다. 그 불편함의 정도가 조부만 없었다면 당장 문을 열고 돌아가려 할 정도였다. 도사라는 신분 때문에 꺼려하는 기색으로 보이지 않았다. 그보다 근본적인 불쾌감과 당혹스러움을 느끼는 듯했다. 그녀의 부정적인 감정을 눈치챌 수는 있어도, 감정의 이유를 정확하게 알 바 없는 고도는 복잡한 여심에 고개만 갸웃거렸다.

자신이 무슨 실수라도 한 걸까. 눈이 마주치자마자 이렇게 거부감을 나타내는 경우는 처음이다.

"아가, 이리 와서 앉아 보거라."

굳은 표정으로 고도의 시선을 피하던 소향이 조심스레 장지문을 열고 들어와 제 할아비 옆에 앉았다. 그러자 허허실실 탁주와 과실주에 관한 의미 없는 이야기를 늘어놓던 한 진사의 표정이 달라졌다. 그는 자기로 만든 잔을 상에 내려놓고 침울하게 말했다.

"이 아이를 본 적 있는가."

고도는 외간 남자와 눈을 마주치지 않는 소향을 쳐다봤다. 흑단 같이 고운 머리를 가지런히 땋아 묶은 열여섯 소녀였다. 이 마을에 오자마자 얼핏 봤을 때와 다름없이 생기 없는 표정을 지니고 있었다. 몸이 약해 시집살이를 할 수는 있을지, 지아비 내조는 잘할 수 있을지, 벌써부터 어른들 걱정을 사게 만드는 외모였다. 유독 긴 목과 저고리 속 봉긋하게 솟은 가슴에 눈이 갔지만 이렇다 할 감흥은 들지 않았다.

"내게는 재회인데 본인은 모르는 것 같군."

고도의 목소리를 듣고 소녀는 어깨를 움츠렸다. 너무도 긴장해 저러다 정신을 잃고 쓰러지는 게 아닐는지 걱정이 될 정도였다. 소향의 상태를 알아채지 못한 한 진사는 그녀를 시켜 고도의 빈 잔에 술을 채워 주었다. 아침부터 술판이라도 벌이자는 건가 싶어서 고도는 한 진사를 쳐다봤다. 혼례를 앞둔 처녀에게 술시중을 드는 경우는 처음 봤다는 눈빛이다. 그것도 제 손녀를 시키는 경우는 더더욱.

"예전에 흑의 선생을 만나서 부탁을 한 게 있었지. 그땐 경황이 없어서 선생의 직함도 묻지 못했구려. 내 늦었지만 지금이라도 묻겠네. 이름석 자 알려 주게나."

고도는 소향이 채워 준 술잔을 마시지는 않고 만지작거리다가 대답했다.

"비싼 이름이라 그건 좀."

"하하. 알려 줄 수 없다는 겐가?"

"사람들이 별호처럼 내게 붙여 준 이름이 있긴 하지. '고도'라고, 언제 어디서 그렇게 불려 왔는지는 기억이 나지 않는다. 그저 옆에 있던 사람들이 어느 날부터인가 나를 고도라고 부르더군."

태연하게 남 얘기 하듯 말을 하니 한 진사는 자칫하면 그의 말을 대수롭지 않게 여길 뻔했다. 별호만 있고 이름이 없단다. 남들이 불러 주는 이름은 있는데 그것이 진명은 아니고 가명이란다. 도자기 잔을 손에 끼우고 빙글빙글 돌리는 유유자적한 태도하며 제 이름 역시 방관자처럼 툭 던져 놓는 말투가 기이하다 못해 재밌을 정도였다. 한 진사는 도사라 하여 꺼림칙하던 일전의 마음을 털어 버리더니 몹시도 호감 가는 눈빛으로 고도를 쳐다봤다. 그는 고도라는 두 자를 입 안에 굴린 뒤 옛이야기를 하나 들추었다.

"고도 선생. 이 아이는 오 년 전에 어미를 잃었다네."

갑작스런 가정사에 고도가 술잔만 응시하던 까만 눈을 들었다. 돈을 쥐어 주면서 일을 처리하라 시킨 사람에게 집안 사정을 털어놓는 것은 무슨 경운가 하여 한 진사의 의도를 짐작하는 모양새였다. 그러나 한 진사에게서는 그 어떤 악의도 묻어 있지 않았다. 고도에게 단순히 이야기를 들어 달라는 허허실실한 웃음만 보이고 있었다.

고도는 노포처럼 소맷부리가 넓은 두루마기 안쪽으로 두 손을 교차해 넣었다. 속내를 알기 힘든 검은 눈은 노인에게 고정되었다. 허리를 비스듬히 구부려 이야기를 들을 준비를 보이니 한 진사는 안도의 한숨을 푸욱 내쉬며 입을 뗐다.

"아이는 원래 제 어미와 함께 자량에서 살았었네. 그러다 어미는 오년 전에 죽었어. 무인에게 살해를 당한 건지, 아니면 안 좋은 일에 휘말려 죽었는지는 아직도 밝혀지지 않았어. 다만 제 딸과 함께 도읍에서 지내던 엄마가 그리 죽으니 안 그래도 몸이 약했던 소향이 큰 상처를 받고 시름시름 앓더군. 요양을 위해서 내, 이리로 데려왔네만 도읍에서 알고 지낸 도령이 혼사를 청했다네."

고도는 노인이 털어놓은 특이한 가족사를 들으면서도 술잔을 빙글빙글 돌렸다. 오 년 전에 자량에서 사람이 죽었다. 어떠한 사고보다는 살인에 무게를 두는 죽음이다. 다른 곳도 아닌 도읍 자량에서 살인을 당했다면 그것은 입막음을 위해 처단한 것과 다르지 않았다. 소향이나 그 어미나 자량에서 알아서는 안 될 사람들과 엮였다가 봉변을 당한 것이 분명했다.

고도는 지극히 불편한 표정으로 앉아 있는 소향에게 힐끔 시선을 줬다. 그녀는 고도의 시선을 느끼고도 고개를 들지 않았다. 고도의 무엇이 그리 마음에 들지 않는지 아랫입술까지 살짝 깨물면서 불쾌한 기색을 보일 뿐이었다. 그녀의 할아버지가 손녀딸의 미묘한 감정 소모를 알지 못한 채 말을 이었다.

"과거가 딱한 아이이지 않나. 나는 이 애가 어미를 잃은 슬픔을 잊고 정인의 사랑 담뿍 받아 행복하게 지내길 바란다네. 그러니 선생이 부디 우리 마을의 괴현상을 해결해 주고, 이 아이가 안전하게 자량으로 갈 수 있게 해주게."

결국은 이렇게 아침상을 차리고 고도를 맞이한 이유가 사건을 얼른 해결하라고 보채는 것이나 다름없었다. 고도는 손안에 돌리고 있던 술잔을 상 위에 도로 내려놓았다. 그는 소향을 응시하던 눈을 돌려 노인을 바라봤다.

"자네가 내게 이야기를 털어놓았으니 나도 그 답례로 재밌는 이야기를 하나 해주지."

고도가 술잔 대신 젓가락을 집었다.

"요괴들의 식성은 인간과 비슷하다."

인간과 가축을 무작위로 잡아먹는 요괴들에게 식성이랄 것이 있던가. 한 진사가 눈살을 찌푸리고 말뜻을 이해하려 할 때, 고도가 수수떡을 한 조각 떼어내 마당으로 던졌다.

"고수레."

그리 말하며 떡을 던지는 행동에 한 진사는 이게 다 뭔고 싶어서 눈만 껌뻑였다. 고도가 수수떡을 한 젓가락 더 떼어내 마당에 던지며 말했다.

"요괴들도 똑같아. 다 식어빠진 딱딱한 떡보다 갓 쪄낸 따끈따끈한 떡을 좋아한다."

처마 위에서 지지배배 울어대던 참새들이 김이 모락모락 나는 떡 조각을 보고 마당에 내려앉았다. 귀엽고 앙증맞게 생긴 날짐승들이 그 귀여운 모습과는 사뭇 대조되게 치열한 날갯짓으로 떡을 한 부리라도 더 쪼기 위해 접전을 벌였다. 삽시간에 몰려든 참새들과 그런 참새를 보고 신이 나서 왕왕 짖으며 달려든 누렁이 때문에 마당에는 한바탕 소동이 일어났다.

고도는 짐승들의 소동에서 눈길을 거두고 소향을 바라봤다. 그녀는 고집스럽게 탁상 끄트머리에 시선을 고정시키고 있었다. 고도와 눈을 마주칠 생각이 전혀 없다는 의사였다.

"갓 쪄낸 떡이 산으로 들어오면 당연히 물어뜯을 것이다."

언중유골을 깨달은 한 진사가 두 눈을 부릅떴다.

"지금 내 손녀를 한낱 맛 좋은 먹잇감에 비유한단 말이오, 선생?"

고도는 길길이 날뛰는 한 진사를 모른 체하고 사뿐히 마당 밑으로 내려갔다. 사람의 발자국 소리만 들어도 놀라서 달아나 버리는 참새들이 어인 일인지 고도가 지척에 다가와도 도망가지 않았다. 오히려 지붕 위에서 동료들의 치열한 부리다툼을 구경하던 다른 참새들마저 고도의 어깨나 머리 위로 날아와 앉을 정도였다. 한 진사는 감히 손녀딸을 요괴들 맛 좋은 먹잇감에 비유한 고도를 쫓아가 응징하려다 말고 놀라서 눈만 크게 떴다. 어깨에 앉은 참새들을 손가락에 태운 고도가 슬쩍 한 진사를 바라보다가 웃었다.

"걱정 마라. 그 떡 운반은 내 친히 안전하게 해주마."

"아니, 글쎄 사람을 떡으로 말하는 게 어디 있소!"

"여물어 가는 석류라고 하기는 좀 그렇지 않나."

"실례라는 생각은 안 하오!"

"이런, 사사로운 것에 신경 쓰면 큰일을 못 하네."

"사사롭다니!"

"이 몸은 큰일을 하러 가보겠네."

"아니, 이보오, 도 선생, 도 선생!"

눈 깜짝할 사이에 고도가 서 있던 자리에는 아무것도 남지 않았다. 한 진사는 귀신에 홀린 것처럼 멍한 눈으로 마당을 살폈다. 마당에는 아직도 떡 조각을 두고 부리를 쪼아대는 참새와 고도의 손가락에 앉아 있다 말고 푸드덕 날아오른 참새들 그리고 그런 참새들을 보고 꼬리를 치는 누렁이로 난리가 나 있었다. 이 모든 소동의 주동자만이 발을 빼고 사라진 요란 법석한 풍경 속에서 한 진사는 입을 쩍 벌렸다.

고도. 이름만큼이나 참으로 기이한 도사였다.

"어라, 오늘은 일찍 돌아왔……, 어어, 고도?"

미호가 툇마루에 앉아 있다가 깜짝 놀라 외쳤다. 해가 뜨면 짚신 외짝으로 변하는 도깨비 소를 가지고 놀던 것도 멈춘 채 성큼성큼 다가오는 고도를 쳐다봤다. 고도는 툇마루에 올라서자마자 미호의 머리를 쓰다듬어 주는 것으로 대답을 대신 한 뒤에 방 안으로 들어갔다. 그는 방구석에 내팽개쳐 두었던 행장을 풀었다. 그 안에는 수백 장의 부적 묶음과 화선지, 먹과 벼루, 세필 붓이 있었다. 고도는 자리에 앉자마자 화선지를 넓게 펼쳤다.

"지진아, 물 좀 떠 오거라."

문지방 너머에서 고도가 하는 양을 쳐다보던 미호가 그 소리에 길어 놓은 물을 접시에 받아 왔다. 고도는 벼루에 물을 넣고 먹을 갈기 시작했다. 검은 두루마기가 아니라 백색 비단 학창의를 입고 있었다면 문예에 소질 있는 선비로 보일 정도로 먹을 가는 솜씨가 기가 막혔다. 하지만 먹을 갈 때의 차분하고 안정적인 분위기는 세필 붓을 든 후 팽팽한 긴장감으로 반전됐다.

화선지에 닿은 붓을 따라 검은 흔적이 남았다. 글자들은 꼬리에 꼬리를 물고 하얀 세상을 검게 물들였다. 그중에는 간혹 글자의 형태를 넘어서는 주술적인 문양으로 탈바꿈하기도 했다. 문양들은 다른 글자들을 묶어 두듯이 일정한 틀 속에서 무리를 지으며 글자들을 주도했다.

오랫동안 고도의 일을 지켜보아 온 미호의 눈에도 그것은 신기한 장면이었다. 고도는 일상적인 도술이 아니라면 대부분의 능력을 부적의 힘에 의지했다. 자주 볼 수 있는 모습은 아닌지라, 진귀한 부적도술에 미호가 눈을 떼지 못했다.

고도는 화선지에 그린 주술진들과 부적을 방의 네 귀퉁이에 붙였다. 그러고는 글자들이 향하는 방 한가운데 섰다. 좁은 방임에도 부적들이 내뿜는 도력으로 인해 방 안이 꽉 찬 듯한 느낌이 들었다. 고도는 바람이 들어오지 않는데도 희미하게 펄럭이는 부적들을 꼼꼼하게 살피자마자 등에 메고 있던 죽통을 풀었다. 그 모습에 미호의 털이 쭈뼛 섰다. 지금부터 벌어질 일이 고도의 목숨을 앗아 가리만큼 위험한 일이라는 사실을 직감적으로 눈치챘다.

"고도!"

아무래도 그를 말리는 게 낫다 싶어 큰 소리로 이름을 불렀다. 이름의 주인은 꼼짝도 하지 않았다. 애초에 미호의 목소리가 들리지 않는 듯했다. 그는 죽통의 뚜껑을 천천히 여는 데만 집중했다. 죽통이 당장이라도 깨질 듯 흔들렸다. 죽통을 둘러싸고 있는 부적들이 바람 한 점 없는 방 안에서 쉼 없이 퍼덕였고, 금줄을 꼬아 단단하게 매어 둔 죽편에 금이 생기며 갈라지기 시작했다.

벽에 붙여 둔 주술진들과 부적이 그 격렬한 움직임을 붙잡아 두고 있었다. 좁은 죽통 입구에서는 나찰의 세계에서나 들을 수 있을 법한 기괴한 비명소리가 울려 퍼졌다. 이 세상에 존재해서는 안 될 소리의 주인들이 죽통 입구 너머로 손을 뻗었다. 입구 자락에 드러난 손은 털이 뒤덮여 있거나, 손톱이 검거나, 피부가 문드러졌거나, 살점이 떨어져 앙상한 뼈만 드러나 있었다. 그것들은 하나같이 억지로 얼굴을 내밀고 입을 벌려 고도를 잡아먹을 듯이 꿈틀거렸다. 고도는 정신을 잃어도 이상치 않을 장면 속에서 표정 한 번 변하지 않았다. 오히려 그 수많은 요괴들 중 자신이 찾고자 하는 것을 느긋하게 훑는 여유를 보였다.

고도는 죽통 안으로 손을 쑤욱 집어넣었다. 비명소리가 더욱 요란해졌다. 천지가 울리는 끔찍한 귀곡성에 안 그래도 부실한 초가집이 흙가루를 날리며 무너질 기세였다. 지진이라도 한바탕 휩쓸고 가듯 엄청난 충격으로 떨림이 전해졌다. 선반 위 물건들은 죄 쏟아져 바닥을 뒹굴고 미호는 자신이 감당 못 할 요력에 겁이 나 바닥에 주저앉아 덜덜 떨었다. 하지만 겁먹은 요괴와 달리 인간인 고도는 조금의 동요도 없었다. 두려움은 물론, 거부감 하나 찾아볼 수 없는 단조로운 표정을 지닌 얼굴이 죽통 내부를 샅샅이 훑다가 한 지점에 시선을 고정했다. 그 순간 고도의 두 눈이 반짝 빛났다.

"찾았다."

고도는 손에 잡힌 것을 단번에 잡아 뽑았다. 커다란 흑색 구렁이였다. 두께는 성인 남성의 팔뚝만 했고, 그 길이는 고도의 키를 훌쩍 넘을 정도였다. 죽통에서 쑤욱 잡아 뽑은 구렁이를 바닥에 던진 고도는 단숨에 죽통의 뚜껑을 닫았다. 흑색 먹구렁이를 붙들고 함께 죽통에서 빠져나오려던 수십 마리의 요괴들이 부적과 주술진에 막혀 손만 허우적거렸다. 인간 세상으로 나올 문이 닫히고도 죽통은 요란스럽게 덜그럭거리며 기괴한 소리를 내뱉었다. 하지만 고도는 그것에 더는 신경을 쓸 수 없었다.

바닥에 던졌던 구렁이가 사람 모습으로 탈바꿈해 고도에게 달려들었다. 재빠른 움직임이었다. 고도는 며칠 전에 이 구렁이와 전쟁에 가까운 난리를 쳤던 사실을 떠올렸다. 그의 움직임이 익숙해서 망정이지, 그렇지 않았다면 대응하지도 못한 채 꼼짝없이 뱀 요괴에게 목이 졸렸을 것이다. 고도는 침착하게 자신의 검을 풀어 몸을 날린 요괴의 어깨에 사선으로 찔러 넣었다.

"제기랄!"

거친 신음성이 터졌다. 일주일 넘게 죽통에 봉인돼 제 힘을 찾지 못한 뱀 요괴가 칼에 찢긴 어깨를 붙잡고 바닥으로 쓰러졌다. 새빨간 피가 어깨를 타고 뚝뚝 흘러내리는데도 요괴는 뾰족한 이를 드러내면서 다시 달려들었다. 제 몸이 다친 것을 알면서도 물러서지 않는 요괴의 기백에 고도는 쯧 하고 혀를 찼다.

"역시 고아서 삶아 먹으면 건강에 일품이겠어."

팔팔한 뱀 요리에 대한 농담을 던진 고도는 이번에는 검 대신 두 손으로 뱀 요괴를 제압했다. 팔이 뒤로 돌려지고 멱살이 잡힌 요괴가 이를 빠드득 갈았다. 고도의 손아귀에서 빠져나오려고 안간힘을 쓰던 뱀은 씩씩거리며 흥분을 숨기지 못하더니만 이내 몸에서 힘을 뺐다. 그는 날카로운 숨소리를 뱉으며 고도를 죽일 듯이 노려보았다. 세로로 가늘어진 뱀의 눈은 명백한 살기를 띠고 있었다. 같은 요괴인 미호조차도 똑바로 바라보지 못할 만큼 그 요력이 어마어마했다. 그런 요괴를 마주볼 수 있는 고도의 능력과 배짱에 새삼 감탄할 정도였다.

"죽여 버린다, 망할 도사 자식아."

"입이 가벼운 녀석이군. 살인은 예고해선 안 되는 법이다."

"내 말이 농담으로 들리나 보지?"

"농담이었나? 미안하다. 죽인다는 말을 누가 가벼이 듣겠나."

"속 긁어 놓는 소리냐!"

"그런 거 아니다. 환장하지 마라. 네놈이 제 성질 못 이겨 끅 죽어 버리면 내 손해 아니겠는가."

고도는 살의로 이글이글 타오르는 뱀 요괴를 살폈다. 제일 눈에 띄는 것은 단연 푸른색 눈동자다. 평소에는 인간의 둥근 동공과 다를 바 없지만 이렇게 흥분하여 요력을 방출하는 상태에서는 파충류의 특색을 띠고 세로로 가늘어진다. 다행히 피부가 갈라지고 비늘이 일어서는 흉측한 몰골은 보지 않아도 된다. 여자들을 홀릴 만큼 아름다운 얼굴인데 고작 흥분했다고 얼굴에 비늘들이 모조리 일어나서 파르륵 떨리는 모습은 상상하고 싶지 않았다. 새파란 눈동자에 이어 두 번째로 시선이 가는 것은 허리까지 오는 검고 긴 머리. 상투를 틀지 못할 만큼 짧게 자른 고도와 대비되는 아름다운 머리였다. 신체발부는 수지부모라. 인간의 도리를 아는 자가 오히려 요괴로 보이는 모습이지 않은가.

고도는 기분이 묘했다. 아름답지만 유약하지 않은, 건장한 사내 모습을 한 요괴였다. 여자에게 천하제일색이란 칭호가 붙는다면 남성체인 그에게는 어떠한 말이 수식이 붙을 수 있는지를 곰곰이 생각해 보았다. 고도는 신중한 고민 끝에 고개를 끄덕였다.

"구렁아."

몹시 덜떨어지는 칭호라며 미호가 급속한 동지애를 느꼈다. 그래도 지진아라 불리는 것보단 저쪽이 나을지도 모른다.

"표정이 왜 그런가. 호칭이 마음에 안 드나?"

"……뭐하는 거지, 인간?"

"가만 보자. 예쁘고 화려하니 구렁이보다 나은 게 필요하겠구나. 그럼 대롱아. 어떠냐, 딱이구나. 귀엽기까지 해. 완벽해."

"무슨 헛짓거리냐고 물었을 텐데."

"앞으로 얼굴 보고 지낼 사이다. 이름 하나 붙여 줘야 부르기 편하지."

"내가 네 가축인가, 그딴 덜떨어진 이름을 붙여 주고? 그리고 뭐? 얼굴을 보고 지낼 사이? 이거 참 재미있군."

혐오스러운 시선을 던지며 웃는 구렁이 혹은 대롱이에게 고도는 별다른 감정적인 변화를 보이지 않았다. 주술에 의해 속박당한 요괴가 요력을 방출해 벗어나려 할 때마다 그의 팔을 비틀며 위협하기만 했다. 그 태도는 몹시 호전적이고, 일처리에만 신경 쓰는 사무적인 느낌이었다. 하지만 무심한 표정으로 입에 담는 얘기는 농담뿐이니 뱀 요괴는 머리가 혼란스러웠다. 어떤 이유에서 자신을 죽통에서 빼냈는지 좀처럼 짐작할 수가 없다.

그는 천천히 사방을 살폈다. 어느 허름한 집 안으로 보이는 곳에 부적과 주술진들이 잔뜩 그려져 있었다. 이런 상황에서는 아무리 요력을 방출해도 제 살 깎아 먹기밖에 되지 않는다. 상대가 허술한 도사도 아니고, 자신과 호각을 벌일 수 있는 뛰어난 대사라면 이 정도 방어막을 쳐두고

전투에서 질 리가 없다. 힘을 비축해 기회를 엿봐 달아나는 것이 최선이
란 생각이 들었다. 그래서 몸에서 힘을 뺐다. 재빠르게 상황 파악을 하고
불필요한 전투를 포기한 요괴의 행동에 고도는 제법 감탄했다.

머리 돌아가는 게 빠르긴 빠르다.

"대롱아."

고도가 애정을 듬뿍 담아 불러도, 그는 발끈하여 기분 나쁘다는 얼굴
을 했다.

"그 어쭙잖은 호칭 당장 집어치워. 청사라고 불러라. 너희 인간들이
내게 붙인 이름이다."

"어허, 그런 고급스런 이름은 어울리지 않는다. 넌 이제부터 대롱
이다."

제멋대로인 고도의 모습에 청사는 날카로운 송곳니를 드러내며 으르
렁거렸다. 자기보다 키나 덩치 면에서 열등한 인간에게 가축 취급 받는
것은 자존심이 몹시 상하는 일이었다.

"농담이나 하자고 날 다시 부른 건가? 퍽이나 할 것 없는 도사네."

"이런, 어디서 웃어야 할지 모르겠대도."

"젠장! 말귀 더럽게 못 알아듣네! 날 왜 불렀냐고, 이 빌어먹을 놈아!"

날 선 청사의 반응에 미호가 저 멀리서 박수를 쳤다. 고도에게 저토록
사납게 대거리하는 요괴는 단연코 청사가 처음이었다. 박수를 치는 미호
를 힐끔 쳐다본 고도는 손가락을 퉁겨 장지문을 쾅 소리 나게 닫았다. 밖
에서 여우가 캥캥 짖는 소리가 들렸지만 성난 미호를 달래는 일은 나중
으로 미루기로 했다. 고도는 손을 휘둘러 밖에서 들리는 소리까지 차단
한 후에 청사를 다시 응시했다.

"맞춰 봐라."

진지한 얼굴로 정말 어울리지 않는 짓을 한다며, 청사는 고도의 언행

불일치에 극심한 혐오감을 느꼈다. 능력도 좋고 잘생긴 젊은 도사가 말하는 건 병신 천치다.

"너랑 영양가 없는 문답할 기분 아니다. 내가 필요해서 날 잡아 뺐다면 그에 합당한 대우를 해. 이따위로 제압할 생각 말고."

"합당한 대우라. 음. 그럼 어서 가마솥에 물을 얹어야겠군."

"뭐?"

"뱀 요리는 정력에 좋지 않나. 여차하면 너를 요리 삼아 내 몸보신에 쓸 수도 있다. 그게 뱀을 대하는 합당한 대우 아닌가?"

고도는 할 말을 잃은 청사에게서 비켜섰다. 청사는 언제든 달려들 수 있는 자유를 얻었지만 그러지 않았다. 도술로 만든 부적과 그림 안에서 도사는 무적이다. 그 사실을 인지하고 있어서 덤벼들지 않는다기에는 지나치게 전의를 상실한 표정이었다. 황망한 표정으로 고도를 보는 것이 살다 살다 이런 인간은 처음이라는 것 같다.

"네 장기를 잠깐 빌리려 한다."

"……내 장기……?"

"그래, 내 옆에서 날 좀 도와줘야겠다. 대가는 잘 치러 주마. 널 놔달라는 것만 빼고."

"……."

"안 그러면 지금 바로 부엌 가서 솥에 물을 얹어도 되고."

청사는 새파란 눈을 가늘게 접으며 성질을 죽였다. 고개까지 옆으로 살짝 뉘고 "요즘 기력이 쇠하고 낮에도 노곤노곤 잠이 오는 것이, 네 육수를 달인 국물을 마시면 딱 좋겠건만."하고 중얼거리는 도사는 정말로 뱀의 똬리를 말아서 솥에 넣고 뚜껑을 닫을 기세였다. 뱀 요괴를 보고 몸보신밖에 생각 못 하는 애늙은이 같은 생각은 차치하고, 저 태연함과 가증스러움은 또 어디서 왔는지 모르겠다. 청사는 도사의 언변에 말려들어 흥분하지 않기 위해 노력했다.

"제기랄. 그래, 뭐야. 나한테 부탁할 게 뭔데 이래?"

이 망할 도사를 돕다 보면 언젠가 도망갈 기회가 생길 터. 죽통에 하염없이 봉인되어 있기보단 차라리 부탁을 받아 인간 세상에 발붙이고 있는 게 낫다. 저놈의 뱀 요리 타령하는 입만 닫아 준다면 청사에게도 불리할 것 없는 요구였다.

청사의 물음에 고도가 웃었다. 항시 무표정만 고집하던 얼굴에 옅은 미소가 떠오르자, 청사는 저도 모르게 눈살을 찌푸렸다. 생각보다 귀염성 있는 얼굴이라는 착각이 들 뻔했다.

"맛있고 뜨끈뜨끈한 수수떡 찾기다."

산속에서 사라진 처녀들이 이 말을 들었다면 통탄할 일이었으리라.

"모락모락 피어오른 김이 식기 전에 찾아보자, 우리."

청사는 도포를 걸치고 툇마루에 양반다리를 한 채 장죽을 뻐끔뻐끔 피워댔다. 이리저리 눈치를 보던 미호가 청사에게 다가왔다. 그의 긴 머리를 비단 끈으로 대신 묶어 주었을 때, 청사는 대추나무 위를 바라보고 있었다. 대추나무 위에는 고도가 앉아 있었다. 높은 나뭇가지는 인간의 무게를 견디지 못해 휘어졌다. 금방이라도 부러질 듯이 위태로웠다. 하지만 어떠한 발칙한 술수를 썼는지 초록색 열매가 알알이 달린 풍성한 대추나무는 부러질 듯 부러지지 않으며 고도를 떠받치고 있었다. 고도는 풍성한 이파리 속에서 태연하게 마을을 굽어보았다.

봉인했던 요괴를 인간계로 다시 끌고 오는 데 많은 힘을 허비했을 텐데도 그의 얼굴에 피곤한 기색은 없었다. 낮길보다 밤길을 좋아하는 요괴를 상대하다 보니 햇볕을 자주 쬐지 못한 얼굴은 도자기처럼 하얗지만 병색으로 보일 만큼은 아니었다. 그저 조금 나른해 보이는 정도다. 기약 없는 것을 하염없이 기다리는 양 휘어진 나뭇가지처럼 늘어져서 하품이나 쩍쩍 내뱉는 것이 천하제일의 한량 같았다. 청사는 눈살을 찌푸렸다. 고도에게서 시선을 떼지 못하고 눈치만 보는 자신의 입장 때문에 짜증만 더해졌다.

고도를 신경 쓰는 것은 당연하다. 그는 자신을 이상한 죽통 안에 봉인한 유일한 인간이며, 또 불시에 그 봉인을 풀어 준 변덕쟁이기도 했다. 풀어 준 이유가 영 께름칙하지만 이왕 이렇게 된 거 그의 눈을 피해 언젠간 도망칠 꼼수를 떠올리는 게 좋다. 그러려면 고도의 일거수일투족을 살펴야만 했다. 지금처럼 고도가 지금 뭘 보고 있나, 언제쯤이면 도망쳐도 쫓아오기 힘든 기회를 잡을 수 있나를 재야 하는 것이다. 그런데 놈은 다짜고짜 자신을 봉인에서 풀어 놓고는 시킬 일이 있다면서 대추나무 위에 올라가 여섯 시진 동안 꼼짝도 안 하고 있다. 대체 뭐하자는 건가 싶었다.

"망할 인간 자식."

그는 장죽에 쌓인 담뱃재들을 발아래 탁탁 털었다. 펄럭이는 도포 자락을 쥔 청사가 가볍게 몸을 숙였다. 눈 깜짝할 사이에 그의 파란 옷자락이 툇마루에서 고도가 앉아 있는 대추나무 가지 옆으로 옮겨 갔다. 청사의 머리에 비단 끈을 매어 주던 미호는 놀라서 두 눈이 휘둥그레졌다. 어찌 이곳에서 그곳으로 순식간에 옮겨 갔냐고 묻고 싶은 눈치나, 대답해야 할 청사는 나무 기둥에 삐딱하니 기대어 서서 고도에게 따져 묻기 바빴다.

"이봐, 도사. 대체 수수떡 찾기는 언제 하려고 이렇게 여유를 부리는 거냐?"

망부석처럼 줄곧 마을만 굽어보던 고도가 그제야 고개를 돌려 청사를 바라봤다. 청사는 까만 눈동자를 살짝 덮고 있는 앞머리를 보자 괜스레 움찔했다. 바람결에 살랑살랑 흔들리고 있는 머리칼과 그 때문에 훤히 드러난 목덜미가 신경이 쓰였다.

"여유라니. 난 지금 몹시 신중을 기하고 있어."

다행히 청사의 이상한 반응을 눈치채지 못한 듯, 고도는 몸을 더 깊숙이 나무 기둥에 기대며 말했다. 대체 그 태도 어디에 신중함이 깃들었단 건지. 청사는 피했던 시선을 다시 고도에게 고정시키고 으르렁거렸다.

"농담할 기분 아니다. 내가 필요해서 죽통을 열었다면 제대로 된 설명이라도 해줘야 할 것 아니냐. 지금 벌써 해가 져가는 모습이 안 보이느냐?"

"그래. 이제야 겨우 해가 지는군. 기다리느라 지칠 뻔했다."

"그러니까 대체 무엇을 기다리느냔 말이다."

"성급한 대롱이로고. 왜 이렇게 조바심을 내는지 모르겠구나. 그렇게 죽통으로 되돌아가고 싶은가."

"그게 아니라 무슨 일을 하는지 말은 해줘야 할 거 아니야. 내가 빨리 되돌아가고 싶어서 보채냐?"

"그럼 기다려라. 아직 때가 아니다."

"얼마 동안?"

"미끼가 될 수수떡이 여기로 찾아오기 전까지."

수수떡이란 게 이 마을 뒷산에서 사라지는 처녀를 지칭함은 청사도 알고 있었다. 그런데 마을에 남은 처녀 중 누가 자진해서 뒷산 요괴의 미끼가 되겠다고 걸어오는지 알 도리가 없다. 이게 실은 할 말이 없어서 아무렇게나 막 말을 끼워 맞추는 건 아닐까. 청사는 의심 가득한 눈으로 고도를 흘겨봤다.

"그 미끼가 될 여자애를 붙잡아 오면 되잖아. 뭐 하러 기다리는 거지?"

청사의 순수한 물음에 고도는 한참이나 고심한 끝에 대답했다.

"나도 그러고 싶지만 이번 수수떡은 소녀라서 안 돼."

이번 수수떡은 소녀라서 안 된다라. 그건 또 무슨 기괴한 이윤가.

"어린 여자아이들은 조심스럽게 대해 줘야 한다. 그들이 무슨 생각을 하는지는 전혀 알 수가 없어. 알 수만 있다면 참 재밌을 것을."

"그런 걸 굳이 이해할 필요 없다고 본다. 미끼는 미끼야. 데려와서 이용한 다음에 집으로 보내면 끝이다."

"안 돼. 소녀는 완벽하게 이해한다고 해도 반밖에 이해할 수 없기에 소녀인 것이다. 내가 관여할 수 없는 부분이지."

대체 뭔 궤변인지. 청사는 이거 실은 미친놈 아닌가, 하는 눈으로 고도를 한참이나 노려보았다. 고도는 제 말을 이해하지 못하는 청사에게 딱히 부가 설명을 해주지 않았다. 대신 손끝으로 이쪽을 멀뚱멀뚱 쳐다보는 미호를 가리킬 뿐이었다.

"소녀이기 때문에 난 저 지진아도 건드리지 않아. 때리라고 왼쪽 뺨을 내밀어도 오른쪽 뺨에 뽀뽀를 하는 이들이 소녀들이기 때문이지."

졸지에 대화의 화제가 된 미호가 눈만 껌뻑이며 "엥?"하고 엉뚱한 소리만 뱉었다. 말을 하면 할수록 이해하기 힘든 대화였다. 청사는 잠깐 미호의 색동치마 속을 쳐다봤다. 하나, 두이, 서이, 너이. 총 여덟 개의 꼬리가 보인다. 꼬리 하나가 잘렸거나 아직 자라지 않은 어설픈 구미호라는 의미다. 그런 요괴를 어린 계집이라며 인격적으로 칭한 것도 모자라, 소녀란 신비로운 존재이기 때문에 그 마음을 헤아리지도, 건드리지도 못한다고 말하다니. 청사는 고도의 속뜻을 이해하길 포기했다. 이렇게 영양가 없는 대화만 주고받다가는 제풀에 지치거나 화병만 얻어 가슴을 퉁 퉁 치게 될 것 같았다.

"그래서 결론은 계집 손님을 기다린다?"

고도가 고개를 끄덕였다. 그 후의 이야기를 함구해 버린 고도를 청사는 얼마동안 쳐다보다가 고도 옆에 나란히 앉았다. 고도는 옆에 다가온 요괴를 조금도 의식하는 기색 없이 마을의 갈림길만 쳐다보았다. 청사역시 자신에게 무관심한 고도는 무시하고 입에 장대를 물었다. 송송 뚫린 나뭇잎 사이로 청사가 내뱉는 담배 연기가 올라갔다. 청사는 그 담뱃재가 하얗게 변하고 나서야 고개를 나무 기둥에 기대고 고도를 빤히 응시하기 시작했다.

고도의 관심 밖인 청사는 언제든 도망칠 기회가 있다. 움직임을 구속하는 주술진이나 도술이 주변에 있지도 않고, 그런 주의를 기울여야 할 도사는 멍청하게 혼이 빠진 얼굴로 마을이나 쳐다보고 있다. 하지만 달아난다 할손, 저렇게 무감각하게 마을만 내려다보는 고도의 손바닥 위라는 생각이 들었다. 수수떡이 어떻고, 소녀의 신비로움이 어떻고 이상한 말만 하는 남자인데 그 말장난 때문에 본래 실력을 전혀 가늠할 수가 없었다. 도력이 얼마나 뛰어난 도사인지는 일주일 전에 직접 겨루어 봐서 똑똑히 알고 있다. 하지만 싸워 봤는데도 여전히 확신이 서지 않았다.

대체 어떤 스승에게 사사 받았기에 그리도 뛰어난 도력을 가진 것인가. 도사라는 족속들은 귀찮은 일이 딱 질색이라 깊은 산에 들어가 도 닦기만 하거늘, 어째서 이 인간은 퇴마라는 번거로운 일을 자처하는 것일까. 저 죽통은 어디서 났으며 저 이상한 검은 무엇이고 또한 서역 사람처럼 머리를 자른 이유는 무언가.

모든 게 지나치게 모호하고 비상식적인 남자였다. 청사가 그에게서 눈을 떼지 못하는 것은 어쩌면 당연했다.

"인간아. 네 정체는 무엇이냐."

아름다운 목소리는 고도의 귀를 즐겁게 해줬으나 그 음색에 담긴 진지하고 또한 차가운 감정마저 편안하게 받아들이기는 힘들었다. 고도는 위협적으로 묻는 청사를 힐끔 바라보더니 고개를 모로 뉘었다.

"날 모르는 상태에서 이전에 죽통에 잡혔던 거냐? 덜떨어진 대롱이로다."

저 무심하게 신경 긁어대는 주둥아리를 확 꿰매 버리고 싶다. 청사는 애써 울분을 삭히면서 다시금 물었다.

"네 진짜 정체 말이다!"

"그러고 보니 내 정체를 일일이 따져 본 적이 없군. 보자. 내 정체라면 요괴 잡는 도사다. 도사라고도 불리고, 머리를 짧게 자른 모습을 본 어른들은 자식 된 도리를 어겼다고 망나니라고도 부르지. 아주 가끔은 무당들이 나보고 액이 꼈다고 팥이나 소금을 뿌리면서 저주받은 귀라고도 불러. 그 어느 것이든 정답이다."

"……젠장, 뭐 대화가 통해야 반응을 하지."

"이상하군. 난 네 궁금증에 충실히 대답했을 뿐인데 뭐가 문제지?"

"다 문제다! 그 문제란 것이 너무 많아서 일일이 말해 주기 입 아플 정도야. 게다가 정체라는 것들이 왜 하나같이 좋은 뜻은 없어?"

"정체란 원래 그런 거다. 좋으면 어찌 정체라고 부르며 쉬쉬하고 숨기겠나. 감투처럼 떵떵거리며 다녀야지."

"아, 답답해."

"어허, 눈치 빠르고 똑똑한 대롱인 줄 알았더니, 영 오리무중이구나. 무슨 생각을 하고 뭐 때문에 이렇게 감정적으로 구는지, 원. 대롱아, 왜 그리 틱틱대는 것이냐."

"한 번만 더 대롱이라 하면 죽여 버린다!"

청사는 저 망할 도사 입에 붙은 대롱이 타령을 더는 들어줄 수가 없어 날카롭게 반응했다. 뾰족한 이를 드러내고 쉬익, 쉬익 짐승처럼 거센 숨결을 뱉었다. 짜증을 내는 청사를 멀뚱히 쳐다보던 고도는 대수롭지 않게 대꾸했다.

"너도 가만 보니 소녀 같다. 반응을 이해하기 힘들어."

"하!"

"왼쪽 볼을 내어 줄까?"

"물어뜯어 버리기 전에 닥치지 그래."

고도는 고개를 갸웃했다. 왜 청사가 신경질을 팩 부리는지 모르는 눈을 멀뚱거렸다. 그런 고도의 표정에 청사는 얼굴이 뜨끈해졌다.

저 새낀 지금 멀쩡한 요괴 하나 병신 만들고 있는 거다.

마음 같아서야 처음 죽통에 붙잡혔던 때처럼 죽기 살기로 도력 싸움이라도 벌이고 싶었다. 그럼 이렇게 답답하지도 속이 터지지도 않지. 그러나 짜증나는 대로 행동하고 싶은 충동성을 억누를 수밖에 없었으니, 청사는 얌전히 고도가 시키는 대로 움직인 뒤 그가 말한 '대가'라는 것을 얻을 생각이었다. 굳이 박 터지게 싸우지 않아도 이 도사에게서 벗어날 방법이 있다. 비록 완전한 자유를 달라고 하기는 힘들겠지만, 그에 버금가는 대가를 요구하면 그만이다. 지금 이 시간을 참으면 앞으로 얼굴 안 보고 살 수도 있다는 소리였다. 청사는 애꿎은 대추나무 가지를 꺾으면서 마음의 평온을 유지하려 애썼다.

고도가 무언가 인기척을 느끼고는 고개를 돌렸다. 그는 진지한 시선으로 옹기종기 모여 있는 집들 사이를 헤쳐 뚜렷한 목표를 가지고 걸음을 옮기는 이들을 바라봤다.

장옷을 머리에 뒤집어쓴 여자가 꼬부라진 비탈길을 따라 빠르게 걷고 있었다. 그녀를 따라 시종 계집 하나가 품에 행장 따위를 안고 허겁지겁 아씨를 따라붙는 형상이었다. 비탈길은 여러 갈래로 나 있지만 중간 이상을 넘으면 외길로 변한다. 외길의 끄트머리에는 현재 고도 일행이 머무는 낡은 초가집이 있었다.

"왔다, 수수떡."

고도는 자리에서 일어났다. 그는 조금 전까지 대화를 하던 청사는 안중에도 없는 태도로 나무 위에서 뛰어내렸다. 청사는 퍽이나 기분이 상해서 저한테 관심 없는 고도를 노려봤다. 방금 전까진 말장난을 주고받던 이가 낯모를 사람처럼 등을 돌려 버리는 꼴이 마음에 들지 않았다.

고도가 반갑게 기다린 여인은 누가 볼까 황급히 고도가 머무는 초가집으로 총총 걸음을 떼고 있었다. 문 앞에 당도하기 전까지 수십 차례 주변 상황을 살피고 몸을 사린 끝에야 머리에 둘러쓴 치마를 풀었다. 장옷 속에 숨겨져 있던 얼굴은 고도에게도 익숙한 여인이었다. 유달리 긴 목이 애달파 보이는 소향인 것이다. 조부가 손님으로서 고도를 집 안에 들였을 때만 해도 무슨 끔찍한 것과 마주한 것처럼 꿋꿋하게 시선을 피했건만 지금은 고도를 찾느라 다급해 보이기까지 했다. 그녀는 옷자락을 목 근처에서 꼭 쥐고 입을 열었다.

"도사님 계십니까."

가냘픈 목소리가 문 초입에서부터 울려 퍼졌다. 그녀의 부름에 제일 먼저 미호가 귀를 쫑긋거렸다. 열려 있는 문 너머로 빼꼼 고개를 내미니 소향이 서 있는 게 보였다. 소향은 마당에 버젓이 서있는 여우 요괴를 보고 종이보다도 더 하얗게 얼굴이 질렸다. 그러다 곧, 나무 위에 서 있는 남자를 보고 황급히 장옷을 다시 썼다.

고도를 찾으러 왔는데 웬 모르는 도령 하나가 대추나무 위에 올라가 있었다. 동행했던 시종 순덕이가 입을 헤 벌리고 쳐다볼 정도로 아름다운 남자였다. 어찌 저리 높은 데까지 올랐는지는 몰라도 그림 속의 허상처럼 신비롭고 아름다운 모습에 눈을 떼지 못했다. 청색 도포로 보아 신분이 높은 고귀한 분이리라. 서로 다른 이유로 혼비백산한 두 여자의 이목을 집중시킨 이는 고도였다.

"달이 떠야 오실 손님들이 일찍 행차하셨군."

소향이는 이미 한 번 본 적 있는 고도에게 눈을 내리깔며 인사할 수 있었으나 그의 시종 계집은 달랐다. 나무 위에 서 있는 도령에게 정신이 팔려 있던 순덕이는 인기척도 없이 마당 한가운데에 서 있는 검은 남자를 보고 두 눈을 동그랗게 떴다.

참으로 기이하게도 사내는 머리끝부터 발끝까지 온통 먹색으로 휘갈긴 듯 시커멓기만 했다. 하얀 얼굴에는 감정이 없어서 한밤중에 보면 저승사자라 오해할 소지가 다분했다. 저희들을 해치려는지, 도와주려는지 의중도 파악하기 힘든 모습이었다.

순덕이는 품에 안고 있는 짐을 더욱 꽉 끌어안았다. 그 안에서 철그렁 소리가 나는 것으로 보아 동전이나 은화 따위가 뒤섞인 모양이었다. 돈보따리를 든 묘령의 여인들이 행차한 이유는 일찍이 눈치채고 있었다. 고도는 덕분에 어린 계집의 머리에서 떠오르는 것이 이런 방법뿐이라는 순진함에 즐거워할 수 있었다.

소녀는 알기 어렵기에 소녀지만, 때론 투명하고 올곧아서 배움을 받고 싶은 존재였다.

"대접할 건 없지만 거, 밖에 서 있기보단 안으로 들어와 엉덩이를 붙이고 있는 게 편할 것이오."

뒷짐을 진 고도가 그렇게 두 여인을 반겼다.

"아침에는 큰 결례를 끼쳤습니다. 소녀가 당황하여 도사님을 똑바로 바라보지 못하고 매몰차게 대했더군요. 하여 미리 서편도 찔러 넣지 아니하고 이리 찾아와 용서를 구하고자 합니다."

문지방 너머에 다소곳이 앉은 소향이 고개를 숙였다. 고도가 그녀의 진심 어린 사과를 받아 주기도 전에 아까부터 심통이 난 듯한 청사가 대신 대꾸했다.

"이게 소녀라고? 다 큰 처녀잖아."

자신을 어물전 생선 보듯 이리저리 살피는 시선에 소향은 어깨를 움츠렸다. 고도가 처음 마을에 들어올 때부터 일행이 없는 홑몸이었기에 이 생원집을 복작거리게 만드는 주변인들을 보고 퍽이나 당황한 소향이었다. 흰머리 소녀는 그 귀엽고 앙증맞은 외모와 달리 머리 위에 봉긋 선 두 귀를 가지고 있었다. 대추나무 위에 서 있던 청안의 미남자는 생김새와 차림새부터가 이 나라 사람이 아닌 듯했다.

소향은 가급적 도사하고만 본론을 이야기하고 황급히 이곳을 떠나고 싶었다. 하지만 자신을 뚫어져라 쳐다보는 청안의 미남자와 하얀 소녀를 무시할 수 없었기에 이름을 조심스럽게 말하게 되었다.

"저는 소향이라고 하옵니다. 늦었지만 이렇게 인사 올립니다."

청사는 심드렁한 표정으로 소향의 언행을 살폈으나, 그 외에 별다른 관심을 보이진 않았다. 저쪽에서 인사를 했으니 이쪽에서 받아 주는 것이 인지상정. 청사는 그것이 뭐가 어렵다고 한참이나 입에 물고 있는 연죽만 뻐끔대며 대답을 꺼렸다. 소향이 식은땀까지 삐질 흘리며 울상이 되고 나서야 뒷머리를 벅벅 긁다가 그리 툭 말할 뿐이었다.

"대롱이다."

소향은 처음에는 그게 무슨 뜻인지 몰랐다. 그녀는 눈을 끔뻑이면서 "예?"하고 되물었다. 그러자 청사가 고도를 사정없이 노려보고는 반발심이 가득한 목소리로 다시금 말했다.

"대롱이라 불린다고."

저 서늘한 미남자 이름이 대롱이? 이 무슨 망측한 조환가 싶어서 넋이 나간 소향네와 달리, 툇마루에 앉아 방 안 돌아가는 꼴을 구경하던 미호가 깔깔 웃으면서 주먹으로 바닥을 쳤다. 자지러지게 웃는 미호를 향해서 청사가 손가락을 한 번 퉁겼다. 갑자기 매섭게 몰아친 바람에 미호의 몸이 대추나무까지 날아갔다. 자신이 무슨 이름으로 불리든지 이름에 의미가 없으면 신경 쓰지 않는 종족이 요괴다. 그런데 같은 요괴가 의미 없는 이름에 뜻을 부여하기라도 한 것처럼 좋고 싫다는 감정을 명백하게 보이는 모습이 꼴 보기 싫었다. 미호는 대추나무 가지에 거꾸로 매달려 저를 차갑게 노려보는 청사를 희번뜩한 시선으로 마주했다.

"어우씨, 저 못된 뱀 요괴 같으니라고!"

"인간이랑 붙어 다니더니 요괴이길 포기하고 인간들 풍속을 따라가는 거냐? 뭐가 그리 우스워?"

"대롱이라는데 그럼 안 웃기냐!"

"기어오르지 마라, 새끼 여우야. 속 긁어 놓는 놈은 저 도사 하나로 족하니까."

뒤집혀진 치마 안쪽에 보이는 여덟 개의 여우 꼬리를 보고 소향은 눈앞이 깜깜했다. 미남자의 정체는 뱀 요괴고 백발소녀의 정체는 여우 요괴라니. 당장이라도 눈을 까뒤집고 정신을 놓고 싶었다. 앞으로 이자들이 무슨 짓을 벌이려는 걸까. 이대로 마을에 머물게 해도 되는 걸까. 소향은 상상만으로도 속이 거북해졌다. 산중 요괴를 퇴치하기 위해 또 다른 요괴를 들인 모양새라 순수하게 기뻐할 수 없는 노릇이다.

청사와 미호가 한바탕 말싸움을 벌이고, 손님으로 찾아온 소향의 얼굴은 피죽도 못 쑨 것처럼 질리고 마니, 이쯤 되자 고도가 나설 수밖에 없었다. 고도는 뿔이 난 청사의 손목을 턱 잡았다. 갑작스런 신체 접촉에 파득 놀란 청사가 반사적으로 이를 드러내며 으르렁거렸다. 청사의 매서운 위협에도 고도는 태평하게 그런 농담이나 던졌다.

"소녀가 셋이 모이니 감당이 안 된다. 너라도 내 편이 돼 주거라."

이게 아까부터 소녀는 이해하기 어려워 소녀라더니 도저히 공감할 수 없는 말만 늘어놓는다. 청사는 붙잡힌 손목을 신경질적으로 쳐내려다 잠깐 멈칫했다. 붙잡힌 손목이 낯선 듯 고도의 얼굴과 함께 번갈아 보더니만 곧 입매를 찡그렸다.

"꼬마 여자애는 저 팔미호밖에 없잖아. 다 큰 처녀한테 소녀라고 하는 것도 실례야."

"소녀는 겉모습으로 판단하면 안 돼. 너도 소녀잖아."

"뭔 개소리야."

"이 중에 네가 으뜸가는 소녀다."

마음 같아서야 불같이 짜증을 내며 너랑 더러워서 말 섞기 싫다 하고 싶은데 붙잡힌 손목 부근이 뜨끈뜨끈해서 자꾸만 해야 할 말이 목구멍 너머로 도로 들어갔다. 고도에게 붙잡힌 손목이 이상하게 신경 쓰였다. 여자들은 먼저 남정네의 손을 잡으려 들지 않고, 같은 남자에게는 쉽게 손을 내어 준 적 없는 청사였던지라 이렇게 타인의 따뜻한 손길이 닿기는 단연 처음이었다. 청사는 복잡한 심정으로 붙잡힌 손목을 내려다보다가 고개를 휙 돌려 버렸다.

청사의 언짢아 보이는 모습에 불안감이 증폭된 소향은 울상을 지었다. 이젠 뭐가 뭔지 모르겠다. 요괴들끼리 신경전을 벌이고, 짜증을 내고, 도사는 무슨 얘기를 하는지 도통 그 뜻을 이해할 수 없는 말만 뱉어대서 소향의 머릿속이 아득해질 지경이었다. 소향이 아주 울음을 터뜨릴 것처럼 겁을 먹자 청사는 이러다 인간 여자 하나 울리겠다며 고도 대신 짜증을 가득 담아 말했다.

"이 인간이 좀 특이해서 이렇다. 신경 쓰지 마."

얘기하다 보면 진만 빠지는 인간이니 그러려니 내버려 두라고 말하려는데 고도가 웬일로 청사의 말에 반박을 했다.

"특이한 게 아니야. 나이 먹으면 다 이렇게 돼."

"너 자꾸 헛소리할래?"

"하지만 아직 노망 들 나이는 아니고."

입을 뗄수록 상황을 악화시키는 고도의 언변에 청사는 질린 듯이 얼굴을 찌푸렸다. 고작 해봤자 이립에 조금 못 미치는 젊은 남자가 나이가 먹었다느니, 노망이 났다느니 이상한 소리만 해댄다. 도사란 족속들은 하나같이 이리도 정신머리가 올곧지 않은 건가, 심각하게 고민하던 청사였다.

고도는 청사보고 짜증을 풀라면서 손목을 만지작만지작 주물러 주었다. 청사는 낯간지러운 접촉에 얼굴마저 화끈 달아올랐다. 청사가 당황하여 어쩔 줄 몰라 하는 사이에 고도는 청사의 손목으로 장난을 치던 것을 그만두고 소향을 돌아봤다.

"낭자가 이 높은 집까지 온 것은 대단하네만, 하나 물어보지."

한동안 청사와 고도의 신경전에 눈치를 살피던 소향은 뒤늦게 고개를 끄덕였다.

"예에, 물어보시지요."

"그 꼬락서니로 여기까지 온 것이 낭자 본인의 의지였소, 아니면 조부가 등을 떠밀어 어쩔 수 없었던 것이오?"

꼬락서니라는 부적절한 단어에 소향은 물론 순덕이와 청사, 미호의 얼굴마저 대번에 일그러졌다.

소향의 모습은 몹시 아름다웠다. 저물어 가는 노을이 닿은 두 뺨은 살구처럼 빛났고, 연지를 찍은 입술은 촉촉하니 물기를 머금은 꽃잎처럼 생기 있었다. 머리는 단아하게 땋아 등허리 너머로 곧게 펼쳤다. 꽃과 나비가 수놓인 벚꽃 색 치마와 붉은 저고리 또한 평상시에 입을 만한 복장

으론 보이지 않았다. 그것을 꼬락서니라 비유한 이유는 고도의 이어진 말을 통해 대강 짐작할 수 있었다.

"나한테 잘 보이고자 그런 꼴로 온 것은 아니잖소?"

아름답게 가꾼 겉모습은 일차적으로 상대에게 호감을 주기 위함이다. 이미 조반 자리에서 고도에게 명백한 불쾌감을 표현했던 소향이 두 번째 만남에서 갑자기 차려입고 온들, 그 의도를 좋게 받아들이기는 힘들다는 뜻이었다. 하물며 동전다발까지 챙기고 왔으니 의심 많은 도사가 속 편하게 '예쁘구먼.'이란 칭찬을 할 리 없지 않은가. 소향은 당황하여 웃자락을 두 손으로 꼬옥 붙들었다.

"그, 그게, 저……, 말씀드렸다시피 도사님께 잘못을 사과하고자 함이었습니다."

"사과를 돈으로 무마하려는 것은 그대 집안의 풍습인가."

"그, 그럴 리가 있겠습니까!"

"허면, 저 행장 속 돈의 정체는 뭔가."

소향과 고도의 시선이 동시에 순덕이의 품을 향했다. 깜짝 놀란 순덕은 화급히 품속에 있던 행장을 던지듯이 놓았다. 바닥에 퉁 하고 떨어진 보따리는 매듭이 풀어지면서 그 속에 들은 돈을 와르르 쏟았다. 바닥에 온통 굴러다니는 은전과 동전들을 보고 옆에서 구경하던 청사의 눈이 가늘어졌다. 인간사 그리 많이 겪어 보지는 못했지만 저 정도 단위의 돈이 무엇을 의미하는지는 요괴인 그도 잘 안다는 시선이었다.

양반이 물건 끊어다 파는 중인들처럼 돈부터 보였으니 그 부끄러움을 이루 말할 수가 없었다. 울상이 된 소향은 아직도 방구석으로 데구르르 굴러 들어가는 동전들을 보면서 작게 한숨을 삼켰다.

"……사례금입니다."

체면치레도 포기하고 순순히 돈의 용도를 말하는 소향이었다. 그런 그녀의 대답에 고도는 이해할 수 없다는 듯 고개만 갸웃했다.

"산길 실종사건의 의뢰금이라면 낭자의 조부한테 모두 받았소."

"이것은 제 할아버지의 정성이 아닌, 저의 정성입니다."

"정성이 과한 듯한데."

"과하지 않습니다. 앞으로 제가 도사님께 많은 신세를 질 테니 말입니다."

이쪽이 잉어를 잡고자 처녀를 지렁이 미끼로 삼으려는데, 미끼 당사자가 어부에게 신세를 진다는 소릴 하는 건가. 이거 참 흥미롭다며 고도가 눈을 반짝였다.

"오호라, 이건 혹시 낭자의 목숨 값으로 치르려는 건가?"

"목숨 값이라뇨?"

"미끼는 되어 주겠지만 부디 잉어 입에 들어가지 않게 해주세요, 라면서 내민 거 아니냐는 소리지."

고도의 말을 이해하지 못한 소향은 순덕을 바라봤다. 그녀 역시 고개를 절레절레 저었다. 잠깐 고민하던 소향은 방금 무슨 소리를 했냐고 고도의 말꼬리를 잡기보다는 자신의 의사 표현을 조금 더 확실히 했다.

"앞으로 잘 부탁드린다는 의미에서 치르는 값입니다."

"무엇을 잘 부탁하려고."

"도사님. 저를 서쪽 산 입구까지만이 아닌, 도읍까지 안전하게 데려다주세요."

고도는 기연미연 농담인가 하여 가만히 소향을 바라봤다. 그녀의 두 눈동자에 거짓은 서려 있지 않았다. 그녀는 진심을 말하고 있었다. 자신에게 도읍까지 바래다달라는 말은 즉, 줄줄이 시종들을 대동하고 가마에 올라타 산 고개를 넘을 수 있는 편한 상황을 마다한 채 맨발로 산을 건너야 할 어려움을 택한다는 소리다.

소녀이기 때문에 더욱 재밌는 상황이구나. 이러니 그녀들을 함부로 대해서는 안 되느니. 자신을 싫어하는 것 같은 시집갈 처녀가 요괴들을 대동하는 젊은 남자 도사를 따라가겠다니, 그 어찌나 황당한 이야기인가.

고도는 피식 웃고 말았다.

"낭자는 내가 뭐하는 사람인지 아나?"

"도사님이시죠."

"그래. 이렇게 요괴들을 데리고 다니며 도술을 부리는 종자란 뜻이지."

"무엇이 문제입니까."

"너무 많은 문제가 즐비해 있다 보는데."

소향은 고도의 눈짓을 따라 백발의 소녀와 청안의 남자를 바라봤다. 요사스러울 만큼 아름다운 두 남녀였다. 인간이 아닌 종족. 자신은 그런 그들과 함께 산을 넘겠다는 당돌한 요구를 한 것이다. 사례금이라며 돈까지 내밀고 말이다.

"나도 요괴와 다를 바 없거늘, 이런 우리와 동행을 하겠단 말인가."

소향이 울먹이면서 대꾸했다.

"저는 칠복산을 무사히 넘어야 합니다."

"그 사정은 익히 들어서 알고 있지."

"할아버지껜 너무도 죄송하지만, 저는 저를 호위해 주는 남자들을 믿지 못합니다. 그들이 얼마나 무술 수련에 게으름을 피우고 실력이 없는지를 알고 있습니다. 그들을 믿고 움직였다가 혹여나 사랑하는 낭군도 뵙지 못하고 산에서 봉변을 당하게 되면 저는 귀신이 되어서도 눈을 감지 못할 겁니다."

"사람이 사람을 믿지 못하면 무엇을 믿을 수 있겠나. 동물에게 정을 주겠나, 집에 널브러진 물건들을 신뢰하겠나. 낭자는 다른 사람은 몰라도 주변 사람들만큼은 믿어야 하네. 혹, 그들의 실력이 낭자의 기대치에 못 미치더라도."

"제 목숨이 걸려 있더라도요?"

"아무렴, 그래야지."

"그러다 제가 죽으면 그 원한을 누구에게 쏟으면 됩니까?"

"그렇다고 자넬 믿는 모든 사람들을 배반해서라도 혼자 살길 바라겠다는 건가? 그렇게 큰 야망으로 살다간 제명에 못 죽지. 팔자에 없는 삿된 것들이 잔뜩 꼬이지 않겠는가."

"하오나."

"사람을 믿어라. 주변 사람을."

사람을 믿어야 한다. 마치 자신이 살면서 알게 된 교훈이라도 설파하는 말투였다. 소향은 알 듯 모를 듯한 표정으로 고도를 바라보다가 이내 고개를 끄덕였다.

고도는 바닥에 흩뿌려진 동전들을 모아 보따리 안에 밀어 넣었다. 그것을 묶어 다시금 순덕의 품으로 넘겨주었다. 순덕은 얼떨결에 행장을 받아 드느라고 고도의 이어지는 행동에 대응하지 못했다. 그녀가 깜짝 놀라 눈을 크게 뜬 장면은 다름 아닌, 고도가 소향의 가느다란 손목을 붙잡고 자리에서 일으킨 모습이었다. 지아비 될 사람이 있는 여인에게 겁도 없이 그것도 맨 손목을 붙잡은 것이다. 이 무슨 해괴망측한 일이냐며 기함하려는 찰나, 고도가 소향을 밖으로 잡아 뺐다.

"어제는 만월이었고 오늘도 그 영향을 비껴가지 못하는 날이로다."

은은한 노을빛을 받고 선 고도가 하늘을 보며 말했다. 구름 한 점 없는 붉은 하늘에 동쪽에서 머리를 들이미는 달덩이가 언뜻 보였다. 그는 툇마루에서 굴러다니는 짚신을 집어 들었다. 아직 본래의 형상으로 돌아오지 못한 짚신 도깨비 소의 본체였다. 짚신 한 짝을 두루마기 안쪽에 쑤셔 넣고는 소향을 잡아끌었다. 고도는 놀라서 외마디 비명도 지르지 못하는 소향을 잡고 막무가내로 문을 나섰다. 그러다 깜빡 잊은 듯 자리에 멈추어 서서 미호에게 말했다.

"아씨는 네가 잘 돌보고 있거라."

순덕이가 눈을 동그랗게 뜨고 손가락으로 자신을 가리키기 무섭게 미호가 벌떡 일어나 외쳤다.

"잠깐, 고도! 어디 가는 거야?"

"떡 식기 전에 산으로 고수레하러 가야지. 괜찮겠소, 낭자."

"괘, 괜찮지 않습니……."

애초에 대답을 구하고자 던진 질문이 아니란 것처럼 고도는 소향을 억지로 잡아끌었다. 구불구불한 갈림길에서 오른쪽으로 꺾자 칠복산을 향해 나 있는 오솔길이 보였다. 어두워지는 하늘에 스산한 밤공기가 퍼져 나오는 밤중 산. 그런 곳을 힘도 제대로 쓰지 못하는 자신이 성인 남자의 손에 붙잡혀 끌려가는 형상이다. 소향은 도사의 도움으로 산을 넘을 각오는 하고 왔지만 그렇다고 이렇게 다짜고짜 산으로 쳐들어갈 줄은 생각도 못 했다. 그녀는 불안하게 떨리는 목소리로 고도를 말렸다.

"도, 도사님. 곧 있으면 저희 집에서 혼례를 축하하는 잔치가 벌어집니다. 제가 가지 않으면 조부모님께서 몹시 걱정할 것입니다."

"혼롓길에 산중에서 사라지는 것보단 덜 걱정할 테니 염려 마시게."

"그렇지만…… 어머낫!"

고도의 돌발 행동에 크게 당황한 소향은 발을 헛디뎠다. 고무신이 벗겨져 저 밑으로 굴러가자 그녀는 그것을 줍기 위해 허둥지둥 몸을 숙였다. 하지만 고도가 소향의 수고를 덜어 주었다. 그는 손가락을 한 번 까딱인 것만으로 벗겨졌던 고무신을 소향의 발에 다시 끼워 줬다.

"걱정 마라. 금방 끝날 것이니."

소향은 귀신에 홀린 것처럼 어수룩한 표정으로 고도를 바라봤다. 신발을 주워 주는 사소한 배려에서부터 사례금을 마다하고 소정의 의뢰금만으로 마을 문제를 해결해 주려고 애쓰는 점까지. 비록 미끼 운운하며 소향의 마음을 불안하게 만들었지만 고도를 보고 있노라면 그가 실패하거나 요괴에게 지는 일은 어울리지 않는다는 생각이 들었다.

소향은 이런 도사의 모습도 몰라보고 제집에서 괘씸하게 굴었던 행동이 떠올랐다. 자신의 행동이 민망하고 송구스러워 낯을 붉혔다. 초면에 조반상 앞에서 불쾌하다는 감정을 풀풀 내비추지 않았나. 보통 사람들이라면 그런 소향을 건방지게 여겨서 직접 찾아와도 내쫓기 망정이거늘, 고도가 이리도 넓은 아량으로 자신을 받아 줄 줄 몰랐다. 미리 알았다면 아침에 그리도 성급하게 감정을 내비추지 않았을 것이다.

두 볼을 발그레 붉힌 소향을 보고 한 남자가 심히 불쾌한 듯 인상을 찌푸렸다. 제 한 팔은 품이 넓은 도포 소매에 찔러 넣고, 다른 하나는 연죽을 든 채 담배 연기를 후욱 피워 올리며 느긋하게 쫓아오던 청사였다. 그는 뱀처럼 가늘어진 눈으로 소향을 노려보았다. 고도가 꼭 붙잡고 있는 손목에서 시선을 떼지 못했다.

"대롱아 뭐하느냐. 너도 얼른 와라. 네가 그렇게 보채던 일을 이제 하러 가야 하지 않느냐."

고도의 나지막한 부름에 청사가 눈썹을 꿈틀거렸다. 감히 자신을 부려 먹는 말투였다. 청사는 자존심이 상했지만 뻐끔 담배 연기를 피워 올리던 연죽은 요술로 사라지게 만들고 신을 질질 끌며 고도의 뒤를 따랐다.

청사는 매서운 눈으로 두 남녀가 잡고 있는 손을 봤다. 몹시도 언짢은 표정으로 말이다.

칠복산의 초입에는 두 개의 장승이 우뚝 서 있다. 사람들은 그리 나란히 선 것을 천하대장군과 지하여장군이라 칭했다. 마을의 악귀를 내쫓는 본래 목적에 충실하여 둘의 표정은 어슴푸레 뜨는 달빛 아래서도 흉악하게 보였다. 요즘 어른들 말씀을 따라 서쪽 산에는 얼씬하지 않았던 소향은 어깨를 움츠리며 종종걸음으로 고도를 따랐다.

세상을 따뜻하게 물들이던 노을이 태양과 함께 사라진 후로는 한 치 앞도 볼 수 없을 만큼 어두컴컴해졌다. 칠복산에도 어둠이 낮게 깔려 낮에는 느낄 수 없던 스산함이 감돌았다. 그 서늘함이 소향의 어깨에 내려앉아 온몸을 짓누르는 기분이다. 사람들이 오고 다니는 길목이 끊기고 더 깊숙한 곳으로 향하게 되자 고도는 겁에 질린 소향에게 앞일을 설명해 주었다.

"이제부터 낭자가 미끼가 될 것이다."

그 설명이랄 것이 머리, 꼬리 모두 잘라먹은 몸통뿐이라 이해할 수 없다는 게 문제다. 소향은 심각한 표정으로 물었다.

"생원 댁에서도 그 비슷한 말씀을 하신 듯하온데 대체 미끼가 무엇입니까?"

"저런, 한 번도 낚시를 해본 적 없나? 미끼가 뭐에 쓰는 물건인지 모르나 보군."

"아, 아닙니다. 그 용도는 정확하게 알고 있습니다. 다만, 제가 어째서 미끼가 되느냐는 것입니다."

"이 산에 있는 요괴가 젊은 처자를 좋아하지 않느냐."

그 말에 소향은 붙잡힌 손목을 잡아 **빼며** 완강하게 말했다.

"지금 저보고 그것의 유인책이 되라는 소리십니까?"

"걱정 마라. 아무 탈 없다."

"제가 도사님의 무엇을 믿고 따른단 말입니까?"

"나는 상대의 정체를 알면 결코 패하지 않는다. 믿어라. 아까도 그렇게 말하지 않았나. 사람 좀 믿어야지, 다른 헛것 믿으면 안 된다고."

자칫하면 그의 말이 하나의 신앙이 되고, 그는 교리를 설파하는 높으신 분이라도 될 판이었다. 대책 없는 자신감과 그것이 진심이라는 듯 진중하기만 한 표정에 소향은 아무 말도 하지 못했다. 고도의 말을 뒤집어 해석하면 상대의 정체를 모르는 지금은 언제든지 탈이 날 수 있다는 소린데 그런 걱정은 안 드는 걸까.

"대롱아."

황망해진 소향을 내버려 둔 채 고도가 고개를 돌려 청사를 불렀다. 둘의 뒤를 느긋하게 따라오던 청사가 눈썹만 슬쩍 움직였다.

"왜 불러."

"이제부터 할 일이 있다. 이 산속에서 여자들의 기척을 찾는 것이지."

"미안하지만 산 전체를 수색하기에는 범위가 너무 넓어. 바로 찾지 못할 거다."

"우리가 찾아다닐 필요 없다. 그쪽에서 반응을 보일 것이다."

고도의 말뜻을 이해한 청사가 소향을 바라봤다. 미끼라는 게 이럴 때 이용하라고 있는가 보다.

"그렇다면야."

청사는 산길에서 한참이나 벗어난 주변을 살폈다. 평범한 산의 풍경이 아니라는 것을 안 게 바로 그때였다. 여자들이 속속들이 사라진다 하여 자신 역시 요괴의 짓이라 단정 지었건만 이것은 일개 요괴가 부릴 술

수가 아니었다. 처음에는 단순히 어두워 잘못 본 것인 줄 알았다. 하지만 산은 분명하게도 일그러져 있었다. 산 전체가 어딘지 모르게 기묘하게 뒤틀려 있는 것은 착각이 아니었다.

"고도, 여자, 잠깐."

두 사람이 걸음을 멈추고 청사를 바라봤다.

쏴아아아아.

계곡에서 불어온 바람과 함께 발밑에서 부스럭거리던 나무 이파리들이 데굴데굴 굴러 내렸다. 청사가 눈앞을 어지럽게 가리는 머리를 쓸어 올리면서 무언가를 가늠해 보자 고도가 제법 즐거운 듯한 목소리로 말을 걸었다.

"우리 대롱이 촉각 좀 곤두세울 줄 아나 보지?"

그런 건 더듬이 있는 곤충한테서나 찾으라면서 청사는 눈살을 찌푸렸다.

"나한테 바란 게 이런 거 아닌가? 이 산속에서 이상한 기운을 감지하라는 것."

"그래서 칭찬하고 있지 않나."

"촉각 세우는 게 칭찬이라니."

"그럼 예쁜 얼굴을 칭찬해 줘야 하나?"

청사는 화끈, 얼굴을 붉히다가 황급히 고개를 저었다. 저 기묘한 화법에 걸리면 진이 빠질 때까지 당하기만 하던 전적을 상기했다. 청사는 요점만을 간단히 짚었다.

"여자 기운은 잘 모르겠는데 심상치 않은 게 하나 있군. 이 소리 들려?"

청사가 고갯짓을 까딱하자 고도는 머리를 외로 꼬며 물었다.

"소리라니."

"산이 즐거워 웃는 소리."

청사의 뜻 모를 소리에 고도뿐만 아니라 겁먹은 소향마저 어안이 벙벙해졌다. 적막하여 바람 부는 소리밖에 들리지 않는 산이다. 그 흔한 밤 부엉이 울음조차 들리지 않건만 청사는 어떤 웃음을 가리키는 것일까.

고도는 제 주변을 둘러보았다. 일주일 전부터 둘러본 그 산이 이 산이 맞았다. 나무 한 그루, 흙 한 점 변함없는 바로 그 산. 청사의 주의대로 가만 귀를 기울이고 있노라니 무언가 특이한 기적을 발견할 수 있었다. 그것은 세심한 주의를 기울여야만 발견할 수 있는 특이한 것이 아니었다. 고도와 소향, 청사가 밟고 선 이 땅 전체가 변한 것이다.

"오호라."

고도가 짧게 감탄했다. 누가 보면 낮에 둘러봤던 그것과 서로 정반대의 산이라 오해하겠다. 마을 사람들이 사라지는 형상을 물었을 때는 쥐 죽은 듯 조용하여 아무리 묻고 불러도 대답이 없던 산이 밤이 되니까 흥분하여 온 나뭇가지를 털어대고 있었다. 여자가 제 구역 안에 들어오자 바로 반응하는 것이다. 하도 마을 사람들이 산속에서 사라지니 산을 지나다니던 아녀자들의 발길은 오래전에 끊겼다. 따지자면 이렇게 싱싱한 사람이 제 발로 산에 들어오기는 마을 처녀가 마지막으로 실종된 3주 전 이후 처음이었다.

이리 보면 산 자체가 요괴로 보이지 않는가. 이토록 젊고 싱싱한 인간 여자를 잡아먹고 싶어 할 줄이야.

"도, 도사님. 소녀 무슨 탈이 날까 봐 겁이 납니다."

불길하고 스산한 바람 소리에 소향은 고도의 뒤로 숨었다. 돈으로 행장을 꾸려 와 댁들과 함께 산을 넘겠다는 포부를 밝힐 때와는 영 다른 모습이었다.

이렇게 배짱이 없어서 무슨 요괴들과 여행을 하겠다고.

고도는 달달 떠는 소향을 보면서 혀를 차더니만 품에 담아 왔던 짚신 짝을 꺼냈다.

"소야, 어서 나와라."

평범하기만 한 낡은 짚신짝이 고도의 손바닥 위에서 움직이는 모습에 소향이 까무러치듯 비명을 질렀다.

"꺄아아악!"

그 비명소리가 메아리가 되어 산골 깊숙한 곳까지 울려 퍼지기 무섭게 손바닥 위에서 춤을 추듯 이리저리 흔들리던 짚신이 곧 푸른빛을 뿜었다. 새하얀 연기가 주변을 자욱하게 감싸더니 바닥에 떨어진 짚신이 거대한 형상으로 탈바꿈했다. 그것은 인간의 형상을 하고 걸걸한 웃음을 뱉었다. 머리에는 감투를, 등 뒤에는 도깨비 방망이를 짊어지고 있는 산도깨비였다.

"츠츠츠츠, 고도가 이 이른 시간에 나를 소환하고, 무슨 일인고."

동공이 없이 안광만 빛내는 얼굴은 산적처럼 험상궂기 그지없다. 입고 있는 복식도 거지꼴과 다름없어서 등에 매고 있는 도깨비 방망이와 머리에 뒤집어쓴 도깨비감투만 아니라면 그 정체를 능히 오해했을 터. 열 척이 넘는 거구의 남자를 소향이 혼이 빠진 사람처럼 올려다봤다. 그녀는 지독한 비현실감에 할 말을 잃은 입만 벙긋거렸다.

"이 낭자 좀 지켜 주겠나. 미처 신경 쓰지 못할 일이 생길 듯하거든."

소의 시퍼런 안광이 소향을 향했다. 파리하게 질린 소녀를 보고 소가 누런 이를 드러내며 심술궂게 웃었다.

"내가 어제 앞마당에서 한바탕 장난을 벌였던 여염집 규수시네."

"허, 함부로 인간들을 골탕 먹이지 말라고 누누이 말했거늘."

"츠츠, 한 번 봐주게. 내 고도 부탁이니 특별히 이 낭자를 잘 지켜 주겠구먼."

기괴한 웃음소리를 토한 소가 머리에 쓰고 있는 감투를 소향의 머리 위에 턱하니 씌웠다. 소향의 작은 머리 둘레에 맞지 않는 거대한 감투였다. 감투를 머리에 쓴다기보다 감투에 머리가 푹 파묻힌다 여긴 쯤에 눈앞에서 소향의 모습이 사라졌다. 도깨비감투의 효력을 처음 목격한 청사가 두 눈을 동그랗게 떴다. 분명 여자의 인기척이 눈앞에서 느껴지건만 그 모습이 보이지 않는다. 자신의 모습이 어떤지를 모르던 소향이 곧 손도 발도 눈에 보이지 않자 고도의 옷깃을 와락 붙잡았다.

사대부 여식인지라 놀라서 비명을 지르는 대신 그 놀람을 가슴으로 삼켰다. 하지만 두려움을 숨길 수는 없는 탓에 고도의 옷을 잡으며 속으로 울먹이고 있음이 분명했다. 고도는 제 옷깃이 우그러져 붙잡힌 형상을 보고 침착하게 그녀를 달랬다.

"낭자."

눈에 보이지도 않을 텐데 고도는 허공의 한 점을 직시했다. 곧이어 소향이 몸짓을 바르게 했다. 보이지 않는 손이 잡고 있는 옷깃의 주름은 선명하여 아직도 겁에 질려 있음이 보이지만 더 이상 이전처럼 허둥거리는 기색은 느껴지지 않았다. 고도가 슬그머니 허공 어딘가로 손을 뻗었다. 그는 보이지도 않는 도깨비감투를 소향의 머리에서 반쯤 벗겨 주었다. 그러자 거짓말처럼 눈앞에 소향의 모습이 다시 드러났다. 제 손발이 다시금 보이는 현상에 화색이 돌아온 소향을 보고 고도가 진지하게 말했다.

"혹여나 무슨 일이 생길 수 있어 미리 말하겠네."

제 몸 상태를 살피느라 고도의 말을 뒤늦게 인지한 소향이었다. 그녀는 머뭇거리며 고도의 다음 말을 기다렸다.

"이 도깨비 곁에서 절대 떨어지지 마시오. 나보다 강한 녀석이니 믿어도 좋소."

고도는 들고 있던 감투를 도로 소향의 머리 위에 씌워 주었다. 얼떨결에 고개를 끄덕이던 소향의 모습이 감투 속으로 사라졌다.

"소야. 낭자를 모시고 우리를 잘 따라와라."

감투로 모습을 감춘 소향을 유일하게 볼 수 있는 짚신 도깨비가 파란 안광을 빛내며 물었다.

"우리라니?"

고도가 청사에게 고개를 돌렸다. 소 역시 고도의 시선을 따라 청사를 바라봤다. 한 걸음 물러나서 저들이 하는 양을 지켜보던 청사가 도깨비와 고도의 시선을 동시에 받자 한 발로만 삐딱하게 선 자세 그대로 굳고 말았다. 고도는 긴장한 청사 곁으로 다가가 팔짱까지 끼면서 히죽 웃었다.

"나와 대롱이 말이다."

처음 보는 뱀 요괴의 동행에 묻고 싶은 말이 한두 가지가 아닌 듯 소는 제법 곤란한 표정을 지었다. 요괴 잡는 도사가 요괴를 데리고 다니다니. 그건 미호만으로 충분하지 않은가 싶었다. 하지만 궁금증을 채 해소하기도 전에 고도가 품에서 부적 두 장을 꺼내 청사의 발목에 붙였다.

"축지술을 사용할 수 있는 부적이다. 기운을 따라가 보자꾸나."

그는 소향의 손목을 잡을 때처럼 이번에는 청사의 손목을 덥석 움켜쥐었다. 덕분에 청사만 움찔했다.

앤 아까부터 왜 자꾸 손목을 쥐고 그러냐. 요괴 간 떨어지게……

손 한번 잡히는 게 뭐가 대수인가 싶기도 하지만, 청사는 고도가 가까이 다가올수록 자꾸만 놀랐다. 오지 말라고 밀어낼 새도 없이 성급히 옆에 다가오니까 따질 겨를도 없었다. 아무래도 한 마디 해야겠다 생각하던 청사가 입을 열려던 찰나에 고도가 움직였다. 청사의 손목을 움켜쥔 고도가 갑작스레 축지법을 전개하자 소는 냉큼 감투를 쓴 소향을 붙잡았다.

"어머낫!"

그녀가 깜짝 놀라 비명을 질렀다. 그럴 만했다. 소는 무식하게 소향을 들어 올려 어깨에 들쳐 멘 것이다.

"감투 단단히 붙들고 계시오. 잃어버리면 내 친히 노여움을 풀 것이외다."

소의 언질에 소향은 허겁지겁 감투를 두 손으로 붙잡았다. 소는 소향이 준비를 마치자마자 고도의 뒤를 따랐다. 고도는 힐끔 뒤를 돌아 소가 쫓아오는 것을 확인한 뒤에 청사를 바라봤다. 고도의 도술에 함께 묶여 덩달아 축지를 하게 된 청사는 순식간에 제 시야를 휙휙 지나가는 나무들의 모습에 순순히 감탄사를 뱉었다. 축지법을 할 줄 모르는 청사는 도사들이 천 리를 내달리는 걸 그저 신기한 재주라고만 생각했다. 사실 축지란 것은 단순히 날듯이 빠르게 달리는 것만이 아니라, 세상을 전부 둘러볼 수 있는 유쾌한 경험을 주는 도술이 아닌가. 축지를 하는 고도를 따라붙는 도깨비의 능력도 대단했다. 소는 어느새 도깨비불로 변해 고도와 청사를 바싹 쫓아오고 있었다.

"능력 좋네?"

"음? 나 말인가. 이제 알았나 보군."

청사는 저도 모르게 피식 웃고 말았다. 저 자신감의 근원도 이제는 슬슬 인정해야겠다 싶은 청사였다. 고도가 청사를 잡은 채로 휙휙 달리다 말고 물었다.

"대롱아, 이 산에서 요력은 느껴지나, 그 방향이나 크기를 가늠할 수 없구나. 산 전체가 요기에 휩싸인 것 같다. 너는 이 근원이 어디 있는지 아느냐?"

청사는 자신에게 조력을 바라는 새까만 두 눈동자가 마음에 들었다.

그래도 또 고도가 바라는 대로 순순히 대답을 해주기는 싫어서 콧방귀를 뀌면서 말했다.

"흥, 음흉한 놈이라 생각했건만."

무슨 생각을 하는지 잘 모르는 놈이라 여겼던 평가를 철회했다. 청사는 자신을 잡아끄는 고도를 반대로 붙잡아 당겼다. 빠른 속력으로 산을 뛰던 고도는 뒤에서 당기는 힘에 몸이 크게 기울었다. 어 하는 사이에 상황이 역전되었다. 청사가 별안간 고도를 들더니 품에 안고 움직이는 것이다. 달리던 두 다리가 허공에 붕 떠서 허리와 무릎 밑을 청사가 받쳐든 꼴이라니. 이 무슨 보쌈 당하는 처자 입장인가 싶었다.

"목적지까지 똑바로 옮겨다 주마."

얼떨결에 청사의 품에 안겨서 이동하게 된 처지를 보고 고도는 제법 당황한 눈치였다. 제 도술만 믿고 지금까지 살아온 도사가 요괴의 도움을 받아 손 하나 까딱하지 않고 움직이기는 처음이다. 고도가 이 품에서 벗어나기란 그리 어려운 일이 아니었다. 하고자 한다면 청사보고 건방지다고 하면서 자세를 역전시킬 수도 있었다. 하지만 가만 고민하던 고도는 고개를 끄덕였다.

"유용한 가마로구나."

이젠 가마 취급까지 당한 청사지만 제 품에 얌전히 안겨 있는 고도를 보니 화가 나지도 않았다. 그는 키득키득 웃었다. 이런 구석은 또 제법 귀엽게도 보이고 말이지. 얌전히 있으리라 기대조차 않은 자가 가마 운운하면서 남자 품에 안긴 것을 대수롭지 않게 여기는 게 익살맞아 보였다.

"인간아, 너는 왜 하필 나를 골라서 봉인을 풀어 준 것이냐?"

죽통에 쌓여 있던 수천 마리의 요괴들 중에서도 유독 자신을 지목하여 꺼낸 이유가 있지 않겠나. 또한 요괴 잡는다고 설치는 도사랍시고 이렇게 요괴에게 제 한 몸 맡기는 덜떨어진 놈은 없다. 고도의 괴짜 같은 행동들은 모두 고도가 청사 자신에게 관심이 있기에 가능한 것이라 생각했다.

"신경이 쓰여서 그랬다. 너는 이상한 뱀 요괴다. 이렇게 보면 유용한 가마 같기도 하고 어느 소녀보다도 깜찍한 대롱이기도 하다."

"내 능력이 여자 한정인 줄 알았건만, 남자들한테도 먹히는 모양이네."

"여자들 홀리는 그 기술 말이더냐. 아서라, 네 두 눈을 아무리 바라봐도 가슴이 설레지 않는다. 시푸르딩딩한 그 눈은 뭐고 싶다."

"하여튼 말을 해도 꼭."

"그래도 얼굴은 예쁘니 그건 인정하마."

"엎드려 절 받기로구나."

"뒤로 누워 절해 주마."

"아, 진짜."

고도가 축지술이 이끈 바람 때문에 나풀거리는 머리칼 사이로 하얀 이마를 드러내자, 청사는 저도 모르게 그 이마를 자신의 이마로 쿵 찍어 버렸다. 위협이라곤 눈곱만치도 없는 공격이었다. 고도는 제 이마를 손바닥으로 지그시 누르더니만 퍽 기괴한 표정을 지었다.

"박치기의 의미는 무엇이지?"

"글쎄. 이 상태로 네 허연 이마에 남길 수 있는 흔적이 멍밖에 없어서."

"흔적이라……. 가축의 과도한 애정 표현은 주인의 사랑을 잃기 마련이다."

"호오, 주인이라고? 네가 지금 내 주인이라도 될 셈이냐?"

"뱀 주인은 달갑지 않은데 너는 하는 짓이 고양이 같아서, 원."

이마를 박은 행동을 그렇게밖에 해석하지 못하는 고도가 순진한 건지, 능청스러운 건지 모르겠다. 전자일 것이라고 톡톡히 믿는 청사는 씩 웃으며 고도를 고쳐 안았다. 밀착된 몸 때문에 고도가 마른기침을 뱉으며 거부감을 보였다. 청사는 그러한 고도의 불편한 감정 때문에 오히려 짓궂은 마음만 커져 더 괴롭히고 싶어졌다.

"잊지 마라, 내 소원."

그리 말한 청사가 가파른 바위와 협곡 사이를 질주했다. 고도가 그의 말에 의문을 제기한 것은 목적지가 가까워지고 나서였다.

"웬 소원이란 말이냐? 언제 소원이라고 했지? 이번 일만 잘 도와주면 대가를 준다고 했을 뿐인데."

따박따박 말대꾸를 하던 청사도 이번만큼은 입을 다물었다.

속으로 대가든 소원이든 피차일반이라고 우기면서.

청사가 걸음을 멈추어 선 곳은 높은 절벽 근처였다. 산은 시간이 지날수록 여자에 대한 욕심을 부렸다. 온몸으로 바람을 만들어 내고 나뭇잎을 털어내며 고도 일행을 도발했다. 자신을 무서워하며 이곳에서 썩 꺼지길, 대신 여자만은 이곳에 두고 나가길 바라는 기색이었다. 고도는 피부를 저릿하게 감싸는 산속 요기를 둘러보았다. 요괴 짓보다는 요괴에 썩 무언가가 기묘한 현상을 만들어 내는 듯했다. 일그러진 산의 모습이 그 기묘함 중의 하나였다.

고도는 청사에게 안겨 오느라 그의 목에 두르고 있던 자신의 팔을 풀었다. 청사는 고도를 내려 주자마자 그가 앞서 걷지 못하게 손목을 잡아당겼다.

"고도."

이름의 주인이 청사를 올려다봤다. 청사는 그 또렷한 눈빛을 바라보며 경고했다.

"여기선 네 능력이 제대로 발휘되지 않을 수도 있어."

"음? 어째서? 덫을 놓은 주술진이나 포박진도 보이지 않는데."

"현실적인 곳이 아니라 그렇다. 여긴 요력으로 만들어 낸 산의 허상 일부거든."

그래서 주변 일대가 요력에 잠식되어 있는 것일까. 요력 속에 여자들이 갇혔기 때문에 일주일 동안 산을 뒤지고 다녀도 찾지 못한 것이고. 생각하니 이런 요술을 부린 자들이 제법 궁금해졌다. 산의 형상을 띠면서 처자들을 사라지게 만드는 요력의 주인은 누굴까.

"그러니까."

요괴의 정체에 대해 추측하던 고도는 청사의 목소리를 듣고 생각에서 벗어났다. 대신 산 요괴에 대해 골똘히 생각하던 의식이 절로 손목까지 옮겨졌다. 청사의 손에 조금 더 힘이 들어가는 것이 느껴졌다. 탈탈 흔들어 털어 보아도 손을 놓지 않으니, 고도가 고개를 갸웃하면서 청사를 올려다보게 됐다. 청사가 고도의 시선을 피해 고개를 휙 돌리고는 큼큼하면서 목을 가다듬었다.

"내가 널 좀 도와주지. 감개무량하게 생각하라고. 난 아무나 도와주지 않아."

도와주는 것과 손목을 잡는 건 무슨 상관인가?

청사를 빤히 쳐다보던 고도가 가히 딱하다는 표정으로 혀를 찼다.

"아아, 대룡아. 네가 사람 정이 많이 그립구나."

"또 뭔 헛소리야?"

"손목이 잡고 싶었다면 마음껏 잡고 있거라. 뭣하면 옷깃도 내어 주마."

퍽 자존심이 상하는 대우인데도 고도가 손수 제 옷깃을 잡고 눈앞에서 흔드는 모습에 청사는 입만 꾹 다물었다. 화를 내지 않는 청사의 모습이 오히려 이상해서 고도가 멈칫했다. 고도는 청사의 얼굴을 빤히 들여다보았다. 어째 쑥스럽거나 당황해하는 기색이 보이는 것도 같았다.

"둘이 무슨 짓을 하고 있느냐."

도깨비불의 형상으로 쫓아온 소가 펑, 하고 본래의 모습으로 돌아오자마자 둘의 기이한 짓을 타박했다. 그는 손목을 잡고 있는 청사와 청사의 눈앞에서 옷깃을 흔들고 있는 고도를 보며 퍽 떨떠름한 기색을 보였다. 아직 친분이 쌓인 사이 같지도 않은데 서로를 친근하게 대하는 것이 이상하긴 이상했다.

"보면 고도는 요괴들한테만 인기가 많단 말이야."

소의 혼잣말에 청사가 희번뜩 눈을 뜨고 소를 노려봤다.

인기가 많다고?

청사는 묻고 싶은 것이 많은 듯 미간까지 찌푸리며 소를 응시했다. 소는 의미심장하게 씨익 웃을 뿐이었다. 고도는 둘의 심리 상태를 전혀 알지 못했다. 그저 요괴들에게 인기 많다는 게 무슨 뜻인지만 고민했다.

"저, 저기, 도깨비님. 저도 내려 주시면 안 될까요?"

남자들의 대화에서 잊혀 있던 소향의 목소리가 울렸다. 아무것도 보이지 않는 도깨비의 어깨너머에서 들린 처량 맞은 음색이었다. 소는 어깨에 들쳐 메고 온 소향을 바닥에 내려 주었다. 그녀는 쌀가마니처럼 소의 어깨에 매달려 온 덕분에 땅을 딛고 서자 비틀거리며 멀미를 했다. 감투를 벗지 않아 헛구역질이라도 하는지 확인할 길이 없었다. 고도의 귀에는 풀썩 주저앉는 소리만 들릴 뿐이었다.

"소야, 네가 말한 인기가 참 쓸모없지 않느냐. 이왕 인기가 넘친다면 이 산요괴도 소향 처자가 아닌 나를 노렸으면 하건만. 그리하면 일 처리가 훨씬 수월했을 것을."

그러자 소가 기괴하게 웃으며 되받아쳤다.

"혹시 아나. 자네가 여자 한복이라도 입고 이곳에 발을 들였으면 산이 반응했을지."

"호오."

고도의 저 심각해 보이는 얼굴은 소의 말을 농담으로 넘기지 못하고 진지하게 그 일을 왜 고려 못 했지, 하는 뜻이었다. 이제 와서 치마를 구해 오긴 늦었으므로 고도는 지금 상태에서 할 수 있는 최선의 방법을 생각하기로 했다. 고도는 청사에게 붙잡힌 손목을 풀어내고 앞으로 몇 발자국 걸어 나갔다.

"여자가 들어왔다고 산이 반응을 보이긴 하나 딱히 뒤숭숭한 짓을 꾸미진 않는구나. 참으로 알 수 없어. 이 산 요괴는 무엇을 원하는 걸까."

울창한 나무로 둘러싸인 주변은 산의 초입과 별반 다를 바 없었다. '요력의 근원점'이라 조금 특이한 요력은 느껴지지만 이곳까지 쳐들어온 자신들을 해코지할 의도는 느껴지지 않았다. 여자라는 미끼를 던졌으니 그 찌를 물기 위해 반응을 보여야 하거늘. 수면 위로 잔잔한 물살만 만들어 내고 잉어는 모습을 드러내지 않는 꼴이었다.

고민하던 고도가 절벽 끝으로 걸어갔다. 절벽 근처로 다가가기도 전에 청사가 붙잡은 손목을 잡아당겼다.

"그러다 떨어진다. 조심해라."

도사에게 절벽이 위험하다고 말하는 요괴가 세상에 과연 몇이나 있는지.

하여튼 대롱이가 제 주인 걱정은 지극정성이라며 고도가 청사의 머리를 토닥여 줄 때였다.

"어머."

소향이 보이지 않는 모습으로 감탄을 내뱉었다. 무슨 일인가 하여 그녀의 모습을 찾았지만 도깨비감투를 뒤집어쓰고 있어서 눈에 보이지 않았다. 다만 소의 시선이 가있는 곳을 보고 그녀의 위치를 짐작할 뿐이다.

"도사님, 예쁜 구슬이 떨어져 있사옵니다."

이해할 수 없는 얼굴로 고개를 갸웃하던 고도는 소향이 있을 법한 지점을 바라보며 물었다.

"무슨 구슬 말인가."

"글쎄요. 저도 처음 보는 것이네요. 아이 주먹만 합니다."

"그게 대체 어디 있다는 거지?"

"아, 제가 들고 있는데요. 도사님 안 보이세요?"

도깨비감투를 쓴 사람은 그 손에 닿은 물건마저 모습을 감추게 만드는 힘이 있다. 그녀가 땅바닥에 떨어진 구슬을 잡았다면 구슬 역시 감투의 힘을 받아 보이지 않는 것일 테다. 이 깊은 산속에 어찌 구슬이라는 장난감이 떨어져 있다는 말인가.

"이리 줘봐라."

아무래도 이상하게 생각한 고도가 손을 내밀었다. 하지만 소향은 고도의 말을 듣지 않았다. 그녀는 구슬이 참으로 곱다면서 화아, 화아, 하며 감탄사를 그치지 않았다.

"참으로 영롱한 빛을 띠고 있습니다. 오색찬란하여 대체 무슨 돌을 깎아 이리도 아름답게 만들었는지 궁금하옵니다. 마치 달이나 별이 이 산에 떨어진 것 같습니다. 무척 신비로운 색이어요."

구슬에 대한 찬양을 대수롭지 않게 듣던 고도의 몸이 불현듯 **뻣뻣하게** 굳었다. 고도는 위화감을 느꼈다.

"영롱? 오색찬란?"

이번에는 소향의 반응이 없었다. 홀린 듯이 구슬을 보며 침이 마르도록 칭찬을 늘어놓던 여자가 갑자기 쥐죽은 듯 조용해졌다. 그쯤 되니 고도는 자신의 실수를 깨달았다. 아차하고 다급히 소향에게 달려가려 했지만 때는 늦었다.

작게 불어오던 산바람이 태풍처럼 휘몰아쳤다. 바닥을 긁듯이 굴러다니던 나뭇잎들이 하늘로 솟구쳤다. 흉흉한 낌새만 내비추던 산이 마치 폭발할 듯했다. 발밑이 우르르 울리고 하늘을 가리고 있던 길고 두꺼운 나뭇가지들이 쩍쩍 소릴 내며 갈라졌다. 광풍과 지진이 동시에 자신의 구역에 들어온 이들을 덮쳤다. 고도가 다급하게 외쳤다.

"소! 낭자를 붙잡아!"

감투를 쓴 사람을 유일하게 볼 수 있는 소가 화살처럼 튀어나갔다. 곰처럼 투박한 손이 눈앞을 휘두르는 순간, 소의 시선이 고도에게로 옮겨졌다. 그는 깜짝 놀라 소리쳤다.

"고도!"

일이 어떻게 돌아가는지 몰라 가만 서 있기만 하던 고도가 갑작스런 충격을 받고 뒤로 밀려났다. 뒷걸음질을 치자 한쪽 발이 아무것도 디딜 곳 없는 허공까지 내몰렸다. 고도의 손목을 붙잡고 있던 청사가 다급히 붙잡아 끌지 않았다면 고도는 그대로 추락했을 것이다.

청사의 도움으로 인해 가까스로 절벽을 미끄러지지 않은 고도는 두루마기 속에서 부적을 꺼냈다. 그것을 들고 보이지 않는 힘으로 자기를 밀친 자를 눈으로 빠르게 찾았다. 몇 척 앞에서 파사사삭, 나뭇잎 밟히는 모습이 보였다.

고도는 나뭇잎이 밟히는 곳을 향해 재빨리 부적을 날렸다. 사방에서 불똥이 튀며 화염이 치솟아야 하는 도술이었다. 하지만 진기한 힘은 나타나지 않고 부적은 한낱 종이쪽지가 되어 팔랑거리며 가라앉았다. 갑자기 무능력해진 자신의 상황에 고도가 눈에 띄게 동요했다. 그가 뒤늦게 허리춤에 차고 있던 검을 뽑으려 했지만 일전에 고도를 밀어내려던 힘이 더 빨리 고도에게 돌진했다.

쿵!

지지대가 되어 주던 청사의 손에서 떨어져 나갔다. 맨 몸뚱어리가 부딪힌 힘을 이기지 못해 허공까지 퉁겼다. 고도에게 달려와 어깨로 부딪힌 충격은 상대방에게도 고스란히 되돌려져 제 머리 둘레에 맞지 않던 커다란 감투가 날아갈 정도였다. 감투가 벗겨진 소향은 한 손에 구슬을 잡고 있었다. 눈은 무언가에 잠식된 듯 동공을 까뒤집은 하얀 면만이 보였다. 발 디딜 곳 없는 허공에서 고도가 나지막이 중얼거렸다.

"……여우 구슬."

천 년 동안 인간의 정기를 모아 요력으로 갈고 닦은 구미호의 구슬. 그것은 신령들도 탐을 낼 만큼 강력한 힘이 있어서 누군가가 진실 되게 소원을 빈다면 이루어진다는 전설이 있을 정도다. 설마 이 산중에 주인 잃은 구슬이 굴러다닐 줄이야. 그리고 그것이 인간 여자들을 꼬아 내고 있을 줄이야. 상상도 하지 못한 일이었다.

'여기선 네 능력이 제대로 발휘되지 않을 수도 있어.'

청사의 충고대로였다. 환영과 환상 능력이 탁월한 구미호와 그런 구미호의 품에서 애지중지 천 년 동안 힘을 축적한 구슬은 고도의 도력을 제한시켰다. 강력한 여우구슬에 홀린 소향이 입을 쩍 벌렸다. 그녀의 입을 빌어 귀곡성에 비할 수도 없는 끔찍한 비명소리가 터졌다.

─남자들이란, 남자들이란! 다 죽어 버려야 해에에!

소향에 덧씌워진 누군가의 원귀가 들끓는 감정을 포효하듯이 뱉었다. 고막을 터뜨릴 듯 날카로운 외침이 고도의 귓가에서 아득해졌다. 그 뒤를 잇는 소의 비명소리. 그리고 세 요괴들의 혼탁하게 충돌하는 기운들. 산이 요란하게 떨리는 충격까지.

그 모든 것이 멀어지면서 고도는 절벽 밑으로 추락했다.

"고도!"

청사는 재빨리 몸을 숙였다. 절벽 아래를 빼곡하게 채운 나무 사이로 떨어진 고도는 도술을 부리지 못했다. 이 높이에서 떨어졌다면 몸이 성하진 못할 터. 죽어도 이상하지 않을 높이였다. 청사는 자신도 모르게 고도를 따라 절벽에서 뛰어내릴 심산으로 요력을 방출했다. 하지만 기다란 손톱이 자진해서 절벽에서 뛰어내리려던 청사의 움직임을 막아섰다.

─같은 요괴라도 방해하면 가만 두지 않는다!

소향은 칼날처럼 위협적인 손톱을 휘둘렀다. 그 손톱을 타고 구미호의 힘이 쏟아져 나갔다. 날 선 요기가 청사의 몸을 공격하기 직전에 청사가 사나운 짐승처럼 목을 울렸다.

"한낱 요물 주제에 감히."

푸른 눈동자가 한 번 요동쳤다. 동그랗던 동공이 단번에 세로로 길게 찢어지며 절벽에서 불어오는 바람과는 비교도 할 수 없는 거대한 힘에 머리칼과 도포가 거세게 흔들렸다. 청사의 형상이 눈앞에서 이지러질 만큼 강력한 힘 앞에서 소향은 숨을 쉴 수가 없었다.

단지 요괴가 자신을 쳐다본 것뿐이다. 불쾌함과 분노를 동시에 담은 눈이 자신을 향한 것뿐인데 어찌도 이리 강한 구속력을 가진단 말인가.

소향은 눈이 마주친 순간 발이 묶이고 온몸의 근육이 멈추는 착각에 빠졌다. 요괴 중에서도 뛰어난 자만이 행사하는 위엄과 구속력이었다. 요괴 중에 강제직으로 서열을 나누어 부리는 존재가 있다는 소문은 들은 적이 있다. 하지만 실제로 그러한 힘을 시전할 수 있는 요괴가 있다고는 믿지 않았다. 하물며 상대가 하급 요괴도 아닌 천 년 묵은 요력 주머니, 구미호의 구슬 앞인데 어떤 요괴가 더 잘났다고 나설 수 있겠는가.

그 믿음이 깨어진 소향이 충격을 받은 사이에 청사는 절벽 밑으로 다시 고개를 돌렸다. 그는 미련도 두지 않고 그대로 절벽 아래를 향해 몸을 날렸다.

정신을 추스른 소향이 허겁지겁 절벽가로 달려갔다. 무성한 나무 이파리 사이로 몸을 던진 청사는 더 이상 보이지 않았다. 자신을 구속했던 힘의 정체를 파악하지 못한 채 그를 시야에서 놓쳤다.

"츠츠츠츠, 거 하필 건들지 말아야 할 사람을 집어 던져서 일을 이렇게 망쳐 버리고 말이야."

소향의 등 뒤에서 지방 사투리가 섞인 투박한 음성이 들렸다. 청사의 기묘한 힘에 정신이 팔렸던 소향이 재빨리 등 뒤를 바라봤다. 꾀죄죄한 고의적삼 차림을 한 거구의 도깨비였다. 억센 수염과 망나니처럼 틀어 올린 상투머리가 찢어진 옷차림과 어울려 산적이라 봐도 무방할 정도였다. 그는 바닥에 떨어진 감투를 주웠다. 곳곳에 묻은 나뭇가지들을 툭툭 털어 낸 그는 감투를 등 뒤에 달고 그 끈을 목에 질끈 묶었다.

도깨비가 아직은 여유를 부리는 사이에 소향은 근처 나무 위로 올라갔다. 재빠른 짐승의 동작으로 나뭇가지에 매달린 소향은 온몸의 털을 세웠다. 그녀는 하악, 위협적인 소리를 뱉었다.

―요괴와 도깨비가 인간과 함께 다니다니! 믿을 수 없는 조화구나!

"조화라고 할 수 없지. 서로 어울리지 않는 것들이 한데 모여 있으니 잡동사니밖에 더 되겠는가?"

-나는 인간만 상대한다. 요괴도 도깨비도 신경 쓰고 싶지 않아.

"어허, 그건 그쪽 사정이지. 고도를 집어 던진 순간에 대화로 풀 수 있는 시간은 지나 버렸어."

-그놈은 남자다! 인간 남자는 결코 용서하지 않아!

"아주 지독한 원한을 갖고 있구먼. 츠츠."

그는 웃음소린지, 혀를 끄는 것인지 구분하기 힘든 괴상한 소리를 토했다. 자신을 놀리는 듯한 소리에 소향은 날카로운 요력을 방출했다. 머리를 묶은 비단 머리끈이 그 힘을 이기지 못하고 찢어지자 엉덩이를 넘는 긴 머리가 허공으로 솟구쳤다. 섬뜩한 소향의 모습을 보고도 정작 소는 태평했다. 그는 기죽지 않고 소매를 둥둥 걷어 올렸다.

"마을 처녀들을 꾀어 이런 일을 벌인 이유는 차차 들어 보도록 하고, 그 전에."

거칠게 솟구친 수염과 감투 머리 주변이 갑자기 화르륵 타올랐다. 푸른 불빛이 순식간에 소의 전신을 감쌌다. 도깨비불로 온몸을 갑옷처럼 무장한 모습은 가히 위협적이었다. 당장이라도 저 타오르는 불꽃에 소향의 육신이 날름 집어삼켜질 듯 보였다. 소는 잔뜩 긴장한 소향을 향해 두 팔을 활짝 벌리고 외쳤다.

"나랑 씨름 한판 하자!"

고도는 쿵 하고 커다란 소릴 내며 바닥에 나동그라졌다. 다행히 바닥이 딱딱하지 않아서 절벽에서 떨어진 몸에 큰 무리가 가지 않았다. 푹신한 황토 흙의 도움인가 싶어 바닥을 살펴보던 고도의 표정이 이내 굳었다. 그는 자신이 깔고 앉은 것을 슬그머니 집어 들었다. 부러진 손가락이었다.

까맣게 변색된 남자 손가락을 물끄러미 쳐다보던 고도는 뒤늦게 몸에 가해진 충격으로 끙끙거렸다. 겉보긴 말짱하다고 해도 절벽에서 추락한 사실을 무시할 수는 없는 노릇이다. 위를 올려다보니 두 시야에 잡히는 건 하늘마저 집어삼킨 무성한 나무 이파리뿐이라. 어느 정도나 굴러 떨어진 건지 눈으로 확인할 길이 없었다.

고도는 썩어빠진 손가락을 얌전히 내려놓았다. 그러고는 절벽에서 굴러떨어지는 속도를 줄이고자 나뭇가지들을 움켜쥐느라고 짙은 화상이 남은 손바닥을 살폈다. 마찰열로 피부가 벗겨지고 녹은 흔적이 있지만 주먹을 쥐었다 피길 반복하니 뼈에 이상은 없었다. 온몸은 나뭇가지와 뾰족한 바위에 긁힌 상처로 가득했고 옷은 군데군데 찢어지기도 했다. 그래도 어디 하나 부러지거나 터진 곳이 없으니 기적 같은 상태라 감격해야 마땅하지 않나. 한데 고도는 심드렁하니 볼에 긁힌 핏자국을 손등으로 닦고서 일어났다.

"아."

몸을 일으키던 고도가 다시 주저앉았다. 어디 다친 데 없다는 말을 정정해야겠다. 시큰거리며 아파 오는 통증과는 비교도 할 수 없는 고통이 울렸다. 확인해 보니 왼쪽 발목이 흉측하게 부풀어 있었다. 기이하게 꺾인 꼴로 보아 발목이 부러진 듯했다.

고도는 눈살을 찌푸렸다. 발목을 조심스럽게 만지고는 두 손에 힘을 주어 틀어진 발목의 뼈를 억지로 끼워 맞췄다. 아주 짧은 시간의 치료였지만 고도는 입 밖으로 고통에 찬 신음을 뱉어야 했다. 긴급 상황에 대처하는 방법이 몸에 배어 망정이다. 안 그랬다면 어설프게 발목을 잡아 뺀 뒤 다시 뼈를 끼워 맞출 엄두는 나지 않았을 것이다.

부러진 발목을 잡고 호흡을 고르는 사이에 고도의 정수리에서 바람이 불어왔다. 고도가 고개를 들자 요력을 발동한 청사가 절벽 밑으로 내려오는 모습이 보였다. 하늘에서 내려오는 인간의 형상이라. 이게 바로 선녀들이 달 좋은 날 내려온다는 못에서 볼 수 있는 장면일 것이라며 엉뚱한 생각만 하는 고도였다.

　"아, 진짜 뭐 이런 덜떨어진 도사가 있어. 내가 너한테 붙잡혔다는 사실이 치욕스럽다, 진짜."

　너풀거리는 도포가 바닥에 닿기도 전에 청사는 주저앉은 고도 곁으로 다가가 온갖 짜증을 토했다. 하지만 신경질을 부리는 겉모습과 달리 고도의 상태를 재빨리 눈으로 훑어보았다. 눈에 띄는 상처는 볼에 난 긁힌 상처뿐이었다. 어디 하나 부러지거나 짜부라진 곳도 없었다. 발목이 불편해 보이나 크게 걱정할 만한 수준은 아니라 청사는 안도의 한숨을 내쉬었다. 마음 같아서야 저 높은 데에서 떨어지고도 어찌 멀쩡할 수 있느냐 따져 묻고 싶었는데 그렇게 한가로이 잡담이나 나눌 때가 아니었다.

　청사는 고도를 부축했다. 일어나기 힘들어하는 고도를 억지로 잡아끌려는데 아야야 엄살을 부리기에 하는 수 없이 손을 놓았다. 대신에 청사는 몹시 기분 나쁜 표정으로 고도가 엉덩이를 깔고 앉은 것을 쳐다봤다. 고도의 밑에는 총 아홉 구의 널브러진 시체가 쌓여 있었다.

　고도가 움직이기 싫다고는 하나 언제까지 시체 위에 앉아 있을 수는 없는 법. 청사는 고도를 다시 한 번 더 부축했고, 이번에는 고도도 청사에게 몸을 기대어 천천히 자리에서 일어났다.

　"발목이 나가서 못 움직이겠다."

　"삐었어? 아님 부러진 거야?"

　"부러졌어."

　"약해빠졌네. 고작 저기에서 떨어졌다고 부러질 건 뭐야."

청사가 누구한테 보이는지 모를 불퉁한 태도를 취했다. 절벽에서 떨어진 인간이 멀쩡하게 살아 있다는 데 안도하지는 못할지언정, 발목 하나 나갔다고 투덜거리는 게 걱정해서인지 아쉬워서인지 참으로 모호한 태도였다. 고도는 얘가 날 걱정하는 건가, 아님 죽지 못해 아쉽다는 건가 몰라 한참 고민하다가 이내 고개를 끄덕였다. 그러곤 청사의 머리를 두드려 줬다.

"우리 대롱이가 주인 걱정도 해주고 말이지. 하늘에서 떨어진 잘생긴 선녀가 마음씨도 고와라."

"농담 받아 줄 기분 아냐. 못 움직이겠으면 업혀."

고도는 등을 내밀고 업히라 말하는 청사를 피해서 그 반대편으로 몸을 뺐다. 청개구리처럼 말도 더럽게 안 듣는다. 청사는 한 소리 하려다가 괜히 제 입만 아파 그만두었다. 고도는 근처 나무 기둥에 몸을 기대어 앉았다. 그 모습이 참으로 속 편해 보였다. 발목이 부러졌다면 끔찍한 고통에 몸부림 쳐야 할 텐데도 고도의 표정은 변함없었다. 단지 이마에 송골송골 맺힌 식은땀만이 고도가 고통을 인내하고 있다는 사실을 알려 주는 유일한 증거였다.

보통 사람이라면 자신을 이 꼴로 만든 소향에게 되갚아 주기 위해 열을 내는 것이 당연하다. 혹은 절벽 아래 겹겹이 쌓인 시체 더미를 보고 충격을 받거나. 고도는 일반적으로 유추할 수 있는 모든 행동과 다른 모습을 보였다. 그는 시체를 신경 쓰지도 않았고, 발목이 부러진 것을 소향의 일과 별개의 것으로 취급했다. 독기를 품기는커녕 소향의 일을 크게 염두 하지도 않는 태도는 청사 입장에서는 도저히 이해할 수 없는 것이었다.

청사는 고도를 알 수 없는 표정으로 바라보다가 등에 업히라 다시 말하지 않았다. 대신 고도의 옆에 자신도 엉덩이를 뭉개고 앉았다.

"아깐 나한테 안기기까지 한 주제에 이제 와서 내외 하냐? 등에 업히는 게 뭔 대수라고."

"썩 편해 보이는 등은 아니다만 싫어서 이러는 건 아니다."

"그럼 아파서 움직이기 힘든 거야?"

"그것도 딱히. 발목 부러진 게 무슨 대수라고 꾀병 부리며 이러고 있겠나."

"그런데 뭐하는 거야. 저 시체들과 계속 여기 있고 싶은 건 아닐 테고."

죽은 지 오래된 시체부터 시간이 얼마 되지 않은 것까지. 다양한 시체들은 그만큼 연령대나 얼굴과 덩치도 각양각색이라 공통점이라곤 찾아볼 수 없었다. 유일하게 남자라는 성별 자체라는 것만 빼면 말이다. 고도는 자신을 보자마자 다짜고짜 절벽 아래로 떠밀던 여우구슬의 힘이 떠올랐다. 저 시체들의 처지도 이러한 자신과 별반 다르지 않을 것이다.

"오뉴월에도 서리를 내리게 하는 것이 여자의 한이라더니. 여기까지 끌고 와서 남자들을 죽이고 있을 줄은 몰랐네."

"여우구슬 자체로도 그런 힘이 있는 줄 몰랐어."

"구슬 자체는 혼이 없으니 이런 짓을 못 벌이지. 그 구슬에 무슨 원혼이 씌어서 해괴한 짓을 벌이는 게다."

"흥, 요괴 퇴치하러 산에 왔는데 요괴는 없고 망량만 남아 사고를 치고 있군."

"그러게 말이다. 본전도 못 건질 쓸데없는 의뢰를 받았어."

청사는 자리를 털고 일어나 고도를 보챘다.

"그럼 빨리 가서 처리하자. 다리가 문제라면 내가 도와줄게."

"성급하게 굴지 않아도 된다. 어차피 소가 알아서 낭자를 제압하고 있을 거야. 일찍 가봤자 나까지 그 싸움에 휘말리게 될 테니 조금만 쉬었다가자."

"그 도깨비에게 떠넘기겠다는 거야?"

"으음? 우리 대롱이가 썩 불만인 표정인데."

"불만이랄 것까지야. 그냥 그 도깨비를 굉장히 신뢰하는 것 같아서 좀 이상한 거다."

어쩌면 조금은 뾰족하게 튀어나갔을지도 모를 말투였다. 그것은 이기적인 도사라는 족속이 같은 인간도 아니고 도깨비를 신뢰하는 데에 따른 자연스러운 반발심이었다. 다른 사람들에게 선뜻 마음을 내줄 것 같이 안 생겨서 고작 우락부락 생긴 도깨비를 믿고 있는 모습이 마음에 들지 않았다. 청사는 제 성격 같아서야 툴툴거리고 싶었지만 고도가 누굴 믿건 말건, 자신이 열을 낼 필요가 없다는 걸 상기하고 입을 꾹 다물었다.

"흐음. 신뢰라."

청사는 말을 곱씹는 고도의 옆얼굴을 보았다. 이렇게 가까이에서 사람 얼굴을 보긴 처음이라 그런지, 아니면 코앞에서 깜빡이는 속눈썹의 느낌이 묘한 감성을 불러일으켜선지, 청사는 이상한 기분이 들었다. 고도의 속눈썹이 의외로 길고 짙다. 피부는 성인 남성치고는 많이 부드럽고, 눈동자 색이 보통 인간들보다 더 깊어서 마치 심해를 보는 것처럼 신비로워 보였다. 이쯤 되자 청사는 픽하고 비웃음을 뱉게 되었다. 같은 남성체를 앞에 두고 피부가 곱다느니 눈이 신비롭다느니 되지도 않는 헛소리를 떠올리고 있었다. 청사는 이상한 기분에 사로잡힐까 봐 냉큼 고개를 돌려 버렸다.

"소가 뭔데 그렇게 신뢰해?"

청사의 물음에 고도는 턱 밑을 매만지며 답했다.

"소는 씨름 도깨비다."

"씨름 도깨비?"

"대롱이는 요괴라면서 그런 것도 모르는 멍청한 요괴였군. 공부를 좀 더 해야겠어."

"요괴라고 모든 요괴나 도깨비를 다 아는 줄 알아? 나는 도깨비에 관심 없어."

"그럼 이 정도는 기본이니 잘 알아 두도록. 도깨비는 세 종류로 나뉜다. 씨름을 통해 상대방을 제압하는 싸움 기술을 가진 씨름 도깨비, 방망이나 감투로 사람들을 약 올리는 요술 도깨비, 악귀와 마찬가지로 이 세상에 큰 해를 입히는 독각귀."

"그럼 그 녀석 요술 도깨비잖아. 감투도, 방망이도 있던데."

"그건 사정이 복잡해서 들고 다니는 것이다. 씨름이 주특기인 씨름 도깨비인 건 확실해."

어떻게 구분하는지는 몰라도 그러한 구분은 인간이 했을 터. 예부터 인간들은 존재하는 모든 것을 체계적으로 분류하여 기록하기를 좋아했다. 신이 그들에게 문자라는 것을 깨닫게 하면서 남겨 준 업이었다. 존재하는 것에 이름을 지어 준다. 그리고 어울리는 것들과 함께 묶어 분류를 나눈다. 인간은 아주 오래전부터 '명명자'라는 칭호를 가진 존재였다. 도깨비들은 자신들이 어떤 방식으로 구분되는지도 모른 채, 인간들이 씨름 도깨비라고 하니까 그런가 보다 하고 받아들일 가능성이 높았다.

"씨름 도깨비는 뭐가 다른데?"

"싸울 때 씨름을 해."

"그건 싸움이라기보다도 힘겨루기에 가깝다고 생각해."

"그래. 그 힘겨루기가 곧 싸움이야. 씨름 도깨비의 싸움 방식은 아주 명쾌하지. 우선 상대방에게 씨름을 걸어. 그 씨름에서 이기면 일종의 '조건적 힘'이 발휘 된다. 씨름 기술로 넘어간 상대는 도깨비에게 완벽하게 제압당하지. 씨름 이후에 어떤 싸움을 걸건, 요술이나 도술을 걸건 승리한 도깨비한테는 먹히지가 않아."

씨름 한 판으로 우선 상대를 정복하고 들어간다는 의미다.

"너와 같이 다니는 그 도깨비는 씨름을 잘하나 보다?"

"나는 지금까지 소가 씨름에서 진 모습을 본 적이 없어."

"호오, 그거 굉장한데? 하긴 그 덩치라면 씨름 기술에 걸려 뒤집힐 염려도 없겠어."

"인간이 아닌 존재와 씨름을 할 때 덩치는 아무 소용없어. 소가 강하니까 넘어가지 않는 거야."

"왜 그렇게 강한 건데."

"소는 모든 도깨비들의 우두머리거든."

도깨비들의 우두머리!

청사는 입을 쩍 벌렸다. 도깨비는 이매망량과 인간을 이어 주는 유일한 중간자적 존재다. 요괴들이 모두 제각각의 욕심에 집착하면서 도의를 잃게 되어 마물로 타락한 것과 달리, 도깨비는 태어날 때부터 죽지도 살지도 않은 존재로 선택받았다. 그들의 반수 이상은 몹시 개구지고 천진난만한 성격을 가졌다. 대부분이 민가로 숨어 들어와 아무나 붙잡고 씨름을 하거나 각 집안의 물건을 어지럽히기는 물론, 어처구니없는 내기 따위를 하며 사람들을 골려대지만 본질은 길을 잃고 헤매는 혼령들의 길잡이인 것이다.

선조들을 모시는 제사 의식을 가진 인간은 근본이 사후세계를 믿는다. 죽어서 갈 곳이 있다고 믿으면서 그곳에 가기 위해서는 저승사자의 안내를 받아야 한다고 생각한다. 하지만 저승사자의 업무에 속하지 않는 귀신 안내는 도깨비들이 대신 해주고 있으니, 이 때문에 그들을 염라계와 인간계를 이어 주는 유일한 존재로 인정했다. 인간은 자신이 어떻게 죽는지를 모르기에 혹여나 저승사자가 아닌 도깨비의 손을 잡고 명부로 갈 경우를 염려하여 생전에 도깨비들을 극진하게 대접해 주었다. 도깨비들이 민가로 내려와 까불거리며 제멋대로 굴어도 혼쭐을 내며 쫓아내기 퍽 골치 아파했다.

요괴들이 시시때때로 따지곤 하는 '서열'의 입장에서 본다면 도깨비는 인간보다 급수가 높다. 더군다나 소는 싸움이 주된 일이라는 씨름 도깨비며, 모든 도깨비들의 우두머리라 한다. 그런 대단한 도깨비가 고작 인간과 함께 여행을 하고 있다니 과연 누가 이 황당한 이야기를 믿을 것인가.

"그 도깨비가 뭐가 아쉬워서 너랑 붙어 다니는 거야?"

도깨비들의 왕국에서 왕관을 쓸 수 있는 유일한 자가 무엇이 아쉬워서 후줄근한 차림으로 인간 뒤꽁무니를 쫓는가. 아직도 믿을 수 없다는 얼굴로 쳐다보는 청사에게 고도는 미소를 지어 보였다. 그것은 쓰디쓴 약을 삼킬 때처럼 일그러진 미소였다.

"나와 소는 서로의 죄에 묶여 있거든."

덤덤하게 대답하는 고도를 보면서 청사는 더 이상 아무것도 묻지 못했다.

죄에 묶여 있다. 어떤 죄이기에 도사와 도깨비 우두머리가 함께 여행을 해야 하는 것인지를 떠올릴 수 없었다. 묻고 싶은 말이 산더미 같았지만 청사는 입을 떼지 못했다. 고도에게 캐물을 수 없는 특별함이 고도와 소 사이에 존재했다. 그 둘만이 해결할 수 있는 특별한 무언가. 그 성지에 청사는 감히 단순한 호기심만 갖고 발을 들일 수 없었다.

싫다. 도저히 파고들 수 없는 연대감으로 묶인 인간과 도깨비라니. 이래서는 인간과 도깨비가 친구 사이라 말해도 납득할 지경이지 않나.

"……대롱이?"

청사가 고도의 목 근처에 얼굴을 묻자 고도는 놀라서 청사를 쳐다봤다. 고도는 벼랑 끝에서 떨어져 시체 위를 굴렀기 때문에 땀과 흙먼지에 젖어 불쾌한 냄새가 나고 있을 터였다. 그런데도 청사는 고도의 목 부근에 코를 대고 천천히 숨을 들이마셨다. 고개를 들기는커녕 그대로 고도의 목에 이마를 대고 있었다. 고도가 시선을 내려 청사를 살폈다. 머리쪽지만 눈에 들어와 그가 어떤 표정을 하고 있는지는 알 수가 없었다.

고도는 어리둥절한 표정으로 청사를 가만 쳐다보더니 갑자기 손을 들어 청사의 머리를 쓰다듬어 줬다. 어린아이나 작은 짐승을 달랠 때처럼 부드러운 손길이었다. 청사는 고도의 태연자약한 태도에 괜스레 마음이 상해서 고도의 목덜미를 이로 콱 깨물며 툴툴거렸다.

"망할 인간."

"갑자기 욕을 먹다니, 나는 필시 오래 살 몸인가 보다."

"왜 너 같은 거랑 얽혀서, 이렇게 귀찮게 만들어."

"거, 그냥 놀러 나온 셈 치면 되지."

"팔자 좋은 소리만 하고 있고."

"하하하."

"웃지 마. 너 진짜 짜증 나."

"짜증 날 것도 많은 대롱이로다. 세상을 좀 부드럽게 보면 입 안이 덧나냐, 응?"

"……말 시키지 마. 너랑 대화 안 통해."

고도는 청사의 고통도 모른 채 자신을 끌어안고 있는 남자를 어린애처럼 토닥여 주기만 했다. 뒤통수를 쓰다듬어 주자 청사는 그 손길에 자존심 상하면서도 뿌리치지 못했다. 그는 고도의 목을 다시금 깨물었다. 이번에는 그의 목을 두 팔로 끌어안으면서 붉어진 얼굴을 꽁꽁 숨겨 버렸다.

"……짜증나."

"으라차차차차!"

―꺄아아아악!

소가 소향의 치맛자락을 잡고 벌러덩 뒤집을 때, 그녀는 기겁을 하며 비명을 질렀다. 열 손가락의 손톱을 기다랗게 만든 소향이 소의 얼굴을 쫘악 긁어 버리고 뒤로 물러났다. 소는 얼굴에 흉측한 손톱자국이 남은 얼굴을 감싸곤 시퍼런 안광을 빛냈다. 요망한 것이 잘생긴 얼굴을 다 망쳐 놨다고 쿵쿵 발을 굴렀다.

소향은 소의 무식한 짓거리에 새가슴이 벌렁거리는 기분을 주체할 수 없었다. 산적 같은 외모이긴 하나 도깨비감투도 있고 방망이도 들고 있기에 요력을 써서 지능적으로 덤벼들 줄 알았다. 설마하니 무작정 치맛자락을 붙잡고 뒤집기 위해 기합을 지를 줄 누가 알았겠나. 이리 무식하고도 호전적으로 달려올 줄은 생각도 못 했다. 그녀는 노여운 요기를 폭풍처럼 발산하며 외쳤다.

―사내자식이 어디에 손을 대는 거냐! 남자들이란! 남자들이라아안!

"시끄럽다, 썩 이리 오지 못할까?"

―감히, 감히 젊은 처자의 치마를 뒤집으려 하다니, 남자는 종족과 상관없이 다 똑같은 족속이구나!

소향이 전신의 요력을 끌어 올려 팔을 휘둘렀다. 구미호의 환영술에 덧대어진 산속 풍광이 순식간에 아지랑이처럼 일그러졌다. 그 속에서 나무들은 촉수처럼 나뭇가지를 휘둘렀다. 어이구마, 하고 괴상한 감탄사를 뱉은 소가 나무들의 공격을 피했다. 아예 동물처럼 날아드는 나뭇가지를 붙잡아 부러뜨리고 매듭을 지어 던져 버리기까지 하니, 저게 구미호의 요술을 얕보는 것이 아니면 대체 뭐겠는가.

화가 머리끝까지 솟구친 소향이 근처의 바위를 들어 올렸다. 성인 장정 다섯 명이 양팔을 벌리고 서야 겨우 안을 수 있을 만한 거대한 바위였다. 소향은 그것을 단숨에 나뭇가지 사이를 헤치는 소에게 집어 던졌다. 날아오는 거대한 바위를 보며 소는 츠츠, 습관처럼 그 같은 소리를 냈다.

"무슨 여자가 저렇게 힘이 세?"

그렇게 툴툴거리고 있으나 소는 이미 양 주먹에 도깨비불을 끌어모으는 중이었다. 눈이며 머리며 피부며 옷이며 할 것 없이 새파랗게 불타오르던 힘이 양 주먹에 응집되었다. 소는 다시 한 번 기합을 불어넣었다.

"으라차차!"

파란 불 주먹을 휘두르자 포물선을 그리며 날아오던 바위가 산산조각이 났다. 허공에 돌가루가 튀고 잘게 부서진 조각들이 비처럼 바닥으로 떨어졌다. 소향은 머리 위로 쏟아지는 돌가루들을 신경질적으로 날려 버렸다.

─죽은 인간들을 명부까지 데려다주는 차사 주제에! 고작 도깨비가 인간사에 이리도 관여하다니! 분하고 원통해서라도 널 죽여야겠다!

"매한가지다! 너 역시 죽어 떠도는 혼 주제에 산 사람들을 죽이고 있지 않은가! 저승사자들이 널 아직도 안 잡아가는 이유를 모르겠군."

─저승사자들도 죄다 죽여 버리고 있으니까!

"거, 명부의 지옥문 여덟 개 앞에서 원죄를 물으면 나락으로 떨어질 소리군. 사자들까지 내쫓는 혼이라니."

─시끄러워어어엇. 여자 꽁무니를 쫓아다니는 사내새끼들은 다 발정 난 것들이다! 핏줄이든 혈육이든 상관없이 모두 다아 짐승이야! 남자란, 남자들이란!!

이전보다 더 거세게 공격하는 나뭇가지들을 손으로 뿌득뿌득 부러뜨린 소가 옳다구나 달려 나갔다. 소는 제정신이 아닌 듯 미친년처럼 비명을 지르는 소향을 냉큼 붙잡았다. 그녀가 다시 한 번 치마와 저고리를 붙잡은 소를 향해 열 손가락을 그으려 들었지만 이번에는 소가 더 빨랐다.

"으라차, 넘어간다!"

―꺄악!

소는 허리를 숙여 소향을 발라당 업어 치기 했다. 광기에 사로잡혀 주변을 살필 겨를도 없던 소향은 변변한 저항도 하지 못하고 바닥에 처박혔다. 그녀가 헐떡이며 몸을 일으키려 했다. 하지만 손오공이 수천 근의 바위 밑에 깔려 삼장법사가 구해 주기 전까지 아무런 힘도 못 쓸 때처럼 그녀 역시 무언가에 짓눌린 듯 손가락조차 움직이지 못했다.

씨름에서 이긴 소는 널브러진 소향의 등 뒤에 발을 밟고 섰다. 소향은 발 한 짝이 등 위에 얹어진 것뿐인데도 커다란 바위로 짓눌리는 것과 흡사한 기분이 들었다. 그녀는 옴짝달싹도 하지 못하면서 소를 흉흉하게 노려봤다. 건방지게 발 하나로 자신을 제압하려 드느냐며 충만한 요기를 방출하는 것도 잊지 않았다. 소는 대수롭지 않은 표정으로 소향이 하는 짓만 잠자코 구경했다. 날카로운 구미호 요술은 소에게 날아가기도 전에 허공에서 사라져 버렸다. 소향이 다시 한 번 요력을 발산했지만 이번에도 모든 공격이 무위로 돌아갔다. 소향의 그 어떤 요술도 더 이상 소에게는 소용없었다.

이를 벅벅 간 소향은 이번에는 소를 직접 공격하는 대신 주변의 자연물을 이용했다. 처음에는 나무들을 조종해 소를 공격했다. 바닥에 부서져 굴러다니는 돌덩이들을 날리고 한차례 지진을 일으키듯 바닥을 뒤집었다. 그래도 소는 꿈쩍도 않았다. 도깨비는 츠츠츠, 괴상한 웃음을 뱉으며 팔짱을 낀 채 떡하니 소향을 한 발로 밟고 서 있을 뿐이었다. 이미

소향이 내뿜을 수 있는 요력의 경지보다 한 차원 더 높은 곳으로 발돋움한 듯, 그는 소향의 발악에 여유로이 콧수염만 징리했다.

—왜 다들 나를 방해하는 것이냐! 난 너와 아까 그 요괴를 건들지도 않았는데!

소향은 하얗게 까뒤집힌 눈을 번뜩이며 독기를 담아 외쳤다.

—난 인간만 상대한다. 이 산에 들어온 것들만 상대한다고!

"이유는 관심 없다. 네가 고도를 밀어 버린 순간 내 행동이 정해진 거니까."

—도깨비가 왜 인간을 감싸지? 너희는 죽은 인간을 돌보지, 산 인간은 관심도 없잖아!

"난 산 사람이건, 죽은 사람이건, 그 어떤 인간들 편에도 서지 않고 그들을 감싸지도 않는다."

—그런데 대체 왜!

"네가 건드린 남자가 '고도'라서 그런 거다."

고도라는 단어를 인간이나 남자와 같은 것으로 취급하지 않는 소였다. 도깨비의 괴이한 말투는 고도를 분명 하나의 존재로서 존중해 주고 있었다. 도깨비가 산 인간을 신뢰하며 믿고 있는 형상이다. 어떠한 복잡한 사연이 엮인 듯하나, 소향은 그런 자질구레한 뒷이야기까지 캐물을 만큼 여유를 부릴 입장이 아니었다. 그녀는 손톱을 세워 바닥을 박박 긁으며 울었다.

—날 놔줘라. 절벽에서 남자들의 등만 밀 수 있다면 너희 일행은 무탈하게 이곳을 빠져나가도록 하마. 건들지 않겠다.

"그럼 그 낭자 몸에 계속 붙어 있겠다는 소린가?"

—물론이지!

"그럼 안 되겠다. 고도한테 그 낭자를 무사히 지켜 주라고 부탁 받았거든. 도깨비 된 도리로서 부탁과 약속을 저버리는 것은 안 될 말이야."

－볼일이 끝나면 이 여자도 무사히 마을로 내려 보내마. 약속하지!

소는 흐음, 둔탁한 신음 소리를 냈다. 엄밀히 따지면 도깨비는 요괴와 인간의 일에 간섭할 필요가 없다. 요괴들이 인간을 잡아먹고, 인간이 도력을 이용해 요괴들을 상대하는 철천지원수 지간은 오랜 세월의 전통이라 할 수 있었다. 이제 와서 요괴의 행동에 도깨비가 관여하면 그동안의 불문율이 깨어지는 결과만 나올 터. 마음 같아서야 모른 척하고 싶은데 이게 또 일이 복잡하게 이것저것 엉킨 꼴이라 쉽사리 발을 뺄 수가 없었다. 고도가 얽혀 있는 일이다. 그리고 직접적인 요괴 소행이 아니라 인간의 원혼을 조종하는 여우구슬의 짓이다. 명백하게 일을 구분 짓기에는 그 경계선이 제법 오묘했다.

－약속하마. 여자는 무사하게 돌려보낸다고.

재차 자신의 신의를 믿어 달라는 원혼의 말에 소는 턱수염만 긁적였다. 갈등하는 소의 등 뒤에서 목소리가 들린 것은 그때였다.

"백여우 구슬이 불여우 짓을 하는군. 인간 앞에서 요괴가 약속 운운하다니."

무감정하여 목소리에 색깔이 있다면 검은색이나 회색에 가까운 자가 반색하며 고개를 돌린 소에게 손을 흔들어 보이고 있었다. 그는 절벽 아래에서 청사와 함께 가벼운 몸놀림으로 두둥실 떠오르고 있었다. 저 기가 막힌 실력은 도사가 아닌 요괴의 짓이었다. 요력을 이용해 허공을 걷는 솜씨는 구름을 타고 다니는 도사들 못지않았다.

청사의 품에는 거동이 불편해 보이는 고도가 안겨 있었다. 땅에 내려와서도 서 있는 자세가 불안정했기에 청사가 그의 몸을 지탱해 주고 있었다. 어깨나 팔을 붙잡고 있어도 될진대, 허리를 안고 있는 자세로 남다른 친밀감을 표했다. 절벽 아래서 무슨 일이 있었는지 소가 보기엔 퍽 남세스러운 접촉을 당당하게 행하는 것이다. 한데 보아하니 청사나 고도나 두 당사자들은 그런 자신들의 행동을 인식하지 못하고 있었다.

고도는 생전 남의 눈치 한 번 보고 산 적 없는 도사이니 저리 둔감한 건 내버려 둘 손 친다하더라도, 청사의 짓은 확실히 비정상 아닌가. 꺼림칙한 시선으로 청사를 보던 소는 소향에게 모든 관심을 집중한 고도를 보며 쯔쯔 혀를 찼다.

둔한 놈이 하나가 아니라 둘이구나, 하면서.

"소, 수고했다."

둔한 놈 일 순위가 속으로 제 욕하고 있을 소에게 속 편한 칭찬만 건넸다. 고도의 칭찬에 소는 어깨만 으쓱였다. 소향은 소의 발아래 깔린 채이만 빠득빠득 갈면서 고도를 노려봤다. 보통 인간이라면 저 절벽에서 떨어진 즉시 즉사일 텐데 그는 목숨이 붙어 있다 못해 멀쩡하기까지 하다. 도술도 차단된 이 공간에서 무슨 수를 썼기에 무탈한가. 지금까지 수많은 남자들의 등을 떠밀어 절벽 밑으로 곤두박질치게 했지만 멀쩡하게 살아남은 이는 눈앞의 남자가 처음이었다.

—어째서 멀쩡한 거지!?

"걱정 마라, 멀쩡하지 않다."

부러졌지만 임시방편으로 끼워 맞춘 퉁퉁 부은 발목을 보여 주며 그리도 뻔뻔스럽게 대답하는 고도였다. 소향이 독기가 가득 찬 목소리로 외쳤다.

—이곳은 도술을 쓸 수 없는 공간이다! 어째서 그 높이에서 떨어지고도 멀쩡하느냐 말이다!

"그건 나도 예전부터 의문이었다. 나는 쉽게 죽지 않더군."

—아주 지능적으로 상대방을 약 올리는 그 말투가 너무 괘씸하구나!

"사실만을 말하고 있는데 그것을 빈정거림으로 받아들인다면, 네 사고방식이 삐뚤어졌기 때문이다. 속이 꼬여도 아주 단단히 꼬인 녀석이로고."

고도는 청사의 품에서 빠져나와 소의 발아래 깔려 있는 여자에게 다가갔다. 걸음걸이는 불안하고 위태로워 보였으나 표정 없는 얼굴은 부러진 발목을 대수롭지 않게 여기고 있었다. 그는 허리춤에 낡은 무명지로 둘둘 말린 검을 풀었다. 누렇게 뜬 피륙 안에서 그에 못지않은 녹슨 검 한 자루가 모습을 보였다. 세월에 빛이 바랜 오래된 유물처럼 아무 장식도 없는 검이 고도의 손에서 기괴하게 빛났다. 고도는 그 검을 소향의 목덜미에 정확하게 겨냥했다.

"산 요괴였다면 죽통에 봉인했겠으나 인세에 미련이 남은 원혼이라면 봉인이라는 자비를 베풀어 줄 수 없다."

─이제 보니 더럽게 잔악무도한 놈이구나!

"이런, 부끄럽다. 그렇게 열 올리며 칭찬하지 않아도 된다."

떨떠름해진 소향의 표정과 달리 고도의 발언은 진지하기만 했다. 상대방이 전의를 잃게 하는 참으로 대단한 말주변이었다.

"네가 남자들만 골라 등을 밀어 버리는 취미를 가졌다면 나도 각자의 취향은 존중하도록 하마. 하지만 그 취향 나한텐 강요하지 말도록."

─누가 그런 더러운 취향이 있다는 거냐! 그리고 누가 너보고 대신 남자들을 절벽 아래로 밀어 달래!?

"그런 게 아니라면 이렇게 발악하면서까지 여자들을 꾀어내 남자들을 죽이는 것이냐. 알고 보니 여자가 더 좋았던 거냐? 내가 소녀들을 좋아한다만 그녀들끼리 사랑하는 것을 응원하라면, 으음, 으으으으음."

심각하게 고민하는 고도의 모습에 소향은 두 손을 달달 떨었다. 아주 질색을 하며 고도를 노려보면서 저 대책 없는 사고방식에 동조하지 않기 위해 애를 썼다.

—헛소리 작작해. 난 여자들이 좋아서 여자들만 꾀어내는 것도 아니고, 남자들의 등을 떠미는 취미도 없어. 신속에 들어온 여자들을 보호하려고 하는 거다. 여자를 겁탈하려는 남자들을 모조리 죽이는 건 덤이라고!

구천을 떠도는 귀신들의 미련은 한결같다. 그들은 자신들의 원통함을 달래기 위해 산 사람들을 괴롭히는 것을 알지 못했다.

고도는 마음 같아서야 저 불쌍한 영혼을 승천시켜 주고 싶었지만 변변한 제령 능력이 없어 불가능한 바람이었다. 죄 지은 영혼에게 자비를 베풀기 위해서는 신에 대한 믿음이 필요하다. 귀신에 홀린 사람에게 팥이나 소금을 뿌리는 것과 그 힘이 진정으로 귀신에게 영향을 미칠 수 있는 것도 믿음에서 비롯된 것이다. 고도는 무속을 믿지도, 섬기지도 않는다. 그래서 수많은 요괴는 잡아 죽이거나 봉할 수 있어도 원한이 남아 구천을 떠도는 이 원혼을 달래어 승천시킬 힘은 없다. 할 수 있는 것이라곤 존재 자체를 지워 버리는 퇴마뿐. 고도는 제 분에 못 이겨 흐느껴 울기 시작한 소향을 보며 착잡한 심정을 감출 수 없었다.

그녀는 북받쳐 오른 심정을 억누르지 못하고 정체 모를 남자의 이름을 읊조렸다. 한이 맺힐 만큼 원통하게. 그러나 한편으로는 그리워하며 애태우는 목소리였다.

—어리석은 동생 때문이다. 그런 못난 놈 때문이라고!

소향의 새하얀 눈동자 너머에 핏물이 가득 찼다. 그것은 곧 볼을 타고 흘러내렸다. 혼령의 감성을 빌어 피눈물을 흘리는 소향에게, 고도는 더 이상 영양가 없는 말장난을 붙이지 않았다.

−누나야, 집에 가자.

−안 된다. 어서 누나 손 꼭 잡고 따라온나.

−내 억수로 배고프다. 어무이 밥 먹고 싶다.

−칭얼거리면 놓고 간다?

−에이씨, 그라믄 퍼뜩 가자. 퍼뜩 고개 넘어서 보리밥 하나 사도.

을씨년스러운 밤 고개를 넘으면서 두 오누이는 서로의 손을 꼭 붙잡았다. 바스락거리며 신에 밟히는 나뭇잎 소리가 유독 우렁차게 들렸다. 부엉이 우는 소리, 풀벌레 우는 소리, 고개를 넘어 불어온 바람소리가 더해지자 온몸의 털이 곤두서고 오금이 저리며 침이 꼴깍 넘어갔다. 그럼에도 누이는 제 남동생의 손을 꼭 붙잡았다.

여기서 잡히면 아버지가 장작으로 잘라놓은 땔감으로 다리가 부러질 때까지 두드려 팰 것이다. 멍석에 말아 저 높은 곳에서 굴려 버리거나 건넛마을 처녀들만 탐한다는 탐관오리에게 싼 값에 팔아 버릴지도 모른다. 아버지란 작자는 항상 어린 오누이에게 노동력을 착취하면서 술을 퍼마셨고 허구한 날 오누이를 잡아 팼다. 더 이상은 이렇게 살 수 없다면서 늦은 밤 산을 넘을 생각이었는데 이것은 보기보다 힘든 일이었다.

남동생은 다리가 아프다면서 어머니가 보고 싶다 하고, 누이는 어머니께 인사도 못하고 이리 도망치는 불효에 눈시울이 붉어졌다. 도망친 다음에 다른 이의 도움을 받아 어머니도 무사히 데리고 오리라. 절름발이인 어머니까지 모시고 아버지의 손아귀에서 빠져나가려 했다간 셋 다 죽음을 면치 못하리니.

−누나야, 이 뭐꼬? 이 뭔데 이리 발에 채이노?

어머니 생각에 가슴이 먹먹했던 누이가 동생의 화들짝 놀란 소리에 고개를 돌렸다. 날은 어둡고 구름은 작은 달마저 가려 버려 온전하게 눈앞을 구분하기란 불가능했다. 누이는 눈을 가느다랗게 뜨고 동생이 손에 쥔 것을 봤다. 그것은 뭉텅이로 빠져 있는 짐승의 털이었다. 색깔을 확신할 수는 없지만 흰색 혹은 그에 준하는 살구색인 듯했다.

　-여우털 아이가?

　-여우? 어어? 저 봐라, 저기 시체 있다. 시체 맞재?

　동생은 누나가 꼭 쥔 손을 풀고 앞서 달렸다. 누이가 놀라서 우두두 달리는 동생을 향해 팔을 뻗었지만 허공만 허우적거렸다. 누이의 목소리가 다급하게 "얘!"하고 다급히 불렀으나, 동생은 들은 척도 안 했다. 동생은 하얀 여우는 마님들한테 비싸게 팔린다면서 좋아하다가 여우 사체의 목덜미를 잡아 올렸다. 사체를 앞뒤로 살피던 동생이 갑자기 사시나무처럼 떨기 시작했다.

　-누, 누나야.

　누나가 헐레벌떡 동생에게 달려갔다. 동생 손에 여우 시체가 대롱대롱 매달려 있다. 동생 말마따나 하얀 털을 가진 여우였다. 그리고 꼬리가 아홉 개 달렸다.

　-구, 구미호다! 어서 놔라! 큰일 당한다!

　누이가 동생의 손을 철썩 때렸다. 시체를 발 등 위에 떨어트린 동생은 한동안 말이 없었다. 누이가 어깨를 잡고 흔들고 나서야 동생이 고개를 돌렸다. 뭔가에 홀린 듯 눈동자에는 초점이 없었다.

　-나 배고프다.

　-내가 밥 사준…… 꺄악!

　-내 배고프다 안 캤나!

　동생이 누이를 쓰러트리고 그 위에 올라탔다. 희멀건 눈으로 누이를 쳐다보는 동생은 제 아비가 술에 취해 미닫이문을 쾅 열고 돈 벌어 오라 호통을 칠 때만큼이나 미쳐 있었다.

　-배고프다!

동생의 손이 누이의 저고리를 잡아 뜯었다.

─내가 동생 같은 사내를 벌하겠다는데 왜들 이리 방해냔 말이다!

피 눈물을 흘리는 소향이 한꺼번에 요력을 개방했다. 구미호라는 상급 요괴의 힘이 터져 나오자 그녀를 한 발로 밟고 서 있던 소의 발바닥이 저 릿할 정도였다. 팔짱을 끼고 여유만만하게 콧수염이나 다듬던 소가 인상 을 찌푸렸다. 그는 팔짱을 풀고 다리에 힘을 주었다. 제대로 씨름 도깨비 의 힘을 발휘하자 막무가내 화풀이 식으로 요력을 내뿜던 소향이 비명을 질렀다. 그녀가 잔기침을 하면서 바닥으로 피를 토했다. 눈가와 두 볼 그 리고 입술과 턱을 새빨간 액체가 적셨다. 잠자코 지켜보던 고도가 그제 야 제지를 하고 나섰다.

"소, 힘자랑 적당히 해라. 낭자 몸이 견디질 못한다."

"나보다 이 원혼의 폭주부터 막지 그러냐. 피 토하는 게 심상치 않아 보인다."

얼굴부터 가슴까지 붉게 물들인 몰골이 가히 기괴스럽다. 한편으로는 마음이 딱해 그놈의 여우구슬이 왜 이런 산중에 버려져 있을까 원망스럽 기도 했다. 여우 요괴들이 구슬을 제 몸에서 떼 놓는 경우는 딱 두 가지 다. 하나는 죽어서 몸에서 떨어져 나가거나, 다른 하나는 고의로 사람을 홀릴 생각에 버리거나.

여우 요괴들은 달에서 떡방아 찧는 토끼들이 종종 내려오는 토월산에 터를 잡고 산다. 방아 찧는 토끼들이 주된 식거리기도 했지만 그런 토끼 들에게 동아줄이라도 내려주십사, 터무니없는 소원을 비는 인간들이 왕 왕 그 산을 찾기 때문이다. 사람 간을 일천 개 삼키거나 백 일 동안 남자 와 진정한 사랑을 한다면 영원히 인간으로 살 수 있다는 전설이 여우 요 괴들 사이에 퍼져 있다. 실제로 이러한 방법을 통해 인간이 된 여우 요괴 들 이야기가 전해지기 때문에 사람들 왕래가 잦으면서도 그들의 몸을 숨기기 좋은 토월산은 최고의 안식처나 다름없었다. 그런데 이렇게 사람이 오가지 않는 외진 산에 구미호의 구슬이 굴러다니고, 그걸 통해 원혼이 힘을 얻었다니. 퍽 수상한 점이 아닐 수가 없다.

"원귀야."

고도의 부름에 열 손톱으로 바닥만 벅벅 긁던 소향이 새빨간 눈을 들었다. 아직도 자신의 죗값을 모르는 여자 앞에 가만히 자리를 잡고 앉았다. 그러고는 그녀의 목 밑까지 들이밀었던 검을 조용히 검집 안으로 물렸다. 비무장한 모습으로 태평하게 앉으니 청사가 그런 고도를 말리려 들 만했다. 하지만 고도는 손을 저으며 청사의 간섭을 거부했다.

"네가 한을 풀기 위해서 무슨 짓을 했는지 아느냐."

지금 설교라도 할 셈인가. 소향은 악에 받쳐 소리쳤다.

─나와 같은 여자들을 도와주었다. 남자들을 벌하기도 했단 말이다!

"그 욕심 때문에 여우구슬에 잡아 먹혀서 처자들까지 모조리 죽인 주제에 참으로 뻔뻔한 족속이구나."

─누가 여자들을 죽였단 말이냐!

"그렇다면 네가 도와줬다는 여자들은 모두 어디 있지?"

─마을로 돌려보냈다!

"아니, 아무도 마을에 돌아오지 않았어. 이 산속에서 모두 사라졌다. 그렇지, 대롱아?"

시선만은 소향에게 고정한 채 고도는 청사에게 물었다. 청사는 고개를 끄덕였다. 그는 산 입구에서부터 줄곧 인간의 기척이라곤 고도와 소향 외에 아무도 없던 사실을 떠올렸다.

"그래. 이 산에 '산 사람'은 없어."

─요괴랑 도사가 짝을 지어서 한 맺힌 영혼을 모함하는 구나……!

그녀가 억울해 외쳤지만 고도는 가차 없이 그녀를 비난했다.

"모함이란 것은 자고로 트집 잡을 구실이 있을 때나 가능한 것이다. 네가 하는 짓은 욕 들어 먹어 마땅한 짓이다."

-아니다, 아니다, 아니다! 난 여자들을 도우려 했다! 일이 끝나면 그녀들을 모두 돌려보냈다고!

고도는 소향의 얼굴을 붙잡았다. 눈과 코와 입에서 흘러내린 피 때문에 손바닥이 금세 붉게 물들었다. 고도는 젖은 손이 미끄러지지 않도록 하며 그녀에게 바싹 얼굴을 붙였다.

"어리석구나. 고작 평범한 마을 여자들이 여우 요괴의 힘을 감당할 수 있으리라 생각했느냐. 그녀들은 죽은 너와 다르다. 꽃봉오리거나 이제 막 만개하기 시작한 여린 꽃들이라 무식하게 내뿜는 요력에 금세 시들어 버린단 말이다. 이미 죽어 혼령이 된 자네야 그 힘에 영향을 받지 않겠지."

-아니다, 아니야!

"너무 익어 버린 석류는 억지로 열지 않아도 톡 하고 터지는 법이다. 네 힘을 견디지 못한 처자들은 시름시름 앓다가 피를 토하고 죽어 버렸다. 이제 알겠느냐."

소향은 제 입과 눈에서 뚝뚝 떨어진 피가 고도의 손바닥 위에서 고이는 모습을 넋 놓고 바라봤다. 지금까지 만난 여자들 모두가 피눈물을 흘렸다. 그것이 단순히 자신의 한 때문이라 생각했건만, 사실은 요력을 감당하지 못한 여자들의 여린 육신이 죽음을 목전에 두고 보내던 신호였단 말인가.

-나는……, 나는…….

목이 멘 그녀가 하염없이 눈물을 흘렸다. 단지. 그저 단지 동생에 대한 비통함이 너무 커서, 그리고 자신의 모습이 비참하여 자신과 똑같은 꼴을 당할 여자들을 지켜 주고 싶었을 뿐이다. 구슬의 힘은 그러기 위해 이용한 것이거늘, 어찌 일이 이렇게 틀어질 수 있단 말인가.

"요괴는 욕심을 먹고 자란다. 죽은 자네가 집착한 여자들의 목숨을 구슬이 모조리 빨아들인 게다."

고도는 오열하는 그녀의 입 속으로 손가락을 집어넣었다. 입 한쪽에 꼬옥 깨물고 있던 여우구슬이 손끝에 닿았다. 고도는 그것을 억지로 잡아 뺐다.

"그대가 요괴의 힘을 빌려 무언가를 하고 싶다 마음먹은 순간, 그것은 어떤 방식으로든 산 사람들에게 해가 돼버리고 만다. 그것이."

고도는 어린아이 주먹만 한 그 구슬에 힘을 주었다.

"그것이 요괴의 방식이다."

쩍쩍. 마른 논두렁처럼 금이 가던 여우구슬이 이내 가루가 되어 고도의 손 위에서 흩날렸다. 꺽꺽거리며 울던 소향의 몸을 뒤덮고 있던 요력이 힘을 잃기 시작했다. 산 한 면을 도술도 쓰지 못하게 만들 정도로 영향력을 미치던 강한 힘이 흩어지고 있었다. 고요하던 산에 바람이 불고 풀벌레 소리가 들려오기 시작했다. 어느 산에서든 느낄 수 있는 생기와 활력감이 산의 상태가 정상으로 돌아왔음을 알려 주었다.

깨어진 구슬과 함께 허공으로 사라진 요력은 그것이 가득 메우고 있던 자리에 원혼의 형상을 남겼다. 어깨를 들썩이며 울던 소향의 머리 위로 연기 같은 것이 흘러나왔다. 그것은 흡사 인간의 형상을 닮은 안개였다. 소향과 나이 차이도 얼마 나지 않을 것 같은, 꽃다운 미모의 소녀였다.

'동생이 나를 강제로 취하는 천륜을 어겼을 때, 그 비통함을 세상에 알리고 싶었다. 형제도 이럴진대, 하물며 여자 뒤를 쫓는 외간 남자는 어이할꼬.'

"이승에는 언제나 아쉬움이 남기 마련이다. 미련과 집착이 모인 곳이 이 세상 아니겠는가."

'이게 아닌데. 이게 아니었는데.'

"이제라도 알아 다행이구나."

'이게 아니었다. 이게 아니었다.'

두 손에 얼굴을 묻은 소녀의 모습이 천천히 흐려졌다. 동생에 대한 원통함은 아직도 가시지 않았다. 그 슬픔만 느끼고 저승으로 갔다면 차라리 마음이 무겁지는 않았을 텐데. 그녀는 자신의 오만과 욕심이 빚은 수많은 사람의 죽음에 대한 죄책감에 말도 잇지 못하고 울었다. 뿌옇게 흐려지는 소녀의 형상이 억울하게 죽어 간 여자들과 남자들의 망량을 향해 말했다. 뜨거운 태양을 삼켜도 그보다 힘겹게 울지는 못할 것이다. 소녀는 눈물범벅이 된 얼굴로 연신 같은 말만 내뱉었다.

'미안해요. 정말 미안해.'

진심을 알아주듯이 계곡에서 서늘하고 차가운 바람이 한바탕 몰아쳤다. 소녀와 함께 깨어진 구슬 가루가 하늘 높이 날아갔다.

원혼이 사라진 소향의 얼굴을, 고도는 한참동안 들여다보았다. 그답지 않게 진중하고 서글픈 표정이었다. 하지만 누가 볼세라 이마를 덮고 있던 앞머리를 눌러 표정을 가린 고도는 무거운 몸을 억지로 일으켰다. 그는 아무 말 없이 근처를 돌아다녔다.

원혼이 씌어 죽음을 맞이한 여자들의 시체는 근처에서 발견할 수 있었다. 마을 사람들이 행방불명된 지 몇 달 됐다던데 여자들의 시체는 부패되지 않고 깨끗하기만 하다. 절벽 밑에 쌓인 남자 시체들과 비교하면 눈에 띄는 차이였다. 그것이야말로 소녀가 같은 여자들을 지키고자 한 마음의 힘이 아니었을까.

고도는 벼랑 밑에 굴러다니는 남자 시체들과 잠을 자는 것처럼 깨끗한 여자 시체들을 한데 모았다. 한 구, 두 구 모아서 나란히 눕히니 사지육신 멀쩡한 사람부터 손발이 사라져 짝짝이가 된 이들까지 그 모양새가 다양했다. 살이 썩는 역겨운 냄새가 나는데도 고도는 아무 말도 하지 않고 묵묵하니 시체들만 끌어 모았다.

청사는 고도의 뒷모습이 신경 쓰여 시체 옮기는 일을 도와주지 못하면서 고도의 눈치만 살폈다. 고도는 도와달라는 말을 하지 않았다. 아니, 나서지 말라는 듯 소와 청사의 접근을 경계하기까지 했다. 청사가 보기에 그런 고도는 제법 심란해 보였다. 언제나 자신만만하던 남자가 고작 원혼이 벌인 일에 감정적으로 흔들릴 줄 몰랐다. 무관심하고 세상 돌아가는 꼴에 눈이 어두운 도사라 생각했는데 감성적인 면도 있다는 사실을 처음으로 알았다.

"이봐, 뱀 요괴."

고도의 모습을 눈으로 좇던 청사가 걸걸한 부름에 고개를 돌렸다. 도깨비 소가 직접적으로 청사에게 아는 척을 해보였다.

"왜 불러?"

소는 첫 대화에서부터 자연스레 하대를 하는 청사를 '요놈 봐라'라는 시선으로 가늘게 쳐다봤다. 그의 배짱과 오만함이 제법 마음에 든 듯 소가 누런 이를 드러내며 씨익 웃었다.

"내가 원체 오지랖 넓은 도깨비라 말이다. 네가 하는 행동을 보아하니 저 인간한테 관심이 많아 보이는 게 썩 재밌더라고."

소가 턱 끝으로 가리킨 이를 확인한 청사는 두 눈을 날카롭게 떴다. 감정적으로 격해지는 청사의 반응을 보고 소가 소리를 죽여 끌끌 혀를 찼다. 소는 마치 이런 충고가 처음이 아닌 양 제법 익숙한 투로 말했다.

"수많은 요괴가 그에게 다양한 목적으로 관심을 표했지만, 결과적으로 함께 움직이는 이는 나와 미호라는 여우 요괴가 전부다."

자신의 입장에 우월함이라도 보일 심산인가. 청사는 기분이 틀어져 말투마저 삐딱해졌다.

"지금 네가 잘났다고 자랑이라도 할 셈이야?"

"츠츠츠, 좋은 말을 해주려고 해도 이리 까칠하게 받아들이니 원."

"좋은 말은 무슨. 지금 내 신경만 긁고 있잖아."

"그래, 그럼 됐다."

미련도 없이 등을 휙 돌리는 소를 보고 청사는 저도 모르게 그의 팔을 턱 쥐었다. 겉으론 짜증을 부렸지만 실상은 소가 무슨 말을 하려 했는지가 몹시도 궁금했다. 본인에 관한 이야기였다면 관심을 끊었겠으나, 은연중에 비춘 대화 주제가 고도라는 점이 신경 쓰였다. 청사는 살짝 아랫입술을 깨무는 뜸을 들인 후에야 속삭이듯 물었다.

"나한테 할 말이라도 있어? 고도와 관련된 말이야?"

소는 파란 안광 너머로 청사를 응시했다.

"너 혹시 고도랑 같이 다니고 싶냐?"

"미친 거 아냐? 누가 같이 다니고 싶대!?"

"아님 말고."

"그…… 그, 잠깐! 뭐야, 왜 자꾸 궁금하게 만들고 한 발 빼냐! 말할 거면 썩 말해."

"네가 정말로 저 인간이랑 같이 다니고 싶어 하는 것 같아서 도움이라도 돼줄 말을 하려 했지."

와, 이것들이 쌍으로 속을 뒤집어 놓는구나. 인간은 언변으로, 도깨비는 약 올리면서. 누가 서로를 신뢰하는 붕우 아니랄까 봐 하는 짓도 똑같았다.

청사는 화를 꾹 눌러 참았다. 도깨비 눈에는 자신이 고도에게 남다른 관심을 보인 모양이었다. 그래서 언질을 하겠다는데 듣지 않는 것보다야 뭔가 나은 정보를 받을까 싶어서 애써 치밀어 오르는 성격을 죽였다.

"……뭔데?"

청사가 얌전하게 귀를 기울이자 소는 고도의 눈치를 보다가 목소리를 낮춰 얘기했다.

"네가 고도랑 함께 다니고 싶다 하면 그는 직접적으로 그 이유를 물을 거야. 그때 대답을 신중하게 해."

"뭘 어떻게 대답해야 하는데?"

"고도는 심각한 걸 별로 안 좋아해. 음식이건, 옷이건, 날씨건 질척이는 것보다 담백하고 가벼운 걸 좋아하지. 네가 고도를 어떻게 생각하는지는 몰라도 그 감정은 보이지 마라. 그 감정이 조금이라도 진지해지면 부담스러워 당장에 널 죽통에 처박을 것이다."

고도에게 진지함이라곤 죽에 쑬 데도 없고, 항상 상대방 기운 빠지는 언행만 일삼아 사고방식이 독특하다 여겼더니만 알고 보니 심각한 상황 자체를 싫어하기 때문이란다. 한없이 가벼운 듯 굴던 놈이 그 가벼움을 싫어하고. 진지한 상황을 피하려 하고. 속내를 보이지도 않고. 청사는 신경질적으로 머리를 벅벅 긁었다.

"무슨 인간이 그렇게 복잡하게 굴어?"

"인간이니까 복잡하지."

"대답 한 번 명확하네."

"정말로 네가 고도랑 같이 다니고 싶다면 인간인 고도에게 사특한 정은 보이지 말거라. 보아하니 그는 널 가축으로 마음에 들어 하는 것 같다. 이 김에 주인만 모시는 뱀이라도 돼보는 건 어떻겠나."

누구는 붕우이고, 누구는 가축이라니. 도깨비와는 특별한 유대감으로 친구 관계를 쌓는 고도에게 그보다 못한 취급을 받으란 소리에 청사는 울컥하여 눈을 부릅떴다. 도깨비보다 못한 취급이라니 자존심이 상하다 못해 저 망발을 뱉은 주둥아리를 확 때리고 싶은 심정이었다. 시체 정리를 끝낸 고도가 때마침 고개를 들어 이쪽을 바라보기에 청사는 이야기를 더 이상 꺼내지 못했다. 고도는 고개를 까딱이면서 두 요괴와 도깨비를 불렀다.

"돌아가자."

호걸의 형상을 한 도깨비가 청사에게 잘해 보라며 눈을 한쪽 찡긋하곤 고도에게 걸어갔다. 꼴값 떤다고 얼굴을 찌푸린 청사를 내버려 둔 소는 기절한 소향을 어깨에 쌀가마니처럼 들쳐 메고 고도의 옆에 나란히 섰다.

"저 시체들은 어쩌려는가?"

"마을에 돌아가면 사람들에게 알려야겠지."

"난리가 나겠군. 설마 저렇게 많은 피해자가 있으리라곤 생각도 못 했을 텐데. 어쩌면 네가 이런 뒤숭숭한 짓을 벌인 게 아니냐고 억측을 할지도 몰라."

"그런 일이 벌어진다면 네가 알아서 막아 주리라 믿는다."

"맨입으로?"

"동동주 열 동이 사주지."

"츠츠츠츠. 역시 고도로소이다!"

소와 사이좋게 말을 섞으며 걸어가던 고도가 뒤늦게 생각난 듯 청사에게 따라오라 손짓을 했다. 심기가 잔뜩 불편해 보이는 청사가 느릿하게 고도에게 다가왔다. 고도는 청사의 얼굴을 빤히 들여다보더니 고개를 갸웃했다.

"어째서 그리 화가 났느냐."

청사는 대답하지 않고 휙 고개를 돌렸다. 소와 고도를 무시하고 저만치 앞서 나갔다. 간혹 발에 차이는 돌부리를 툭 걷어차기도 하는 청사를 보면서 고도는 슬쩍 소를 올려다보았다. 눈이 마주친 소가 웃었다. 츠츠츠츠, 장난스러운 웃음소리를 낸 소가 커다란 손으로 고도의 머리를 두드려 주었다.

"네가 관심을 가지는 이유를 알겠다. 아주 재밌는 놈이구나."

무슨 소리인지 모르는 고도는 어리둥절한 얼굴로 소를 올려다봤다. 빙글빙글 웃고 있는 소는 고도의 궁금증을 풀어 줄 생각이 없어 보였다. 소는 다시 한 번 고도의 머리를 헝클어 버리고는 어기적어기적 걸어갔다. 소가 한 소절 뽑아내는 동동주타령 소리가 한적한 산속을 메아리처럼 울렸다.

칠복산 서쪽 입구에 문지기처럼 서 있는 두 개의 장승 밑으로 횃불을 든 마을 사람들이 보였다. 무리 맨 앞에는 소향의 조부모들이 비지땀을 흘리며 발만 동동 구르다 산속에서 모습을 드러낸 고도 일행을 보고 화급히 달려왔다.

"소향아!"

하나뿐인 손녀딸 혼례를 축하하겠다고 며칠 전부터 전을 부치고 떡을 찌던 마을 전체가 잔치 당일 사라진 소향과 도사 일행에 발칵 뒤집힌 터였다. 고도가 머물고 있다는 산 어귀의 생원 집까지 곡괭이에 낫까지 들고 우르르 몰려갔던 사람들은 고도가 소향을 빼돌렸다는 의심과 달리 툇마루에 앉아 두 다리를 흔드는 백발 소녀를 보고 퍽 당황하고 말았다. 농기구를 바리바리 싸들고 온 마을 사람들을 보고 고개를 갸웃하던 소녀는 그들의 오해에 불같이 화를 내며 커다란 사자후를 내질렀다.

'못난 인간들 같으니라고! 요괴가 약속을 한 것도 아닌, 같은 인간이 약속을 했거늘, 그를 믿지 못해 오히려 공격을 감행하려 이까지 왔단 말

인가! 냉큼 물러나지 못하겠느냐!'

조그마한 몸에서 터져 나오는 압박감에 사람들이 우르르 쓰러졌다. 그들은 소녀가 시뻘겋게 눈을 뜨고 양 갈래로 묶은 머리를 휘날리며 치마 속에 감추고 있던 꼬리를 맹렬하게 흔들자 구미호의 인간된 모습을 확인하고는 혼비백산이 되어 생원 집에서 도망쳐 나왔다. 요괴가 왜 도사가 머무는 집에서 도사의 편을 들고 있는지는 알 수 없는 노릇이었다. 그러나 백여우가 떡하니 생원 집을 지키고 앉아 꾸짖으니 함부로 움직일 수 없었다. 하는 수 없이 마을 사람들이 사라진다는 칠복산 입구에 서서 발만 동동 구르고 있다가 때마침 고도 일행이 기절한 소향을 데리고 나타난 것이다.

조부모는 소의 어깨에 대롱대롱 매달려 있는 소향을 보고 뒤로 넘어갈 뻔했다. 가까스로 바닥에 내려놓은 아이는 아무리 흔들어대도 정신을 차리지 못했다. 급기야 양쪽 뺨을 짝짝 때려 보는데, 그래도 기절한 아이가 아프다며 눈을 뜨는 일은 없었다. 한 진사댁네는 좀처럼 정신을 차리지 못하는 아이를 보고 혹여나 죽었거나 그에 준하는 큰일이 생긴 줄 알고 덜컥 겁을 먹었다. 한 진사가 몸을 벌떡 일으켜 고도에게 달려들어 외쳤다.

"선생! 어찌 선생이 손녀를 이 꼴로 만들 수 있단 말이오! 내 친히 돈 꾸러미를 찔러 주며 실종 사건을 의뢰한 건 모두 손녀의 안전을 위해서였소! 이렇게 애가 기절하라고 쥐어 준 돈이 아니외다!"

고도의 멱살을 잡고 짤짤 흔들던 한 진사는 그 분노를 모두 토로하기도 전에 산적처럼 생긴 거대한 덩치에게 뒷덜미가 덥석 잡혔다. 고개를 들자 푸른 안광을 빛내는 도깨비가 험악한 인상을 짓고 있었다. 사람들은 단순히 거구의 남자라고만 여겼던 소가 실은 도깨비라는 사실을 뒤늦게 확인하고는 비명을 질렀다. 소는 기겁한 사람들을 보더니 제 손에 어린애처럼 달랑달랑 흔들리는 한 진사를 보면서 짓궂게 웃어 보였다.

"힘겨루기가 하고 싶은가? 그럼 나랑 씨름 한판 하자!"

멱살을 잡은 꼴이 도깨비 눈에는 힘겨루기로 비춰진 모양이었다. 한 진사는 아이구, 아이구 하면서 안절부절못하며 다급히 말했다.

"도, 도깨비 선생도 이 손 놓고 얘기합시다."

"으음? 그쪽에서 먼저 달려들지 않았나? 힘겨루기라면 자신 있으니 저 인간을 상대하려면 우선 나부터 이겨 놓고 봐야 할 거야."

"미안하오. 내 이럴 생각이 아니었소."

사람들은 한 진사의 위축된 모습에 저마다 들고 있던 농기구를 내려놓았다. 소향을 구하겠다고 장군 놀이를 하듯 와르르 몰려왔던 아이들도 꼬리를 내리고 들고 있던 목검을 바닥에 버렸다. 석류 서리를 하며 왁자지껄 놀던 아이들마저 그처럼 겁에 질려 소의 눈치만 보고, 어른들 역시 섣불리 나서지 못하는 것이다. 겁먹은 인간들의 모습에 정작 소는 기분 좋은 듯 소리를 높여 웃었다. 그는 호탕하게 웃음을 내뱉고 손에 쥐고 흔들던 노인을 내려놓았다. 다리에 힘이 풀린 한 진사가 털썩, 바닥에 주저앉았다.

"한 번만 더 고도에게 손을 대보아라! 내가 먼저 그대들 샅바를 쥐고 발라당 뒤집어엎을 테니!"

산을 뒤흔들 만큼 거대한 울림이었다. 도깨비의 살 떨리는 으름장에 몇몇이 경기를 일으키기도 했다. 사람들과 마찬가지로 놀라서 혼백이 달아났던 한 진사는 얼른 정신을 추스르고 소향을 살폈다. 소향의 얼굴은 따귀를 얻어맞은 손바닥 자국만 제외하면 어디 다친 곳은 보이지 않았다. 다만 얼굴이 흡사 백짓장처럼 하얗게 질려 있었다. 손녀딸은 본래 몸이 약한 데에 피로까지 더해졌을 때 종종 이런 모습이 되기도 했다.

노인은 소향을 걱정스레 내려다보다가 고도에게 도움을 구했다. 이 어찌든 일인지 상황에 대한 설명이 절실했다. 고도는 노인의 심정을 헤아릴 수 있었다. 그는 군말 없이 상황을 일축해 주었다.

"산속에서 떠돌던 귀신이 씌어 몸이 쇠약해졌다. 큰 탈은 아니니 푹 쉬고 좋은 밥을 먹으면 금세 괜찮아질 것이다. 또한, 이번 사건으로 많은 시체를 모았으니 날이 밝으면 장정 수십을 시켜 고개를 세 번 넘어가면 있을 낭떠러지 근처에 모아 둔 시체를 수습하고."

고도의 말에 한 진사는 그저 고개만 끄덕였다. 그에겐 시체들보다도 하나뿐인 손녀의 몸 상태가 더욱 걱정이었다. 고도의 말처럼 소향은 호흡도 고르고 눈에 띄는 상처를 입지도 않았다. 기절이라곤 해도 잠에 빠진 것과 같은 모습이라 한시름 놓은 것도 사실이다. 한 진사는 힘 좋은 여종을 시켜 소향을 등에 업고 집으로 돌아가게 했다. 그리고 데리고 다니던 수족들에게 모여 있던 사람들을 파하도록 시키자 마을 사람들이 하나둘 자리를 떴다.

사람들이 모두 물러난 마을 입구는 산에서 울어대는 부엉이 소리마저 크게 들릴 정도로 고요해졌다. 한 진사는 하고 싶은 말이 산더미 같았으나 말수를 아꼈다. 혼비백산이었던 머리를 냉정하게 식히고 상황을 면면이 들여다보는 게 우선이었다. 감정 가는 대로 화를 냈다 겁을 먹었다 하는 일은 양반된 체면으로서 할 수 없는 짓이다. 그는 목을 가다듬어 최대한 차분하게 이야기했다.

"도사 선생. 내일 해가 뜨면 머물고 계신 댁으로 찾아가겠소."

고도가 뜻대로 하라면서 고개를 끄덕였다. 한 진사는 무표정한 고도 때문에 괜스레 쭈뼛거리며 눈치를 봐야 했으나 내색하지 않으려고 부단히 노력했다.

"오늘 일이 많았을 테니 가서 푹 쉬시오. 허나 이번처럼 아무런 얘기도 없이 사라진다면 내 끝까지 쫓아가 물을 것이니 허튼수작은 부리지 마시구려."

한 진사는 혹여나 고도가 괴상한 동행들을 데리고 도술을 부려 사라질까 봐 겁이 났다. 그는 집으로 돌아가는 발걸음 와중에도 수차례 뒤를 돌아보며 고도의 모습을 살폈다. 고도는 마치 한 진사의 걱정을 덜어 주기라도 하는 양 그 자리에 오도카니 서 있기만 했다. 한 진사가 마을 어귀로 뻗은 골목으로 돌아들어 시야에서 사라진 후에야 고도는 생원 댁으로 발길을 옮겼다.

생원 댁은 둔덕 위에 있어 오르막이 길다. 평지보다 체력 소모가 큰 것은 당연지사나, 도술로 몸을 가볍게 하고 다니는 고도에게는 해당사항이 없는 지형이었다. 하지만 이번만큼은 얕은 오르막길조차 무시할 수 없었으니. 고도는 몇 발자국 걷다가도 멈추어서 호흡을 가다듬었다.

그의 시선은 왼쪽 발을 향했다. 버선 끈으로 묶은 발목이 퉁퉁 부어 제대로 힘을 줄 수가 없던 것이다. 절벽에서 떨어지고 나서 부러진 발목을 도로 끼워 맞췄지만 그것도 임시방편에 불과했다. 제대로 된 치료를 받지 않으면 발목의 통증이 오래도록 고도를 따라다닐 것이 분명했다. 고도는 마을 의원을 찾아 나설까, 아니면 밤이 늦었으니 생원 댁에서 쉰 다음 아침을 기약할까를 고민했다. 때마침 청사가 고도를 부르지 않았으면 오르막길을 도로 내려가 의원을 찾아나서는 것을 택했으리라.

"고도."

고민에 빠져 있던 고도가 등 뒤로 고개를 돌렸다. 청사가 언제 다가왔는지 고도를 뚫어져라 쳐다보고 있었다. 그 표정이 몹시 진중하기에 고도는 발목의 욱신거리는 통증에 집중할 수 없었다. 의원을 먼저 만나고 싶었다. 하고 싶은 이야기는 추후에 여유를 갖고 들어주겠다. 그리 이르고 싶었으나 심각한 청사의 얼굴을 보노라니 우선 청사가 무슨 말을 하려 하는지부터 들어야할 듯싶었다.

"일이 끝났다. 이젠 내 부탁을 하나 들어줄 차례지?"

고도는 청사가 어떤 의도로 그런 말을 했는지 몰라 고개를 갸웃했다. 소가 옆구리를 푹 찌르며 기억을 상시시켜 주지 않았으면 그게 뭔 소린고, 하며 되물었을 것이다.

"아아."

고도가 손바닥 위에 주먹을 탁 놓으며 이제 막 떠올랐다는 듯이 굴자 청사는 울컥하여 인상을 찌푸렸다. 고도는 잊고 있었다. 이번 일을 마무리 지으면 대가를 주겠다고 했으면서 자기가 한 약속 자체를 잊고 있던 것이다. 이래서야 청사가 아무리 심각하게 부탁을 해도 뻔뻔하게 "그거 말고 딴 거."하고 외칠 판이다.

"그래, 궁금했었다. '소원'이라고 할 정도의 부탁이란 게 대체 뭔지 들어 보자."

"정말 아무거나 다 들어줄 거냐?"

"물론이다. 널 놔달라는 것, 그리고 날 죽이려는 것만 빼면."

고도가 그렇게 말했는데도 청사는 쉬이 요구하지 못했다. 일 각, 이 각이 흘러도 청사가 입을 뗄 기미는 보이지 않았다. 동산 꼭대기에 자리 잡은 생원 댁은 마을보다 바람이 많이 불었고, 그 길가에 멈추어 선 청사와 고도를 잔뜩 괴롭혔다. 머리카락이 뒤집히고 옷이 저들끼리 나부끼는 소리를 내도 청사는 무엇이 문제인지 입을 딱 다물고 열지 않았다. 일각 정도 더 기다려 주던 고도가 인내심을 포기하고 등을 돌렸다. 말도 없이 휙하니 도로 걸어 올라가는 모습에 청사가 어, 하는 바보 같은 소릴 냈다.

"야! 내 소원은?"

"정하지도 않았으면서 소원은 무슨."

"아냐, 정했어!"

"피곤하니까 내일 들어주마. 대롱이, 나 어린 것은 일찍 자고 일찍 일어나야 하는 법이다."

"이 자식이, 내가 애냐? 어?"

"소녀여."

"소녀는 얼어 죽을. 소년이라고 불러도 문제야, 멍청한 놈아!"

청사는 저놈의 소녀 타령하는 주둥아리를 확 꿰매 버린다면서 씩씩거렸다. 청사가 저 혼자 길길이 날뛰는 모습에 피식 웃기 바빴지만 말이다.

고도가 저 혼자 휘적휘적 올라가는 모습에 청사는 발끈하여 움켜쥐었던 주먹에서 스르륵 힘을 풀었다. 한쪽 다리를 절면서도 아픈 내색 않고 길을 가는 뒷모습에서 눈을 떼지 못했다. 청사는 복잡한 심경의 한숨을 내쉬었다. 처음에는 소에게 눈치를 주었다. 산속에서처럼 그럴듯한 조언을 바라는 눈빛을 보내 보았다. 소는 청사의 시선을 받아 주긴 했으나, 코와 턱수염을 매만지며 씩 웃을 뿐 이렇다 할 이야기를 꺼내지 않았다. 한 걸음 물러나서 청사와 고도의 행동을 구경하겠다는 의사였다. 청사는 더 이상 소에게서 조력을 구할 수 없게 되자 머리만 신경질적으로 긁었다. 곤욕스러웠다. 이럴 작정이 아니었는데 일이 꼬인 기분이었다.

"고도!"

고도가 집에 도착하자마자 툇마루에 앉아 있던 미호가 두 팔을 번쩍 들고 외쳤다. 고도는 쪼르르 달려 나오는 미호를 품에 안아 주었다.

"집 잘 지키고 있었느냐?"

"응!"

고도가 미호를 들어 올리자, 미호는 고도의 목에 양팔을 감았다. 헤헤 웃으면서 고도의 품에 얼굴을 비비적거리다가 고도의 볼에 쪽하고 입술을 맞추기도 했다. 고도는 새끼 여우의 낯간지러운 애정 표현이 썩 어색한 듯 굴었지만, 미호는 마냥 좋아서 웃기만 했다. 치마 속에서 살짝 드러난 여덟 개의 꼬리가 살랑살랑 흔들리며 고도에게 애정을 과시했다.

미호가 고도의 목을 끌어안고 쪽쪽, 볼에 뽀뽀를 하는 모습을 청사가 도끼눈으로 노려봤다. 울컥하고 기분이 나빠져서 둘 사이를 떨어트리고 싶었는데, 그 행동에 따른 명분이 부족하여 다가가기조차 어려웠다. 청사는 인상을 잔뜩 찌푸리고 고도와 미호를 노려본 후에 마당에 있는 대추나무 위로 훌쩍 뛰어올랐다. 튼튼한 가지 위에 자리를 잡고 앉자 고도가 고개를 들어 그런 청사를 쳐다봤다. 허공에서 마주친 시선은 아무런 의미도, 열기도 남기지 않고 다시 흩어졌다.

고도는 미호를 바닥에 내려놓고 마루에 올라섰다. 낡아서 제대로 열리지 않는 문을 몇 번 흔들어 보더니 자칫하다가는 부러질 거라 생각한 모양이었다. 그는 조금 곤란한 기색으로 주변을 둘러보더니만 문기둥에 기대어 앉아 버렸다. 제아무리 여름날의 밤이라도, 차가운 마룻바닥에 앉은 채로 자는 건 건강까지 해칠 수도 있는 일이다. 청사마저도 그 당연한 것을 아는데 고도는 밤새 찬 기운에 노출될 자신의 몸 따위는 걱정하지 않았다. 토막잠을 자기 위해 죽통과 검 자루를 풀어 품에 끌어안을 뿐이었다.

청사는 고도가 스르륵 눈을 감은 모습에서 시선을 떼지 못했다. 고도의 숨결이 느리고 부드러워지고 나서야 청사는 고개를 돌릴 수 있었다. 청사는 파란 눈에 만월에 가까운 보름달을 담았다. 그는 들리지도 않는 조그마한 목소리로 중얼거렸다.

"멍청한 놈."

바람 소리에 묻힌 속내는 고도의 귀에 닿지 못한 채 그렇게 흩어졌다.

고도는 해가 뜨자 짚신으로 돌아간 소를 집어 들었다. 노끈에 짚신을 묶어서는 허리춤에 찬 칼집에 꽁꽁 감쌌다. 생원 댁 내에 풀어 놨던 짐을 모조리 챙기면서 이제 그만 이곳을 뜰 준비를 했다. 미호는 하얀 머리와 쫑긋 솟은 두 귀가 사람들 시선을 모은다 하여, 고도의 전용 삿갓을 머리에 뒤집어썼다. 눈에 튀는 흰색 털들은 감춰졌으나 거대한 삿갓 안에 머리가 갇혀 제대로 앞이 보일까 싶었다. 미호가 어깨를 넘는 삿갓을 두 손으로 움켜쥐고 설긴 짚 사이로 눈을 깜빡일 때였다.

"도사님 계십니까."

애처롭게 들리는 목소리가 문 너머에서부터 울려 퍼졌다. 짐을 정리하던 고도와 삿갓으로 장난을 치던 미호 그리고 어젯밤 대추나무 위로 올라가 여태껏 내려오지 않은 청사의 시선이 일제히 문밖으로 향했다.

소향이었다. 그녀는 처음 이곳에 올 때처럼 순덕이라는 시종 계집을 데리고 있었다. 그때와 다른 점이라면 공포와 두려움에 질려 있던 모습이 아니라 어색하게나마 웃고 있다는 부분이다. 안색이 좋지 않았다. 어제 원혼이 씌고 기절을 하면서 몸에 무리가 간 게 분명했다. 하지만 여까지 직접 행차할 만큼 큰 탈은 없는 모양이다. 소향은 고도가 앉아 있는 마루 앞까지 다가왔다.

"어제 일을 인사도 못 드렸기에 이렇게 찾아뵙습니다. 여봐라, 순덕아."

그녀의 부름에 시종 계집은 품에 안고 있던 보따리를 풀었다. 어제는 금전들이 한가득 담겨있던 보따리 안이 이번에는 떡과 동동주 등으로 가득했다. 소가 이 풍경을 봤다면 양손에 떡 하나 동동주 한 병을 쥐고 세상을 다 가진 듯 함박웃음을 지었을 것이다. 돈이라면 거절했겠으나 먹을 것이라면 마다할 이유가 없다. 고도가 군말 없이 보따리를 받아 들자 긴장해 있던 소향의 표정이 사르르 풀렸다. 그녀는 안도의 한숨을 내쉬었다.

"어제 일은 할아버지께 모두 들었습니다. 이렇게 직접 찾아와 감사 인사를 전해야 할 것 같아서 말이에요. 어제 잔치에서 먹지 못한 떡이 아직 집안에 가득인데 더 가져다 드릴까요?"

습관처럼 떡 한 귀퉁이를 툭 잘라다 마당에 고수레를 한 고도는 그런 소향의 호의를 거절했다.

"이 정도면 충분하다."

"그래도 식구가 많으신 듯하여 조금 더 챙겨드리고 싶습니다."

"과유불급이라. 차라리 배를 굶는 게 낫다."

그건 네 생각이지! 미호가 왜 호의를 마다하냐며 버럭 화를 냈으나 고도는 그런 미호의 입에 떡을 쑤셔 넣어 더 이상의 발언을 막았다. 처음에는 떡 가루를 다 튀기며 반발하던 미호도 그때마다 쫀득쫀득하니 씹히는 맛있는 떡에 자기도 모르게 여덟 개의 꼬리를 흔들었다. 툴툴대던 미호가 얌전히 양손에 떡을 잡고 먹기 시작하자 그들의 화기애애한 모습에 흐뭇한 미소를 짓던 소향이 본론을 꺼냈다.

"할아버지의 전언이십니다. 도사님이 말씀하신대로 고개를 세 개 넘어가니 남자 아홉과 여자 넷의 도합 시체 열세 구를 발견하여 모두 간소한 장례를 치렀다고 합니다. 우리 마을 사람들도 있고 외부인도 섞여 있어서 신원을 모르는 분들은 제만 올리고 바로 매장했사옵니다."

"변을 당해 그리된 분들이니 앞으로도 신경을 써야 할 것이다. 안 그럼 산속에 원혼들이 득실거려 언젠간 산을 건너지 못할 지경이 될 수도 있어."

"명심하겠습니다."

소향의 대답을 단단하게 받아 낸 고도가 그제야 손에 떡을 들고 청사를 바라봤다.

"대롱이도 내려와서 먹으려무나."

양팔로 머리를 받치고 나무기둥에 기대어 앉아 있던 청사는 됐다고 손사래를 쳤다. 고도가 퍽 안타깝다는 가식적인 표정을 지었다.

"내 가축이 편식을 한다. 보통 고양이가 아프면 뭘 먹이더라?"

고양이라니. 청사가 미간을 찌푸리며 항의하려는 찰나 미호가 다람쥐처럼 양 볼에 떡을 가득 담은 채로 소리쳤다.

"설탕 푼 보리차물!"

"옳거니."

"아, 좀, 닥쳐 줄래? 내가 무슨 배탈 나서 안 먹는 줄 알아."

발끈해서 외친 청사 때문에 소향이 유쾌하게 웃음을 터뜨렸다. 겉모습은 궐에서 높은 관직을 한 자리 꿰찬 문신처럼 생겨서는 고도의 말 한 마디 한 마디에 발끈해서 외치는 모습이 참말 인간적으로 보였다. 고도는 독특한 남자이고, 그는 요괴들을 데리고 다니지만 그들은 하나같이 정이 가고 인간보다 더 인간적으로 느껴졌다. 요괴와 도깨비 그리고 인간. 그처럼 말도 안 되는 조합을 잘 조화시키는 것이 바로 고도의 능력인 것일까.

"도사님."

공손하게 건네는 부름에 두 요괴를 일방적으로 놀리던 고도가 왜 그러냐고 소향을 쳐다봤다. 고맙다고 떡이랑 술을 돌리러 왔으면 이제 할 일을 마쳤으니 돌아가도 괜찮건만, 소향은 여태 마당에 오도카니 서 있었다. 그리고 깜짝 놀랄 일이 벌어졌다. 마당 한가운데 서 있던 소향이 별안간 다소곳이 자리에 앉아 절을 하는 것이다.

한입 가득 떡을 베어 물고 있던 미호의 입에서 떡가루가 후두둑 떨어졌다. 그녀는 놀라서 입을 쩍 벌렸고, 고도 역시 엥? 하고 어리둥절한 표정을 지었다. 순덕이가 어쩔 줄 몰라 하며 에그머니나, 자리에서 발만 동동 굴렀다. 모든 이들을 당황시킨 소향은 조신하게 두 눈을 내리깔고는 입을 열었다.

"도사님. 처음 도사님을 뵈었을 때, 소녀의 태도를 기억하십니까."

고도가 눈을 데구르르 굴리다 말고 대답했다.

"날 몹시 싫어하던 것 말이더냐."

"그러합니다. 그 이유가 궁금하지 않으셨는지요."

"사람 싫어하는 데 이유가 있더냐. 싫으면 싫고 좋으면 좋은 것이지."

"호호, 그렇게 받아들이셨다면 다행이군요. 소녀는 도사님께 보인 태도가 몹시 죄송스러웠습니다."

"별로 신경 쓰지 않는다."

"허면 이유도 듣고 싶지 않으신가요. 이제 떠나실 채비를 하시는데 소녀 심정 한 번 들어주시는 게 어떠하십니까."

소향의 수줍은 미소를 고도는 거절하지 못했다. 소녀에게 유독 약하다는 그다운 태도였다. 소향은 거절하지 않는 고도를 보며 입을 뗐다.

"도사님을 처음 봤을 때 저는 몹시도 분노했었습니다. 그게 실례되는 감정임을 알고 있음에도 제 뜻대로 조절할 수가 없었어요. 도사님을 보자마자 잊혔던 과거가 떠올라서 말이어요."

소향은 기다란 속눈썹 아래로 짙은 그림자를 드리운 얼굴에 애써 미소를 지었다.

"저는 오 년 전에 어머니를 잃었습니다."

그녀의 조부가 조반상 앞에서 했던 이야기를 되짚으면서 고도는 묵묵히 앉아 소향을 쳐다봤다. 그녀는 파리하게 질린 입술을 꾹 다물었다가 한참 후에야 이야기를 다시 꺼냈다.

"어머니는 도읍 내에서 괴한에게 칼에 찔려 죽었습니다. 당시 소녀 나이 열한 살. 아직 세상의 사리분별을 구분하기 어두운 눈을 가졌죠. 그래서 어머니가 무엇 때문에 살해를 당하셨는지는 아직도 모르겠습니다. 제가 아는 것이라고는 옷장 속에 숨어서 숨을 죽이고 있던 제 눈앞에서 어머니가 돌아가신 장면뿐이에요."

그녀는 그때의 기억이 떠올랐는지 치맛자락을 쥔 두 손을 떨었다. 금세라도 울음을 터뜨릴 기색이었지만 용케도 그 눈물을 꾹 참으며 떨리는 목소리를 이어 갔다.

"저는 살인자를 똑똑히 봤습니다. 그는 커다란 두루마기를 걸쳤으며, 몹시 드물게도 서역 사람처럼 머리가 짧은 젊은 남자였죠."

소향의 고백에 미호와 청사가 덩달아 고도에게 시선을 집중했다. 머리를 자르는 사람은 이 나라 천지에 서양물 먹은 사람 아니면 특별한 사연이 있는 이들뿐이다. 게다가 칼을 쓰면서 커다란 두루마기를 입었으며 머리까지 짧은 사람이라면 그것이 우연의 일치인가, 필연인가. 누구라도 고도를 의심하기 충분했을 것이다.

당황한 두 요괴와 달리 고도는 표정 하나 깜짝 않고 지그시 소향을 바라볼 뿐이었다. 고도는 자신과는 관계없는 이야기처럼 객관적으로 그 이야기를 듣고만 있었다.

"그래서 처음에는 도사님을 보고 분노했었습니다. 그때 얼굴까지 똑바로 보았던 살인귀가 바로 도사님인 줄 알았어요. 제 스스로의 감정을 주체 못 해서 조반상 앞에서 그리도 불쾌한 모습을 비춘 것입니다."

드디어 고도가 입을 뗐다.

"낭자는 그 살인귀가 나라고 생각하나?"

그녀는 망설이다가 대답했다.

"처음에는 그러한 줄 알았습니다. 오 년 전의 기억이라고는 하나, 어머니의 죽음은 워낙 충격적이어서 옷장 문틈 사이로 본 살인귀의 얼굴은 똑똑하게 기억하고 있었으니까요. 그때 살인귀의 얼굴은 지금 도사님과 비슷했습니다. 어쩌면 차림새가 흡사해서 기억이 조금 바뀐 것일지도 모르지만요. 허나, 차분하게 생각하고 깨달았습니다."

"무엇을."

"오 년 전과 변함없는 사람이란 게 존재하겠습니까. 가당치 않습니다. 저만 해도 그때보다 키가 한 자 반은 더 컸습니다. 오 년이란 세월은 짧지 않습니다. 한 인간이 늙어 가기에 충분하죠. 도사님이 제 기억 속의 살인귀와 같은 모습을 하고 있다는 게 바로, 그 살인귀가 아니라는 증거입니다. 아무렴 오 년 동안 늙지도 않는 인간이 있겠습니까."

빙그레 웃어 보인 소향이 자리에서 일어나 고도에게 다가왔다. 그녀는 고도의 왼손을 잡았다. 갑작스런 접촉에 고도가 멈칫하는 기색을 보였지만 순순히 왼손을 소향의 손에 잡혀 주었다. 소향은 검을 다루는 자 특유의 투박하고 거친 손을 내려다보았다. 그중에서도 특히 곧게 뻗어 있는 왼손의 손가락들을 살폈다.

"그리고 결정적으로 그 살인귀는 왼손 네 번째 손가락이 없었습니다. 도사님은 멀쩡하게 달려 있으시고요."

그녀는 모든 의문을 해소하자 한결 가벼워진 표정으로 또다시 웃어 보였다. 수줍지만 티 없이 맑은 미소였다. 고도를 불편해하며 경계하던 이전과는 확실히 달라진 감정이었다.

"소녀가 많은 누를 끼쳤습니다. 도사님께 불쾌한 감정을 표했으며 귀찮은 일을 부탁드리게 했지요. 그 모든 실수 너그러이 용서해 주시길 바라나이다."

소향은 절을 하듯 허리를 숙이며 정중하게 사과했다. 그녀의 두 눈에는 고도에 대한 미안함과 고마움으로 눈물이 그렁그렁했다. 소녀의 눈물을 앞에 두고 고도는 슬며시 시선을 피했다. 그는 한동안 눈을 감고 있었다. 무엇을 생각하는지 미호와 청사마저도 가늠할 수 없었다. 정적인 분위기에서 생각을 마친 고도는 감을 때만큼이나 천천히 눈을 떴다. 그는 소향을 보지도 않고 등을 돌려 방으로 향했다.

"앞으로는 보지 않았으면 하다, 낭자. 날 볼 일이 있다는 건 그만큼 불행이 닥쳐오는 것을 뜻하니. 낭자 앞에 더 이상 고된 길(고도苦道)이 펼쳐지지 않길 바라오."

누가 본들 그의 태도를 쌀쌀맞고 매몰차다 하겠는가. 누구보다도 진심으로 소향의 앞길을 걱정해 주는 것이리라.

그녀는 두 눈 가득한 눈물을 또르르 떨어뜨리며 빙그레 웃었다. 절을 하는 자세 그대로 그녀는 다시금 고개를 숙였다.

"감사합니다, 도사님."

그녀의 울음은 한동안 그치지 않았다.

소향이 절을 하고 떠난 마당으로 청사가 사뿐히 내려앉았다. 발아랜 소향이 흘린 눈물로 젖은 자국이 남아 있었다. 애꿎은 그것을 신으로 스윽스윽 밀어낸 청사는 닫힌 문을 바라보았다. 문 너머에 고도가 있지만 그에게 직접 묻길 그만두었다. 대신 삿갓을 푹 눌러쓰고 있는 미호에게 물었다.

"아까 그 여자의 엄마."

"응?"

"고도가 그 여자의 어미를 죽인 거야?"

아까 소향이 와서 자신의 착각을 사과하고 갔는데 얘는 웬 또 헛소린가 하여 미호는 두 눈을 샐쭉이 떴다.

"뱀은 귀가 없어?"

미호가 얄미운 표정으로 제 머리에 달린 두 귀를 쫑긋쫑긋 해보였다.

"아까 그 여인이 그랬잖아. 오 년 전 살인자와 고도의 모습이 똑같아서 처음에는 헷갈렸는데 다시 생각해 보니 오 년 전과 지금이 전혀 달라지지 않는 게 이상하지 않느냐며, 자신의 착각을 미안하다 했잖아.”

“고도 몇 살인데.”

“그건 왜 물어?”

“내가 보기에 고도는 겉모습하고 실제 나이가 다르거든.”

미호가 두 눈을 동그랗게 떴다. 청사가 보기에 그 반응이 정곡을 꿰뚫려 놀란 것인지, 아니면 그 무슨 얼토당토않은 소리라서 그런지 구별하기 힘들었다. 삿갓을 꼭 쥐고 토끼처럼 빨간 눈으로 청사를 노려보던 미호가 의미심장하게 웃었다.

“늙지 않는 인간은 없어. 아니, 세월을 비껴가는 생명이 세상에 어디 있겠니. 고도는 원래 저런 성격이야. 나이도 가늠하기 힘들 정도로 생각하는 게 특이하지만, 불사의 몸을 지닌 요괴도, 신령도 아니지. 인간이야. 그러니 그의 존재를 부정하거나 의심하는 소리는 하지 마. 고도는 고도니까.”

도깨비에 이어 여우 요괴까지 참으로 기괴한 일이다. 어찌 인간이 아닌 존재들이 인간인 고도를 이렇게 믿고 신뢰하는 것일까. 고도를 하나의 특별한 개체로 인식하는 그들의 태도는 비정상적이나, 그것에 납득하고 마는 청사 자신도 이상하기만 했다. 인간이라면 늙는 것이 당연하다. 그러니 소향의 어미를 죽인 살인자와 동일 인물일 리가 없다. 게다가 왼 손가락도 멀쩡하지 않나.

무죄를 입증할 충분한 증거들이 있는데도 청사는 마음 한편에 자리 잡은 불안감을 해소할 수 없었다. 다른 사람도 아닌 고도라면 그것이 가능할 것 같았다. 모든 인간들에게 제약된 생로불사의 영역마저 뛰어넘을 인간처럼 보였다.

“나한테 관심이 많네, 대롱이.”

소리도 없이 열린 미닫이문 너머에서 고도가 불쑥 얼굴을 들이밀고 말했다. 등 뒤에서 울린 음산한 목소리에 청사는 소름이 쭈뼛 돋는 기분이었다. 귀신을 상대하더니 귀신처럼 기척을 죽이는 방법이라도 배운 모양이다.

"말 좀 하고 움직여. 네가 귀신이냐?"

"문 여는데도 따로 말해야 하는 건가. 그런 예절이 있는지 몰랐군. 알았다."

그러더니 고도는 도로 문을 닫고는 문 너머에서 또박또박한 발음으로 말했다.

"문 열겠습니다, 대롱 씨."

미호가 자지러지게 웃음을 터뜨렸다. 주먹을 부들부들 떤 청사는 자기를 갖고 노는 고도 때문에 기분이 잔뜩 뒤틀렸다. 놀리는 게 기분 나쁜 것이 아니다. 자신을 장난치는 상대, 그 이상으로 바라봐 주지 않는 게 더없이 짜증났다.

"고도."

미닫이문을 제 손으로 쾅 연 청사가 가만히 앉아 있는 그에게 똑바로 말했다. 밤새 대추나무 위에서 고민하고 드디어 결정한 것을 입 밖에 냈다.

"저번에 내 부탁 들어준다고 했지? 이제 말하마."

갑작스런 부탁이네, 하고 중얼거리는 고도의 목소리가 채 마무리되기도 전이었다.

"너와 계속 함께 여행하고 싶다. 그게 내 부탁이다."

고도는 눈을 껌뻑였다. 까르륵 웃던 미호도 소리를 죽였다. 둘은 청사의 결연한 얼굴을 보면서 아무 반응도 보이지 못했다. 얼음처럼 굳어 있던 둘 중에 먼저 본래의 상태로 돌아온 이는 미호였다. 그녀는 들릴 듯 말 듯한 소리로 중얼거렸다.

"미친 거 아냐? 왜 그딴 부탁을 하는 거지……?"

줄곧 입을 다물고 고민을 하던 고도가 청사를 응시하면서 물었다.

"왜 나와 함께 다니고 싶다는 것이냐."

소가 충고했듯이 고도는 직설적으로 그 이유를 물었다. 고개는 옆으로 약간 갸우뚱하면서 진심을 담아 궁금증을 보였다. 반어적이게도 그 행동에는 어떠한 감정적인 무게도 실려 있지 않았다. 무감각한 것은 그의 눈동자나 표정만이 아니었다. 그의 심장은 그 어떤 요괴의 것보다도 차갑게 얼어붙어 있었다. 어떠한 복잡한 감정을 유발시키는 관계를 극구 거부할 만큼이나.

소처럼 신뢰감으로 묶인 친구 사이가 될 수 없다면.

미호처럼 귀찮은 것 취급하면서도 '소녀이기 때문에 건들 수 없다'는 특별 취급을 받을 수 없다면.

그렇다면 가축으로 예쁨 받는 것도 나쁘지 않다.

하. 그런 생각으로 같이 다니겠다 마음먹은 줄 아나?

"내가 궁금하지 않아?"

청사는 흘러내린 머리카락을 한 손으로 모아 넘겼다. 아름다운 얼굴에 자신감과 오만함이 묻어났다. 아랫것을 부리는 일이 익숙한 높으신 위치에 있는 분처럼 그는 뻔뻔한 시선으로 고도를 바라봤다. 고도는 그의 차가운 분위기에 더불어 궁금증을 유발하는 청사의 말에 관심을 표했다. 세상만사 무표정하게 내다보던 눈빛보다 훨씬 생기가 돌았다.

청사는 저 눈빛에 도박을 하기로 했다.

"너와 호각을 다투며 싸울 줄 아는 하급 뱀 요괴. 그게 정말 내 정체가 맞는지 궁금하지 않아?"

"……흐응?"

"내 정체가 궁금했기 때문에 부러 죽통에서 날 끄집어내 옆에 끼고 다닌 것일 텐데 말이야. 그런데 옆에서 지켜봐도 잘 모르겠지 않아?"

가축 취급당하며 같이 여행하긴 싫다. 단순히 자존심 문제가 아니었다. 소에게 무한한 신뢰를 보이는 고도도, 미호에게는 제 볼을 내밀어 주고 뽀뽀를 허락해 주는 고도도, 모두 마음에 들지 않았다. 자신에게 등을 보이고 먼저 앞서가는 고도 역시 싫었다. 고도가 옆에 있는 것이 좋았다. 손목을 잡아 주고 함께 무언가를 해가는 것이 훨씬 좋았다. 그러니 기루에 가 기녀들을 옆에 끼고 노는 것보다는 고도의 옆에 나란히 서서 여행하기를 택한 것이다. 청사는 다시금 당당하게 제 부탁을 말했다.

"나도 네 옆에 있도록 해줘. 그럼 항상 새로운 걸 보여 주지."

청사를 바라보는 고도의 눈이 느리게 깜빡였다. 그는 짧은 머리가 살짝 흔들릴 정도로만 고개를 갸웃하면서 청사를 바라보았다. 여전히 속으로 무엇을 생각하는지 알기 힘든 표정과 눈빛이었다. 그는 당장이라도 청사를 봉인할 듯 죽통을 양손으로 붙잡고 있었고, 혹시나 청사가 봉인당하지 않기 위해 발악한다면 그에 대응할 부적까지 소매에 넣어 둔 채였다. 그 긴장감 속에서 청사는 고도가 어떤 결론을 내릴지를 쉬이 생각할 수가 없었다.

고도가 청사의 정체를 궁금해 하지 않는다면 이 모든 노력이 허사가 될 판이었다. 차라리 직접적으로 그냥 너와 같이 있고 싶다고 말하는 게 차라리 나을지도 모른다. 진지한 상황을 싫어한다는 이야기를 소에게 들었기 때문에 최대한 태평한 구실을 찾고자 했는데, 고작 밤새 고민한 결과가 이것뿐이라니. 청사는 스스로의 미련함에 굳은 표정을 풀지 못했다.

그런데 한참이나 굳어 있는 청사를 응시하던 고도가 시선을 돌렸다. 그는 아무 말 없이 자리에서 일어났다. 두 손에 쥐고 있던 죽통을 어깨에 도로 메면서 미닫이문을 옆으로 밀고 나갔다. 삿갓을 두 손에 쥐고 초조하게 둘의 눈치를 살피던 미호가 눈을 동그랗게 떴다. 고도는 신을 챙겨 신고 마루 위에서 내려왔다. 불어오는 바람에 검은 두루마기와 머리칼이 흩날렸다. 그는 마당을 가로지르던 와중에 멈추어 서서 두 요괴를 바라봤다. 그는 고갯짓했다.

"뭐해. 가자."

고도는 바람이 불어오는 산턱으로 걸음을 옮겼고, 그대로 고갯길을 넘어 다른 마을로 갈 태세였다. 예기치 못한 상황에 놀라 있던 미호가 후다닥 뛰어와 고도의 꽁지에 따라 붙었다.

"저 뱀 요괴 봉인 안 해?"

"흐음."

"이게 무슨 일이지? 고도? 제정신 맞지?"

"늙어서 제정신이 아닐지도 모르지."

"그런 거라면 큰일이야."

"큰일이고말고."

"정말 봉인 안 할 거야?"

"흐음."

저 풍경을 보고서야 청사는 상황을 제대로 파악할 수 있었다.

고도는 청사를 도로 봉인하길 그만둔 것이다.

"대롱이, 빨리 오거라."

다정한 호칭을 입에 담은 고도를 보며 청사가 슬그머니 웃었다. 그는 도포자락을 휘날리며 고도를 따라갔다. 청사가 따라붙길 기다려 준 후에야 고도는 발길을 옮겼다. 만월인 밤을 두 번 건너뛴 어느 날, 요괴 한 마리와 도깨비 한 마리를 동행하던 도사에게 일행이 늘어났다.

천상에서 내려온 듯 아름다운 미모를 자랑하는 정체불명의 뱀 요괴였다.

그들이 요괴에게 홀려 많은 사람들을 죽음으로 몰아넣었던 소녀의 혼을 성불시킨 곳은 밤마다 바람이 불면 여자 울음소리를 들을 수 있게 되었다고 한다. 그것은 고도 일행이 마을을 벗어나고도 한참 후에 생기는 일이다. 특히 남자들이 그곳에 들어오면 절벽 밑으로 떨어진다 하여 절벽에 '남명 절벽'이라는 이름이 붙은 것 역시 고도의 귀에는 들어올 수 없는 이야기였다.

제1장. 누이의 여우구슬 마침

그곳은 동쪽으로는 맑게 흐르는 강물이, 서쪽으로는 굵은 절개마저 느껴지는 맹렬한 산세를 가진 지방이었다. 몇 년 전까지만 해도 기근과 가뭄으로 농민들의 생활이 몹시 팍팍했으나 현감 박지문이 파견돼 근홀로 다스려 눈에 띄게 풍요로워진 곳이다. 연이어 보리 풍년이 이어져 이름마저 '보릿마을'이라 윗선에 보고될 정도이니 박지문은 굶주린 농민들의 찬사와 사랑을 받아 마땅했다.

보리의 질로 말할 것 같으면 항상 임금님 조반상에 바쳐질 만큼 보리 알맹이가 토실토실해 정기적으로 추수 상황을 보러 오는 사또들의 얼굴에 웃음꽃을 피게 했다. 젊고 호탕하며 사람들을 위할 줄 아는 어진 박지문은 일찍이 임금에게서 승은을 입었음에도 보릿마을의 사람들을 돌봤다. 한데 이 속에는 야담에도 기록되지 않은 비밀이 하나 숨어 있다.

매일 밤 박지문은 옆 마을까지 나가 잘생긴 청년들을 잡아 왔다. 마을 사람들은 박지문의 고약한 취미에 깜짝 놀랐으나 그 일을 함부로 입에 담을 수 없었다. 박지문의 취미를 상부에 곧이곧대로 말하느니 보릿마을에 가져온 풍요와 행복함을 영원히 지속하길 택한 것이다.

마을 사람들이 함구한 소문은 쉬쉬하던 와중에도 지역 판관의 귀에 들어갔다. 임금의 승은까지 입은 현감을 재량으로 처리할 수 없어 곤욕스러운 관찰사는 일단 박지문을 따로 불러 그의 취미를 타일렀다. 하나, 박지문은 유쾌한 그의 성격답게 씨익 웃으며 옆구리에 끼고 있던 젊은 청년에게 입을 맞추며 그리 말할 뿐이었다.

"여자들만 탐하라는 법 있나. 나는 남자가 더 좋다."

제2장. 까마귀 남색가

　칠복산을 넘는 과정에서 고도 일행에게 무언의 약속이 생겼다. 그것은 돌아가면서 청사를 감시하는 것. 언제 틈을 엿봐 사라질지 모르는 뱀 요괴를 낮과 밤을 구분 않고 살피기로 한 것이다.

　보통은 도깨비가 민가로 내려가서 짓궂은 짓을 일삼는 존재라 알려져 있으나, 이곳은 첩첩산중인지라 사냥꾼이 사슴을 잡겠다고 놓은 덫 외에 인간의 흔적은 발견할 수도 없었다. 그렇다고 구천을 떠도는 귀신들과 씨름을 할 수도 없는 노릇이니 할 일이 없는 소가 자연스레 밤 시간대에 청사를 감시하게 되었다. 낮에는 같은 요괴로서 그 기척을 잘 느낄 수 있는 미호가 소의 역할을 대신해 주었다. 그런데 소와 미호가 한시도 놓치지 않고 쳐다봐도 정작 청사는 도망칠 생각조차 하지 않았다.

　그의 관심은 오로지 고도에게 쏠려 있었다.

　닷새 가량 산을 넘으면서 마음만 먹으면 도망칠 기회를 만들 수도 있었지만 청사는 그 기회를 구하기 앞서 고도를 면면히 살폈다. 고도는 그 시선을 알지 못했다. 수많은 군중 앞에서도 태연할 수 있는 자신이 고작 뱀 요괴의 시선에 안절부절못하는 건 말이 안 되는 소리였다. 덕분에 고도는 오랜 시간 동행한 미호나 소도 잘 모르는 비밀 하나를 청사에게 들키고 말았다.

　고도는 하루 한 시진, 축시를 갓 지난 때에만 잠을 잤다. 그는 오래 잠을 자는 것을 싫어했다. 이유를 나열하고자 하면 수없이 많으나, 그중 가장 큰 비중을 차지하는 것을 고르자면 매일 같이 찾아오는 악몽 때문이라 할 수 있었다.

고도의 꿈속 풍경은 항상 같았다. 아름다운 여인이 열 살 내외 계집 아이 손을 잡고 바닷가에 서 있는 모습이었다. 치마 밑단은 바다색을 머금으며 천천히 젖어들었지만 두 여자는 파도에 맨발을 담그고 있었다. 절박한 심정으로 둘을 불러도 되돌아오는 것은 의미 없는 미소뿐. 그녀들은 너무도 태연하게 바다 속으로 걸어 들어갔다. 고도는 해풍에 휘날리는 치마를 보며 울었다. 슬프고 미안해서 소리를 참기 위해 입술을 깨물었다.

그러한 악몽을 피하기 위해 선택한 것이 잠을 포기하는 것인데 눈을 뜨면 보이는 것이 청사의 여자보다도 부드러운 긴 머리칼이니. 이건 무슨 낮에도 악몽을 꾸는 기분이지 않나.

"고도. 넌 왜 그렇게 내 머리에 집착하냐."

칠복산의 고개를 모두 넘어 강이 나타나기까진 여드레가 걸렸다. 그리고 그제야 멀찍이서 고도를 쳐다만 보던 청사가 처음으로 고도의 습관을 지적했다. 고도는 하고자 한다면 언제나처럼 엉뚱한 대답을 뱉을 수 있었지만, 하필 대화 주제가 머리칼이라 그럴 수 없었다. 그럴 기분이 들지 않았다는 게 더 정답에 가까우리라.

"예뻐서."

처음에는 그 말뜻을 이해하지 못하던 청사가 얼굴을 붉혔다. 그는 붉어진 얼굴을 숨기고자 오히려 목소리를 높였다.

"미쳤냐!?"

"예뻐서 그런 거 맞다."

고도는 비단 끈에 묶여 있는 청사의 머리카락을 한 번 매만지고 뒤돌아섰다. 그러자 청사가 다급히 그의 손목을 붙잡았다.

"무슨 의미야."

"예쁘다는 데 의미가 있던가. 그냥 눈이 가는 거다. 깊게 생각하지 마라."

고도의 그 말에 별다른 뜻이 없다는 걸 알고 있는 청사는 오랫동안 붉어진 얼굴을 식히지 못했다. 그는 제 머리카락을 손에 쥐고는 고도의 뒷모습을 한참동안 쳐다봤다.

여드레간의 칠복산 산행을 마치고 드디어 평원에 달했다. 고된 산행을 벗어난 미호는 만세를 외치다 말고 고도에게 다가갔다.

"고도, 고뿔 난 거 아니니?"

미호가 표정이 썩 밝지만은 않은 고도에게 손을 뻗었다. 조그마한 손이 닿은 고도의 이마는 불에 달군 돌멩이처럼 뜨끈뜨끈했다. 미호는 귀를 푸드득 털면서 근심 어린 표정을 지었다. 하루 한 시진도 잠을 자지 않던 고도가 마을에 다다르기 이틀 전부터는 아예 잠을 자지도 않았다. 몸이 무리를 해서 건강이 나빠진 게 틀림없었다. 고도는 그러한 미호의 걱정을 아는지 모르는지 조그마한 손을 떼어내며 평소와 다를 바 없는 목소리로 대꾸했다.

"나도 이제 죽을 때가 됐나 보다. 지진아에게 걱정을 받다니."

"좋게 말해 줘도 그러냐, 에잇, 너란 인간은!"

"그런 배려는 도리어 무섭다. 그리고 고뿔 걱정은 내가 해야지. 네 머릿속은 연중 고뿔이 걸려 있잖느냐."

"무슨 소리야?"

"제정신이 아니라고."

미호가 저걸 죽여 살려 하며 달려들었다. 그녀의 거센 항의에도 고도는 태평하기만 했다. 캥캥 짖어대는 미호를 요리조리 피하던 고도는 청사의 뒤로 숨었다. 며칠 동안 칠복산을 헤치느라 더러워질 법도 한데, 먼지 하나 묻은 것 없이 깨끗하기만 한 청사의 도포 뒤에서 고도는 빼꼼 고개만 내밀었다.

"청사야. 어린 여우가 사람을 잡아먹으려 한다. 도와줘라."

"우이씨, 멀쩡한 인간을 걱정한 내가 바보지!"

고도의 뻔뻔한 태도에 학을 뗀 미호는 으르렁거리면서도 한 발자국 물러섰다. 이러한 투닥거리는 다툼이 한두 번은 아닌 듯 미호는 신경질을 부리면서도 진심으로 고도에게 화를 내지 않았다. 고도 역시 입을 삐쭉 내밀고 투덜거리는 그녀의 머리를 토닥여 주며 이제 그만 기분 풀라고 했다. 고도의 손바닥 아래서 귀를 쫑긋거리던 미호는 쌩하니 앞으로 뛰어가 버렸다. 삐쳤나 보다. 그렇게 중얼거리는 고도가 미호를 달래 주기 위해 뒤따를 찰나였다.

"야."

별안간 고도의 옷깃이 붙잡혔다. 고도는 소매를 조심스레 붙잡은 손길을 보고는 고개를 들어 자신을 저지한 이를 바라봤다. 청사가 미호를 턱짓하더니만 고도에게 제법 퉁명스레 말했다.

"새끼 여우한테 걱정 안 끼치려고 거짓말한 것 같은데."

미호는 새하얀 머리와 귀를 가린다고 고도의 삿갓을 뒤집어쓴 채 뒤뚱뒤뚱 저 앞으로 걸어가는 중이었다. 다행히 청사의 목소리를 듣지 못한 그녀는 일 리 밖으로 보이는 커다란 강과 나루터를 보고 와와, 감탄사를 연발하는 중이었다. 청사는 금빛으로 반짝이는 강물에 홀린 미호를 힐끔 쳐다보고는 다시 고도에게 물었다.

"내 눈은 못 속이지. 너 딱 봐도 몸 상태 안 좋아 보여. 걷는 것도 불편해 보이고."

고도는 멀뚱멀뚱 청사를 보고는 미소를 지었다. 예고도 없이 얼굴 전체로 퍼진 미소가 너무 예뻐서 청사는 윽 소릴 내며 한 걸음 물러섰다. 갑자기 머릿속을 복잡하게 만드는 미소 때문에 절로 미간이 찌푸려졌다.

그는 저도 모르게 고도의 옷깃을 쥔 손에 꾸욱 힘을 주고 말았다.

"눈치는 소만 빠른 게 아닌가 보네. 둔한 것보다야 눈치 빠른 게 더 좋긴 하다만."

고도는 굳어 있는 청사의 어깨를 툭툭 쳐주었다.

"너도 걱정 마라. 딱히 신경 쓸 일은 아니다."

고도는 청사의 손을 빠져나가 미호의 뒤를 따랐다. 미호는 나루터의 뱃사공에게 "보릿마을로 가려면 이 배를 타야 한다"는 얘기를 듣고 주머니에서 동전 몇 닢을 꺼내는 중이었다. 뱃삯을 지불한 미호가 어서 오라면서 손을 흔들자 고도는 뒷짐을 지고 그녀에게 느긋하게 다가갔다.

청사는 그런 고도를 눈살까지 찌푸리고 바라봤다. 뒷모습이 불안정해 보였다. 걷는 것이 꽤 힘들어 보였는데, 자세히 살피니 왼쪽 다리에 힘이 들어가 있지 않았다. 칠복산에서 여우구슬에 홀린 원혼을 달랠 때, 그 절벽에서 떨어지면서 부러진 다리가 덧난 모양이었다. 뼈가 잘못 붙었거나, 부러진 뼈의 단면이 상했거나. 옷에 가려져 잘은 안 보인다만 보행이 힘들만큼 부은 것도 같았다.

배를 타고 강을 건너는 동안은 괜찮겠지만 그 이후에도 저 상태면 의원을 찾아야 할 것이다. 저래선 십 리도 못 갈 것이다. 안 되겠다 싶으면 도술을 써서 날아가라고 말을 하자. 그리 결심한 청사는 배 위에 올랐다. 뱃사공은 일행이 모두 배 위에 올라타자 노를 잡았다. 그는 노를 앞뒤로 젓기 전에 고도를 빤히 바라봤다. 저 수상쩍은 시선은 뭔가 싶어 청사가 불쾌함을 표하려는데 뱃사공이 그리 일렀다.

"마을을 지나가는 길이라면 어디 들리지 말고 냉큼 가슈. 자네, 썩 박씨 취향 같으니 험한 꼴 볼지도 모르오."

"음?"

"박 씨라고 있소. 유명한 남색가지."

뱃사공이 진중하게 경고해도 고도는 껄껄 웃으면서 대수롭지 않게 대꾸했다.

"그놈은 눈에 고뿔이 났나 보다."

그것이 큰 사건으로 불거질 줄은 모른 채 말이다.

보릿마을은 그 어떤 지역보다 이모작이 왕성하다. 고도 일행이 들른 때가 마침 명성에 어울리게 봄 한때 다량의 보리를 수확하고 이제는 쌀 추수만 앞둔 시기였다. 보리가 자랐던 땅에 소똥을 거름 삼아 다시 모를 심으니 몇 달 지나지 않아서 온 논이 금빛으로 출렁거렸다.

알알이 박힌 쌀들로 인해 벼는 깊이 고개를 숙였다. 바람이 한차례 불어오면 벼들이 갈대처럼 몸을 흔들며 금빛 파도처럼 출렁였다. 해거름이 내려앉자 앞으로는 금빛의 논밭이, 뒤로는 노을빛으로 반짝이는 강물이 고도 일행의 시야를 어지럽혔다. 미호는 이렇게 아름다운 마을은 처음 본다면서 소달구지가 지나가는 길을 방방 뛰었다. 요괴를 잡는 고도 때문에 항시 밤길을 이용하며 산이고 숲이고 고된 곳만 찾아다녔던 미호 눈에 사람들이 근심 걱정 없는 모습으로 농사를 짓는 풍경은 이색적으로만 보였다.

고도는 금빛 장관에 넋을 놓은 미호를 구경하다 말고 청사를 찾았다. 청사는 강을 건너는 나룻배에서 내린 후로 줄곧 아무 말도 없었다. 고도는 침묵을 지키는 청사가 의아했다. 언제나 짜증을 달고 살던 청사가 어떠한 생각에 잠겼는지 몹시도 진지한 표정을 짓고 있었다. 그는 복잡한 심정을 담은 눈으로 마을을 쳐다봤다. 그리움이랄지, 안타까움이랄지.

고도의 머리로는 쉽사리 추측하기도 힘든 묘한 빛이 청색 눈에 박혀 있었다. 고도는 슬그머니 그의 곁으로 다가갔다.

"꼭 이곳에 와본 듯한 표정이구나."

청사는 생각에 잠겨 있던 눈을 돌려 고도와 시선을 맞췄다. 그는 뒤늦게 정신을 차리고는 고도가 제 상태를 알아차린 것이 무안하여 헛기침만 뱉었다.

"많이 변했다. 여긴 흉작만 내리던 곳이라 사람도 없는 곳이었는데 말이지. 이렇게 풍요로워질 줄은 몰랐어."

"그래서 그 감회에 젖어 눈시울을 붉히고 있던 것이냐. 누가 보면 옛적에 임을 여 두고 떠난 줄 알겠다."

"또 헛소리 시작이군. 아주 가슴 절절한 기담을 써라."

"좋다. 여주인공 이름은 청사라고 지으마."

"……허?"

"어디 보자. 요괴에게 잡혀간 아름다운 연꽃 공주 청사를 엄지 왕자 고도가 직접 구해 풍요로운 나라를 만들었다는 이야기 어떠하느냐."

청사는 어이없는 표정으로 그 이야기를 들었다. 저러한 무표정으로 어린애들도 듣지 않을 유치한 이야기 한 편 짓는 고도를 별종이라 생각하며 혀만 쯧 찼다. 그러다 그의 발목으로 눈길이 갔다. 퉁퉁 부어 있는 왼쪽 발목. 청사는 턱짓으로만 고도의 부은 발을 가리켰다.

"걸을 수 있겠냐?"

"아무렴."

"보통 사람이라면 죽겠다고 바닥을 뒹굴 상태인데 더 걷다가 발 못 쓰게 되지 말고 도술이나 부려."

"사람들 있는데서 구름이라도 타고 다닐까? 그렇게 이목을 끌고 싶다면 상관없다만."

사람이 드문 칠복산 같은 데라면 모를까 농사짓는 가구 수만 수백에 달하는 마을에서 태연히 도술을 부릴 수 없다는 소리였다. 청사는 가만 고민하다가 고도 앞에 한쪽 다리를 굽히고 앉았다. 아픈 발목을 만지자 고도가 인상을 찌푸렸다.

"상태가 많이 안 좋아 보인다. 여기에도 의원이 있을 테니 발을 고치고 가자."

얘가 왜 안 하던 걱정 같은 걸 해주는 걸까. 고도는 눈을 빛내며 호기심을 보이더니 청사의 무릎 위에 자신의 발을 떡하니 올렸다.

"발을 주물러 주려면 더 정중하게 해줘야지, 마당쇠."

이게 어디다 대고 마당쇠 취급이야. 그런데 주인과 마당쇠 놀이가 무서울 정도로 잘 어울리는 고도를 보노라니 하극상의 의욕이 치밀어 오르는 청사였다. 고도는 유치한 이야기를 입 밖으로 풀었지만 청사는 밤 시장에만 몰래 도는 풍속화 속 야한 장면을 떠올리고 말았다. 주인을 넘어뜨리고 그의 신과 옷을 하나하나 벗기는 그런 장면이.

"대롱이, 네놈의 노비 근성 하나는 대단하구나. 내가 무릎 한 번 밟아줬다고 얼굴을 붉히는 게냐."

"아, 젠장!"

속이 뜨끔한 청사는 고도의 발을 있는 힘껏 잡아당겼다. 한쪽 다리로 몸을 지탱하고 있던 고도는 그대로 무게중심을 잃고 엉덩방아를 찧었다. 고도가 아야, 하고 엄살을 피우자 청사는 불쑥 얼굴을 들이밀었다. 청사의 두 눈이 어느새 세로로 길게 찢어져 있었다. 흥분할 때만 파란 보석 같은 둥근 눈동자가 뱀의 그것처럼 바뀌는 것을 아는 고도였다.

청사는 긴장한 고도를 쳐다보면서 혀를 날름거렸다.

"업혀."

"응?"

"다리 부러진 거 덧나서 몸 상태 안 좋은 거 아니까 업혀."

혹시나 모를 사태에 대비하고자 도력을 방출했던 고도는 그 힘을 슬그머니 되돌리면서 눈만 껌뻑였다. 고도는 위협적으로 빛나는 청사의 푸른 눈동자를 한참이나 들여다보더니 손을 뻗어 머리카락을 잡았다. 고도가 이 머리카락에 집착하는 바를 이미 알고 있던 청사였으나, 이번에는 단순히 '예쁘다'며 만지작거리는 것이 아니라 장난을 치듯이 꾹꾹 잡아당기는 게 아닌가.

"네놈 솔직히 말해라. 전생에 내 노비였지."

"헛소리는 연꽃 공주 청사와 엄지 왕자 고도에서 멈추는 게 어때. 의원 찾아가기 전까진 그냥 잔소리 말고 업혀."

"가만 보니 힘자랑이 취민가 보다. 저번에는 날 앞으로 안아 들더니 이번에는 등을 내미는 게냐."

"뭐야, 앞으로 안기고 싶은 거였어?"

"내가 이동이 힘들다 생각되면 소를 불러서 어깨에 얹혀서 갈 테니 너는……."

"말 되게 많네."

청사는 가타부타 설명도 않고 고도를 등에 업었다. 질색을 하며 벗어나려 한 고도는 다리가 멀쩡하지 않아 이렇다 할 저항도 하지 못했다. 갑자기 누군가의 등에 업히느라 몸의 중심을 잃은 고도는 엉겁결에 청사의 목을 끌어안았다. 고도는 눈을 휘둥그레 뜨고 청사를 빤히 쳐다봤다. 청사는 고개를 돌려 어깨 너머에 있는 고도를 보았다. 무슨 생각을 했는지 잠깐 망설이던 그가 고도의 볼에 입술을 살짝 댔다가 뗐다.

"필요할 때 도깨비를 찾는 대신 나한테 먼저 부탁해 봐, 얼간아."

귀까지 빨개져서 그리 중얼거리는데 이젠 소한테 질투를 보이는 건가 싶었다. 고도는 누군가의 등에 업힌 사실보다 청사의 반응이 더 신기하여 눈을 빛냈다. 발로 무릎을 밟아 줘도 좋다 하고, 무거운 성인 남자를 등에 들쳐 업어도 좋다 하고, 겉으론 툴툴대며 짜증만 연신 내는데 이렇게 보면 요괴답지 않게 인간을 위해 몸을 내주기도 한다. 죽이겠다고 달려들면서 때때로 얼굴을 붉히기도 하고. 뭐가 뭔지 모르겠지만 그런 복잡한 청사의 반응이 그렇게 즐거울 수가 없다. 생긴 것은 또 어떠한가. 평생 남의 시중을 받을지언정, 누군가에게 헌신해 본 적도 없이 고귀하게 자랐을 법한 도련님 아닌가. 보면 볼수록 신기하기만 했다.

"대롱아, 넌 내가 좋으냐?"

고도가 청사의 어깨에 고개를 얹고 물으니, 귓가에서 나지막이 퍼진 목소리에 청사는 오싹한 소름이 돋았다. 그는 고도를 업은 채 앞으로 한 발자국 내밀려다가 멈추어 섰다. 목 언저리에서 퍼지는 고도의 숨결 때문에 아주 죽을 맛이었다.

"조, 좋긴 누가 좋다고 그래!?"

"소리 지르긴. 귓속말해도 다 들리니 목소리를 낮춰라."

"이 자식…… 목 꽉 잡지 마……. 숨 막히게 할 셈이야?"

"그리 꽉 잡지도 않았다."

"……뭐야. 그럼 더 세게 안아."

"이랬다가 저랬다가, 우리 대롱이는 왜 이리 변덕이 심할꼬."

뭐가 그리 부끄러운지 자꾸만 붉어진 고개를 돌리는 청사 때문에 입가가 간지러워지는 고도였다. 그는 청사가 왜 이러는지 알지도 못한 채 키득거리며 웃었다. 여자들보다 더 부드러운 머릿결에 얼굴을 가만히 댄 고도는 이왕 업힌 거, 청사가 지칠 때까지 이용해야겠다 생각했다. 자신에게 이런 희생적인 호의를 베푼 요괴는 청사가 처음이었다. 그것이 몹시 기분 좋아서 미소를 지우지 못하는 고도였다.

"어이차아아, 이랴, 잠시 멈춰 봐라."

끝없이 펼쳐진 논밭 길을 청사의 등에 기댄 채 이동하던 고도는 그 낯선 울림에 고개를 돌렸다. 달구지가 몇 차례 길을 오고간다 했는데 웬 억센 흑소에 달구지를 얹은 젊은 남자 하나가 앞길을 막아섰다. 멍에를 씌운 소는 밭을 가는 일소로 보이지 않았다. 싸움판에서 노잣돈이 오고가게 만드는 투우 같았다. 그런 흑소에 달구지를 연결하여 태평하게 드러누워 있던 젊은 남자 역시 농사를 지을 것처럼 보이지 않았다.

정체 모를 남자가 길을 막고 서자 미호는 다급히 제 머리를 숨기기 위해 삿갓을 눌러썼다. 청사와 고도는 뭔 일인가 하여 눈만 데굴데굴 굴렸다. 태평하게 누워 있던 흑소 주인이 으차, 하는 호탕한 소리와 함께 자리에서 일어났다. 그는 청사와 고도를 번갈아 보더니 결국 고도에게 시선을 맞췄다.

"마을에서 못보던 얼굴들인데. 여긴 어쩐 일이오?"

고도는 저 젊은 놈이 하대에 익숙한 사실을 깨닫고 차림새는 허름하나, 어디 귀한 집 자제라는 것을 깨달았다. 고도는 어찌 대답할까 고민하다, 청사의 어깨에 얼굴을 붙인 채 유유자적 말했다.

"이 마을을 지나가는 길이오."

그 말에 젊은 남자는 고도의 차림새를 훑어보았다. 그러다 그의 시선이 고도의 부러진 발목에 머물렀다. 남자가 별안간 씨익 웃으며 물었다.

"다리를 다쳤나 보오. 그 몸으로 마을을 지나칠 것이오? 곧 있음 해가 저무는데 밤길에 그런 몸으로 다니면 좋지 않을 듯 보이구려."

이게 뭔 시비고, 간섭인지 모르겠다. 청사가 썩 기분 나쁜 표정으로 대꾸하려 하자 고도가 청사의 목을 더 꽉 끌어안으며 무언으로 말렸다. 눈앞의 남자가 평범한 이는 아니라 생각했는지 고도의 태도가 조심스러워졌다.

"걱정은 고맙소만 이동에 문제가 생긴다면 내가 알아서 해결할 터이니 마음 놓는 게 어떤가."

"마을에 유능한 의원이 있는데 치료 받고 가는 게 어떤가 하여 그렇지."

"그 역시 알아서 할 테니 갈 길 가는 게 낫겠는데."

"흠. 그렇게 말하면 더 할 말은 없다만."

남자가 한 걸음 더 가까이 다가왔다. 청사는 불쾌감을 표하다 더 이상 참지 못하고 요력을 방출하려 했다. 그런 청사를 고도가 달랬다. 귓가에 대고 쉬쉬, 어르자 청사가 인상을 찌푸리더니 몸에서 힘을 풀었다. 고도는 잘했다면서 청사의 머리를 다정하게 쓸어 만져 주고는 가까이 다가온 남자를 경계했다. 남자는 한참이나 고도를 훑어 내리듯 쳐다보고는 오만한 미소를 지었다. 그는 으르렁거리는 청사에게 두 손을 보이며 자신은 나쁜 짓을 하지 않겠다는 것을 보였다. 대신 고도를 두 눈에 박듯이 쳐다본 후 다시 흑소의 달구지에 올라탔다.

"길 편히 가시오."

남자는 손을 설레설레 흔들면서 고도에게 안녕을 고했다. 남자가 탄 흑소가 저 너머로 멀어지자 미호가 삿갓을 살짝 들고 고도의 눈치를 살폈다. 그녀가 입을 벙긋거리기 전에 청사가 고도에게 딱딱한 어투로 말했다.

"저 남자, 인간이 아니야."

그 말에 미호가 눈을 동그랗게 떴다. 그녀는 이미 시야에서 사라진 흑소와 흑소 주인을 찾으려고 고개를 두리번거렸다. 영락없는 인간의 모습인데 어찌 인간이 아니라 확신하는 걸까. 미호가 당황하여 고도에게 설명을 요구하려는데 고도 역시 청사의 의견에 고개를 끄덕였다.

"안다. 그래서 네가 요기를 내뿜으려는 걸 막은 것이다."

"저놈도 내가 인간이 아닌 걸 알았을 것이다. 너 역시 평범한 인간이 아니란 사실도."

"모르지. 우리가 워낙 기운을 죽이고 있어서 모르고 넘어갔을지도."

"저 정도로 완벽하게 인간으로 둔갑할 정도면 만만한 놈이 아니라는 소린데, 인간과 인간이 아닌 존재 정도는 구별할 줄 알 것이다."

"음. 그럼 쫓아가서 잡아야 하나."

빠르게 주고받는 말에 미호는 정신이 없었다. 무슨 말인지 통 모르는 채로 어리둥절하던 그녀는 참지 못하고 두 손을 들어 급히 대화를 저지했다.

"잠깐, 잠깐. 나도 알려 줘. 무슨 일이냐? 아까 그 남자한테 무슨 문제가 있는 거야?"

평소에는 툴툴거리며 고도의 행동 하나하나에 반응하던 청사조차 이번만큼은 고도와 뜻을 같이 했다. 두 남자가 이런 미련한 것, 이란 표정으로 쯔쯔 혀를 차자 미호는 댕, 하고 머리가 울리는 충격을 받았다. 고도는 그렇다 쳐도 이젠 뱀 요괴한테까지 저런 취급을 받아야 한단 말인가!

"인두조수人頭鳥獸."

고도와 청사가 동시에 대답했다. 때마침 금빛 논을 가르고 갈까마귀 떼가 날아올랐다. 까마귀들의 거센 날갯짓 소리를 들으면서 고도는 오랜만에 맛난 먹잇감을 찾은 사냥꾼처럼 눈을 빛냈다.

"마을 지나기 전에 까마귀 한 마리 사냥하고 가자."

해거름이 물러나고 단숨에 어둠이 찾아왔다. 시간이 흐를수록 고도는

말수가 줄어들기 시작했다. 처음에는 까마귀 사냥을 위해 반짝이는 것으로 유인해야 한다느니 농을 던지던 목소리는 애써 신음을 참는 숨으로 변했다. 발목의 고통이 더는 참기 힘든 모양이었다.

등에 업혀 있는 고도의 몸이 점점 무거워지자 청사는 안 되겠다 싶어 마을 안쪽으로 들어갔다. 다행히 늦게까지 논을 매던 농부들의 도움을 받아 마을에 하나뿐인 의원 댁을 찾을 수 있었다. 이 마을 의원은 한때 궐에서 일했을 만큼 실력이 좋다고 소문이 나있었다. 지금은 사정이 있어 이런 허름한 마을로 내려와 마을 사람들을 위해 약을 지어 주고 있지만 부러진 발목 치료는 거뜬할 것이라는 이야기가 대부분이었다. 하지만 청사는 마을 사람들이 알려 준 의원 댁에 찾아오자 입매부터 찡그렸다.

후루루루루루룩.

의원 댁 마루에는 요란하게 콩국수를 입으로 흡입하는 젊은 사내가 앉아 있었다. 그는 의관을 갖추지 않았다. 길거리 한량 같은 홑저고리 차림으로 가슴과 배때기 살을 훤히 드러내고 있었다. 상투를 튼 머리도 허름허름 머리카락이 쏟아지고 있으니, 발가벗는 것보다는 그나마 나을 정도로만 대충 구색을 맞춘 태가 역력했다. 상도 없이 국수 그릇을 들고 젓가락을 놀리는 모습이라니. 청사는 저 사내를 보고 의원 댁을 방문한 거지라는 착각을 할 뻔했다.

"대롱아. 네 힘이 얼마나 센지 아주 잘 확인했다. 앞으로 돌쇠라고 해야겠다."

"하아, 말을 말자."

고도가 청사의 어깨를 두드렸다. 내려 달라는 의사 표현에 청사는 군말 없이 고도를 사뿐히 내려 주었다. 왼쪽 발에 전혀 힘을 주지 못하는 고도였지만, 절뚝거리며 거지 혹은 망나니로 보이는 사내를 향해 다가갔다. 사내를 꺼림칙하게 바라보는 청사나 미호와 다르게 고도의 걸음걸이에는 한 치의 망설임도 없었다. 사람 발자국 소리에 국수를 후루룩 들이마시던 사내가 고개를 들었다. 그는 턱에 붙은 면발을 혀로 날름 핥고는 고도를 빤히 바라봤다.

"뭐냐, 웬 다리병신이 왔누."

의원이란 것들이 궁중에 들어가도 중인 취급을 받는 이들이라지만 말투가 저리 저급할 수가 없다. 청사는 고도를 욕한 남자를 세로로 길쭉해진 눈으로 노려봤다. 요기가 피어오르자 옆에 있던 미호가 정강이를 걷어차며 그를 말렸다. 고도는 어깨 너머에서 피어오르는 청사의 요기를 애써 무시한 채 배를 통통 두드리는 사내 앞에 멈춰 섰다.

"자네가 이 마을 의원인가."

사내가 젓가락 끝을 이용해 이를 쑤셔 파며 대답했다.

"내가 의관가문으로 유명한 이 씨네 덕규라는 사람이 맞긴 하지. 그 다리 때문에 날 찾아왔누?"

"소문과는 다르군. 예순을 넘는 노친네라 들었는데."

"아, 그럼 그 소문의 당사자를 찾아가시든가. 이 마을에 그런 의원이 있는지는 모르겠지만."

오호라, 뻔뻔한 낯짝이 아주 물건이다.

고도는 자신을 이리도 하찮은 것 취급하는 사내의 모습에 눈을 빛냈다. 고도가 사내에게 흥미를 보이자 저 뒤에서 미호가 중얼거렸다.

"큰일 났다. 고도, 저 남자가 맘에 들었나 보다."

청사는 어린애처럼 호기심만 무궁한 고도 때문에 송곳니를 드러내고 으르렁거리는 소리를 냈다. 하나 청사의 위협만으로는 고도의 관심을 억누르지 못했다.

"의원이 예순이 넘었단 소문이 어떤 뜻인지 알겠다. 덕규야, 너는 생긴 것보다 훨씬 어른스럽구나."

어른스럽다라. 이미 어른인 사람한테 거 무슨 망발일까.

"뭐라?"

"생각하는 수준이 나랑 꼭 어울린다."

"다리만 병신인 게 아니라 머리까지 병신인 거냐?"

덕규라는 의원은 이를 쑤시던 젓가락을 손으로 퉁기면서 기가 차 웃었다. 덕규는 스스로 듣기에도 익숙한 '의원님'이란 호칭보다 '덕규야'라는 말을 쓴 고도를 빤히 바라봤다. 새까맣고 동그란 눈동자를 보노라니 퍽 심상치 않은 생각이 들었다. 그는 고도를 살피던 눈을 들어 그의 일행까지 둘러보았다.

한 놈은 여자들과 비교하여 견주어도 부족할 것 없이 아름다웠고, 다른 하나는 성인의 허리까지밖에 오지 않는 땅딸막한 소녀였다. 아름다운 남자는 잠깐 제외하더라도, 저 소녀는 삿갓으로 머리를 가리고 있었는데 그 사이로 삐져나온 흰머리가 눈에 띄었다. 둘 다 인간이 아닌 요괴인 듯싶었다. 인간이 요괴들과 함께 다닌다라. 이 무슨 해괴망측한 조화란 말인가.

"네놈들 참말 신기한 것들이구나. 정체가 뭐냐."

"덕규야. 자기소개는 원래 나이 어린 것들이 어르신께 먼저 하는 것이다."

"이놈 보게. 넌 내가 너보다 어리다 믿느냐?"

"암. 넌 저 소녀보다 훨씬 어리지."

손가락으로 척, 소녀를 지목한 고도를 보고 덕규는 박장대소를 터뜨렸다. 마당에 묶어 두고 키우는 똥개 누렁이가 화통이라도 삶아먹은 듯한 커다란 웃음소리에 놀라서 웡웡 짖어대기까지 했다. 그는 마루에 발라당 뒤집혀 데구르르 굴렀다. 아이고, 배야, 하고 껄껄 웃다가 한참 후에 두 눈에 그렁그렁한 눈물을 닦으며 입을 뗐다.

"아주 기막힌 애들이다!"

덕규는 웃음을 멈추고 점잖게 양반다리를 해 앉았다. 겉모습은 길거리 거지라 해도 믿을 판이나 꼿꼿하게 세운 등허리와 떡 벌어진 어깨, 그리고 당당하게 세운 턱을 보니 유능한 의원이라는 게 사실은 사실인 모양이었다. 그는 이를 드러내어 씨익 웃었다.

"마을 사람들이 날 보고 예순이 넘었다 했드냐? 맞다, 아주 옳은 소리지. 내 육 년 전에 환갑을 지난 마누라를 저승으로 보낸 몸이거든. 혹, 믿지 못하겠다면 족보를 살펴 보거라. 내 손자들이 현재 궁의가 되어 왕실을 보살피고 있다. 그런데 내 모습이 왜 이리 젊은지 아느냐? 건방진 꼬맹아."

저를 꼬마 취급하는 덕규를 보면서 고도는 고개를 살짝 숙였다. 앞머리들에 의해 반쯤 가려진 검은 눈동자가 흥미롭게 반짝였다.

"덕규, 네놈, 인형산삼을 먹었군."

의원은 무릎을 탁 치며 되받아쳤다.

"한눈에 척 꿰뚫다니! 혹시 네놈도냐?"

"인형산삼은 북질뫼山에서 그 세대에 한 뿌리밖에 나지 않는 신선의 선물이다. 네놈이 인형산삼의 수혜를 입었다면 같은 세대인 내가 어찌 그 수혜를 나눠 갖겠느냐?"

"그럼 나보다 더 신기한 놈이로다. 인형산삼 덕이 아니라면 네놈은 어찌 그런 모습으로 있는 것이냐?"

"그 산삼보다 더 독한 것을 먹었지."

"그게 뭔가?"

"요괴들."

고도의 대답의 진위를 파악하던 덕규가 만면에 피운 웃음을 거두었다. 그는 당당하게 펼쳤던 어깨에서 힘을 빼고 거만하게 내려다보던 턱도 내렸다. 고도를 지켜보던 그가 이전과는 달리 정중한 목소리로 물었다.

"자네, 이름이 무엇인가."

어깨에는 온통 부적과 금줄로 칭칭 묶여 있는 죽통이. 허리춤에는 낡은 헝겊에 꽁꽁 싸여 있는 검이. 핏자국이 묻어도 티가 나지 않을 법한 검은 두루마기에 부모의 정을 단적으로 끊어 버린 짧게 친 머리까지. 육십 년을 더 넘게 산 청년, 덕규는 저 외향에서 기억 속 무언가를 떠올렸다. 그 기억이랄 것이 워낙 낡고 오래된 것이라 누군가의 검증을 받아야 했기에 직접 물어보는 수고를 보였지만, 이것이 헛된 일은 아니었다. 덕규는 설마 하는 자신의 생각을 확신하게 되었다.

"고도."

덕규는 양반다리를 풀었다. 그는 일언반구 없이 무릎을 꿇고는 고도에게 절을 했다. 고도에게 삼배三拜를 마친 덕규가 예를 갖춰 말했다.

"제가 어르신을 미처 알아 뵙지 못했습니다."

시건방지기 짝이 없던 덕규의 행동이 단숨에 변했을 때 놀란 이는 청사였다. 그는 멈칫하며 고도를 바라봤다. 모든 것을 아래로 낮잡아 보던 사내가 대번에 예를 갖추는 고도는.

여전히 의미를 알 수 없는 까만 눈으로 눈앞의 사내만 바라보고 있었다.

고도를 의방까지 직접 모시고 간 덕규는 고도의 상태를 진찰했다. 마당에서 보여 주던 뻔뻔함은 온데간데없는 유능한 의원의 모습이었다. 결린 어깨와 단단하게 근육이 뭉친 다리들은 그의 손이 지나가자 금세 풀렸고, 피곤하고 축 쳐져 있던 몸은 기운을 되찾았다. 자량 내에서 명의로 소문이 자자했던 덕규다웠다. 그는 마지막 치료를 위해 고도의 다리를 살폈다. 고도는 부러진 다리를 진지하게 살피는 덕규를 보면서 멀쩡한 무릎에 턱을 올렸다.

"자량에서 내려왔다고 들었다."

고도가 먼저 덕규에게 관심을 보이자 덕규도 그에 응수하듯 씨익 웃으며 대답해 주었다.

"예. 북쪽에서 의원질을 하다가 남쪽으로 내려온 지 얼마 안 되었습니다."

"북쪽 의술과 남쪽 의술이 천차만별이라 적응이 쉽지 않았을 텐데 아까 보니 한약 짓는 솜씨도 기가 막히더구나."

"역시 어르신도 잘 아시는군요. 맞습니다. 커다란 강줄기를 사이에 두고 의술이 달라집니다. 남부는 약초를 구분하는 방법이 발달해서 한약을 달여 먹고 몸보신하는 데 집중하지만, 북부 사람들은 의료 도구가 발달해서 살을 찢고 꿰매는 일을 더 대단하다 여기죠."

"손에 익은 의료 도구를 이 지방에서는 쓰지 못하니 어찌나 답답할꼬."

"아닙니다. 환자를 치료하는 데 편하고 불편하고가 어디 있겠습니까. 의술에는 왕도가 없으니, 인형산삼으로 젊음을 되찾은 복을 널리 많은 사람들에게 이롭게 전파할 생각밖에 없습니다."

"흠. 그런데 인형산삼을 발견한 것도 복이지만 그걸 어찌 먹었냐. 나도 본 적은 없다만 생긴 게 긴 머리를 가진 여자 모습이라던데. 삶아 먹었냐?"

"산 채로 삼켰습니다."

"······네놈 살인귀였단 말이지."

"아하하하. 표정 한 번 웃기십니다. 예, 사람 살 뜯는 기분이라 썩 좋진 않았죠."

"산삼이 비명도 지른다 들었는데……."

"맞습니다. 하루 반나절 동안 뱃속에서 비명소리가 들리는 기괴한 일을 겪었습니다."

일그러진 고도의 표정을 보고 호탕하게 웃은 덕규는 매만지던 발목의 이상을 찾아냈다. 그는 쯧쯧 혀를 찼다.

"뼈가 부러진 뒤 잘못 붙었습니다. 붙은 부분이 어긋나서 몸에 열까지 나는 형상이군요. 다리를 제대로 끼워 맞추겠습니다."

그러면서 능숙하게 발목뼈를 뺐다가 다시 바로 끼워 맞췄다. 갑작스런 고통에 고도가 아랫입술을 꽉 깨물었다. 끙, 하고 참지 못한 신음을 흘려도 덕규는 가차 없이 발목을 쥐고 돌리기까지 했다. 식은땀에 푹 절어 몸도 가누지 못하는 고도를 보고 덕규는 미리 달여 두었던 보약 한 그릇을 건넸다.

"발목뼈가 어긋난 상태로 오랫동안 걸어 몸에 피로가 잔뜩 쌓였습니다. 하루 정도는 이걸 마시고 푹 쉬십시오. 하루면 싹 나을 테니 안심하시길 바랍니다."

"명의라더니, 왜 이렇게 아프냐, 응? 솔직히 말해라. 네놈, 돌팔이지?"

껄껄 웃어 버린 덕규가 고도의 발목에 감는 붕대에 힘을 주었다. 움찔움찔 어쩔 줄 몰라 하는 고도를 약 올리듯이 그의 발목을 손바닥으로 탁탁 때리는 것도 잊지 않았다.

"쉬세요, 어르신."

"내일 일어나서 멀쩡하지 않으면 네놈 목을 구워서 먹으리."

고도는 그렇게 협박하고는 턱 밑까지 들이미는 보약을 한입에 둘러 마섰다. 덕규는 쓴 것이 싫어 끄응 소리를 내는 고도를 억지로 자리에 눕게 했다. 이불을 목 위까지 끌어 올려 주면서 어서 주무십시오, 말하니 방금 전까지만 해도 말똥말똥하던 눈이 스르륵 감겼다. 고도는 반개한 눈으로 덕규를 가만 쳐다보다가 눈꺼풀을 아예 닫아 버렸다. 한약에는 숙면을 유도하는 약초도 달여 넣었기에 보릿마을에 오기 전까지 악몽에 시달리던 고도는 아주 오랜만에 아무 꿈도 꾸지 않고 잠에 들 수 있었다.

고도가 차분하고 규칙적인 숨을 내뱉자 그의 침상에 가만히 앉아 있던 덕규는 의방을 나왔다. 독한 한약 재료들로 가득 찼던 의방 냄새와는 다르게 마당에는 논밭을 훑고 날아온 싱그러운 바람이 맴돌았다. 덕규가 크게 심호흡을 하자 지붕 위에 올라가 달구경을 하던 미호가 기와를 붙잡고 거꾸로 몸을 숙였다.

"의원 아저씨. 고도 다 고친 거야?"

"그래. 지금 푹 주무시고 계신다."

"잘됐다. 아저씨 지금 시간 좀 있어?"

덕규는 열 살 내외의 소녀 얼굴을 빤히 쳐다봤다. 그러곤 손톱으로 이를 쑤셨다.

"귀여운 요괴 아씨가 나한테 볼일 있누?"

"귀여워? 흐응. 아저씨, 나는 세 치 혀를 별로 좋아하지 않아. 그렇지만 빈말이라도 칭찬을 들으니 좋네. 아무튼 시간 좀 내봐."

"그리 말하면 응당 내야지, 암."

"나는 일 없고. 저기 저 요괴가 아저씨한테 물어볼 게 있다고 해서."

미호가 조그마한 손으로 가리킨 곳에는 젊고 아름다운 청년이 앉아 있었다. 지붕의 가파른 경사면에 비스듬히 앉아 도포 양 소매에 손을 찔러 넣은 사내였다. 바람결에 살랑살랑 흩날리는 머릿결이 어찌나 곱던지, 자칫 잘못 보면 여자로 착각할 뻔했다. 그는 심경이 불편한 듯 인상을 잔뜩 찌푸리고 입에는 연죽을 문 채 연기만 뻑뻑 피워대고 있었다. 고상한 미인이나 표정에서 드러나는 꼬인 심사와 눈이 마주치고도 인사 한 번 건네지 않는 오만함이 일상을 그렇게 지내온 듯 몸에 배어 있었다. 덕규는 유독 새파란 눈동자를 올려다보다 어깨를 으쓱였다.

"상관은 없는데 이 상태로 말할 수는 없지 않누. 계속 기와를 올려다 보면 목이 아플 게다. 저이 보고 내려오라 전해라."

"뭘 또 그런 걸 신경 쓴데. 그건 걱정 마."

미호가 불쑥 두 손을 내밀었다.

"잡아."

꼬맹이가 들어 올려 주려는 건가 하여 눈만 껌뻑거리는 사이에 미호가 덕규를 보챘다.

"얼른."

덕규는 얼떨결에 눈앞까지 내민 두 손을 잡았다. 미호는 그 손을 잡아당겨 덕규를 지붕 위로 끌어 올렸다. 덕규는 어린아이의 무지막지한 힘에 한 번 놀라고, 푹신한 초가지붕 위에서 내려다본 마당 풍경에 두 번 놀랐다. 평생 지붕 위로 올라올 생각 따위 하지 못한 덕규의 눈에 그것은 익숙하면서도 생소한 모습들이었다. 간혹 비질을 해대던 마당 곳곳에 잡초가 나오고, 누렁이가 종횡무진한 발자국도 찍혀 있었다. 앙증맞은 흔적들이 귀엽기도 하고 재밌기도 해 껄껄 웃음소리가 절로 나왔다. 평소에는 관심을 갖지 않던 것에서 이렇게 즐거움을 얻자 덕규는 미호를 향해 생긋 웃어 보이기까지 했다.

"이거 참 신기하다. 거, 아씨 이름은 뭐고?"

고도에게 항시 어린애 취급만 당하던 미호는 간만에 자신을 여자 취급해 주는 인간을 만나 신이 나 웃어댔다.

"미호라고 해."

"구미호인가."

"예전에는. 지금은 모종의 사건으로 꼬리 하나가 떨어져 나가서 이런 덜떨어진 어린애 모습의 팔미호가 됐지. 실은 진짜 예쁘고 관능적인 성인 여성체인데."

미호가 한쪽 허리에 손을 가져다대고 몸의 굴곡을 강조하는 자세를 취했다. 청사가 대놓고 풉, 하고 비웃었다. 제 입으로 관능 운운하는 미호의 모습이 어처구니가 없어서 입술꼬리 한쪽을 끌어 올렸다. 청사의 노골적인 웃음에 미호가 도끼눈을 부릅떴다. 청사는 그녀가 떽떽거리며 달려들 것을 알기에 먼저 수를 썼다. 연죽을 쥔 손을 까딱이자 작은 실바람이 일어나 미호의 입을 틀어막았다. 미호는 두 손을 버둥대며 목소리를 틀어막은 바람을 떼어 내려 했으나 소용없었다. 무형의 실바람은 잡을 수도 볼 수도 없는지라 그녀는 여덟 개의 꼬리로 지붕을 탁탁 때리며 성질머리만 죽였다. 그 모습을 덕규가 모두 지켜보고 있었다. 바람을 가지고 놀 줄 아는 청사의 실력에 덕규는 순수하게 감탄을 해보였다.

"도사들이 눈속임을 쓰는 경우는 봤어도 자연물 자체를 다루는 진기는 처음 보는구먼. 고도 님 일행이라 뭔가 다르긴 다른가 보지."

청사는 칭찬을 받고도 좋아하는 기색 하나 보이지 않았다. 덕규가 묻는 바에 대답하기도 싫은 것처럼 눈만 가느다랗게 뜨고 연죽만 피울 뿐이었다. 두세 번 더 연기를 뱉은 청사는 연죽을 입에서 떼고는 심기가 불편한 투로 말했다.

"참을 수 없을 만큼 궁금해서 말이다."

듣기 좋은 목소리였다. 아름다운 외형과 마찬가지로 목소리는 낮고 그윽했다. 덕규는 신기한 생명체를 보듯 청사의 반응 하나하나를 즐거이 쳐다봤다. 덕규의 눈요기가 된다는 사실도 모르는 청사는 그동안 꾹 참고 있던 것을 물었다.

"너는 고도를 알고 있는 듯하니, 네가 아는 바를 내게 다 말해라."

덕규라면 '싫소'하며 잡아뗄 수 있는 일이었다. 그는 고도를 존경했지만 그의 일행까지 존경할 필요는 없었다. 인간이 아닌 이들에게 고도를 대하는 만큼의 예의를 갖출 필요가 있던가. 조금 전에 자신을 꼬리가 하나 부족한 구미호라 소개한 미호라든지, 실바람을 가지고 노는 청사에게 인간의 예법을 갖추어 대할 의무는 없지 않은가. 궐내에서 생활한 덕규라면 그처럼 빡빡하게 굴며 청사의 질문을 무시할 수도 있는 일이었다. 하지만 그러지 않았다. 덕규는 청사가 고도를 궁금해하는 것만큼이나 자신 역시 커다란 궁금증이 들었다.

"그 전에 뭐 하나만 물어봐도 되오?"

덕규의 질문에 청사는 눈썹만 꿈틀거렸다.

"뭔데?"

"당신은 정체가 뭐요?"

청사는 대답 없이 담배 연기만 하늘로 불어 올렸다.

청사의 머릿결을 흔들거나 도포의 어깨자락에 내려앉았다 사라지는 바람의 흐름에 덕규는 무언가가 겹쳐 보이는 듯했다. 바람뿐만이 아닌, 자연물 전체가 청사를 위해 존재하는 하나의 병풍 같았다. 그의 곁에는 실바람이 머물고 있고, 희미한 달빛은 비단 옷처럼 그를 감싸고 있었다. 산에서 불어 내린 나뭇잎은 결코 청사의 위로 떨어지지 않았으며 개미나 파리 같은 벌레들 역시 그를 피해 움직였다. 자연의 모든 것들이 스스로 고개를 낮추고 청사를 존중하는 형상이었다. 한낱 요괴에게 자연이 먼저 고개를 숙일 리 없는데 어째서 그에게는 궐내에서 의원질 하다 뺐었던 임금의 형상이 겹쳐 보이는 것일까.

임금은 청사보다 훨씬 고귀하고 위엄 있었다. 간신들이 옆에서 손을 비비더라도 결코 제 뜻을 꺾지 않고 모든 이들에게 진중함을 보이던 사내였다. 백성들을 다스리고 아랫것을 호령하기 위해 근엄함을 부려 남들에게 보일 필요가 있던 사내. 임금이 '보여 주기 위한' 위엄을 몸에 두르고 있다면 눈앞의 청사는 위엄을 '숨기기 위해' 노력하는 것처럼 보였다. 자신처럼 임금 곁에 있어 본 사람은 청사의 특별함을 발견할 수 있겠지만 보통 사람이라면 어림도 없겠다. 누구든 청사를 본다면 그저 외형에 휘둘리고 말 것이기 때문이다. 그의 본질을 파악하기에는 우선 눈이 너무 혹하고 마는 외모지 않은가.

청사는 덕규의 호기심을 눈치채고는 몹시 불편한 표정을 지었다. 그는 경계하는 눈빛을 보이면서 미호와 달리 솔직한 대답을 하지 않았다.

"너는 알 필요 없다. 알려 줄 이유도 없고."

"이거 참, 불합리하오. 가는 게 있으면 오는 게 있어야 하지 않겠소? 어르신에 대해 묻는 사람이 본인에 대해서는 얘기하지 않으니 이 무슨 경우요."

"그래서 지금 싫다는 거야, 뭐야?"

청사를 보아하니 정말로 고도에 대해 아는 게 없는 것 같은데. 고도가 어째서 자신을 드러내지 않고 청사를 일행으로 맞이했을까. 덕규는 찬찬히 생각해 보았다. 그리고 눈치 빠른 늙은이답게 덕규는 청사와 고도 사이에 펼쳐지는 미묘한 신경전을 알 수 있었다. 이 두 존재는 서로를 드러내지 않고 상대를 꿰뚫어보기 위해 안간힘을 쓰는 게 틀림없다.

"무엇이 궁금하오?"

덕규가 히죽 웃었다. 너스레를 떨 듯 그리 물으니 청사는 찜찜한 표정으로 한참이나 덕규를 쳐다봤다. 거짓부렁이나 내뱉으면서 능글맞게 대답을 피해 가려는 심산인가 쳐다보았다. 이게 의중을 파악하기가 생각처럼 쉽지 않았다. 올바른 대답을 해줄 것처럼 보이지는 않으나 그래도 밑져야 본전이다. 청사는 경계심을 풀지 않은 눈으로 덕규를 쳐다보고 물었다.

"나이가 육십이 넘는다면서?"

"그렇소. 인형산삼 덕분이지."

"난 당신 회춘보다는 고도 쪽이 더 궁금한데 말이야. 그 인간 나이가 대체 얼마나 되는 거야?"

"요괴 선생은 고도 님이 몇으로 보이는데 그러시오."

"네가 고개를 숙이는 거 보니 적어도 육십 이상이란 소리 아니야? 너처럼 육신 나이가 육십이 넘었다가 회춘한 건가?"

"회춘만이 길이 아닌 거 알지 않소. 몸은 그대로인데 정신만 늙을 수도 있고."

"헛소리. 세월의 흐름을 비껴가는 생명체란 없다."

"정상적으로라면 그렇긴 하지요."

의미심장한 말에 청사의 두 눈이 세로로 변했다. 감정이 격해질 때만 드러나는 파충류의 눈동자였다. 세로로 가늘어진 두 눈에 덕규는 오한이 들었다.

뱀과斜의 요괴인가? 그런 하급 요괴치곤 숨은 힘이 대단한데.

옆에서 지켜보고 있던 미호가 청사의 소맷부리를 잡고 흔들었다. 입을 가린 실바람을 치워 달라는 몸짓이었다. 청사가 손을 한 번 휘젓자 미호의 입을 틀어막던 실바람이 사라졌다. 자유를 되찾은 입술을 오물거리기 전에, 청사가 미호에게 먼저 물었다.

"미호, 네가 나보고 그랬잖아. 늙지 않는 생명체는 없다고."

미호는 왜 자신에게 따지냐면서 붉은 눈을 새초롬하게 떴다.

"없어. 당연한 소릴 왜 해."

"근데 인형산삼 먹은 저 인간이 그러잖아. 특별한 경우는 늙지 않을 수 있다고."

"아, 진짜 고도 나이에 되게 집착하네. 그게 그렇게 중요해?"

"중요하지. 늙지 않는 인간이 인간이야? 요괴도 그럴 순 없어. 그건 신이야."

청사의 날카로운 지적에 미호는 입을 다물었고, 덕규는 눈을 동그랗게 떴다.

"고도 님을 지금 신이라고 칭하는 거요?"

"젠장, 너희 둘이 지금 그렇게 몰아가고 있잖아. 그냥 똑바로 말해 주면 될 걸 왜 이리 빙빙 돌려? 걔 나이 몇 살이야. 뭐하는 인간이냐고. 그거 대답하는 게 그렇게 어려워?"

제 성질 못 이겨 버럭 짜증을 내는 청사였다. 소나 미호가 고도를 존중하면서 그와 함께 오랫동안 여행을 해왔다는 사실도 신경이 쓰이는데, 보릿마을에서 만난 의원은 육십 먹은 늙은이면서 고도를 존중하고 있다. 세상 모든 요괴와 도깨비, 인간들이 짜고서 자신에게 사실을 숨기는 것이 아닐진대, 하나같이 고도에 대해서는 직접적인 언급을 피하니 속에서 열불이 나는 것이다.

청사가 푸른 요기를 피워 올리며 이 이상 속이 뒤틀리면 너희 둘을 가만두지 않겠다 위협하니 미호가 꼬리털을 뻣뻣하게 세웠다. 언제나 갈무리하고 있어서 잘 몰랐는데 이리 보니 청사의 숨은 요기의 크기가 어마어마했던 것이다.

"진정하시게. 말해 주겠소. 고도 님은 인간 맞소. 그리고 늙기도 하오."

종으로 갈라진 푸른 눈이 한 번 수축했다가 팽창했다.

"늙은 게 지금 모습이라는 소리냐?"

"이거 참. 이걸 뭐라고 말해야 할지. 이건 내 입으로 말하기도 어려운데 나중에 고도 님께 직접 물어보면 안 되오? 그분의 허락을 받지 않고 말할 수가 없소."

"뭣 때문에? 개인적인 사정이 있는 건가?"

"그것도 그렇지만."

덕규는 뒷머리를 긁적였다. 오랫동안 감지 않아 꾀죄죄한 머리카락이 바람에 하늘거리는 청사의 머릿결과 대비되었다. 시간이 지나면 더럽고 때를 타는 인간과 달리, 어떤 고행 속에서도 아름다운 모습이 유지되는 요괴. 청사는 자신과 비교되는 머리 상태를 보게 된 그 짧은 순간 섬광 같은 깨달음을 알았다.

그러고 보니 칠복산을 헤맸던 고도는 어떻게 때 하나 타지 않고 지금까지 청결함을 유지하고 있는 걸까?

"고도 님 본인이 직접 자신을 말하지 않는 이상, 그 어떤 이가 옆에서 떠들어도 이해할 수 없소. 믿기 힘들겠지만 사실이오. 내가 아무리 떠들어도 요괴 선생은 조금도 이해 못 할 거요."

청사는 더 이상 따져 묻기를 관뒀다. 애석하오만 이게 진실이오, 라고 말하는 덕규도, 자긴 모르는 일이라고 고개를 휙 돌려 버린 미호도 청사의 궁금증을 속 시원히 해결해 줄 의지는 보이지 않았다. 고도를 알고자 하면 할수록 모르는 것투성이라 청사는 속이 잔뜩 꼬여 갔다.

자신만 진실을 모르고 다른 이들은 모두 알고 있는 듯한 기분이었다. 그 차별과 소외감에 가슴 한쪽이 젖은 빨랫감보다도 더 뒤틀리는 느낌이었다.

"젠장."

청사는 입에 물고 있던 연죽을 손으로 옮겨 잡았다. 넓은 도포자락을 펄럭이며 지붕 아래로 뛰어내린 그는 왕왕 짖어대는 누렁이를 발로 차고는 담장 앞에 심어 둔 살구나무 위로 올랐다. 생원 댁 대추나무 때처럼 그는 살구나무 기둥에 몸을 기대어 앉았다. 고민이 있거나 생각할 거리가 많을 땐 으레 나무 위에 올라가 뜬 눈으로 밤을 지새우는 것이 습관이었던 모양이다.

지붕 위까지 들릴 만큼 된소리로 이루어진 욕을 주구장창 내뱉는 청사를 보면서 미호는 한숨을 푹 내쉬었다.

"삐돌이랑 고집쟁이 때문에 내가 다 피곤해, 진짜."

고도가 자신에 대해서 이야기하지 않고 누군가와 함께 다니는 모습을 처음 보는 덕규 또한 미호와 같은 심정이었다. 아무것도 모른다고 삐쳐 버린 청사나, 속 편히 얘기해 주질 않는 고집불통 고도나, 둘 다 문제라는 사실에 이의를 제기할 수 없었다.

지지배배 울리는 참새의 지저귐 소리를 듣고 고도가 부스스하게 눈을 떴다. 간만에 아무 꿈도 꾸지 않고 푹 잔 덕분에 머릿속도 상쾌했다. 여기서 한 가지 더 바람이 있다면 아침부터 소란을 피우는 마당만 조용히 해주면 좋겠다는 것일 테다.

"무슨 일이냐?"

대충 두루마기를 정리하고 문을 연 고도는 마당 풍경을 보고 눈을 껌뻑였다. 몹시 곤욕스러워 보이는 덕규가 보였다. 그리고 그 옆에는 짚신으로 돌아간 소를 들고 있는 미호가 있었다. 둘은 퍽 당황한 표정을 숨기지 못했는데, 그 이유는 집 안 마당까지 쳐들어온 수십의 나졸들 때문이었다. 나졸들은 창을 들고 있었다. 호기롭게 의원 댁 사람들을 집에 가두고 한 발자국도 나가지 못하게 했다. 심상치 않은 분위기에 고도는 이게 다 뭘까 싶어서 궁금해하던 찰나였다.

어디선가 청사가 나타나서 고도를 끌어안았다. 고도는 청사가 자신을 끌어안는 것에도 딴죽을 걸지 못할 만큼 어리둥절한 상태였다. 고도를 보자 관아에서 출동한 나졸 수십을 헤치고 향리가 모습을 드러냈다. 그는 소맷부리에서 방을 꺼내 외쳤다.

"현감 박지문의 명이오! '지금 당장 의원 이덕규 네 머물고 있는 짧은 머리의 사내는 의복을 갖추고 객관으로 오라. 명을 받지 않을 경우 역졸이 출도하리니, 사건을 피우지 말라'는 바요!"

당최 이게 무슨 일인지. 죄지은 것도 아닌데 지방군현에서 나졸들이 달려들 건 뭐란 말인가?

전날보다 다리의 붓기는 많이 빠졌고, 고통도 줄어들었으나 고작 하룻밤 몸 편히 누인 대가치고는 제법 큰 소란이지 않나 싶었다. 고도는 자신을 안고 있는 청사를 힐끗 보더니 향리에게 물었다.

"내가 무슨 죄를 지었소?"

이어진 대답에 청사가 요기를 방출하여 인간들을 모조리 죽이지 않은 게 다행이었다.

"원님께서 그대에게 밤 시중을 들라고 말하셨소."

얼이 빠진 황당함 속에서 짧은 침묵이 감돌았다. 그 정적을 깬 이는 눈만 껌뻑이며 이게 뭔 날벼락인가 하는 고도를 품에 더 콱 안아 버린 청사였다.

"이것들이 전부 미쳤나!"

청사의 눈이 수축하는 동시에 파란 요기가 터져 나왔다. 마당을 쓸 듯이 한차례 몰아닥친 바람에 나졸들과 향리가 뒷걸음질을 쳤다. 그들의 옷자락이 정신없이 나부꼈다. 두 다리에 힘을 주고 꼿꼿이 버티다 못내 주저앉을 정도였다. 어떤 이는 거센 바람보다, 그 바람을 만들어 낸 청사에게 두려움을 느꼈다. 새파랗고 기다란 눈동자가 대낮에 귀신이라도 마주한 기분을 들게 했다. 온몸의 피가 뽑혀져 나가는 느낌이었다.

청사가 날카로운 요기로 사람들 숨통이라도 끊을 셈인지, 좀처럼 흥분을 가라앉히지 못했다. 그 모습을 지켜볼 수 없는 고도가 조치를 취했다. 소맷자락에서 부적 두 개를 꺼내어 그중 하나를 움켜쥐고 뱅글뱅글 돌렸다. 마당의 흙을 쓸어 올리고 바닥을 쩍쩍 갈라지게 만들던 커다란 바람이 고도의 손 모양에 따라 출렁거리며 허공으로 솟아올랐다. 청사의 요술에 온 흙먼지를 뒤집어쓰고 덜덜 떨던 나졸들은 눈을 휘둥그레 뜨고 빙글빙글 회오리치는 바람을 올려다봤다. 공격적인 바람이 고도의 손길에 따라 하늘로 솟구치고는 저 위에서 와해되듯 펑, 소릴 내며 사라져 버렸다.

청사는 나졸들을 노려보던 시선을 돌려 고도를 쏘아보았다. 도와주려고 요기를 꺼냈더니 제가 먼저 공격을 무위로 되돌렸기 때문이다.

"야!"

화가 치민 청사가 소리를 지르자 고도는 나머지 부적을 청사 이마에 떡하니 붙여 버렸다. 청사의 몸을 흉흉하게 감싸고 있던 요기가 부적에 밀려 사그라졌다. 고도는 청사의 눈동자가 본래대로 돌아오자 두 번 다시 함부로 힘을 쓰지 못하도록 단단히 일렀다.

"사람들을 공격하지 말라고 누누이 말했거늘."

부적은 단숨에 청사의 요력을 제압하고 더 이상 병사들을 위협하지 못하게 만들었다. 부적의 효능은 놀라웠으나, 청사는 그런 사사로운 것에 신경 쓸 겨를이 없었다.

사람들을 공격하지 말라 언제 말했단 것인가. 자신이 요기를 부릴 때마다 신기하다고 눈을 반짝이던 고도가 한 입으로 두 말을 하지 않나. 속에서 열불이 터진 청사는 이마에 붙인 부적을 신경질적으로 떼어 냈다. 그는 야속하다는 듯이 고도를 노려보고는 고도의 볼을 쭈욱 잡아당겼다.

이렇게 볼을 잡고 흔들면서 한마디 핀잔이라도 주려 했다. 그러나 손가락 사이에 착 감겨 말랑말랑하게 늘어난 볼살 때문에 청사는 하려던 말을 잊었다.

까맣고 동글동글한 눈이 사람들 공격하지 말라고 혼쭐을 내는데, 볼이 늘어나느라 위압감은 손톱만큼도 남아 있지 않았다. 오히려 이 모습이 더없이 무방비하게만 보였다. 청사는 새로운 것을 발견했을 때의 놀라움과 충격으로 입을 벌렸다.

뭐야. 이 자식 처음 볼 때부터 제법 귀여운 얼굴이라 생각했는데, 이렇게 볼을 늘려도 위화감이 들지 않다니 뭔 조화야!

그러다 귀엽기는 무슨, 착각을 한 자신을 질타하듯이 청사는 눈썹을 매섭게 치켜 올렸다. 얼굴이 달아오르려는 느낌을 간신히 억누른 청사가 대신 손톱을 세워 볼을 더 세게 잡아당겼다. 심술을 부리는 청사의 행동에 고도가 끙, 소릴 내며 아픔을 대신 표했다. 청사는 뭐가 그리 불만인지 살짝 붉어진 얼굴로 볼만 사정없이 늘였다.

"음. 그래. 내 일찍이 툰향뎐을 즐겨 읽어따지만, 대나제 찾아와 수청을 들라는 놈은 또 처음 보느구려. 아, 아파. 청사, 네놈 왜 또 짜즈이얏."

고도는 볼이 늘어나서 발음이 새나가는 와중에도 무감각한 표정을 바꾸지 않았다. 한 놈은 고도의 볼을 쥐고 흔들면서 뭐가 그리 불만인지 "아프든가 말든가"라면서 툴툴거렸고, 다른 하나는 제 얼굴을 떡시루처럼 만지작거리는 손길을 알면서도 떡하니 팔짱을 끼고 나졸들을 질책하고 있다. 저러니 나졸들과 향리는 이 해괴한 상황에 전의를 상실할 수밖에 없는 것이다.

"미아나지만, 내 툰향이가 되기에는 부족한 거시 마나 사또의 명을 드러줄 수가 없소."

향리는 매서운 청안을 홉뜬 요괴가 바람으로 수작을 부리던 일과, 그 날카롭던 요력의 주인이 이젠 머리 짧은 사내를 만지작거리면서 새침한 표정을 짓는 모습에 심각한 괴리감을 느꼈다. 요괴에게 희롱을 당하면서도 표정 하나, 태도 하나 바뀌지 않는 고도도 역시 별종은 별종이었다. 남들 다 쳐다보는데 청사의 행동에 제지를 가하지 않으니, 보는 이쪽이 다 민망할 지경이다. 향리는 가까스로 정신을 차리곤 청사의 요술에 쓰러졌던 나졸들에게 명령해 군기를 다잡았다. 그는 애써 근엄한 표정을 짓고 앞으로 한 걸음 더 나아갔다.

"원님의 명을 거부할 수 없다고 말했소."

물러나지 않는 향리의 태도에 혼자만의 망상에 빠져 눈가까지 붉어졌던 청사가 정신을 차렸다. 그는 고도의 볼을 가지고 놀던 손을 내려 처음처럼 고도를 감싸듯이 안았다. 송곳니를 드러내며 위협하는 형상에 향리는 오금이 저렸다. 그러나 이대로 물러날 수는 없었다. 원님의 명을 받들지 못하고 돌아갈 시, 그 불똥이 자신뿐만 아니라 나졸들에게 그리고 나아가 마을 전체로 튄다는 사실을 잘 알고 있었다. 따라서 인간이 아닌 존재를 앞에 두고도 물러날 수가 없었다.

"진시까지 객사로 가지 않으려 한다면 칼을 채워서라도 끌고 갈 테니 그리 아시오."

청사는 문밖을 쳐다봤다가 웬 수레랑 죄인 묶을 밧줄까지 보았다. 이 것들이 아주 작정을 하고 왔구나, 하여 청사가 다시금 요력을 방출해 인간들을 날려 버리려고 했다. 고도는 그런 청사의 이마에 부적을 한 개 더 붙인 뒤 대구했다.

"하나만 묻자. 자네들 원님이라는 사람은 천리안이라도 가지고 있나."

"그게 무슨 뜻이오."

"날 한 번도 본 적이 없을 텐데, 덕규 네 머물고 있는 바는 어찌 알고 나를 끌고 오라 한 게냐."

"난 아는 것이 없소. 궁금하면 그분께 직접 여쭈시오."

"내가 남자라는 건 알고 수청을 들라 하는 건가."

"남자니까 데려오라는 거요."

잠자코 사태를 살피던 덕규가 혀를 끌끌 차면서 대화에 끼어들었다.

"그 원님, 얼굴만 잘나면 아무나 붙잡아 가는 버릇은 여전하구먼."

그러자 향리가 두터운 눈썹을 치켜뜨고 노호를 내질렀다.

"무엄하구나!"

향리가 허리춤에 찬 검을 꺼내 뽑자 나졸들도 하나같이 창을 세워 덕규를 겨누었다. 날카로운 쇠붙이가 일제히 자신을 가리키는 바람에 긴장한 덕규는 두 손을 슬그머니 들었다. 무심코 던진 망발을 사과하듯 입을 다물었어도 나졸들의 위협은 거두어지지 않았다.

고도는 덕규의 말을 곰곰이 되새겼다. 보아하니 사또란 놈의 이런 망측한 행동은 한두 번이 아닌 모양이다. 사람 면전에 대놓고 밤 시중이라 말하는 것에 아무런 수치심을 느끼지 못하는 향리나, 버릇이라 할 만큼 덕규가 떨떠름히 말하는 것을 보아하니, 이런 일이 제법 반복적으로 이루어진다는 소리였다. 고도라면 그들에게 끌려가지 않기 위해 여유롭게 대응할 만한 실력을 가지고 있었다. 하지만 굳이 그러지는 않았다. 말썽을 피우고 마을을 한바탕 뒤집어 놓는 일은 소향의 여우구슬 사건만으로 충분했다. 자신은 이 마을에서 얌전히 인두조수만 붙잡고 소리 소문 없이 사라질 생각이었다. 흑소가 끄는 달구지 위에 올라탔던 그 사내만 붙잡고서.

"좋소."

고도는 하늘에 뜬 태양의 위치를 보면서 그리 대답했다. 그 말을 들은 청사와 미호가 동시에 꿱하고 비명을 질렀다.

"고도!"

"야, 이 실성한 놈아!"

요괴들이 펄쩍 뛰는데도 고도는 태평했다. 향리는 당황스러워 고도를 물끄러미 쳐다봤다. 저, 감정을 표하지 않는 사내는 사건의 앞뒤를 계산하는 일이 참으로 미숙한 모양이었다. 너무도 즉흥적이라 동료들이 거품 물고 기겁할 정도로.

"대신 한 식경만 시간을 주시오."

향리는 그 요구를 곰곰이 생각하다 고개를 저었다.

"안 되오. 지금 당장 가야 하오."

"진시까지 두 식경은 남았다. 그 반만 떼다 쓰겠다는 것도 불허한다는 건가?"

"우리도 명을 받잡는 입장이라 함부로 일정을 바꿀 수 없소."

"세상에 융통성이란 떡이 있다면 네게 직접 고수레하고 싶다. 관아 사람들이 다 자네 같으니 융통성 없다고 욕먹는 것 아닌가. 우리도 이젠 선진화된 방법을 택하자. 따라 해라, 융통성."

"……."

"저런, 소녀들에게 인기 없을 답답한 놈이로다."

고도의 말장난에 걸려들지 않는 향리는 꼿꼿하게 서서 눈만 부릅뜨고 있을 뿐이었다. 고도는 말이 통하지 않는 향리와 나졸들을 둘러보고는 더 이상의 여지가 없도록 제 뜻을 밝혔다.

"한 식경 뒤에 보자."

고도의 태도에도 굽힘이 없다. 더는 말로 해서 데려갈 수 있는 상황이 아니다. 향리가 이 이상 두고 볼 수 없다며 검을 앞으로 내밀고 고도를 겨누었다.

"뭣들 하느냐! 저놈을 붙잡아 끌어내라!"

나졸들이 향리의 명에 창을 고쳐 잡고 우르르 마당을 가로질러 뛰었다. 칼을 목에 채워서라도 끌고 가겠다는 그들의 말은 농담이 아니었다. 고도를 무력으로 제압할 뜻이 확실한 단체적인 움직임이었다. 공격적인 수십의 장성들을 보고, 미호는 재빨리 몸을 숙였다. 네 발 짐승처럼 몸을 낮춘 그녀가 두 눈을 새빨갛게 태우며 여덟 개의 꼬리를 흔들었다.

첫 번째 꼬리가 바닥을 탁하고 내려치자 바닥이 흔들렸고, 두 번째 꼬리가 허공을 휘두르자 달려오던 사내들이 뒤로 발라당 넘어갔다. 세 번째 꼬리는 지척까지 달려온 이의 허리를 휘감아 대문 밖으로 던져 버렸으며 네 번째 꼬리는 새빨간 불을 머금어 나졸들이 더는 다가오지 못하도록 앞을 가로막았다.

구미호의 화려한 요술에 나졸들도 더 이상 향리의 명령만 따를 수 없었다. 그들은 파란 눈의 남성 요괴와 구미호 소녀의 솜씨에 얼굴이 새하얗게 질려 창을 쥔 두 손만 달달 떨었다. 향리 역시 어쩌다 저런 요괴들과 함께 있는 인간을 붙잡아 오라 한 것인지, 현감의 명에 온통 울상을 지은 채였다.

"고도에게 손대는 놈은 내가 모조리 잡아먹을 테다!"

천지를 우르르 울리는 날카로운 구미호 목소리에 관아에서 파견된 모든 이들이 멈추어 섰다. 실력의 차이를 실감한 그들이 더 이상 달려들지 못하고 머뭇거리자 고도는 청사의 품에서 빠져나와 방 문고리를 붙잡았다. 고도는 금방이라도 울 것처럼 곤욕스러워 보이는 향리를 보며 다시금 말했다.

"한 식경 뒤다."

문을 열고 들어가는 고도의 뒤를 청사와 덕규가 따랐다. 미호는 낮추었던 몸을 일으켜 일행들이 들어간 문 앞에 앉았다. 그녀의 치마 속에서 넘실대듯 흔들리는 꼬리들을 보고, 나졸들은 함부로 덤비지 못한 채 마당에 멍하니 서 있기만 했다.

마지막으로 방에 들어온 덕규가 문을 닫기 무섭게 청사가 고도의 손목을 잡아당겼다.

"너 무슨 생각으로 사또 놈한테 간다는 거야!"

청사가 아프도록 손목을 비틀어도 고도는 엄살을 부리지 않았다. 오히려 붙잡힌 손목이 꺾이면 꺾이는 대로 내버려 둔 채 청사를 똑바로 응시했다.

"살다 보면 이보다 더한 일에 사달을 내자고 달려드는 경우가 많다. 별거 아닌 일에 일일이 대응하다간 신경이 남아나지 않는다."

"이게 바로 죽자고 달려들 일이 아님 대체 뭔데!"

"글쎄다. 살다 보면 이거보다 더 중요한 일이 있지 않겠느냐."

청사는 찌푸린 인상을 펴지 못했다. 고도는 그런 청사에게 걱정 말라는 듯 붙잡힌 손을 빼어 내고 어깨를 두드려 줬다. 하지만 청사는 지금 이 요란스러운 사태도, 그에 대비되는 고도의 태평한 태도도 하나같이 마음에 차지 않아 욕지거리가 입안을 맴돌았다.

도깨비 소의 말마따나 고도는 심각하게 생각하는 것을 싫어했다. 자신의 신변 문제마저 이렇게 남 얘기처럼 귓등으로 듣고 신경도 안 쓰니 도리어 청사의 속에 열불이 날 지경이었다. 인간이란 호기심의 동물이다. 그들이 '명명자'로서 모든 사물과 생물에 이름을 붙이는 것도 그 호기심에 기반을 하고 있다. 태어나길 주변에 시선을 돌리고 나 아닌 다른 이들 이야기에 촉각을 곤두세우도록 태어났는데, 고도는 그러한 자연의 법칙마저 무시하고 있었다. 날 때부터 이렇게 무심하진 않았을 터. 그랬다면 요괴를 잡는 도사라는 족속이 되지도 않았을 테다. 그는 자의로 무심해진 것이다. 그 무심함의 대상이 다른 것도 아닌 자기 자신이라니.

청사가 이를 빠드득, 가는 이유는 알지 못한 채 고도는 두루마기를 펼치고 자리에 앉았다. 그 후에는 다리에 팔을 얹었다. 가만히 턱을 괴고 생각에 잠겼다. 잠시 후 덕규에게 시선을 돌리고 말하길.

"덕규야, 나는 여 까마귀 사냥을 하러 왔다."

밑도 끝도 없는 이야기에 덕규는 두 눈만 껌뻑였다. 그는 고도 앞에 공손히 앉아서는 우선 그의 이야기를 경청했다.

"내가 지금 오랜 여행 중이라 이 마을 저 마을 다 들쑤시고 다녀야 하는데, 아 글쎄 여기서 내 사냥감 하나를 발견하지 않았겠냐. 원래는 사람 대가리에 까마귀 몸통을 가져야 하는 인두조수였거늘, 이놈은 인간의 형태를 완벽하게 가지고 있었다."

"까마귀 인두조수요?"

"응. 아주 강한 놈이던데 내 다리 상태가 이 모양 이 꼴이라서 보자마자 따라가지 못했다. 조용히 그놈 기척을 살피려 했건만 멀쩡한 남자에게 수청을 들라는 사또가 있을 줄은 몰랐다."

덕규는 그 말에 어설픈 웃음을 뱉었다.

"그럼 잘 찾아오셨습니다. 사냥감이 사냥꾼을 데려오라 했군요."

"으음?"

"그 까마귀 요괴가 바로 이 마을 현감 박지문입니다."

박지문? 그러고 보니 그 성이 제법 귀에 익다. 고도는 눈을 데구르르 굴리더니 옳다구나 싶어 반가이 외쳤다.

"오호라, 그 눈에 고뿔 났다는 놈? 그게 현감이었고, 요괴였어?"

보릿마을에 들어오기 전, 뱃사공에게 들었던 그 박 씨가 바로 현감 박지문라는 소리다. 달구지를 타고 가는 모양새가 아주 태평하니 심상치 않았는데 그 꼴로 벼슬아치 행실을 하고 있을 줄이야.

고을 원님이란 놈이 어명을 받고 잠행을 하는 것도 아닐진대, 그리 대놓고 남색을 탐함에도 마을 사람들이 쉬쉬하고 있다. 마을 사람들이 악한 짓을 일삼는 사또를 눈감아주는 경우는 딱 두 가지다. 하나는 폭정을 일삼아 임금을 등에 업고 마을 사람들을 괴롭히면서 무력으로 제압하는 경우. 다른 하나는 맡은 임무를 용하게 해결하기에 그의 사생활을 사람들이 모른 척하는 경우.

고도는 조금 전 마당에서 본 나졸들과 향리의 모습을 떠올렸다. 그들은 삐쩍 곯지도 않고, 얼굴에 기름기가 좔좔 흐르고 있었다. 그러니 전자의 폭정과는 다소 거리가 멀었다. 더군다나 이 마을은 풍년으로 곡식이 풍부한 곳이다. 사또가 마음대로 백성들 곡식을 빼앗아 창고에 쌓아 두는 게 아니라면, 이렇게 활발하게 농사짓는 농민들이 존재할 리가 없다. 그러니 정답은 하나다. 현감은 필시 뛰어난 임무 수행 능력을 가져서 이 마을 사람들의 신임을 얻은 덕분에 남색이라는 불순한 사생활마저 인정받는 게 아닐지.

"너도 그 사또가 요괴인 걸 알진대, 구태여 다른 사람들에게까지 알릴 필요는 없겠다. 이 마을 사람들은 그놈이 요괴인 걸 다 아는 모양이다."

마을 사람들 전체가 쉬쉬하는 형상을 정확하게 유추한 고도였다. 덕규는 제 거뭇거뭇한 수염을 매만지면서 조심스레 대답했다.

"어린아이들 빼고 다 압니다."

"언제부터 요괴가 인간들과 공생하게 됐는지 퍽 궁금한데."

"이 마을 사람들에게는 선택할 수 없는 문제였죠. 요괴였지만 현감의 감투를 쓰고 나타난 박지문 때문에 수십 년 동안 흉년만 들던 이 마을이 단숨에 풍족해졌으니 말입니다."

"곡식이 익는 것은 자연의 섭리거늘, 명계와 인계를 날아다니는 인간 머리 요괴가 수십 년 이어지던 흉작을 단숨에 바꿀 수 있는 힘이 있단 말이냐."

"그러니 아무도 그를 함부로 대하지 못한 채 입을 다문 것입니다. 그

자가 마을에 나타나자마자 흉년이 풍년으로 바뀌었습니다. 단지 우연의 일치인지, 정말로 요괴의 힘이 작용된 것인지 알 수 없습니다. 다만 그자가 이 마을에 있는 한 풍년은 계속될 것이란 믿음이 마을 사람들 마음속에 품어져 있지요. 그에게 문제가 생기면 마을이 다시 예전으로 돌아갈 겁니다. 이 마을은 보릿마을이라고 불리기 전에는 '보릿고개 마을'이라 불렸으니 말입니다."

"네놈은 육십 년을 살았다면서 그게 정상이라 생각하나. 이거, 지진아보다 덜떨어지는 놈이로다."

"암, 비정상이죠. 하지만 제게는 이 현상을 바꿀 수 있는 힘이 없습니다. 이런 비정상적인 일은 생각보다 오래전부터 이 나라 전반에 걸쳐 꾸준히 일어나고 있었으니까요."

덕규의 대답에 고도는 눈을 반짝였다.

이 나라 전반에 기이한 일이 벌어지고 있다라.

고도는 오랜 시간 밤중 산길을 타거나 인가에 밀접하지 않은 곳에서 요괴들과 다투다 보니 요즘 세상 돌아가는 꼴에 눈과 귀가 어두워져 있었다. 그렇게 신경을 미처 못 쓰는 사이에 요괴들이 기이한 일을 벌이는 모양이었다.

칠복산 한가운데 여우구슬이 떨어져 선량한 마을사람들에게 피해를 입힌 사건이나, 칠복산만 하나 넘으면 나타나는 보릿마을에 자연현상마저 뒤집어 낸 강력한 힘의 요괴가 사또 행세를 하는 것까지.

고도는 그 이유를 머릿속을 굴려 찾아보다 가장 그럴듯한 해답지를 발견했다.

요괴들 사는 세상이 바뀌어서 인간 세상까지 그 영향이 미치는 모양이다. 요괴들 우두머리가 누구였던가. 한산뫼에 사는 꽝철이가 아니던가. 땅속 지네가 천 년을 묵고 아궁이 불 속에서도 죽지 않는 힘을 가진 요괴, 이무기. 불같은 성질과 능력으로 인해 꽝철이라 불리는 한산뫼 터줏대감이었다. 그자가 요즘 인간 세상에 나와 날뛰기라도 하는 모양이다. 그러지 않고선 요괴들의 힘이 이리도 비정상적으로 강해져 사람 사는 곳까지 영향을 미칠 연유가 없었다.

고도는 요괴들을 봉인해 왔던 죽통을 만지작거렸다.

앞으로 머릿수를 채울 날이 얼마 남지 않아 곧장 동해로 향하려 했는데, 꽝철이 때문에 요괴들이 날뛰기 시작하면 이리 봉인해 둔 것들이 언제 힘을 받아 뛰쳐나올지 모를 일이다. 아무래도 그냥 지나치긴 어렵겠고, 정도 이상의 힘을 가지고 있는 까마귀 사또를 만나 꽝철이와 관련된 전후사정을 자세히 들어봐야 할 듯 싶었다.

"그래. 그 까마귀가 내게 면담을 요했으니 응해 줘야지."

밤 시중이든 뭐든, 우선 인두조수부터 만나고 보자는 고도의 생각에 반발한 이가 있었다. 그것은 여태껏 화를 참고 있던 청사였다.

"고도."

낮고 매서운 목소리다. 무신경하던 고도조차 뜨끔하여 긴장할 정도로 매섭게 조여드는 부름이었다. 고개를 들자 고도도 파악하지 못한 사이에 청사가 다가와 있었다. 그의 얼굴에는 노한 기색이 역력했다. 평소 툴툴거리며 소녀처럼 삐친 듯 굴던 모습과는 생판 달랐다. 청사는 더 없이 진지하게 고도를 내려다보고 있었다. 심상치 않은 기색에 고도가 턱을 괴었던 팔을 푸니, 청사가 별안간 두 손을 쑥 내뻗었다.

"어이쿠!"

덕규가 식겁하여 말리려 했지만 한 박자 늦었다. 청사가 고도의 멱살을 잡고 억지로 일으킨 것이다.

"너, 밖에 있는 졸들 따라 객사에 가는 게 무슨 의민지는 알아?"

청사는 고도의 얼굴에 바싹 붙어 위협적으로 물었다. 안절부절못하는 덕규를 요기로 만든 바람에 날려 버리자, 덕규의 몸이 강제로 연 문밖까지 퉁겨졌다. 방 안에서 휙 날아온 덕규를 보고 미호가 귀를 퍼득거렸다. 열린 방문 너머에서 넘실거리는 요력의 크기가 심상치 않아 청사와 고도만 남은 방 안 상황을 살피려 했다. 하나, 청사가 손가락을 하나 까딱임으로써 열렸던 방문이 쾅 소릴 내며 닫혔다. 미호가 불안한 목소리로 "고도……?"하고 묻는 소리가 들렸다. 정작 이름의 주인은 아무런 대답도 하지 못했다. 그는 눈앞을 가득 채운 청사와 신경전을 벌이느라 여타의 것에 관심을 돌릴 새가 없었다.

단지 한 사람분의 기척이 줄어든 것뿐인데, 청사가 그 기척이 있던 빈 공간을 자신의 존재감으로 대신 메우고 있었다. 고도는 청사의 진지한 분위기를 감지하고 조심스레 자신의 허리춤으로 손을 옮겼다. 여차하면 검을 꺼내 청사와 정면 대결할 심산이었다.

"네가 속 편하게 '그래'하고 따라 나선다고 대답할 줄은 몰랐어. 무슨 생각이야?"

하지만 고도의 우려와 달리, 청사는 고도와 한바탕 날뛰고 싶어서 덕규를 내쫓고 자신의 요력을 방출하는 것이 아니었다. 격렬해진 감정을 억누르지 못해서 제멋대로 요기가 춤을 추는 것이었다. 검집을 만지작거리던 고도도 이 반응은 의외였다. 예상 못 한 반응에 검집을 쥐려던 손에서 힘을 풀었다.

이 애가 이렇게 화를 내는 이유가 무엇일까.

고도는 진심으로 청사의 언행을 이해할 수 없었다. 언제나 고도의 행동 중 절반 이상은 마음에 안 든다는 기색을 내비추던 청사였지만 이렇게 진지하게 화를 내는 모습은 봉인을 당할 때 이후로는 처음이었다. 청사의 행동은 다분히 감정적이었다. 왜 이렇게 감정적인지 몰라서 고도는 까맣고 동그란 눈을 빤히 들어 눈꺼풀만 껌뻑였다.

그 속내를 알 수 없기 때문에 걸핏하면 소녀라 부르는 고도조차, 지금 청사의 언행에는 소녀 같다는 수식어를 감히 가져다 붙일 수 없었다. 지금의 청사는 변덕도, 새침도, 잔망스러움도 아닌 노골적인 감정으로 빚은 행동을 하고 있었다. 청사의 감정을 이해할 수 없는 고도는 동정깃을 와그락, 움켜쥔 청사의 손을 붙잡고 조용히 말했다.

"대수롭지 않은 일에 왜 네가 화를 내는 거냐."

"……하?"

대수롭지 않다니. 남색가한테 희롱당할 일을 어찌 이리도 태연하게 넘길 수 있는 건지. 청사가 거칠어진 숨을 내뿜었다. 고도는 그러한 청사를 달래려고 이어서 말했지만 그것은 안 하니만 못한 결과를 불러왔다.

"내 목적은 그 까마귀를 붙잡는 것이다. 그러니 밖의 나졸들을 따라가면 조용히 그를 만나 붙잡을 기회가 생기는 게 아니고 뭐겠느냐. 그것을 위해서 내가 현감의 밤 시중을 드는 게 썩 나쁜 거래로 들리지는 않다."

"그게 제정신으로 하는 소리야!"

"음. 나는 네가 더 이상하다. 왜 이렇게 흥분하는…….."

"너 밤 시중이 어떤 건지 알고서 하는 소리냐고!"

"거야, 눈앞에서 기예를 부리고 술을 따르는 거지."

깊게 생각 않고 떠오르는 것을 입에 담았던 고도는 갑작스런 느낌에 눈을 크게 떴다. 입이 무언가에 턱 덮였다. 어, 하는 사이에 벌어진 일이었다. 말캉한 것이 입술에 닿았고 그것이 입술을 핥기 무섭게 벌어진 입 안으로 침투했다.

생전 여유롭고 태평하던 고도마저 이 갑작스런 접촉에는 어깨를 움찔 떨며 당황할 수밖에 없었다. 저도 모르게 주춤하여 뒷걸음질을 쳤다. 허리에 팔이 감기고 뒤로 빼려던 몸이 앞으로 바싹 끌어당겨졌다. 옷자락끼리 바스락거리며 구겨지는 소리가 울렸다. 입 안으로 침투한 것이 이리저리 움직이며 질척이는 마찰음은 그보다 더 컸다. 고도가 지금의 사태를 파악하고 고개를 돌리려 할 때는 이미 늦은 뒤였다.

"대롱아, 잠깐……."

간신히 떼어 냈던 입술이 다시 맞붙었다. 뜨거운 불덩어리 같은 혀가 입 안을 파헤치는 느낌에 소름이 돋았다. 청사의 어깨를 밀어내리려던 고도의 손이 붙잡혀 더 이상 움직일 수 없게 되자, 청사는 고도의 허리에 감은 팔에 더 큰 힘을 주었다. 허리가 휘청 꺾인 고도가 결국은 중심을 잃고 우당탕, 방바닥으로 넘어졌다.

"웃, 대롱이 너……."

고도는 숨을 헐떡이며 자신의 위에 올라타 앉은 청사를 바라봤다. 청사의 가늘어진 두 눈 속에서 불꽃이 튀는 것 같았다. 청사는 고도보다도 더 빠르고 가빠진 호흡을 간신히 고르면서 얼굴을 내렸다. 혼이 빠져나간 것처럼 놀란 고도에게 청사는 다시 입술을 붙였다. 고개를 휙 돌려 입맞춤을 피하려는 고도를 보고는 두 손으로 목을 붙잡아 강제로 입술을 벌리게 했다. 고도는 입술을 물어뜯는 강하고 날카로운 감각에 정신을 차릴 수 없었다. 입술끼리 맞붙었다 비벼지고 떨어지는 감촉이 이만큼이나 강렬하고 색정적일 줄은 꿈에도 상상하지 못했다. 고도는 숨만 가삐 쉬었다. 도력으로 청사를 말려야 한다는 생각조차 할 수 없을 정도로 머릿속이 하얗기만 했다.

청사는 고도의 손을 붙잡았다. 손아귀에 잡힌 손목은 힘줄이 튀어나올 만큼 청사를 거부하려 했지만 쉽지 않았다. 고도는 입 속을 파고드는 혀를 막을 방법이 없었다. 기다란 혀가 입천장이나 잇몸을 쓸어내릴 때마다 등골이 오싹하고, 숨을 멈추게 되었다. 고개를 돌리면 그의 입술은 따라와 붙어 각도를 바꾸면서 다시금 혀로 입 안을 애무했다. 고도는 어느샌가 주도권을 잡아 마음대로 혀를 잡아당기는 청사의 움직임을 따르게 되었다.

허공에서 혀끼리 꼬이며 삼키지 못한 침이 입술을 타고 흘러내렸다. 청사는 입맞춤을 멈추지 않았다. 청사는 이제 더는 저항하지 않는 고도의 손목을 오히려 이전보다 더 세게 움켜쥐었다. 마치 이렇게라도 힘을 써서 고도를 붙잡아야지만 고도가 허상처럼 사라지지 않을 거라 믿는 듯한 행동이었다.

헐떡이는 고도의 숨결을 모조리 삼켜 버린 청사가 한참 후에야 고개를 떼어 냈다. 그는 제멋대로 입술을 비비고 물어뜯느라 미처 살피지 못한 고도의 얼굴을 그제야 내려다보았다. 청사는 제 아래 깔린 고도를 보며 얼굴을 빨갛게 불태웠다. 아랫입술을 꽈악 깨물면서 마른침을 꿀꺽 삼키기도 했다. 고도를 내려다보는 것뿐인데 어찌나 심장이 쿵쾅거리던지, 자신의 심장이 이렇게 폭발적으로 뛸 수 있다는 사실에 적잖이 놀라고 말았다.

고도의 흐트러진 머릿결과 옷차림에 입술은 타액에 젖어 번들거리고, 생전 무감각하던 검은 눈동자에는 명확하게 '당황한' 감정이 떠 있었다. 언제나 먼 곳만 바라보던 고도가 처음으로 청사를 직시했다. 멍하게만 보였던 검은 눈이 확실한 초점을 가지고 청사만을 쳐다보고 있었다. 단지 두 눈에 자신의 모습이 비치는 것뿐인데도 청사는 미칠 것 같았다. 고도가 똑바로 바라봐 주는 게 이렇게 좋을 줄은 생각도 못 한 일이었다. 그것이 얼마나 감정을 들끓게 하던지, 청사는 머릿속을 식히기 위해 한동안 심호흡을 해야 했다.

"……밤 시중은. 이런 걸 말한다고."

목소리는 다 갈라져 볼품이 없을 정도였다. 고삐 풀린 망아지처럼 지금까지 꾹 참고 있던 뭔가가 터진 듯이 구는 청사의 모습에서 고도는 가까스로 정신을 차렸다. 그는 소매 속에 있던 부적을 꺼냈다. 고도의 수작을 눈치챈 청사가 재빨리 그를 붙잡으려 했다. 하지만 고도는 부적을 쥔 손을 흔든 뒤, 그대로 그 자리에서 사라져 버렸다.

청사는 눈앞에서 사라져 버린 고도의 자리를 멍하니 바라봤다. 밖에서 와글와글 소란이 터진 것으로 보아 도술로 사라졌던 고도가 마당에 나타난 모양이다. 곧이어 한차례 썰물이 빠져나가는 것처럼 소란들이 사라졌다. 고도가 나졸들과 함께 객사로 향하는 소리가 들렸다. 청사는 비어 버린 자신의 두 손을 멍하니 내려다보았다. 고도의 당황한 두 눈이 허상처럼 아른거렸다. 어쩔 줄 몰라 하던 그 얼굴이 눈앞에서 사라지지 않았다.

"……제기랄."

청사는 두 손에 얼굴을 묻었다. 자신도 미처 모르던 것을 별안간 깨달은 기분이었다. 고도가 하던 모든 일에 반발심리가 일었던 것이 실은 좋아서 그랬단 건가 뭔가. 별생각도 안 하던 것이 구체적인 실체로 입술에 감각을 남기자 그보다 더한 욕심을 청사 스스로 억누를 수가 없었다.

입을 맞추는 것보다 더한 관계를 나누고 싶다는 그 욕심을.

'요괴는 욕심을 먹고 자란다. 그게 요괴의 방식이다.'

여우구슬에게 홀린 원혼에 대고 고도가 그리 따끔히 말했었다. 청사는 고도의 그 한마디를 떠올리면서도 심장이 귓가에서 뛰는 소리에서 한동안 헤어 나오지 못했다.

미호의 손에서 삿갓을 빼앗아 쓴 고도는 묵묵히 나졸들을 따랐다. 한 식경만 달라면서 방 안으로 쑥 들어가 버린 것도 놀라울진대, 예고도 없이 마당에 나타난 고도는 향리를 보채며 당장 객사로 가자며 앞장서기까

지 했다. 도망쳐도 이상치 않을 상황에 오히려 제가 앞장서서 걸어가는 모습을 보니 나졸들은 물론, 향리들까지 허둥지둥 그의 뒤를 쫓게 되었다. 가지 않겠다고 난리라도 부리면 포승줄에 묶어 수레에 태우려 했다. 그런 나졸들의 결심을 수포로 만든 고도는 얌전히 따라오기만 했다. 그모습에 향리와 나졸들이 오히려 혼란스러울 정도였다.

고도는 얼굴을 완전히 가리고자 삿갓을 푹 눌러썼다. 관아 사람들은 그의 표정을 볼 길이 없지만, 미호는 삿갓을 뺏길 때 정면에서 마주한 고도의 표정을 읽을 기회가 있었다. 고도는 한 번도 보여 준 적 없는 표정을 하고 있었다. 방 안에서 무슨 일이 있었는지 심각한 사태에 대면한 듯당황하는 표정이었다. 그 표정을 자세히 보기도 전에 삿갓에 감춰진 것이 안타까울 정도로 기이한 반응이었다.

"고도, 방에서 무슨 일 있었어?"

의원 댁을 후다닥 빠져나온 고도의 행동이 평소와는 퍽 달랐다. 여자의 감으로 둘 사이의 이상을 깨달은 미호가 그리 물었지만, 나졸들에게 둘러싸여 고갯길을 넘는 고도는 무뚝뚝하게 대답할 뿐이었다.

"아무 일 없었다."

목소리는 평소와 다를 바 없었다. 그게 연기라는 걸 미호가 모를 리 없다.

"흐응, 내 괜한 참견인 듯해서 말을 삼가려고 했는데 말이야. 너랑 청사랑 좀 유난스러운 거 알지?"

미호는 눈을 가늘게 뜨고 고도의 심사를 떠보듯이 물었다. 삿갓 너머에서 그의 시선이 느껴졌다. 고도가 과연 자신을 똑바로 쳐다보고 있는지 아니면 자신의 뒤에 창을 꼭 쥐고 어떤 수작이라도 벌이면 휘두를 만반의 준비를 한 나졸들을 응시하는지 알 도리가 없었다. 다만, 고도는 삿갓을 조금 더 눌러쓰며 손톱만큼 보이던 목의 하얀 살점마저 성긴 지푸라기 사이로 숨겨 버릴 뿐이다.

"유난스럽다면 내 행동이 보통과 아주 다르다는 뜻인데 그렇게 보이나 보지?"

"고작 하급 뱀 요괴에게 각별히 신경 쓰는 게 이상해. 물론, 그 뱀 요괴가 평범한 녀석은 아닌 것 같지만 죽통에서 꺼내서 동행할 정도는 아니라고 생각하거든. 원래 사람이 안 하던 짓을 하면 이상하잖아. 난 네가 요즘 정상으로 안 보여. 드디어 우리 고도 죽을 때가 된 건가 싶고."

"죽는 것이라. 그건 누구나 다 할 수 있는 일이지. 오히려 살아가는 게 재주다."

"너한텐 그것이 반대고."

고도는 이렇다 할 대꾸를 하지 않았다. 평소라면 "지진아, 네가 드디어 실성하여 내게 기어오르는군."이라는 장난을 걸며 놀릴 텐데 이번만큼은 얌전하다 못해 조용하기만 했다. 삿갓으로 얼굴을 가리고 있어 대체 무슨 생각을 하는지 통 알 도리가 없다. 청사랑 뭔 일 있었느냐고 빙빙 돌려 물어봤자 저 둔한 인간은 질문의 요지도 알지 못할 터. 미호는 잠깐 고민을 하더니 직접적으로 묻기로 했다.

"혹시 청사가 너한테 밤 시중인지 뭔지 때문에 화냈어?"

이번에도 역시나 대꾸는 없다. 강에 던져 놓으면 입만 동동 뜰 만큼 상대방 놀리길 즐기는 고도로선 상상도 못 할 반응이다. 미호는 흐응, 하고 목을 울렸다.

이거 봐라?

"너 밤 시중이 뭔진 알고 지금 따라가는 거야?"

미호가 무언가를 눈치챈 듯 씨익 웃었다. 고도는 그녀의 요사스러운 눈웃음에 제법 불편한 기색을 보이다 한참 후에야 대답했다.

"방금 전에 청 아무개가 아주 정확하게 알려 줬다."

청 아무개. 역시나 방에서 청사가 뭔 짓을 벌였는갑다. 미호는 청사가 어떻게 밤 시중을 알려 주었냐고 묻고 싶었으나 자꾸만 질문을 회피하여 나졸들 틈바구니로 끼어들려는 고도의 모습에 다른 말을 재빨리 붙였다.

"괜찮으니 나졸들을 따라 나서는 거지? 네가 평생 한 번도 안 해본 짓을 해야 할지도 모르잖아."

"걱정 마라. 내 그런 이상한 술수에는 농락당하지 않는다. 그리고 우리 고향 사람들은 동의 없이 사람을 취하려 하면 아주 따끔히 벌하라 일렀거든."

"너한테 무슨 고향이 있었다고 그래, 떠돌이."

"난 사람은 모두 고향이 있는 법. 내 고향은 지옥이다."

지옥에서 왔다며 저리 감흥 없이 이야기하는 사람이 세상에 어디 있을까. 미호는 고도가 농을 던지는 줄 알면서도 그 농담을 가볍게 받아들이지 못했다. 왜 하필 까마귀를 만나러 가는데 지옥을 언급하는지, 원. 미호는 불길한 징조에 인상을 찌푸렸다.

"옆에서 자꾸 조잘거리면 내쫓을 거다. 얌전히 입 다물고 따르든지 아니면 돌아가든지 선택해라."

미호는 고도를 한참이나 올려다보더니 저고리 속에서 짚신짝을 꺼냈다. 소의 본체라는 걸 고도가 모를 리가 없었다. 미호는 자신이 언제 어디서나 고도와 함께 있을 수 없으므로 소를 고도에게 건네려고 했다. 그럼 훨씬 든든하고 믿을 만하다 이야기를 덧붙이려는데 둘의 모습을 지켜보던 나졸들이 도끼눈을 뜨고 외쳤다.

"멈춰라!"

꼬리를 휘두르며 저희들을 넘겨 버렸던 구미호 요괴에게 감히 대응할 수는 없어도 그 용기만큼은 가상한 사내 하나가 창끝으로 미호를 겨누었다. 평소라면 인간 하나가 쇠붙이를 내밀어도 그러거나 말거나 지나쳤을 고도가 웬 일로 날 선 반응을 보였다.

고도는 허리춤에서 검을 꺼냈다. 졸이 들고 있던 창끝을 겨누는 속도보다 무명지에 쌓여 있던 검을 꺼내 창을 받아치는 솜씨가 더 빠르고 정확했다. 군더더기 하나 없는 솜씨로 창을 튕겨 내버렸다. 나졸들이 깜짝 놀라 창을 움켜쥐며 일제히 그 끝을 겨누었다. 고도는 수십 나졸들에게 빙 둘러싸여 쇠붙이가 목덜미까지 들이밀어진 상태에서도 침착함을 유지했다. 그는 검을 가볍게 한 바퀴 돌려 턱 밑까지 겨누어진 창들을 모조리 밀어냈다. 심상치 않은 검술 실력에 향리가 한쪽 손을 들어 나졸들을 멈추어 세웠다.

"이게 웬 소란들이냐."

"하오나, 저놈들이 수상한 것을 건네받으려 하여."

"어허, 모두들 흥분을 가라앉히지 못할꼬."

향리는 오늘 하루 자존심만 무참히 구겨졌다. 나졸들이 요괴까지 대동하는 정체불명의 사내를 상대하다가 망신을 받지 않길 원했다. 가능하면 서로 체면 구기지 않고 사소한 다툼을 그만두게 만들 셈이었다. 한데 향리는 고도가 취하고 있는 자세와 검을 잡은 손을 보고 멈칫했다. 그의 검술법이 어째 눈에 익었다. 향리는 도읍 내에 있을 때 멀찍이서 구경했던 한 무예가 떠올랐다.

저 발도 자세는 무학관 무관들만의 전용 자세이다. 그들은 검을 사물로 취급하지 않고 제 팔의 연장으로 여겼다. 검을 모르는 이들은 상대방에게 검을 겨누며 위협하지만, 무학관 무관들은 상대를 해치는 용도로만 쓰는 검술을 비난했다. 그들은 제 팔의 연장이나 다름없는 검을 어찌 적의 코앞에 들이밀 수 있겠느냐고 검집에서 검을 빼는 때가 올 때까지 기다리라 했다. 시간을 여유롭게 쓰며 검을 뽑을 때를 도모하면 검술 동작이 많거나 크지 않더라도 제 한 몸 지키는 데 부족함이 없다고 설파했다.

근본도 모르는 이 수상쩍은 남자가 어찌하여 무학관의 무예를 아는 것일까.

자신의 자세를 알아본 향리의 눈빛이 달갑지 않은 고도였다. 그는 고작 짚신 한 짝을 내밀었다가 팽팽한 신경전을 벌이게 된 이 상황이 몹시도 마음에 들지 않았다. 고도는 향리를 쳐다보면서 엄중하게 경고했다.

"이 아이를 건드리면 내 절대 용서치 않는다."

평소 볼 수 없는 고도의 날카로운 반응에 미호는 한숨만 푹 쉬었다. 그녀는 발도 자세로 한 치의 흐트러짐 없는 고도에게 다가가 흑색 두루마기 속으로 짚신짝을 쑤셔 넣었다.

"하여튼 내가 본래 모습을 되찾든가 해야지, 넌 어린 계집에게 무기를 겨누는 모습만 봐도 아주 치가 떨리나 보다. 그렇지, 고도?"

대답을 요한 말은 아니었기에 미호는 군말 없이 뒤돌아섰다. 그녀가 왔던 길을 되짚어 가려 하자 창을 겨누고 있던 나졸들이 슬그머니 길을 열어 주었다. 괜히 그녀에게 창을 겨누었다간 저 이상한 사내가 덤벼들 것 같았다. 물론, 의원 댁에서 보여 주었던 꼬리 신공에 또다시 당하는 것은 사양인 마음이 더 컸다. 미호는 나졸들이 열어 준 길을 나가다 말고 고도에게 빙글 돌아서서 말했다.

"저녁에 보러 갈게."

미호는 고개를 넘어 모습을 감추었다. 그제야 발도 자세를 취하던 고도도 몸을 바로 했다. 검집을 허리춤에 다시 묶고는 아직도 굳어 있는 나졸들을 지나쳐 앞으로 걸어 나갔다. 하지만 곧 멈추어 서서 아직도 굳어 있는 향리에게 그리 말했다.

"다리가 아프다. 거, 이왕 끌고 온 물건 좀 이용하자."

맨 뒷줄에서 끌고 오던 수레를 가리키자 향리는 인상을 찌푸렸다. 안 된다고 말하려는데 제 멋대로 올라타는 고도를 통 말릴 수가 없었다.

고도는 걷기에는 다리가 아프다며, 죄인들만 이송하는 수레에 스스럼 없이 올라탔다. 양반다리를 하고 앉아 수레의 나무기둥에 몸을 기댄 모습이 참으로 편해 보였다. 죄인 수송이 아니라 임금 모시는 가마라고 해도 저보단 편하지 않을 정도였다.

　"이보오."

　향리가 덜커덩거리는 수레 안에서도 편하게 쉬고 있는 고도를 불렀다. 고도는 삿갓도 들어 올리지 않은 채 향리를 바라봤다. 향리는 잠시 고민하다가 물었다.

　"자네 무예는 어디서 배웠나."

　고도는 꽤 옛날 기억을 되짚듯이 한동안 대답을 하지 않았다. 마침내 거슬러 올라간 기억의 목적지에서 그는 아리송한 대답만을 해주었다.

　"봉황이 무척 잘 어울리는 내 벗에게서."

　봉황은 임금에게만 쓸 수 있는 성수聖獸이거늘. 그 어찌 경망스러운 대답이 아니겠는가.

　향리가 임금을 입에 담은 경망스러운 고도를 질책하려 했지만 고도는 더 이상의 대화를 거부했다. 두 팔로 머리를 기대 누운 그는 이 수레 안에서 잠이라도 잘 기세였다. 대책 없이 구는 고도에게 질린 향리는 결국 고개를 설레설레 저으며 수레에서 비켜서서 걸었다. 그는 마지막으로 혼잣말을 중얼거리는 고도의 목소리를 들을 수 있었다.

　"돌아갈 땐, 지옥 불에 따끈따끈 구운 까마귀 고기를 반드시 가져가야겠다."

고갯길을 넘어 의원 댁으로 돌아온 미호는 제일 먼저 덕규를 찾았다.

"아저씨."

의방문을 소리 나게 열자 한약 재료들을 정리하던 덕규가 고개를 돌려 미호를 맞았다.

"오, 귀여운 아씨, 고도 어르신 따라간 거 아니었나?"

"그러려고 했는데, 흥, 오늘따라 고도가 밉상 맞게 굴어서 혼자 보내 버렸어."

"그래도 괜찮은가."

"뭐, 고도니까."

덕규는 미호의 믿음을 이해한다는 듯 껄껄 웃으면서 고개를 끄덕였다. 미호는 의방을 뚤레뚤레 둘러보고는 다시 마당을 쳐다봤다. 그녀는 고개를 쑥 내밀고 물었다.

"청사는 어디 있어?"

"아직 방에서 안 나온 것 같소."

"흐으음. 역시 뭔 일 있구나."

툭 하면 나무 위에 올라가 먼 산만 내다보던 청사다. 갇혀 있는 걸 지독히도 싫어해서 발길 가는 곳이라면 나무 위, 지붕 위, 어디 할 것 없이 올라가 발라당 뒤집어 눕는 놈이 아니던가. 그런 놈이 이 시간 내리 방 안에 처박혀 있는 꼴이 수상했다. 미호는 청사에게 쪼르르 달려가려다 멈춰 섰다.

"아저씨, 나 정말 궁금해서 그런데."

말린 감초를 통 안에 분리하여 집어넣던 덕규가 미호를 쳐다봤다. 그녀가 쳐다보는 눈빛이 가늘고 수상쩍으니 속내를 캐보려는 의도가 다분했다.

"아저씨는 고도를 어떻게 알아? 고도는 아저씨한테 별 관심 없어 보이는 게, 서로 아는 사이 같진 않은데."

덕규가 고도를 어르신이라 부르면서 삼배를 한 것은 아무리 봐도 이상한 일이었다. 고도야 워낙 속을 꽁꽁 감추고 사는 인간이니, 덕규를 정말 모르는지 아니면 알면서도 무심하게 대하는지를 알 수 없는 노릇이다. 그러니 이왕 말이 나온 김에 덕규에게 그 답을 직접 들을 심산이었다. 덕규는 미호의 궁금증 가득한 얼굴을 보고 빙그레 웃었다.

"도읍에서 보름 정도 그를 보살핀 적이 있다네."

"진짜? 근데 어쩌다가 그를 보살폈어?"

"아주 심하게 다치셨거든. 여기저기 성한 데가 없어서 죽는다 싶었는데 멀쩡히 살아나시더군. 난 불사신을 보는 줄 알았지, 뭔가. 그 정도 상처면 누구라도 죽었을 걸세."

"뭐…… 고도는 잘 죽지 않아서."

"그때랑 성격이 많이 달라지긴 하셨지만, 겉모습은 그대로라 두 번 놀랐기도 했네."

성격이 달라졌단 소리에 미호는 송곳니까지 드러내며 킬킬 웃었다.

"맞아. 고도 많이 착해졌지?"

그 소리에 덕규도 의미심장한 웃음을 보였다.

"맞소, 아주 너그러워지셨구먼."

서로 뭔가를 아는 듯이 마주보며 웃던 미호가 뒤늦게 청사를 떠올리고 등을 돌렸다.

"그럼 아저씨, 나 청사 보고 나서 다시 올게."

"그러시게."

쌩하니 나가 버리는 미호의 등 뒤에 대고 휘적휘적 손을 흔드는 덕규였다.

의방에서 나온 미호가 마당을 가로질렀다. 목줄이 매인 누렁이가 그런 미호를 향해 왕왕 짖어댔다. 달리던 미호가 구미호의 요력을 발휘하여 왝 하고 소리를 지르자 요기에 놀란 누렁이가 깨갱하면서 꼬리를 다리 사이에 감추고 제 집으로 숨어 버렸다. 말 못 하는 짐승을 괴롭히는 게 뭐가 그리 즐겁다고 히히덕거리던 미호는 청사가 머무는 방을 향해 버선 발로 올라섰다. 그녀는 예고도 없이 방문 고리를 벌컥 열었다.

"대롱아!"

고도가 붙여 주었던 별명을 입에 담아도 어두운 방 안에서는 반응이 없었다. 청사 성격이라면 벌써 바람을 만들어 내 건방진 미호를 날려 버렸을 텐데. 어째서인지 깜깜한 방 안에서는 대꾸조차 없었다. 미호는 눈을 굴려 어두운 방구석을 응시했다. 구석 외진 곳에 청사가 구겨지듯이 앉아 침울한 표정만 짓고 있었다. 머릿속이 복잡해 보이는 표정과 퀭한 눈 밑을 보아하니 애가 마음고생이 심해 보였다. 저건 또 무슨 궁상이냐고 미호는 혀를 쯧 찼다. 그녀는 문을 닫고 청사 곁으로 다가갔다.

"얘, 너 왜 그래?"

청사가 남성체 답지 않게 세심한 성격이고 사소한 것에 목숨을 걸긴 하나, 이렇게 기가 죽어 방구석에 처박히는 꼴을 볼 줄은 몰랐다. 그와 함께 한방에 있다 나온 고도는 심사가 뒤틀렸는지 제멋대로 굴었고, 청사는 순식간에 초췌해진 몰골로 이리 있으니 둘 사이에 무언가 큰일이 있긴 한 모양이었다. 미호는 청사의 무릎을 흔들면서 입을 딱 다물어 버린 그를 달랬다. 이야기 함 해보라면서 어르고 달래자, 청사가 한숨을 푹 내쉬면서 대뜸 그리 물었다.

"여우야, 너는 어떻게 고도랑 같이 다니는 거냐."

그게 무슨 질문인가 싶어 미호는 양쪽 귀를 푸드득 털었다. 붉은 눈동자를 데구르르 굴리며 생각해 보아도 청사가 무슨 연유로 이런 질문을 꺼냈는지 모르겠다. 하지만 장난으로 웃어넘기기에는 그 분위기가 심상치 않았다. 미호는 솔직하게 말했다.

"내가 고도랑 비슷한 일을 겪어서 그래."

그 말에 청사가 "비슷한 일?"하고 되묻는다. 기가 죽어 침울해져 있던 청사의 눈이 또렷해졌다. 이전보다 훨씬 생기 있는 모습이 구겨진 쓰레기 몰골보다 백 배 천 배는 나아 보였다. 이 뱀 요괴는 근거 없는 자신감으로 떵떵거리는 것이 차라리 잘 어울리는 놈 아니던가. 미호는 청사의 기운을 북돋아 주기 위해서 씩씩하게 말했다.

"내가 꼬리 하나가 모자란 구미호인 건 알지?"

치마 속에서 살랑살랑 흔들리는 꼬리 여덟 개를 보고 청사가 주억거렸다.

"구미호는 원래 인간 남자랑 진실 되게 백 일 동안 사랑을 하면 인간으로 돌아갈 수 있다는 속설이 있어. 그보다는 인간 간을 갈라다 집어 삼키는 게 더 빠르기 때문에 귀찮게 인간이랑 정을 나눌 구미호가 얼마 없지만 말이야."

"그런데?"

"내가 정말로 인간 남자와 연정을 나누었었거든."

청사는 어젯밤 중 일이 떠올랐다. 자신이 실제로는 아름다운 여성체라면서 턱을 꼿꼿이 세우던 미호의 말이 농담이 아닌 모양이다.

"구십구 일 되는 밤, 정인이 나를 배신했어. 내 꼬리를 하나 자르고 도망간 거야."

솔직한 고백에 청사는 눈살을 찌푸렸다.

구미호 꼬리는 오랜 옛날부터 강력한 힘이 있다고 전해진다. 실제 토월산에서 날 때부터 구미호인 새끼 여우들은 아홉 개의 꼬리에 정기를 가득 담아 신비한 요술을 부렸고, 그 힘이 신선에 버금갈 정도로 아주 대단했다. 산신령들이 우화등선하는 것과 비슷한 경지에 이를 수 있는 힘이 있다고 하지 않나. 구미호의 꼬리 하나만 떼어 요술을 부리면 평범한 인간이 도사가 될 정도란 말이 모두 허풍은 아닐 것이다. 그 강한 꼬리를 잃고 어린아이의 모습을 하고 있는 미호가 문득 안타까워지는 청사였다. 차라리 사냥꾼에게 잘려나갔으면 모를까, 정인에게 배신당해 잃었다니, 그 어찌 슬픈 이야기가 아닐까.

"나는 꼬리를 잃은 것보다 정인을 잃은 슬픔이 더 컸어. 그것 때문에 토월산에서 뛰쳐나와 온갖 남자들을 다 죽이며 내 멋대로 굴었어. 그러다 고도를 만났던 거야."

미호는 아련한 눈빛으로 그 당시를 떠올렸다. 사랑하는 이에게 배신당한 분노와 슬픔을 인간을 죽이는 데 표출하다 떡하니 만나 버린 인간 도사. 그는 미호의 사정을 듣고는 조금도 공감하지 못하는 무감정한 얼굴로 그리 말했다.

'사랑 따위에 휘둘리다니, 지진아 같은 놈이로다.'

하지만 미호는 지금까지 고도와 같이 여행을 하면서 깨달은 바가 있다. 누구도 알려 주지 않아도 여자의 직감으로 알아챘다. 자신보다 고도가 과거에는 더 심하게 사랑에 휘둘렸음을.

"고도도 사랑 때문에 반쯤 미쳐 있던 때가 있었는데, 자세한 이야기는 나도 몰라. 애틋하고 안타까운 사연이라고 소가 말해 주는 것만 들었거든. 소한테 물으면 대답해 줄 것 같긴 한데, 남의 과거사에 너무 큰 관심을 두는 것도 예의가 아닌 것 같아 모른 척하고 있지. 아무튼 내 사정이 그 당시 고도의 마음을 움직였나 봐. 내가 동행할 수 있도록 허락했으니까."

밤 시중이란 단어도 제대로 모르고 입맞춤 하나에 당황하던 고도가 사랑 때문에 마음고생을 했다는 이야기를 청사는 믿을 수가 없었다. 사랑이라는 감정을 고도가 안단 말인가. 분노도 모르고 복수나 미련도 모를 것 같은 무덤덤한 인간이 사랑이란 열정을 알던 때가 있었다니. 입맞춤 한 번에 당황한 기색으로 도망가 버린 고도를 떠올리면 미호가 지금 한 말이 농으로 들렸다. 그녀의 표정이 진지하지 않았더라면 피식 비웃었을 것이다. 미호는 생각보다 단순한 짐승이라 머리를 굴려 남을 속일 거짓말을 이리 유창하게 풀어 놓을 부류는 아니었다.

사랑에 배신당한 적 있는 고도라.

사랑과 배신. 한 번도 같이 염두 해본 적 없는 두 단어에 청사는 곤욕스런 표정을 지었다. 그는 두 팔로 끌어안고 있던 다리를 풀었다. 그러곤 미호에게 진지하게 물었다.

"고도는 심각하게 생각하는 걸 싫어한다고 들었어."

"응, 맞아."

"그런데 사랑 같은 걸 어떻게 했어?"

"그걸 내가 어찌 알아. 있지, 난 이런 얘기 하려고 너 찾아온 게 아니야. 너 고도랑 무슨 일 있냐고 물어보려고 했거든."

"이게 그거랑 상통하는 이야기야. 고도는 누가 자기 좋아하는 거 부담스러워하고 싫어하지 않아?"

으잉? 사랑 이야기가 고도와 청사의 기이한 행동과 일맥상통한단 말인가? 이건 또 무슨 소리냐고 눈만 껌뻑거린 미호는 청사가 대답을 보채는 탓에 얼떨결에 고개를 끄덕였다.

"어, 어어. 맞아. 고도는 좋아하는 감정 같은 거 진지하게 생각 안 해."

"그게 왜 그런 건대?"

"글쎄. 과거에 그런 경험이 있어서 그런 거 아닐까? 그런데 대체 이건 왜 묻는 거야?"

과거에 진실한 사랑에 상처 받아서 상대방에게 마음을 열어 주지 않는다고? 아니다. 고도는 그렇게 간단하게 자신의 행동과 감정을 일치시키는 인간이 아니다. 살아가는 데에 미련이 없는 인간이다. 사랑 하나에 마음을 꼭꼭 닫아 버리기에는 그 동기가 조금은 부족해 보였다. 청사는 곰곰이 고민을 하더니 자리에서 일어났다. 우울의 늪에 빠져 있던 녀석이 정신을 차리고 밖으로 나가자 미호가 재빨리 그의 뒤로 따라붙었다.

"야야, 너 할 말만 하고 가버리는 게 어디 있니? 너 고도랑 무슨 일 있었냐고 내가 대체 몇 번 물어보냐?"

청사는 훌쩍 담장 너머로 가지를 뻗은 살구나무에 뛰어올라 그리 답했다.

"넌 몰라도 된다."

"으악! 저 얄미운 놈! 너 인마 그렇게 사는 거 아냐!"

나무 아래서 캥캥 짖어대는 새끼 여우를 모른 척했다. 청사는 육안으로 보이지 않는 고개 너머를 바라봤다. 고도가 가는 객사가 어디에 위치해 있는 줄은 모르나, 남쪽으로는 논과 밭이 드넓게 퍼져 있었다. 북쪽으로는 외부로 통하는 길이 나있다. 나그네들이 머물 객사는 북쪽에 있을 터였다. 그러니 저 고개를 넘어가다 보면 고도가 머물 곳도 나타날 것이다.

"사랑에 배신이라……."

청사는 어색하기만 한 단어를 몇 차례고 입에서 굴려 보았다. 사랑을 진지하게 고찰했던 사람치곤 이쪽 방면에 영 어수룩해 보였다. 오랜 세월 사람과 접촉하지 않고 요괴만 잡으러 다녀서 그 감정을 잠시 잊고 지내는 건가. 덕규나 미호 이야기를 들어 보면 고도는 최소 육십 년은 더 산 기이한 인간 같은데.

청사는 제 입술을 만지작거렸다. 고도의 입술과 닿았던 자신의 입술은 물론, 그 안의 혀와 이가 모두 뜨겁게 느껴졌다. 사내 입술이 어쩜 그리 부드러울 수 있는지. 청사는 발그레 얼굴을 붉히며 한참 동안 고개 너머를 응시했다.

"여우야."

청사의 부름에 미호가 샐쭉한 표정으로 왜, 하고 성의 없이 대답했다. 청사는 나무에 느긋하게 기댄 채로 말했다.

"저녁에 고도 잡으러 가자."

잡긴 뭘 잡아. 요괴와 도사의 주객전도에 미호가 푸우, 입으로 바람을 불며 그런다.

"안 그래도 그럴 거다."

뭐, 미호 역시 이미 고도를 도사 취급 안 하긴 매한가지였지만 말이다.

학솔원은 공무를 수행하기 위해 먼 발걸음을 한 관원이나 선비들이 쉬어 가는 여관이다. 국민 세금으로 운영되는 곳이기에 원院이란 이름이 붙었다. 이곳에서 일하는 여인들은 대부분 기녀들이다. 그들은 도읍에서 술과 자신들의 기예를 파는 대신, 지방 여관에서 객들을 맞이하는 일을 했다. 특히 국가가 지정한 여관은 나라에서 다스리는 곳이라 그녀들은 천민 신분임에도 녹을 받으며 부족함 없이 생활할 수 있었다.

하지만 보릿마을의 국가 운영 여관인 학솔원의 기녀들은 제 업무를 무척이나 싫어하고 꺼려했다. 그 이유는 출장 나온 상급 공무원들이 아닌 근본도 모를 사내들을 먹이고 닦아야 하기 때문이다.

임금의 승은까지 입은 현감의 명을 어길 수 없어서 억지로 일을 하고 있다. 매일 가장 좋은 방을 깨끗하게 하고 불러 들어온 남자들의 의관을 단정케 한다. 여인들만 쓰는 향유를 곳곳에 발라 주고 나면 사또가 기다리는 방 안으로 올려 보낼 채비가 되었다는 뜻이다. 기녀들이 본인들의 일을 부끄러워하며 회의감을 느낄 만했다.

그녀들은 오늘도 윗선에서 하달된 명령을 받잡아 사또의 취향이라던 흰색 학창의와 뜨거운 목욕물을 받아 남자를 맞이하려 했다. 모두들 울상이 되어 하기 싫은 일에 대한 거부 반응을 소리 없이 피력했다. 하지만 그녀들은 해가 떨어질 때쯤 나타난 남자를 보고 벌어진 입을 다물지 못했다.

얼굴만 보면 이립에 조금 못 미칠 듯한데 그 분위기가 몹시 독특하여 감히 나이를 유추할 수 없는 사내였다. 지금까지 건장한 청년들을 많이 만나 봤으며, 궁내에서 난다 긴다 하는 미소년들도 접했으나 이토록 개성이 강한 이는 단연코 처음이었다.

멋대로 자른 듯하나, 천륜이나 자식 된 도리라는 단어가 떠오르지 않을 만큼 잘 어울리는 짧은 머리에 하얀 얼굴. 동공을 구분할 수 없을 만큼 까만 눈동자. 몸은 군살이 없이 탄탄하고 팔다리가 길쭉하여 품이 큰 옷을 입고도 빼어난 체구를 숨길 수가 없었다. 후줄근한 두루마기에 삿갓을 목 뒤로 넘긴 것을 보아 딱 봐도 근처 마을 사람이 아니었다. 이곳을 지나가던 객이었다. 어쩌다가 사또 눈에 들어서 끌려왔는지는 모르나, 행상과는 달리 품위 있어 보이는 그의 모습에 기녀들은 얼굴을 붉힐 수밖에 없었다.

"오셨습니까, 나리. 저희 여섯이 나리를 수행하게 되었습니다."

호화스러운 객사 입구에서부터 공손하게 인사하는 여섯 여자들을 보면서 고도는 잠시 객사의 마당을 둘러보았다. 중앙에 커다란 느티나무가 자라고 있었다. 얼마나 오래된 나무이던지 성인 장정 다섯이 달라붙어 양팔을 활짝 펴고 감싸 안아도 서로의 손끝이 닿지 않을 만큼 기둥이 두터웠다. 보릿마을 논밭에 펼쳐진 곡식들이 고개를 숙이고 있는 것처럼 이 느티나무 역시 풍성한 이파리를 바닥까지 드리웠다. 키가 큰 나무임에도 늘어진 가지가 지나다니는 사람들의 머리를 툭툭 쳤다. 고도는 나무 이파리를 하나 따서 바닥으로 흘려보내면서 기녀들의 인사에 고개만 까딱였다.

기녀들은 독특한 사내의 모습에 서로를 쳐다보며 까르륵 웃었다. 자신들에게 통 관심 없는 모습은 그렇다 할지라도, 수청을 들기 위해 끌려온 남자가 태평하게 객사를 둘러보는 꼴이 참으로 기이했던 탓이다. 기녀들 중 가장 나이가 많은 여인이 어린 것들을 떽하고 타이른 뒤에 공손하게 물었다.

"나리 성함이 어찌 되십니까."

고도가 그제야 중년 여자를 보며 대답했다.

"고도."

"예에, 고도 나리. 이쪽으로 드시지요. 간단하게 씻은 뒤 밥상을 차려드리겠습니다. 한 숟가락 잡수시고 저녁에 안채로 가시면 됩니다."

그녀들이 잡아끄는 대로 걸음을 옮긴 고도는 눈앞에 따끈따끈 데워진 물통을 보고 멈칫했다. 목욕물로 데운 듯 커다란 나무통에 향유와 꽃잎마저 둥둥 떠다녔다. 고도가 더 이상 앞으로 나가지 않고 걸음을 멈추자 기녀들이 고개를 갸웃했다.

"왜 그러십니까."

고도가 손가락으로 물통을 가리키며 물었다.

"설마 저기 들어가서 씻으라는 건 아니겠지?"

"왜 아니겠습니까. 저희들이 씻는 것을 도와드리겠습니다."

"싫다."

딱 잘라 거절하는 고도였다. 물론 고도의 몸 어디가 더럽거나 흉볼 곳은 없다지만 이것은 의례적인 절차이다. 왜 저리 싫어하나 싶어 기녀들이 퍽 당황하여 물었다.

"저희들이 옆에 있는 것이 불편하시다면 모두 나가겠습니다."

"씻는 게 싫다고."

아니 어린애처럼 대체 왜? 어리둥절한 그녀들에게 고도는 진지하게 대답했다.

"물이 싫어, 물이."

기녀들이 서로 눈치를 보더니 다시 한 번 웃음을 터뜨렸다. 사내는 진중한 분위기와 달리 어린애처럼 진심으로 물을 싫어하는 구석이 있었다. 고도의 외향에 음흉한 생각을 숨기고 있던 기녀들이 이때구나 싶어 와락 고도에게 달려들었다. 흠칫 놀란 고도를 질질 끌어당기고선 모두들 능숙한 솜씨로 두루마기와 그 속에 입은 저고리와 바지를 벗기기 시작했다. 그녀들을 단숨에 물리치고 도망가려던 고도는 제각각 다른 기녀들 사이에서 미호만큼이나 어린 소녀를 발견하고 함부로 도술을 쓰지 못했다. 그는 손만 쥐었다 폈다 하며 낭패 어린 표정을 지었다. 왜 하필 여기 소녀가 끼어 있나 하여, 옴짝달싹도 못하면서.

"으."

속곳 차림의 반라가 되어 머리 위에서 좌르륵 뿌려지는 물에 고도는 진절머리를 쳤다. 젖은 머리를 타고 뚝뚝 흐르는 물방울들이 벗은 상체를 타고 흘러내렸다. 기녀들은 뭐가 그리 신나는지 고도의 매끈하고 탄탄한 상체를 닦으면서 한번 시작된 수다를 멈추지 않았다. 여섯 여자의 수다 소리에 머리가 다 어지러운 고도였지만, 표정 없는 그를 보고 과연 누가 당황하여 저러겠냐고 의심할까 싶었다. 그녀들은 오히려 딱딱하게 굳어 얌전히 물세례를 받는 고도를 어린애 다루듯 이곳저곳 닦아 주기 바빴다.

은밀한 곳은 고도가 직접 닦도록 기녀들이 자리를 비워 주었다. 고도는 대충 손에 물을 찍어 몸을 씻고 나왔다. 그러자 이번에는 기녀들이 젖은 고도를 천에 둘둘 말아 닦아 주었다. 새로운 옷을 입히고 밥을 먹이면서 한바탕 난리가 벌어졌다. 그녀들 말에 따르면 '흉측해 보이는' 검과 죽통은 따로 몸에 떼어 놓으라 하여 고도는 그것을 뺏기지 않기 위해 실랑이를 벌여야 했다. 기녀들은 입이 댓 발은 튀어나와 툴툴거리면서도 저희들의 뜻을 굽혔다.

동산 너머에서 달이 두둥실 떠오를 때쯤, 기녀들이 방 안으로 고도를 들여보냈다. 한바탕 요란 법석에 잔뜩 진이 빠진 고도는 그녀들이 시키는 대로 얌전히 따랐다. 그녀들은 고도를 홀로 방에 남겨 둔 뒤에 진중한 표정으로 그리 일렀다.

"원님께서 곧 들어가실 겁니다. 바로 앉아 기다리시면 모든 것이 일사천리로 진행될 터이니 너무 걱정하지 마옵소서."

마지막까지 고도를 따라 방 안으로 들어선 동기童妓가 촛불을 켜주고 물러났다. 고도는 반듯하게 펴진 이불 위에 가만히 앉았다. 시끄러운 여인들이 모두 물러나자 남은 것은 적막뿐이었다. 가끔 촛불이 흔들리며 그림자가 아롱지는 것이 이 적막한 방 안에 존재하는 움직임의 전부였다. 고도는 닫혀 있는 문 너머를 쳐다봤다. 달빛이 문틱 너머까지 닿아 있었다. 방 안팎으로 사람 기척은 느껴지지 않았다.

밤 시중이란 게 이리도 은밀한 거였나.

고도는 심히 불편한 표정으로 입고 있는 비단 학창의를 들었다 놓길 반복했다. 면으로 된 검은 두루마기 옷과는 달리 맨 피부에 닿는 학창의의 감촉이 어색했다. 당장이라도 상투를 틀고, 먹 냄새 풀풀 풍기며 책이라도 옆구리에 끼워야 할 차림이다. 대체 이런 옷은 왜 입혔냐고 물었을 때, 기녀들은 얼굴에 홍조를 띠고 대답했다.

'원님께서 단정한 선비들을 좋아하셔서.'

까마귀 자식이 별 쓸데없는 데에만 관심이 많다며 욕하려는데, 가만 생각해 보니 까마귀란 것이 원래 반짝거리는 걸 좋아하지 않던가. 아무래도 제 몸이 시꺼멓다 보니 하얀 것이 탐이 나 이렇게 입히나 보다고 저 혼자 고개를 주억거렸다. 그래도 마냥 옷에 대한 감상을 늘어놓을 수가 없다. 그는 옷 곳곳을 더듬다가 맥이 탁 풀리는 음성으로 그리 중얼거렸다.

"이런, 소를 놓고 왔다."

기녀들에게 붙잡혀 몸이 씻길 때 두루마기와 함께 소마저도 빨랫감 취급을 받은 모양이다. 미호가 직접 제 품에 안겨 준 것인데. 설마 도깨비까지 불러서 일을 타개해야 할 만큼 까마귀가 어려운 상대일까 고민을 했다.

인두조수는 대부분 명부와 인계를 날아다니는 저세상 짐승이다. 그 까마귀들은 워낙 사람 사는 세상에 관심이 많아서 몇날 며칠을 인가에 머물며 숨어 지내곤 했다. 사람에게 들키면 목숨은 보장할 수 없었다. 인간 대가리에 새의 몸을 가진 흉측한 요괴를 사람들은 기겁을 하며 피하거나 활을 쏴서 떨어트려 버리니, 인간과 인두조수가 공생하는 경우는 생각도 못 할 거였다. 떻게 박지문이라 불리는 까마귀는 온전한 인간의 모습으로 사람들과 어울리는지. 더욱이 흉년만 찾아오던 마을에 풍년까지 들고. 명계의 새가 언제부터 길조를 뜻하는 까치처럼 굴게 된 것일까.

고도는 턱 밑을 매만지다가 인두조수 자체는 별거 아닌 요괴니 소를 필요로 하는 위급한 상황은 오지 않을 것이라는 결론을 내렸다. 제 손으로 후딱 일을 처리하고 돌아가야겠다 여기던 와중이었다.

동산 위에서 발을 구르던 달님이 남쪽으로 기울기 시작했다. 등에 매고 있던 얌전한 죽통이 갑자기 덜그럭 흔들리기 시작했다. 이러저러한 생각에 잠겨 있던 고도가 눈을 깜빡이며 죽통을 내려다봤다. 안에 갇힌 요괴들이 날뛰는 기색이 느껴졌다. 이들이 합심하여 덤벼드려는 태세에 고도가 눈매를 매섭게 하여 창호지로 고개를 돌렸다.

언제 다가온 것인지 모를 그림자가 문 너머에 비쳐졌다. 죽통의 요란함이 더해지자 고도는 앉은 채 발도자세를 취했다.

"오호, 편히 침구 위에서 기다리고 있다니. 이런 맞이도 싫진 않군."

나지막한 감탄사가 울리곤 문이 양옆으로 열렸다. 고도는 그림자로만 보던 이의 실체를 확인했다. 기골이 무인에 가깝고 장대했다. 몸에 걸친 무명 장삼은 격식이 없어, 모르는 이가 본다면 고도와 사내가 스스럼없는 친우 사이라 오해를 할 정도였다. 세상만사 제 뜻대로 이루지 못한 일이 없는 듯, 온몸에서는 자신감이 넘쳐흘렀고 표정에는 근심 걱정이 없었다.

고도는 검 자루를 만지작거리며 제 앞에 양해도 없이 편히 앉는 사내를 물끄러미 바라봤다. 문을 양옆으로 붙잡아 열고 술상을 드는 기녀들 때문에 검을 쉽게 꺼내진 못해도 그 경계심을 누그러뜨리지 않았다.

"거, 다리는 잘 고치셨수? 그때 보니 부러진 것 같았는데 그동안 박 의원 댁에 머물렀다지? 그자가 명의로 이름난 자라 아무는 데 별 탈 없을 거요."

박지문이 씩 웃으며 기녀들을 손짓했다. 그녀들은 상 위에서 술병을 내리고 약식을 분주히 차린 뒤 뒷걸음질로 방을 벗어났다.

기녀들이 물러나자 박지문은 술상을 사이에 두고 고도와 마주보고 앉았다. 한쪽 다리를 접어 그 위에 팔을 얹는 등 무척이나 편한 자세를 취했다. 고도는 칼자루에 쥔 손에서 슬그머니 힘을 풀었다. 제 경계심이 다소 과하지 않나 하는 생각이 들었다. 박지문은 고도를 공격할 의지가 없어 보였다.

"이 마을에서 나고 자란 보리를 숙성시켜 만든 술이오. 내 차도 주문

했으니, 곧 대국에서 들인 백차잎이 올 것이외다. 그대는 술을 즐기는가, 차를 즐기는가?"

도자기 잔에 술을 쪼르륵 따라 주면서 물어봐도 답은 하나였다. 고도는 자신에게 내미는 잔을 힐끔 보기만 할 뿐, 여전히 검 자루에 손을 얹은 채 응했다.

"술도 차도 본질은 똑같다. 나는 물이 싫어."

"거 특이한 취향이구먼. 왜 물이 싫은가?"

"수중생물 하나 때문에 내가 이 꼴이 나서 말이지."

"수중생물?"

"산수를 품에 안은 그런 존재들이 있다."

산수를 호령할 수 있는 존재가 용 빼고 무엇이 있던가. 바다 삼면을 지배하는 동해의 청룡, 남해의 화룡, 서해의 금룡, 북쪽의 묵룡 모두가 물을 다스릴 수 있다. 그들은 쉽게 인간을 만나 주지 않는다. 특별한 사연이 있지 않으면 그 존재 여부조차 확인할 수 없는 존귀한 존재들이다. 한데 용을 상대로 수중생물이라 비하하면서 자신의 팔자를 비하한다? 그 얼마나 재밌는 경우인가.

"용을 만날 정도면 그대는 평범한 인간은 아닌 모양이오."

능구렁이 같은 대답에 고도는 눈을 가늘게 떴다. 새 주제에 참으로 똑똑하다. 아니면 단순히 눈치가 빠른 건가. 고도가 보기에 정답은 전자였다. 박지문은 모든 것을 알고 모르는 척 묻는 것이었다.

"무엇이 궁금하냐. 너희 명계에는 없는 용들 이야기가 듣고 싶으냐."

"하하, 무슨 소리요? 명계 얘기가 갑자기 왜 나오는지."

"까마귀야. 우리 서로를 알면서 귀찮은 수작은 부리지 말자꾸나."

그 말에 박지문은 잠시 멈칫했다. 자신보다 더 까만 눈을 가진 고도가 시선을 피하는 법 없이 직시하며 말하고 있었다. 그 속에 담긴 숨은 뜻은 무궁무진했다. 고도가 외교를 한다면 이 나라 돌아가는 모양새가 지금보다 훨씬 나아지리라. 어쩜 저리도 제 속을 숨기면서 필요한 이야기만 잡아끄는 재주가 있을꼬.

"유능한 도사가 군말 없이 나졸들을 따라 이곳에 왔단 말을 들었을 때부터 이상하다 생각했지. 왜 얌전히 잡혀 왔나 하고 말이오. 이거 보니 당신도 뒷주머니를 차고 있구먼. 다 알고 따라온 것이오?"

"흐음. 내가 꿰차고 있는 주머니 개수가 많아서 말이야."

"무슨 뜻이오?"

"네가 원하는 대답이 어느 주머니에 들어 있는지 모르겠단 소리지."

"그럼 어느 주머니에 들었는지 다 열어 봐야겠구먼."

"네가 그럴 실력까지 있으면 내 몸소 널 받들어 주며 주머니를 죄 열어 주마."

단순한 말장난 같은 이야기 속에 숨어 있는 비수를 보고 박지문은 박장대소를 터뜨렸다.

"과연, 청호림 신선들이 입을 맞춰 그대를 떠받든 이유가 있었구나!"

청호림이란 지명에 고도는 칼자루에서 손을 뗐다. 그는 잠자코 박지문의 얼굴을 쳐다보고는 고개를 외로 꼬았다.

"지금 네 입에서 신선들 사는 산 이름이 나온 게 맞나. 아니면 내가 가는귀가 먹은 건가."

"청호림. 내가 그 이름을 입에 담은 것이 맞다."

고도는 박지문의 말에 눈을 빛냈다. 경계심이 가득하여 곧장 칼을 뽑아 목을 쳐낼 것 같던 고도의 분위기가 삽시간에 훈훈해져 이제는 호의에 가까운 호기심을 보였다. 고도가 호의 가득한 흥미를 보이자 박지문은 기분 좋게 웃었다. 그는 고도의 도자기 잔에 술을 부었다.

"막무가내로 자네를 이곳에 끌고 왔으니 사과할 겸 술잔을 건네지. 한

잔 하시오."

역졸을 푼다고 협박하던 놈이 이젠 미안하다고 술을 건넨다. 꼬투리를 잡자면 수도 없는 밑밥이 저 아래 깔려 있건만, 고도는 대수롭지 않은 표정으로 술잔에 손을 뻗었다. 하지만 술잔을 입에 가져다 대지는 않고, 손을 한 번 휘저어 그 안에 갇혀 있던 술을 허공으로 띄웠다. 박지문이 허공에서 춤을 추는 물줄기들을 보며 탄성을 내질렀다. 고도는 제 도술을 신기하게 바라보는 박지문의 빈 술잔에 그 물줄기를 따랐다. 박지문의 잔 입구에서 술이 넘실거렸다. 출렁이던 술이 결국 상 위로 흘러내리자 고도가 입을 뗐다.

"온전한 인간 형태를 가진 까마귀. 흉년을 풍년으로 바꿀 수 있는 신비를 부릴 수 있는 것. 게다가 신선들 머무는 지명까지 정확하게 꿰뚫는 신기한 놈. 자, 더 말해 보거라. 네 정체가 이것으로 끝은 아니라고 본다."

박지문은 고도가 제 잔에서 끌어 올려 대신 채워 준 술을 단숨에 들이켰다. 그는 호기심으로 눈을 빛내는 고도에게 손을 뻗었다. 고도는 다가오는 손을 밀어내지 않고 가만히 있었다. 한 가지에 집중하는 고도는 그 주변을 살피지 않는 것이 특징이었다.

"내가 궁금하느냐?"

"인간이 왜 '명명자'라고 불리는지 다시 한 번 되새겨 보도록."

"그래, 그래. 인간이란 호기심을 보이는 동물이지! 그 덤덤한 얼굴로 눈만 반짝반짝 하니 내 수집욕이 끓는다, 끓어! 난 원래 빛나는 것들을 좋아하거든."

"그렇다고 내 눈깔을 파먹을 생각은 말도록."

"그냥 너 자체를 확 보쌈 해버리고 싶은데?"

보쌈이라. 듣고 나니 어쩐 배고프네.

박지문이 언급한 보쌈이란 것이 실은 젊은 처자를 납치하는 짓임을 모를 리 없다. 아무리 남색가라도 자신에게 성적인 관심을 보이지 않는 박지문이기에 고도는 보쌈의 의미에 먹을 것을 연결 짓는 한가로움만 부렸다. 의원 댁에 돌아가면 그가 어제 저녁 먹던 콩국수에 돼지고기 한 점 풀어서 먹어야겠다고 입맛을 다실 때였다.

박지문이 술상 너머로 팔을 뻗어서 고도의 어깨를 붙잡았다. 먹을 생각에 빠져 있던 고도가 정신을 차리자 박지문의 얼굴이 바로 눈앞까지 다가와 있었다. 고도가 손을 한 번 휙 휘두르니, 박지문에게 붙잡혀 있던 몸이 어느새 방구석으로 옮겨졌다. 눈 깜짝할 사이에 도술을 부린 고도를 보며 박지문은 잡는 재미가 있겠다며 음흉하게 웃었다.

"네가 말한 세 가지 정체에 하나를 더하거라. 나는 원래부터 너한테 관심이 많았다."

박지문이 술상을 옆으로 밀어내고 몸을 일으켰다. 성큼성큼 고도에게 다가와 그를 벽 사이에 가두고 앉았다. 고도는 얼굴 양옆으로 뻗은 박지문의 팔을 보고 눈을 굴렸다.

"그 관심 하늘로 나빌레라. 내 추종자는 하나로 족하다."

"호오, 네가 인정한 그 한 놈이 누굴까?"

대답하려고 입을 벙긋한 고도가 이내 미간을 좁혔다. 그는 제법 혼란스러운 표정으로 중얼거렸다.

"……아니, 두 놈인가."

박지문은 작게 벌어져 움직이는 고도의 입술을 빤히 바라보다가 고개를 숙였다. 창을 통해 비추어지던 달빛이 그의 머리에 가려지고 긴 그림자가 졌다. 고도는 정수리부터 덮는 사람 그림자를 가만 보다가 고개를 피했다. 박지문의 몸을 밀치고 갇힌 공간에서 빠져나오려는데, 고도를 가둔 박지문의 두 팔은 굳건하여 쉬이 비켜 주질 않았다. 하는 수 없이 도술을 부려 옮겨 가려는 찰나였다.

"내가 바라는 것이 있어서 청호림에 가 신선들을 알현했다."

고도는 도술을 멈추었다. 그는 믿을 수 없다는 얼굴로 박지문을 빤히 올려다보았다.

"청호림을 아는 게 어디서 주워들은 것이 아니라 직접 가보기라도 했다는 소린가?"

"신기하지?"

"신기하다. 청호림은 그 어디에도 존재하지 않으면서 어디에든 존재하는 곳이기도 하다. 절실하게 구하고자 하는 바가 있으면 청호림으로 향하는 기암절벽이 어느새 눈앞에 펼쳐지지만 그렇게 구하고자 하는 것의 근본은 욕심이 아닌 법. 요괴가 욕심에서 해방되어 순수한 믿음만으로 신선을 만날 수 있다는 게냐?"

"내가 그 순수한 믿음을 가진 요괴이기 때문이지."

"이거 같은 종족들 잡아먹을 돌연변이일세."

박지문은 제 얼굴을 밀어내는 고도의 손을 움켜쥐고 그 손바닥을 핥았다. 처음에는 별 반응 없던 고도도 갑자기 손가락을 입에 머금는 박지문을 보자 인상을 찌푸리게 됐다. 손가락 사이의 여린 살점을 이로 깨무는 혀놀림이 능숙했다. 듣기 민망한 질척한 소릴 울리며 손가락 하나하나를 혀로 쓸어내리는 것이 다분히 선정적이었다. 박지문은 번질번질한 눈으로 고도를 보며 나지막한 목소리로 그리 말했다.

"인간이 되고 싶었다. 인간으로 살고 싶었지. 그것이 내 소원이었다. 그러자 청호림 오품 신선인 조동신선이 그리 이르더군. 인간과 부대껴 살다 보면 그 정기가 내 단전에 모여 어느새 배꼽 근처에서 빛이 나리라. 그 빛이 모여 육신을 뒤덮을 만큼 영험해지면 인간으로 화하리라."

조동신선, 그게 누군진 몰라도 미친 게 분명하다. 요괴에게 인간될 방법을 알려 주는 멍청한 놈. 앉은 자리가 오품이라면 상당히 높은 지원데, 신선이 아니라 지상선으로 격하당해도 따질 말이 없을 실수를 하지 않았나. 속으론 조동이란 놈을 욕했으나 고도는 그놈이 어째서 인간될 방법을 요괴에게 친히 일러 주었는지를 이해할 수 있었다.

아무리 깨끗한 마음을 가진 인간이라 할지라도 청호림으로 가는 문을 쉽게 열지 못한다. 청호림 기암절벽 문을 불러내는 것은 백 년에 한두 번 있을까 말까. 그 드문 경우를 뻔히 알고 있는 신선들 앞에 인간도 아닌 요괴가 나타났으니 그 얼마나 흥분할 만한 일인가. 그러나 인간 되고 싶다는 까마귀한테 단전에 내공을 쌓는 방법까지 일러 준 것은 대단한 실수였다.

"인간과 부대껴 살라는 게 이런 짓을 하란 소린 아닐 텐데."

남색을 탐하는 그의 행동을 지적해도 박지문은 히죽거리기만 했다.

"그래. 사람 사이에 섞이라는 것이었지. 그러기 위해선 사람들에게 어진 일을 보여 추앙 받으며 명성을 날려야 했다. 사람들이 내게 다가올수록 내 단전에 모이는 정기가 강해지는 게 아니겠느냐. 그래서 신선에게 구십구 일간 오롯한 인간의 모습을 할 수 있도록 부탁했다. 99일 안에 일정 수준의 정기를 모을 수 있다면 그 정기를 원천 삼아 계속 인간의 모습을 유지할 수 있도록 말이지."

"그건 이론만 안다고 될 일이 아니다. 도술을 익혀야만 응용할 수 있는 술법이다."

"그래서 나 역시 도술을 익혔다."

"까마귀 주제에 다재다능하군."

"아무렴, 나 역시 내가 잘난 것은 아는 바다. 헌데 그렇게 고생하여 술법을 익히고 인간들에게 호감 받는 것만으론 충분한 정기가 모이지 않더구나. 흉년만 드는 이 마을에 신선의 힘을 빌려 풍년을 가져왔어도 내 단전에선 빛이 나지 않는 게다. 그러다 도법에 탁월하다는 수많은 책을 파헤쳐 단시간 내에 정기를 모을 방법을 알아냈다.”

박지문은 고도의 손을 더 세게 움켜쥐었다. 고도는 이 이상의 접촉이 싫어 도술을 전개해 그의 품에서 빠져나갔다. 고도가 도망갈 골목을 이미 눈치챈 듯, 그는 고도가 나타나기도 전에 그 위치를 정확히 알고 손을 뻗었다.

“그것은 인간과의 몸을 이어 주는 성관계이니.”

뻗은 손은 이제 막 나타난 고도의 발목을 쥐었다. 홀연히 사라졌다 나타나는 술법이 까마귀 눈에 꿰뚫린 충격에 고도는 조동신선을 속으로 골백번이고 더 욕했다. 아무리 요괴가 청호림 문을 열었다지만 너무 많은 것들을 알려 주지 않았나! 망할 놈!

“내, 인간 여자는 별로 관심이 없어 남자들만 탐해 정기를 뺏다 보니 인간들 입에서 남색가란 별명이 오르내리게 되었다.”

“신선들 호의를 짓밟고 있구나.”

“클클클. 남자들과 배꼽을 맞추다 보면 수백의 사람들에게 칭송받는 것보다 더 많은 양의 정기가 모이는 것을 확인할 수 있는데 내가 쉬운 길을 택하는 건 당연하지 않나.”

번들거리는 검은 눈을 보고 고도는 재빨리 검을 움켜쥐었다. 고도의 공격적인 반응을 파악한 그는 깔깔 웃으면서 오른손을 들었다.

번쩍 손을 들자 닫혀 있던 창호지 문이 쾅 소릴 내며 열렸다. 그 뒤로 머리는 인간이되 몸은 까마귀인 인두조수 수백 마리가 날갯짓하며 몰려들었다. 상투를 튼 남자 머리들이 새 몸에 매달려 깍깍거리고 있으니 지옥에서 마수들이 우르르 몰려나온 것처럼 그 기백이 굉장했다. 고도는 발도 자세 그대로 굳고 말았다.

인두조수 수백 마리. 한 마리도 아닌 수백 마리의 등장에 고도는 제 상식을 뛰어넘는 일을 목도하여 당황하고 말았다. 박지문은 입꼬리를 올리면서 짓궂은 미소를 지었다.

"내 꼭 한번 도사 놈이랑 몸을 섞고 싶었다. 존재 자체가 영험한 기운으로 가득한 도사 놈을 탐하면 얼마나 많은 정기가 모일까, 하는 생각이 들어서 말이다."

박지문이 손을 한 번 휘이, 저었다. 그의 뒤에서 날갯짓하던 까마귀들이 한꺼번에 방 안으로 날아들었다. 그들이 날카로운 발톱을 꺼내 고도의 죽통을 빼앗으려 들었다. 고도는 침착하게 검을 휘둘렀다. 검이 겉보기에는 녹슬고 보잘 것 없으나, 고도에 대해서 제법 많은 것을 아는 듯한 박지문은 눈을 반짝이며 반가운 목소리로 그러는 것이다.

"그게 바로 바다 용왕과 겨루었기로 유명한 서전검인가? 검 자루는 녹슬고 삭았어도 달빛을 받은 검신이 찬란하기 그지없구나."

아까 수중생물 운운할 때 바로 용을 입에 담더니 고도의 과거마저 아는 놈이었다. 고도는 아뿔싸 하고 뒤늦게 혀를 찼다. 소를 놓고 온 것이 뼈저리게 후회됐다. 이건 평범한 인두조수가 아니다. 이놈은 신선에게 배운 도술과 제가 가지고 있던 요술을 혼합하여 저승에서 죄지은 사람들 눈깔이나 파먹는 인두조수들을 모조리 인계로 끌어들였다.

고도의 직감이 위험을 감지하여 정확하고 신속하게 그의 목을 자르라 명했다. 요즘 요괴들 돌아가는 사정이 심상치 않아 요괴들 왕이라는 꽝철이의 근황에 대해서 물을 생각이었건만, 그 마음을 고쳐먹었다. 꽝철이가 더러운 성질머리를 못 참고 요괴 세상을 발칵 뒤집었느냐 질문은 다음번에 만날 요괴 놈한테 물어도 된다. 신선처럼 이 까마귀 사정을 배려했다간 언젠가 인계에 크나큰 해를 끼칠 것이다.

고도는 재빨리 발도했다. 그 모습이 망막에 어른거렸다 사라질 만큼 빨랐다. 환영에 가까운 움직임은 몹시 재빨랐으나 박지문은 히죽 웃기만 할 뿐 이렇다 할 대응 자세를 취하지 않았다.

하얀 옷깃을 휘날리며 한 걸음 내뻗음과 동시에 검을 빼들었다. 흩날리는 머리칼 사이로 날카로운 눈빛을 머금고 섬광처럼 검을 횡으로 휘둘렀다. 고요한 방 안에 한차례 태풍 같은 바람이 몰아쳤다. 하지만 정확하게 휘두른 서전검이 박지문의 목 언저리에서 멈추었다. 수백 마리의 까마귀들이 검을 쥔 손을 날카롭게 움켜쥐고 놔주질 않았다. 근육을 끊을 기세로 발톱들이 손목에 박혔다. 하얀 비단옷이 붉은 피로 물드는 것은 순식간이었다.

"그 유명한 이와 이렇게 밤을 함께 할 수 있다니, 내 평생 잊지 못하겠구나. 끌끌끌."

박지문이 고도의 다친 왼발을 걷어찼다. 뼈를 제대로 끼워 맞추고 한약까지 달여 먹었다지만, 상처가 하루 만에 아물리는 없는 법. 한 번 부러졌다가 두 번이나 다시 고쳐 맞춘 발목이 그 충격을 감당하지 못하고 꺾였다. 짧은 신음과 함께 자리에서 무너진 고도의 위로 박지문이 올라탔다. 고도의 옷깃을 붙잡아 양옆으로 벌리자 기녀들이 닦아 준 하얀 속살이 드러났다. 박지문은 히죽 웃으며 고도의 턱을 붙잡아 입을 맞췄다. 청사와 입을 맞출 때완 확연히 다른 불쾌함에 고도는 인상을 찌푸렸다. 그를 밀치기 위해 팔을 휘둘렀다. 하지만 주먹이 박지문의 얼굴에 닿기 전에 까마귀들이 다시금 발톱을 세워 양팔에 매달렸다. 양팔이 새빨간 피로 물들었다. 고도의 숨도 가빠졌다. 박지문은 그런 고도의 입술에 다시 입을 맞춘 뒤 자신의 바지로 손을 뻗었다.

"신선들마저 칭송한 도사 놈아, 네놈이 얼마나 달콤할지 맛 한번 보자!"

부엉이와 풀벌레 울음이 스산하게 울리는 한밤중. 빨랫감에 처박혀 있던 짚신짝이 좌로 우로 까딱거리며 흔들리기 시작했다. 그것은 빨래 통 안에서 난리법석을 부리다 맨바닥으로 꼬꾸라졌다. 스멀스멀 안개를 피워 올리던 짚신이 펑, 하고 집채만 한 도깨비로 변했다.

소는 본래의 모습으로 돌아오자마자 안광을 빛내어 주변을 살폈다. 열린 문틈에서 여인네들 웃음소리가 퍼지고 있었다. 여인들은 문밖에 빨랫감을 한가득 쌓아 올리고 있었다. 소는 자신이 이러한 아낙들 공간에 왜 버려져 있나, 이해할 수 없는 표정을 지었다. 머리에 뒤집어쓴 천조가리를 잡아당겨 그 정체를 파악하고는 붓처럼 두꺼운 눈썹을 꿈틀거렸다.

이건 고도의 옷자락이 아니더냐. 왜 이걸 내가 뒤집어쓰고 있는 게지.

어리둥절하여 옷자락을 잡아당기자 그 속에서 부적들이 쏟아져 흘렀다. 소는 깜짝 놀라 바닥에 흩뿌려진 고도의 부적들을 쓸어 모았다.

"이 정신 나간 놈을 보았나. 부적이랑 옷을 내버려 두고 어디로 사라진 거야?"

고도가 이렇게 경황없이 다니는 꼴은 처음 보는 소는 부적을 구겨 쥐고 사방을 살폈다. 여자들 웃음소리가 흘러나오는 안쪽을 제외하면 사방은 고요하다 못해 적막했다. 눈에 들어오는 사람도 없거니와 마당은 넓고 담장은 높았다. 처음에는 마구간이 먼저 눈에 들어와 역참인가 했다. 하나 자세히 살피자 높은 담벼락 너머에서 사람 목소리가 들렸다. 큰 키를 이용해 슬쩍 담 너머를 보자 창을 쥐고 꼿꼿이 선 나졸들이 이곳 경비를 돌다 말고 시시껄렁한 농담을 주고받던 중이었다. 뜰 한가운데 떡하니 박힌 거대한 느티나무가 이곳의 세월을 알려 주는 것 같았다. 소는 그제야 이곳의 용도를 짐작할 수 있었다.

"객사네?"

어제까진 덕규란 의원 댁에서 머물더니 이번에는 여관이라. 그런데 옷가지와 부적, 거기다 자신까지 이리 내팽개치고 고도 놈은 어딜 갔나 싶었다. 꽤 호화스러워 보이는 곳에 고도가 왔다면, 대체 왜 왔는지도 알 수 없었다. 모른 척 내버려 두어서는 안 된다는 생각이 들어 자리를 털고 일어나려는 때였다.

"아저씨!"

어디선가 반가운 목소리가 들렸다. 소는 고개를 돌렸다. 저 담벼락에 매달려 손을 흔드는 미호가 보였다. 곧이어 경비들 눈을 피해 담벼락 위로 사뿐히 올라선 남자가 있었으니, 낮이고 밤이고 할 것 없이 화려하기론 이 나라 제일일 법한 청사였다. 소는 반가운 마음에 우렁차게 목소리를 높여 그들을 맞이하려 입을 벌렸다. 그런 소를 보고 깜짝 놀란 미호가 손가락을 입에 가져다댄 채 다급히 "쉬쉬!" 외쳐대는 통에 합죽이가 되었다. 그녀는 주변을 둘러본 뒤 소의 감투를 가리켰다.

"아저씨, 그거, 그거 던져."

목에 맨 끈을 푼 소가 담벼락 너머로 도깨비감투를 던졌다. 긴 호를 그리고 날아온 것을 미호가 받았다. 조그마한 머리에 뒤집어쓰기 직전이었다. 청사는 미호의 뒷덜미를 잡아 달랑 들어 올렸다. 동정깃이 목을 옥죄어 숨이 막힌 미호가 캑캑하고 마른기침을 토했다. 청사가 그 틈에 감투를 빼앗았다. 미호는 청사를 노려보았다.

"네가 쓰고 싶으면 말을 하지, 이게 뭐하는 짓이니?"

언제나처럼 그를 쳐다볼 때면 보석처럼 빛나는 푸른 눈동자에 먼저 시선이 박혔다. 그것이 동그란 구의 형체를 띨 때면 맑은 호수를 내다보는 것 같아 신비롭지만, 지금처럼 샐쭉하니 길어진 모양새는 영락없는 파충류 눈깔이라 도무지 정을 줄 수 없었다. 푸른 눈의 주인인 청사는 머리를 한 손에 그러모았다.

"급한데 일일이 상황 따지라고? 그런 건 고도한테 말해야지."

얄미운 대답이 아닐 수가 없다. 우씨, 하고 따지려드는 미호를 청사는 한 손에 달랑 쥔 채 감투를 써버렸다.

순식간에 모습을 감추어 버린 청사와 미호가 높다란 담벼락에서 풀썩 착지하는 소리만 울렸다. 담벼락 근처를 순찰하던 경비들이 난데없는 소리에 서로 담 안쪽을 살폈지만 아무것도 보이지 않았다. 고개를 갸웃하고 사라지는 그들 뒤로 청사의 발자국이 뜰에 찍혔다.

"지금 어떠한 재밌는 일이라도 벌어지는 모양이구나!"

소는 몰래 움직이는 요괴들 행동에 날듯이 기뻐했다. 인간에게 장난을 치고 말썽을 부리는 것이 저희들 업보라고 당당하게 외치는 종족다웠다. 팔을 휘두르면서 도깨비불을 사방으로 튀어내는 소였다. 이러다가는 어린애 같은 불장난이라도 벌일 분위기다. 혹은 도깨비불로 변해 객사 이곳저곳을 뒤집어엎고선 좋다고 츠츠츠츠 웃어댈지도. 미호가 목소리를 낮춰 소를 꾸짖었다.

"아저씨, 안될 소리야! 우린 지금 고도를 찾으려고 몰래 들어왔단 말이야."

청사가 감투를 벗자 엄숙한 얼굴을 한 미호의 모습이 드러났다. 팔짱까지 끼고 비장한 어조로 외치나 청사의 손에 대롱대롱 흔들리고 있어서 위협이 되진 못했다. 그녀는 여덟 개의 꼬리를 신경질적으로 흔들었다.

"고도한테 아저씨랑 같이 있으라고 당부했는데, 아저씨 혼자만 여기 있고. 대충 상황 파악되네."

"설마 고도가 납치당했다던가 그런 건 아니겠지?"

납치란 단어에 청사가 날을 세워 민감하게 반응했다.

"나한테서 도망쳤어!"

그리고 미호가 화딱지가 난 얼굴로 이어 말했다.

"제 발로 여기까지 온 거야!"

누굴 피해 도망쳐 여기로 왔다고? 눈을 사방으로 굴리던 소는 그 말뜻을 이해할 수 없는지 고개마저 흔들었다. 평소에는 서로 못 잡아먹어 으르렁거리던 뱀과 여우가 이젠 죽이 척척 맞는다. 소는 두 남녀가 빠르게 말을 주고받는 모습을 멍하니 구경할 수밖에 없었다.

"이놈은 대체 어디 있는 거야?"

"밤 시중이라니 은밀하게 이루어지고 있지 않을까?"

"당장 여길 다 부숴 버리자."

"안 돼. 그러단 진짜 소란이 벌어진다고."

"별안간 남자를 납치해서 겁탈하려는 사또와 우리가 건물을 부순 죄 중 어느 쪽이 더 중한지 논하자는 거지?"

"아휴, 이 무식한 놈아. 고도가 지금 굉장히 날 선 상태인 거 몰라서 그래? '사또 까마귀를 잡으려 왔건만 대롱이랑 지진아가 일을 망쳐 놨다'면서 한번 열불이 나면 아무도 막지 못하게 된다고."

"날이 섰다니, 그게 무슨 소리야."

"평소에는 그냥 넘길 일도 예민하게 반응했어."

"뭐 때문에?"

"나도 몰라. 그거 때문에 너한테 고도랑 뭔 일 있었냐고 물은 거였는데, 네가 내 말 무시했잖아."

미호는 삐쭉하니 입술을 내밀고 툴툴거렸다. 고도는 나졸들에게 끌려갈 때 민감하게 반응했다. 그게 평소와는 달라서 청사와 단둘이 방 안에 있을 때 무슨 일이 있었겠거니 직감한 미호였다. 청사가 고도 녀석이 삐

뚫어질 만한 빌미를 제공한 것으로 보이건만, 그 당사자는 하루 종일 입을 다물고 있어 답답하기 짝이 없었다. 화풀이처럼 바닥을 차는 미호와 달리 청사는 뜻하지 않은 사실을 듣고 입을 벌렸다.

설마 입 한 번 맞춘 것 때문에 고도가 평소랑 달리 예민하게 굴었다는 소릴까. 제 행동 하나에 그리 감정적으로 휘둘렸다는 고도를 믿을 수가 없었다. 고도가 자신을 많이 의식하고 있다는 소리에 얼굴로 열이 몰리는 기분이었다.

고도가 자신을 의식한다고? 맙소사, 그럼 더할 나위 없이 반가운 소식인데!

입맞춤에 얼굴을 붉히는 고도를 상상하던 청사가 몸을 꼬며 어쩔 줄 몰라 하는 동안, 미호는 소의 손을 응시했다.

"아저씨. 손에 들린 그거, 고도 옷이랑 부적 아냐?"

미호의 시선을 따라 청사 역시 붉어진 얼굴을 돌렸다. 소의 손에는 정말로 고도의 흑의와 부적들이 들려 있었다. 청사의 얼굴이 단숨에 창백해졌다.

"맞네. 뭐야!? 그럼 지금 고도 옷 벗고 있단 소리잖아!"

화가 나서 소리를 지르는 청사를 보고 미호가 으악하며 황급히 도깨비 감투를 뒤집어썼다. 소 역시 재빨리 도깨비불로 변해 나무 뒤로 숨었다. 갑작스런 비명소리를 들은 나졸들이 허겁지겁 뛰쳐 들어왔다.

나졸들은 잔뜩 경계하며 소리가 들린 부근을 살폈다. 담벼락 밑에서부터 행랑채 뒤쪽, 커다란 느티나무 위아래까지 등호를 들고 샅샅이 뒤지던 나졸들은 아무것도 보이지 않자 한동안 뜰을 배회하다 사라졌다. 그들이 갈 때까지 숨을 죽이고 있던 미호가 두 눈을 치켜떴다.

"우린 조용하게 고도를 찾으러온 거야. 괜한 소란 피우지 말자."

미호가 주먹을 움켜쥐며 비장하게 말을 마친 찰나였다.

평 소릴 내며 울리는 거대한 충격음에 미호와 청사, 소가 동시에 고개를 돌렸다. 넓고 호화스러운 객사의 가장 안쪽에 무언가 폭발하는 소리가 연이어 들려왔다. 기둥이 와지끈 부서지며 물건들이 데구르르 구르거나 던져져 바닥에 내동댕이쳐졌다. 그 소리를 듣고 나졸 무리들이 대문을 박차면서 마당으로 뛰어 들어왔다.

"무슨 일이냐!"

고도를 붙잡으러 왔을 때보다 곱절은 많은 창졸들이 등장했다. 미호와 청사는 인상을 구겼다. 나졸들은 마당에 둘러선 요괴와 도깨비들에 기겁하여 얼굴이 창백해졌지만, 창을 고쳐 쥘 뿐, 도망치지는 않았다. 그래도 대낮에 구미호 요괴를 상대해 봤다고 그새 담력이 더 커진 모양이었다.

"저놈들은 내가 상대해야겠구먼."

소매를 둥둥 걷어 올린 소가 미호 손에 부적을 쥐어 주었다. 그녀가 부적 개수를 확인하고는 소를 올려다보며 말했다.

"그럼 나랑 청사는 먼저 가볼게. 아저씨 일 처리하고 따라올 거지?"

"난 요괴 상대하기보단 씨름하는 게 더 좋다! 츠츠츠츠."

괴기스럽게 웃는 소를 보며 아무렴, 아저씨 놀이판에 끼어들 생각은 없다며 미호는 청사의 손을 잡아끌었다.

"조심해, 아저씨."

청사와 미호가 쌩하니 객사의 안채로 향하자 나졸 무리가 창을 들고 그들을 포박하려 했다. 소가 양팔을 벌리고 그들이 갈 길을 원천 봉쇄했다. 곧이어 지천이 울릴 만큼 커다란 소리가 울렸다.

"이 길을 지나려면 나와 씨름을 해 이겨야 할 것이외다!"

귓가를 쩌렁쩌렁 울리는 목소리에 나졸들은 걸음을 멈추었다. 서로를 돌아보았다. 목소리에 벌써부터 기가 질린 나졸들의 낯빛이 피죽처럼 창백했다. 그들은 섣불리 도깨비에게 달려들지 못했다. 소의 뒤로 두 요괴가 사라지는 모습을 두 눈 뻔히 뜨고 바라볼 수밖에 없었다.

고도는 폭발하듯이 방출한 도력으로 양팔에 매달린 까마귀들을 모조리 날려 버렸다. 도력의 힘을 조절하지 못해서 지붕이 깨지고 선반, 반닫이, 문짝이 모조리 부서져 날아가 버렸다. 고도는 제 힘에 놀란 박지문을 팔꿈치로 후려쳤다. 명치를 얻어맞은 박지문이 짧게 기침을 하며 몸을 사렸다.

고도는 피로 얼룩진 소매 속을 더듬었다. 습관처럼 부적을 꺼내려다 손에 집히는 것이 없자 낭패란 듯 입매를 찡그렸다. 대신 검을 뱅그르르 휘둘러 정신 사납게 날갯짓을 하는 인두조수 몇 마리를 바닥으로 떨어트렸다. 죽통을 열어 주문을 읊었다. 힘을 잃고 떨어진 요괴들이 귀곡성 못지않은 비명을 지르며 죽통으로 빨려 들어가 봉인 당했다.

고도는 요란하게 달그락거리는 죽통과 서전검을 잡은 채 바로 섰다. 머리 위에서 까마귀들이 시끄럽게 울어댔다. 새들은 고도와 거리를 두고 날아올랐다. 어느새 하늘 위는 수백의 까마귀들이 이루어낸 검은 장막에 뒤덮인 듯했다. 고도는 두 눈에 성난 기색을 가득 담아 벼르듯이 말했다.

"겁탈을 시도했으니 고을원님께 잡혀가 매질을 당해도 싼 놈이다. 남자랑 흘레붙는 귀신이라도 씌었느냐?"

박지문은 고도의 원색적인 비난에 우스꽝스럽고 과장된 몸짓을 해보였다.

"어이쿠야, 도사님. 이리 격분하실 줄 몰랐습니다. 조금 진정하시지요."

"네놈 머리를 지옥불에 구워 먹은 후 그리하마."

고도는 가차 없이 검을 쥐고 움직였다. 서전검은 살아 움직이듯 정확하게 박지문이 도망치는 궤도를 쫓았다. 지붕 위로 훌쩍 뛰어오르는 박지문을 따라 고도는 환영술을 이용해 그의 뒤를 바짝 추격했다. 박지문은 고도를 피해서 지붕을 밟으며 객사 곳곳으로 도망 다녔다. 저건 요괴가 아니라 같은 도사라도 상대하는 기분을 들게 할 정도로 실력이 출중했다. 성치 않은 다리로 쫓아 봐야 자신이 손해였다.

고도가 검을 든 채 허공에 두둥실 떠 간단한 주문을 외웠다. 주문을 다 외기 무섭게 고도의 주변으로 수십 명의 똑같은 형상들이 생겨났다. 도깨비에게 홀리면 이와 같을 것이다. 부적이 없는 도사는 빈 도자기와 같을진대, 어이하여 이처럼 뛰어난 환영술수를 부리는 것인가. 박지문은 산산수수화화초초 영양가 없는 소릴 논하기 좋아하는 신선들이 하나같이 인간 세상을 굽어보며 고도를 손끝으로 가리키던 것을 이제야 이해할 수 있었다.

'부적을 다루는 도사, 인을 맺는 도사, 음양오행에 몸을 맡겨 천지인을 두루 살필 줄 아는 도사, 천문에 의지하고 도를 닦는 도사. 그중에 어이하여 고도란 놈에게 유독 관심을 보이는 줄 아느냐. 그놈은 도술을 부리려고 부적을 던지는 게 아니다. 제 힘을 억누르기 위해 부적이란 제약을 두고 도법을 펼치는 것이다.'

고도는 자신을 똑 닮은 수십 개의 분신들을 향해 명했다.

"까마귀 깃털을 죄 뽑아 내 앞으로 데려와라."

장난꾸러기 고도, 요사스러운 고도, 진지한 고도, 넋이 나간 고도. 본체는 결코 짓지 않는 표정을 가진 제각각의 특색을 띤 고도들이 와글와글 소란을 피우며 앞으로 튀어나갔다. 고작 눈속임 분신들에 당할쏘냐 싶어 박지문은 팔을 휘둘렀다. 달려드는 분신을 양옆으로 찢으려 했으나 실제로는 살갗이 살짝 벌어지는 데 그쳤다. 도저히 인간 된 솜씨라곤 믿을 수 없을 만큼 분신들은 하나하나가 능력 출중한 도사의 역할을 해냈다. 각기 분파된 도력으로 빚은 인형들이 어찌 이렇게나 강한지, 원. 박지문은 기이한 도술 실력을 부리는 고도를 몸으로 취한다면 더할 나위 없는 정기를 쌓을 수 있다는 욕심에 눈이 돌아갔다.

"내가 보석 하나는 기가 막히게 알아보지, 안 그러느냐?"

고도는 저를 보석 취급하는 까마귀를 향해 허공을 밟아 날듯이 덤볐다.

"그래. 값어치 없는 보석만 잘도 고르는 눈깔 병신이로다."

분신들이 휙 튀어나가 박지문을 공격했다. 박지문은 여유로운 얼굴로 그 분신들을 양옆으로 찢어발겼다. 몇몇 분신이 연기와 함께 사라졌으나 아직 다수의 분신이 살아 있었다. 제각기 특성이 극대화된 분신들이 일제히 주문을 외워 도력을 전개하니 그 힘이 본체보다 못하지 않았다.

고도가 작정하고 분신들을 더 정교하게 다루었다. 박지문은 눈앞이 이지러지고 갑자기 숨이 턱 막히며 귀에 공명이 들리는 이상 현상을 느꼈다. 분신들과 본체가 합심하여 박지문에게 몰매를 퍼부었다. 온몸을 구타하는 손발이 어찌나 빠르고 날카롭던지 박지문은 행랑채 지붕 위에서 비틀거리다 발을 헛디뎌 아래로 떨어졌다.

박지문을 가호하던 수백 마리 까마귀들이 요란스레 울어대며 그의 곁으로 몰려들었다. 동시에 고도의 장난꾸러기 분신들이 양손에 연기를 피워 올리며 죽대를 만들어 냈다. 그러곤 그것을 매끄럽게 휘두르며 까마귀 사냥을 시작했다.

분신들이 낄낄거리며 까마귀 대가리를 수박통처럼 쾅쾅 찍어 내렸다. 미처 허공으로 솟구치지 못한 것들이 머리가 터져 즉사했다. 학창의를 매섭게 휘날리며 담 지붕에 내려앉은 고도가 죽통을 열어 주문을 외웠다. 죽은 까마귀부터, 분신들이 매질을 가해 떨어진 까마귀들까지 순식간에 오십 마리가 넘는 것들이 죽통 안으로 빨려 들어갔다.

한바탕 까마귀 사냥을 마친 고도는 저를 도발했던 까마귀 대장을 향해 달려들었다. 이깟 하찮은 새 떼보다 도력을 부릴 줄 아는 요괴를 잡는 것이 더 중했다. 고도는 등에 매단 죽통을 앞으로 했다. 주문을 외워 뚜껑을 여는 즉시 박지문을 잡아들일 요량이었다. 하나, 마냥 쉽게 붙잡혀 줄 박지문이 아니다. 그는 지붕에서 고꾸라진 자세 그대로 눈을 빛냈다.

"걸렸구나."

씨익, 입술을 비틀어 웃은 박지문이 두 팔을 휘둘렀다. 사람 팔 두 짝에서 별안간 검은 날개가 튀어나와 고도에게 날아왔다. 검은 깃털에 시야가 차단된 고도가 잠시 주춤하는 그 틈을, 박지문은 놓치지 않았다. 박지문은 고도의 팔을 움켜쥐었다. 고도가 중심을 잃었다. 박지문은 고도를 잡아끌어 바닥으로 고꾸라트렸다. 고도가 담 지붕에서 주르륵 미끄러져 바닥에 고꾸라지기 무섭게 박지문의 손이 고도의 머리채를 붙잡았다. 아차 하는 사이에 박지문 손아귀에 붙들린 머리가 그대로 바닥에 처박혀 버렸다.

머리가 둔탁한 흙바닥과 쾅 소리 내며 조우했다. 고도는 아주 짧은 시간 기절을 맛보았다. 바위로 머리를 후려친 것에 가까운 충격이었다. 빙글빙글 도는 머리 위해서 키득거리는 까마귀 웃음소리가 들렸다. 어지러워 세상 분간을 못 하는 고도는 학창의 안쪽으로 양손이 들어오는 것도 저지할 수 없었다. 그 손은 능숙하게 고도의 가슴팍과 아랫배를 주물렀다. 깨진 머리에서 피가 흘러내린 탓에 고도는 흐릿한 시선으로 맨살을 농락하는 손길을 바라봤다. 박지문의 손은 고도의 턱을 붙잡아 쪽, 입을 맞추고는 가슴 돌기나 등골을 애무하고는 바로 하의 속으로 들어갔다. 고도가 움찔하며 거부감을 드러냈다. 박지문은 고도의 속곳 안을 주무르면서 그의 성기를 만지작거렸다.

"도사야, 남자한테 안겨 본 적 있느냐?"

고도는 귓가에 속삭이는 목소리에 오싹 소름이 돋았다. 귓가에 대고 킬킬 웃던 박지문이 귓불을 깨물고 그 안쪽을 핥았다. 그는 주물거리던 성기를 손에서 놓고 대신 고도의 바지를 벗겨서 하체를 반라로 만들었다.

"살결이 곱다, 고와!"

아직 제정신을 차리지 못한 고도가 비틀거리는 상체를 일으키려 하자, 까마귀는 고도의 양 발목을 붙잡아 제 쪽으로 끌어당겼다. 지이익, 바닥의 흙먼지를 쓸면서 끌려온 고도가 까마귀의 몸 아래 갇혔다. 그는 피가 뚝뚝 흘러내리는 고도의 머리를 쓸어 주면서 입술에 쪽쪽 입을 맞춰댔다. 콧노래까지 흥얼거리면서 고도의 얼굴을 핥았다. 그러면서도 제 바지 끈을 풀어 무릎 밑으로 끌어 내리는 데에는 한 치의 망설임도 없었다.

흉측하리만큼 부푼 그의 남성이 고도의 살결에 닿았다. 고도는 아직도 빙글빙글 도는 머리를 흔들어 털면서 억지로 왼팔을 휘둘렀다. 까마귀의 뒤편에서 본체의 명령을 기다리던 분신들이 한데 어우러져 고도에게 날아왔다. 하지만 분신들이 아직 멀쩡하게 살아 날뛰는 모습은 오히려 역효과를 불러일으켰다. 박지문은 고도의 도술이 강할수록, 그리고 고도가 쉽게 굽히지 않을수록 흥분하여 남성을 키웠다. 고도가 품고 있는 도력이 곧 자신의 단전에 쌓일 정기라도 되는 양 고도를 보며 수차례 입을 쩝쩝거리며 즐거워했다.

분신들이 저마다의 손에서 죽대며 검이며 몽둥이를 들고 한꺼번에 박지문을 공격했다. 박지문의 머리 위로 온갖 무기들이 쏟아졌다. 쏟아지는 무기를 인두조수들이 날아들어 막았다. 허공에서 새 떼와 분신들이 치열하게 다투자 박지문은 고도의 허벅지 안쪽 여린 살점을 꼬집으며 즐거워했다.

"아아, 아주 미치겠구나."

박지문은 흥분하여 인간으로 보이는 분신술의 능력마저 유지하지 못했다. 그의 피부 곳곳이 갈라지며 까마귀 털이 삐져나왔다. 그는 고도의 살결에 부풀어 오른 물건을 비비며 숨을 헐떡였다. 분신들이 너무 많은 까마귀들을 상대로 고전을 면치 못하는 와중에 박지문은 고도의 머리채를 더 세게 휘어잡아 바닥에 다시 내려찍었다. 연달아 두 번 충격이 가해진 머리가 아찔하고 빙글빙글 돌아 토악질이 날 만큼 어지러웠다. 고도의 정신이 흐트러지자 기가 막힌 술수를 부리던 분신들 몇이 연기로 화해 사라졌다.

이때구나 싶어, 까마귀는 다시 한 번 고도의 머리를 바닥에 박았다. 깨진 머리의 상처가 벌어지자 피가 주르륵 흐르면서 한두 분신만 남기고 모조리 사라져 버렸다. 고도는 머리를 타고 흐른 피가 눈알을 적셔 앞을 제대로 보지 못했다.

"이리도 충만한 도력으로 뭉친 인간이라니! 네놈 하나 취하면 내가 인간이 될 수 있겠다! 하하하하!"

인간이 되고자 정성스레 바란 요괴가 청호림까지 갔다 왔거늘, 남색을 탐하다 보니 그 욕심에 도리어 삼켜져 목적과 방법이 뒤집힌 형상이다.

여자들을 지키기 위해 마을 사람들을 죽였던 여우구슬 원혼이나, 한때 순수했었을 까마귀나. 역시 요괴는 요괴다. 모두들 욕심에서 벗어나지 못하는 것들이다.

"인간이 되고자 수많은 죄를 범하고 있다. 그러고도 정녕 인간이 될 수 있을 거라 생각하나."

고도는 바람을 만들어 내 박지문을 날려 버렸다. 그래도 방 안에서 한 번 당한 적이 있던 공격이라 박지문은 이전처럼 순순하게 밀려나지 않았다. 대신 고도의 도력에 맞서 자신의 요력을 뿜어냈다.

허공에서 서로 맞붙은 기운들로 인해 바닥의 흙이 밀리고 얕게 뿌리를 뻗고 있던 나무들이 뽑혀 나갔다. 둘을 둘러싼 공기가 한데 응축되었다 반발적으로 튕겨 나가니 기왓장 수십 장이 뒤집어져 그 지붕 밑에 있는 사람들의 비명소리가 울렸다.

고도는 피가 허공으로 치솟는 상황에서도 도술을 멈추지 않았다. 그에 맞서는 박지문은 볼과 손등 위의 피부마저 흉측하게 갈라 검은 털을 날렸다. 그의 모습은 이젠 더 이상 인간이라 할 수 없었다.

"너처럼 흉측한 인간은 인간이라 부르고 싶지도 않다."

"인간이 되고자 함이 무슨 그리 큰 죄라고 네놈이 판단하느냐!"

"이런 식으로 인간이 되어 무엇 하려 했느냐."

"인간한테 그 이유를 말해 봤자 이해할 수 있을 거라 보나!?"

"너희 까마귀들이 인간을 부러워하는 건 알고 있다."

"그래! 우리들은 모두 반인반요로, 완벽한 인간이 되는 걸 꿈꾸는 종족이다! 나 역시 인간들이 사는 모든 걸 겪고 싶었다. 사랑도 해보고, 즐거워도 해보고, 그 기쁨에 취해도 보고, 슬퍼하며 울어도 보고, 절망해 보며, 배신도 당하는, 그런 삶을 꿈꿨다!"

"그것이 아름다운 삶이라 생각하느냐?"

"적어도 요괴들끼리 누가 잘났냐면서 서열로 우위를 가리는 삶보단 이쪽이 즐겁지 아니한가!"

고도는 박지문의 힘을 버티고 뒤로 밀렸다. 흙 속으로 움푹 파여 들어간 뒤꿈치에 담장 벽이 닿아서 더 이상 물러날 데가 없었다. 그는 힘에서 밀리더라도 박지문의 소원에 동의하지 않았다.

"미련하다. 인간의 삶만 부러워하며 제 행복을 찾을 줄 모르다니."

박지문은 그 자리에서 사라져 고도의 뒤에 나타났다. 고도는 침착하게 대응했지만 피에 젖은 눈 때문에 움직임이 둔해지고 말았다. 박지문의 움직임을 눈으로 따라잡기도 전에 뒷목을 조르는 공격에 당했다. 고도는 눈앞이 아찔해졌다. 박지문이 가차 없이 머리통을 잡아 팔꿈치로 휘둘러 치자 그대로 바닥에 쓰러졌다. 아무리 고도라도 이젠 일어날 수가 없었다. 호흡이 흐트러진 박지문은 고도를 노려보았다. 그는 고도의 무릎을 붙잡아 제 허리에 감았다. 상체를 숙이자 박지문의 남성이 고도의 항문을 겨냥했다.

"네 놈을 취해서 인간으로 거듭날 것이다!"

머리며 몸이며 움직이지 못하는 상황에서 꼼짝 없이 오입질 당할 판이다. 고도는 아직 몸의 절반도 운용되지 않고 뿜어져 나오던 도력을 가늠하며 잠시 못된 욕심을 바랄 뻔했다.

'내겐 지금 부적이 없다. 내 모든 능력을 방출해 이것을 상대할까.'

그리해선 안 된다는 판단조차 깨어진 머리로 제대로 구분하지 못했다.

'요괴를 잡는다. 잡기 위해 어떤 수든 쓸 것이다.'

고도의 두 눈에서 이성의 빛이 사라지고 오로지 파괴욕으로 들끓는 본능이 휘몰아치려는 바로 그때였다.

"……!?"

고도의 사타구니를 움켜잡고 그 안으로 허리질을 하려던 박지문이 갑자기 눈을 크게 떴다. 항문으로 진입하려던 움직임을 멈추었다. 획하고 고개를 돌린 그는 그대로 망부석이 된 양 굳어 버렸다.

판단력이 흐려진 고도도 박지문의 겁먹은 형상을 알아볼 수 있었다. 그는 새파랗게 질린 얼굴로 이를 딱딱 맞추며 떨기 시작했다. 산속에서 울어대던 부엉이들도 거세게 날갯짓하며 더 깊은 산중으로 달아나 버렸다. 객사 근처에서 먹이를 구하던 삵이나 노루, 토끼들도 하나같이 재앙을 피해 뛰어갔다.

심상치 않은 분위기로 반전된 주변 상황에서 박지문은 더 이상 오입질에 미련을 갖지 않았다. 제 허리에 감았던 고도의 다리를 푼 그는 천천히 자리에서 일어났다. 그러나 무릎이 꺾여 도로 주저앉고 말았다. 엉덩방아를 찧은 박지문 앞으로 황색 신 하나가 걸음을 멈췄다. 신의 주인은 달빛을 등지고 서 얼굴이 제대로 보이지 않았다. 하지만 눈대중 형상만으로 저 장발의 사내가 누구인지를 고도는 알 수 있었다.

"청사!"

저 멀리서 미호의 외침이 들렸다. 그녀의 목소리는 더 이상 가까워지지 않았다. 마치 이곳만 떼서 다른 세상에 붙여놓은 듯, 기괴함과 이질감에 숨이 막힐 지경이었다. 청사가 이를 드러내어 날카롭게 숨을 품자 지축이 흔들리고 담벼락에서 돌가루가 휘날렸다. 공기가 무거웠다. 숨이 턱 막혀 제대로 숨을 내쉬기 힘들 정도였다. 주변을 압도하는 강력한 기운에 온몸이 눌린 기분이 들었다.

박지문은 고개도 똑바로 들 수 없어 손발을 떨었다. 그렇게 난리를 치며 고도에게 덤비던 기세는 온데간데없이 사라졌다. 그는 정체를 알 수 없는 청색 도포의 사내에게 고개를 조아리며 온몸을 떨기만 했다.

청사는 겁먹은 박지문을 내려다봤다. 새파란 동공은 흥분으로 가늘고 길어져, 요괴보다 더 요괴처럼 섬뜩한 빛을 뿜어내고 있었다. 입에 담을 수도 없으리만큼 분노로 가득 찬 두 눈은 마주보는 것은 물론, 그 시선이 닿아 있는 것만으로도 숨통을 옥죄는 힘이 있었다. 고도는 까무룩, 정신을 잃지 않으려 애쓰면서 청사를 바라봤다. 그는 분노로 실성했는지 고도의 시선도 알아보지 못하고 오로지 제 발아래 벌벌 떠는 박지문만을 흉포하게 바라보았다.

— 미천한 마물이 어디서 귀한 힘 하나 얻었다고 천하에 난동을 부리다니.

생전 들어 본 적 없는 어떠한 존재의 울림에 박지문이 제 목줄기를 두 손으로 움켜쥐곤 숨을 헐떡였다. 그는 히이익, 숨넘어가는 소릴 내며 엉덩 걸음으로 물러났다. 그러다 콰당, 하고 뒤로 넘어져 뼈 부서지는 소리가 들렸다. 안타깝게도 고도는 그 장면을 확인할 수 없었다.

도대체 무엇을 보고 뒤로 넘어간 것일까. 고도는 이제 시야를 완전히 차단해 버린 피 속에서 눈을 감았다. 머리가 너무 어지러워 욕지기가 치밀었다. 더 이상 박지문과 청사를 살필 정신이 남아 있질 않았다. 마지막 남은 분신마저 연기와 함께 사라지고 고도가 축 쳐진 몸으로 시체처럼 누웠다.

아득한 곳에서 대경실색한 비명과 함께 박지문이 도망가고자 발버둥 치는 기색이 느껴졌다. 박지문은 실제로 까마귀로 변해 이곳을 재빨리 벗어나려 했으나, 눈에 보이지 않는 힘에 다시 붙잡혀 끌려와 청안의 분노만 더 샀다.

— 죽여 버리겠다.

말이 끝나기 무섭게 하늘을 울릴 만큼 기다란 비명이 터졌다. 살아남은 인두조수들이 푸드덕 날아오르며 미친 듯이 울어댔다. 청사가 새 떼의 날갯짓 속으로 한 걸음 더 가까이 다가오며 속삭이듯이 읊조렸다.

— 내게 자비를 바라지 마라.

서늘한 경고와 함께 고도를 둘러싼 세상이 멈추었다.

"겁 많은 인간들아, 이 중 아무도 나랑 씨름할 사람이 없단 말이냐?"
우르르, 우르르.

객사와 맞붙은 산에서 거대한 천둥이 울리는 듯했다. 안쪽에서 심상치 않은 일이 벌어졌지만, 나졸들은 그곳까지 뛰어갈 수가 없었다. 눈앞에 거대한 바위보다도 더 굳건하게 자리 잡고 선 도깨비 때문이다. 도깨비의 키는 열 척이 넘고 거친 수염과 눈썹이 푸르게 타오르고 있었다. 온몸에 도깨비불이라는 갑옷을 두른 형상을 보노라면 나졸들 중 그 누구도 쉬이 덤빌 생각을 하지 못했다. 도깨비를 쳐다보는 것만으로도 오금이 저렸던 것이다.

— 밤중 도깨비를 만나면 절대 씨름에 응해서는 안 된단다. 씨름을 한다고 달려들었는데 해가 떠오를 때쯤에야 정신을 차리고 살펴보면 어느새 거대한 고목나무를 붙잡고 낑낑거리고 있을 널 발견하게 될 게다. 씨름을 제안했던 도깨비는 그 나무 위에서 킬킬 웃고만 있고. 도깨비는 전부 다 외발이란다. 다리 한 쪽이 허상인데 그걸 인간의 눈으로 구별할 수가 없어. 그러니 질 수밖에.

곶감을 무서워한다는 호랑이만큼 도깨비에 관해 구전되는 전설과 설화가 난무한다. 그 속에 나타나는 도깨비들은 하나같이 인간에게 장난을 거는 것만큼이나 씨름으로 힘겨루기 하길 즐겼다. 그들과 씨름을 시작하면 백에 아흔아홉은 패하니, 도깨비들 다리가 전부 외발이기 때문이라. 겉보기에는 땅을 딛고 선 두 다리가 온전하여 어느 게 허상인지 알 수 없고, 허상인 발은 그때그때 오른발이 될 수도, 왼발이 될 수도 있기 때문에 그것을 알아맞히기란 불가능에 가깝다.

소 역시 이 얘기에서 벗어나지 않았다. 해가 떴을 때 그의 모습은 짚신 한 짝. 다리가 하나니 신도 하나만 있으면 되는 전형적인 외발 도깨비다. 어느 게 진짜 다린지 모르는 거대한 산도깨비와 무식하게 어깨를 맞부딪힐 인간은 없었다.

"정녕 이 많은 인간들 중에 나 하나 상대할 용기 있는 이가 없단 말인가? 츠츠츠, 애석하다, 애석해! 한꺼번에 달려들어도 모두 날려 버릴 수 있을 만큼 나약하기 짝이 없도다!"

나졸들은 인간의 자존심을 무참히 짓밟는 발언에 얼굴이 벌겋게 익었다. 그래도 제 목숨 부지가 더 중요한지라 창을 쥔 손만 부들부들 떨 뿐, 누구 하나 도깨비 앞에 나서지 않았다.

우르르르르르.

이번에는 하늘이 요동쳤다. 객사의 뒤뜰이었다. 아까부터 보이지 않는 산 아래 터에서 무언가 깨지고 부서지고 뒤집히는 요란한 소리가 몇 차례나 울렸다. 까마귀 떼가 그 위를 까맣게 뒤덮고 있어 심상치 않은 일이 벌어진다 여겼더니, 이젠 산이 아니라 하늘이 울리고 있었다.

나졸들은 무심코 고개를 들었다가 눈앞에 펼쳐진 기이한 모습에 겁을 먹었다. 불안함은 순식간에 병사들 전체를 뒤덮었다. 병사들 최전선에서 도깨비와 눈싸움을 벌이던 향리와, 팔짱을 끼고 인간들의 자존심을 짓밟던 소가 그제야 함께 하늘을 올려다보았다.

구름 한 점 없이 맑고 검푸른 하늘에 쌘비구름이 모여들고 있었다. 빙글빙글 돌며 소용돌이처럼 하늘에 구름 떼가 밀집하는 곳은 뒤뜰 바로 위였다. 두터운 구름층에서 쿠릉쿠릉 무거운 소리가 울리며 그 속에서 번갯불이 튀었다. 하늘이 진노한 줄 안 나졸들은 큰 벌이라도 받을 성 싶어 비명을 치며 도망갔다.

구름이 모여들면서 바람이 매서워졌다. 때 지난 장마철 태풍이 다시금 도래한 듯했다. 마당의 거대한 느티나무가 반쯤 누울 정도로 거센 바람이 몰아쳤다. 옷자락이 사정없이 나부끼니 씨름 운운하던 소마저 심상치 않은 기세에 팔짱을 풀고 퍽 당황한 기색을 내비쳤다.

"이게 무슨 일이야."

숨이 막힐 정도로 공기가 무거워졌다. 머리 위에는 언제 날벼락이 떨

어져도 이상치 않을 만큼 거대한 구름이 소용돌이를 이루었다. 도깨비조
차 난생 처음 보는 풍경에 안광만 푸르게 빛냈다. 까마귀들이 난리를 치
며 솟아올랐다. 아까부터 산짐승들이 울어대며 더 깊은 곳으로 도망치는
소리에 까마귀 울음까지 더해져 귓속이 어지러운 판국이었다. 쌘비구름
속에서 번쩍거리던 번개가 날아올라 달아나려던 까마귀 떼를 정확하게
겨냥했다.

콰앙, 허공에서 번개와 천둥불빛이 섬광처럼 객사 위로 떨어졌다. 놀
란 기녀들이 문을 열어젖히고 마당으로 쏟아져 나왔다. 학솔원에 머물던
객인들은 하늘이 진노한 모습에 넋이 나가 방문만 붙잡고 주저앉은 상태
였다. 번갯불에 구워진 수백 마리 까마귀 떼가 낙하하면서 하늘에서 우
렁찬 빗줄기가 쏟아졌다.

쏴아아아아.

눈앞에 물안개를 자욱하게 이끄는 빗줄기 속 풍경이 흡사 수중 정원이
었다. 사람들은 이토록 거센 비바람을 난생 처음 겪었다. 오로지, 이 풍
경이 낯설지 않은 소만 딱딱하게 군은 표정으로 뒤뜰 방향을 바라볼 뿐
이다.

그때와 똑같았다. 고도와 청사가 처음 만나 대전을 펼치던 보름 전과.

멍하니 하늘을 올려다보던 소가 별안간 감지한 기운에 재빨리 뒤로 물
러섰다. 사방에 겁먹은 인간들이 허둥대는 사이에서 그는 천둥에 버금가
는 우렁찬 목소리로 외쳤다.

"다들 뒤로 물러나시오!"

도깨비의 경고에 인간들이 허둥지둥 담벼락 쪽으로 달렸다. 뒤뜰 위로
거대한 천둥이 내려치더니 이젠 앞을 구분할 수 없을 만큼 비바람이 휘
몰아쳤다. 여기저기서 비명소리가 울렸다. 사람들은 바람에 휩쓸려 날아
가지 않기 위해서 서로가 서로를 붙잡고 바닥에 철푸덕 주저앉았다.

쏟아지는 빗줄기 안쪽에서 커다란 폭발음이 들리더니 뒤뜰과 붙어 있던 안채 건물이 산산조각 나며 차례차례 모든 칸들이 쓰러졌다. 담벼락마저 무너져 시야가 확 트였다. 이젠 경악할 힘도 남아 있지 않은 사람들은 무너진 건물 너머에서 무언가 날아오는 것을 보았다. 처음에는 하늘을 나는 인간인가 싶었는데, 그것은 빠른 속도로 앞마당 느티나무까지 날아와 그 기둥에 처박혔다.

사람들의 비명소리가 높아졌다. 도망칠 것도 잊고 멈추어 서서 하나같이 같은 방향을 바라보았다. 창백하게 질린 얼굴로 어쩔 줄을 몰라 했다. 미처 도망치는 일이 늦었던 향리는 목전에 떨어진 것을 보고 감히 말을 잇지 못했다. 그것은 목숨만 간신히 붙어 있는 사또, 아니 사또라고 볼 수 없이 몸은 거대한 까마귀이되 머리만 인간인 박지문이었다.

"원님!"

향리의 절규가 빗소리에 묻혔다. 까마귀를 날려 버린 주인공이 폐허가 된 건물 터를 가로질러 다가왔다. 사람들은 하늘이 진노해 벌을 내렸다고 여길 만큼 거센 비바람에 벌벌 떨었다. 그러나 이 자연의 불합리한 섭리에도 저 남자는 두려워하는 기색을 보이지 않았다. 쪽빛보다 더 푸른 도포를 두른 남자는 몸 하나 건사하기 힘든 비바람 속에서도 꼿꼿하고 품위 있게 걷고 있었다. 높은 자리에 앉은 사람만이 보일 수 있는 걸음걸이였다. 그의 얼굴을 똑똑히 보지 못했다면 혹시 임금이나 그에 준하는 높으신 관료가 행차한 줄 알고 고개를 조아렸을지도 모른다.

품위를 유지하고 있는 남자는 서역 사람처럼 이질적인 외향을 한 청년이었다. 아름다운 얼굴과 대비되는 세로로 찢어진 청안이 결코 인간으로 보이지 않는 존재였다. 그는 흰색 비단 학창의를 입은 남자를 안고 있었다. 학창의 특성상 옷자락이 무릎 밑까지 길게 내려왔다고는 하나, 종아리와 발목의 맨살이 드러나 있어 그가 하의를 입지 않은 상태임을 짐작할 수 있었다. 그는 기절했는지 미동조차 없었다. 사내의 가슴팍에 고개를 기댄 채 힘없이 늘어져 있었다.

— 어디로 도망칠 수 있을 거라 생각했나, 미천한 마물아.

사내는 주저앉아 있는 인간들을 지나쳐 느티나무 곁으로 다가갔다. 숨만 간당간당 내뱉는 박지문 곁에서, 향리는 하얗게 질린 얼굴을 했다. 늦은 아침에 의원 댁에서 만났던 남자가 인간이 아닌 줄은 알았지만 이처럼 대단한 위엄을 가지고 있을 줄은 몰랐다. 향리는 당장이라도 눈을 뒤집고 정신을 놓고 싶었다. 하지만 사내를 내버려 두었다간 박지문을 죽일 것이 분명했다. 향리는 떨림을 주체할 수 없는 손발로 기어 사또 앞에 움츠리듯 앉았다. 설 힘도 없어서 다가오는 사내의 앞길을 막아선 것이 고작이었다. 다행히 청안의 시선을 끌 수 있었다. 향리는 갓이 벗겨져 진흙탕이 된 바닥을 구를 때까지 깊숙하게 고개를 조아렸다.

"제, 제발, 제발 원님을 살려 주십시오."

젖은 머리카락 사이에서 청안이 향리를 내려다보았다. 그에게 남은 것은 오직 분노뿐이었다. 하지만 순수한 궁금증이 분노로 가득 차 있던 두 눈에 또렷한 자국을 남겼다.

— 인간이 요괴를 감싸느냐? 아니면 저 꼴을 보고도 요괴를 사또라고 믿는 것이냐?

길고 아름다운 손가락이 기둥에 힘없이 기대앉은 박지문을 가리켰다. 뒤뜰에서 청사에게 어떤 모진 짓을 당했는지, 박지문은 반쯤 미쳐서 정신도 제대로 못 차리는 상태였다. 목숨을 부지한들, 온전한 정신머리로는 살 수 없는 형상이었다. 그럼에도 향리는 그가 살아만 준다면 더 바랄 게 없듯이 대답했다.

"저, 저라고 원님이 인간이 아닌 것을 모르고 있던 것은 아닙니다."

— 하, 요괴임을 알면서도 그를 추앙하고, 앞장서서 남색을 탐하는 취

미를 거들어 줬다는 소리냐?

 박지문으로 인한 피해자가 수십에 이르는데 그의 곁을 보필했던 향리
가 정체를 모를 리가 없다. 오히려 사또의 명이라면서 수레와 포승줄까
지 준비하여 사또가 점찍은 남자를 잡아들이는 데 일조하기까지 했다.
향리는 자신의 그릇된 행동을 잘 알고 있었다. 그는 사죄를 구하듯 고개
를 조아리고는 어깨를 들썩이며 흐느꼈다.

 "알면서도, 알면서도 그리했습니다."

 — 더 들을 가치도 없다. 함께 죽어라.

 폭우처럼 쏟아지는 빗물에 향리의 눈물이 씻겨 나갔다. 흐느낌을 참으
며 우는 향리는 자신의 머리 위에 떠 있는 청사의 손짓을 감지하고 눈을
감았다. 이대로 죽는다 할지언정, 입이 열 개라도 변명할 말이 없는 상황
이었다. 그는 벌을 달게 기다리는 죄인 된 모습으로 울었다. 하지만 비바
람의 조화를 만들어 낸 손이 향리의 죗값을 물으려는 순간, 몇몇 나졸들
이 뛰어와 무릎을 꿇고 앉았다.

 "사, 살려 주십시오, 원님도, 향리님도 살려 주십시오."

 목숨을 구걸하는 청년들의 모습에 청사의 손짓이 잠시 멈칫했다. 망설
이는 사이에 나졸 하나가 향리 앞에 앉아 머리를 조아렸다.

 "부탁입니다! 이 마을 사람들을 위해서라도 꼭 좀 목숨을 가여이 여겨
주소서!"

 나졸들은 무릎을 꿇고 죄를 빌었다. 그들의 모습을 따라서, 마당 곳곳
에 주저앉아 있던 나머지 병사들도 하나둘 무릎을 꿇고 이마를 진흙탕
물에 댔다. 눈으로, 코로, 입으로 빗줄기와 젖은 흙들이 쏟아져 들어갈
텐데 그들은 하나같이 울며 빌었다.

 "살려 주십시오!"

 입을 모아 빗소리보다 더 커다란 목소리로 죄를 사해 주십사 빌었다.

소란에 허겁지겁 달려 나온 기녀들조차 고운 치맛자락을 쥐고 조용히 무릎을 꿇고 앉았다. 수십 명의 인간들이 너 나 할 것 없이 무릎을 꿇고 용서를 빌자 청사는 미간을 찌푸렸다. 그들의 부탁이 너무 절절하여 쉬이 향리와 까마귀의 목을 자를 수 없었다. 청사는 품에 안고 있던 고도를 고쳐 안았다. 힘없이 덜렁거리는 두 팔과 손에 닿는 맨다리의 느낌에 다시 분노가 치솟으려 했다. 인간들이 요괴 사또를 감싸는 모습을 더는 두고 볼 수 없었다.

— 너희들이 얼마나 미련한 짓을 했는지 아느냐?

결코 크지 않은 목소리였다. 하지만 그 목소리는 비바람으로 귓가를 소란스럽게 만드는 와중에도 또렷하게 들렸다.

— 너희들은 인간이면서 요괴를 감쌌다. 요괴의 죄를 모른 척해 주었으며, 심지어 이것에게 의지하기까지 했다. 너희들은 요괴에게 있어서 가축만도 못한 것들이다. 그저 뜨거운 수수떡에 불과하단 말이다!

인간을 혐오하는 발언에는 몇 년을 묵혀도 익지 않을 뿌리 깊은 원한이 맺혀 있었다. 인간이 서로를 신뢰하고 믿고 의지하는 모습에 진절머리가 나는 그였다. 하물며, 도의를 앞세우는 인간들이 이번에는 요괴마저 자신들의 울타리 안으로 끌어들이니, 이 어찌 진노하지 않겠는가.

사람들은 청사의 감정이 요동칠 때마다 천둥 번개가 심해지며 빗줄기가 두터워지는 모습에 더 이상 입을 떼지 못했다. 이 이상 한마음 한뜻으로 청사에게 용서를 바라더라도 오히려 역효과만 날 것이 분명했다. 안 그래도 그의 뒤집어진 속내를 반영하듯 비바람은 더욱 거세져 부서져 내린 건물 잔해가 허공으로 치솟고 있었다. 무기로 돌변한 건물 잔해들이 언제 자신들의 머리 위로 퍽퍽 떨어질지 모를 일이었다.

사람들은 이제 아무 말도 하지 못하고 그저 울었다. 어찌해야 하늘까지 다스리는 청사의 노기를 잠재울 수 있을지를 알 수가 없었다. 모두들 포기하여 울던 와중에 향리가 조심스레 고개를 들었다. 누구도 똑바로 바라보지 못한 청사의 얼굴을 올려다보며, 그는 흐느낌을 참은 뒤 결연하게 말했다.

"죽을죄를 지었다는 것은 압니다. 우리 마을 사람 모두가 원님의 신통한 능력에 의지했습니다."

자신을 똑바로 바라보고 말하는 향리의 용기에 청사는 잠시 노기를 갈무리했다. 그는 이를 드러내어 쉬이익, 위협적인 소릴 내어 향리의 말에 대꾸했다.

— 흉년을 풍년으로 만들던 그 조화 말이더냐.

"그렇습니다. 배를 곯는 것은 생각보다 몹시 고통스러운 일입니다. 우리 마을의 실제 지명은 '보릿고개마을'입니다. 십 년 넘게 단 한 번도 가뭄이 비껴 나간 일이 없으며 한파를 피해 간 경우가 없습니다. 장에 내다 팔 곡식도 없이 수확 후 한 계절만 입에 풀칠을 할 뿐, 그 후 두 달 가량 나무뿌리를 캐다 먹으며 근근이 목숨을 부지할 따름이었습니다."

보릿마을 사람들은 현재 풍요롭고 넉넉한 생활을 하고 있지만 한때는 궁핍하여 배를 곯았었다. 아이들이 기근으로 굶어 죽는 숫자가 청년이 되는 숫자보다 많았다. 내다 팔 곡식이 없고 가난에 익숙해진 사람들은 언제나 무기력하고 희망이 없었다. 아파도 아프다 말 못 하고 몸보신할 것도 사질 못하니 역병이 한번 마을을 휩쓸면 살아남는 이가 없을 정도였다. 그러한 사람들의 안타까운 사정을 전해 들은 명의 이덕규가 수년 전 이곳으로 내려와 병자들을 돌본 것이 다 그 때문이었다.

"박지문이 사라지면 우리 마을은 어찌 될지 아무도 알 수 없습니다. 그것이 우리 모두 공범이 되어 박지문을 감싼 이유입니다."

청사는 생존을 위해 요괴의 힘마저 마다하지 않았다는 향리의 말을 곱씹어 보았다. 자신의 생각과 다르게 사사로운 정에 얽매여 요괴를 감싸던 것이 아니었다. 먹고 살기 위해 선택한 어쩔 수 없는 방법이었다. 모든 나졸들과 기녀들이 사또에게 동조한 것이 죄인 줄 알면서도 그에 의지할 수밖에 없던 절박함이 느껴졌다.

"우리 마을 사람들을 봐서라도 부디 자비를 베풀어 주십시오."

풍요는 언제나 즐거움과 행복함을 이끌고 온다. 몸이 안락해지니 정신도 건강해져 마을에는 아이들 웃음소리가 끊이질 않았다. 처음이었다. 향리가 수십 년간 이 마을에 살면서 그렇게 아이들이 활기차게 뛰어노는 모습은 처음 봤다. 그들의 부모님은 농사일을 즐겼다. 아무리 키워도 곡식이 익지 않던 예전과 다르게 이제는 정성을 다하면 풍성하게 수확할 수 있는 것이다. 그게 다 박지문 덕분이었다. 박지문이 남색을 탐했어도, 밤 시중을 들었던 남자들은 그에 상응하는 돈과 지위를 얻고 떠났다. 눈 가리고 아웅일지라도. 하늘을 우러러 한 점 부끄러움이 없다 말할 순 없을지라도. 이 정도면 웃음을 되찾은 대가로서 충분하다 여겼다.

향리의 절실한 부탁에 청사는 천천히 눈을 감았다 떴다. 고도만큼 감정을 헤아릴 수 없는 무거운 눈동자가 그 눈꺼풀 너머에 있었다.

— 내게 무엇을 바라느냐.

그 소리에 향리는 화색이 도는 얼굴로 다급하게 대답했다.

"자비를 베풀어 주십시오."

— 자비라. 용서와 상통하는 인간적인 처사 말이더냐?

"그 은혜를 잊지 못할 것입니다."

— 안타깝고, 또 안타깝다. 요괴에게 자비를 바라다니.

청사는 향리의 머리 너머로 손을 뻗었다. 그 손가락의 일직선상에는 정신 나가 멍한 눈만 뜨고 있는 박지문이 놓여 있었다.

— 요괴에게 인간 같은 반응을 요구하는 것은 자연의 섭리에 어긋난다, 어리석은 것아.

속삭이듯 아름다운 목소리와 함께 청사의 손에서 거대한 힘이 터져 나갔다. 그것은 정확하게 나무 기둥에 기대앉은 박지문을 향했다.

퍼엉.

박지문의 머리가 사라지며 주변으로 피와 고깃덩어리에 불과한 살점이 튀었다. 그 모습을 두 눈 똑똑히 뜨고 목도한 향리는 입을 벌리고 온몸을 떨었다. 정수리부터 뒤집어쓴 뜨거운 피가 쏟아지는 빗줄기에 쓸려 내려갔다. 인간의 머리를 잃은 박지문은 거대한 죽은 까마귀에 불과했다.

청사는 미련 없이 뒤돌았다. 품에 안고 있는 고도가 더는 젖지 않도록 품에 보듬어 안았다. 고도를 내려다보았다. 고도는 현재의 사태를 모른 채 쌕쌕 고운 숨만 내뱉고 있었다.

"아아…… 아아아."

등 뒤에서 사람들의 절규가 쏟아졌다. 무릎을 꿇고 있던 이들이 비틀거리며 일어나 죽어 버린 까마귀 시체로 다가갔다. 그들은 마을을 풍족하게 해주었던 박지문의 죽음에 목 놓아 통곡했다. 마을을 편법으로 풍요롭게 만들던 구원자는 온통 잿빛으로 그을어 쏟아지는 빗줄기 아래서 더 이상 움직이지 않았다. 사람들이 서로를 안고 이 비극에 참담한 심정을 어찌 감출 수 없는 동안에 정상적인 인두조수보다 더 비대해진 몸으로, 더 완벽한 능력을 부렸던 박지문은 빗줄기에 녹아 땅으로 사라졌다. 하늘이 발을 구르더니 한차례 천둥을 내리꽂았다. 느티나무의 절반이 천둥에 맞아 불타올랐다. 불씨는 나무 절반을 잡아먹었지만, 끊임없이 퍼붓는 비바람에 씻겨 나갔다. 그 아래서 사람들은 진흙을 두 손에 움켜쥐고 울었다.

차츰 비가 멎어 갔다. 하늘에서 소용돌이치던 구름이 물러갔다. 맑고 검푸른 하늘 아래 폐허가 된 객사에는 끝없는 눈물로 이룬 비가 내렸다.

까르르륵, 해맑은 웃음소리가 터졌다. 고도는 온몸이 무겁고 쳐져서 힘이 들어가지 않는데도 저를 밀어서 넘어트린 소녀의 웃음소릴 들으니 절로 미소가 지어졌다. 손가락 사이로 바닷물이 밀려들었다. 요란하게 날아다니는 갈매기와 너른 백사장 그리고 그 뒤로 펼쳐진 송림을 보노라니 이곳이 바로 지상낙원이요 무릉도원이었다.

파도를 등 뒤로 한 채 달려온 소녀가 품에 안겼다. 품으로 파고든 몸이 참으로 작다. 그것이 주는 느낌이란 사랑스러움이었다. 고도가 소녀에게 치마와 저고리가 바닷물에 쫄딱 젖어든다고, 너무 꽉 안기지 말라 일렀다. 소녀는 고도의 말을 듣지 않았다. 품에 얼굴을 비비며 웃을 뿐이었다. 한바탕 고도와 물장난을 벌이던 아이가 고도의 긴 머리를 만지작거렸다. 젖은 머리칼이 햇살에 눈부시게 빛났다.

'엄마보다 더 예쁜 머리야.'

바다의 짠맛이 잔뜩 밴 머리카락을 조그마한 손에 쥐고 제 목에 두르면서, 아이는 고도를 닮은 까만 눈을 접어 귀엽게 웃어 보였다.

'예뻐.'

네가 더 예쁘다고 말해도 아이는 두 손으로 고도의 볼을 감싸고 입술을 들이밀었다. 입술에 쪽, 하고 닿은 것이 보드라웠다. 애정이 가득 담긴 뽀뽀가 그 얼마나 가슴 뭉클한지. 소녀가 입을 모아 고도를 불렀다.

'…….'

이름을 불렀는데 들리지 않았다. 그것은 손가락 사이로 빠져나가는 바닷물처럼 가슴에 뻥 뚫리는 안타까움만 남기고 사라졌다. 오물거리는 입술 모양이 다시 한 번 고도의 이름을 부르는데 이번에도 역시 들리는 소리는 없었다. 곧이어 파도와 갈매기 울음소리도 들리지 않았다. 고도는 품 안의 아이가 조금씩 사라지는 모습이 안타까워 눈을 감았다.

이것도 꿈이구나. 이젠 악몽이 쉬이 떠나지 않으니, 내 어쩌란 말인가.

품에 안겨 해맑게 웃던 소녀의 모습이 망막에 어른거리는 듯했다.

"아."

청사의 깜짝 놀란 소리가 들렸다. 이제 막 정신을 차린 고도는 그것이 신음인지 비명인지 분간을 하지 못했다. 고도는 핏물이 제거된 눈을 뜨고 흐릿한 초점을 맞추었다. 상처의 지혈을 위해서 머리에 두른 깨끗한 천은 머리를 온통 압박해 눈을 뜨기 힘들었다. 고도는 머리에 천을 두른 제 형상보다도 머리맡에서 이마에 얹은 물수건을 갈아 주는 남자가 신경 쓰여 멍한 시선을 던졌다. 품에서 아스러지는 아이를 붙잡고자 손에 힘을 주었는데 병상을 지켜 주던 그의 손을 대신 움켜쥔 모양이었다. 이마에 얹는 수건을 갈아 준다고 고운 손이 물기로 축축하게 젖어 있었다. 꿈에서 만났던 소녀와는 다르게 다부지고 강한 손이었다. 고도는 그 손을 한없이 바라보다가 다시 눈길을 들었다. 고도는 잔뜩 갈라진 목소리로 그리 불렀다.

"대롱아."

이름의 주인이 붙잡힌 제 손을 보고 얼굴을 붉혔다. 그는 잠깐 망설이는 듯하더니, 손을 빼지 않은 채 반대편 손으로 고도의 이마를 조심스레 짚어 주었다. 땀과 물기에 젖은 앞머리를 쓸어 주면서 악몽이라도 꾼 듯한 고도를 안심시켜 주었다.

"기절한 놈이 하루 푹 쉬지, 몇 시진 만에 깨는 건 뭐냐."

"내가 기절을 했나."

"기억 안 나?"

고도는 창문 너머로 시선을 돌렸다. 어스름한 새벽이었다. 곧 있으면 해가 뜰 것처럼 창호지 너머가 붉게 아른거렸다. 그제야 시간이 제법 흘렀다는 사실을 깨달았다. 학솔원이란 객사에 찾아간 게 축시였으니 박지문과 도력으로 맞붙었던 것까지 생각하면…….

"고도?"

자리에서 벌떡 일어난 고도를 보고 청사가 다급히 그를 붙잡았다. 주변을 두리번거리며 죽통과 검을 챙기는 고도를 보고 청사는 그를 억지로 자리에 앉혔다.

"어딜 가려고 그래?"

"여긴 덕규 네 아니냐. 난 아직 까마귀 사냥을 못 마쳤다."

"그건 이미 끝났어."

"누구 마음대로."

"내가 끝냈다고."

정색을 하고 고하는 청사였다. 고도는 처음에는 믿을 수 없는 듯 청사를 물끄러미 쳐다만 보더니 곧 제 죽통으로 시선을 돌렸다.

금줄과 부적으로 칭칭 둘러진 죽통에 손을 대고 가만히 주문을 외니, 그 속에 갇힌 요괴들의 종류와 숫자들이 머릿속에 차례로 나타났다. 총 9942마리. 인두조수 오십 마리 이상을 한꺼번에 봉인했기 때문에 그 숫자가 많이 늘어나 있었다. 하지만 그 많은 숫자 중 박지문이라 불렸던 특수한 인두조수의 기운은 느껴지지 않았다.

고도는 탁 하고 맥이 풀리는 기분이었다. 박지문을 붙잡아 청호림의 신선들에 대해서도 물을 말이 많았고, 꽝철이에 대해서도 알아내고 싶은 것이 있었다. 한데 박지문의 모습이 죽통에 없는데도 청사가 '끝냈다'고 말했다. 박지문이 죽었다는 뜻이리라.

"시키지도 않은 일을 했어."

차갑고 건조한 질책에 청사는 기분이 썩 좋지 않았다. 칭찬받고자 한 일은 아니지만 누굴 위해서 나서 주었는데, 고맙다는 인사는 못할망정 화를 내는 건 뭔가.

"나한테 할 말은 그뿐이야?"

제 옷차림을 살피던 고도가 입고 있는 학창의 소매를 슬그머니 들어 올렸다. 물에 젖어 소매를 타고 물기가 뚝뚝 흘러 내렸다.

"질문하라 돗자리를 하나 더 깔아 주니 묻는 건데, 내 꼴이 왜 이러하지?"

기절한 와중에 물벼락이라도 맞았나 싶어서 묻는 것일 테다. 박지문을 죽이고 일을 끝냈으면 이왕 기절한 자신을 돌봐 줄 거, 옷이라도 갈아입혀 주면 어디 덧나냐는 물음에 청사는 슬쩍 시선만 피했다. 어쩐지 옷을 갈아입혀 주기 머쓱했다는 반응이었다. 같은 사내끼리 내외하긴. 고도는 쯔쯔 혀를 찼다. 젖은 옷을 갈아입기 위해 옷고름을 풀 때였다.

청사가 다급히 고도의 손을 잡았다. 마치 자신을 말리는 듯한 그의 태도에 고도는 의아하여 고개를 갸웃했다. 그러다 얼굴을 새빨갛게 붉히며 고개를 아예 반대편으로 돌려 버린 청사의 태도가 다른 감정도 아닌 '부끄러움'이란 사실을 알게 되었다. 그는 고도의 시선을 피하면서 말했다.

"인간들을 이해할 수 없어. 너희들은 너무 복잡하게 살아."

"박지문은 그런 인간들을 동경해서 사람이 되고자 되지도 않는 짓을 벌였다."

"나는 그런 마음 따위 없어. 다만……."

우물쭈물, 한참이나 말을 망설이던 청사가 고도의 손목을 더 세게 붙잡았다. 고도가 저도 모르게 아야, 하고 아픔을 표했다.

"복잡하지만, 그래도 너란 인간은 이해하고 싶어서 노력할 생각이다."

그리 말을 뱉은 청사가 낯 뜨겁다며 툴툴거리는 모습에 고도는 눈만 껌뻑였다. 까마귀 사건 경위를 차근차근 되묻고 싶은데 조금도 그럴 분위기가 아니었다. 청사의 감정을 어떻게 이해해야 할지 몰라 어리둥절해하던 고도는 제 몰골을 다시 확인했다.

박지문에게 억지로 바지가 벗겨져서 긴 학창의 하나만 몸에 걸치고 있었다. 젖어 있는 그것마저 풀어 버리니 몸에 닿은 실오라기 하나 없다. 학솔원에서 기녀들이 억지로 씻긴 뒤에 속곳을 입혀 주지 않아 맨 몸뚱어리 그 자체였던 것이다. 청사가 같은 남자의 몸도 똑바로 쳐다보지 못하는 게 참으로 유난스럽다 생각했건만. 고도는 잊고 있던 사실이 떠올랐다. 박지문 네 나졸들이 우르르 마당으로 뛰어 들어와 저를 끌고 가려 했던 낮에 진득하니 입술을 부딪쳤던 청사. 복잡한 생각들이 동시에 휘몰아쳐, 고도는 한참이나 손목을 잡힌 채 굳어 있어야 했다.

시간이 흘러도 고도에게서 이렇다 할 반응이 없자 청사는 애써 피하고 있던 눈을 돌렸다. 그의 시선에는 어깨 너머로 반쯤 벗다 만 학창의가 제일 먼저 눈에 들어왔다. 달빛을 받은 상체는 도자기처럼 매끄러워 보였고, 그곳에는 티처럼 간혹 흉터 자국이 나 있었다. 옷과 그림자로 인해 국부는 보이지 않았다만, 허벅지까지 훤히 드러난 것이 알몸보다 더한 자극을 주었다. 청사는 눈가까지 붉어진 얼굴로 어쩔 줄 몰라 하면서도, 눈앞에 있는 고도의 맨살을 아니 볼 수 없었다. 목구멍 뒤로 침이 꼴깍 넘어갔다.

"고도."

나지막한 부름에 고도가 시선을 마주쳤다. 청사는 다시 한 번 메마른 침을 삼키며 속삭였다.

"낮에 했던 입맞춤은 너도 싫지 않았지?"

고도가 본능처럼 부적을 찾기 위해 소맷단을 뒤졌다. 이 젖은 학창의 속에 부적은 없을 뿐더러, 있다고 해도 낮에 있던 일을 반복하고 싶지 않은 청사였다. 청사는 다급하게 말했다.

"도망가지 마!"

청사는 붙잡고 있던 고도의 손목을 제 쪽으로 잡아당겼다. 고도가 깜짝 놀라 몸을 뒤로 내빼려는 사이에 청사는 고도의 허리를 부드럽게 붙잡았다. 청사의 손이 옷고름이 풀어진 옷 속으로 들어와 맨 허리를 잡아당기자 고도는 그 손을 말렸다. 거부하려는 말 한마디 못하고 입술이 먹혔다. 촉촉하고 부드러운 입술 위로 청사의 숨결이 고스란히 느껴졌다. 고도의 어깨가 흠칫 떨렸다. 두 번째 입맞춤인데도 그 감각만큼은 생소했다. 고도는 이 접촉을 도저히 익숙하게 받아들일 수가 없었다. 멋대로 들어온 혀가 자신의 혀를 붙잡았다. 고도가 재빨리 고개를 돌리며 말했다.

"너 자꾸—."

"쉬. 가만있어."

"자꾸 이런 식이면 곤란하다."

"왜 곤란해."

"널 죽통에 다시 넣어 줄까?"

"아니, 그러지 마. 난 너랑 같이 다니고 싶단 말이야."

"그렇다면 이런 짓은 그만해야 하지 않겠느냐."

"하지만."

"대롱아, 어쩌자고 자꾸 이러는 것이냐."

"하지만 고도."

청사는 말을 잇지 못했다. 무어라 설명할 말이 빈약했다. 진심을 다해 내뱉으면 고도는 정색을 하며 거부할 것이다. 가볍게 웃으며 농담조로 말하자니, 청사 본인의 마음을 그렇게 치부하기 속상했다. 청사는 결국 말 대신 행동을 선택했다.

고도의 턱을 조심스럽게 잡았다. 당황한 고도를 달래듯이 고개까지 틀어 가며 입을 맞추는 청사였다. 그는 몇 차례 입술을 문대고 혀를 집어넣어 입 안을 낱낱이 훑은 끝에 고도가 민감하게 반응하는 입 속 부위까지 찾아냈다. 잇몸 뒤에 있는 부드러운 입천장을 훑자 고도의 목석같던 표정이 순식간에 당혹스러움으로 물들었다. 눈가가 움찔 떨렸다. 숨결이 거칠어졌다. 청사를 밀어내던 손이 어느새 어깨를 움켜쥐었다.

　청사는 초승달처럼 눈매를 접으며 웃었다. 손바닥에 닿는 고도의 등허리와 엉덩이를 매만지면서 몸을 더욱 밀착했다. 한 손으로 턱을 잡아 고도의 아랫입술을 깨물었다. 고도의 호흡이 불안정하게 흔들렸다. 턱을 잡았던 손으로 뒤통수를 감싸고 몇 번이나 고개의 각도를 바꾸어 가며 고도의 입술을 맛보았다.

　가빠지는 고도의 숨결마저 삼키면서 청사는 능숙하게 고도의 움직임을 유도했다. 뻣뻣하게만 굳어 있던 고도의 몸에서 힘이 빠져나갔다. 청사가 부드럽게 풀린 몸을 감싸 안으며 입술 사이로 긴 혀를 움직였다. 숨이 막히다며 뒤로 한 발 빼려는 고도를 달래면서 입맞춤을 이어 갔다. 엉덩이를 움켜쥐고, 등골을 따라 손끝으로 농밀하게 매만지니 고도의 몸이 반사적으로 떨렸다. 음란한 손길에 고도가 휘청거리며 몸을 다잡지 못했다.

　청사가 입술을 천천히 떼어 냈다. 고도의 턱을 타고 흐른 타액을 훑아 주고는 고개를 들었다. 청사가 고도의 반응을 신중하게 살폈다. 눈을 감고 호흡을 고르던 고도가 한참 후에야 눈꺼풀을 들어 올렸다.

　고도는 아무 말도 못 했다. 손등으로 입술을 닦으면서 애써 청사의 시선을 피하기만 했다. 청사의 입술이 이번에는 고도의 목으로 내려갔다. 쪽쪽거리는 살과 살이 맞붙는 소리가 울렸다. 입술과 맨살이 닿은 자리엔 붉은 흔적이 남았다. 고도는 혼란스러운 눈으로 청사가 제 몸에 순흔을 남기는 모습을 쳐다보았다. 한참이나 망설이다 그답지 않게 꽤나 불안정한 음성으로 물었다.

"대롱아, 너는 내가 좋으냐."

고도를 업었을 때 들었던 것과 똑같은 질문이다. 그땐 얼굴을 붉히며 대답을 회피했다. 이번만큼은 청사도 분명하게 대답했다.

"응."

청사는 확신할 수 있었다. 고도에겐 이런 감정이나 경험이 과거에 거의 없었던 것이 분명했다. 고도는 목이나 쇄골을 빨아도 별다른 느낌을 받지 못할 만큼 감각이 무뎠다. 이렇게 입술을 들이미는 상대를 어떻게 대해야 할지 모르고 있었다. 좋고 싫은 표현을 완벽하게 숨기지 못하는 어수룩함이 들통 난 것이다.

청사는 고도의 목 부근에 묻었던 고개를 올렸다. 고도의 턱을 깨물었다. 흠칫, 놀란 고도는 청사의 어깨만 꽈악 쥘 뿐이었다. 청사가 아랫입술을 두드리면서 입을 벌리라 청해도 고도는 입술을 깨물며 청사의 뜻대로 따르지 않았다. 청사는 고도가 자신을 쳐다보는 시선을 응시하면서 웃었다. 언제나 건조하던 눈동자가 복잡한 심정으로 내려다보는 시선이 싫지 않았다. 무엇보다 그 속에 '거부감'이라는 감정이 없는 게 좋았다.

청사는 전략을 짜기로 했다. 이런 일은 여자들을 꾀어낼 때 많이 해봤다. 상대방이 눈치채지 못하게 다가가는 것쯤이야 일도 아니었다. 고도가 부담스러워서 피하지 않도록 조심스럽게 접근하는 것이다. 본인도 의식하지 못하는 사이에 입맞춤을, 아니 애무를, 그보다 더 큰 접촉을 익숙하게 만드는 것이다. 청사는 고도의 젖은 입술을 핥으면서 속삭였다.

"도사야. 넌 잊은 모양인데, 난 원래 여색을 탐하며 정기를 모으는 뱀 요괴란다."

그 말에 고도가 미간을 좁혔다.

"사기 치지 마라. 넌 뱀 요괴가 아니다."

"증거 있나? 내가 뱀 요괴가 아니란 증거."

"그 강한 인두조수 박지문을 죽였다는 게 증거지. 한낱 뱀 요괴가 그 딴 일이 가능하리라 보나?"

"요행이었다. 작은 돌멩이를 집어 던졌는데 지나가던 개구리가 얻어맞아 죽은 것뿐이야."

"이게 입만 살아서는."

"내가 어떻게 죽였는지 보지도 못했으면서 단정하지 마라. 난 색을 탐하는 뱀 요괴 맞다."

그러면서 고도를 더 세게 품에 안았다. 엉거주춤 품에 안겨서 영 어지러운 표정을 짓고 있는 고도를 보며, 청사는 다시 한 번 얼굴을 붉혔다. 고도가 이렇게 자기감정을 주체하지 못하는 모습은 처음 봤다. 당황스럽고 혼란스러운데, 또 이게 그리 싫지 않으니 본인도 헷갈리는 모양이다. 미치겠다. 아주 사랑스러워 어쩔 줄을 모르겠다. 이 사랑스러운 모습을 남이 볼까 벌써부터 안달이 날 정도였다. 청사는 사랑스럽게 보이는 도사의 얼굴에 입술을 비비며 말했다.

"내가 이렇게 너를 만지는 것은 타당한 일이다. 난 너를 쫓아다닌다고 오랜 시간 금욕하고 있으니 말이다."

"내가 속고 있다는 생각이 드는데."

"그건 네 착각이지."

끙, 하고 곤란한 소릴 내어도 청사는 고도의 맨몸을 원 없이 만졌다. 고도는 청사가 제 몸을 만져대는 손길을 밀어내지 않았다. 다만 등골을 훑는 손길에 연신 어깨를 움츠리며 자신도 모르고 있던 스스로의 반응에 영 불편한 표정만 지을 뿐이다. 청사 따위에게 놀아난다는 생각이 들었다. 문제는 화가 나야 하는데, 그 정도로 기분이 나쁘진 않다는 점이다.

이상하고 참으로 생소했다.

"네 정체가 뭐냐."

고도의 질문에 청사는 생긋 웃으면서 속삭여 주었다.

"너의 대롱이다."

뒤따르는 입맞춤이 너무도 달콤해서 고도는 더 이상 따지지 않기로 했다. 조용히 눈을 감자청사의 입술이 다시 느껴졌다. 따뜻하고 보드라웠다. 고도는 자기도 모르게 슬며시 입을 벌려 청사의 혀를 맞이하고 말았다.

상오의 날씨는 무척 건조했다. 백중 대낮에 버금가는 뜨거운 햇볕이 논밭 아래 떨어졌다. 아지랑이가 올라올 만큼 익어 가는 논밭가에는 밀짚모자로 얼굴을 가리고 소달구지 안에서 쿨쿨 잠을 자는 남자도 있었고, 일찍부터 새참을 준비해 바구니를 머리에 이고 가는 아낙도 있었다. 간밤에 무슨 일이 있었는지 모르는 이들에겐 그저 평소와 다름없는 낮이었다. 단지 조금 햇살이 따갑고, 바람에 물기가 없을 뿐.

어제 벌어진 일을 알지 못하는 사람이 여기도 있었다. 마을 사람들과 다른 점이라면 밤중 사건을 직접 겪지 못한 일에 몹시 언짢아한다는 점이다. 고도는 입이 댓 발이나 나와서 툴툴거렸다.

"덕규야. 세상에는 내가 내 배 아파 낳은 자식인데, 남들에게 자랑하지 못하는 것이 있다."

"음? 그런 게 있습니까?"

"난 그 애를 자존심이라고 부른다."

다리가 부러져 열이 오른 몸에 피로까지 누적되어 몸이 평소와 다르다 싶었더니, 고작 까마귀 한 마리한테 기절이나 당하고. 고도는 자존심이 퍽 상했다. 이마에 곱게 얹어 준 물수건을 팩 내팽개친 고도는 당장이라도 덕규의 멱살을 쥐고 짤짤 흔들 기세였다. 내가 분하고 억울해서라도 이러고 못 누워 있다. 생각이란 놈을 한 밤 묵히고 꺼냈더니, 간밤에 당한 수치를 어쩌면 좋으냐. 박지문이 여태 살아 있다면 나무에 거꾸로 매달아 몽둥이질을 할 텐데, 죽은 놈이라니 그럴 수도 없고.

고도가 무엇 때문에 이를 벅벅 가는지 알 만한 덕규는 심사가 꼬인 고도를 보며 빙긋 웃기만 했다. 고도가 제집에서 신세 진 지 이틀밖에 되지 않았지만, 그새 그의 행동 방식을 꿰뚫은 덕규는 고도를 능글맞게 다루는 법을 깨우쳤다.

"어르신. 자, 이거 드시고 좀 더 쉬시죠."

턱 밑까지 들이미는 보약을 가만 내려다보던 고도가 덕규를 지그시 쳐다봤다.

"어째, 내 주변 요괴들과 인간들은 나만 보면 기어오르는 것 같다."

"하하. 그러십니까?"

"너도 포함된다."

"에이, 제가 어찌 도사님 앞에서 건방을 떨겠습니까? 자, 우선 들이키시죠, 쭈우우욱."

오냐오냐 했더니 이젠 저를 애기 취급하는 모습에 고도는 부적을 써내 덕규 이마에 붙였다. 부적에 시야가 차단당했던 덕규가 그것을 떼어 내니, 어느새 사발에 담긴 보약은 깔끔하게 사라지고 없었다. 그 뜨거운 것을 한 입에 둘러 마셨나 싶어 쳐다보아도 고도는 입 한 점 댄 기색이 없다. 도술을 부려 보약을 없애 버린 모양이었다.

"어르신 너무하십니다. 이미 죽은 요괴에게 미련 두고 한약을 날려 버리시는 게 어디 있습니까.”

　기분 상했다고 귀한 약을 그대로 증발시키느냐 질책하자, 고도는 굳은 얼굴을 반대편으로 돌렸다. 덕규는 고도가 정말 요괴 한 마리 때문에 아침부터 이 난리를 부리는 건가 곰곰이 따져 보았다. 덕규가 보기에는 요괴보다 더 큰 문제가 남아 있는 듯했다. 고도가 아까부터 마당에서 실랑이를 벌이는 요괴들의 말싸움에 온통 귀를 기울이는 모습이지 않나. 목소리의 주인은 청사와 미호였다. 둘이 무슨 말다툼을 하는지, 아까부터 언쟁이 끊이지 않았다. 하지만 호기심 많은 고도라 할지라도 그것을 대놓고 묻지는 않았으니, 말싸움하는 이유를 대략 알기 때문인 듯싶었다. 저 말싸움을 신경 쓰면서 애꿎은 한약에만 화풀이를 한단 말이지. 덕규가 슬쩍 운을 띄우듯 그런다.

　“어르신, 동행들이 싸우는데 왜 저러는 겁니까.”

　고도가 추측의 명수답게 제법 그럴듯한 대답을 내놓았다.

　“정체불명의 녀석 때문에 우리 지진아가 제법 화난 거다. 지금이 낮이 아니라면 소까지 가담해서 따지고 들었을지도 몰라.”

　“대체 누굴 말하시는 겁니까?”

　“눈깔 푸르딩딩한 놈. 하는 짓은 영락없는 소녀고 전생에 내 노비였다. 한때 가마처럼 날 들쳐 멜 줄도 알던데, 기껏 대롱이라고 불러 줬더니만 꽹이 취급은 끔찍하게 싫어하더구나.”

　“그게 누구랍니까?”

　“그런 못난 놈이 있다. 청사 공주라는 녀석이다.”

　덕규는 웃음을 터뜨렸다. 남 이야기 하듯 한 발자국 물러나서 청사에 대한 수식을 늘어놓았으면서, 그를 못내 의식하는 듯 구는 모습이 과연 고도라는 도사와 어울리는 행동이겠는가. 붙잡아야 할 까마귀를 놓치고, 청사에 대해 신경을 쓰면서 마음이 싱숭생숭하고.

고도의 속을 훤히 꿰뚫은 덕규는 만면에 흐뭇한 미소를 띠었다. 덕규의 의미심장한 미소를 본 고도는 눈을 가느다랗게 떴다. 덕규는 고도에게서 괜한 소리를 들을까 봐 고도의 왼발로 냉큼 시선을 내렸다. 부러져서 천으로 칭칭 감았던 발목이었다. 어제 과하게 움직여서 혹여나 덧나지는 않았을까 하여 고도의 다리를 매만져 보았다. 부러진 뼈가 깨끗이 붙어 이젠 별 탈이 없었다. 걷는 것은 물론, 뛰는 것에도 아무런 지장이 없을 것이다.

고도는 멀쩡해진 발목을 빙글빙글 돌려 보더니 자리에서 훌쩍 일어났다. 새벽에 싸두었던 행장을 쥐고 검과 죽통의 끈도 단단하게 여몄다. 덕규가 그런 고도에게 썩 섭섭한 어조로 말을 걸었다.

"이제 떠나시렵니까, 어르신."

고도는 까치집 진 머리를 흔들어 털고는 고개를 끄덕였다.

"여 오래 머물러 봤자 할 일도 없다. 얼른 요괴 머릿수 채워서 동해로 가야지."

"동해로 바로 가시는 건가요?"

잠깐 고민하던 고도가 그리 답했다.

"아니. 서쪽에 들렀다 가려 한다. 아무래도 현재 상황이 이상해서."

"서쪽이라 하심은 혹시 한산뫼에 가보시려는 건지요."

"그래. 가서 꽝철이 좀 만나 봐야겠다. 뭐 좀 물어봐야겠어."

"가서 무엇을 여쭈시렵니까?"

"이것저것. 칠복산 건넛마을에서 갑자기 여우구슬을 본 것도 이상한데, 아무리 신선 도움이라지만 요괴 힘이 증폭된 인두조수 일도 영 꺼림칙하다. 힘이 균형을 이루지 못하고 깨어진 듯하거든. 너야말로 이남한지 얼마 안 되었고, 북질뫼에서 인형산삼도 먹어 봤으니 이무기를 만났을 것 같은데, 나한테 해줄 말은 없느냐?"

덕규는 대답 없이 웃기만 했다. 무엇을 숨기고 있어 저러는지, 아니면 정말로 아무것도 할 말이 없는 건지 참으로 요사스러운 웃음이라 판단을 내리기 힘들었다. 고도는 그런 덕규를 지그시 노려보았다.

"네놈, 갈수록 날 닮아 간다."

덕규는 소리를 죽여 웃어 답했다.

"나이 들면 다 똑같습니다."

"너스레가 심해지지."

"아뇨, 어린애가 되죠."

어디서 그런 망발이냐. 고도는 허리춤에서 서전검을 검집째 꺼내 덕규의 머리를 때렸다. 한 대 얻어맞고도 하하하 웃는 덕규의 천박스러운 웃음소리에 고도는 한 번 더 검집을 휘둘렀다.

"덕규야."

때리면서도 목소리는 친근하기 그지없다. 덕규는 두 대나 얻어맞은 정수리를 만지작거리다 말고 고도를 바라봤다. 고도는 장난을 치던 이전과 달리 진지하게 제안했다.

"너, 우리와 함께 가지 않겠느냐."

동행을 제시하자 덕규가 눈을 동그랗게 떴다. 참으로 뜬금없는 발언이었다. 이미 충분히 강한 동료들을 옆에 두고 있으면서 할 줄 아는 것이라곤 약방의 감초나 말리는 늙은이를 어디에다 써먹으려는 건지. 덕규는 공손하게 고개를 저었다.

"말씀만 감사히 받겠습니다. 다시 기근과 돌림병이 엄습할 이 마을에서 저는 남아 할 일이 많습니다."

고도가 고개를 갸웃했다.

"기근과 돌림병이 엄습한다는 게 무슨 뜻일까."

"후후. 자세한 이야기는 당신의 공주님에게서 들으세요. 자자, 얼른

가실 채비 꾸리소서. 마을 사람들이 온갖 농기구를 들고 고도 님 일행을 붙잡으러 올지도 모릅니다. 한시 바삐 이곳을 뜨세요."

거 대체 무슨 소리냐고 어리둥절하게 쳐다보아도 덕규는 더한 말을 삼 갔다. 그는 고도의 발목과 머리를 감싸고 있던 깨끗한 천을 풀어 곱게 함 에 넣은 뒤에 문을 열었다. 청사의 정체를 두고 날 선 신경전을 벌이던 미호가 문의 경첩 소리를 듣고 고개를 돌렸다. 뜨거운 햇살이 내리쬐는 마당 가운데 청사와 미호가 서로 얼굴을 맞댄 채 으르렁거리다 말고 고 도에게 시선을 옮겼다. 이미 행장을 다 꾸린 그들은 지금이라도 곧 떠날 사람처럼 채비를 마친 상태였다.

"준비 다 됐으면 얼른 가자."

청사가 평소와 다름없이 퉁명스러운 음성으로 고도를 보챘다. 어젯밤 중 일이 떠오른 고도는 청사를 빤히 쳐다봤다. 오랜 시간 제 얼굴에 시선 이 머물자 살짝 얼굴을 붉힌 청사는 고개를 휙 돌려 버렸다. 평소와 다르 지 않다. 평상시와 똑같은 그 모습이 더 이질적으로 느껴졌다. 겉으론 내 색 안 해도 청사를 의식하는 고도는 혹시 꿈을 꾼 건가 싶어서 제 입술을 만지작거렸다. 그 모습을 보고 청사의 얼굴이 새빨갛게 익으니 꿈이 아 니긴 아닌 모양이었다. 먼저 저만치 앞서가 버리는 청사를 보며 미호는 붉은 눈을 굴리며 짜증을 냈다.

"그래, 너 잘났다, 못난 뱀 새끼."

청사의 정체를 밝혀내지 못한 미호는 툴툴거리면서 청사의 뒤를 쫓았 다. 고도는 검은 두루마기를 정리하고 신을 구겨 신었다. 검과 죽통을 마 저 확인하고 덕규가 가는 중에 먹으라며 싸준 음식 보따리를 받아 들었 다. 그 속에서 풍기는 떡 냄새와 동동주 한 병을 보고 저녁에 소가 나타 나기 전에 후딱 처리해야겠다 생각했다. 덕규는 고도의 뒤를 따랐다. 대 문까지 따라나선 덕규가 고도에게 공손히 인사를 하며 그리 말을 덧붙였다.

"인연이 닿아서 다음에 또 뵙게 된다면, 그땐 한 가지 부탁드려도 되겠습니까."

고도가 가던 걸음을 멈추고 뒤를 돌아봤다. 문가에 서 있는 덕규가 저를 보고 웃었다.

"다음에 만나면 그땐 저를 잊지 말아 주시기 바랍니다."

재회했을 때 고도의 정체를 파악한 자신이 삼배를 하며 정중하게 그를 모신 데 반해, 고도 본인은 덕규를 보릿마을의 의원 이상으로 대하지 않았다. 덕규는 고도와 특별한 정을 쌓고자 한 기대를 가지진 않았다. 하지만 주변 모든 이들이 늙어 죽은 와중에 만난 유일한 지인이 바로 고도였다. 그가 몰라봐 준 것이 못내 섭섭한 것은 단지 늙어 감에 따라 외로움이 각별해졌기 때문이다.

고도는 삿갓을 눌러서 얼굴을 가렸다. 무뚝뚝하지만 진심을 담은 대답이 이어졌다.

"그리하마, 내 벗을 옆에서 돌봐 주던 궁의 이덕채야."

본명을 입에 담은 고도를 보고 덕규는 깜짝 놀랐다. 예상치도 못한 이름에 눈을 동그랗게 뜨고 고도를 응시했다. 하지만 고도는 이미 등을 돌린 채 두 요괴의 뒤를 따를 뿐이었다. 덕규는 저 멀리 사라지는 고도 일행을 보다 이내 호탕하게 웃고 말았다. 아는 척을 하지 않아 영락없이 모르고 있었구나 싶었건만, 그는 모든 것을 기억하고 있었다. 그의 벗이었던 임금 곁에 있던 자신을.

"부디 좋은 여정되시길."

덕규는 허리를 깊숙하게 숙여 고도의 마지막 뒷모습을 배웅했다. 간밤에 몸을 피신시켰던 날짐승들이 파드득 날아오르며 고도의 가는 길에 인사를 남겼다.

그 속에서 더는 까마귀를 찾아볼 수 없었다.

서쪽으로 뻗은 산길을 따라 느긋하게 걷던 고도는 투닥거리며 싸우는 미호에게서 눈을 떼지 못했다. 뚫어져라 미호의 손을 쳐다보고 있으니 그 시선을 느낀 미호가 눈을 돌려 고도의 시선을 좇았다. 고도의 시선 끝에 놓인 것은 자신의 손이었다. 청사와 다툰다고 먹지 않고 남겨 둔 마지막 꼬치를 들고 있는 손. 고도의 집요한 눈길과 자신의 손을 번갈아 쳐다보던 미호가 씩 웃었다.

"고도, 이거 먹을래?"

미호가 왼손에 든 꼬치를 내밀었다. 고도가 그것을 건네받고 한 입 뜯어먹으려 하자 청사가 팔짱을 끼곤 그런다.

"안 먹는 게 좋을 텐데."

배고픈데 찬물 더운물 가릴 처지냐. 어제부터 제대로 먹지도 못했도다.

고도가 질긴 고기를 우물우물 씹으며 그보단 이게 무슨 고기냐고 물었다. 미호가 해맑게 웃으며 대답했다.

"벼락불에 구운 인두조수 꼬치구이!"

퉤, 하고 바닥에 고기를 뱉어 버린 고도는 인간 대가리도 쩝쩝 잘만 뜯어먹은 미호를 향해 꼬치를 날려 버렸다. 날카로운 꼬치 끝이 정확하게 미호의 이마에 적중하자 그녀의 이마에서 쪼르륵, 호선을 그리며 피가 흘러내렸다. 두 손으로 이마를 감싼 미호는 피를 보자마자 꽥 비명을 질렀다.

"고도!"

꼬리를 휘두르는 미호를 피해 고도는 청사 뒤에 숨었다.

"청사야, 도와주라. 새끼 여우가 인간을 잡아먹으려 한다."

"야! 누가 먼저 사고 쳤는데!"

청사는 바락바락 대드는 미호를 보고, 자신의 뒤에 숨어 버린 고도도 한 번 보고 결국 웃음을 터뜨렸다. 청사는 고도의 얼굴을 붙잡아 그 입술에 쪽, 하고 뽀뽀를 해주었다. 고도와 미호가 동시에 굳어 뻣뻣해졌다. 오로지 생기 넘치는 청사만이 자랑스레 그리 외쳤다.

"한 번만 더 고도 괴롭히면 청사 왕자가 가만두지 않으리."

"꺄악!!"

못 볼 꼴을 본 미호가 두 손으로 얼굴을 부여잡고 비명을 내질렀다. 산새들이 놀라 날아오르는 와중에 그녀가 주먹으로 바닥을 치며 "더러워!"를 외치는 소리만이 골짜기 깊숙한 곳까지 울려 퍼졌다.

보릿고개마을은 3년간 보릿마을이라 불릴 만큼 풍요로운 때가 있었으나 사또의 행방이 묘연해지며 과거의 기근과 돌림병이 다시 찾아들었다. 많은 사람들이 가난과 병을 피해 떠나고 남은 사람들은 오직 병자뿐이었으니, 그들을 돌봐주는 '이덕규'라는 의원만이 유일한 구원줄이었다. 이 의원이 말하길, "기근과 병은 재앙이 아닌 무릇 달게 받아야 하는 벌이라, 그 모든 근원은 학술원에서 시작되었도다"라 하였다. 의원의 말과 달리 학술원이라 불리는 객사는 그 어디에도 존재하지 않았다. 오로지, 오래전 한 건물의 터였을 곳에 남은 커다란 느티나무만이 반쪽 기둥에 벼락을 맞은 채 서 있을 뿐이었다.

제2장. 까마귀 남색가 끝

산기슭 낡은 푸줏간에는 어머니를 모시는 효심 깊은 딸이 살고 있었다. 일찍 남편을 잃어 홀로 고깃집을 운영하던 안주인은 대체로 행복한 삶을 살았다. 그런 그녀에게는 근심거리가 딱 하나 있었으니, 슬하에 자식이 없다는 점이다.

비가 억수같이 쏟아지던 어느 날이었다. 마을을 배회하던 승려가 푸줏간 안주인에게서 한 끼 식사를 대접받고 그 답례로 아이를 가질 비책을 알려 주었다.

"방 안에 금줄을 매달고 석 달 그믐을 정성스레 빌면 마늘 심은 밭에서 아이 하나를 캘 수 있으리라. 그 아이를 '동자삼'이라 부르시오."

딸은 늙은 어머니가 죽기 전에 꼭 손자를 보여 주고 싶었다. 밑져야 본전이라, 정성스레 하늘에 기도를 했더니 하늘이 그 정성에 감탄하여 정말로 어린아이 하나를 밭에서 캘 수 있었다. 하나, 늙은 어머니는 오래도록 병을 앓고 있었고 백약이 소용없었으되, 오직 효험 있는 것은 아이를 가마솥에 넣고 푹푹 삶아 먹는 일뿐이니. 딸은 눈물을 삼키며 어렵게 얻은 아이를 솥에 넣고 삶아 우려낸 국물로 노모를 고쳤다. 딸의 효심이 갸륵하여 임금께서 백비를 내렸지만 마을사람들은 이를 부정하며 여인에게 돌팔매질했다.

그 후 마을에는 매일 밤 한 맺힌 아기 울음소리가 울렸다더라.

* 동자삼설화에서 모티브를 차용했습니다.

제3장. 푸줏간 안주인의 비밀

　청사의 파란 눈에 달빛이 어렸다. 무성한 나무 이파리 사이로도 신비로운 옥빛을 뿌려대니, 달에서 절구 찧는 토끼들의 노고가 절실히 느껴지는 날이었다. 청사는 고개를 두리번거렸다. 미호가 요기를 달래기 위한 산토끼 사냥에 한창이었다. 청사는 그녀에게 들키지 않도록 슬그머니 사냥터에서 빠져나왔다. 그가 몰래 찾는 것은 빈 뱃속을 달래 줄 토끼들이 아니었다. 그보다 더 군침 돌지만 함부로 입을 댈 수는 없는 존재였다.

　맹수가 먹잇감을 사냥하듯 기척을 죽이고 나뭇가지 사이를 살피던 청사는 찾던 것을 발견하자 눈을 반짝였다. 그는 사방을 둘러보고 주변에 아무도 없다는 것을 확인하자마자 조심스럽게 나무 기둥을 붙잡고 올라갔다. 청사의 몸무게를 이기지 못한 단풍나무가 삐걱거리며 언제 부러질지 모를 소리를 낸 덕에 청사는 잠시 동안 숨을 죽이고 있어야 했다. 가지의 출렁임이 잠잠해지고 나서야 청사는 나무 위에서 걸음을 옮길 수 있었다.

　단풍나무 꼭대기에 기대앉은 고도에게 다가갔다. 달의 위치로 보아 현재는 축시이고, 이맘때만 되면 고도는 검 자루와 죽통을 품에 안고 짧은 잠을 취했다. 단 한 시진밖에 잠을 청하지 않는 고도인지라, 이렇게 조는 모습을 보는 것 자체가 희귀한 광경이었다. 아무리 찾으려고 해도 한번 숨어서 잠드는 고도를 찾기란 토끼 사냥보다 더 힘든 일이었다.

　"고도."

청사가 작은 목소리로 고도를 불렀다. 바람결에 흔들리는 단풍잎과 마찬가지로 부드러운 검은 머리가 살랑거렸다. 옷자락도 물결을 이루듯 흔들렸지만, 고도는 조금도 움직이지 않았다. 달빛이 내려앉은 속눈썹은 미동이 없었고, 가만 고개를 숙인 채 잠이 든 뺨과 눈썹 역시 반응하지 않았다. 청사는 턱을 괴고 고도의 잠이 든 모습을 빤히 바라보았다.

선이 곱고 단정한 얼굴이었다. 어디를 보아도 여자처럼 아기자기하거나 앙큼한 구석은 없는데 여자에게서도 느끼지 못한 연심은 날이 갈수록 커지고 있다. 참으로 알다가도 모를 일이었다. 그저 보는 것만으로도 심장이 두근거린다. 저 얼굴을 아무리 쳐다봐도 질리지 않는다.

이를 어쩌면 좋을까.

처음에는 그저 괴팍하게만 들리던 말씨도 이제는 귀엽게만 느껴졌다. 고도가 저를 쳐다보며 말을 걸 때면 볼이 발그레 익었다. 입맞춤까지 한 사이인데, 고도는 조금 의식하는 듯 보이나 평소와 다름없는 태도였다. 자신 역시 그런 고도에게 괜히 약점 잡힐까 봐 아무렇지 않은 척하려고 어찌나 애를 썼는가. 낮 동안 그런 긴장감이 고도가 잠들어 있을 때면 사르르 풀려서, 이렇게 보는 것만으로도 심장이 콩닥콩닥 뛰었다.

"청사! 이놈 어디 간 거야?"

고도의 자는 모습을 구경하던 청사는 바위 너머에서 울리는 미호의 목소리를 듣고 그제야 고개를 돌렸다. 벌써 토끼 세 마리를 잡은 그녀가 사방을 돌아보며 청사를 찾고 있었다. 여기 있다가 들키면 안 그래도 "너 정체가 뭔데 구름과 비를 다뤄? 뱀 요괴 맞아?"하고 닦달하는 미호가 "고도는 내 건데 왜 자꾸 접근해!"하고 신경질을 부릴지 모른다. 그녀는 고도를 몇 년을 쫓아다녀서야 간신히 옆에 설 수 있게 된 자신과 달리 고작 몇 주 만에 고도의 관심을 끌게 된 청사를 무척 얄미워했다.

"간다, 가."

청사는 아쉬움을 뒤로 하고 나무 아래로 뛰어내렸다. 사방을 둘러보던 미호가 나무들 사이에서 모습을 드러낸 청사를 보고 눈을 치켜떴다. 사냥은 안 하고 어디로 사라졌냐는 미호의 잔소리가 한참을 이어졌다. 그러면서도 잡은 토끼 한 마리를 내미는 게 참으로 단순한 처자다. 청사는 픽 웃으면서 토끼를 받아 들었다. 나중에 고도에게 줘야겠다면서 자신의 몫인 토끼는 품 안에 갈무리해 버렸다. 토끼의 하얀 배를 갈라 그 안의 내장을 쩝쩝 먹는 미호의 두 손과 입에 붉은 피가 번졌다.

비릿한 피 냄새가 근처에 퍼져 산짐승들은 너 나 할 것 없이 숨을 죽였다. 나뭇가지를 타던 다람쥐나 풀숲에 숨어 있던 새끼 여우들도, 짝짓기에 혈안이 되어 있던 곤충들도, 하나같이 침묵하며 토끼의 살과 뼈가 해체되는 모습만을 지켜봤다. 생살을 뜯어먹는 데 아무런 죄책감과 거부감이 없는 두 요괴를 말이다.

고도 역시 먹는 데 정신이 팔린 두 요괴를 가만 쳐다봤다. 청사가 깊이 잠들었다고 믿었던 그의 시선은 또렷했다. 고도는 소리 없이 나무를 내려와 깊은 산속으로 걸음을 옮겼다.

바스락, 무언가가 낙엽이 쌓인 위를 달렸다. 자세를 낮추고 소리를 죽이던 고도가 귀를 쫑긋하면서 낙엽소리를 뒤쫓았다. 토끼, 다람쥐, 삵 혹은 노루 등 추측할 만한 짐승은 많았지만, 그 무엇도 아니었다. 고도는 확신을 가지고 허리춤에서 검을 꺼냈다. 검을 든 고도가 움직임을 뒤쫓았다. 그러자 낙엽을 밟는 움직임이 이전보다 빨라졌다. 갈지자로 휙휙 옮겨 다니는 움직임이 예사롭지 않았다. 아무리 민첩한 짐승도 이리 재빨리 움직이긴 힘들 터다.

고도가 검을 휘둘렀다. 검을 휘두른 즉시에 반응이 오진 않았다. 낙엽을 헤치고 움직이던 소리가 뚝 멈추기만 했다. 고요하던 사방으로 곧 바람이 소용돌이쳤다. 그 모습이 흡사 태풍의 눈이 지나가면서 풍비박산

나는 모습이었다.

끼이이이이익!

솟구치는 바람 속에서 휘파람을 닮은 비명소리가 울렸다. 바람 속에 갇힌 채 오도 가도 못하는 삼 뿌리가 보였다. 돌도 지나지 않은 어린애 모양이 어찌나 정교한지 양팔과 다리에 난 뿌리털과 민둥머리 위로 뻗은 줄기와 꽃이 없었다면 인간으로 착각할 정도였다.

"동자삼."

정체가 탄로 난 것이 시뻘건 눈을 뜨고 입을 쩍 벌렸다. 어린애 주제에 입 안에는 치아가 이중으로 날카롭게 나 있었다. 투견처럼 모든 걸 물어뜯을 기세였다. 침을 흘리며 끼익, 끼이익, 고도를 향해 이빨을 세우는 것이 온순한 삼 요괴의 모습으로는 어울리지 않았다. 언제나 땅 아래 두 다리를 심고 몸을 웅크린 채 꽃이 필 때까지 기다리는 요괴가 성난 들짐승처럼 굴었다.

인간에게 해가 가지 않는 조용하고 얌전한 요괴인데 왜 이러는 걸까.

고도는 동자삼의 행동을 의아하게 바라보다 등 뒤에 매고 있던 죽통을 풀었다. 금줄로 꽁꽁 동여맨 뚜껑을 열자 그 속에서 음산한 기류가 흘러나왔다. 동자삼이 몸서리를 치며 도망가기 위해 발악을 했다. 고도는 요괴를 상대할 때만큼은 자비가 없으니. 조금의 죄책감과 안타까움도 없이 바로 요괴를 죽통에 처박았다. 휘파람 같은 비명 소리가 죽통으로 사라지고 나서야 고도는 죽통을 단단히 묶어 다시 등에 멨다. 서전검을 허리춤에 도로 집어넣고 산을 놀라게 한 도술도 거두었다. 겁먹은 듯한 산이 아주 조금씩 안정을 되찾아 갔다.

"도사야."

등 뒤에서 들린 목소리에 고도가 몸을 틀었다.

"도깨비야."

저와 똑같은 어투로 화답하는 고도를 보며 소는 솥뚜껑 같은 손으로 입을 가린 채 킬킬 웃었다. 그는 고도의 근처까지 다가와선 부싯돌처럼 두 손가락을 튕겨 도깨비불을 만들었다. 동그란 공으로 변한 불덩이 세 개가 쪼르륵 고도 곁으로 날아왔다. 고도는 손을 뻗어서는 불로 만든 공 세 개를 던졌다 잡았다 하면서 농주弄珠 놀이를 해댔다. 소가 그런 고도를 보며 더 큰 소리로 웃었다.

"잘만 자던 놈이 갑자기 사라졌더니만, 산속을 배회하며 요괴나 잡고 있었느냐?"

"왜 그러느냐. 새삼스러울 것도 없건만."

"뱀 요괴 놈을 일행으로 들인 뒤부턴 그놈이랑 함께 붙어 다니느라 네 본분을 잊었다고 생각했지 뭐냐."

"오호라. 네놈이 밤늦게 내 뒤를 밟더니 깐죽거리며 시비를 걸 참이군."

"어허, 그 무슨 섭섭한 소릴."

소는 으쓱거리며 어깨를 들었다 놓더니 고도 주변을 빙글빙글 돌기 시작했다. 고도의 손 위에서 농주를 해대던 도깨비불이 쪼르르륵 소의 꽁무니를 따라붙었다.

"고도. 이상한 짓 좀 하지 마라."

도깨비불을 종처럼 끌고 다니는 놈이 한밤중에 몰래 사람 뒤를 밟고서 하는 소리가 저따위다. 고도는 소의 시비에 부루퉁한 얼굴이 되었다.

"내가 언제 이상한 짓을 했다고 그러느냐. 언제나 이상한 짓을 한다고 하면 모를까."

"떽. 이럴 때조차 말장난이냐."

"일상을 얘기해도 농으로 들으니 내가 억울해서 그러하지."

"정말 몰라서 하는 소리냐?"

"오냐."

"모르는 척하는 건 아니고?"

"어허, 내가 그렇게 뻔뻔한 사내인 줄 아느냐."

"염치 있는 사내인 척하고 있구나."

"암. 염치, 눈치 두루 갖춘 사내지."

그 '치'자 돌림이 고도와 얼마나 거리가 먼지를 잘 알고 있는 소이기에 츠츠츠, 웃기만 했다. 고도는 손을 뻗어 소의 상투머리를 잡아당기고 수염을 쥐고 흔들었다. 소의 얼굴이 우스꽝스럽게 길어졌다가 짜부라지는데도 소는 고도의 장난질에 굴하지 않고 꿋꿋하게 말했다.

"요괴한테는 적당히 마음 줘라."

머리를 잡아당기던 손이 멈칫했다. 고도가 까만 눈으로 소의 얼굴을 쳐다봤다. 소 역시 고도를 바라봤다. 무표정한 고도의 얼굴을 빤히 들여다보다가 안구에 푸른 귀기를 만들어 냈다. 진심이란 소리였다.

"꼬리 하나 잃은 구미호야, 그 사정이 너랑 비슷해 딱한 나머지 거둔 건 이해할 수 있다. 하지만 정체불명의 뱀 요괴까지 정을 줄 필요가 있느냐? 퇴마를 업으로 삼는 인간이 마魔와 친하게 지내는 게 우스운 꼴이란 걸 모르느냐."

우스운 꼴이라. 고도는 친우의 경고인지, 조언인지 모를 이야기에 피식 웃음을 흘렸다.

소는 애초에 요괴를 싫어했다. 도깨비들의 우두머리가 자신의 궁을 버리고 도사와 동행하는 근원이 요괴와 휘말린 일 때문이었다. 감동도 고통도 시간이 지나면 모두 잊고 마는 인간과 달리, 도깨비는 머리가 아닌 '혼'에 모든 기억을 담아 두어서 아직까지 요괴에 얽힌 일을 잊지 못했다. 고도가 요괴와 조금만 친해지면 금세 경계의 빛을 띠는 이유였다. 고도는 소의 상투머리를 쭈욱 잡아당기면서 대답했다.

"잊지 않았다."

진지한 얘기를 할 때면 그에 맞게 언행을 바로 하라 타이르려는데, 고도가 불쑥 소의 눈앞으로 손가락을 내밀었다. 소가 "음?"하며 어리둥절한 기색을 보였다. 고도는 왼쪽 손가락을 하나하나 흔들어 보였다. 그러다 공기라도 잡는 것처럼 허공을 와락, 움켜쥐니, 모든 손가락이 손바닥 안으로 접혀 들어갔는데 유일하게 네 번째 손가락만 꼿꼿하게 서 있는 형상이었다. 그것은 마치 모양이나 질감으로 보나 명백한 사람 손가락인데, 그 기능이 굳어 버린 도기 같았다.

"잊지 않았다, 도깨비야. 걱정 마라. 요괴에게 마음 주는 일은 없을 것이다."

부각시킨 손가락을 한동안 소에게 보여 준 뒤에야 고도는 소의 도깨비불로 다시 농주 놀이를 하면서 산속으로 사라졌다. 소는 그가 내보인 비정상적인 손가락을 떠올리며 굳은 표정을 풀지 못했다. 도깨비란 종족이 혼에 기억을 각인시키는 것과 고도가 네 번째 손가락에 각인된 기억을 들추는 것 중, 무엇이 더 선명하고 괴로운지를 비교해 보았다. 고집쟁이에 완고한 도깨비라 할지라도 이것만큼은 순순히 패배를 인정할 수밖에 없었다.

"같이 가자, 도사야."

고도가 저만치에서 빨리 안 오면 놔두고 간다는 소리를 했다.

산속을 헤매던 고도 일행은 꼬박 여드레 만에 마을 하나를 발견했다. 그러나 마냥 기뻐하며 마을 안으로 달려 들어갈 수가 없었다.

우물이 많아 '우물동'이라 불리는 마을은 초입부터 그 분위기가 섬뜩했다. 마을을 지키고자 우뚝 서 있는 지하여장군과 천하대장군이 피눈물을 흘리는 듯한 형상이었다. 보릿마을은 개개인이 삼십 마지기 이상의 논밭을 가져서 보기만 해도 배부를 만큼 풍요로웠지만, 우물동 사람들은 따로 밭을 일구지 않는지 곡식과 과실이 눈을 씻어도 보이지 않았다.

보이는 것이라고는 집집마다 마당에 걸어 놓은 노루나 사슴 그리고 가끔은 곰과 같은 고기가 전부였다. 푸줏간은 왜 없는가. 집집마다 사냥을 한다면, 따로 농사를 짓지 않고 수렵으로 생계를 유지하는가. 왜 가가호호 고기를 해체해서 마당에 걸어 놓았는지 의아함을 품게 될 만큼 기이한 풍경이었다. 마을의 사정이 어찌 됐건 생명을 죽이고 피를 보는 작업이라는 게 모두 같다. 살생은 사람 성질을 포악하게 만든다. 고도 일행을 쳐다보는 마을 사람들 눈에 적개심이 가득한 것도 그런 연유였다.

"고도."

새하얀 귀를 옆으로 축 늘어뜨린 미호가 낑낑거리며 고도의 두루마기 자락 안으로 몸을 감췄다.

"우리 이 마을은 그냥 지나치면 안 될까?"

고도 일행을 노려보는 사람들부터, 그들에게 별 관심 없이 제 생활을 유지하는 사람들까지. 우물동 마을 사람들 곳곳에서 폭력적이고 자극적인 언행이 묻어났다. 각시놀음 하던 계집아이들은 수틀리면 인형을 손에 쥐고 친구의 머리를 퍽퍽 갈겼다. 남자아이들은 어미와 아비가 혼쭐을 내면 부모 정강이를 걷어차고 씩씩거리며 집을 나갔다. 동네 똥개가 제 새끼랍시고 솜강아지들을 품에 안고 핥고 있으면 노인들은 안 그래도 척박한 마을에 들개 입이 늘면 좋을 게 없다며 강아지 모가지를 부러뜨렸다. 피를 빼내겠다고 마당에 걸어 놓은 사슴 머리 밑에는 붉은 웅덩이가 고여 날파리가 들끓었다.

산지옥이 멀리 있지 않았다. 사람들 하나하나가 광기에 젖은 흉포한 짐승 같았다. 여기서 칼부림만 나면 딱 지옥도 모습이겠다.

미호가 고도의 옷을 쭉쭉 잡아당기며 딴 데 가자고 보채도 고도는 호기심 어린 눈빛으로 마을을 둘러봤다.

"재밌어 보이는데 왜 지나치냐?"

"넌 엉뚱한 데에 너무 관심이 많아."

"그게 인간의 본질이지."

고도의 태도를 보아하니 마을에 머물기로 마음을 굳힌 모양이었다. 미호는 끙 하고 불만 섞인 신음을 뱉었다. 그런 미호의 심정을 고려해 줄 고도가 아니다. 그는 마을 사람들의 거북한 시선 속에서도 여유롭게 뒷짐을 지고 걸어갔다. 미호가 고도의 삿갓을 머리에 뒤집어쓰고 재빨리 따라붙었다.

"너 또 쓸데없는 호기심 가졌다가 저번 보릿마을에서처럼 사고 칠 수도 있어. 그때 나랑 청사가 제시간 맞춰서 도착해 망정이지, 안 그랬음 어쩔 뻔했어?"

청사가 고도를 대신하여 미호의 엉덩이를 걷어찼다.

"고작 인간들 노려보는 눈에 겁먹었느냐. 어설픈 팔미호 같으니라고."

"이익……! 서쪽으로 간다면서, 여기서 시간 지체할 필요 없으니까 그렇지!"

"쯧쯧. 참 궁색한 변명이네. 그냥 인간들이 무섭다고 해라."

"어허. 서열 싸움은 밤중 산속에서나 하거라."

고도의 중재에 미호가 날카로운 송곳니를 드러냈다.

"대룡이 마음에 안 들어! 진짜 마음에 안 든다고!"

"그러다 미운정 든다."

"미쳤어!?"

"그럼 쉿. 정들고 배 맞는 건 순식간이라, 한번 신경 쓰기 시작하면 그게 어느새 관심과 애정이 될지 모를 일이다. 너와 대롱이가 예쁘고 강한 요괴라 후손들도 퍽 기대되는 건 사실이나, 아무리 그래도 뱀과 여우가 짝짓기를 하려면……."

"야, 고도!"

"돌았어, 진짜!"

청사와 미호가 동시에 얼굴을 붉히며 목소리를 빽 질렀다. 고도의 상상력에 두 요괴는 온몸에서 소름이 돋는 표정을 지었다. 청사의 입에서는 실제 육두문자가 뱉어졌다. 미호는 고도의 정강이를 걷어차기도 했다. 서로를 보는 것만도 끔찍한 표정으로 서로를 내외하는 모습에 고도가 고개를 끄덕였다.

역시 싸움을 중재하려면 그보다 더 큰 화두를 밑밥으로 깔면 좋구나.

"고도, 내가 산에서 토끼 많이 잡아 줄게. 마을을 돌아가자, 응?"

청사와의 말싸움을 포기했지만, 마을을 벗어나려는 집착마저 버리진 않았다. 미호는 고도의 옷자락을 잡아당기며 강하게 산으로 돌아가자 주장했다. 고도가 썩 안타깝다는 어투로 대꾸했다.

"건강을 위해선 토끼 고기만 먹고 살 수 없는 법. 나물도 씹어야 하고, 버섯도 먹어야 하고, 곡식도 먹어야 한다. 내, 산에서 나는 풀 중 먹을 수 있는 것과 없는 것을 구분할 줄은 안다만 어느 것이 맛있는지는 모르니. 맛없는 거 먹고 보름 못 버틴다."

"인간들은 너무 맛있는 것만 밝혀! 만날 소금 뿌린 짠 음식만 입에 대고, 날것은 죽어도 안 먹고. 배탈만 안 나면 되지 맛이 무슨 소용이야? 뱃속에 들어가면 똑같잖아."

"인간에게 끔찍한 재앙을 말하고 있군."

"날 거 먹는 게 무슨 재앙이라고?"

"재앙이다. 그 재앙의 이름을 '맛의 황폐화'라고 하지."

심각한 얼굴로 맛의 중요성에 대해서 말하는 고도였다. 미호는 애가 요즘 잠잠하더니만 또 엉뚱한 생각이 도졌다면서 인상을 찌푸렸다.

"맛있는 음식이 그렇게 중요해?"

"물론이다. 네가 어여쁜 처녀 간을 먹을 수 있는 기회가 있음에도 늙어 죽어 가는 고자 노인들의 간을 먹어야 하는 것만큼이나 중요하다."

"으아아악!"

지켜보던 청사가 늙으면 다 성기능이 떨어지는데 뭔 소리들이냐고 고도의 말에서 심각한 오류를 지적하려 했다. 머리를 부여잡고 비명을 지르는 미호의 귀에는 들리지도 않을 논리적인 설명이었다. 그녀는 두 손바닥 안에서 수줍게 홍옥색을 내는 처녀의 간 대신 제때 배출되지 못한 체액으로 뒤덮인 거무튀튀한 간을 씹고 있는 자신을 상상하며 절망했다.

"싫어……. 싫어, 그건 너무 끔찍해……. 으어."

고도 승. 두 손을 덜덜 떨며 그런 기분 나쁜 간은 먹어야 하나, 버려야 하나, 하고 별 쓸데없는 걱정과 고민에 휩싸인 미호는 더는 마을에서 벗어나자 주장하지 않았다. 캐갱 소리도 못하고 합죽이가 된 미호를 보면서 고도는 흐뭇하게 웃었다. 다시금 속편하게 제 갈 길을 가는 고도를 뒤로한 채 청사가 대신 미호를 구경했다. 손가락으로 머리통을 톡톡 쳐봐도 오뚝이처럼 머리가 좌우로 흔들리기만 했다. 미호는 이전처럼 까랑까랑한 목소리로 대들지 않았다.

청사는 발걸음을 재촉하여 고도 곁으로 다가갔다. 서로의 어깨가 툭하고 부딪혔다. 고도가 청사에게 시선을 주었다. 왜 그러느냐고 고개를 갸웃하는 모습이 귀여워 죽겠다. 청사는 주변 눈치를 살폈다. 마을 사람들이 이쪽을 노려보고 있었지만, 저치들과는 한 번 보고 말 사이다. 신경 쓸 것이 없다 여긴 청사가 재빨리 고도의 볼에 입술을 꾹 눌렀다 뗐다.

고도가 두 눈을 껌뻑거렸다. 그런 고도를 보면서 청사는 얼굴만 붉혔다.

맹한 거 봐. 아휴, 귀여워.

"구미호 생떼는 무시하고 머물 곳이나 찾자."

청사는 콧노래까지 흥얼거렸다.

"응? 고도."

아무리 재촉해도 움직이지 않고 오뚝 선 고도에게 눈가를 접으며 살살 예쁜 미소를 짓기도 했다. 고도는 청사를 시선 한 번 돌리지 않고 뚫어져라 쳐다보는 중이었다. 그리도 열렬하게 쳐다보니까 청사는 온몸이 사르르 녹는 기분이었다. 저 무심한 시선이 제게 머무는 시간이 길면 길수록 심장이 콩닥콩닥 뛰고 얼굴은 붉어졌다. 온몸의 기운이 손끝 발끝으로 다 새나가니 몸이 흐물흐물, 배배 꼬였다. 발그레 볼이 익은 청사는 고도의 시선을 더는 감당할 수 없어서 시선을 아래로 내렸다. 긴 속눈썹 가닥을 한 올 한 올 다 셀 수 있을 정도로 수줍은 눈짓이었다.

고도는 혼자 얼굴을 붉히고 몸을 꼬는 청사를 관찰하다가 고개를 바로 했다. 다시 발걸음을 옮기면서 아무런 말도 하지 않았다. 청사는 붉어진 얼굴을 바로 하고 멀쩡하게 고도의 등짝만 넋이 나가 쳐다봤다. 평소라면 대롱이니 뭐니 하면서 온갖 말장난을 걸고 이해할 수 없는 이야기를 늘어놓을 텐데 오늘은 어쩐 일인지 반응이 영 시원찮았다. 고도는 말이 많은 편은 아니었어도 본인이 느끼는 바는 숨기지 않고 직설적으로 표현하는 인간이었다. 그런 인간이 할 말을 삼가고 묵묵히 마을을 향하는 모습이라니.

"고도?"

어리둥절한 표정으로 청사는 고도를 쫓아 거리를 좁혔다. 바로 옆에서 나란히 걷자 고도는 저를 부르긴 했다고 청사를 잠시 쳐다봐 주긴 했다. 하지만 그뿐이다. 도로 고개를 돌려서 제 갈 길만 확인했다.

청사는 당혹스러움을 감추지 못했다. 장난을 걸면 장난으로 받아치던 고도다. 아니, 진지하게 다가가도 장난으로 무마해 버리는 인간인데 지금은 유례없이 차분했다. 청사가 이상한 듯이 쳐다보아도 고도는 역시나 반응 하나 없다. 청사는 굉장한 충격으로 자리에 오뚝 선 채 굳고 말았다.

무시한 것이다. 청사를 무시하는 태도가 분명했다. 일방적으로 고도에게 거부당한 청사는 시선을 피해 고개를 돌려 버린 고도의 뒤통수만 넋이 나가 바라봤다.

"앗! 머리 없는 사람이다!"

충격을 받은 청사나, 여전히 고자 간이란 상상 속에서 벗어나지 못하는 미호의 목소리가 아니었다. 낯선 남자아이의 목소리였다. 고도가 어린 대추나무 위로 고개를 돌렸다. 나뭇가지 위에 예닐곱 살 됐을 법한 아이가 앉아 있었다. 인물이 훤칠하여 사내대장부로 딱인데 행동거지가 까불거리니 안 봐도 부모 속 깨나 썩힐 천방지축이었다.

아이는 고도와 눈이 마주치자 새끼 곰처럼 날렵하게 나무를 붙잡고 내려왔다. 고도를 향해 달려오는 데에도 스스럼이 없었다. 가까이서 마주한 아이의 두 눈이 흡사 밤하늘과 같았다. 밤하늘 은하수를 한 자락 끊어놓은 것처럼 두 눈이 온갖 호기심으로 초롱초롱 빛났다. 아이의 빛나는 두 눈은 오직 고도만을 향했다. 급기야 "우와"하고 탄성을 내뱉었다. 고도를 올려다보는 데 아주 혼이 빠진 모양이다.

"아저씨, 머리가 없어. 남자가 머리 없는 건 상놈이나 노비 말고 처음 봐!"

고개가 아프도록 올려다보는 아이를 위해 고도가 한쪽 무릎을 꿇어 앉았다. 눈높이가 맞게 되자 아이가 고도의 머리카락을 잡아당겼다.

"울 엄마도 머리가 별루 없어. 돈이 없어서 잘라다 팔았대. 아저씨도 그런 거야?"

"난 본디 빈손으로 돌아다니는 사람이라, 돈 욕심은 없다."

"그런데 왜 잘랐어?"

"쓸모없어져서 잘랐지."

"그렇게 함부로 생각하면 벌 받는다고 울 엄마가 그랬어!"

"저런. 나는 벌을 받아서 머리가 짧아진 게다."

"머리를 잘라서 벌을 받은 게 아니라?"

"그렇지, 그 반대인 거지."

자연스럽게 이야기하는 고도와 아이 모습이 청사는 몹시 불쾌했다. 저를 묘하게 무시한 고도가 어린애 앞에서는 친절하고 다정했다. 누군 무시하고, 누구하고는 말까지 주고받아?

"감히 누굴 만져. 건방진 놈."

청사는 성큼 다가와 아이의 손을 철썩 쳐냈다. 아이가 깜짝 놀라 청사를 바라봤다. 청사의 얼굴이 굳어 있었다. 심사가 잔뜩 뒤틀린 표정이었다. 순전히 아이 때문이 아닌, 고도에 대한 화풀이에 가까웠다. 그런데도 눈치 없는 고도는 아이를 험하게 다룬 청사만 나무랐다.

"대롱이. 아이한테 뭔 짓이냐."

누가 어린애들 아끼는 마음이 남다르지 않다고 할까 봐, 이번에도 어김없이 아이 쪽 편을 든다. 청사가 불러도 한참 바라보고 고개를 돌리던 묘한 반응을 보였으면서, 언제 그랬냐는 듯 목소리도 표정도 평온했다. 조금 전까지는 무시했으면서 이번에는 또 아무렇지 않은 척 구는 것이다.

청사는 울컥했다. 고도를 이해할 수가 없었다. 정상인 듯 굴면서 묘하게 선을 긋고 뒤로 물러나는 태도가 좀처럼 종잡을 수가 없다. 뭔가 의심스러워 다가와 빤히 살피면 평소처럼 행동하고, 평소 그대론가 싶어서 한 발 물러나면 이쪽 관심은 나 몰라라 한다. 알다가도 모를 노릇이다. 아무리 노려봐도 이해하기 힘든 태도에 청사는 급기야 화가 나서 이를 빠득 가는 지경에 이르렀다.

열 받으면 오히려 말이 없어지는 청사를 보고 같은 요괴인 미호가 아차 싶어 달려왔다. 고도는 모르겠지만 청사 저놈, 한번 폭발하면 뱀 요괴 같지 않은 힘을 사방으로 뿜어댄다. 미호는 보릿마을 학솔원에 들이쳤던 비바람이 재현되는 걸 원치 않았다.

"대롱이. 잠깐. 잠깐 있어 봐."

심상치 않은 분위기에 미호는 얼른 청사를 고도와 아이 곁에서 떨어트렸다. 청사가 주먹을 꾹 쥔 것이 여간 기분이 상한 모습이었다. 미호는 청사의 심사를 차근히 살피다가 고도 앞에 있는 꼬맹이에게 고개를 돌렸다.

"얘, 너 누구니? 누군데 갑자기 나타나서 고도한테 붙어 있는 거야?"

미호의 말에 남자애가 호기롭게 눈을 치켜떴다. 그는 번쩍 손가락을 들어선 미호에게 겨누었다.

"계집애들은 사내대장부 얘기하는 데 끼어들지 마!"

뭐니, 저 꼴통 같은 사대부집안 말투는!

남녀가 유별하니 여성은 대문 밖 사정에 관심을 가져선 안 된다는 옛이야기까지 거들먹거릴 분위기였다. 어린애가 왜 저렇게 꽉 막힌 건가. 기가 막힌 미호가 고얀 영감 같은 아이에게 쓴소리를 하려 했다. 소년은 눈에 힘을 주고 사내대장부는 무릇 이래야 한다는 듯 가슴을 당당히 펴고서 외쳤다.

"이상한 일행이 왔다고 마을 사람들이 다 수군거려."

"어머머머, 야. 건방진 꼬맹이. 지금 누굴 보고 눈을 부라려?"

"난 아저씨들 도와주러 온 거야. 특히 아저씬 사람들이 쫓아내려고 잔

뚝 벼르고 있는 걸?"

아이가 휙 손가락질로 고도를 가리켰다.

"아까부터 아줌니들이랑 촌장님이 얼마나 아저씨를 이상하게 바라보는데. 남자는 머리 자르면 안 된다잖아. 신체발부수지부모!"

"뭐어!?"

제자리에서 펄쩍 뛴 미호가 치맛자락을 양손에 쥐었다. 이건 건방진 게 아니라 아주 버릇없는 거다. 어른한테 삿대질하는 것도 모자라 내쫓느니 마느니 하는 소릴 다혈질인 미호가 그냥 넘길 리가 없다. 그녀는 상대가 어린아이라는 것도 잊고 엉덩이를 냅다 걷어차려 했다.

미호의 행동은 빨랐다. 요괴의 힘에다 유연한 소녀의 움직임이 더해지니 이건 싸움을 '꾼' 수준으로 하는 사람이 덤벼들어도 제압하기 힘들 정도였다. 평범한 아이들이라면 꼼짝없이 궁둥짝을 내놔야 할 판이었는데, 아이는 나무를 오르내릴 때만큼이나 기민하게 움직였다.

소년은 걷어차는 미호의 다리를 붙잡아 뒤로 밀어 버렸다. 뒤로 몸이 기우는 미호가 어엇, 하면서 놀란 소리를 냈다. 재빨리 자세를 다잡기도 전에 소년이 미호의 안다리를 걸어서 아예 넘어트려 버렸다. 미호는 이렇다 할 저항도 못하고 엉덩방아를 찧었다.

눈 깜짝할 사이에 벌어진 사태다. 미호는 아직도 주저앉아 바보처럼 눈만 껌뻑였다. 입을 헤 벌리고 현실을 통 믿지 못했다. 꼬마애가 무슨 움직임이 웬만큼 무예를 갈고 닦은 어른들 못지않다.

"호오."

구경하던 고도가 순수한 감탄사를 뱉었다. 미호가 겉보긴 얼빠졌어도 명색이 상급 요괴다. 아무리 꼬리 하나를 잃고 소녀 모습이 되었다지만, 그 힘의 원천마저 사라지진 않는 법. 요괴를 상대로 어린아이가 보기 좋게 한판승을 거둔 셈이다.

흥미가 동한 고도는 박수까지 짝짝 치면서 눈을 빛냈다. 고도의 반짝거리는 눈이 아이에 콱 박혀 떨어지질 않았다.

"아이야, 네 이름이 뭐냐."

마을 사람들이 다 노려본다고 경고를 했던 아이는 마을사람들 의견이 어찌 되었든 간에 고도를 향한 호의를 서슴없이 표출했다. 그는 고도의 관심을 받자 기분이 들떠 씩씩하게 대답했다.

"금동이!"

"그래, 금동아. 어디서 무예를 익혔는지 알려 주겠느냐."

무예라는 어려운 말을 이해하지 못한 아이가 고개를 갸웃했다.

"게 뭐야?"

"방금 전 저 여자애를 넘어뜨린 거 있잖느냐. 그걸 누구에게 배웠느냐고 물었다."

뒤늦게 정신을 차린 미호가 벌떡 일어나 외쳤다.

"야! 너 꼬마 애! 너 방금 그 기술 무학관…… 읍!"

고도가 재빨리 손가락을 휘둘러 미호의 입을 틀어막았다. 손가락 끝에서 살랑거리며 불어나온 실바람이 까딱거리는 손짓을 따라 미호의 입을 감싼 탓에 아무 소리도 나오지 않았다. 금동이라 자칭한 아이는 벙어리처럼 입만 뻐끔거리는 미호를 마뜩찮게 바라보다가 다시 고도에게 시선을 돌렸다.

"울 아부지가 알려 줬어."

"그래? 아버지 존함이 어떻게 되시냐."

"울 아부지 이름 되게 이상한데. 마을 사람들도 다들 이상하게 생각했어."

"괜찮다. 말해 보거라."

씩씩하게 사내대장부 모습을 보여 주던 아이가 처음으로 우물쭈물 말을 골랐다. 고도는 아이의 대답을 침착하게 기다렸다. 갑자기 마을 꼬맹이 하나가 고도에게 큰 호감을 보이며 나타난 것도, 미호를 순식간에 제압한 것도 모두 이해할 수 없는 청사만 고도와 아이의 표정을 번갈아 가며 바라봤다.

아이는 부끄러운 듯 고개를 숙였다. 이쯤 되니 청사의 속이 한 번 더 뒤집혔다. 이상했다. 반드시 대답을 들으려는 고도와 그런 고도에게서 벗어나지 못하는 아이의 관계가 너무도 이상했다. 아이 쪽에선 무한한 호감을 보이고 있고, 그 호감을 받는 고도는 아주 너그럽고 친절하게만 보이니 이건 마치 가족이라도 되는 것 같지 않나.

"고도."

아이의 대답에 청사가 두 눈을 크게 떴다. 엉덩이를 문지르던 미호도 놀라서 입을 벌렸다. 청사와 미호가 얼마나 경악했는지 숨 쉬는 것도 깜빡 잊을 정도였다. 오직 고도만이 차분하게 아이를 바라봤다. 아이는 고도를 보면서 제 아비의 이름을 조심스럽게 말해 주었다.

"외로운 섬이라는 뜻이래孤島."

"배꽃 필 때 빚는다더니, 이화주梨花酒라 불리고나. 내님 뽀얀 속살 닮아 백주白酒, 가가호호 빚어 먹는 가주家酒, 논밭에서 더덩실 어깨춤을 출 농주農酒, 조상님들 기뻐하실 제주祭酒, 다섯 덕목 지녀 오덕주五德酒. 사랑 사랑 애환 담아 쪼르르르 쏟아지니 그게 모두 동동주 얼굴이렷다."

금동이가 대추나무 가지를 꺾어 휘두르며, 목청껏 술타령을 불렀다. 어른들 김 맬 때, 야참으로 오는 동동주를 기다리며 부르는 노래를 저 어린 것이 입에 담으니 그게 그렇게 귀여울 수가 없다. 여긴 아무도 농사를 짓지 않는데 동동주 타령은 어서 배웠는지. 술 좋아하기론 둘째가라면 서러워하는 소가 이 아이를 봤다면 껌뻑 죽을지도 모른다. 어쩌면 둘이 죽이 맞아서 춤을 추며 노랫가락을 뽑아댈지도 모르지. 고도는 막대기를 휘두르며 뒤뚱거리는 아이를 재미난 눈으로 쳐다보았다.

앞서거니 뒤서거니 자기만의 노랫가락에 푹 심취한 아이는 이젠 떡타령까지 부르기 시작했다. 지나가다 마주친 마을 사람들이 퍽 흉흉한 시선으로 고도 일행을 노려볼 때마다 금동이는 앞에 나서서 마을 사람들의 해코지를 사전에 방지했다. 저 어린 게 "내 손님이야!"고 외치며 대드니 한 대 쥐어박기도 그렇고, 호통을 치기도 그래서 어른들도 슬그머니 물러섰다. 고도 입장에선 여러모로 아이 덕을 많이 보는 셈이다. 고도가 그런 아이의 호기로운 모습을 구경하다 보니까 어느새 다가온 청사가 손목을 잡는 것도 눈치채지 못했다.

"고도."

낮고 조용한 목소리가 청사답지 않았다. 고도는 붙잡힌 손목을 내려다봤다. 붙잡힌 손목이 아파 왔다. 뼈가 눌려 알싸하게 퍼지는 고통이 제법 컸다. 고도는 청사가 답지 않게 과격한 행동을 하자 아픈 것도 뒤로 젖혀둔 채 그를 빤히 쳐다봤다. 무엇이 마음에 안 드는지, 청사는 얼굴을 오만상으로 찌푸린 상태였다. 심사가 잔뜩 뒤틀려 있었다.

청사는 고도의 손목을 붙잡은 채 조심스럽게 대열에서 뒤로 물러났다. 미호가 힐끔 쳐다봤지만, 말리거나 따라붙지 않았다. 조용히 눈치를 살피더니 금동이 뒤만 묵묵히 따랐다. 미호의 협조를 받고 청사는 고도에게 으름장을 놓듯 사납게 목을 울렸다.

"너 혼인했었어?"

고도가 눈을 껌뻑였다. 질문의 진위 여부를 살피고는 먼 산을 바라보았다. 대답하는 몰골이 아련한 것이 꽤나 가관이다.

"혼인이라. 내가 잔치 국수를 먹은 게 언제더라. 두 해 전에 어떤 마을에서 혼례가 있었지. 거 가서 한 그릇 얻어먹은 게 가장 최근인 거 같구나."

"장난치지 마. 나 진지해."

말마따나 청사의 표정은 심각했다. 농으로라도 고개를 끄덕였다가는 심각한 배신감에 치를 떨고는 눈물을 뚝뚝 흘리며 달아날 기세였다. 뻔한 질문에 뻔한 대답인데도 그 확실함에 목숨을 걸었다.

"저 애는 내 아이가 아니다."

"정말이야?"

"나랑 닮은 구석이 있나 보지, 그렇게 의심할 정도면."

"네 애 정말 아니지?"

"거, 참."

다시 한 번 확답을 받은 뒤에야 청사는 안도의 한숨을 푹 내쉬었다. 그는 가슴까지 쓸어내리면서 긴장해 있던 어깨에 힘을 풀었다.

"갑자기 자기 친부 이름이 고도라는 애가 나타나서, 뭔 일인가 했네. 정말 저 애가 네 애 아닌 거지?"

"이 세상에는 나랑 같은 이름을 가진 사람도 있는 법이다. 너희 요괴와 달리, 인간은 이름에 특별한 의미를 부여하지 않는다."

그 말에 청사가 입을 다물었다. 이름이 곧 본질이 되는 요괴들 사정과 그저 남과 구분하기 위해 이름을 지어서 쓰는 인간들 사정은 달랐다. 그쯤은 인간 세상살이가 얼만데, 청사도 모르지 않다. 다만 고도라는 이름이 흔치 않다는 사실이 마음에 걸렸다.

개똥이, 돌쇠, 버들이, 꽃님이, 팔뚝이, 점순이.

백성들 이름이야 부르기 쉽게 만드는 게 대부분이다. 못난 아명을 벗고 제대로 된 이름을 얻는다 해도 성을 합쳐 석 자가 됨이 보통이었다. 외자나 넉 자 이상은 대국 쪽 이름이라 하여 평민들은 잘 가져다 쓰지도 않는다. 그런데 아이는 제 아비의 이름을 성도 넣지 않고 '고도'라 말했다. 친부 존함을 대놓고 '고도라 불러'라고 말하는 것도 이상할뿐더러, 박고도, 최고도, 김고도, 한고도. 그 어떤 성을 붙여서 발음해도 어색하기 짝이 없었다. 그런 이름이 어디 흔한가. 더구나 첫 만남에서부터 아이는 고도에게 급격한 호감을 보여서 영락없는 부자지간이었는데.

청사는 고도의 머리를 잡아당겼다. 꼬부랑길을 올라가 둔덕 위의 주막으로 향하는 아이와의 거리가 거듭된 청사의 방해 때문에 계속해서 멀어졌다. 고도는 머리를 만지작거리고 손을 만지작거리고, 간혹 허리나 어깨까지 매만져대는 청사를 보며 미간을 좁혔다.

"아까부터 왜 이러냐."

청사가 머리카락을 잡아당기다가 툴툴거렸다.

"마음에 안 들어."

"뭐가 말이냐."

"네 행동들."

"이런, 내가 누구에게 잘 보이려고 행동해 본 적은 없는데."

"나한테 잘 보이라는 소리가 아니잖아."

"그럼 무엇 때문에 네가 그리 뿔이 났을꼬. 어떤 불만인지 말해 주면 접수해 주마."

"선심 쓰듯이 말하기는."

"내가 아량이 넓지 않느냐."

"하아. 그래, 아량 넓은 도사님. 마음을 베풀어 주시다니 내 여과 없이 말해 보마. 나를 무시하는 것도 그렇고, 애들한테는 한 수 접어주는 것도 그렇고. 다 마음에 안 든다."

청사가 지적한 두 가지 불만 사항이 모두 사실인 듯, 고도는 반박하지 않았다. 무시하긴 언제 무시했느냐고 대롱이 네놈 예민하게 반응한다며 한마디 해줄 수도 있을 텐데. 고도는 청사가 서운하게 느끼는 바를 굳이 부인하지 않았다. 청사는 애써 겉으로 티를 내지 않으려고 노력했다. 지금도 무시한다고 얘기하고 싶었지만, 그렇게 압박해 봤자 고도는 싫증 난 듯이 도망갈 것만 같았다. 애써 마음을 추슬러야 했다. 고도에게 자꾸만 감정적으로 부담을 지우면 오히려 역효과라는 사실을 잘 알고 있었다.

그런데 왜 정말 무시를 하는 걸까. 혹시 보릿마을에서 있던 일 때문에 부담스러워서 거리를 두려는 걸까. 고백한 게 문제였나.

"여기야! 울 엄마랑 내가 장사하는 곳."

금동이가 둔덕 위에 위치한 주막에 도착하자마자 두 팔을 번쩍 벌리고 외쳤다. 청사와 고도를 향해 어서 오라고 손짓하는 모습이 무척이나 신나 보였다. 미묘한 감정을 주고받던 청사와 고도 중, 고도가 먼저 시선을 피하고 주막으로 올라갔다. 청사는 주먹만 꽉 쥐고 그런 고도의 등을 노려본 채 뒤따랐다.

주막은 마을에서 제일 높은 곳에 위치하고 있었다. 여기까지 오기도 쉽지 않을 만큼 마을에서 외진 주막이었다. 붉고 파란 등이 매달린 담장과 그 안에 아홉 개쯤 펼친 상을 보노라면 누가 봐도 주막의 용도로 쓰이는 건물이구나, 짐작할 수 있으리라. 반대로 등과 상을 치우면 주막은커녕 사람이 살긴 할까 의심되는 몰골이었지만 말이다.

"엄마아아아."

아이가 반갑게 마당으로 들어섰다. 마당에서 비질을 하던 젊은 여자가 굽혔던 등을 폈다. 그러곤 제게 달려오는 금동이를 향해 환하게 미소 지었다. 팔뚝에 심줄이 불끈 설 정도로 빗자루를 움켜쥔 채.

"금동이 너어어!"

"우애! 엄마, 어무이, 잠만 잠깐마아아아안!"

반갑게 달려갔던 아이가 급하게 멈추어 서선 반대편으로 도망가기 시작했다. 젊고 예뻐서 수줍고 가녀리게만 보였던 아낙은 입에서 불이라도 뿜을 기세로 아이의 뒤를 쫓았다.

"뭐가 잠깐이야! 너 엄마가 뿔뿔거리며 싸돌아다니지 말고 나물 정리해두라고 했어, 안 했어?"

"하다가 잠깐 콧바람 쐬러 나간 거야!"

"잠깐이라고? 넌 콧바람 쐬러 몇 시진이나 나가 있니? 거기 안 설래!"

"엄마 잠깐! 소, 손님! 손님 데리고 왔어어어엇!"

집에 도착하자마자 앞뜰에 빗자루를 들고 서 있던 아낙이 재빠른 아이 뒤꽁무니를 쫓았다. 아이가 머리 위로 쏟아지는 빗질을 요리조리 피하면서 술상 위로 뛰어올랐다. 박달나무 술판이 뒤집어졌다. 사발에 가득 차 있던 동동주가 쏟아지며 대나무 돗자리 위를 단숨에 적셨다. 푸성귀를 무친 나물 접시가 날아올랐다. 녹수저 한 쌍이 허공에서 너울춤을 추니 그 모든 게 아주 난장판이라. 금동이가 도망가느라 주막 안에 놓인 상들이 뒤집어지고 넘어지고 엎어지고 아수라장이 펼쳐졌다. 아이가 자지러지게 외쳤다.

"소, 손님 왔다니까!"

"이젠 거짓말도 하니?"

"진짜야, 진짜! 뒤 봐봐, 뒤!"

"엄마를 가지고 놀면 못써!"

"진짜래두우우우!"

울분을 토하듯이 소리친 아이를 보고 어머니는 마지막으로 믿어 보겠다며 아이가 손짓하는 방향을 쳐다봤다. 아이나 어미나 꼭 닮아서 둘 다

미인이구나. 그리도 태평하게 생각하던 고도는 그 어미와 눈이 마주치자 어미의 얼굴이 삽시간에 파리하게 굳어 가는 모습을 보게 됐다. 그녀는 놀라서 눈조차 깜빡이지 못했다. 허둥지둥 몸을 단정하게 하는 모습에는 당황한 기색이 역력했다.

"세, 세상에나. 이게 무슨 망측한 짓을 벌인 건지. 아이구, 아이구."

그녀는 헐레벌떡 자리에서 일어나 금동이를 놔주었다. 아이는 얻어맞은 엉덩이를 문지르곤 고도에게 쪼르르 달려와 다리에 붙었다. 매미가 고목나무에 붙듯, 혹은 찹쌀떡이 그릇에 달라붙듯, 아주 찰싹 붙어 떨어지지 않는 아이 모습에 어머니는 식은땀만 뻘뻘 흘렸다. 제멋대로인 아들이라지만 상인의 아들답게 사람 대하는 방법은 잘 아는 녀석이었다. 낯선 사람을 저리도 따르는 모습은 처음이었다. 손님 앞에서 추태를 부린 것에 이어 아들까지 저 모양 저 꼴이자 그녀는 고개만 조아리며 백번 사죄했다.

"아이구, 죄송합니다. 정말로 손님이 오신 줄 모르고 해괴한 짓을 벌였네요. 아이구, 죄송해요."

고도는 고개를 조아리는 아낙의 뒤꼭지를 볼 수 있었다. 금동이가 한 말처럼 아낙은 꼬랑지밖에 남지 않은 머리카락만 가까스로 묶은 형상이었다. 돈 없어서 잘라다 판 머리카락 값은 과연 얼마일까.

"괜찮소. 천천히 준비해 주셔도 되오."

"후딱 정리하고 상을 내놓을 테니 좀만 기다리소."

주모가 자리를 안내해주자, 고도가 발길을 옮겼다. 주모가 온 상을 뒤엎으며 금동이와 전쟁을 벌인 통에 멀쩡한 상을 찾는 게 어려울 정도였다. 그나마 기웃거리다 찾은 게 가장 구석에 있는, 대추나무로 만든 작은 상이다. 그 앞에 앉은 고도는 자식을 때리는 인간 교육의 참상을 엿보고 굳어 버린 청사와 미호에게 손짓을 했다. 어떻게 자식을 저렇게 대할 수 있느냐고 충격을 받은 둘이었다. 세상에 나오자마자 어머니에게 버려져 홀로 살아가야 하는 요괴들이기에 아무리 부모라지만 어린 것을 저리 제압하고 간섭하는 모습에 경악을 금치 못한 것이다. 그 둘은 충격이 채 가시지 않은 얼굴로 묵묵히 고도의 곁에 앉았다. 주모가 일전에 아들을 쥐어 패던 악귀 같은 표정을 사르르 풀고 다가왔다.

"술상까지 내드릴까요?"

고도는 주모를 빤히 쳐다봤다. 젊고 예쁜 주모가 저리 생글생글 웃어 보이니 눈을 쉬이 떼기 힘들다. 어려서 기생질을 하지 않았을까 추측해 보았다. 이 마을 저 마을 다 돌아다녀 봤지만, 구김살 없이 생긋 웃는 예쁜 주모란 참으로 드물지 않던가.

"한 사람 분 밥상만 내주시오."

"네에."

방긋 웃어 보인 주모가 냉큼 부엌으로 향했다. 등을 돌리면서도 금동이를 향해 너 있다가 저녁에 보자며 입모양을 벙긋거렸다. 덕분에 금동이는 고도 옷자락만 붙잡고 "우우. 엄마 무서워."라면서 덜덜 떨었다. 얘가 또 손님 앞에서 추태라면서, 결국은 어미가 아이의 귀를 비틀어 잡고 부엌간까지 질질 끌고 갔지만 말이다.

청사는 아이와 어미의 모습에서 한참이나 시선을 떼지 못하는 고도를 관찰했다. 아이는 고도의 친자가 아니고, 주모도 고도의 부인이라기에는 서로 처음 보는 사람 대하듯 굴었다. 이 세 사람이 가족이 아님은 확실했지만, 청사는 찝찝한 심정을 지우지 못했다.

고도에게 가족이란 것이 생기면 세 사람과 같은 모습일까.

가마솥에 밥 짓는 소리와 국 끓이는 소리가 고도 일행이 있는 마당까지 퍼져 나오는 가운데, 청사가 조용히 말했다.

"고도. 너는 혼인하지 마."

뜬금없는 소리에 고도의 표정이 묘하게 일그러졌다. 옆에 얌전히 앉아 있던 미호도 귀까지 뒤로 젖히고 저게 무슨 가관인 소린가 하는 얼굴이 되었다. 청사는 허리를 꼿꼿이 세운 부동자세로 입만 움직였다.

"너도 사내니까 번식 욕구가 있겠지. 후손을 남기고 싶을 거야. 하지만 다른 여자 몸에 씨를 심는 건 내가 기분 나빠서 안 되겠어. 저 모자가 네 가족이란 상상만 해도 기분이 나빠."

미호가 당장이라도 거품을 물 기세였다. 대체 도사 쫓아다니는 뱀 요괴가 무슨 자격으로 고도에게 결혼을 하지 말라는 건지 이해할 수가 없었다. 고도 역시 미호 만큼 놀라 눈을 휘둥그레 뜬 상태였다. 요괴가 인간들 생활에 좋다 싫다 왈가왈부하는 걸, 청사 본인은 조금도 깨닫지 못하고 있었다. 고도는 픽 웃으며 그 말을 받아쳤다.

"이거 아주 파격적인 소리구나. 갑자기 왜 그런 상상을 했느냐?"

"네가 부인을 얻고 아이를 낳는 게 싫어졌어."

"그럼 독신으로 늙어 죽으란 뜻이군."

"……윽. 그, 그건 아니고. 저기……."

청사는 볼을 붉혔다. 그는 식은땀까지 뻘뻘 흘리더니, 이걸 말해야 하나 말아야 하나 고민했다. 우물동에 들어서부터 고도는 청사를 은근하게 무시했다. 청사는 그 이유가 보릿마을에서 대놓고 한 고백 때문이라 생각했다. 그러니 그때보다 더 강하게 감정을 표현하면 고도가 인상을 찌푸리고 달아날까 봐 걱정이 됐다.

이 무슨 소박맞은 여인네도 아니고.

청사는 고도의 일거수일투족에 일희일비하는 자신이 한심했다. 이게 다 고도 탓이다. 행동이 모호해지니까 이상한 상상만 하게 되지 않나.

청사는 눈을 질끈 감았다.

"차라리 내 아이를 낳아."

저기서 미호가 격하게 기침을 뱉었다. 상을 치면서 쿨럭거리는 미호를 달랠 정신이 없기는 고도도 마찬가지다. 그는 청사의 말을 한 번 곱씹어 생각한 후에 물었다.

"지금 나보고 네 알을 낳으라는 게냐."

"알?"

"네 아이를 낳을 방법은 그뿐이지 않느냐. 문제점이 둘 있구나. 뱀과 인간이 어떻게 짝짓기를 한다는 게냐. 게다가 난 너랑 같은 남성체라 임신 못 한다."

미호가 옆에서 고도의 팔을 꼬집었다.

"맞장구 쳐주지 마. 그러니까 쟤가 더 이상해지잖아."

"재밌는데 왜 그러느냐."

청사는 이 대화를 재밌어하는 고도가 마음에 들지 않아 눈을 흘겼다. 쑥떡같이 말하면 찰떡 같이 알아들어야지, 대놓고 얘기해도 빙빙 돌려 이해하는 저것도 재주다. 눈치가 없는 게 아니라 일부러 저러는 거 아냐?

"나는 번식에는 별로 관심 없어. 하지만 너랑은 짝짓기하고 싶어."

"저놈이 진짜 미쳤나!"

"어허, 미호, 재밌는데 왜 그러느냐. 그래, 대롱아. 짝짓기를 하고 싶단 말이지."

"이렇게 농담처럼 할 얘기 아냐."

"그렇다면 나도 깊은 우물물이 되는 심정으로 생각해 주지. 그래. 뱀 사회가 일부다처제였던가. 나도 그 다처 중에 하나라고 생각하는 거라면 네 본처에게 물려 죽지 않을까 싶은데."

농이 아니라도 끝까지 농을 하는 고도가 이젠 슬슬 얄미워지는 청사였다.

"뱀들이 어떻게 사는지는 관심 없고. 내가 나서 자란 곳은 일부일처니까 걱정 마. 원한다면 내가 널 거둬서 보살펴 주마."

"어허. 이거 참 기가 막히다. 대롱아. 넌 내가 암컷으로 보이느냐?"

"암컷이 아니라서 안타깝지. 암컷이었다면 정말 내 후대를 낳게 할 수도 있지 않겠어? 참고로 알을 한두 개 배출한다고 끝날 거라 생각하면 안 돼. 한 번에 수십 개도 품게 할 수 있으니까."

청사가 손을 뻗어 고도의 볼을 잡았다. 따뜻한 체온이 청사의 손바닥 전체로 퍼졌다. 청사는 엄지손가락을 움직여 고도의 속눈썹이나 눈가, 볼 등을 다정하게 어루만져 줬다. 미호가 민망함에 두 손으로 얼굴을 가리고 꼬리털을 빳빳이 세웠다.

"나랑 같이 지내면 안 될까? 아까 전처럼 나 무시하지 말고 우리끼리 가족처럼 지내자. 아이는 못 낳겠지만."

고도는 대책 없는 청사의 말에 처음에는 눈만 껌뻑이더니, 결국은 생긋 웃고 말았다. 좀처럼 보기 힘든 예쁜 미소에 청사가 눈을 동그랗게 떴다. 푸른 눈동자가 세로로 수축되어 놀라움을 금치 못했다. 고도는 놀라서 얼어붙은 청사의 손을 얼굴에서 떼어 냈다.

"소한테 한 소리 듣게 생겼네."

소……. 여기서 왜 도깨비 이야기가 나오는지 알 수 없었다.

청사는 조금 망설이더니 고도의 입술에 제 입을 맞췄다. 입술끼리 닿은 말캉한 감촉에 청사가 마른침을 삼켰다. 짝짓기 운운했더니 진심으로 회가 동했다.

어떡하지. 진짜 자빠뜨리고 올라타고 싶은데.

미호가 옆에서 신경질적으로 꼬리를 탁탁, 두드렸다. 청사는 욕구와 충동을 간신히 억제하고 입맞춤을 멈췄다.

"오래 기다리셨죠? 모쟁이국 끓여 왔습니다."

주모가 부엌에서 상을 들고 왔다. 아쉬움이 남아 고도의 입술을 혀로 훑고선 그의 어깨에 머리를 기댔다. 청사의 팔이 슬그머니 고도의 허리를 감쌌다. 다행히 주모는 별 의심 없이 고도와 청사 앞에 상을 내려놓았다. 맑은 국 안에 숭어 새끼가 들어 있었다. 모쟁이국의 시원한 냄새에 고도와 청사의 행각을 외면하고 있던 미호가 귀를 쫑긋거리며 좋아했다. 제 얼굴만 한 사발을 들고 우선 생선부터 허겁지겁 먹어치웠다. 미호가 참으로 맛깔나게 먹어 주니 음식을 차린 주모는 뿌듯해했다. 고도가 숟가락으로 밥을 한 술 떴다. 무말랭이 반찬을 곁들이니 그 맛이 꿀맛이라. 고도는 목 근처에서 얼굴을 비비는 청사를 향해 물었다.

　"너도 배고프면 한 상 더 주문할까."

　청사는 잠깐 생각하더니 고도가 쥔 숟가락을 눈짓으로 가리켰다.

　"그럴 필욘 없고, 네가 한 입 먹여 줘."

　어린애다, 어린애. 아님 일부러 이러는 건가. 고도는 스스럼없이 애정을 표하는 청사가 귀여워서 순순히 밥과 나물 반찬을 청사의 입에 넣어 주었다. 청사는 어미에게 모이를 받아먹는 아기 새처럼 입을 벌렸다. 고도의 관심과 애정을 받는 게 기분 좋은지 청사는 무척이나 만족스러워 보였다. 고도의 어깨에 기댄 고개를 돌려 고도의 목덜미나 귓가를 날카로운 이로 살짝 씹으며 그 만족감을 보였다. 간지러워서 움츠리는 고도의 반응 또한 그런 청사의 행위를 부추기는 꼴이 되었지만 말이다.

　"고도. 오늘 여기서 자고 갈래?"

　고도 대신 모쟁이 국에 정신이 팔려 있던 미호가 기겁을 하여 외쳤다.

　"싫어! 이런 끔찍한 마을에서 자고 갈 수…… 퍽!"

　시끄러운 미호를 발로 차서 상 아래로 떨어트린 청사가 고도를 향해 살살 눈웃음을 쳤다. 지척에서 생긋 웃으며 등허리를 손으로 매만지는 분위기가 심상치 않았다. 고도가 멀뚱거리며 쳐다보니 아예 볼에다가 입을 맞추면서 끈적하게 속삭였다.

"밤늦었잖아. 자고 가자. 응? 산 넘느라 피곤했을 텐데 밥만 먹고 다시 떠나면 피로만 쌓여. 여독 풀어야 하지 않겠니."

구구절절 맞는 소리라 반박할 거리가 없었다. 고도가 부엌에 있는 주모를 불렀다.

"주모. 여기서 하루 숙식하겠소. 방 세 개만 내주시오."

오랜만의 손님이 찾아와 두둑하게 돈주머니를 열어 준다고 주모가 반갑게 대답할 때였다. 청사가 고도의 말을 정정한 뒤 새로이 요구했다.

"방 두 개만 내줘. 세 개까지 필요 없어."

"네네."

한 개든, 두 개든 그게 무슨 상관일꼬. 주모는 어찌 됐든 돈을 벌게 되었다면서 부뚜막에 있는 아들 손에 걸레를 쥐어 주었다. 냉큼 제일 좋은 방 두 개를 닦아 내라 지엄한 명령을 내렸다. 다 낡아빠진 집에 좋은 방이 얼마나 좋겠냐며 툴툴거리던 금동이는 머리를 한 대 쥐어 박히고 나서야 얌전히 방 안으로 기어 들어갔다. 속전속결로 숙식까지 처리했는데, 고도가 영 뒤끝이 개운하지 않은 얼굴로 청사를 돌아봤다.

"그런데 왜 방을 두 개만 빌려?"

방을 세 개 빌릴 돈은 있다. 쓸데없는 근검절약 아닐까. 의아해하는 고도를 보면서 청사가 본심을 숨기듯 눈꼬리를 접어 웃었다.

"같이 자자."

"음?"

"짝짓기에 대해서 조금 더 자세한 이야기를 나눠 보자는 말이야."

그게 잠자리에 들면서까지 해야 할 중요한 얘기인가. 그런 얘기 나누면서 남자 둘이 같이 자기에는 방이 비좁지 않을까. 고도는 순수하게 웃어 보이는 청사에게 대놓고 "짝짓기를 실전에서 써보자는 건 아니지?"라

물을 자신이 없었다. 저 얼굴로 아주 정색을 하면서 "너 날 못 믿어? 나 그렇게 막 나가는 요괴 아냐."라는 대답이 뻔했기 때문이다. 고도는 제게 달라붙어서 떨어지지 않는 청사에게 위화감을 느꼈다. 아무래도 녀석은 이상한 충동이 인 듯했다.

"미호."

청사가 하는 짓 모두가 마음에 안 드는 미호는 일찌감치 방 안에 틀어박힐 생각으로 자리에서 일어나던 중이었다. 그러다 고도가 부르는 소리에 고개를 돌렸다. 고도는 삐치다 못해 화가 난 미호의 머리를 토닥여 주며 그리 일렀다.

"어디 좀 다녀오겠다. 밥 먹고 청사랑 방에서 기다리고 있어."

이번에는 미호가 아닌 청사가 놀라서 소리 질렀다.

"가다니 어딜 가! 방까지 빌렸는데!"

그럴 순 없다고 옷깃을 바짝 움켜쥔 청사완 반대로, 미호는 왜 저 말이 안 나오나 싶었다. 새로운 마을에 오면 으레 하는 것이 마을 현장 답사다. 이 마을에는 어떤 요괴가 있나 둘러보는 게 그의 오랜 습관이었다.

"언제 올 거야?"

"해 뜨면 와야지."

"야! 그럴 수 없어! 이건 내가 결사반대야! 갈 거면 나도 갈래!"

청사가 입에서 불이라도 뿜을 기세로 고도를 잡아당겼다. 미호가 거 쌤통이다 싶어 혀를 삐쭉 내밀고 청사를 놀렸다. 약이 오른 청사가 살살 눈웃음치던 표정은 온데간데없이 험상궂은 얼굴로 고도를 노려봤다. 고도는 날카롭게 선 감정 싸움에 끼어들 생각이 없었다. 싸울 거면 둘이서 싸우라면서 소매 속에서 부적을 꺼냈다.

"고도! 너 이대로 가면 나 진짜 내 맘대로 굴 거야!"

청사의 으름장에 고도가 멈칫했다. 그는 찰나의 고민을 마치더니 청사가 붙들고 있는 옷자락을 냉정하게 잡아 뺐다.

"짝짓기 연구는 미호랑 하고 있어라."

"그런 끔찍한 소릴……. 엇! 야!"

청사가 말을 채 끝맺기도 전에, 고도는 허공에 먼지만 남겨 둔 채 눈 깜짝할 사이 사라졌다. 청사는 텅 빈 상 앞만 바라봤다. 방금 전까지 고도가 앉아 있던 자리에는 미적지근한 온기만 남아 있었다. 청사가 이를 뿌득 갈았다. 이건 고도가 자신을 말려 죽일 속셈인 거다.

"어어? 대롱이?"

마음먹은 청사의 분위기가 반전되었다. 그 변화를 감지한 미호가 청사를 불렀다. 심통 난 청사는 자리에서 벌떡 일어나 작정하고 눈을 두어 번 깜빡였다. 청사의 몸속에 갈무리됐던 힘이 스멀스멀 피어올랐다. 그것은 살아 있는 생명체처럼 순식간에 청사의 몸을 덮었고, 이내 청사가 손가락을 까딱이는 방향으로 뻗어나갔다. 한 줄기 섬광 같았다. 그 어떤 빛보다 눈부시고 고귀하게 느껴졌다. 그런 미호의 감상을 뒷받침하듯 바람한 점 없던 주막 앞마당에 부드러운 밤바람이 너울거렸다. 먼지와 함께 떠다니던 공기들이 스스로 가라앉았고, 풀벌레들도 울음을 멈추고 쥐죽은 듯 조용해졌다.

쏴아아아아아아.

한차례 마당을 훑는 맑은 바람결에 가만 서 있던 청사가 문득 한 방향으로 고개를 돌렸다. 남쪽이었다. 고도와 함께 마을로 들어설 때 지났던 입구였다. 그는 흩날리는 머리카락을 손으로 넘겨 올리곤 미호에게 일방적으로 통보했다.

"어디 좀 갔다 온다."

"넌 또 어디 가는 거야?"

"내 마음대로 할 거라고 말했으니까."

청사의 제멋대로인 행동을 미호가 말리려 했으나, 그러기도 전에 청사의 모습은 온데간데없이 사라졌다. 고도가 환영으로 몸을 숨기고 축지법으로 이곳에서 사라지는 기이한 술수를 벌였다면, 청사는 힘 자체만으로 공간에서 사라진 듯한 느낌이었다. 여자를 꾀어내는 특기만 가진 주제에, 어떻게 신선들이나 가능한 공간과 공간을 넘나드는 술수를 부리는 걸까. 미호는 갈수록 청사의 정체를 알기 힘들었다.

미호는 조금 전까지 청사가 서 있던 자리를 쳐다봤다. 원래 아무것도 없던 것처럼, 그 자리에는 청사의 흔적조차 남지 않았다. 청사를 피해서 떨어진 나뭇잎만이 주변을 굴렀다.

고도는 마을 초입에 있는 지하여장군의 머리 위에 한 발로 올라섰다. 누군가 이 모습을 봤다면 감히 신성한 장승 위에 올라갔다고 돌팔매질을 하리라. 물론, 돌에 얻어맞기도 전에 폭이 좁고 높은 위치라 까딱 잘못하면 추락해서 크게 다치겠지만. 그럼에도 고도의 얼굴에는 걱정이나 두려움보다 여유로움이 가득하니, 발붙일 곳이라면 높고 가는 장대 위에서라도 뒷짐 지고 설 수 있는 실력 좋은 도사이기 때문이다.

고도는 마을을 전체적으로 굽어보았다. 시야가 트인 장소를 원한다면 근처 키 큰 나무도 많다. 그럼에도 굳이 주술적 의미가 담긴 장승 위에 올라온 이유는 하나다. 칠복산 초입 마을의 수호수에 걸터앉았을 때와 똑같은 목적이었다.

"내 말이 들리면 대답해 보거라."

고도는 한 발로 지하여장군의 머리를 두드렸다. 나무를 깎아 만든 것이 무슨 반응이 있겠나. 지하여장군은 흉흉한 두 눈에 떡 벌어진 입으로 길거리만 내다보고 있었다.

"묻고자 하는 바가 있다. 대답해라."

평범한 물건이라면 백날을 두드려도 원하는 반응을 이끌어 내지 못할 테다. 하지만 지금 고도가 두드리는 것은 평범한 물건이 아닌, 이 마을에서 유일한 신이 깃든 물건이었다.

고도의 말에 대답하듯 붓으로 그려 넣은 흉흉한 눈빛이 잠시 잠깐 빛을 달리했다. 먹으로 찍어 그린 눈동자임에도 마치 살아 있는 것처럼 생기가 돌았다. 고도가 두 눈에 무감정한 빛을 띨 때와 비슷했다. 세상을 가만 쳐다보며 관조하는 눈. 무슨 일이 벌어지든 간섭하지 않고 지켜보려는 의지만이 담긴 눈. 하지만 그뿐이다. 장승의 눈빛이 달라졌다고 하나 특별한 일은 벌어지지 않았다. 생기가 감돌던 먹 눈도 이내 초점을 잃고 흐릿해져 어린애들 낙서처럼 성의 없이 그려 넣은 모양새로 되돌아갔다.

고도는 다시 한 번 여장군의 머리를 두드렸다. 반응이 없어 그 옆에 있는 천하대장군으로 옮겨가 말을 걸었으나 허사였다. 두 장승은 찰나에 고도의 도력에는 반응했지만, 대답을 할 정도로 힘을 쓰지 못했다. 오랜 시간 마을 사람들의 제사를 받지 못해 힘이 약화되어 장승으로서의 능력을 상실한 듯했다.

고도는 실망한 표정으로 몇 번 더 장승들을 건드리다가 포기하곤 마을로 눈길을 돌렸다. 내려다본 마을에는 악의적인 감정이 감돌고 있었다. 가가호호 모인 곳에 사람이 살기보단 악귀나 살인마들이 사는 것 같았다. 안 그래도 우물동은 거대한 계곡 줄기 아래에 위치해 있어 새벽 아침으로 산에서 만들어진 안개가 흘러내릴 텐데. 지리적 요건이 마을 특유의 음산한 분위기를 가중시킬 것으로 보였다.

고도는 품에서 짚신을 꺼냈다. 해가 저물고 달이 떠오른 지 오래라 한 나절을 꼬박 자는 잠꾸러기 도깨비를 깨워도 큰 탈은 없을 테다.

"소. 이제 그만 잠에서 깨라. 안 그럼 바닥에 패대기칠 게다."

짚신은 손바닥 위에서 요란하게 어르고 구르며 발광을 치더니 이내 푸른빛에 둘러싸였다. 연기가 피어오름과 동시에 펑 소리가 울렸다. 손바닥 위에는 짚신이 감쪽같이 사라지고 우락부락한 산도깨비가 모습을 대신했다. 상투를 튼 머리꼭지, 시꺼먼 눈썹 그리고 수염이 푸르게 불타오르고 있으니, 고도의 협박에 질린 기색이 역력했다.

"네놈은 말 좀 곱게 쓰면 입 안에 가시가 돋느냐!"

우르릉, 천둥처럼 울리는 도깨비 목소리에 장승 한 쌍이 벌벌 떨었다. 신이고 혼이고 모조리 붙잡아 저승 문까지 데려다주는 도깨비의 존재를 향한 두려움이었다. 밉보였다간 찍 소리도 못 하고 염라대왕 앞으로 끌려갈 테니, 이럴 땐 모르는 척함이 최고다. 장승들은 개구리 죽은 시늉을 하듯 꼴까닥, 기운을 지워 버렸다. 고도는 장승 머리를 발로 건드리며 도망치지 말라 일렀지만 늦고 말았다. 장승 속에 있던 신은 이미 땅 밑으로 쑥 도망친 뒤였다. 고도는 끙 소리를 내고는 소에게 고개를 돌려 그렇게 물었다.

"보다시피 얘네들이 겁쟁이라 도망쳤다. 어쩔 수 없이 너에게 자문을 구해야겠다."

"아니, 천하의 고도가 나한테 물어볼 것이 있다니."

"배움은 끝이 없는 법이지."

"그런 고상한 이야기도 너와 어울리지 않다만."

"살면서 느끼는데, 내가 모르는 것이 너무 많다. 특히 이쪽 분야는 심해."

"이쪽 분야라고?"

"인간은 사후세계와 철저하게 구분된 존재. 내 감히 죽은 이들의 길과 목적을 알지 못한다."

"아하, 귀신에 대해 궁금한 계군. 어디 보자."

소는 고도를 붙잡아 어깨에 앉히고는 장승 위에서 풀썩 뛰어내렸다. 목 뒤로 넘긴 도깨비감투를 쓰자 소는 물론, 소와 신체를 접촉하고 있는 고도 역시 사람들의 시야에서 사라졌다. 소와 고도는 사람들의 시선을 신경 쓰지 않고 마을을 돌아다니며 살폈다.

저녁 먹을 시간에는 아이들 소리나 어른들 말소리가 길까지 울려 퍼졌는데 달이 높아지자 마을은 차츰 침묵에 휩싸이기 시작했다. 모두들 약속이라도 한 듯 길거리에 나와 있던 사람들이 하나둘 집 안으로 들어갔다. 간혹 또래와 논다고 시간을 놓친 아이들은 어미 손에 붙잡혀 혼쭐이 나면서 질질 끌려 들어갔다. 곧이어 어디선가 종소리가 울렸다. 때앵, 때앵, 때앵, 무거운 쇠 종이 세 번 울리자 이젠 사람 그림자도 볼 수 없게 됐다. 그 모습을 본 고도가 중얼거렸다.

"사람들이 악귀를 피하려고 경까지 치고 있어. 심상치 않은 상태란 소리다."

소가 곧바로 대꾸했다.

"그래, 여타 마을과는 분위기부터가 다르구나. 넌 어찌 이런 마을만 속속들이 알고 돌아다니는 게냐? 악귀가 꼬이는 인간이냐?"

"악귀들 주변으로 내가 꼬이는 거겠지."

"츠츠츠츠, 네가 꼬여서 뭘 어찌할까."

"잡아먹어야지. 악귀는 맛있거든."

고도의 입가에 히죽거리는 미소가 걸렸다. 아주 흥미진진한 일이 벌어질 것을 기다리는 악동 같은 표정이었다.

"자, 질문이다. 악귀가 발생하면 제일 먼저 무엇을 하지?"

소는 자신 있게 대답했다.

"무당을 부르지."

"무당도 안 되면?"

"도사를 부르지."

"도사도 안 되면?"

"그럼 나와 같은 도깨비 몫이지!"

그런 일이 마을에 퍼지면 큰일인데도, 소는 좋다고 쿵쿵 발을 굴렀다. 인간도 해결하지 못하는 악귀는 자기에게 맡기라면서 경망스러운 웃음을 뱉었다.

고도는 소의 머리를 움켜쥐고 쭉쭉 잡아당겼다.

"못난 놈. 만약 그런 일이 발생하면 씨름 단체전을 하자. 그땐 나도 심판이 아닌 선수로 뛰어드마."

듣던 중 가장 반가운 소리에 소는 두 손바닥을 짝 마주치며 펄쩍 뛰었다. 그는 콧김까지 쉬익 내뿜으며 환호했다.

"츠츠츠츠! 씨름, 씨름, 씨르으으으음!!!"

발까지 쿵쿵 구르면서 제자리에서 어깨춤까지 추니, 고도는 지진이 난 듯한 진동 속에서 히죽 웃기만 했다.

"츠츠츠, 네놈과 함께 씨름이라는데, 이게 웬 횡재냐! 당장 요 마을 이상한 기운의 주인을 찾아보마. 귀신들에게 물어봐 주지!"

귀신 찾긴 도깨비 전문이고, 요괴 찾긴 도사 전문이다. 소는 파란 도깨비불을 튀면서 어딘가를 향해 걸어갔다. 버려진 물레방앗간이 있는 곳이었다. 소는 물레방앗간 앞에 있는 메마른 우물가에 멈추어 서서 그 안쪽을 유심히 바라봤다. 우물 안에는 찰랑이는 물이 보이지 않았다. 비쩍 말라 갈라진 땅뿐이었다.

소는 메마른 우물 안으로 손을 뻗었다. 그의 손에서 푸른 불꽃이 튀며 사방이 반딧불 떼에 둘러싸이듯 환하게 발광했다. 소의 손바닥 아래 푸른빛에서 무언가가 꿈틀거리며 반응했다. 형체를 알 수 없는 연기 자락에 소의 눈썹이 사납게 휘었다. 그는 빛에 감싸인 손으로 바닥을 더듬고는 곧이어 무를 뽑듯 무언가를 움켜쥐고 잡아당겼다.

"응애, 응애애애애애!"

소에게 발목이 잡힌 채 울음을 터뜨린 소리는 고막을 찢을 기세로 날카로웠다. 처녀귀신 귀곡성 못지않게 끔찍한 소리였다. 소의 손에는 애기 귀신 하나가 거꾸로 매달려 있었다. 뽀얀 살결은 창백하게 질려 푸른색에 가까웠다. 사슴처럼 맑고 순수해야 할 두 눈은 핏줄이 터진 양 새빨간 악덕으로 가득했다. 찡그린 얼굴로 입을 크게 벌려 우는 모습이 흡사 요괴 같았다.

귀신을 보고도 태연함은 고도나 소나 매한가지였다. 오히려 애기귀신을 둘러싸고 있는 음울한 정기를 침착하게 살피는 여유를 부렸다. 소는 애기 귀신의 범상치 않은 기운을 감지하더니 퍽 안타깝다는 투로 말했다.

"귀신들 다루는 요괴가 누군지 물어보려 했건만, 이렇게 어린 애기 귀鬼한테 무슨 대답을 들으리."

고도는 소의 손에 거꾸로 매달린 애기 귀신을 뺏어 짤짤 흔들어 보았다. 발정 난 암고양이보다 더 거친 소리로 울어댄 애기가 시뻘건 눈을 뜨고 고도의 손을 물어뜯으려 했다. 고도는 공격적인 애기의 주둥아리를 한 손으로 틀어막았다. 손바닥 아래에서 동굴에 반사되듯, 울음소리가 웅웅 울렸다.

"피해자가 어린아이라. 이번 요괴는 참으로 인정이 없는 놈이로다."

"즐거운 말투구나."

"암, 즐겁고말고. 이제야 제대로 된 요괴를 만났지 않나. 이렇게 인간에게 가차 없는 것들이 내 사냥감으로 딱이다. 구질구질한 사연 있는 것들은 이제 사양이야."

고도가 손에 힘을 주자 지옥에서 올라온 차사들도 쉬이 다루지 못하는 원귀가 흔적도 없이 허공에서 갈기갈기 찢어져 날아갔다. 성불이 아니었다. 영혼을 멸한 것이다. 죽은 자라 할지라도 한때 인간이었던 존재다. 엄밀히 말하면 고도는 살인을 저지른 셈이었다. 하지만 고도는 스스로 죄책감에 빠지지 않았으며 소 역시 그런 고도를 나무라지 않았다. 오히려 죽은 이들의 길라잡이라 할 수 있는 도깨비가 제 손님을 멸한 사실을 팔짱까지 끼고 구경했다. 아는 자가 봤으면 둘의 행태를 잔혹하다 욕했을 것이다. 혼을 멸한 뒤에도 둘은 기이하리만큼 침착함을 유지했다.

"나는 상대방 사정에 개입하는 게 싫다. 그들이 날 어떻게 생각하는지도 궁금하지 않아. 호의는 부담스럽고, 악의는 마음을 편하게 해주지. 나는 사랑 고백보단 욕 들어먹는 게 심적으로 더 편한 도사다."

다짐을 하는 듯한 고도의 태도에 소는 턱수염만 매만졌다. 말로는 자신을 막 대하는 적의가 좋다 말하나, 세상에 그런 인간이 어디 있겠는가. 고도는 마치 행복함에 익숙해지려기보단 불행에 익숙해지려고 애쓰는 것처럼 보였다. 그래야 기대도 실망도 없고, 슬픔도 고통도 없을 것처럼. 참으로 안타깝고 안타깝다.

소는 고도의 머리를 툭툭 두드려 줬다. 고도의 덤덤한 혼잣말이 이어졌다.

"그 녀석에게도 흔들리고 싶지 않은데 이게 말처럼 쉽지 않아서 문제구나."

고도는 먼저 앞서 걸었다. 이 마을 상황을 파악할 만한 귀신을 찾기 위해 소가 그랬던 것처럼 기운이 흉흉한 우물을 찾아 나섰다. 썩 따라오지 못하겠느냐 고도의 부름에 소는 고개를 까딱까딱 흔들면서 고도의 뒤를 따랐다.

소는 가던 와중에 힐끔, 등 뒤로 고개를 돌렸다. 소의 파란 눈동자에 커다란 단풍나무가 들어왔다. 다가오는 겨울을 맞이해 이파리를 떨어트리는 나무였다. 그 밑으로 사람 발길이 닿지 않은 낙엽들이 소복하게 쌓여 있었다. 이상한 점은 나무 밑동 근처에 유독 나뭇잎들이 쌓이지 않았다는 점이다.

딱, 한 사람이 서 있을 공간만큼만.

장닭의 긴 울음소리가 새벽공기를 갈랐다. 고개를 들어 보면 항시 상록수로 덮여 있던 산에 울긋불긋한 단풍물이 들어, 햇빛이 미처 닿지 못하는 북쪽은 앙상한 가지를 드러내고 있었다. 선선하다 못해 아침저녁으론 차가운 바람이 불기도 했다.

청사는 맑은 공기가 내려앉아 마치 물안개가 낀 듯한 주막 마당만 멍하니 바라봤다. 고도 일행이 온 뒤로 다른 객인이 없는 주막은 깨끗하고 조용했다. 사람의 손길이 닿지 않은 이른 아침의 밥상 자리가 이슬이 맺혀 반짝였다. 벽에 난 흠집들을 진흙으로 대충 메운 낡아빠진 오막살이조차도 아침 기운을 머금어 농담 깊은 수묵화로 보였다. 사람의 체취가 물씬 묻어나야 할 장소가 이리도 청명하게 빛나고 있으니, 그 가운데 자리를 잡고 앉아 있는 이조차 그림 속 인물로 보일 정도다.

대청에 비스듬히 앉아 문설주에 등을 기대고 있는 청사. 그의 옷가지는 흐트러져 있었다. 마루에 아무렇게나 펼쳐 놓은 옷자락과 머리카락도 새벽이슬을 머금고 있어 청사가 얼마나 오랫동안 밖에 나와 있었는지를 보여 줬다.

"아저씨 밤샜어?"

기지개를 켜며 방문을 열었던 금동이가 청사를 발견하고 반갑게 물었다. 어제는 요사스러운 얼굴로 고도에게 다가가는 자신을 신경질적으로 대했지만, 오늘은 차분하다 못해 넋을 놓고 눈길 한 번 주지 않았다.

금동이는 청사 옆에 앉았다. 옆에 와 엉덩이를 문대도 청사는 통 관심을 보이지 않았다. 금동이가 청사의 눈앞에 손을 흔들어 보이고 옆구리를 쿡쿡 쑤셔도 뭐에 홀린 듯이 "하아"하고 한숨만 내쉬었다. 얼굴이 붉어져서 눈을 내리뜨거나 우울한 표정을 짓기도 했다. 금동이는 이대로 자리에서 일어나 엄마가 시킨 대로 물이나 길러 갈까, 고민을 했다. 청사의 사정 따위 신경 쓸 바는 아니다만, 직감이 말하길 이대로 내버려 두면 하루 온종일 먼 산만 보면서 한숨이나 푹푹 내쉴 듯했다.

"아저씨, 이거."

금동이는 간밤에 어머니가 아궁이 불에 익혀 두었던 노릇노릇한 알감자를 내밀었다. 청사는 제게 내민 음식을 반사적으로 받아만 두었다. 감자를 손에 쥔 채 먹지도 않고 여전히 풀린 눈으로 허공만 바라봤다. 청사에게 줬던 감자를 도로 뺏은 금동이가 그것을 한 입에 우물우물 씹으며 물었다.

"무슨 일 있어? 매가리 없는 병든 닭 같네. 꼴꼴꼴꼴."

청사는 금동이를 발바닥으로 밀어냈다.

"애들은 가. 건방지게 어른 사정을 캐내려 하다니."

"어디 아픈 사람처럼 있으니까 걱정돼서 그래."

"아픈 사람? 아아, 그래. 아플지도 몰라. 병에 걸렸거든."

"정말? 고뿔이야?"

"고뿔보다 지독한 마음의 열병."

한숨을 푸욱 내쉬는 청사를 보고 금동이는 입에 가득 담았던 알감자를 질질 흘렸다. 엄마가 마을 아낙들과 일주일에 한 번씩 모여서 소설을 읽곤 했다. 그때마다 신분을 초월한 연인들에 대한 이야기를 집에 돌아와 금동이에게 들려주었다. 높은 관직의 아들과 빈촌 여자의 사랑이야기. 혹은 반군에 가담한 농민 남자와 도성에서 높은 관직과 벼슬을 내려받은 아비를 둔 여식의 만나고 싶지만 만날 수 없는 가슴 절절한 이야기. 그도 아니라면 공주의 호위 무사가 알고 보니 어린 시절 헤어졌던 오라비였던 이야기. 그런 종류의 얘기를 할 때마다 애틋하고 슬퍼하는 요상한 표정을 짓더니만 지금 청사의 표정이 딱 그 짝이 아닌가. 순탄치 않은 사랑을 할 때 겪는 번민의 표정 말이다.

"저기, 아저씨. 아저씨 집에서 막내지?"

청사는 만지작거리던 손가락을 놓았다. 금동이는 청사의 반응을 보고 씨익 웃었다.

어린애가 봐도 아침 햇살을 받고 있는 청사는 멋있었다. 멋 부리지 않고 입은 비단 도포는 무늬 없는 밋밋한 청색이라도 기품과 우아함이 넘쳤다. 윤기 나는 길고 검은 머리나 여인네처럼 뽀얀 피부. 거기다 서역 사람처럼 투명하고 맑은 하늘색 눈동자. 어디 잘 사는 도련님 같은 그는 행동하는 데에 조금의 망설임도 없었다.

금동이가 본 어제의 청사는 동료들에게 스스럼없이 다가가 좋으면 좋다 하고, 싫으면 싫다고 가감 없이 표현했다. 그런 솔직함은 청사가 막내기에 가능하다고 생각했다. 장남이나 차남은 집안 체면 때문에 좋아도 싫은 척, 싫어도 좋은 척 능구렁이처럼 굴어야 하지만 막내라면 가문을 이을 필요도 없다. 가솔들도 첫째나 둘째보다도 청사 같은 막내를 대하기 더 편했으리라. 그런 환경에서 자랐기 때문에 나이가 들어서도 저리 철없이 구는 게 가능한 것이다.

금동이는 자신의 추리가 스스로 기특했다. 히히 웃으면서 청사에게 "막내 맞지? 응?" 하는 꼴이 제 생각을 아주 확신하고 있었다. 청사는 꼬맹이가 주막에 머무는 행인의 내력을 단숨에 꿰뚫은 것이 신기해서 관심을 표했다.

"어떻게 알았어?"

금동이는 젖니가 빠진 이를 드러내고 웃었다.

"내가 이 동네에서 제일 어려. 그래서 사람들한테 예쁨 받고 자란 사람은 잘 알아봐."

"몇 살인데 네가 마을의 막내냐?"

"여덟 살."

"이 동네에 너보다 어린애들은 없어?"

"응. 나 다음으로 태어난 애들은 다 죽었대."

"왜?"

"몰라. 우리 어무니는 저어기 푸줏간 아줌마가 무슨 문제를 일으켜서 마을에 저주가 들린 거라는데, 자세히 안 말해 줘."

높은 둔덕에 위치한 주막이라 금동이가 손가락질하는 초가집 하나 찾긴 어렵지 않았다. 마을 외곽, 산길 와중에 난 초가집은 창이며 문이며 꼭꼭 걸어 잠그고 있었다. 볏짚단이나 돌들로 대충 담을 쌓은 다른 집과 달리, 저 초가집은 마른 나무를 세로로 길게 조각내어 궐벽만큼이나 높게 집 주변을 둘렀다. 아무도 들어오지 못하게 만들어서 스스로 고립을 자처한 꼴이었다. 푸줏간이라면 고기나 가죽이 사방에 널려 있고 온갖 칼들이 눈에 띄어야 하는데 그런 것도 보이지 않았다. 그리고 보니 이 마을 사람들은 집집마다 고기를 손질해 마당에 걸어 둔다. 푸줏간이 없어서도 아닌데 왜 저 집 손을 빌리지 않는지 모를 일이다.

사연 많은 고깃집인 듯 보이나 청사는 별다른 관심을 보이지 않았다.

그는 푸줏간 사정보다 저를 보고 막내 운운한 금동이의 말이 더 흥미로웠다.

"근데 내가 막내인 건 어찌 알았느냐."

샛길로 빠진 대화를 다시 본 궤도에 돌려놓았다. 푸줏간을 손가락질하던 금동이도 금세 청사와의 대화에 집중했다.

"울 집은 주막을 하니까 아무래도 사람 관찰하는 게 몸에 배거든. 저사람은 돈 떼먹고 갈 치인가, 아님 울 엄마 꼬아내려고 수작 거는 걸까. 술 마시고 깽판 부리진 않을까, 그런 거. 하다 보면 사람 성격도 보이게 되는데 아저씨는 막내 같고, 같이 있던 짧은 머리 아저씨는 큰형 같았어."

"쬐끄마한 게 별소릴 다하네. 그래서 그 머리 짧은 아저씨가 네 맘에도 든 거야? 큰형처럼 네 어리광을 다 받아 주니까?"

"응! 난 그렇게 내가 뭘 해도 다 귀엽다고 봐주는 사람이 좋아! 울 엄마는 조금 미워. 내가 뭘 해도 잘했다고 칭찬해 주질 않거든. 언제나 혼만 내."

어린애들의 감이란 게 무섭긴 무섭다. 한번 보면 자기에게 잘 대해 줄 사람인지 아닌지를 한 번에 알아차린다. 말 한 번 섞어 본 적도 없을 고도에게 쪼르르 다가와 먼저 친근한 척 군 것이 우연이 아니란 소리였다. 청사는 자기도 금동이와 같은 이유로 고도가 좋은 건가를 생각해 보았다.

흐음. 그런 이유 같지는 않았다. 고도가 자신을 잘 받아 줘서 좋다기보단, 고도가 하는 짓이 사랑스러워서 좋았다. 청사가 고백을 하면 쉽게 동요하고 감정을 잘 숨기지 못하는 모습을 보는 게 행복했다. 금동이처럼 마냥 제 마음을 받아 줄 것 같아서 좋다는 것과는 엄밀히 말해 다른 문제다.

어려워라.

청사는 머리를 긁적였다. 인간 여자들을 꼬아낼 때는 이렇게 복잡한 생각 안 해도 됐건만. 상대가 고도가 되니까 만만치 않은 일이었다. 심란해하는 청사를 지켜보던 금동이가 한 가지 유용한 정보를 알려 줬다.

"아저씨, 금강 줄기 따라가다 보면 박우리 오일장이 열려. 가서 기분 전환이라도 하고 와. 여기서 그렇게 멀지 않거든."

"너 같은 꼬맹이에게 조언이나 듣고. 내가 물러 터지긴 했나 보다."

"에이, 사람이 기분 좋을 때도 있고 안 좋을 때도 있는 거지. 아저씨도 바람 쐬고 오면 훨씬 나아질 거야."

"이게 끝까지 기어오르긴."

청사는 금동이의 머리를 마구 흐트러뜨렸다. 금동이가 입을 삐쭉 내밀고 왜 심술이냐 항변해도 청사는 피식 웃기만 했다. 마침 누군가 주막 쪽으로 다가오는 소리가 들렸다. 청사는 금동이를 괴롭히던 손을 멈추고 문밖으로 고개를 돌렸다.

해를 등지고 한 사람이 걸어오고 있었다. 청사는 텅 빈 자갈밭을 느릿하게 걸어오는 사람이 누군지를 알아봤다. 소의 본체인 짚신을 농주처럼 가지고 노는 고도였다. 고도는 주막에 다다르자 문 안쪽으로 걸어오지 않고 멈추어 섰다. 그는 허공으로 던지던 짚신을 낚아채 한 손에 꼭 쥐었다. 고도가 멈추어 선 곳은 청사와 스무길 정도 거리를 둔 곳이었다.

청사는 자리에서 성큼성큼 보폭을 벌려 고도에게 다가갔다. 앞뒤 안 가리고 다가오는 청사의 모습에 잠시 움찔한 고도가 한 걸음 뒤로 물러섰을 때, 청사는 고도를 붙잡아 들어 올렸다. 힘자랑 하는 머슴처럼 고도를 아예 어깨에 들쳐 업으니 마루에 걸터앉아 있던 금동이마저 놀랄 정도였다. 당황한 고도가 청사의 등을 주먹으로 두드렸다.

"뭐하는 거냐, 대롱이."

청사는 고도를 들쳐 멘 채 주막을 나서려다, 고도의 손에 쥐어져 있는 짚신에 시선을 주었다. 그는 잠깐 고민하더니 곧 고도의 손에서 짚신을 뺏었다. 고도가 어, 하는 사이에 청사가 뺏은 짚신을 금동이 쪽으로 휙 던졌다. 날아온 짚신을 받아 든 금동이 두 눈을 휘둥그레 떴다. 청사가 금동이에게 단단히 일렀다.

"그거 방에서 자고 있는 계집애 주변에 던져두고 일 봐."

막무가내인 청사의 행동에 놀란 사람은 금동이뿐이 아니다. 고도도 아무런 설명 없이 주막을 벗어나는 청사에게 적잖이 놀랐다. 어깨에 거꾸로 매달린 고도는 그 위에서 내려오려다 기습적인 청사의 행동에 펄쩍 뛸 뻔했다. 내려오려는 고도의 엉덩이를, 청사가 한 손으로 콱 움켜쥔 것이다.

엉덩이를 움켜쥐다 못해 대놓고 주무르는 행위에 고도는 문장이 되지 못하는 단어들만 뻐끔거리며 내뱉었다. 놀라고 당황한 고도의 반응에 청사가 눈까지 접으며 웃었다. 눈웃음이 너무도 사랑스러워 발버둥 치려던 고도의 몸에서 스르륵 힘이 빠져나갈 정도였다.

"나들이 하자, 나들이."

"우리가 여기 놀러온 줄 아느냐. 무슨 얼어 죽을 나들이."

"박우리 장터래. 오일장이 열린대. 맛난 거 먹고 예쁜 것도 사자."

"정신 빼놓고 다니려고 작정했구나."

"가서 뭐 먹지? 아님 옷이라도 하나 장만할까?"

들은 채도 하지 않는 청사의 막무가내에 고도는 어이가 없어서 눈만 굴렸다. 눈앞에 흔들리는 땅만 쳐다보고 있으려니, 이놈에게 왜 이렇게 휘둘리나 싶어서 한숨이 나왔다. 청사는 제 어깨에 걸친 고도 엉덩이를 주물주물 주무르면서 소리를 내어 웃었다. 고도는 청사의 등에 고개만 푹 박고 엉덩이를 만지작거리는 손길에 두 눈만 사정없이 흔들렸다. 거꾸로 매달린 것이 고도에게는 그나마 다행이었다. 하마터면 붉어진 얼굴을 청사에게 들켰을지도 모를 일이니 말이다.

고도는 해가 뜰 때까지 소와 함께 우물동 구석구석을 살폈었다. 지박령이 된 아기 귀신들이 어찌나 많던지, 간밤에 본 숫자만 해도 일흔을 넘었다. 아이들 나잇대도 제각각이라 갓난아기부터 예닐곱 살 근처의 다양한 아이들이 우물 안에 붙잡혀 있었다. 겨우 말이 통하는 소녀를 만났을 때, 그녀는 돌림 소리처럼 같은 말만 반복했다.

'그 할머니가 잡아먹어. 꿀떡꿀떡꿀떡꿀떡. 뼈채 씹어 삼키고 손톱발톱만 우물에 버리지. 그리고 옆집으로 옮겨가 꿀떡꿀떡꿀떡꿀떡꿀떡. 할머니가 내 팔을 씹을 땐 참 많이 아팠어.'

할머니. 유일한 단서였다. 마을이 넓지 않아 범인인 할머니를 찾는 게 어렵지는 않을 것 같았다. 다만, 시간이 걸리는 문제일 뿐. 낮 동안 주모에게 물어 마을에 사는 할머니들을 파악한 뒤 일일이 대문을 두드려 볼 심산이었건만. 어찌 도착하자마자 청사 등에 짐짝처럼 얹혀 장터까지 끌려 나왔는지 기가 막힌 일이었다.

박우리 장터는 우물동에서 걸어서 반나절 가량 걸리는 곳이었다. 갈대가 푸르게 우거진 강물을 옆에 끼고 세 마장 정도 펼쳐진 장에는 사람들이 북적거렸다. 여자들은 보따리 짐을 머리에 한껏 이고 푸성귀와 고기, 비단 등을 흥정했다. 철창에 가둔 씨암탉들은 한번 문이 열리면 날갯짓하며 날아올랐다. 그 도망치는 뚱뚱한 새를 잡으려고 사람들이 한바탕 난리를 부리기도 했다. 닭뿐만 아니라 오리며 개까지 똥냄새를 피워대며 울어대는 탓에 사람들 소란과 어우러져 귀가 멍멍할 지경이었다.

청사는 생각보다 극심한 인파에 벌써부터 머리가 아파 왔다. 그나마 이 피곤함을 견딜 수 있는 이유는 옆에서 눈을 반짝이고 있는 고도 덕분이었다.

고도는 쉴 새 없이 두 눈을 굴렸다. 가는 도중에도 몇 번이나 걸음을 멈추고 가판대 물건을 구경했다. 미호에게 어울리겠다며 옥색 비단을 한 필 끊어서 사려고도 하고, 헌 신을 벗어 새 신으로 갈아 신기도 했다. 상인들이 호객 행위를 하는 장신구 앞에서는 한참이나 기웃거리더니 이내 비녀 하나를 고르기도 했다. 흑요석과 유리구슬이 박힌 산호 비녀였다. 값을 치르고 나서 길게 풀어헤친 청사의 머리를 묶어 올리는 행동이 능숙했다. 혹시 예전에 다른 여인의 머리를 올려 본 적 있느냐 묻고 싶은 마음이 하늘 같았지만, 청사는 차마 입을 떼지 못했다. 이런 고도의 행동이 기뻐서 괜히 분위기를 깨고 싶지 않았다.

"재밌어, 고도?"

곱게 비녀를 튼 청사의 모습을 보고 고도는 고개까지 끄덕이며 마음에 들어 했다. 비녀 때문에 더 여성스러워 보여야 하는데, 여성스러운 건 모르겠고, 기품은 더해졌다. 이건 어떻게 생겨 먹은 요괴라서 인간들보다 고귀해 보이는 걸까. 청사가 입술을 삐쭉이는데도 예뻐 보였다. 제아무리 섬세한 남성체라도 이런 분위기를 자연스럽게 내보일 수 있는 존재는 청사뿐이리라.

"응. 재밌다."

해맑은 대답에 청사는 괜스레 고개만 돌렸다. 고도가 저렇게 순수하게 기뻐하는 모습을 이상하게도 똑바로 쳐다볼 수가 없었다. 기뻐하는 모습에 심장이 콩닥거리는 게 스스로 생각해도 한심했다. 당장이라도 손을 뻗어 고도의 말랑거리는 볼을 매만지고, 입을 맞추고 싶어서 움찔거리는 손을 등 뒤로 숨겨야만 했다.

"고도, 뭐 사먹을래?"

"응."

고개를 끄덕이는 고도를 보며 손만 움찔거리던 청사는 결국 참지 못하고 고도의 손을 잡았다. 깍지까지 껴도 고도는 내치지 않았다. 뭐 먹을까 싶어 가판대를 이리저리 오고가며 당과나 떡을 구경하느라 바빴다. 지금 돈이 얼마 남았는지도 가늠하지 않고 사탕 장수에게서 호박엿이나 당과 등을 한 보따리 사서 오도독 씹어 먹기도 했다. 달짝지근한 설탕물을 핥아먹느라 입술이 맨질맨질하게 빛났다. 청사는 고도의 입술에서 시선을 뗄 수 없었다.

"뭐지, 대롱이. 너도 먹고 싶으냐?"

빤히 쳐다보는 청사에게 고도는 손에 들고 있는 엿가락을 내밀었다. 청사는 고개를 저었다.

"너 많이 먹어."

"나중에 달라고 해도 안 준다."

"안 그럴 거다, 뭐."

싫음 말라면서 청사에게 내민 엿은 고도의 입 속으로 쏙 들어갔다. 입술을 오물거리는 모습을 보노라니 청사는 뺨이 살짝 달아올랐다. 참고 또 참으려다 더 이상은 인내심의 한계가 와 고도의 뺨을 한 손으로 잡아당겼다. 다람쥐처럼 한쪽 볼에 부르뜨린 엿가락을 몰아넣고 빨던 고도의 모습이 우스꽝스럽게 변했다. 청사는 고도의 뺨을 만지작거리다 조심스레 고개를 숙여 귓가에 속삭이듯 물었다.

"너 무방비하게 자꾸 이럴래? 안 그래도 인내심 약한 요괴 앞에서 대체 뭘 시험하려는 거야."

"어허, 어디서 감히 나한테 핑계를 대느냐."

"정말 몰라서 물어?"

"남에게 핑계 대는 그 버릇을 고쳐야 할 텐데."

"짝짓기 하자."

"아무 데서나 이상한 말 내뱉는 그 입버릇도 고쳐야 할 테고."

"왜 모른 척하고 그래, 응? 고도."

"그럼 내가 어찌 응해 줄까. 뱀의 생태를 같이 연구해 주면 되려나."

"한번 해볼래?"

"자고로 학문이란 수많은 과거 학문들을 섭렵하고 배운 후에야 후학을 도모할 수 있거늘, 어디 몸부터 움직이려고."

"해보자."

"뱀 귀가 이렇게 어두울 줄이야."

청사는 고도의 손을 잡고 후미진 골목길로 들어갔다. 고도를 벽에 세운 청사가 고개를 숙여 입을 맞췄다. 고도는 처음엔 그 입술을 손바닥으로 막아 내며 영 불편한 감정을 숨기지 못했다.

"여기서까지 이러고 싶은 게냐."

"네가 생각하는 것만큼 기분 나쁘지 않을 거라고 확신할게."

"밖이다. 사람들 보는 눈도 있어."

"여기까진 관심 안 가져."

"이런 응큼한 놈. 솔직히 말해 봐. 이러려고 장터에 나오자고 한 게지?"

"네가 다른 잡것들에게 너무 인기가 많아서 몰래 **빼오**느라고 그런 거다."

"핑계는."

"내가 진짜 기분 좋게 해줄게."

청사는 고도의 짧은 머리카락 사이로 손가락을 밀어 넣었다. 머리칼이 파고든 손 마디마디에 힘을 주어 고도의 머리를 고정시키곤 입을 맞췄다. 휘어지는 고도의 허리마저 한 팔로 받친 청사는 맞붙은 입술 사이로 혀를 꺼냈다. 차갑고 미끄러운 뱀의 혀가 고도의 입 안에서 조각난 엿을 하나 뺏어 갔다. 청사는 혀끝에 고이는 단물에 몸서리쳤다.

조심스레 벌어지는 입술을 느끼고 청사는 고개를 틀어 입술이 아닌 목과 볼을 핥았다. 이렇게 찰싹 붙어 입을 맞추고 피부를 핥는 건 아직 고도도 적응하지 못한 듯했다. 고도는 어색하게 시선을 피하고 아랫입술을 질끈 깨물었다. 쑥스러워하면서 눈가가 붉어진 고도를 보자, 청사는 숨결이 조금 거칠어졌다. 입을 맞췄다. 다디단 엿기름에 미칠 것 같았다. 벽에 기대서 있던 고도를 두 팔로 끌어안았다. 편안하게 등을 기대고 있던 고도의 몸이 엉거주춤 청사에게 밀착되어 어디 하나 떨어진 구석이 없게 되었다.

"하아…… 고도."

으스러지게 끌어안긴 고도가 거친 숨을 내뱉은 청사를 올려다보다 천천히 두 손을 뻗었다.

"날 기분 좋게 해준다며, 네 표정이 가관이구나."

"윽, 이상해?"

"흠."

"뭐야, 그 반응은."

"도홧빛이 가득한 네 얼굴과 어울리는 표정이니 신경 안 써도 되겠다."

그게 더 설레는 말이란 걸 고도는 정말로 모르는 모양이다. 청사는 화끈, 붉어진 얼굴을 숨기지 못한 채 고도를 넋이 나간 얼굴로 바라봤다. 청사의 볼을 감싼 고도의 손바닥은 투박했다. 굳은살이 여기저기 박여서 얼마나 검을 오랫동안 쥐고 살았는지 가늠이 될 정도였다. 청사는 그 손바닥마저 사랑스러워 고도의 손등에 제 손을 덮고 입을 맞췄다. 쿵쿵 뛰는 심장소리가 고도의 것인지, 자신의 것인지 알 수 없었다. 고도가 입맞춤을 받아 준 것만으로도 이미 세상을 다 얻은 기분이었다.

"대롱이, 네놈을 어쩌면 좋으냐."

지난밤 청사가 고통과 슬픔에 잠도 못 이루고 몸부림을 치던 것이 그대로 고도에게 옮겨 간 듯하다. 최대한 모른 척하고 무시하려던 감정을 정면에서 부딪친 고도의 표정은 괴로워 보였다. 고도가 힘들어하는데도 청사는 고도가 지금 느끼는 감정이 좋았다. 자신을 무심하게 바라보는 눈보다 조금은 일그러져서 고뇌하는 모습이 마치 청사를 특별하게 생각해 주는 것 같았다. 고도가 솔직하게 반응할수록 기쁨은 커졌다.

청사는 고도의 물음에 대답하는 대신 쪽하고 볼에 입을 맞췄다. 고도가 작게 한숨을 내쉬었다. 청사는 그런 고도의 얼굴을 잡아당겨 제 목 부근에 기대게 했다.

"어쩌긴 뭘 어쩌느냐. 너 잘하는 거 있지 않느냐. 마음 가는 대로 하는 거."

등을 토닥여 주는 손길에 고도의 몸에서 슬그머니 힘이 빠지는 게 느껴졌다. 청사는 조심스레 저한테 기댄 고도를 안고 한참이나 등을 매만져 주었다.

"와아아아아아아아."

장이 무르익어 해가 서쪽으로 기울 무렵, 어디선가 나타난 남사당패가 장터의 가장 너른 부분을 차지했다. 꽹과리와 장구소리가 들리기 시작하더니 곧 청년 네다섯 명이 풍악을 울리며 등장했다. 마당극이라도 벌이려는지 몇몇 남녀가 탈을 쓰고 판을 장악했다. 그 뒤로 붉은 나비가 그려진 전모를 쓴 기생들이 춤을 추며 따라오고 있었다. 구경꾼들, 특히나 남자들이 여기저기서 박수를 치며 환호했다. 푸른 치마를 허리춤까지 올려 묶은 기녀들이 극마당 주변을 빙글빙글 돌며 손짓을 하니, 사람들이 너도나도 몰려들었다.

갑작스런 흥분과 환호에 청사가 상황을 파악하고는 고도의 손목을 붙잡았다.

"우리도 구경하자!"

대답을 듣기도 전에 고도를 잡아 사당패 극 마당으로 향했다. 서두른다고 서둘렀는데 벌써 구경꾼들이 세 겹, 네 겹의 벽을 쌓고 있었다. 더는 안으로 들어갈 구멍이 없었다. 청사는 주변을 살피더니만 마당 근처에 있는 커다란 은행나무로 다가갔다. 사람들 등살에 치여 고생을 할 바에는 저 위에 올라가 구경하는 것이 한결 나아 보였다.

청사가 나무에 올라가려고 요술을 부리려 했다. 고도가 그런 청사를 말렸다. 아까 돼지머리며 빈대떡에 과일까지 제사 음식을 나르는 무리를 본 터였다. 어딘가에 무당과 그를 고용한 사람들이 굿을 벌일 텐데 괜히 요기를 흩뿌렸다가 들키면 곤란해진다.

고도는 소매에서 부적을 꺼내 청사의 양발에 붙여 주었다. 저 역시 발에 붙이고 나머지 부적 하나를 손에 들고 팔랑, 흔드니 어느새 둘은 은행나무 꼭대기에 올라앉게 되었다. 아래를 내려다본 청사가 이 높이면 나뭇잎에 시야가 가릴 일도 없겠다며 좋아했다. 고도를 품에 안고 나무 기둥에 몸을 기대자 사람들이 북적이는 가운데 슬슬 놀이판이 본격적으로 시작됐다.

제일 먼저 줄타기 한 마당이 펼쳐졌다. 어름을 타고 노는 기예들의 모습에 장터 안은 환호와 박수소리가 끊이지 않았다. 한껏 무르익은 판 가운데로 사당패를 이끄는 꼭두가 등장했다. 꼭두가 마당을 정리하자 다른 이들이 꼭두 뒤를 따라 나왔다. 말뚝이가 양반탈을 쓴 남자를 조롱하고 엉덩이를 걷어찼다. 세태를 풍자하려는 마당극을 보고 사람들이 깔깔거리며 웃음소리를 높였다.

남사당패를 둥글게 둘러싸고 구경하는 사람들이 극에 몰입할 때쯤 청사는 앞에 안고 있던 고도의 어깨에 턱을 올렸다.

"재밌어?"

대답이 없다. 극에 푹 빠져 있는 고도를 가만 쳐다보던 청사는 고도 허리에 두른 팔에 힘을 주었다. 품 안으로 더 끌어들였다. 고도는 움찔거렸지만 밀어내진 않았다. 골목 뒤에서 깊게 나눈 입맞춤의 영향이었다. 입을 맞춘 후론, 고도와 청사 사이에 분위기가 묘해져 잠깐 장터를 둘러보는 사이에 눈이라도 마주치면 어색하게 시선을 피했다.

청사는 저를 의식하는 고도가 너무 좋아서 대놓고 그의 허리를 끌어안기도 했다. 주변 눈치를 살피면서도 청사를 제대로 밀어내지 못하는 고도의 모습을 보노라면 과연 누가 싫어서 저러겠느냐고 물을 정도였다. 그는 분명 싫어하지 않았다. 오히려 분위기가 묘해져 사람들 몰래 입을 맞추면 눈썹까지 파르르 떨면서 미약한 흥분을 보이지 않았나.

고도의 반응이 긍정적일수록 청사의 행동은 대범해졌다. 처음에는 손을 잡고 입을 맞췄다면 그 후에는 허리에 팔을 두르고 사람들 몰래 목 근처에 제 것이라는 입술 도장을 찍었다. 이제는 사람들 눈치 보지 않고 단둘이 있을 기회가 생겼다. 이 기회를 어찌 공으로 날리겠는가.

청사는 슬그머니 손을 뻗었다. 고도의 엉덩이나 허리를 슬근슬근 만졌다. 처음에는 옷감 위를 쓰다듬는 데 불과했다. 그러다 차츰 손바닥 전체로 쓰다듬던 손길에 힘이 들어가더니, 어느샌가 엉덩이를 손에 쥐고 주물주물 매만지는 수준이 되었다.

고도가 등 뒤를 쳐다봤다가 청사에게서 기습적인 입맞춤을 당했다. 아주 가볍고 간지러운 입맞춤이었다. 입술을 살짝 물었다 놓는 행동은 장난기가 다분하여 목 너머로 킥킥 웃는 소리가 들릴 정도였다. 고도가 불편한 듯 몸을 움직이자, 손길은 더욱 과감해졌다. 엉덩이를 주무르던 손길에 명백한 욕정이 묻어났다. 뒤에서 고도를 감싸듯이 몸을 바싹 붙이고 엉덩이도 제 아랫배에 꾸욱 밀착시켰다. 단단한 것이 고도의 엉덩이골을 쿡쿡 쑤셨다. 등 뒤에 붙은 청사의 몸에서도 열기가 느껴지는 것 같았다.

고도는 재빨리 몸을 일으켰다. 어디서 그런 순발력이 있었는지 청사가 얼른 고도를 끌어안았다. 두 사람의 몸싸움 덕에 은행나무가 크게 출렁였다. 노란 은행잎들이 놀이판 위로 우수수 떨어졌다. 사람들 환호 소리가 더 커졌다.

"고도. 너 엉덩이 되게 토실토실하다."

청사는 한 손으로 궁둥짝 하나를 꽉 움켜쥐고 만지작거리면서 능청스레 그리 말했다. 고도는 뒤에 바짝 붙어 앉은 청사를 탐탁지 않게 노려봤다. 고도는 청사와 몸을 붙이고 있는 게 싫진 않지만, 그렇다고 청사가 말하는 '짝짓기'란 것을 하고 싶은 생각은 추호도 없다. 고도는 이 분위기를 수습 못 했다가는 정말로 어떤 사달이 날 것 같아 평소처럼 냉정하게 잘라 말했다.

"참으로 건방진 손이로다. 누가 허락했다고 여기저기 주물거리고 있느냐?"

"신경 쓰지 말고 극이나 구경해."

"어허, 이게 하나를 허락했더니 단숨에 둘을 요구하는구나."

"오, 저기 봐봐. 미얄이가 뛰는 게 웃기다."

청사는 사람들이 깔깔거리며 웃음이 터진 극 한복판을 손가락질했다. 고도는 능청스러운 청사의 행동에 눈을 가느다랗게 떴다. 청사가 조금씩 선을 넘는 모습이 보여서 한마디 경고를 할까 고민하는 기색이었다. 하지만 왁자지껄 웃어대는 구경꾼들의 분위기에 전염된 것처럼, 고도는 금방 기분을 풀었다.

청사는 팔 안에 감겨 있는 허리가 안기 좋다는 걸 새삼 깨달았다. 청사의 손이 두루마기 속, 바지 안까지 쑥 쳐들어왔다. 옷감 위가 아닌 맨살을 움켜쥐는 손길에, 잠겨 있던 생각에서 파득 깨어난 고도가 기겁을 했다. 청사는 고도가 혹시나 도술을 부릴 퇴로까지 차단해 버렸다. 고도의 손을 뒤로 끌어당겨서는 억압해 버렸다. 그러는 동안에도 반대편 손이 엉덩이를 떡 주무르듯 주물러댔다.

"고도, 우리 이 근처 객사 하나 잡을래?"

청사의 목소리는 이미 흥분으로 고조된 상태였다. 등 뒤에서 어깨에 고개를 얹은 청사는 고도의 귀를 깨물거나 목 부근을 핥으면서 "응? 객사 가자."며 보채길 수차례였다. 고도는 엉덩이에 이어 허벅지 안쪽까지 주무르는 손길을 느끼고 짧게 숨을 들이켰다. 객사에 들어가 요 깔고 뭔 짓을 할지 눈에 훤하다. 그리고 그때쯤 되면 자신도 남자라서 청사의 열기에 휩쓸려 무슨 짓이라도 벌일 것만 같았다. 고도는 청사를 돌아봤다.

"이제 그만 가자."

"말 돌리지 말고."

"이럴 때만 지능이 두 배로 늘어나는 못된 놈이다. 평소에는 말 돌리는 것도 모르더니만 이게 뭔…… 웃, 잠깐…… 망할 뱀 요괴 같으니라고."

"고도."

"……손 치우지 못할까."

"정말 나랑 짝짓기하고, 영원히 내 거 할래?"

허벅지 안쪽을 쓸어 만지는 손길에 생리적으로 흥분해 버린 고도는 난데없는 고백에 잠시 움직임을 멈추었다. 고도가 두 눈을 크게 떴다. 하지만 청사를 똑바로 쳐다보고 너 지금 뭐라 했냐고 물을 용기가 없어 은행나무 아래를 쳐다보기만 했다. 잘못 들은 게 아니라면 지금 청사가 한 말은 구애였다. 품 안의 고도가 멈추어 아무 대답 않자, 그 반응을 청사는 제멋대로 해석해 버렸다.

"고도, 네가 다른 여인 만나지 않고 나하고만 오순도순 사는 거야."

"뭐 이런 대책 없는 놈이 있을꼬."

"그러고 싶어."

"요괴들 사이에 그런 말은 없을 텐데. 네가 사랑 타령하는 지진아 구미호도 아니고 말이야."

"그렇지만 좋은 걸 어떡해."

"이렇게 성급하게 굴다가 나중에 후회한다."

"성급하지 않아. 네가 너와 함께 하고 싶다는 말을 무시하는 게 아니라면, 너도 그렇게 거부하기만 하지는 마라."

나무 위 사정을 알 리 없는 마당극은 제멋대로 절정을 향해 치닫고 있었다. 꽹과리 소리가 요란해지고 극중 배우들의 움직임도 더 활기차고 빨라졌다. 그 움직임과 대사를 좇는 구경꾼들의 눈동자도 정신없이 움직여댔다.

"난 연애란 것을 잘 모른다. 자유연애란 건 아낙들 소설 속에서만 존재하는 것 아니더냐."

고도는 청사가 쪽쪽, 맞추던 입술을 가만 내버려 두었다. 살짝 닿은 고도의 입술이 달싹거리는 감촉은 고스란히 청사의 입술을 통해 전해졌다.

"직접 해본 적이 없어서 보고 들은 게 전부다. 아낙들이 말하길, 연애란 집안 사정 생각지 않고 마냥 좋아서 신방 차려 놓고 오순도순 행복하게 사는 것이라는데, 그건 내게 사치가 아니더냐."

"사치라니."

"모든 걸 포기하면서 누군가를 사랑하는 일은 내게 버겁다는 소리지. 사랑이란 말 자체가 부담스럽다. 난 아직 누군가를 나만큼 생각하고 돌볼 마음의 여유가 없다."

청사는 문득, 달래고개에서 처음 봤던 도깨비 소의 말이 떠올랐다.

고도는 가벼운 남자라 심각한 것을 싫어한다던 말. 상대의 감정이 조금이라도 진지해지면 부담스러워 도망칠 것이라던 그 말.

그 감정을 당사자를 통해 직접 듣는 것과 다른 이에게 전해 듣는 건 큰 차이가 있었다. 연애할 생각이 없다는 고도에겐 청사가 파고들 마음의 여유가 없었다. 청사의 입맞춤이나 애무를 거부하지 않는 건, 청사가 고도를 생각하듯이 고도 역시 청사를 좋아해서가 아니었다. 단순히 싫지 않아서였다. 감정 가는대로, 발길 가는대로 가는 다른 도사들처럼, 그 역시 청사의 감정을 자연스럽게 생각한 것뿐이다. 청사의 행동에 반응하는 스스로에게 제동을 걸 필요가 없었다. 자고로 누군갈 좋아하고 싫어할 때는 그에 따르는 부담감과 압박, 고통이 있기 마련인데 고도에겐 애초에 그런 마음이 없었다. 그러니 진지하게 연애 따위를 생각할 필요 없이 청사의 행동에 보조를 맞춘 것이다.

고도가 청사를 갖고 논 것이나 다름없었다. 마음이 없으면 행동에 금을 긋고 거부해야 하는데, 그러질 않았으니 청사의 마음은 신경 쓰지 않고 마음대로 군 것이다. 보통 사람이라면 고도의 뻔뻔한 언행에 자신의 진심이 짓밟혔다고 불같이 화를 내야겠지만, 청사는 의외로 덤덤한 반응을 보였다. 그는 고도가 저를 밀어내는 것에 그다지 크게 신경 쓰지 않았다. 오히려 고도가 이놈 왜 이러지 싶어서 눈을 껌뻑일 정도로 말이다.

청사는 고도가 만남을 거절하는 말을 해도 상처받지 않는 이유를 은연중에 말해 주었다.

"인간들 살아가는 데 서로 좋아 죽어서 만나는 경우는 드물더라. 얼굴도 보지 못한 집안에 시집가는 여자들이 대다수인데 그런 여자들도 잘만 살지 않더냐. 사랑이란 건 정말 드문 감정이야. 그런 특별한 걸 너한테 요구하지도 않을 거다."

고도는 두 눈을 휘둥그레 떴다. 청사가 이런 이타적인 생각을 할 줄은 추호도 몰랐다. 저밖에 몰라서 자기 마음대로 해대던 청사가 웬일인가.

"부담스러워하지 마라. 내가 널 마음에 두었다고 네게 똑같은 크기의 감정을 보답 받을 생각은 없다. 내 감정을 밀어내지 말아라. 그러면 된다. 나도 욕심내지 않으마."

고도는 상식을 뛰어넘은 청사의 말에 눈만 껌뻑였다. 상대방이 어떻게 반응하든, 우선은 짝사랑부터 허용해 달라는 부탁에 할 말을 잃었다. 요괴 입장에서 인간은 고작 먹이밖에 안 된다. 양식이나 다름없는 하찮은 인간을 좋아하는 것도 모자라 짝사랑부터 시작하겠다는 말을 자존심 강한 요괴들이 얼마나 수치스러워할지 상상이 되었다. 요괴는 짝짓기조차 사랑해서가 아닌 번식 욕구에 따르는 종족이다. 그래서 제 짝한테도 진심을 보이지 않는다. 진실 된 사랑을 주기는 일평생 한 번뿐이라서 인간보다 사랑을 시작하기 더 힘든 것이 요괴일지도 모른다. 그 사랑이 결실을 맺지 못하면 미호처럼 돌이킬 수 없는 심적, 육체적 장애를 안게 되거늘. 고도가 입을 뗐다.

"대롱이. 너, 요괴 아니구나."

"하하, 갑자기 그게 무슨 소리야."

"요괴는 너 같은 짓 안 한다."

"예전에 나보고 정체가 뭐냐고 물었으면서 새삼스럽긴."

"그땐 뱀 요괴가 아닌 줄만 알았지. 네가 요괴 자체가 아닌 줄은 지금 알았다."

"그래? 그럼 내가 뭐라고 생각해?"

고도가 곰곰이 생각했다. 그는 제법 직관적으로 대답했다.

"승천하지 못한 이무기."

"그것도 요괸데?"

"흐음. 그렇다면 신선?"

"신선은 요기를 다루지 못하지."

"신이냐?"

"너무 멀리 나갔군."

고도는 잠시 생각하다가 표정을 굳혔다. 장터 안을 둘러볼 때보다도 더욱 집중한 표정으로 무언가를 생각하더니만 청사의 품에 기대어 있던 몸을 바로 하고 앉았다. 그는 한 점 흐트러짐 없는 눈빛을 청사에게 고정시켰다. 그의 눈빛에 들어 있는 감정은 적대감이었다.

"혹시 용족이냐."

검은 눈동자가 전운처럼 깊어졌다. 그 끝을 헤아릴 수 없는 다양한 감정이 응축된 눈동자에 청사는 아무런 말도 할 수 없었다. 단순한 적대감으로 끝날 종류가 아니다. 저건 뼈까지 사무친 한과 복수심이었다. 인간이 어찌 신에 버금가는 용과 악연을 맺었는지는 몰라도, 고도는 무모함을 알면서도 용들에게 어떠한 복수를 할 작정으로 보였다.

청사는 차갑게 굳은 고도의 표정과 눈빛을 보고 얼어붙었다. 마치 그렇다고 대답하는 순간, 지금까지 주었던 긍정적인 감정마저 모두 회수하고 등을 돌려 버릴 기세였다. 무엇이 그를 이리도 불쾌하게 했는지 모르는 청사는 고도의 분위기가 저에게 옮겨진 것처럼 딱딱한 어조로 대답하게 되었다.

"용은 바다를 벗어나지 않는다. 뭍으로 나올 리가 있겠느냐."

대답을 듣고도 고도는 한참이나 청사를 노려보았다. 서전검을 뽑아 당장이라도 칼부림을 하려던 고도의 격앙된 감정이 차츰 수그러들었다. 고도는 몸에서 힘을 풀었다. 온몸이 저릿저릿할 정도의 적대감이 사라졌다. 청사는 마른침을 조용히 삼켰다. 고도가 이렇게까지 화를 내는 일은 물론, 이 정도로 감정 과잉이 되는 모습은 처음이었다. 고도가 일반적인 도사라곤 생각하지 않았지만, 설마 용과 관련이 있는 도사일 줄이야.

"고도."

무언가 생각에 잠겨 있던 고도가 청사의 목소리에 정신을 차렸다. 그는 눈을 두어 번 깜짝이더니 멍해져 있던 초점을 맞췄다. 고도의 상태를 걱정스레 살피는 청사와 눈이 마주쳤다. 고도는 한동안 말없이 그런 청사를 쳐다보다가 몸을 앞으로 기울였다.

바스락, 은행 나뭇잎이 고도의 옷깃에 스쳐 아래로 떨어졌다. 살랑살랑 떨어지는 잎새가 시야에서 사라질 때쯤, 청사는 고도의 입술을 느낄 수 있었다. 눈을 두어 번 깜빡이자 얼굴을 붙이고 있어 초점이 제대로 잡히지 않는 고도가 보였다. 고도가 청사에게 먼저 입을 맞춘 것이다.

청사는 슬그머니 손을 뻗어 고도의 허리를 잡았다. 조심스럽게 끌어당기자 고도가 품에 안겼다. 둘은 서로를 마주 본 채 몇 번이나 입술을 붙였다 놓으며 입맞춤을 나누었다. 긴장과 경계심으로 얼어 있던 고도의 몸이 품속에서 무방비하게 풀어졌다. 고도는 청사의 입술을 손끝으로 더듬거리며 속삭였다.

"널 믿겠다."

청사는 가볍게 웃더니만 고도의 얼굴을 쓰다듬었다. 고도가 더는 청사의 정체를 캐묻지 않고 놀이판으로 시선을 돌렸다. 그러자 청사는 차츰 표정을 굳혔다. 그는 전에 없이 어두워진 얼굴로 고도를 가만 쳐다봤다.

'용족이냐.'

싸늘하게 굳어 있던 시선과 피부가 저릿할 정도의 적대적인 기운을 잊을 수가 없었다. 고도가 누군가를 그렇게까지 맹렬하게 미워하는 것은 처음 보기에.

청사는 서글픈 듯이 고도를 꼬옥 안아 버렸다. 품속에서 "대롱이?"하고 의아하게 묻는 소리가 들렸으나, 청사는 그 팔을 풀지 않았다.

우물동 유일의 주막. 비록 평소 손이 없어 장사만으론 밥 벌어 먹기가 쉽지 않다지만, 이곳 주모와 아들은 만사 걱정 없고 마음이 편하기만 했다. 주모는 마당에서 장독을 닦고 있었다. 간밤에 소금에 절여 둔 배추가 적당하게 숨이 죽어 김장을 해서 이 속에 묻어 두면 겨울 한철 반찬 걱정은 없다고 생각하던 참이다. 우물에 가득 찬 물을 바가지로 떠다 짚을 성기게 얽어 독 안을 구석구석 문질렀다. 금동이는 옆에서 어미를 도와 다 씻은 장독을 마른 그늘로 조심스럽게 가져갔다.

여섯 번째 독을 다 씻은 주모가 굽혔던 허리를 폈다. 그녀는 굳은 등허리를 주먹으로 톡톡 두드리다 발치까지 내려앉은 노을을 봤다. 곧 있음해가 질 텐데 손님 머무는 방에는 여우 소녀만이 남아 돌멩이를 가지고 공기놀이를 하고 있었다. 주모가 아들에게 손짓을 하고는 속닥속닥 물었다.

"손님들 장에 가셨다며 언제 오는지 말 안 하더냐?"

"응. 때 되면 오겠지. 왜?"

"이러다 돈 떼먹는 거 아닌지 모르겠어."

어머니의 근심 섞인 표정을 보고 금동이가 당당하게 외쳤다.

"그럴 사람들 아니야."

"네가 어찌 안다고 그런 소리냐."

"두 아저씨 다 착해. 걱정 마. 분명 돌아올 테니까 엄마는 밥만 짓고 기다리면 돼."

어리기만 한 아들이 자길 믿으라며 가슴을 쭉 펴고 주먹으로 퉁퉁 두드리는 모습에, 주모는 웃고 말았다. 어린 것이 제 어미에게 효도하기는 마을 제일이다. 늠름하니 못된 도적들 손에서 어미를 지켜 주겠다고 고급 무술까지 배워 선보이는 게 누구보다 기특했다. 주모는 아들의 머리를 두드려 줬다. 금동이가 좋다고 헤헤 웃으면서 그 손길에 제 몸을 맡겼다.

아이를 칭찬하던 주모는 어제 잠깐 봤던 남자 둘을 떠올렸다. 한쪽은 지나치게 잘생겨 눈을 현혹시켰기에, 혼인을 안 한 몸이었다면 그 남자에게 더 눈길이 갔을 것이다. 하지만 나이가 들수록 사람에 관심을 가지는 부분은 얼굴보다 행동이나 말투였다. 주모는 잘생긴 청년보다 그 옆에 있던 사내가 유독 인상에 남는다고 생각했다.

그녀가 본 검은 옷을 입은 행객을 한마디로 표현하자면 '젊은 얼굴을 한 늙은이'였다. 이제 약관을 지난 청년 보고 늙은이라 함은 유쾌하지 않으나, 주모는 요상하게도 그에게서 세월의 풍파 따위를 느꼈다.

단정한 얼굴에 눈빛은 날카롭고 서늘했다. 표정 변화도 적고, 말투는 아랫것을 대하는 데 익숙하니. 얼굴만 딱 가리고 보면 환갑 지난 노인이라도 믿겠더라. 또한 성긴 삿갓을 등에 매고, 두루마기 너머로는 천에 감싸인 장도를 숨기고 있었다. 장도뿐이랴. 정체불명의 죽통까지 삿갓으로 반쯤 가린 게 어찌나 수상쩍던가.

그 특이한 외향이 사내에게서 풍기는 세월의 무게를 가려 주고 있었다. 거기다 일행이라는 자들이 여자와는 또 다른 아름다움을 풍기는 남자나, 새하얀 귀와 꼬리를 가진 소녀라 한눈에 봐도 딱 요괴다. 요괴랑 같이 다니는 인간이라. 사연이 많은 남자 같던데 어떤 연유로 늙은이가 젊은이 얼굴로 돌아다니는지 묻고 싶은 심정이었다.

"금동아."

"응?"

주모는 아들과 눈높이를 맞추겠다고 자리에 쭈그려 앉았다. 아들이 왜 그러냐니까 그녀가 아들의 귀에 대고 무언가를 말했다. 속닥속닥, 비밀스러운 이야기에 금동이가 눈을 동그랗게 떴다. 왜 그러냐고 의아하게 쳐다봐도 어미는 그 이유를 알려 주지 않았다. 다만 새끼손가락만 눈앞까지 내밀고 아들에게 약속을 받아냈다.

"꼭이다, 알았지?"

"음."

아이는 짧은 시간 고민하는 흉내를 냈다. 어미의 부탁이 못내 마음에 걸리는 듯했다. 신경이 쓰이는지 공기놀이를 하는 소녀의 눈치를 한 번 살피기도 했다. 그러다 씩씩하게 고개를 끄덕였다.

"좋아! 엄마가 부탁한 거니까!"

어미의 새끼손가락에 제 것을 걸어 흔드는 금동이가 약속을 꼭 지키겠다며 웃었다. 대청에 앉아 공기놀이를 하던 미호가 손등에 올린 돌멩이를 던져서 휙 낚아채고는 사이좋은 모자를 빤히 쳐다봤다. 속살거린다고 했지만 요괴 귀는 사람보다 수십 배는 더 예민한 기능을 가졌다. 그들의 비밀 대화를 듣는 것쯤이야 일도 아니었다.

"왜 그런 쓸데없는 짓을 시키지?"

미호는 고개를 갸웃했다. 주모가 아들에게 시킨 일을 이해할 수 없기 때문이라.

'머리 짧은 아저씨랑 검을 섞어 보겠니.'

무슨 이유로 고도와 대련을 시킨 것인지 미호는 짐작도 할 수 없었다.

마당극이 파하기 전에 고도와 청사는 은행나무에서 내려왔다. 둘은 더는 둘러볼 것이 없다며 우물동으로 돌아가기로 했다. 장터에서 마을까진 걸어서 반나절이 걸린다. 먼 길은 아니지만 그마저도 귀찮은 고도는 부러 사람들이 없는 장터 뒤쪽으로 향하더니만 소매 안에서 부적 네 개를 꺼내 던졌다.

가을 하늘을 수놓고 있던 높새구름들이 부적 위로 몰려들었다. 복스러운 옆집 개 솜털 같기도 하고, 밥 지을 때 모락모락 피어나는 김 같기도 한 구름들이 부적 위에서 한데 뭉쳐지고 얽히며 사람 둘은 거뜬히 태울 만한 것으로 변모했다. 청사는 눈을 동그랗게 뜨고 고도가 구름 위로 뛰어오르는 모습을 구경했다.

"구름 도사란 건 말로만 들었지, 실제로 보긴 처음이야."

"그래, 그 소감은?"

"신기해."

청사의 해맑은 감탄에 고도는 팔짱을 꼈다. 두 손을 겨드랑이 사이로 끼운 채 청사를 지그시 쳐다보는 눈빛이 장난스러웠다.

"그 표현은 나보다 너에게 더 잘 어울리겠다만. 자, 잡아라."

고도는 어서 타라며 손을 내밀었다. 청사가 고도의 손을 잡고 구름에 올라타자마자 구름은 하늘 위로 높게 떠올랐다. 청사가 하늘에서 내려다본 인간 세상은 가히 장관이었다.

이제 추수가 한창인 논에는 무거운 낟알로 고개를 숙인 벼들이 바람 따라 금빛 물결로 출렁였다. 그 옆에는 감이나 밤을 수확하는 손길도 있었다. 대형 축사에는 흑돼지들이 올망졸망 모여 산중턱에서 풀을 뜯고 있었다. 울긋불긋 단풍이 물든 산의 모습도 논밭의 따뜻하고 포근한 금색 물결에 동참했다. 단풍나무의 이파리가 많이 떨어진 산등성이 부근에는 노루나 사슴들이 돌아다니는 모습도 쉽게 볼 수 있었다. 넉넉하고 평화로운 풍경이다. 보름만 지나면 싸늘한 초겨울 날씨로 돌입하는데, 이만하면 겨우내 먹을 걱정은 없다는 생각이 들었다.

　청사는 보는 것만으로도 마음이 편안해지는 풍경에 흠뻑 취해 있다가 고도를 쳐다봤다. 금빛 세상만 아름답다 여겼더니, 진정 아름다운 것을 깜빡 잊을 뻔했다. 저무는 태양이 끌고 온 노을빛에 반사된 고도의 모습은 저 아래 풍경과 비할 바가 못 되었다. 느긋하게 뜬 눈으로 하늘을 구경하는 옆모습이 한 폭의 그림이다.

　청사는 몸을 일으켜 고도 곁에 바싹 붙어 앉았다. 고도의 손을 꼭 잡았다. 하늘을 올려다보던 고도가 청사를 바라보자 청사는 고도의 어깨에 머리를 기대고 눈을 감았다. 비녀에 헐겁게 묶여 있던 머리카락이 창고의 바람에 흩날리고 있었다.

　"다 왔다."

　청사의 날리는 머리칼만 매만져 주던 고도가 구름 아래 펼쳐진 우물동 모습을 보고 그리 말했다.

　"금방 도착하네."

　"도술을 쓰면 편하지."

　"그럴 거면 장에 나설 때도 쓰지 그랬어."

　"가는 길도 모르는데 아무 데서나 막 남용하면 누구 좋으라고."

　"호오, 고도, 네가 그런 쪽으로 절제한단 말이지."

"구름으로 네놈을 모셔 줘도 불만이고, 모셔 주지 않아도 불만이구나. 이런 변덕스러운 뱀 같으니라고."

장난스럽게 타박하는 고도에게 청사는 씩 웃어 보이기만 했다. 구름이 주막 위에 도착하자 고도는 그 높이를 낮춰 주었다. 덕분에 청사는 둔덕 위로 가볍게 뛰어내릴 수 있었고 고도는 손에 쥐고 있던 네 개의 부적에서 도력을 풀었다. 구름을 만들어 냈던 부적이 효력을 잃자 정교하게 그려진 도술문양이 차츰 흐려졌다. 고도는 어느새 쓸모없는 종이쪼가리로 변해 버린 부적들을 허공에 가루로 날려 버렸다. 오랜 시간 능력을 방출하고 있던 탓에 고도의 얼굴은 제법 피곤하게 보였다. 고도는 깊게 숨을 들이마셨다 내뱉으면서 둔덕 위의 주막으로 무거운 발걸음을 옮겼다.

"아, 이제 왔어?"

모락모락 구수한 냄새를 풍기는 부엌 앞에서 녹두전을 맛있게 뜯어먹던 미호가 청사를 발견하자마자 반갑게 손을 흔들었다. 고도보다 앞서 주막에 들어섰던 청사는 자신은 물론, 뒤따라오는 고도까지 맞이해 주는 미호에게 장터에서 산 선물을 들어 보였다. 때깔 좋은 옥색 옷감이었다. 저 천방지축 머슴아이나 다름없는 미호가 과연 바느질을 해서 옷을 지어 입을지 혹은 오색빛깔 실로 수를 놓을 수 있을지는 미지수였다. 하지만 과거에 성인 여성이었다는 말처럼 어느 여인이 그러하듯 예쁜 옷감을 보고 좋아라 했다.

옷감을 받으려고 냉큼 달려오던 미호는 금동이를 쳐다봤다. 아이는 개구지게 달려오는 대신 진지한 표정으로 곡괭이를 들고 성큼성큼 걸었다. 분위기를 보아하니 선물을 달라고 조르려는 기색이 아니었다. 비장한 얼굴이 심상치 않았다. 금동이는 처음에는 조금 빠르게 걷던 수준이었다. 그 움직임이 단숨에 속도가 붙었다. 청사의 발치로 쌩 하는 바람이 불었다. 그 바람은 청사를 뒤따라오던 고도를 향해 돌진했다. 청사는 기겁하여 외쳤다.

"고도!"

쨍.

두 개의 쇠가 부딪히는 소리가 울렸다. 한쪽은 녹슨 검이었고, 반대편은 곡괭이였다. 고도가 민첩하게 서전검을 뽑아 대응하지 못했다면 저 시퍼렇게 날이 선 곡괭이는 고도의 허벅지에 박혔을 터다. 고도는 이 상황에 놀라 눈만 동그랗게 떴다. 금동이가 대뜸 곡괭이를 들고 달려든 것도 놀랐으나, 그 실력이 어린아이라고 보기 힘들 만큼 대단했다. 곡괭이처럼 중심을 잡기도 힘든 농기구로 어른이 든 검을 상대한 것이다.

쇠붙이가 날카롭기론 이가 빠진 검보단 곡괭이 쪽이 한수 우원지라, 철끼리 접전이 길어질수록 이 빠진 칼날이 녹 가루를 떨어트리며 부들부들 떨렸다. 고도는 금동이가 장난으로 덤벼든 것이 아님을 파악했다. 아이는 진심이었다.

"대롱이 나서지 마라. 우리 둘만의 굿판이다."

청사가 짐을 내려놓고 다가오려다 그 소리에 발걸음을 멈추었다. 고도는 두 눈을 부리부리하게 뜬 금동이에게서 시선을 떼지 않았다. 어린 녀석이 벌써 자존심과 신념을 가지고 있다. 손에 쥔 것은 곡괭이나, 눈빛은 어느 장군이 대검을 다룰 때와 다를 바가 없었다. 크게 될 위인이다. 두려움 없이 다가오는 용기를 가지고 있지 않나. 처음 만난 날, 대추나무에서 내려올 때부터 알아봤으나 이 정도로 배포가 큰 줄은 몰랐다.

"손님맞이가 퍽 거칠지 않느냐. 다짜고짜 괭이를 들고 덤비는 경우는 처음 보는구나. 안 그러나, 소년."

퍽 거리감이 드는 말투였다. 금동이는 고도가 거리감을 두고 물러서는 행동에 동요하지 않으려고 마음을 단단히 먹었다.

"미안. 이럴 작정은 아니었는데 어머니가 부탁하셔서."

어머니란 말을 듣고 고도는 슬쩍 아이 너머를 바라봤다. 부엌에서 밥 짓던 주모가 손에 묻은 물기를 치마에 닦고 나와 고도와 제 아이를 구경하고 있었다. 그녀는 아이가 갑자기 어른에게 달려든 것보다도, 그 기습 공격을 유연하게 대처한 고도에게 더 놀란 듯 보였다.

고도의 목구멍 너머에서 흐음, 하는 소리가 흘러나왔다. 돌아가는 꼴이 제법 기이하였다. 마을 꼴도 이상하더니만 그 마을에 사는 주모와 주모의 아들도 여간 이상한 게 아니다.

고도는 주모에게서 시선을 뗀 후, 서전검을 살짝 비틀었다. 칼날의 각도가 달라지자 얇은 곡괭이 날이 변화된 검의 무게중심을 감당하지 못해 뒤로 밀렸다. 아이가 뒤로 밀리자 고도가 검을 잡은 손을 바꾸어 방어가 아닌 공격의 자세를 취했다. 아이도 눈을 빛내며 공격으로 일관하던 자세를 방어에 힘 쏟았다.

아주 기묘한 일이었다. 고도와 금동이가 바꾼 자세는 조금 전과 정반대였다. 고도가 방어할 때의 자세를 금동이가 취하고 있었고, 금동이가 공격할 때의 자세를 고도가 똑같이 따라하고 있었다. 거울이라도 앞에 세워 둔 양 똑같은 둘의 모습에 청사는 물론, 주모와 미호도 두 눈을 휘둥그레 떴다.

"무학관 무술?"

주모의 입에서 탄성과 경악이 섞인 말이 나왔다. 미호가 놀람을 금치 못한 눈으로 휙, 고개를 돌려 주모를 올려다보았다. 주모는 두 손으로 입을 틀어막고 온몸을 부들부들 떨고 있었다. 무학관이란 말을 정녕 저 여자가 발설한 것이 맞다면 어찌 한낱 아녀자의 몸으로 궁중 최고 무예의 이름을 아는 건가. 그것도 자세 한 번 본 것만으로 구분할 수 있을 만큼 자세하게.

미호의 두 눈이 흉흉한 기운을 머금었다. 심상치 않은 주모의 정체에 열 손가락의 손톱들이 길게 늘어나 여차하면 목줄을 따버릴 채비를 단단히 했다. 미호가 주모를 붙잡아 왕실 무예를 아는 연유에 대해 낱낱이 캐묻기 전이었다. 뜻하지 않은 기합 소리에 고개가 절로 돌아갔다. 아이와 고도의 대련이 이전보다 더 날카로워졌다.

고도는 왼발을 앞으로 뻗어 검을 잡지 않은 왼손을 함께 움직였다. 권법과 검술이 조화된 특이한 무술이었다. 한 번도 이러한 무술을 상대해 본 적 없는 사람이라면 퍽 당황하여 뒤로 내빼야 할 텐데, 금동이는 달랐다. 아이는 자신의 상박을 가격하려는 재빠른 고도의 공격을 오른팔을 세워 막았다. 그리고는 오른팔을 세운 채 손에 쥐고 있던 곡괭이를 돌려 잡아 고도의 왼팔에 찍었다.

고도는 곡괭이 날을 아슬아슬하게 피했다. 금동이는 곧바로 몸을 돌려 오른발과 오른손을 앞으로 뻗었다. 아이의 오른발이 고도의 왼쪽 발목을 걸어차는 동시에 손에 쥔 곡괭이가 다시 한 번 허벅지를 내려찍었다. 그러자 고도는 아이의 발을 발바닥으로 차버리고, 곡괭이는 손목을 돌려 그 날의 방향 역시 급선회해 버렸다.

아이는 고도보다 힘이 부족한 대신 짐승처럼 민첩하게 움직였다. 고도는 일격 하나하나가 힘 있고 절제된 대신 아이 같은 기민함은 없었다. 누구 하나 제대로 된 유효타를 주지 못하고 공격과 방어를 수십 번도 더 주고받을 뿐이었다.

"하아, 하. 아저씨, 꼭 우리 아부지 같아."

아이의 숨결이 거칠어지고 땀이 비 오듯 쏟아졌다. 아이의 몸도 차츰 무거워지기 시작했다. 고도는 눈에 띄게 무뎌진 곡괭이를 가뿐히 막으며 금동이의 말을 받았다.

"날 닮았다면 네 아버지는 필시 미남이셨을 게다."

이런 상황에서 농담이나 하다니. 금동이는 숨을 가삐 몰아쉬며 불만을 토했다.

"헉, 헉. 울 마을에서 검 좀 다룬다는 어른들도, 하아, 이 정도로 나를 갖고 놀진 않는데."

"마을 사람 중에 검을 다루는 이가 있더냐."

"후우, 무, 물론."

"그렇다면 비교 상대가 잘못되었다. 이 마을 사람들은 고깃살과 거죽을 얻기 위해 살생을 위한 검을 다루고 있다. 너와 내가 주고받는 무학관 무술이 추구하는 목표와는 다르다."

"무, 뭐? 어? 어떻게…… 허억."

어른을 상대하기 벅찬 아이가 그사이 호흡이 흐트러지며 움직임이 둔화되었다. 그 틈을 놓치지 않고 고도는 서전검을 고쳐 잡아 칼등으로 아이의 손을 철썩 쳐 내렸다. 녹슬고 무딘 검 등이라지만 그 철의 무게마저 세월의 풍파에 씻기진 못한 법이다. 아이는 검에 손등을 얻어맞고 곡괭이를 땅에 떨어트렸다. 고도가 안다리를 걸어 아이를 자빠트리자 금동이는 그 자리에서 뒤로 벌러덩 넘어지고 말았다. 어린아이가 다칠까 봐 걱정하는 세심한 움직임 따위 찾아볼 수 없었다. 고도는 사력을 다한 아이를 진심으로 상대했다. 바닥에 대자로 뻗어 가쁜 숨을 몰아쉬는 아이를 일으켜 주지도 않을 만큼 말이다.

"무학관 무술은 말이다."

고도의 목소리가 차분하고 조용하게 울렸다. 조그만 가슴이 오르락내리락, 숨을 바로 쉬느라 정신없는 아이가 숨소릴 죽이고 고도의 말에 귀를 기울였다.

"원래 힘없는 노약자와 아녀자 그리고 신체 일부에 이상이 있는 자들을 위한 무술이었다. 몸과 마음을 단련하는 다른 무술과 달리, 있는 그대로의 상태에서 적을 상대하지. 검을 손에 쥐어도 찌르고 가르지 않는다.

상대의 공격을 막고, 피하고, 흘려야 한다. 적을 공격하고자 개발한 기술이 아니라 나를 보호하고자 만든 것이다. 그 뜻을 알겠느냐."

어린 금동이는 고도가 하고자 하는 말을 완벽하게 알아들을 수 없었다. 하지만 아버지께 직접 하사받은 무학관 무술을 고도처럼 근본도 모르는 객인이 안다는 사실은 충격이었다. 그 객인은 오히려 아버지보다 무술의 본질을 명확하게 꿰뚫은 듯했다.

"아저씨가 그걸 어떻게 알아? 아저씨도 무학관 소속이야?"

고도가 잠깐 하늘을 보다 아이를 내려다봤다. 아버지의 친구라는 대답을 바랐던 금동이에게 고도는 무심하게 한마디를 던질 뿐이었다.

"지나가는 한량이다."

거짓말도 그런 거짓말이 없다. 아이가 왜 사실을 말해 주지 않느냐고 되묻기도 전에 고도가 미호에게 눈짓을 보냈다. 녹두전을 쥔 채 넋이 나가 있던 미호가 그 눈빛에 번쩍 정신을 차렸다. 고도가 더 말하지 않아도 어떤 의미에서 자신을 부른지 알았다. 같이 다닌 세월이 얼만데, 그 정도 눈치채는 건 일도 아니다. 미호는 빙글 몸을 돌려 주모를 붙잡았다. 금동이와 고도의 접전을 홀린 듯이 바라보고 있던 주모가 미호의 손길에 꺅하고 비명을 질렀다. 미호의 여덟 개 꼬리가 맹렬하게 흔들렸다. 음산한 요기가 주모를 사정없이 옭아맨 채 놔주지 않았다. 그제야 고도가 아이를 지나쳐 주모를 향해 다가왔다.

"이보오, 주모. 아들에게 직접 내게 공격을 하라 일렀다 들었소만."

자그락, 자그락. 마당의 상판을 피해 다가오는 발길에 자갈들이 밟혀 구르는 소리가 들렸다. 발걸음은 느리고 여유로웠지만 오히려 그것이 주모의 얼굴을 창백하게 만들었다. 미호의 요기에 붙잡혀 오도 가도 못하던 주모는 두 손으로 입을 막고 부들부들 떨다가 자리에 주저앉았다. 풍성한 치마를 쥐고 무릎을 꿇어앉은 자세에 고도는 다가가던 걸음을 멈췄다. 아이는 고도를 공격하고, 어미는 고도 앞에 무릎을 꿇다니. 갑작스런 사태에 청사와 미호는 끼어들 틈조차 없었다. 고도 역시 이런 상황이 낯선 듯 쉬이 입을 떼지 않았다. 제 앞에 머리를 조아린 주모의 정수리만 가만히 쳐다볼 뿐이었다.

"죄송합니다. 죄송합니다. 어르신을 알아뵙지 못하고 이런 뒤숭숭한 짓을 벌이고 말았습니다. 부디 노여워하지 마소서."

고도는 여전히 아무런 반응도 하지 않았다. 혹여나 고도의 노여움으로 제 목이 떨어질까 봐 겁을 먹은 주모는 파르르 떨리는 몸을 가누지도 못한 채 재빨리 말을 이었다.

"어르신의 차림새와 풍기는 분위기를 보고 도력이나 법력을 사용할 수 있는 분이라 생각했습니다. 하여, 실력이 출중하시다면 우리 마을 문제를 해결해 주십사 부탁을 드리려 했습니다. 설마 무학관 무술을 아시는, 왕실에 계시던 분이실 줄은 몰랐습니다. 생각이 짧았습니다. 어르신을 시험하려 하다니, 제가 어리석었습니다. 부디 노여움 거두어 주소서."

고도의 표정이 미묘하게 일그러졌다. 마을 사람도 풀지 못하는 마을의 문제를 외간 남자의 실력을 시험해 본 뒤 부탁하려 했다는 말이렷다.

"그대는 누구지?"

마을 문제에 앞서 주모의 정체와 그 아들이 누구에게서 무학관 무술을 배웠는지 알 필요가 있었다. 왕실 밖으로 함부로 유출할 수 없는 비급을 이런 시골 마을의 아녀자와 아들이 알아선 안 된다. 고도가 문제 삼는 부분이 어떤 것인지를 깨달은 주모의 얼굴은 파랗게 질렸다. 바른 대로 고할 수도, 그렇다고 거짓을 지껄일 수도 없는 상황이었다.

"저, 저는……."

꿀꺽, 침을 삼킨 주모가 조아리고 있던 고개를 들었다. 열 걸음도 더 밖에 서 있는 고도를 쳐다보는 얼굴에 긴장감이 서려 있었다. 그녀는 고도의 눈치를 살피면서 조심스럽게 답했다.

"십 년 전까지 자량의 기녀로 있던 금분이라 하옵니다."

자량의 기녀! 도읍에서 체계적으로 기녀 수업을 받아 왕과 관료들을 상대하던 여자가 어찌 도읍이 아닌 이런 산골 마을에서 주막 일을 한단 말인가.

미호는 기겁하여 입을 쩍 벌렸다. 왕에게 평생을 바쳐야 하는 기녀가 시골로 도망친 것도 모자라, 다른 남자의 씨를 받아 아이를 낳아 기르고 있다. 아니, 왕과 배를 맞추고 아이를 임신한 채 여기로 도망쳤다 해도 큰일이다. 궁에서 이 소식을 알면 두 모자만 목숨이 위태로운 것으로 그치지 않는다. 지엄한 국법을 어긴 것도 모자라 왕실을 우롱한 대역죄를 물어 이 마을 전체를 불지를 수도 있는 건이었다.

고도는 미호와는 다른 의미로 놀란 상태였다. 머리를 한 대 얻어맞은 듯, 고도는 그 자리에서 굳어 버렸다. 손에 헐겁게 쥐고 있던 서전검을 세게 움켜쥐고는 한참이나 그 충격에 눈을 깜빡이지도 못했다. 금분이라 자칭한 주모는 고도가 감정을 억누르는 반응에 놀라 파드득 떨며 고개를 다시 조아렸다. 무언가 잘못돼도 크게 잘못되었다. 고도의 심상치 않은 모습에 주모의 사색은 물에 빠진 시체처럼 창백하게 질려만 갔다.

한참이나 서슬 퍼런 기운을 풍기며 서 있던 고도가 서전검을 검집에 꽂았다. 스르릉, 울리는 공명음이 녹슨 칼답지 않게 맑았다. 고도가 뒤도 돌아보지 않고 주막을 벗어나려 했다. 성큼성큼 발걸음을 옮기자 청사와 미호도 당황했다. 청사는 얼떨결에 고도에게 다가가 그의 팔을 잡았고, 미호는 주모를 붙잡고 있던 요기를 풀면서 쩔쩔맸다.

"고도."

청사가 말리는 손길도 뿌리친 고도가 주막 문을 밀어내고 나가려는 순간, 미호의 요기에서 풀려난 주모가 재빨리 고도를 향해 뛰었다. 그녀는 고도의 앞길을 막아서서는 다시 한 번 무릎을 꿇고 앉았다. 고도가 그녀를 피해 주막을 벗어나려 하자 주모가 큰 소리로 외쳤다.

"어르신, 살려 주십시오, 살려 주십시오! 이대로 나가시면 안 됩니다. 관아에 저와 제 아이를 고발하지 말아 주십시오. 아이를 데리고 더 깊은 산속으로 들어가 화전만 일구며 조용히 살겠습니다. 살려 주십시오, 어르신!"

바짓가랑이를 잡고 몸을 바닥에 붙인 주모가 결국 눈물을 터뜨렸다. 납작 엎드려 어깨를 떨며 흐느끼는 주모는 고도의 발등에 이마를 붙인 채 말을 이었다.

"아이의 아버지는 무학관 제 일 정규군 소속 최산해 영감이십니다. 현재 아흔이 넘어 낙향하시고 무학관 무술을 적은 '무학도감'을 엮고 계십니다. 아이는 바깥 영감에게서 무술을 배웠습니다. 영감이 우리 모자를 돌봐 줄 수가 없으니, 몸을 지킬 수 있도록 하신 것입니다. 살려 주십시오, 어르신 부디 자비를 베풀어 주십시오."

이야기를 잠자코 듣던 고도는 주먹을 움켜쥐었다. 적잖이 화가 나서 표정은 야차처럼 무시무시했지만, 그 울분을 주모에게 모두 쏟아 내진 않았다. 고개를 조아리고 있던 주모가 때마침 고개를 들다 고도와 정면에서 눈을 마주쳤다.

곱상한 아낙네였다. 시골에서 논밭을 일구거나 마을 사람들처럼 짐승을 잡다 고기나 거죽을 장에 내다 팔 백정이 아니었다. 사근사근한 주모라 생각했건만 고작 십 년 전까지 왕 앞에서 예기를 보이는 기녀였던 것이다. 자량 기녀로 무학관이 있는 왕실까지 출입했다면 외모가 검증된 것은 물론, 집안도 확인되었고, 글도 읽고 쓸 줄 알 것이다. 아니, 글만 다룰 뿐이랴. 시를 읊고 금도 뜯으며 춤도 추었겠지. 그 편하고 아름다운 생활을 포기하곤 무관 사람과 배가 맞아 이런 시골 마을로 도망친 기구한 팔자에 절로 미간이 좁혀졌다.

하필 친아비랄 것이 무학관 장長이었던 최산해 영감이라니. 고도는 한참이나 주모의 얼굴을 복잡한 심경으로 쳐다보았다. 분노가 앞섰으나 그 뒤에는 안타까움이 이어졌다. 이런 곳에서 만날 여자가 아니었다. 그녀나 자신이나 뜻하지 않은 기연으로 얽힐 팔자인 듯싶었다.

"하나 묻겠다. 왜 저 아비의 이름을 고도라고 일렀느냐."

고도가 처음으로 주모를 피하지 않고 똑바로 진실을 물었다. 주모는 대답을 지체하지 않았다.

"바깥사람께서 지극히 존경하시던 스승의 존함이 바로 '고도'라 들었습니다. 저는 전하가 아닌 다른 남자와 정을 나눌 수 없는 몸입니다. 하여 제 사정상 친부의 진명을 아이에게 알려 줄 수가 없어서 생각해 낸 것이 영감의 어르신이었습니다."

"그렇다면 이름의 의미를 잘못 알려 주었다. 최산해에게 무술을 사사한 이는 외로운 섬孤島이 아니다."

"금동이가 그리 말했습니까. 제 아비의 이름이 '외로운 섬'이라고 말입니다."

"그렇다."

주모는 수차례 입을 떼었다 붙였다 하며 대답하길 망설였다. 어찌하면 좋을지 몰라 고도와 제대로 눈조차 마주치지 못했다. 어미가 눈물이 흥건한 얼굴을 푹 숙이고 쩔쩔매는 모습에 불안함을 느낀 금동이는 몸을 추스르자마자 어머니의 품에 가 안겼다. 어머니가 머리 짧은 아저씨와 검을 섞어 보라 했을 땐, 이 정도까지 일이 커지리라 생각하지 못했다. 자세한 사정은 몰라도, 어머니가 임금께 큰 죄를 지은 것만은 눈치로 아는 금동이었다. 그만큼 눈치 빠른 금동이가 보기에 저 머리 짧은 남자는 어머니에게 있어서 임금만큼이나 어려운 상대임이 분명했다.

"제, 제가 왕실에 있을 때, 고도라는 분의 이야기는 많이 전해 들었습니다. '선왕의 벗이자 아버지였고 스승이셨던 그분은 늙지도 죽지도 않는 불가사의한 이라. 손을 하나 휘두르면 천지가 개벽하고 호랑이와 매가 그를 감싸며 지킨다. 신선들은 항상 그의 행동에 집중했고 옥황상제와 염라대왕, 바다용왕은 그를 단군이 보낸 사자使者라 칭했으니, 그 어찌 세상을 바꿀 인간으로 부족함이 있겠는가.'"

침을 꼴깍 삼킨 주모가 창백한 얼굴로 고도를 정면으로 응시했다. 그녀는 입술을 달싹이며 조심스럽게 말을 이었다.

"저는 선대의 임금께서 남기신 글귀를 보고 그 정체불명의 고도라는 분을 바깥영감 성함으로 대신 사용한 것입니다."

"선왕이 남긴 글귀라고?"

"'그대는 외로운 섬이라, 그 섬에 들어갈 수 있는 이는 짐뿐이니. 그 누구에게도 마음을 허락지 말고 오직 짐만을 받아 들여라.'"

고도보다 청사가 더 불쾌한 감정을 표했다. 주모의 저 말이 그 어떤 왜곡도 없이 왕의 입을 통해 그대로 구현된 것이라면, 왕은 고도에게 굉장히 집착하고 있었다는 소리나 다름없다. 고도를 누구도 접근하지 못하는 하나의 섬으로 만든 것도 모자라, 그곳에 갈 수 있다는 게 왕뿐이라니. 청사는 고도의 손을 붙잡았다. 손이 붙잡힌 고도는 아무런 반응도 없었다.

주모는 눈앞의 남자를 왕이 남긴 글귀 속의 '고도'와 관련된 이라곤 추호도 생각하지 못했다. 단지 무학관 무술을 배울 만큼 왕실과 관계된 이라, 이대로 보냈다간 자신과 아들의 생사가 불분명하단 사실만 짐작할 뿐이었다.

고도는 주모를 일으켰다. 허겁지겁 달려 나와 무릎을 꿇은 탓에 치마 밑단이 찢어지고 무릎이 깨져 피가 나는 모습이 보였다. 고도는 치마를 털어 주고 피가 흐르는 아녀자의 다리를 차마 만지지는 못한 채 소매로 그 핏물을 닦아 주었다.

"나와 이야기 좀 하겠소."

고도는 나직하게 청했다. 그 목소리에는 아무런 감정이 묻어나지 않았다. 하지만 명령에 가까운 청이란 사실을. 궐내에서 배워 온 기녀 출신 주모였다. 그녀는 고개를 끄덕이고는 고도를 방 안쪽으로 안내했다. 청사의 손을 뿌리친 고도는 주모를 따라 마당을 가로질러 방으로 들어갔다. 청사는 방문을 닫고 시야에서 사라지는 고도의 모습을 눈 하나 깜짝 않고 지켜봤다. 그의 어깨는 축 쳐져 있었다. 구름을 타고 여기까지 오게 된 피곤함 때문만은 아닌 것 같았다. 무엇이 그를 이토록 피로하게 만든 것인가.

조그마한 방 안에 촛불이 켜지고 두 남녀의 그림자가 창호지에 아른거리자, 미호는 꼬리를 흔들면서 심란한 기색을 내비추었다. 고도에 이어 미호까지 전에 없이 진지하고 복잡한 태도를 취하자 청사는 더 이상 가만히 있지 못했다.

"미호, 이게 다 무슨 일이야? 고도가 왕실이랑 무슨 일 있었어?"

주모의 이야기는 맥락만 얼추 유추할 정도였다. 왕실에서 지냈던 금분이란 기녀와 고도라는 당사자들 외에는 쉽게 이해할 수 없는 비유적이고 은유적인 표현이 많았다. 그 때문에 가슴이 답답해진 청사는 미호를 붙잡아 다그쳤다. 이게 왜 또 시비를 거냐며 카랑카랑한 목소리로 꼬리털을 바짝 세워야 할 새끼 여우가 이번에는 잔뜩 풀이 죽어서 입술만 우물거렸다. 미호가 기가 죽은 모습은 처음 봤다. 청사가 도리어 놀라서 눈을 함지박만 하게 뜰 정도였다.

"고도는 선대 임금의 벗이었어. 왕에게 있어 고도는 지음知音이자 어버이이자 정인보다 소중한 사람이었어. 문제는 왕이 고도에게 집착이 심했단 거야. 고도가 진지한 인간관계를 싫어하는 이유 중 하나가 정도 이상으로 고도만을 바라보던 친구의 영향이라 들었어. 그의 아들 역시 아비의 병을 물려받아서 결국 고도가 왕실을 나왔다 들었지만. 이게…… 생각보다 심각했던 일이더라고. 자세한 건 소박에 몰라."

왕 얘기만 나오면 악몽을 꾸고 더 깊은 산속으로 숨어들던 고도의 전적이 떠오른 미호는 머리를 흔들어 털었다. 그녀는 오래전에 죽은 사람의 망령에 시달리고 싶지 않았다. 왕이라는 이야기 자체에 진절머리를 치면서 지붕 위로 뛰어올랐다.

"왕과 관련된 일만 생기면 침착함을 유지 못 하던데. 이번에도 무슨 실수 할까 봐 겁나네."

초가지붕 위에 치마를 펼치고 드러누운 미호는 달구경을 하면서 남은 녹두전을 입 안에 털어 넣었다. 청사는 미호 말에 대꾸하지 못하고 창호지만 바라봤다. 주모가 한 말이 자꾸만 머릿속에 되풀이되었다.

그대는 외로운 섬이라, 그 섬에 들어갈 수 있는 이는 짐뿐이니. 그 누구에게도 마음을 허락지 말고 오직 짐만을 받아들여라.

몹시도 불쾌하고 열 받게 만드는 말이었다.

삼경이 되자 종소리가 울렸다. 복작거리며 활기가 넘치던 마을의 거리가 순식간에 조용해지더니 집집마다 촛불을 끄고 숨소리를 죽였다. 불을 켠 집안은 몇 곳 없었다. 푸줏간과 주막 단 두 채뿐이었다. 푸줏간이야

높게 쌓은 나무 담 때문에 안이 보이지 않았지만 주막은 달랐다. 금동이가 제 방에 들어가 불을 끄고 취침하고 남은 불빛은 안채뿐임을 마을 아래에서도 훤히 알 수 있었다.

어른거리는 촛불이 창호지 위에서 흔들렸다. 그 빛 속에는 일정한 거리를 두고 앉아 있는 남녀 그림자가 있었다. 간혹 차를 마시는 손길이 있는 것만 제외하면 참으로 미동 없는 두 사람이었다. 목소리도 조용하여 무슨 대화를 하는지 밖에 있는 이들은 듣기가 여간 힘든 게 아니었다. 이야기를 시작하고 두 시진이 지나고서야 남자가 자리에서 일어났다.

초가지붕 위에 앉아 일 각에도 수십 번씩 불빛이 보이는 창을 쳐다보던 청사는 그림자가 일어나자 따라서 몸을 일으켰다. 고도가 문을 열고 나왔다. 생각이 깊어진 표정이 여간 심상치 않았다. 청사는 불안한 표정을 지었다. 고도가 이대로 주막을 벗어나 어디론가 사라질까 봐 재빨리 지붕 밑으로 손을 벌렸다.

"고도."

청사가 부르자, 고도는 지붕 위에서 손을 뻗은 청사를 바라봤다. 얼른 손을 잡으라 보채고 있었다. 고도는 청사의 손을 붙잡고 지붕 위까지 올라갔다. 청사는 누가 고도를 빼앗아 가기라도 할 것처럼 그를 품에 꼭 안은 팔에서 힘을 풀지 않았다. 고도는 청사의 어리광을 받아 주면서 함께 히히덕거릴 겨를이 없었다. 청사 품에 안긴 채로 지붕 위를 휘휘 돌아보더니만 미호에게 손짓했다.

"굿 한판 하러 가야겠다. 모두 방울과 소금 대신에 요기妖氣 잘 챙겨라. 가다 흘리지 말고."

"굿이라니? 내가 널 도와야 할 만한 문제 생겼어?"

"그래, 퍽 안타깝게도 네 고사리 손을 빌려야겠구나."

"인간들 왕이랑 관련된 문제야?"

"으음? 여기서 임금 이야기가 왜 나오지?"

"네가 주모랑 왕 얘기를 하더니만 금세 표정을 바꿨었잖아. 갑자기 굿판 하자는 것도 그거랑 관련된 거 아니야……?"

뒷말을 흐리면서 눈치를 보는 미호를 향해 고도는 손을 뻗었다. 미호의 머리를 마구잡이로 헝클어뜨렸다. 그녀는 움찔거리며 두 귀를 흔들었다. 고도는 미호의 귀마저 쭉쭉 잡아당겼다.

"이 커다란 귀는 장식이로구나."

"으, 으익! 뭐얏?"

"귀는 큰데 제대로 듣는 게 없으니, 원."

놀림 받은 미호가 얼굴을 확 붉히고선 목소리를 높였다.

"왕 때문에 굿하려는 거 아니야?"

"내가 언제 도사에서 박수무당으로 직업을 옮겼다더냐. 왜 왕을 위해서 굿을 하느냐."

"너, 구, 굿한다고……."

"굿판처럼 신명나는 요괴 퇴치가 기다리고 있다는 소리였다. 마음대로 내 직업 바꾸지 마라."

고도는 미호의 귀를 한 번 더 잡아당기고 나서야 손을 놨다. 미호는 위로 쭉쭉 늘어난 귀를 부여잡고 입 안에 바람을 불어 넣었다. 빵빵해진 볼을 보고 고도가 손가락으로 푹 찔러 바람기를 빼는 등 제법 우스운 상황을 연출했다. 하지만 청사는 둘의 장난질에 동참하지 않았다. 그는 진지한 표정으로 고도를 한참이나 응시했다. 고도는 저를 무섭게 쳐다보는 청사와 허리에 둘러진 청사의 팔을 번갈아 쳐다봤다. 달래려면 미호보다는 청사가 먼저였던 것 같다. 아무래도 순서가 바뀐 모양이다.

"우리 대롱이가 뭐에 그리 삐쳤는지 모르겠구나. 내 조금 있다 달래 주마."

그래도 끌어안은 팔을 놓을 생각을 않자 고도는 청사의 머리를 쓰다듬어 줬다.

"소야, 이리 오너라."

손가락을 입술에 대고 휘익 바람을 부니 휘파람 소리를 듣고 푸른 도깨비불 하나가 어디에선가 날아왔다. 넘실거리며 날아온 도깨비불이 지붕 위에 멈추었다. 그것은 앉을 자리를 찾는 것처럼 한동안 그 주변을 배회했지만 도깨비 본연의 모습으로 돌아오는 대신 불길 속에서 두꺼운 눈썹과 턱수염의 형태만 만들었다. 달 밝은 저녁에 지붕 위에서 도깨비 꼴로 있다간 주모가 보고 거품을 물 것이다. 이렇게 얼굴 표정만 구분할 수 있을 정도로 화력을 조절하는 게 최선이라 생각했다.

"무슨 일이냐."

시퍼렇고 뻘건 불길 속에서 콧수염에 가려진 입술이 달싹였다. 불길이 타오르는 눈동자는 평소처럼 기세등등했다. 도깨비불의 모습이나 본연의 모습이나 우직하니 힘을 앞세우는 도깨비의 분위기는 변함없었다. 고도는 도깨비불을 향해 손을 내밀었다. 고도의 두 손바닥에 조심스럽게 내려앉은 도깨비불이 혹여나 고도에게 불길이 옮겨 붙을까 봐 화력을 줄였다.

"밤중 씨름 한판 하자꾸나. 상대는 요괴다."

씨름이라면 자다가도 벌떡 일어나는 게 도깨비라는 종족의 습성이다. 호랑이에게 떡 던져 주는 것만큼이나 씨름판 보여 주면 눈이 뒤집히는 것이 도깨비거늘. 씨름이란 소리에 좋다고 방방 뛰어야 할 도깨비는 그 일반적인 반응과 달리 불길만 화르륵 피워 올렸다. 어제 밤중에 온 마을을 돌아다니며 요괴를 찾던 고도가 반나절 만에 그 요괴를 찾았다 한다. 소는 불신 어린 표정을 지었다.

"요괴가 누군지 찾았다는 뜻이냐?"

"방금 제보를 받았다. 이 마을에 아이가 사라지고 있는 것이나, 삼경이 되면 종소리가 울리는 것, 마을 사람들이 이곳에 갇혀 밖으로 나가지 않는 것이 모두 그 요괴와 관계되어 있구나. 귀신들을 붙잡아 취조할 필요도 없겠다. 최종 우두머리가 누군지 밝혀졌으니 말이다."

"그래? 어떻게 잡는지도 알고 있고?"

"말했잖느냐."

"요괴를 상대로 씨름을 하겠다는 그거 말이냐."

"정답이로다. 내가 본디 정정당당한 싸움을 즐기는지라, 요괴 하나 두고 넷이 들러붙는 건 모양새가 빠져 싫다 생각했지만, 이번만큼은 본새 챙길 겨를이 없겠구나. 자, 우선 달라붙고 보자."

소는 고도의 대답이 마음에 안 들었다. 차분히 생각을 즐겨야 할 놈이 속전속결로 일을 처리하려 했다. 어울리지 않는 짓이다. 고도가 바쁠 일이 있는 사람인가. 뭐하러 일을 후딱 끝내려고 하는지 도통 알 수가 없었다.

"이상하군. 왜 서두르지? 꼭 무슨 일이 생긴 사람처럼 급박하게 굴고 있구나."

"씨름이 달갑지 않느냐? 아님 지금 나를 걱정해 주는 것이냐?"

"둘 다 아니다. 네가 여유 없이 구니 재미가 없어서다."

"어허, 도사를 놀리다니. 당장 죽통에 처박아도 시원찮을 건방진 도깨비로소이다."

고도가 죽통을 흔들어 보여도 별 위협이 되지 않는 듯, 소는 흥하고 콧방귀만 뀌었다. 그는 고도에게서 시선을 떼고 미호와 청사 편을 바라봤다. 미호는 평소와 다름없다지만 청사는 고도의 행동에 불만의 기색이 완연했다. 유독 고도의 언행에 예민하게 반응하던 청사의 전적으로 보건대, 저 발칙한 요괴가 기분이 잔뜩 가라앉아 미간만 험악하게 구기고 있는 모습을 보니 심상치 않았다.

씨름이나, 그 발음을 살짝 바꾼 것과 다를 바 없는 싸움이나 요괴는 무엇이든 몸으로 부닥치고 힘을 겨루길 즐긴다. 그런 요괴가 고도가 외친 씨름 단체전이란 것에 잔뜩 불만을 품고 고개를 팩 돌리고 있는 모습을 보였다. 고도가 어지간히도 막무가내로 자기의 뜻을 밀어붙인다는 뜻이다. 소는 요괴들의 분위기까지 파악을 마치고 마지막으로 물었다.

"급박하게 구는 이유를 말해라. 그러지 않으면 다른 곳으로 가버릴 테다."

조용한 협박에 고도는 잠시 고민하는 기색을 보였다. 고도는 대답을 회피할까 싶다가도 소처럼 눈치 빠른 도깨비를 상대로 영양가 없는 농담이 통할 것 같지 않아 순순히 대답하기로 했다.

"일을 끝내고 자량으로 바로 떠나려 한다."

자량이란 말에 소가 불길 속에서 눈을 껌뻑였다. 음? 하고 목을 울리는 것이 갑자기 자량이라는 도읍 타령을 하는 고도를 이해할 수 없는 눈치다.

"어차피 한산뫼가 목적지가 아니었더냐? 동해에 가기 전에 한산뫼에 들려서 꽝철이 좀 만나 본다더니만. 거 가려면 좋으나 싫으나 자량은 지나게 되어 있다."

"목적지 변경이다. 바로 자량이다. 한산뫼나 동해는 그 뒷일이다."

"자량에는 왜 가야 하는지 물어봐도 되겠느냐."

"그곳에서 도움을 받을 일이 생겼다."

"네놈이 평범한 인간한테 도움 받을 일이 있단 말이더냐?"

"물론이지. 이번에 드디어 '강문'의 흔적을 잡았다."

강문이라는 말에 도깨비불이 활활 타올랐다. 고도의 손바닥 위에 얌전히 떠있던 불덩이가 곧 사방으로 튀어나가더니만 주변으로 불티를 날려

댔다. 격분한 소의 모습에 미호는 혹시 저 불똥이 튀어 지푸라기에 불이 붙지는 않을까 걱정했다. 소가 거칠게 흥분할수록 청사의 눈빛은 더욱 어두워졌다.

강문. 그자가 어떤 인간인지는 몰라도 고도가 일을 처리하고자 자신과 미호는 물론, 소의 손까지 빌리는 일이다. 고도에게 이상한 집착을 보인 왕도 마음에 안 들건만 강문이란 이까지. 통 모르는 인간들과 고도와의 관계를 간접적으로 접하게 되자 청사는 고도에게 얽힌 사연이 불쾌하다 못해 화가 나기 시작했다. 왕은 뭐고 강문은 뭐야. 청사는 가슴이 탁 막힌 듯 답답해져서 고도만 더 꼬옥 끌어안았다. 그러는 동안 소는 목소리를 높였다.

"너 지금 강문이라고 했느냐, 강문이라 했냐고! 그 미친놈을 드디어 찾았단 말이냐!"

"거 참 목청 우렁찬 도깨비로다. 사내대장부답군."

"네 이놈! 내가 묻는 말에 썩 대답하지 못할까?"

"흔적을 찾았댔지, 누가 당사자를 찾았댔느냐. 아직 도망간 토끼 귀나 꼬리도 못 본 상황이다. 놈이 싸고 간 작고 동그란 똥들만 이 주변에 뿌려져 있는 것만 알겠구나. 걱정 마라. 이 정도로 뒤쫓으면 거의 다 왔다고 본다. 토끼 사냥은 원래 몰아서 잡아야 백미 아니겠나."

"강문을 토끼 사냥에 비유하는 인간은 너밖에 없을 것이다!"

소는 부르르 불똥을 한 번 더 튀기더니 마당 밑으로 쪼르르 내려갔다. 소가 눈치를 주는 모습에 고도는 지붕에서 폴짝 뛰어내렸다. 청사와 미호가 그 뒤를 따르자 고도는 소의 뜻대로 목 뒤에 매달고 있던 삿갓의 끈을 풀었다. 고도는 삿갓을 공중으로 날렸다. 오래되어 삭은 삿갓의 살들이 파르르 떨렸다. 금방 부러질 듯이 위태롭게 흔들리던 삿갓 아래로 도깨비불이 쏙 들어갔다. 그것은 처음에는 잠자코 아무런 반응도 없더니만 곧 눈이 휘둥그레 떠질 만큼 기이한 일이 벌어졌다.

삿갓 아래로 어슴푸레한 형상이 쑤욱 생겨났다. 처음에는 귀신처럼 투명하고 희미한 외곽만 가지고 있더니, 시간이 지나자 부피가 생기며 윤곽이 뚜렷하게 주조되었다. 덩치가 크고 복실거리는 털을 가졌다. 두 눈은 새파란 불똥이 튀었다. 강인하게 뻗은 등뼈와 그 끝에 매달린 단단한 꼬리까지. 기지개하듯 고함을 치자 사방으로 쩌렁쩌렁 위협적인 목소리가 뻗어나갔다. 그것은 고도의 삿갓을 쓴 호랑이였다.

고도는 변신한 소에게 손을 뻗었다. 호랑이의 등을 쓰다듬는 감촉이 진짜와 별반 다르지도 않았다.

소가 등허리를 낮춰 고도와 청사 미호를 모두 태울 준비를 했다. 고도가 먼저 그 위에 뛰어올라 앉고, 청사와 미호가 이어서 호랑이 등에 엉덩이를 붙였다. 소는 천천히 몸을 일으키더니만 사방을 둘러보았다. 고도가 소의 왼쪽 볼을 탁탁 두드리니, 소의 시선이 왼쪽을 향했다. 어두운 밤중 마을에 유독 불빛 한 점이 눈에 띄는 집이 보였다.

소는 주막 문밖으로 재빨리 튀어나갔다. 네 다리로 뛸 때마다 요동치는 어깨뼈와 근육이 느껴졌다. 호랑이는 사람 하나 없는 조용한 마을 골목을 마음껏 뛰었다. 큰 길을 일직선으로 돌파하는가 하면, 좁은 담벼락 사이를 몸을 낮춰 뛰기도 하고, 가끔은 담벼락을 발톱을 세워 뛰어넘기도 했다. 마당에 벌려 놓은 식기들을 와장창 넘어트려 집 안에 숨을 죽이고 있던 이들의 간을 콩알만 하게 만들기도 했다. 사람 사는 구석으로 더 깊이 들어갈수록 아기 우는 소리가 울렸다. 그것은 낮지만 또렷하게 마을 골목골목에 울려 퍼졌다.

"응애, 응애."

섬뜩한 메아리는 미호의 꼬리털을 빳빳하게 서게 만들었다. 미호가 사방에서 메아리치는 아기 울음소리에 경계심을 잔뜩 세웠다. 어디서 우는 아이 소린가. 어디선가 아기는 우는데 그를 달래 주는 소리는 없다. 울음소리는 공허하게 마을의 골목 곳곳을 메웠다.

푸줏간 앞에 도착하자마자 소가 몸을 낮춰 일행들이 다치지 않고 등에서 내려오도록 했다. 고도는 지체 없이 등에서 뛰어내려 문 앞에 섰다. 뒷짐을 지고 푸줏간 주변을 살폈다. 산에 근접한 푸줏간은 오가는 인적도 없고, 분위기도 음산했다. 코를 찌르는 짐승 썩는 악취와 피 비린내가 여기저기서 풍겼다. 산에서 해온 나무를 장작으로 쓰지 않고, 길게 잘라 붙여 성벽보다 높은 담을 쌓은 것도 퍽 괴이했다. 고도는 하늘을 찌를 듯 날카롭게 세워진 나무담을 올려다보다가 웃었다.

"사 대 일 씨름을 하기 전에 일러 줄 것이 있다. 아주 간단한 씨름의 규칙이지. 씨름은 모름지기 공명정대한 힘겨루기 아니겠나. 씨름의 가장 중요한 규칙은 '상대를 다치지 않게 하는 것'이다. 그 얼마나 평화로운 겨루기더냐. 그러니 상대가 요괴라 할지라도 씨름의 규칙은 통용된다. 상대를 해치지 말거라. 해치면 아니 된다."

고도가 나무문 고리를 잡고 흔들었다. 덜컹덜컹. 단단한 문짝이 제대로 이가 맞물리지 않은 경첩 때문에 크게 흔들렸다. 간혹 나무끼리 비비적거리며 끼익끼익, 처녀 웃는 소린지 못으로 철판을 긁는 소린지 모를 이상한 소리가 나기도 했다. 음산한 분위기에 미호는 소의 다리 뒤에 숨어 불안한 듯 눈만 굴렸다. 고도는 다시 한 번 문을 두드렸다.

"게, 안에 아무도 없느냐."

고도가 외치자, 불빛이 아른거리던 푸줏간 안쪽에서 문 열리는 소리가 들렸다. 끼이익, 문설주가 흔들릴 정도로 위태롭게 문이 열리더니 그 안에서 덩치 큰 아낙이 모습을 드러냈다. 그녀는 곰처럼 둔해 보이는 몸집을 지니고 있었는데, 살집만큼이나 푸근한 얼굴이 사람 됨됨이가 좋은 인상이었다. 그녀는 낯선 남자 셋과 소녀 하나를 보고는 눈을 껌뻑였다.

그러곤 곧 어리둥절한 표정을 지었다.

"뉘슈? 이 마을에선 첨 보는 얼굴인데."

"안녕하신가. 내, 여기에 다급한 일이 있어 찾아왔다."

"일이요? 아, 혹시 고기 사러 오셨나요. 이걸 어쩌죠. 저희 가겐 문 닫은 지 오래되었어요."

고도가 그녀의 몸집만큼이나 푸근한 미소를 골똘히 바라보았다. 참으로 사람 좋은 인상이었다. 누구라도 그녈 보면 험한 생각은 못 할 만큼이나.

"어, 어찌 이런! 이게 무슨 짓인가요!"

푸줏간 안주인이 기겁을 하고 외쳤으나, 고도는 여자를 밀치고 집 안으로 성큼 들어갔다. 그녀가 난리를 치려는 걸 소가 날카로운 이로 붙들어 세웠다. 거대한 호랑이가 옷자락을 물고 늘어지자 히익 하고 헛숨을 들이킨 여자는 더는 어떠한 소리도 내지 못하고 몸만 발발 떨었다. 고도는 좁은 푸줏간 앞마당을 쳐다보다가 문득 느껴지는 시선에 고개를 돌렸다.

끼익, 끼익.

별거 아닌 바람결에도 낡은 문짝이 소릴 내며 흔들리고 있었다. 고도는 흔들리는 문 너머를 가만히 응시했다. 노파 하나가 흔들리는 문지방 안쪽에 반듯하게 앉아 있었다. 덩치가 왜소하고 작아 자칫 어린아이처럼 보일 형상이었다. 다만 한복을 곱게 차려입고 앉아 있는 모습에서 세월의 풍파가 느껴지니. 자글자글한 주름 속에 묻힌 두 눈은 떴는지 감았는지를 구분하기 퍽 힘들었다.

정수리까지 벗겨진 하얀 머리에는 동백기름을 바르고 참빗으로 가지런히 빗어 쪽을 튼 모습이 늙으나마 고와 보였다. 고도는 절로 문이 닫히는 와중에도 노파에게서 시선을 떼지 않았다. 앉은 채 죽은 것처럼 미동

하나 없는 노파의 모습이 닫히는 문 너머로 사라졌다.

"뉘, 뉘신데 이러는 건가요. 저희가 뭘 잘못했다고요."

산에서 내려와도 이보단 크지 않을 호랑이 때문에 여자는 턱을 달달 떨면서 말했다. 여자가 조금이라도 수상쩍은 짓을 할라치면 소는 망설이지 않고 목 너머를 울렸다. 으르르릉. 그 위협적인 소리를 듣고 여자는 기절할 것처럼 창백한 표정을 지었다. 고도가 마음대로 안방 문을 열어젖히고 노인에게 접근하는 것을 막지 못했다. 고도는 겁먹은 여인을 힐끔 보더니만 노파가 있는 문 안쪽을 턱 끝으로 가리켰다.

"자네 어머니신가."

여자가 그걸 왜 자기가 대답해야 하냐면서 반발하려다, 호랑이의 날카로운 송곳니가 목덜미를 움켜쥐니 찍소리도 못 하고 고개를 끄덕였다.

"그렇습니다."

"건강이 썩 좋아 보이진 않는데."

고도의 그 말에 여자가 깜짝 놀라 바늘구멍 같은 눈을 크게 홉떴다.

"나리 혹시 의원님이신가요?"

"흐음? 의원을 찾고 있나 보지?"

"아이고, 그럼요. 이 동네에 의원 나리가 안 계셔서 아랫마을까지 내려가야 해요."

"그렇다면야, 내가 자네 어머니를 좀 봐도 되겠군."

"어…… 정말 의원님 맞으시지요?"

"의원보다 낫지. 사람 보는 눈은 웬만한 인간이나 요괴보다 정확하거든."

기이한 답변에 그게 뭔 소리냐고 물을 참도 없었다. 고도가 노파가 있는 방 쪽으로 가까이 다가가자 거센 바람이 휘몰아쳤다. 푸줏간 안사람과 미호는 치마가 뒤집히는 강풍에 놀라 허겁지겁 옷을 붙잡고 난리를 부렸다. 자연적으로 불어온 바람이 아니었다. 인위적으로 조작된 바람이었다. 소와 청사가 그 바람의 근원을 알고 진지하게 상황을 살필 때, 고도는 어깨에 매단 죽통이 요란하게 흔들리는 소리를 들을 수 있었다. 바람 때문에 흔들리는 것이 아니었다. 죽통이 흥분하여 몸을 마구 떨어대는 것이었다.

고도는 바람결에 흩날리는 머리를 정리하지도 않고 문고리를 잡았다.

"자넨 탈 극 좋아하나? 나는 싫어한다. 말하고 보니 난 참 싫어하는 것도 많은 못난 인간이로구나."

누구한테 말을 거는지도 모를 소리에 너울처럼 일어나던 바람이 잠시 주춤했다.

"탈을 쓴다는 것은 참으로 음흉한 짓이라 싫다. 탈 너머에 어떤 표정을 짓고 있는지 모르지 않느냐."

그 누구보다 극적으로 살아왔고, 언제나 그 극의 중심에 서서 주인공 역할을 하는 주제에 가면극의 취향에 대해 말하는 폼은 역설적이었다.

고도는 붙잡고 있는 문고리를 잡아당겼다. 그러자 거짓말처럼 푸줏간 전체에 휘몰아치던 바람이 사라졌다. 고도가 열어젖힌 방 안쪽에는 노파가 앉아 있었다. 아이처럼 작은 몸을 힘없이 세우고 두 다리를 접어 앉았다. 앉은 채 죽은 것처럼 꼼짝도 하지 않았다. 동백기름으로 곱게 머리를 넘긴 하얀 정수리를 보던 고도가 방 안쪽으로 한 걸음 옮겼다.

어두운 방에서 흘러나오는 기류가 고도의 몸을 감쌌다. 오랜만의 손님을 반기듯 축축하고 끈적거리는 손길이 고도의 몸 곳곳을 어루만졌다. 밀폐된 방 안에서 흘러나오는 바람에 목덜미를 간신히 덮은 머리카락이 휘날렸다. 살랑거리는 바람 속에서도 노파는 고요하게 눈을 감고 있었다. 고도가 그런 노파에게 과장된 가면극 어투로 말을 걸었다.

"썩 눈을 뜨지 못할까. 네놈 벌주려고 취발이가 왔도다."

노파가 천천히 눈을 떴다. 동공이 없는 새빨간 눈은 지난날 박우물에서 소멸해 버린 애기 귀신들과 똑같았다. 갈라진 논두렁처럼 주름진 얼굴이 고도를 담았다. 노파의 얼굴이 일순 일그러졌다. 그녀는 입을 커다랗게 벌렸다.

"응애, 응애!"

"어머니!"

안주인이 소리를 질렀다.

"거짓말을 하다니! 의원이라면서! 의원이라면서어!"

"응애, 응애, 응애!"

아이 울음소리가 하늘 높은 줄 모르고 퍼지자 집집마다 개들이 짖어댔다. 불길함을 견디지 못한 짐승이 발악하듯이, 개들의 울음소리는 잔뜩 겁을 먹어 흐느끼듯이 들렸다. 여자의 비명 소리와 아기 울음소리, 그리고 사방의 개가 짖는 소리까지.

고도가 천천히 손가락을 입에 가져다댔다.

"쉿."

말이 떨어지기 무섭게 세상이 정적에 휩싸였다. 소리를 내고자 입을 벌린 여자나 노인은 더 이상 목소리를 내지 못했다. 미친 듯이 짖어대던 개들도 마찬가지다. 불어오는 가을바람과 그 바람에 몸을 싣고 굴러다니는 낙엽의 바스락거리는 소리만이 울릴 뿐, 귀를 괴롭히는 그 어떤 소란도 용납하지 않는 정적이 강요되고 있었다.

고도는 제법 여유로운 구색을 유지한 채 입술을 누르고 있던 손가락을 천천히 떼었다. 강요되었던 침묵은 사라졌지만 더 이상 개 짖는 소리나, 푸줏간 안주인의 비명은 이어지지 않았다. 노파 역시 아이처럼 울지 않았다. 정적은 마치 관성처럼 이어졌다.

고도는 노인을 앞에 두고 마루에 걸터앉았다. 노인의 시뻘건 눈은 여유로운 고도의 모습을 좇았다. 고도를 하나하나 살펴보는 시선에는 적개심이 가득했다. 하지만 섣불리 입을 떼거나 움직이지도 않았다. 방금 전에 손가락 하나로 세상을 조용하게 만들었던 고도의 능력을 잊지 않았기 때문이다.

"자네는 거동이 썩 불편해 보이는 구려. 그 노쇠한 몸을 이끌고 밤마다 마실 다닌다 들었네만."

고도의 태평한 물음에 노인은 시뻘건 눈만 뜨고 있었다. 귀청이 찢어져라 울어대던 아이 같은 노인은 그 목청 좋은 소리를 다시금 들려줄 생각이 없어 보였다. 대신 몸을 기우뚱 흔들더니만 무릎으로 기어 고도에게 다가왔다. 앙상한 겨울 나뭇가지에 찰흙으로 얇게 거죽을 만들어 덮어 놓은 듯, 좀처럼 산사람 손으로 보기 힘든 것이 고도의 얼굴을 매만지려했다.

지켜보던 청사가 움직였다. 청사는 고도를 노파의 손이 닿지 않는 곳으로 끌어내려 했다. 하지만 그 단순한 움직임이 보이지 않는 힘에 저지당했다. 고도를 담고 있던 붉은 눈이 청사를 힐끔 쳐다본 것뿐인데, 마치 고도와 노인을 둘러싸고 보이지 않는 막이 형성된 것 같았다.

청사는 갑작스런 술수에 놀라 허공에 손을 댔다. 딱딱한 것이 더 이상 앞으로 나아가지 못하게 만들었다. 주먹을 쥐고 허공을 쳤다. 쿵, 하고 돌 벽보다 더 단단한 것과 부딪힌 소리가 났다. 대기가 수면처럼 파장을 만들며 흔들렸지만 단지 그뿐이다. 그것은 결계였다. 술수를 부린 이의 허락이 떨어지지 않으면 누구도 안쪽으로 들어올 수 없는 일종의 결계나 다름없었다. 당황한 청사가 고도의 이름을 불렀지만 고도는 그 소리를 듣지 못했다.

고도는 입만 벙긋거리는 청사의 모습을 보곤 노인이 제 볼을 쓰다듬는 손길에 신경을 돌렸다. 청사가 더 급하게 쾅쾅 허공을 두드리는 것이 느겨졌다. 하지만 고개를 돌릴 수 없었다. 고도의 손가락보다 절반 가까이 깡마른 열손가락이 깔짝깔짝, 벌레 다리처럼 고도의 얼굴을 더듬었다. 고도가 나지막하게 말했다.

"나와 밀회라도 즐기고 싶으냐? 어찌 허공을 막아 소리를 차단하고 내 얼굴만 더듬고 있느냐."

노인은 한마디 대꾸 없이 연신 고도의 얼굴을 더듬기만 했다. 결계에 막힌 청사가 결계를 부숴 버리려 하자 미호가 말리는 소란이 벌어졌다. 결계의 정체도 모르고, 이런 특이한 힘을 가진 요괴가 지금 고도 옆에 딱 달라붙어 있는데 억지로 힘을 썼다간 고도가 위험할 수 있다는 판단이었다. 그렇다고 저 둘을 내버려 둘 것인가. 요괴들이 말다툼하는 동안, 고도는 얼굴에 들러붙어 있는 노인의 손가락을 떼어 냈다. 그는 뒤에 매고 있던 죽통을 풀었다.

"이곳에 오기 전에 동자삼 하나를 잡았었다."

고도가 금줄에 부적이 덕지덕지 붙어 있는 오래된 죽통을 열었다. 그 속에서 음산한 요기가 쏟아졌다. 노인이 흠칫 놀라 뒤로 물러났다. 고도가 하는 짓이 무엇인지를 아는 것처럼, 몸을 사리며 피하기 급급했다. 고도는 그런 노파의 모습을 살피면서 죽통 안으로 손을 집어넣었다. 죽통 안을 휘휘 젓더니만 곧이어 끼이이익, 비명 소리가 울렸다. 고도가 그 비명 소리의 머리끄덩이를 잡아당기자, 붉은 삼꽃의 봉우리가 진 동자삼 하나가 딸려 왔다. 갓난아기 같은 얼굴을 한 삼이 이중으로 날카롭게 자란 이빨을 드러내며 끼익끼익 울어댔다. 고도는 그런 동자삼의 머리, 아니 꽃이 핀 줄기를 붙잡고 흔들며 말했다.

"자네 형제로 보이는데, 음. 이리 보니 닮은 구석은 없구먼."

노인은 동자삼에게 얼굴을 들이밀어 쳐다보기 급급했다. 고도가 동자삼을 오른쪽으로 들면 고개가 따라서 오른쪽을 향했다. 왼쪽으로 옮기면 고개는 또 왼쪽을 따라왔다. 빙글빙글 돌리니 노인 고개도 함께 돌았다. 동자삼이 어지러운 듯 신경질적으로 울자, 그제야 고도는 장난을 멈추었다.

"재밌는 얘기 하나 해줌세. 옛날 옛날에 한 스님이 살았다. 법력이 높아 순식간에 서원을 세워서 보살이 된 인간이었지. 혜안이 밝고 소승에 박식하여 딱딱하기로 소문난 조정 관료조차도 그자만큼은 도성 내의 출입을 허락할 정도였어. 허나 그 위대한 인간이 한순간에 나락으로 떨어져서는 사람들을 괴롭혔으니, 그 짓궂은 장난이 무엇인 줄 아느냐?"

노인은 고도의 손에 들린 동자삼과 함께 뚜껑이 닫힌 죽통을 바라보다 고도에게 시선을 돌렸다. 무슨 생각을 하는지 통 알 수 없는 기묘한 얼굴이 고도를 한참이나 응시했다. 고도는 제 말에 관심을 보이는 노인에게 히죽 웃으며 자문자답을 마쳤다.

"이런 동자삼 홀씨를 뿌리고 다닌 것이다."

고도는 노인 앞에 동자삼을 던졌다. 철퍽, 방바닥에 떨어진 동자삼이 부리나케 달아나려 하자 노인이 반사적으로 그런 동자삼의 머리를 잡아챘다. 삼이 다시 한 번 울었다. 하지만 이번에는 그 울음이 오래가지 않았다. 노인이 가차 없이 동자삼의 배와 허리를 한입에 뜯어먹은 것이다.

끼이이이이이이이이이익.

동자삼의 몸에서 시뻘건 피가 뚝뚝 흘렀다. 이중으로 된 날카로운 이빨은 저들끼리 딱딱 부딪히더니만 금세 경직되어 움직임을 멈췄다. 노인은 마루에 후두두둑 떨어지는 피마저 핥아먹으며 동자삼을 발끝에서 머리끝까지 씹어 삼켰다. 아무리 식물과의 요괴라지만 갓난아기의 모습을 한 녀석이다. 같은 요괴라 할지라도 동족을 저리도 잔인하게 잡아먹지는 못할 것이다. 그것은 자연을 따르는 요괴들에게 있어서도 자연의 섭리를 거스르는 죄였다.

"죽통, 이상한 검. 검은 남자. 알아. 예전에 들었어. 나, 너 알아."

노인은 애기 같은 목소리로 어눌하게 말했다. 입을 뻐끔거릴 때마다 시체 썩는 악취가 쏟아졌다. 고도는 시커먼 아궁이 같은 입 안을 응시했다.

"날 알다니. 내가 그렇게 유명세가 높았나. 이거 부끄러운데."

노인은 시뻘건 피로 칠갑이 된 입을 벌리면서 고도에게 다가갔다. 노쇠한 몸을 일으키질 못해 무릎으로 엉금엉금 기는 형상이었다. 청사가 더 거세게 허공을 두드렸다. 이젠 안 되겠다 싶었는지 미호가 요력으로 허공에 처진 결계를 갈라 버리려 했다. 하지만 땅을 떡 썰 듯 자르고, 사람들을 흔들어 쓰러트리게 만드는 기묘한 힘을 가진 구미호도 이 무형의 결계만큼은 부수지 못했다. 미호는 몹시 당황했다. 같은 요괴일진대, 자신이 깨지 못하는 요술이 있다는 사실에 큰 충격을 받은 모습이었다. 그 사이에 노인은 고도에게 더욱 가까이 다가왔다.

"너 알아. 너 유명해. 너 잡으면 좋대. 너 맛있대. 맛있대."

결계 밖에 있던 청사가 심상치 않은 힘을 피워 올렸다. 미호와 소가 흠칫 놀라 뒤로 물러서는 정체불명의 힘이었다. 하지만 결계 안이 안락한 둥지라도 되는 것처럼 청사의 힘은 고도의 피부에 와 닿지 않았다. 고도는 청사와 미호가 어떤 행동을 취하든 둘에게 시선을 돌릴 수도 없는 팽팽한 긴장감에 표정을 굳혔다. 고도가 자리에서 일어나 뒷걸음질 쳤다.

쿵.

일정 지점까지 도망가던 고도의 몸이 허공에 막혀 더 이상 나아가질 못했다. 바로 등 뒤에 청사와 미호가 서 있는데 그들의 소리는 들리지 않았고, 손짓 역시 몸에 닿지 않았다. 노인은 턱 밑으로 피를 뚝뚝 흘리면서 고도를 향해 손을 뻗었다.

"너 몸에 좋대."

너무 늙어 움직이지도 못할 것 같던 노파가 갑자기 빨라졌다. 고도를 향해 달려오는 속도가 범상치 않았다. 신속한 움직임이 젊은이들 못지않았다. 육체의 노화를 무시한 움직임은 고도도 예측하지 못한 것이라, 어느새 다가와 손목을 움켜쥐는 힘에 손뼈가 부러질 뻔했다. 고도가 다급히 도망치지 않았다면 노인은 동자삼을 잡아 뜯어먹을 때처럼 고도의 손모가지 역시 씹어 먹으려 했을 것이다. 노인은 붉은 눈을 도르르 도르르 굴리면서 물었다.

"도사, 너 이름 뭐지? 이름. 이름 생각 안 나, 이름."

"저런, 유명하다며 내 이름도 모르고 있다니. 허풍쟁이로다."

"이름. 네 이름. 네놈 이름."

고도는 소매에서 부적을 꺼냈다. 한꺼번에 수십 장을 꺼내서 허공으로 던지자 좁은 결계 안에 한 가닥 회오리바람이 일어났다. 거센 바람을 따라 허공으로 솟구치던 수십 장의 부적에서 연기가 피어올랐다. 그것은 공중에서 빙글빙글 돌더니만 연기가 흩어지면서 고도의 모습을 똑 닮은 환영 분신들이 생겨났다. 분신들은 하나같이 서전검을 꺼낸 상태였다. 분신들은 성격이 제각각이라서 서전검을 들고 까불거리다가 저희들끼리 찔러 죽이는 불상사도 벌어졌다.

모르는 이가 본다면 분신 하나 조작하지 못해서 서로 죽이기나 한다고 비웃겠으나 노인은 달랐다. 이렇게 완벽하게 개성이 세분화되어 하나의 인격체로 움직이는 분신은 난생 처음 본 탓에 감탄사가 절로 일었다. 환영술수에 참으로 능통한 도사. 그 단서가 고도의 이름을 기억해 내는 데 실마리가 되었다.

"흐흐, 흐히, 흐히히히히"

노인은 무척이나 즐거워했다. 진심으로 기뻐하면서 발바닥으로 바닥을 쿵쿵 밟아대고 웃기 바빴다. 고도는 좋아서 어쩔 줄 몰라 하는 노인의 기이한 행동을 여유롭게 구경이라도 하고 싶다만 그럴 만한 상황이 아님을 파악한 후였다. 생각보다 강한 요괴를 앞에 두고 빈틈을 보이고 싶지 않았기에 조금도 지체하지 않고 분신들을 향해 손을 휘저었다. 고도의 손짓 하나에 저마다 천방지축으로 날뛰던 분신들이 벌떼처럼 노인을 향해 달려들었다. 쏟아지는 서전검 속에서 노인이 웃음을 뚝 멈추더니만 섬뜩하게 말했다.

"그래, 고도였어. 네 이름은 고도야."

노인의 몸에서 폭발할 듯 터지는 힘에 달려들던 환영분신들이 화들짝 놀라 뒤로 물러났다. 하지만 그 요기들은 잠시의 틈도 없이 분신들을 집어삼켰다. 벗어나려던 분신들은 온몸을 옭죄는 요기에 눌려 바닥에 철푸덕 떨어지더니 차례차례 연기를 피워 올리며 부적으로 돌아갔다. 고도는 낭패라는 얼굴로 아무런 힘도 쓰지 못한 채 사라진 분신들을 바라보던 고개를 들었다. 노인이 기다란 손톱이 달린 손가락을 까딱였다.

"이리 와, 도사야."

까딱이는 손가락질 하나에 고도의 몸이 쭈욱 미끄러지듯 노인에게 끌려갔다. 제대로 힘을 쓰지 못하는 고도를 보고 노인은 붉은 눈을 번들거리며 빛냈다. 낄낄낄 웃는 노파의 웃음소리가 좁은 결계에 부딪혀 메아리처럼 울렸다.

쾅, 결계를 부수듯 요기를 발산하던 청사가 소리쳤다.

"고도!"

청사의 목소리를 듣고도, 결계를 뒤흔드는 청사의 요기를 짐작하면서도, 고도는 뒤돌아보지 않았다. 그도 그럴 것이 고도에게는 지금 결계 밖을 신경 쓸 정신이 없었다. 고도는 노인의 요기에 끌려 들어가 기습 공격을 당한 탓에 목 근처에서 시뻘건 피를 쏟고 있었다. 노인은 고도가 벗어나지 못하는 힘으로 몸을 속박하고는 그대로 피가 흐르는 목에 고개를 묻었다. 이를 세운 노인이 살점째 고도의 목을 물어뜯었다. 살이 뜯겨져 나가 피를 쏟고, 그 쏟은 피를 핥아먹는 노인의 기괴한 행동에 청사가 돌아 버릴 지경이었다.

고도는 육탄전에 약하다. 원거리에서 부적을 이용해 눈을 속이는 환영을 부리는 도사라서 근접전에는 제대로 대응하지 못한다. 붙어 싸우는 것보다 멀찍이서 싸우는 게 익숙하고 또 잘하는 고도에게 있어서 지금처럼 사방이 결계로 둘러싸인 좁은 공간은 독 안에 갇힌 것이나 다름없었다.

노인의 밑에 깔려 있던 고도가 간신히 빠져나왔다. 다시금 달려드는 노인을 상대하기 위해 서전검을 뽑았다. 그 결과는 신통치 않았다. 고도는 자신의 입으로 무학관 무술은 공격이 아닌 방어를 위한 기술이라 말했다. 그 무술을 사용하는 고도가 노쇠한 몸에서 뿜어져 나오는 엄청난 악력을 상대하기란 쉽지 않았다. 막고 피하려고 해도 어느 정도의 공간이 있어야 가능하지, 저 좁은 곳에선 마음 놓고 검을 휘두르기도 전에 보이지 않는 벽에 쿵쿵 부딪히기만 하지 않나.

청사는 결계에 붙어 서서 이만 빠득빠득 갈던 흥분을 가라앉혔다. 자신과 처음 만났을 때의 고도를 기억해 보았다. 고도가 마음먹고 사력을 다해 싸운다면 자신을 봉인했을 때처럼, 저 늙은 요괴 역시 상대할 수 있으리라 믿었다. 환갑 이상을 살아온 도사가 요괴 한 마리한테 속수무책으로 당하진 않으리라. 빙글, 몸을 돌린 청사가 소를 향해 걸음을 옮기자, 결계 안에서의 혈전에 발만 동동 구르던 미호가 화들짝 놀라 외쳤다.

"어? 대롱아!"

청사는 미호를 무시하고 소 앞에 똑바로 멈추어 섰다. 소는 호랑이 눈동자를 굴렸다. 시퍼런 도깨비불이 넘실대는 안구 속에 청사의 진지한 모습이 비쳤다.

"이봐, 인간 여자."

소의 입에 대롱대롱 물려 있던 푸줏간 안주인은 젊은 남자가 제 턱을 붙잡자 깜짝 놀라 어깨를 움츠렸다. 그녀는 코앞까지 얼굴을 들이민 청사의 분위기에 압도당했다. 아름다운 남자가 얼굴을 들이밀었으나 가슴이 콩닥거리고 설레며 부끄러운 마음은 들지 않았다. 눈도 마주치지 못할 만큼 지배적인 분위기에 발끝이 저릴 뿐이었다.

안주인이 식은땀을 흘리며 시선을 정신없이 흔들자 청사가 여자의 턱을 잡고 있던 손에서 살짝 힘을 풀었다. 강압적으로 움켜쥔 턱을 부드럽게 고쳐 잡고 고개를 살짝 비틀었다. 반쯤 내리깐 눈으로 쳐다보는 눈길에 안주인의 표정이 단박에 굳었다. 여자보다 더 길고 섬세한 속눈썹이 한 올 한 올 모두 셀 수 있을 만큼 가까운 거리였다. 그 속눈썹 아래 반쯤 뜬 푸른 눈동자는 그 어떤 여자가 보아도 혼을 빼앗길 정도로 아름다운 보석 같았다. 청사는 눈을 느리게 깜빡이며 속삭였다.

"요괴를 보살피고 돌보고 있던 자네는 알 것이야. 저 요괴 정체가 뭐지?"

애간장을 녹이는 부드러운 목소리에 안주인은 입술을 덜덜 떨었다. 계속 쳐다보면 정신을 차리지 못할 것만 같았다. 맑고 푸른 눈동자에 깊게 빠져 버릴 듯해 아예 눈을 질끈 감아 버렸다. 그러자 이번에는 턱을 쥔 손길에 감각이 몰려서 어깨가 떨렸다. 귀 가까이에서 속삭이는 음성 역시 황홀하면서도 곤욕스러웠다.

"어서."

창백하게 질려 있던 여자가 더듬더듬 말했다.

"모, 모릅니다. 저는 아무것도 몰라요. 쇤네들 같은 백정 나부랭이들은 배운 게 없어서 어르신 같은 분들께 가르쳐 드릴 게 없어요."

"내가 그대에게 공자와 맹자의 가르침을 물었나? 자네가 돌봤던 어미의 정체를 묻는 것이야. 무엇인지도 모르고 돌봤다는 말은 아닐 텐데?"

"몰라요. 정말 몰라요."

고개를 도리질 치는 안주인은 고집스러웠다. 아무것도 모른다며 귀도 틀어막고 도리질만 반복했다. 화가 난 청사는 아랫입술을 질끈 깨물었다. 보석 같다던 아름다운 눈동자는 순식간에 세로로 가늘어져서 음산한 요기를 뿜었다. 요사스러운 기운이 여자를 휘감자, 여자는 숨을 헐떡였다.

"당장 눈 떠."

턱을 부드럽게 감싸고 있던 손이 억센 힘으로 볼과 아귀를 한꺼번에 움켜쥐었다. 여자는 턱과 광대가 부서질 듯한 악력에 더는 버티지 못하고 시키는 대로 했다. 눈을 뜨자 푸른 호수나 창공, 보석을 연상시키던 눈은 온데간데없이 독사보다 강렬하고 날카로운 눈동자가 자신을 쳐다보고 있었다.

숨이 꼴깍 넘어갈 것처럼 공포가 엄습했다. 얼굴을 터뜨릴 것처럼 움켜쥔 손도 무섭고, 귀신보다 섬뜩한 표정으로 쳐다보는 얼굴도 무서웠다. 쉬쉬하고 귓가에서 뱀이 혀를 날름거리는 소리까지 더해지니 여자는 오금이 저렸다. 겁이 나 시선을 돌리고 싶었지만 그마저도 허락받지 못했다. 청사는 여자에게 더 얼굴을 바싹 붙였다. 입술이라도 붙을 만큼 다가온 그는 위협적으로 말했다.

"좋게 대할 때 말해라. 난 인내심이 많지 않다. 지금 당장 네 옷을 찢어발겨 길바닥에 내동댕이쳐서는 억지로 입을 열게 만들 수도 있어. 시간 끌지 말고 솔직하게 말해. 네 어미 정체가 뭔지."

안주인은 결국 눈물을 터뜨렸다. 미호와 소는 청사가 이토록 강압적으로 나오는 경우는 처음 본 탓에 퍽 당황하여 말을 걸지도 못했다. 그들이 본 청사는 매번 고도 뒤를 쫓아가기만 하고, 고도가 눈길을 주거나 손이라도 잡아 주면 얼굴을 발그레 물들이면서 헛기침을 하기만 했다. 그런 모습을 보고 있느라고 잊은 것이 있었다. 청사는 사실 보릿마을에서 고도가 기절한 사이 태풍과 비바람을 몰고 오는 기이한 술수를 부리던 정체불명의 요괴지 않은가.

늙은 요괴가 만든 결계 안에서는 이미 수세가 기울어 노인이 고도를 완벽하게 압박하는 형상이었다. 고도가 나름 부적을 이용해 도술을 부리고 서전검을 휘두르나, 좁은 공간에 한정되어 제대로 실력 발휘를 하지 못했다. 노인의 공격을 막고 잠시 도망가는 게 전부였다. 목이 뜯겨 나가서 피가 멈추지 않는 탓에 몸도 많이 무거워 보였다. 안주인은 청사가 누구 때문에 서두르는지를 깨닫고 자신이 할 수 있는 최선의 방법을 알려주었다.

"저희들을 모른 척해주시면 안 되나요. 어머니께 부탁 드려 나리들을 무사히 보내드리겠습니다. 아무 것도 묻지 마시고 물러가 주세요."

안주인이 눈물을 흘렸다. 고도에게 눈물로 호소했다면 먹혔을지도 모른다. 그러나 상대는 인간들 사정에 관심 없는 청사였다. 그는 인간사에 관심 없을뿐더러, 인간들이 사사로운 정에 얽매이는 것도, 눈물로 인정을 바라는 것도 싫어하는 이였다. 청사는 안주인의 얼굴을 더 세게 움켜쥐고 속삭였다.

"자네 어머니 때문에 이 마을이 어찌 되었는지 아느냐? 마을 아이들이 모두 잡아먹혔다. 처음에는 갓난아기들만 먹었겠지. 먹고 남은 뼈나 오물 등은 각 마을의 우물에나 버렸을 게다. 그 어린아이들이 우물의 지박령이 되어 밤중에 곡을 한다. 아이를 잡아먹어 요기를 불린 네 어미는 마을 전체에 음습한 기운을 내뿜어서 마을 사람들 심성을 악독하게 만들었다. 지금 이 마을 모습이 정상으로 보이느냐? 파탄이 났다고 생각하지 않느냐? 이러고도 네 어머니가 무슨 짓을 했는지 모른다고 잡아뗄 것이냐?"

구구절절 옳은 말뿐이었기에 안주인은 반박할 수가 없었다. 어디서 저렇게 자세한 마을 사정을 들었는지 몰라도 청사가 마을 사람들보다 이 사정에 정통하단 걸 알 수 있었다. 안주인은 반박할 여지가 없는 만큼 마음만 절박해져 청사를 밀어내는 데 급급했다.

"우리 마을 일이에요! 나리들이 무슨 상관인가요!"

"그래, 나랑 직접적으로 상관없지."

"그럼 상관하지 마셔요!"

"젠장! 나도 그러고 싶어! 그런데 고도가 얽혔잖아!"

청사가 분을 참지 못하고 외치는 소리에 안주인은 깜짝 놀랐다. 얼굴을 쥐고 있던 손이 어느새 멱살을 쥐었다. 숨도 못 쉴 만큼 목이 졸린 탓에 여인은 켁켁거리며 기침을 토했다. 청사는 여인의 괴로움 따위 조금도 배려할 생각이 없기에 씨익씨익, 숨을 거칠게 몰아쉬며 분풀이처럼 말을 이었다.

"네년이 네 어미를 아끼는 만큼, 나도 고도를 아껴! 그런 고도가 지금 네년과 네년 어미 때문에 발이 묶여서 무슨 꼴을 당하고 있는데! 난들 좋아서 이렇게 나서는지 알아? 하찮은 인간 따위 요괴 밥이 되든 죽이 되든 관심 없어!"

꺄악! 미호가 갑자기 휘몰아치는 바람에 견디지 못하고 담벼락 대용으로 세워 둔 나무판자에 처박혔다. 소 역시 몸을 바싹 낮추어서 바람에 떠밀리지 않도록 안간힘을 써야 했다. 다만, 자신이 날아가지 않기 위해 애쓰는 사이에 입에 물고 있던 안주인을 놓쳤다. 안주인이 바람에 휩쓸려 대문 밖 길거리에 내동댕이쳐졌다. 의문의 바람을 일으킨 주인은 청사였다. 소와 미호가 끙끙거리며 바람의 힘을 버티는 데 급급한 와중에도 그는 도포자락과 머리카락만 휘날리며 대범하게 바람길을 가르고 나아갔다. 청사는 길거리에 나동그라진 여인을 붙잡아 흔들었다.

"말해. 저 요괴 정체가 뭔지 말하라고!"

여인은 바람에 떠밀려 바닥을 뒹군 충격에서 벗어나지 못하고 흐느껴 울었다. 그녀는 넋이 나간 사람처럼 같은 말만 반복했다.

"보, 보살님, 보…… 살님, 강문 보살님."

엉엉 울면서도 다급하게 도움을 요청하는 소리는 청사가 주막 지붕에서 들었던 이름이었다. 자신만 모르고 도깨비도, 구미호도 알고 있던 이름. 심지어 처음 만난 마을의 푸줏간 안주인조차 그 이름을 알고 있다. 세상의 장난질도 이리 잔인하진 않을 터다. 누구보다 고도에 대해 알고 싶은 청사가 누구보다 그에 대해 아는 것이 없지 않은가.

"재밌네, 아주 재밌어."

청사는 날카로운 이를 드러내고 웃었다. 여자를 내팽개친 청사의 날카로운 시선이 결계 안에 있는 고도에게 박혔다. 노인을 아슬아슬하게 상대하고 있는 고도를 보면서 양손의 주먹을 꽈악 움켜쥐었다.

고도의 몸이 튕겨져 결계에 부딪혔다. 입에서 쿨럭하고 피가 쏟아졌다. 결계 속을 좌로 우로, 앞으로, 뒤로, 심지어 위아래로 쫓겨 다니던 고도는 이제 도망치기도 지쳤는지 결계에 등을 기댄 채 서 있었다. 움직이지 않는 고도에게 노인이 주먹을 내질렀다. 고도는 명치 부근에 일격을 맞고 거세게 기침을 하더니 그대로 주저앉고 말았다. 힘 풀린 다리가 꺾여서 바닥에 철푸덕 앉아 버리자 무식하게 공격을 하던 노인의 움직임도 멈추었다. 고도는 이제 얼마 남지 않은 부적을 소매 속에서 꺼내다 말고 노인을 쳐다봤다. 고도는 몸이 힘들 텐데도 그 표정만큼은 고집스럽게도 평온을 유지하고 있었다. 그는 손가락 사이로 잡히는 부적들을 퉁기는 의미 없는 행동을 시작했다.

"사냥의 묘미를 아느냐."

노인은 부적을 퉁기는 손끝에 눈을 고정했다. 역시나 대답은 없었고, 고도 역시 대답이 들릴 때까지 기다려 주지 않았다.

"자고로 토끼를 잡으려면 굴속으로 몰아야 하고, 고기를 잡으려면 낚싯줄이 당겨질 때의 묘미를 즐겨야 한다. 그럼 요괴를 잡을 땐 어디서 즐거움을 구해야 하는 줄 아느냐. 능히 그들의 공포를 내 즐거움으로 삼는 것이다."

손으로 장난치던 부적이 곧 팔랑팔랑, 바닥으로 떨어졌다. 도사가 부적을 손에서 놓고 유유자적 결계에 기대어 있는 모습에 노인의 미간에 골이 깊어졌다. 도사가 부적을 포기한다는 것은 곧 패배를 인정한다는 뜻이다. 하지만 지금의 고도 태도는 싸움에서 진 사람이 아니었다. 패배자가 어찌 저리 여유만만이란 말인가.

목은 살점이 잡아 뜯겨져 피로 흥건했고, 좁은 결계 안에 이리 쫓기고 저리 내몰리면서 진이 다 빠진 상태다. 또한 소득 없는 부적 사용만 남발했거늘, 상황이 노인에게 퍽 유리한데도 노인은 기묘한 표정으로 자리에서 움직이지 않았다. 수세에 몰린 이는 분명 고도였는데 누가 결계에 태평하게 앉아서 부적을 주변에 버린 저 인간을 수세에 몰려 결국 패배를 인정했다 보겠는가.

고도는 쉬이 덤비지 않고 신중하게 저를 살피는 노인을 보면서 바닥에 뿌린 부적을 손가락으로 톡톡 두드렸다. 이어지는 고도의 목소리는 귓가에 속삭이듯 부드럽고 친절했다.

"자, 부적은 버렸다. 그러니 걱정 말고 내게 더 가까이 와 보거라."

여태껏 도망만 다니던 패배자의 그 어리석은 유혹이라니! 노인은 우스 꽝스러운 상황에 배를 잡고 낄낄거렸으나 얼마 가지 않아 거짓말처럼 웃 음을 멈추었다. 어느새 노인의 얼굴에서 승리에 대한 확신이 사라졌다. 여전히 결계에 기대어 앉은 고도의 여유로운 모습을 보자 머릿속이 복잡 해지기까지 했다.

허풍이 아니다. 고도는 지금 허풍을 부리는 게 아니었다. 진심으로 부 적이 없이도 노인을 상대하는 데 어려움이 없다는 태도였다.

"그르르릉."

고도를 공격하는 것은 자신일진대, 어째서 고도의 손바닥 위에서 재롱 을 부리는 기분이 드는가. 이는 마치 벼랑 끝까지 몰려 한 발자국만 뒤로 헛디디면 낭떠러지로 떨어질 만큼 위태로우나, 그 한 발자국을 기필코 사수하는 것과 같았다. 그것도 힘겹게 버티는 것이 아닌, 일부러 수세에 몰린 상황을 즐기는 것 같았다.

"이상하다. 너, 이상해."

노인은 좁은 보폭으로 고도에게 느리게 다가갔다. 노인이 한 자 거리 까지 다가왔지만 고도는 동요 없이 결계에 삐딱하니 기대어 앉아 있기만 했다. 수세에 몰린 인간에게서 볼법한 두려움과 걱정 따윈 눈을 씻고 찾 아보아도 찾을 수가 없었다.

"너 인간 맞아? 아니지? 요괴지?"

"원, 농담도."

"인간 아냐."

"인간이 아니면 무엇이겠느냐. 인간을 닮은 환영?"

"고도. 고도? 인간 아냐?"

"네가 아니라고 보면 아닐 수도 있겠다만, 지금 그게 중요한가."

고도는 부적을 손끝으로 매만졌다. 노인의 눈동자가 마구잡이로 흔들리기 시작했다. 노인은 퍽 불안한 표정으로 안절부절못하더니만, 혼란스러운 상태를 대변하듯 사방을 정신없이 돌아보다가도 끼익 하고 이를 세워 울었다. 노인은 뒷걸음질을 치다가 다시 고도에게 달려들었다. 이번엔 옆구리를 정확하게 파고들어 이를 세웠다. 옷감 채 옆구리 살을 확 물어뜯으니 쌀을 가득 담은 자루가 터지듯 시뻘건 피가 분수처럼 쏟아졌다. 뜨끈한 피를 정수리에서부터 뒤집어쓴 노인이 승리의 미소를 지으며 고개를 든 순간이었다. 그는 그대로 하얗게 질려 굳고 말았다.

"내가 무서운가."

한 뼘 거리에 있는 새까만 눈이 옆구리에 들러붙어 있는 노인을 무감정하게 내려다보고 있었다. 노인은 가까운 거리에서만 발견할 수 있는 눈동자 속 감정을 깨닫고 온몸을 바들바들 떨었다.

새까만 눈에 비친 감정은. 그것은 즐거움이었다.

귀신에 홀린 듯 크게 당황한 노인은 제 이빨로 물어뜯었던 옆구리로 시선을 돌렸다. 경악스럽게도 물어뜯어 피를 쏟게 만들었던 터진 옆구리는 멀쩡했다. 심지어 옷자락의 천 한 올조차 뜯어진 자국이 없었다.

히익, 숨을 다급히 들이쉰 노인이 몸을 빼려 하자 그보다 고도의 손이 더 빠르게 노인의 멱살을 움켜쥐었다. 덥썩, 저고리 앞섶을 잡힌 노인은 고도를 감히 똑바로 쳐다보지 못했다. 살아생전 느껴 본 적 없는 위화감에 온몸을 바들바들 떨면서 고도의 손아귀에서 벗어나고자 벌레처럼 바르작거렸다. 고도가 노인만이 들을 수 있을 만큼 조용한 목소리로 말했다.

"줄을 당기는 맛에 낚시를 하고 활을 쏜다만, 그 쾌락이 지속되면 지겨운 법이다. 난 흥미가 쉽게 바뀌는 인간이라 요괴가 인간에게 겁을 먹은 모습을 즐기는 것도 찰나다. 계속 그리 무서워하면 재미없어서 죽일지도 몰라."

"히익, 히익."

"고하라. 익합사 강문 보살. 네 주인이자 어버이로, 네가 이 세상에 나올 수 있게끔 생명을 준 이 말이다. 그자가 언제 이곳을 왔다 갔느냐."

"너, 너, 이, 인간 아냐. 요, 요괴? 아니, 신선?"

"그렇게 겁먹으면 재미없는데도."

고도가 생긋 미소를 짓자 노인의 얼굴은 반대로 시체처럼 창백해졌다. 두려움에 몸서리치며 뒤로 물러나는 노인은 집중력이 흐트러졌다.

쩌적, 쩌적.

하늘에 금이 가기 시작했다. 균열이 생기던 하늘은 곧바로 챙 소릴 내며 모래알처럼 부서졌다. 고도의 머리 위로 달빛이 뿌려지는 것처럼 부서진 결계 조각이 쏟아졌다. 결계가 부서지고 그 밖에 있던 청사 일행과 소통할 길이 열렸는데도 고도는 난리를 부리던 미호나, 푸줏간 안주인을 붙잡고 있던 청사에겐 일말의 시선조차 주지 않고 여전히 노인의 멱살만 잡고 있었다. 노인의 얼굴이 무에 그리 흥미로운지 자꾸만 뒤로 빼는 몸을 단단하게 붙잡고 얼굴을 요모조모 살피는 데 여념이 없었다. 그는 이곳에 일행을 데리고 온 사실조차 잊은 듯했다. 노인의 얼굴을 아니, 주름진 피부 안쪽에 숨어 있는 '강문의 씨앗'을 살피는 모습은 집착에 가까웠다.

"고도."

무언가 잘못되었다는 사실을 가장 먼저 깨달은 이는 소였다. 그는 단세 발자국 만에 달려와 고도의 뒷덜미를 물었다. 호랑이의 날카로운 이빨이 두루마기 깃을 잡았으나 눈 깜짝할 사이에 고도는 호랑이 입 속이 아닌 노인의 앞으로 옮겨와 있었다. 고도가 들고 있던 부적은 모조리 바닥에 버려져 있는데도 고도는 아무 어려움 없이 도술을 부렸다.

"소야, 알아보겠느냐. 이 요괴는 강문의 씨앗이다. 즐겁지 아니한가.

우리가 그토록 찾아 헤매던 인간의 흔적 아닌가."

주저앉은 노인 주변을 빙글빙글 돌면서 고도는 히히덕거렸다. 개구지고 천진난만한 것이 꼭 어린아이 같았다. 하나, 덜덜 떠는 노인을 내려다보는 눈길은 잔혹하기 그지없었다. 산 채로 저와 같은 종족인 동자삼을 씹어 먹을 때 노인이 짓던 눈빛보다 더욱 무섭고 공격적이었다.

"여기서 자량의 퇴기退妓와 무학관 무술장의 아들을 본 것도 기연일진대, 강문의 연까지 닿았구나. 이제야 모든 게 끝나 가는 길조인가 보다. 안 그러느냐."

빙글빙글빙글빙글.

고도가 가볍게 걸음을 옮길 때마다 그 밑으로 바람이 불어왔다. 모래 바닥이 움푹 파일 만큼 날이 잘 선 바람은 고도의 발자취를 따라 넘실거렸다. 소는 그러한 고도의 앞에 버티고 섰다. 네 다리에 날카로운 바람이 스치고 피가 배어 나왔지만 결코 물러나지 않았다.

"진정해라, 고도."

고도가 그 무슨 말이냐고 고개를 들어 웃었다.

"내가 흥분한 것 같으냐."

"정신 차려라. 지금 넌 미친놈 같다."

"미치지 않았다."

"아니다, 미쳤다. 강문 얘기만 나오면 넌 미친다."

"소, 네 녀석 익살이 늘었구나."

"정신 차려라! 강문 얘기에 휘둘리는 것도 이제 그만할 때가 되지 않았느냐!"

휘익, 호랑이의 수염을 잡아당긴 고도가 소의 두 눈을 똑바로 보고 말했다.

"미치지 않았다."

결코 정상이라 볼 수 없는 눈이 새까만 돌처럼 반들반들하게 빛을 냈다. 고도는 소에게도 히죽 웃어 보이더니만 손가락 몇 개를 까딱여 돌풍을 만들었다. 커다란 호랑이가 순식간에 허공으로 떠오르더니 그대로 담벼락으로 날아가 처박혔다. 갑작스런 충격에 헛기침을 토한 호랑이는 곧 연기를 풍기고는 도깨비의 모습으로 돌아왔다. 소가 시퍼런 눈을 활활 태우며 노려보아도 고도는 이 이상 참견 말라는 듯 돌풍을 일으켰던 손가락을 좌우로 흔들어 보였다. 소가 날카로운 이빨을 드러내고 으르렁거려도 고도는 막무가내였다. 그는 소의 경고도 무시한 채 뒷짐을 지고 노인의 앞에 멈추어 섰다. 고도가 뜻하지 않게 빙그레, 웃음을 지었다.

"자, 네 주인 얘기를 해보아라."

잔혹성을 그렇게 미소로라도 지워 보려는 것처럼 보였다. 그러나 결코 지워지지 않는 섬뜩함을 남기며 조근조근한 말투로 협박했다.

"어서."

달달 떨기만 하던 노인의 표정이 변하기 시작했다. 노인은 얼굴을 잔뜩 일그러트리더니 고도의 팔을 덥석 붙잡았다. 그는 입을 쩌억 벌리고 갓난아기처럼 울기 시작했다.

"응애……!"

시커먼 입 안에서 터진 애기 울음소리를 따라 잠잠하던 푸줏간에 다시금 바람이 불어닥쳤다. 바람이 마당에 심은 대추나무 가지를 꺾고 흙바닥을 죄 뒤집어 놓았으나, 고도는 여유롭게 왼손에 들고 있던 서전검을 휘둘렀다. 칼날이 유려하게 허공을 가르자 요기와 함께 넘실거리던 바람이 반대편으로 튕겨 나갔다. 칼로 바람을 베기란 불가능하지만 지금의 바람은 노인의 기운을 통해 운용되는 것이었다. 따라서 고도의 기운을 머금은 서전검과 요괴의 기운이 허공에서 부딪히며 반목하는 일이 벌어질 수 있었다.

고도는 시간을 끌 생각이 없는 듯, 왼쪽 다리로 몸의 중심을 잡고 자세를 낮춰 공격할 의사를 표했다. 검을 쥔 손목을 틀어 검날을 자유자재로 바꾸자 그 움직임이 마치 검무劍舞처럼 아름답고 유려했다. 날아든 바람을 죄 가르거나 옆으로 흘려 낸 고도는 꿋꿋이 버티던 왼발을 뗐다. 그러자 고도의 팔이 붙잡힌 채 있던 자세가 역전되어 노인을 도리어 속박하는 모양새가 되었다. 고도는 그 순간 가차 없이 검을 휘둘렀다.

노인은 눈에 보이지도 않는 검날을 단지 감에 의존해서 두 손으로 막아냈다. 녹슨 서전검은 노인의 손을 닭 모가지 치듯 싹둑 잘라 내진 못했지만 그래도 늙은 뼈를 두 동강 낼 만한 저력이 남아 있었다. 검에 잘린 손목이 바닥으로 떨어지면서 허공으로 피와 살점이 솟구쳤다.

"강문의 씨앗 주제에!"

고도답지 않은 격렬한 목소리가 터지는 동시에 검날의 끝이 정확하게 갈비뼈 너머의 심장을 겨눴다. 고도는 심장을 꿰뚫기 위해 검에 온 힘을 실었다. 검이 무뎌 심장을 잘라내지 못한다면 녹슨 날로 모조리 파헤치고 뜯어 버려 죽일 작정으로 말이다.

죽이지 마라.

푸줏간에 들어오기 직전, 다짐처럼 중얼거렸던 그 문장은 새까맣게 번들거리는 두 눈에 잠식된 지 오래였다.

"안 돼요!"

서전검이 노인의 심장을 꿰뚫기 직전이었다. 고도의 등 뒤에서 안주인의 목소리가 하늘 높이 울렸다. 동시에 고도의 몸이 뒤쪽으로 잡아당겨졌다. 강한 힘은 아니었으나, 검을 휘두르기 불편할 정도는 되었다. 고도가 고개를 돌리자 안주인이 고도를 뒤에서 끌어안아 허리를 붙잡고 있었다. 검을 휘둘러야 할 때를 놓친 고도는 그제야 아차 싶었다. 뭐하는 짓이냐고 따질 겨를도 없었다. 뒤통수가 오싹하여 시선을 옮기니, 고도에게 목숨을 위협받던 노인은 안주인의 도움으로 오히려 공격할 기회를 얻게 되었다. 노인이 이가 다 빠진 입을 벌려 웃자, 고도가 맥이 빠져서는 허탈하게 중얼거렸다.

"이런."

날카로운 바람이 날렸다. 요기를 머금은 바람이 얼마나 강했던지 안주인과 함께 고도의 몸이 저 멀리 미끄러져 날아갔다. 붕 뜬 몸이 땅에 부딪힐 때, 안주인은 억 하는 소리와 함께 바닥을 데구르르 굴렀고 고도는 왼쪽 가슴에서 느껴지는 충격에 잠시 숨을 멈추었다.

고도는 흙먼지 속을 미끄러졌다. 바로 앞에서 미호와 청사의 경악한 얼굴이 스치듯이 비춰졌지만 그들에게서 시선을 떼곤 제 가슴팍을 쳐다봤다. 두루마기의 가슴팍이 뜨겁게 젖어들고 있었다. 조심스레 손을 들어 가슴을 더듬어 보니, 손바닥을 시뻘겋게 물들인 것이 손목을 타고 내려 소매까지 적셨다.

"고도!!"

저만치 굴러갔던 안주인이 기겁하고 무릎걸음으로 다가오려다가 청사에게 선수를 뺏겼다. 청사는 쓰러져 있는 고도를 품에 안았다. 상체를 억지로 끌어안으니 동공이 열리는 눈가가 파르르 떨리다 말고 확 찌푸려졌다. 고도는 극심한 기침을 하며 청사의 얼굴로 피를 토했다.

"쿨럭!"

청사가 다급하게 두루마기의 가슴팍을 벌렸다. 왼쪽 가슴에 커다란 상처가 나 있었다. 정확히 심장 부근이었다. 치명상을 피했다 하더라도 이 정도면 많은 피를 쏟고서 죽을 수준이었다. 아니다. 피를 쏟다가 죽는 것이 오히려 희망적인 이야기였다. 상처의 크기가 워낙 커서 이미 심장의 반은 뜯어져 나간 것 같았다.

"아, 아아, 나는, 나는……."

고도의 상태를 보자 안주인은 자리에 주저앉은 채 비명도 신음도 아닌 소릴 흐느끼면서 온몸을 떨었다. 그녀의 두 눈에는 겁에 질린 눈물이 차올랐다. 청사는 하얗게 질린 얼굴로 고도의 얼굴만 살폈다.

눈을 반개하고 있는 고도가 숨쉬기 힘겨운 듯 호흡을 헐떡이는 모습이 낯설었다. 무슨 말을 하려는 건지 입은 벙긋거리지만 아무 소리도 들리지 않았다. 입에서는 바람이 빠지는 소리만 났다. 폐에 구멍이라도 난 것 같았다. 안고 있는 고도의 몸에서 힘이 풀리고 고도의 두 눈도 까맣게 초점을 잃어 눈꺼풀이 무거워지니, 이는 죽어 가는 이들의 전형적인 모습 아닌가.

"고도. 정신 차려. 장난치지 말고."

눈앞이 깜깜해진 청사가 고도의 볼을 톡톡 쳤다. 고도의 손에 들린 서전검이 바닥으로 툭 떨어지며 푸줏간에 휘몰아치던 바람도 잠잠해졌다. 미호는 바닥에 쓰러져 있는 고도를 보고 눈을 홉떴다. 설마하고 입만 벌린 채 굳어 있는 그녀처럼, 청사 역시 충격으로 숨마저 멈추고 있었다.

"고도, 고도."

청사가 반쯤 넋이 나가서 고도의 볼을 다시금 톡톡 쳤다. 손길에 따라 고개가 크게 흔들렸다. 청사는 현실감 없는 모습에 손끝에서 피가 빠져나가는 듯한 기분만을 느꼈다.

"헤에, 헤헤, 헤헤?"

노인은 자신이 벌인 일을 스스로도 믿기 힘든지 나지막이 웃음을 뱉었다. 노인은 청사 품에 안겨서 차게 식어 가는 고도에게 다가왔다. 고도는 반쯤 눈을 뜬 채 죽어 있었다. 노인은 넋이 나간 청사는 안중에도 없이 고도를 발로 툭 찼다. 심장을 관통당한 시체는 움직이지 않았다. 물건처럼 청사 품에 푹 묻힌 채 덜컹거리기만 했다. 노인이 히죽 웃었다. 그는 혈색이 사라진 고도의 얼굴을 바라보다 고도의 등에 매달린 죽통으로 손을 뻗었다.

노인은 죽통을 붙잡고 있는 새끼줄을 끊어 버리곤 그것을 머리 위로 번쩍 들어 보았다. 죽통은 달빛이 없는 어두운 하늘 아래에서도 영롱하게 빛이 났다. 온갖 부적과 금줄에 봉인되어 있지만 그 안에서 생기 있게 흘러넘치는 강력한 요기가 느껴졌다. 이 세상 모든 요괴들이 두려워하면서도 탐내는 그 유명한 고도의 죽통이 분명했다. 구미호의 구슬보다 탐스럽고 신선의 지팡이보다 희귀하며 용의 여의주보다 값진 고도의 죽통!

노인은 히히덕거리면서 죽통의 뚜껑을 돌려 보았다. 그 안에 봉인된 강력한 요기를 흡수할 만반의 준비를 하면서.

하지만 있는 힘껏 뚜껑을 돌렸지만 손만 미끄러지고 뚜껑은 열리지 않았다. 억지로 잡아 열려는데도 여전히 묵묵부답이다. 죽통을 봉인해도 단단히 봉인했나 싶어서 바람의 힘까지 빌려 잡아 뜯어 보았다. 소용없었다. 바닥에 내려쳐도 깨지지 않고 데구르르 굴러가 버리니. 고도를 죽일 수 있을 만큼 강한 바람이었는데도 고작 대나무 통 하나 부수지 못했다.

"왜 안 열려. 뭐야, 뭐야."

노인이 죽통을 바닥에 내려놓고 발을 들어 쾅쾅 밟아 봤지만 죽통엔 금 하나 가지 않았다. 이럴 리 없는데, 이럴 리 없는데. 말도 안 된다는 혼잣말을 중얼거리면서 노인은 당혹스러움에 얼굴을 붉혔다. 핏줄이 터실 만큼 눈을 홉뜨고 죽동을 노려보던 노인은 씩씩거리다 밀고 휙 고개를 돌려 고도를 바라봤다. 넋이 나간 청사 품에 고도가 얌전히 안겨 있었다. 시체는 창백하고 하얗게 질려 미동조차 없었다. 심지어 가슴이 오르락내리락하지도 않으니 저건 죽은 것이 분명했다. 한데 주인이 죽은 물건이 어찌 부서지지도 않는 것인가.

"궁금한가."

노인은 두 눈을 부릅떴다. 고도는 놀란 청사의 품에 가만히 안긴 채 눈만 뜨고 노인을 보고 있었다. 그 눈은 여전히 초점이 없이 흐렸다. 죽은 이 특유의 썩은 동태 눈깔이 분명했다. 또한, 바람구멍이 난 왼쪽 가슴에서도 여전히 피가 꿀럭꿀럭거리며 흘러내리고 있었다. 시체가 살아서 움직이는 것이다. 기겁을 한 노인과 달리 고도는 이 정도의 죽음 따위 대수롭지 않게 생각하는 표정을 짓고 있었다.

"어, 어떻게."

고도는 힘 하나 까딱하지 못하는 몸으로 도술까지 부렸다. 눈꺼풀을 한 번 깜빡였을 뿐인데 노인의 발목이 으스러지고 노인은 휘청이며 뒤로 넘어갔다. 콰당, 소릴 내며 쓰러진 노인을 보고 있던 고도가 청사의 어깨를 잡고 몸을 일으켰다. 청사가 다급히 고도를 도로 안아서 품에 앉혔지만 고도는 억지로 몸을 세웠다. 노인은 이 상황을 믿을 수 없어 붕어처럼 입만 뻐끔거렸다.

"내가 원래 잘 안 죽는 족속이다. 그리 억울해하지 말거라."

고도는 피가 흘러내린 턱을 손등으로 닦고 바닥에 떨어진 죽통을 집어 들었다. 뚜껑을 잡고 돌리자, 노인이 그렇게 난리를 부리며 깨부수려 해도 소용없던 죽통이 순순히 열렸다. 그 속에서 숨 막히는 탁한 기류가 쏟아져 나왔다. 죽통이라는 좁은 입구에서 온갖 요괴들이 서로 세상으로 나오기 위해 앞다투어 손발과 얼굴을 내밀었다.

같은 요괴마저도 오싹 소름이 돋을 만큼 섬뜩한 비명소리가 울렸다. 주막 전체를 뒤덮을 정도로 오금을 저리게 만드는 강력한 요괴들의 힘이 죽통에서 흘러넘쳤다. 썩은 검은 손톱이 죽통에서 나와 거미 다리처럼 깔짝거리며 고도의 목을 움켜쥐고, 피부가 흘러내린 여섯 개의 손가락이 고도의 상처 난 가슴을 향했다. 누구 것인지도 모를 거대한 철퇴가 죽통에서 나와 산 사람 세상에서 휭휭 돌려졌다.

마치 지옥도의 풍경 같았다. 세상에 존재해서는 안 되는 풍경에 노인은 벌레처럼 몸을 말고 떨었다. 고도는 그 끔찍한 모습의 한가운데서도 지나치게 태평했다.

"말도 안 돼……! 믿을 수 없어! 어째서, 어째서!"

고도는 온갖 요괴들이 죽통에서 반쯤 몸을 빼내어 자신에게 엉켜든 와중에도 바닥에 굴러다니는 부적을 하나 집어 들어 노인의 이마에 붙였다. 거죽밖에 남지 않은 피부 위에서 부적이 반응하기 시작했다. 부적에 그려진 주술문이 금색으로 빛났다. 그 고귀한 색상이 어둠으로 넘실거리는 푸줏간 전체를 환하게 밝혔다.

노인의 썩은 입 안에서 악취와 함께 끔찍한 비명이 터졌고, 노인의 전신이 녹아내렸다. 노인이 멍하니 주저앉아 있는 안주인에게 손을 뻗었다.

"응애, 응애!"

어머니를 살리기 위한 방법은 마 밭에서 캔 동자삼을 푹 고아 삶아 먹이는 것뿐이니.

가마솥에 물을 얹고 아기를 집어넣었을 때와 똑같은 울음소리가 들렸다. 그녀의 눈에 눈물이 차올랐다. 어머니의 몸이 가마솥에 넣었던 동자삼처럼 녹아 흐르고 있었다.

"응애……!"

찢어지는 울음소리와 함께 시체가 되어 쓰러진 노인의 몸에서 다리가 하나뿐인 아기가 나타났다. 뿌리털이 가득하여 머리 위에 핏빛 꽃을 피우고 있는 갓난아기였다. 아이는 세상이 없어질 듯이 목청껏 울더니 곧 죽통 안으로 빨려 들어갔다. 고도가 힘을 방출하자 몸에 들러붙어 있던 요괴들이 비명을 지르며 아이와 함께 죽통 안으로 되돌아갔다. 고도는 죽통의 뚜껑을 덮었다. 살풍경이던 지옥도가 사라지고 기묘한 침묵이 감돌자, 고도의 전신을 음습하게 감싸고 있던 어둠 역시 흩어지게 되었다.

"쿨럭."

고도가 어깨를 떨며 기침을 뱉었다. 그 속에 피가 섞여 검은 두루마기에 묻었다.

"쿨럭!"

다시 반복된 기침에 시체가 살아서 움직이는 모습을 꿈인 양 구경만 하던 청사가 화들짝 놀라 자리에서 일어났다. 휘청하는 고도의 몸을 간신히 받아 낸 청사가 고도의 얼굴을 살폈다. 여전히 시체처럼 창백하고 굳어 있는 얼굴이었다. 극심하게 기침을 할 때마다 뚫려 있는 왼쪽 가슴에서 피가 꾸물꾸물 흘러나왔다. 청사가 조심스레 상처 난 가슴 위에 손바닥을 대었다. 역시나였다. 심장은 뛰지 않았다.

고도는 흐릿한 눈으로 청사를 바라봤다. 언제나 수줍게 웃던 청사가 어쩐 일인지 굳은 표정을 풀지 못하고 있었다. 왜 그리 심통 났느냐. 아니, 크게 화가 났구나. 놀리고 싶은 마음이 굴뚝같았지만 더는 아무 말도 하지 못했다.

고도는 정신을 잃기 직전에 미호의 비명소리를 들었다. 소가 다급하게 달려와 자신의 뒷덜미를 물어 등에 태우는 감각도 느꼈다. 안주인이 흐느껴 우는 소리와는 조금 다른, 청사의 물기 오른 목소리가 귓가에서 이름을 부르고 있었다. 하지만 고도는 눈을 뜨지 못했다. 그는 볼을 세게 때리는 손길에 화끈한 통증도 느끼지 못하고 까무룩 정신을 잃었다.

고도는 한동안 꾸지 않았던 꿈을 다시 꿨다. 꿈의 시작은 언제나 파도

가 부드럽게 부서지는 바닷가였다. 그 속에 등장하는 사람은 열 살 남짓한 소녀였다. 긴 머리가 어머니보다 예쁘다며 고도에게 안겨들어 함께 짠 바닷물에 젖어들곤 하던 아이. 그 꿈이 길어질라치면 아이의 어머니가 저 멀리서 걸어왔다. 그러면 아이는 엄마를 부르며 고도를 붙잡고 뛰었다.

예전에는 너무 자주 꿔서 현실과 꿈속을 헷갈리던 때도 있었건만, 요즘엔 그 꿈을 까마득히 잊고 지냈다. 이번에 꾼 것이 반갑다기보다는 생소하게 느껴졌다. 차라리 눈을 떴을 때 꿈의 내용을 잊었으면 좋겠는데, 이것도 참 부질없는 희망이지 않은가. 몹쓸 기억력이다. 과거 시험 보러 갈 땐 제법 유용하겠으나 그럴 일이 없으니 꿈마저 정확하게 기억하는 기억력은 참으로 저주스러웠다.

짹짹짹짹. 새들이 맑은 소리로 조잘거렸다. 고도는 참새가 내려앉은 창틀을 멍한 눈으로 내다봤다. 창틀에 부리를 닦으며 상쾌하게 울던 참새는 고도와 눈이 마주치자 놀라서 푸드덕 날아올랐다. 고도는 참새가 있던 자리만 쳐다보다 곧 태양이 중천에 뜬 하늘로 시선을 돌렸다. 창문틈으로 들어오는 차가운 바람결이 간혹 이마 위 머리카락을 헤집어 놓고 있었다.

고도는 손끝에 힘을 주어 간신히 손가락을 꿈틀거려 보았다. 엄지부터 새끼손가락까지 차례대로 움직이는 데만도 많은 시간이 걸려서, 팔 자체를 가눌 때는 비 오듯 땀을 쏟기까지 했다. 요괴와 싸울 때조자 땀 한 방울 흘리지 않던 고도는 이제야 그때 잊고 지낸 고통을 느낀 사람처럼 힘겹게 숨을 내쉬었다. 팔을 움직여 목 부근을 더듬어 보자 누군가 깨끗한 천으로 상처를 단단하게 여며 둔 흔적이 짚어졌다.

이렇게까지 안 해도 금방 다 나을 텐데.

고도는 혼잣말을 중얼거리곤 다시 창밖을 쳐다봤다. 느리게 흘러가는 구름을 보니 절로 눈꺼풀이 감겨 잠에 빠질 것 같았다.

"고도? 일어난 거야?"

부스럭거리는 소리를 듣고 고도가 누워 있는 방문을 열었던 미호는 고도가 정신을 차린 모습을 확인하자마자 후다닥 뛰쳐나갔다. 그녀는 주모를 닦달한 끝에 김이 모락모락 나는 그릇 하나를 들고 들어왔다. 미호의 손에 들린 그릇 안을 보니, 내용물은 잣과 깨가 뿌려진 따뜻한 죽이었다. 보기만 해도 먹음직스럽고, 냄새 역시 고소했으나 고도는 죽을 입에 대지 않았다. 아니, 댈 수 없었다. 상체를 일으키는 것만으로도 큰일이라서 그저 똑바로 누워 있는 것이 다였다. 이 상태론 죽에 입을 대는 것이 거의 불가능했다.

"죽 먹어야 해."

고도는 눈앞까지 들이민 그릇을 보며 사뭇 안타깝다는 듯이 말했다.

"입이 손끝에 달려 있으면 찍어서 먹기라도 할 텐데 이 상태로는 무리이지 않느냐."

"일어나서 먹으면 되지."

"조금도 못 움직이겠다. 에구구구."

다 늙은 사람처럼 앓는 소리까지 냈다. 고도가 실제로 아픈 것보다 더한 엄살을 부리고 있다지만 그게 얄밉다고 뾰족한 말로 되받아칠 수는 없는 노릇이다. 고도는 환자다. 그것도 죽다 살아난 중환자.

미호는 한참이나 근심 걱정 어린 표정으로 꼼짝도 못 하는 고도를 보더니만 "내가 입으로 떠먹여 줄까?"라는 망발을 뱉은 탓에 고도가 반사적으로 도술을 써 미호를 날려 버리는 일이 벌어졌다. 덕분에 갑작스런 도력 사용으로 고도는 피까지 토하면서 기침을 냅다 뱉어야 했다.

벽에 처박히고 나서야 히잉, 하면서 울먹이던 미호가 고도 옆에 얌전히 앉았다. 그녀는 죽을 한 숟가락 떠 제 입에 물고는 고도에게 입을 맞췄다. 뜨끈거리고 물컹한 것이 입술을 타고 넘어오자 고도가 눈살을 찌푸렸다. 하지 말라고 머리통을 밀어내는데도 미호는 그릇의 반이 빌 때까지 고도의 어깨를 단단하게 내리누르고 죽을 입으로 넘겨 주었다.

"이틀 동안 눈을 못 떴어. 뭐라도 안 먹으면 못 일어날 거야. 이렇게라도 먹으라고."

고도는 황망한 얼굴로 미호를 올려다보다가 그녀 입술 근처에 묻은 밥풀을 엄지손가락으로 쓱 훔쳐 주었다. 손끝에 묻은 밥풀을 어디 버리지 않고, 미호의 입술 안으로 밀어 넣었다. 짭조름한 손가락의 맛과 잣죽의 달짝지근함이 겹쳐지니, 고도의 손가락을 물고 있는 미호의 상태가 퍽이나 이상하게 보이는 상황이었다. 그제야 미호는 오해하기 충분한 상황임을 깨닫고 어버버 입만 벙긋거렸다. 고도가 그런 미호를 보며 피식 웃었다.

"지진아. 네놈이 나랑 그렇게 입이 맞추고 싶었다니."

"그, 그게 아니라!"

얼굴색이 홍당무가 된 미호가 자리에서 벌떡 일어나 어쩔 줄을 몰라 했다. 안절부절못하면서 제 상황을 어찌 설명해야 할지 몰라 두 팔만 파닥거리며 식은땀을 뻘뻘 흘렸다.

"숟가락으로 넘기니까 네가 계속 토했단 말이야. 계속 먹질 않으니 억지로라도 먹여야겠다 생각한 거고. 너한테 이상한 감정 갖는 거 아냐. 그냥, 나는 그냥 네가 이대로 진짜 죽을까 봐 걱정돼서 그런 거야."

울상인 표정을 보니 더 놀리고 싶어도 이쯤에서 그만둬야 할 것 같다. 이 이상 놀리다간 정말 상처받아서 울며불며 뛰쳐나갈 판이니. 고도는 미호가 어떠한 흑심을 품어서 입을 맞춘 것이 아니란 사실을 알고 있었다. 아무것도 먹지 못하고 몸도 가누지 못하는 저를 가여이 여겨 본능적으로 친절을 베푼 것뿐이었다.

"넌 정말 지진아다."

고도는 제대로 힘이 들어가지 않는 손을 뻗어 미호의 손을 잡아 주었다.

"이렇게 착한 요괴가 세상에 어디 있겠느냐."

얼굴을 붉힌 미호는 머리카락 사이에 얼굴을 푹 묻어서 감추었다. 귀와 목까지 새빨개진 모습은 참으로 귀여워, 미호가 영원히 성체가 아닌 유아체로 있길 바라는 마음이 생길 정도였다. 민망하기도 하고 쑥스럽기도 해서 고도 옆에 얌전히 앉아 있던 미호는 손가락만 꾸물거리다 고도를 힐끔 봤다. 저 정도로 다치면 힘들어서 어리광이라도 부릴 법 한데, 고도는 처음의 엄살 외에는 아프다는 내색도 보이지 않았다. 그녀는 슬그머니 고도의 가슴에 손을 얹어 보았다. 두근두근. 손바닥 아래서 심장이 뛰었다. 멈추었던 심장이 다시 힘차게 박동하자 이제야 제법 산사람 태가 나는 것 같다.

"있지……. 청사가 너 많이 걱정했어."

미호는 무릎을 붙이고 앉아 그 위에 턱을 얹고 말했다. 하늘에 두둥실 떠다니는 구름만 응시하던 고도가 미호의 말에 귀를 기울였다.

"너 엊그제 정신 잃고 나서 정말로 죽은 줄 알았거든. 심장이 안 뛰어서 얼마나 놀랐다고. 정말 다행이야."

"새삼스럽긴. 난 원래 잘 안 죽는다."

"사람 일은 모르는 거야. 그렇게 자만하다가 큰일 난다고."

"차라리 그런 큰일이 났으면 하는군."

"얘가 정말."

"팔자도 날 비껴가지 않더냐. 너무 걱정 마라. 죽으면 그거야말로 하늘의 덕인 게다."

"그런 게 어디 있어!? 말뿐이라도 그런 소린 하지 마."

제 목숨을 하찮게 여기는 고도가 미워 미호는 철썩, 가슴을 때렸다. 손길이 제법 매워 고도가 쿨럭이며 잔기침을 뱉었다. 그 소리에 지레 겁을 먹은 미호가 천을 쓸어내리면서 쩔쩔 매는 우스운 상황이 벌어지기도 했다.

"좀 더 잘래?"

고도가 쉬는 게 좋겠다 생각한 미호는 죽이 남은 그릇을 들고 일어나 물었다. 고도가 습관처럼 창밖의 하늘을 보더니만 고개를 슬쩍 저었다.

"잠을 자는 게 더 고통이다."

"왜?"

"몸은 편할지 모르지만, 여기에 온갖 생각이 떠오르거든. 잊고 싶어도 잊지 못하는 것들이."

고도가 제 손가락으로 관자놀이를 톡톡 두드리자 미호가 뭔 소리냐는 듯 눈만 껌뻑였다. 일일이 제 말에 주석을 달아 주는 친절함과 거리가 먼 사람이 고도였다. 그는 미호에게 자세하게 설명하는 대신 상체를 일으켜 세웠다. 꼼짝도 못하는 애가 무리한다면서 미호가 펄쩍 뛰었으나, 기침을 뱉고 피를 토하면서도 고도는 고집을 부렸다. 그는 조심스럽게 가부좌를 틀고서는 아픈 몸을 힘겹게 바로 세웠다.

"대롱이랑 소는 어디 갔느냐."

"어……. 소는 여기 있어. 그런데 소 상태가 되게 안 좋아. 어제 푸줏간 갔다 오고선 말도 없고 표정도 무겁고, 왜 그런 걸까?"

미호가 치마폭에서 짚신을 꺼내 보이자 고도는 한동안 고민하더니 가부좌 튼 다리를 잡고 눈을 감았다. 미호가 쳐다보는 시선에도 눈꺼풀을 들지 않고 조용히 숨만 골랐다. 마치 수행하는 승려처럼.

"나와 강문 때문이겠지. 내가 또 강문을 쫓을 흔적 하나에 흥분해서 날뛰는 걸 보고 얼마나 착잡했을까. 내 자신이 한심하구나."

법력 높은 승려와 도깨비들이 잘 어울린다는 소문은 들어 보기만 한 미호였다. 소가 씨름 도깨비들의 우두머리여서 도사나 승려, 임금과 조정 신료들과 몇 번 만날 일이 있었다는 것 역시 얘기로 들어서 안다. 그런데 강문이란 자 때문에 골이 아프고 신경을 많이 쓰는 걸로 보아, 우두머리였던 시절에 무슨 깊은 인연을 맺은 듯했다. 고도도 그런 강문이란 자와 잘 아는 눈치지 않은가. 미호는 그 승려가 누구냐고 물어보려다가, 눈을 감고 기를 운용하는 고도를 보고는 물어보길 그만두었다. 대신 고도의 흥미를 끌 만한 이야기를 입에 담았다.

　"대롱이는 푸줏간 잠깐 갔다 온다던데. 불러 줄까?"

　역시나 미호의 예상은 들어맞았다. 보통 한 가지에 관심을 두지 않는 고도이다. 특히 이렇게 자신만의 도술에 취해 있을 때는 옆에서 뭐라 해도 눈 하나 깜짝하지 않는 남자다. 그런데 기를 온몸에 돌리던 고도가 대롱이란 말에 멈칫하고 눈까지 뜨는 게 아닌가.

　"그 녀석이 푸줏간엘 왜 갔느냐."

　언제부터 청사를 그렇게 애지중지하게 됐는지.

　괜히 샘이 난 미호는 부루퉁하니 대답했다.

　"나도 몰라. 그냥 일이 있어서 간다고만 말했어."

　무릎에 얹은 손을 톡톡 두드리던 고도가 다시 눈을 감았다. 그는 숨을 깊이 들이마셨다 내쉬면서 몸속을 정갈히 했다.

　"해 지면 바로 이동할 준비하고 기다려라. 난 몸이 좋아지는 대로 대롱이를 만나고 오겠다."

　저 심한 상처가 가부좌 틀고 기를 운용한다고 당장 움직일 수 있을 만큼 좋아지겠나. 일반적인 상식이라면 허풍도 정도껏 떨라며 화를 내는 게 정상이다만, 미호는 순순히 짚신을 들고 자리에서 일어났다. 심장이 뚫려도 죽지 않는 인간이다. 상처를 스스로 고치는 건 그에게 큰일이 아니었다.

"그럼 쉬어."

조용히 닫히는 문 사이로 고도는 자세를 바로 한 채 인사도 하지 않았다. 열린 창밖에서 흘러드는 바람결에 고도의 머리카락이 하늘하늘 흔들렸다. 지상에 사는 신선이라던 지상선이 바로 저런 모습이지 않을까. 부평초처럼 마음 가는 대로, 몸 가는 대로 움직이긴 딱 고도와 같고, 아무리 어렵고 고된 일이 눈앞에 닥쳐도 허허실실 웃으며 새로운 경험이자 재미로만 생각하는 것이 신선과 무에 다를까 싶었다. 하나 그에겐 신선이 추구하지 않는 특징이 있었다. 바로 인간들 특유의 세속적인 고통과 번민이었다.

미호는 고도를 지켜보던 문틈을 닫았다. 날씨는 얄밉도록 맑고 주모와 주모에게 대드는 금동이의 왁자지껄한 소란이 평화로운 일상처럼 들렸다. 미호는 대청마루에 앉아서 주모가 가져다준 숭어 새끼만 냠냠쩝쩝 뜯어먹었다.

"참말로, 염치도 없으시네요. 여가 어디라고 또 오셨어요? 가세요! 두 번 다시 오지 마세요!"

"강문이란 자에 대해서 들으면 바로 가겠다."

"할 얘기 없습니다!"

해가 훤한 대낮에 말싸움이 벌어졌다. 마을 사람들은 길을 가다 말고 멈추어 서서 소란이 들리는 대문 안을 기웃거렸다. 언제나 높은 나무 담에 가려져 있어 그 내부를 본 적이 없던 사람들은 비밀스럽던 푸줏간 안쪽 풍경을 목도하자 깜짝 놀라 눈을 크게 떴다.

집은 풍비박산이 나 있었다. 지붕이 벗겨져 짚들이 마당에 날아다녔고, 간밤에 삽질이라도 했는지 마당 곳곳이 우물처럼 움푹 파여 있기도 했다. 대청은 반쯤 뜯겨져서 그 밑이 훤히 드러날 정도였고, 황토와 짚, 나무를 섞어 바른 벽은 구멍이 뻥뻥 뚫려 앞으로 다가올 겨울을 나기엔 퍽 부족해 보이기까지 했다. 하지만 마을 사람들은 아수라장이 된 집 안 풍경보다도 가던 길을 잡아끌었던 말다툼의 주인공들에게 더 큰 관심을 보였다.

한 명은 집 안에 꼭꼭 숨어들어 얼굴 볼 길이 없었으나, 임금에게까지 효심을 인정받았던 푸줏간 안주인 김 씨였다. 하지만 그녀와 마주 선 남자는 마을에서 본 적이 없는 이였다. 보통은 망건을 틀거나 갓을 써야 할 머리를 그 남자는 길게 풀어 헤치고 있었다. 입고 있는 의관이 한눈에도 중앙 고위 자제인지라, 혹여나 대국에서 유학 온 사람이 아닐까 싶었다.

사람들이 남자의 정체를 두고 속닥거리면서 실랑이를 벌이는 동안, 졸지에 왕실 사람에 버금가는 취급을 받게 된 청사는 귀를 간질이는 속닥거림에 짜증이 나서 휙, 문밖을 내다보았다. 서역 사람처럼 새파란 눈이 매섭게 노려보자 사람들이 너 나 할 것 없이 후다닥 도망갔다. 몇 시진 안 지나서 이 마을 사람들 모두가 파란 눈에 고급 옷을 걸친 남자, 청사에 대해 온갖 추측 섞인 수다를 떨 것이라 짐작이 되는 대목이었다. 청사는 유난스러운 마을 사람들 태도에 짜증을 부리려다가 푸줏간 안주인을 보고 화를 눌렀다.

"이런 짜증나는 말싸움하고 싶지 않아. 나도 들을 얘기만 듣고 바로 갈 터이니, 그렇게 귀 닫고 눈 닫고 아무 말도 하지 않는 태도 때려치워."

"그러니까 할 말 없다고 하지 않았나요!"

안주인 고집이 여간내기가 아니었다. 결국 청사는 평화로운 대화를 그만두기로 마음먹었다. 양 소매에 손을 찔러 넣고 느긋하게 서서 안주인을 내려다보던 청사가 몸을 움직였다. 청사는 눈을 깜짝할 사이에 안주인에게 가까이 다가가 그녀의 손목을 꺾어 반대로 돌렸다. 팔이 꺾여서는 안 될 방향으로 휘어지자 안주인이 비명을 질렀다. 그 소리에 높은 나무 담벼락에 앉아 있던 참새나 지빠귀들이 후드득 날아올랐다. 사람들이 무슨 큰일이라도 났나 하여 달려오려 하자, 청사는 열려 있는 문을 손짓 하나로 쾅 닫아 버리고는 위협적으로 속삭였다.

"순순히 말하거나, 이대로 사지를 하나하나 꺾여 고통 속에 죽거나 선택해라. 물론 내게 자비는 바라지 마라."

"알겠어요! 말할게요! 놔주세요!"

고래고래 악을 쓰던 안주인이 항복하자 청사는 미련 없이 팔을 놓아주고 한 걸음 물러났다. 여인은 앓는 소리를 참으면서 꺾인 팔을 매만졌다. 두 눈엔 독기가 가득 차올라 청사를 죽일 듯이 노려보았지만, 제 형평상 요괴를 죽일 수도 없고 그럴 만한 실력자를 고용할 수도 없으니 다 헛된 바람에 지나지 않았다. 여인은 이를 앙다물고 말했다.

"나리들은 제 어머니를 해치는 게 목적 아니었습니까. 그 목적을 이루시고 어찌하여 애먼 사람까지 괴롭히십니까. 힘이 없어서 당신네들한테 어머니 복수를 하지 못하는 것이 분하고 원통합니다."

그 말에 청사가 눈썹을 꿈틀거렸다.

"장난하나? 지금 요괴인 네 어머니 퇴치했다고 복수하겠다는 말을 했나?"

인간이 요괴를 옹호하다 못해 정을 주고 집에 들여 몰래 돌본 죄를 인정하긴커녕, 어머니 탈을 쓴 요괴를 죽였다고 독을 뿜어내는 꼴이었다. 여인은 제 잘못을 알기에 더 이상의 이야기는 않고 입을 함구했으나 눈물이 가득 찬 시선을 청사에게서 돌리진 않았다. 요괴를 돌본 것이 죄라면 죗값을 치를 터다. 허나, 그 죗값을 치른다고 어머니가 되돌아오지 않기에 부득불 청사와 고도를 원수처럼 여기는 것이었다. 청사는 짜증이 나서 쌍, 하고 가벼이 욕을 뱉었다.

"꼴값이다. 아주 꼴값이야. 요괴가 다른 마을 사람들 잡아먹은 건 죄송하지도 않고, 그 요괴가 죽은 것만 원통하고 한이 맺히나 보지. 인간들은 참으로 어리석어."

"나리 같은 요괴는 인간 맘 모르겠지요!"

"그래, 몰라. 알고 싶지도 않아. 죽은 사람 살리자고 요괴한테 의지하는 것 자체가 참으로 어리석고 나약한지라, 이해할 수가 없어."

"지금 사람 염장 지르러 왔나요? 그렇게 열 받게 하실 거면 가시라고요!"

"나도 이런 말도 안 되는 짓 하고 싶지 않지만 내가 움직이지 않으면 아무도 설명해 주지 않아. 그러니까 직접 귀찮은 짓을 하는 것이다."

무엇을 알고 싶어서 이해할 수 없는 인간과 대화를 자청했는지, 안주인은 깊이 파고들지 않았다. 이들이 강문 보살에 대해 집착하는 것으로 보건대, 그와 관련된 도사 때문이라고만 대충 짐작할 뿐이었다. 강문에 대해서 말하면 더는 저를 괴롭히지 않을 거라 여긴 안주인은 순순히 아는 바를 털어놓았다.

"보살님은 아이 없는 제게 아이를 가질 수 있도록 조언을 주신 고마운 분이었습니다."

이제야 소모적인 말다툼 끝내고 본론을 꺼내는구나 싶어서 청사는 팔짱을 끼고 이야기를 들었다. 저를 업신여기는 걸 알면서도 안주인은 화를 눌러 담고 말했다.

"동자삼을 캐내어 키우다 보면 정말로 인간 아이가 된다고 하셨어요.

그래 갖고 그 말을 믿고 따라서 삼을 캤지요. 그 삼을 금지옥엽처럼 대해 주니 어느샌가 한 다리가 두 다리로 늘어나고 머리에 달려 있던 꽃 봉우리가 활짝 피어서는 온몸의 털이 사라지고 인간이 되는 게 아니겠어요? 어머니와 함께 친아들처럼 키웠어요. 어머니가 노환에 몸져누우시기 전까진요."

그녀는 두 손을 꽈악, 주먹 쥐었다. 아팠던 어머니를 생각하니 절로 눈가가 촉촉해지고 손발에 힘이 들어가는 모양이었다.

"몸이 노쇠한 어르신을 다시 젊고 건강하게 만드는 비책이 있다지만 그건 북질뫼에 있는 인형산삼뿐이라 말하셨어요. 불행히도 인형산삼은 50년 전에 한 의원에게 먹힌 후로, 아직 성숙하게 자라지 않아서 지금 캐내어 먹어 봤자 효력이 없다고 하더라고요. 천 년을 기다려야 한댔어요."

그놈의 인형산삼은 이전 마을에서 만났던 덕규라는 의원의 뱃속에 들어갔다. 덕분에 육갑이 넘는 나이에도 환골탈퇴해서 젊고 건강하게 잘 살고 있다만. 이런 이야기까지 할 필요는 없기에 청사는 잠자코 고개만 끄덕였다.

"어머니의 노환이 깊어져서 아이를 삶아 먹일 수밖에 없었어요. 동자삼은 백 년 묵은 산삼이 화한 것이니까요. 귀한 약재나 다름없습니다."

삼 종류의 요괴는 두 가지라, 하나는 북질뫼에서만 나는 천 년 묵은 산삼으로 젊은 여자의 몰골을 하고 있는 인형산삼이다. 다른 하나는 온 산에 깔려 있지만 온순하고 수줍은 어린아이의 형상을 하고 있어서 인간들 눈에는 잘 띄지 않는 백 년 묵은 삼, 동자삼이다.

청사는 여인이 말한 강문 보살은 법력이 대단한 중이었던 모양이라고 생각했다. 동자삼을 마 밭에서 캘 수 있게 조언한 것만으로도 요괴를 감별할 수 있는 눈을 가졌다는 방증이었다. 하나, 고도가 직접적으로 말하진 않았어도 대충의 분위기로 보건대 강문이란 자는 단순히 요괴를 알아

보는 데 그치지 않고 그 요괴를 직접 다루는 힘까지 있는 모양이었다. 그러니 죽은 노인의 탈을 뒤집어쓴 동자삼을 보고 '강문의 씨앗'이라며 전에 없이 살벌한 눈으로 으르렁거리는 것이 아니겠나.

속세를 떠나 번민을 다스리고 깨달음을 얻어야 하는 중이 어찌 요괴의 씨앗을 인간 세상에 뿌리고 다니는 것인가. 그 정도 법력이라면 대사大師라 일컬을 만하거늘, 불가에서 장려한 것 중 '선민과 중생들을 돕는다.'는 계율에 어긋나는 짓을 했다. 가능성은 한 가지로 일축할 수 있었다. 아무리 뛰어난 중이라 할지라도, 모종의 이유가 생겨 파계를 당한 뒤에 그 특출 난 능력을 인간 세상을 어지럽히는 데 사용하는 것이다.

청사는 눈을 가느다랗게 떴다. 파계당한 뛰어난 중과 고도와의 관계. 그 둘의 정확한 사정까진 알아내지 못해도, 신선들이 주목하는 고도라면 법력이 높은 중과 어떠한 문제가 있었으리라 추측할 수 있었다.

"보살님이 어떤 분이신지는 잘 몰라요. 하루만 저희 집에 머물다 가셨던지라, 무척 다정하고 인정 깊고 생각이 깊으신 정도밖에요. 이만하면 됐나요? 이만 나가 주시지요."

안주인의 격렬한 거부 반응에 청사는 흐음, 하고 목 안쪽만 울렸다. 안주인이 품고 있는 독기가 오뉴월에 서리를 내리게 할 만큼이나 대단했다. 여차하면 원수라 칭한 고도와 청사 자신을 죽을 때까지 독기로 쫓아다닐 기세였다. 물론, 이러한 하찮은 인간 여자에게 당할 고도와 청사가 아니나, 청사는 저 악의가 언젠간 저주가 되어 고도 일행의 발을 잡을 것 같단 막연한 생각을 했다.

죽일까. 죽이면 구천을 떠도는 귀신이 되어 쫓아오겠지만 산 사람의 원한보다야 나을 듯싶은데. 무엇보다 이쪽 일행에는 도깨비가 있어서 귀신이 꼬일 일도 없을 테고.

청사는 잔인한 방법을 아무렇지 않게 떠올리면서 손가락을 움직였다.

이대로 손가락 하나 휘둘러 허공에 물보라를 일으킨 뒤 여인을 익사시키면 그만이다. 구천을 떠도는 귀신의 한도 귀찮다고 생각하면 마른하늘에 날벼락을 치게 하여 이것이 바로 애꿎은 사람들을 해친 요괴를 먹고 돌본 벌이라고 납득시키면 된다. 방법은 무궁무진했으며, 청사는 인간의 목숨 따위 중하게 여기는 위인이 못 됐다. 이대로 손을 휘둘러 어떤 방식으로든 여인을 죽이는 건 어려운 일이 아니었다.

하지만 청사는 생각대로 하지 않았다. 대신 무너진 대청 중 가장 멀쩡한 곳에 엉덩이를 붙이고 앉아 소매에서 장대를 꺼냈다. 대 끝에 불을 붙이고 담배 연기를 피우는 모습을 보니, 여인은 화딱지가 나 더 이상 참을수가 없었다.

"당장 나가십시오!"

여인이 손에 잡히는 돌멩이를 집어던졌다. 청사는 그것을 한 손으로 받아내서는 위로 던졌다가 떨어지는 것을 다시 잡아내는 가벼운 장난을 반복했다. 청사는 구부정하게 허리를 숙여 두 팔을 무릎에 올리고 담배 연기만 길게 내뱉었다.

"얘기를 더 들어 봐야겠다."

"보살님에 관해선 아는 게 없다고 말했는데요!"

"강문 말고 자네와 자네 어머니 말이야."

"네?"

"어머니를 홀로 모시는 것도 이상하고, 남편도 없는 몸으로 손자 보여 주겠다고 요괴 힘을 끌어들인 것도 우스워. 늙으면 죽는 것이 인간이다. 그 이치를 거스르는 이유가 무엇이냐? 죽었는데도 성불하지 못하고 요괴의 힘을 빌어서까지 인세에 붙잡아 두려 할 정도로 그렇게 어머니를 좋아했느냐?"

"그, 그걸 왜 궁금해하시죠."

"그냥 궁금한 것이다."

"그냥 궁금하시다고요?"

"그래. 요괴들 사이에선 결코 없는 일이야. 아무리 소중한 이라도 죽으면 그만이다. 어찌 악독한 일도 감수하면서까지 곁에 두려 하는지 궁금해서야."

순수하게 궁금할 뿐이라고 말하는 청사의 두 눈은 진심이었다. 어떠한 다른 이유도 없이, 단지 "인간들은 왜 그런가?"라는 호기심 하나만으로 묻고 있었다. 덕분에 안주인은 얼이 나가서 입만 벙긋거렸다.

인간들이 그렇게 체면을 차리고 도의를 운운하는 것 중에 하나가 바로 숨기고 싶은 사실이나 슬픈 일은 입 밖으로 꺼내지 않는다는 점이다. 누가 죽었건, 집안에서 반대하는 혼인을 하려고 부모님을 저버리고 도망쳤건, 자세한 사정을 캐물어 드는 것은 예의가 아니다. 청사는 그러한 간단한 상식을 깡그리 깨부쉈으니, 안주인은 투지처럼 불타오르던 청사에 대한 원한에 맥이 빠지는 기분이었다.

안주인은 기운이 빠져서 허망하게 웃었다. 청사는 담배를 뻐끔뻐끔 피우면서 대답은 안 하고 왜 웃느냐 눈썹을 꿈틀거렸다. 뻔뻔해도 정도가 있지 남의 사정을 조심스럽게 묻는 것도 아니고 캐묻고 있지 않나. 안주인은 시건방진 청사를 보면서 다시금 어이없이 웃고 말았다.

"지는 열여섯 때 먼 곳으로 시집을 갔어요. 피붙이 하나 없는 낯선 곳에서 시집살이 하기란 몹시 힘들었어요. 남편은 푸줏간에서 마을 사람들을 위해 돼지나 소, 가끔은 사슴이나 고라니 따위를 잡아 고기를 잘라 파는 일을 했고요."

의외로 쉽게 이야기를 털어놓는 안주인을 보면서 청사는 담배 끝만 더 새빨갛게 불태웠다.

"고기를 해체하는 일은 참으로 천한 일이라 백정이라며 타지에서 어찌나 많은 모욕을 당했는지 몰라요. 이 몸이 아이를 낳을 수 없는 몸이라 시어머니의 구박도 심했어요. 결국 참지 못하고 시댁에서 도망쳐 친정으로 돌아왔어요. 그간 남편의 어깨 너머로 배운 고기 해체 작업을 여서 써먹고 있었고요."

마을 사람들이 저마다 마당에 고기를 걸어 놓은 이유를 이제 알겠다. 백정이라 무시했지만 이 마을 유일한 고기 써는 사람이 요괴에게 잡아먹혔으니 고기를 맡길 곳이 없어 제 집에 방치한 것이다.

"꼬장꼬장한 노친네라 잔소리가 어찌나 심한지, 그래도 아이를 낳지 못해서 시댁에서 쫓겨난 저를 어머니가 그리 잘 챙겨 주셨어요. 자식, 남편 모두 포기한 제게 어머니는 유일한 가족이었단 말입니다."

먼 데 시집가 고된 시집살이를 하면서, 밖으로는 천한 것이라 욕먹고 안으로는 그나마 믿고 의지해야 할 남편까지 잃었으니 자식 없다고 구박받던 것까지 더해져 친정으로 도피한 심정을 피상적이나마 이해할 수 있었다. 그래서 아픈 어머니 살아생전 손주 보여 드리자고 동자삼을 캤고, 그 동자삼마저 포기할 정도로 어머니를 살리고 싶었나 보다.

"밭에서 얻은 아이는 제 배 아파 낳은 아이처럼 소중했지만, 어머니가 더 중했어요. 울면서 아이를 삶아 어머니께 드렸을 때, 어머니가 자리를 털고 일어나셨어요. 그때 기뻐서 눈물을 한 바가지나 쏟았어요."

안주인은 고개를 푹 숙였다. 입고 있는 치마를 움켜쥐는 손길이 한 번도 남에게 털어놓은 적 없는 제 속마음을 내보이고 그 후련함과 괴로움에 어쩔 줄을 몰라 하는 것처럼 보였다. 생각하는 것과 그 생각을 입에 담아 누군가에게 말하는 것은 천지 차이인지라, 안주인은 속으로만 삭혔던 감정의 응어리를 보이자마자 눈물을 주체하지 못했다. 요괴 앞에서 이 무슨 해괴한 짓거리냐며 스스로를 타박하면서도 아무 감정 없이 덤덤하게 쳐다만 보는 청사가 오히려 고마워 눈물을 더 쏟았다. 말없이 들어 주는 것만으로도 굉장한 마음의 위안을 느끼고 있던 것이다.

"저는 어머니가 제 자신보다 더 좋았어요. 그래서 저세상으로 보낼 수가 없었어요."

히끅거리며 눈물을 삼키는 목소리로 쌓인 감정을 모두 토로했다.

"제가 정말 잘못한 건가요. 소중한 사람과 함께하고 싶어서 그랬어요. 사람들에게 폐를 끼치는 건 알았지만, 그래도 미련이 남아서, 도저히 그렇게 보낼 수가 없어서."

청사는 히끅거리며 흐느껴 우는 소리를 가만 듣다가 빨갛게 태우던 장대를 요술로 없앴다. 그는 자리에서 일어나 옷을 정리하고 대청 아래로 내려섰다. 그동안에도 안주인은 닭똥 같은 눈물을 흘리며 억울하고 답답하고 마을 사람들에게 죄송스럽고 미련한 짓을 했던 자신의 감정이 꽉 뭉친 가슴만 주먹으로 퉁퉁 두드렸다. 허끅, 허끅, 숨넘어가듯 우는데 그 울음이 몹시 서럽게 들려 같은 인간이 보았다면 저도 모르게 눈시울을 붉혔을 것이다. 하지만 청사는 여전히 덤덤한 눈으로 안주인을 바라볼 뿐이었다. 허리가 끊어질 듯 숙이고 엉엉 우는 모습에서 그 어떤 슬픔이나 괴로움을 공감하지 못했다.

"네 노모가 잡아먹은 아이를 소중하게 생각하는 부모 형제들이 있었다. 너는 그들에게 너와 똑같은 고통을 안겨 주었다. 네 행동은 소중한 사람과 오래토록 행복해지고자 다른 이들의 희생을 강요한 욕심과 미련에 불과하지. 네가 이끈 살인죄는 평생에 걸쳐 속죄하라."

어머니, 어머니.

허리를 숙이고 울다 못해 대청 밑으로 굴러떨어져서 바닥을 치며 우는 모습이 실신할 듯 괴로워 보였다. 청사는 괜한 짓을 했다며 혀를 쯧 찼다. 입맛이 써서 더 이상 담배도 못 피우겠고, 괜히 인간들 사정에 개입했다가 뒤끝만 개운치 않아서 짜증이 났다.

두 번 다시 이런 짓 안 하리라. 뭐 때문에 이렇게 인간들 감정에 관심을 두었는지, 그 근본을 떠올리던 청사는 푸줏간의 문을 열고 나오다 그 자리에서 딱 멈춰 섰다.

머릿속에 떠오른 이는 고도였다. 자기 얘기는 죽어도 해주지 않는 남자가 머릿속을 가득 채웠다. 그 인간을 이해하고 싶어서 다른 인간들 이해하려고 애써 봤는데 기분이 나쁘고 찝찝하기만 했다. 이래서야 어찌 고도에게 한 발자국 더 다가갈 수 있는지.

신경질적으로 한숨을 팍 내쉬던 청사는 머리를 흔들어 털었다. 푸줏간 담벼락을 빙 돌아서 큰길을 따라 주막으로 돌아가려 할 때였다. 청사는 꺾인 담을 돌다 말고 발을 떼지 못했다. 청사는 눈앞에 서 있는 것을 보고 두 눈을 동그랗게 떴다. 잘못 봤나 싶어 눈까지 비볐는데 그것은 귀신도 환상도 아니었다. 여기 있어서는 안 될 사람이 어찌 벽에 기대어 서서 느긋하게 하늘이나 구경하고 있다는 말인가.

"고도?"

청사는 황급히 고도에게 달려갔다. 하늘만 멀거니 쳐다보던 고도가 눈앞에 선 청사를 마주했다. 청사는 퍽 안절부절못하는 표정을 지었다. 이틀 동안 고열에 시달리며 죽을 고비를 몇 번이나 넘기는 고도를 직접 봐왔기에 그가 이렇게 툴툴 털고 일어나 걸어 다닐 상태가 아니라는 것도 잘 알고 있던 것이다. 청사는 고도의 이마를 짚어 열을 재고 옷깃을 젖혀 상처를 살펴본 후에야 그의 손을 조심스럽게 잡았다.

"어쩐 일이야. 움직일 수 있겠어? 무리하는 건 아니지?"

걱정이 지긋한 청사를 고도는 뚫어져라 쳐다만 보았다. 아픈데 왜 여기까지 왔느냐고, 좀 더 푹 쉴 것이지, 이 망할 지진아 팔미호 새낀 나서는 널 말리지도 않았느냐고 세심하게 챙기기까지 했다. 걱정과 안도가 뒤죽박죽으로 섞여 아무렇게나 쏟아 내는 감정을 듣던 고도가 손을 뻗었다. 청사는 제 목에 둘러지는 팔을 보고 잠시 말을 멈추더니 곧 입술에 닿는 말캉한 것에 혼을 쏙 빼놓고 말았다. 눈이 동그랗게 떠져서 입만 뻐끔거리니 가볍게 입술을 맞추었던 고도가 귓가에 대고 웃음을 흘렸다.

"대롱아."

처음에는 이게 뭔지 몰라 멍하니 있던 청사가 정신을 차렸다. 정신을 차리자마자 얼굴에 불이 붙었다. 속삭이는 목소리가 그렇게 부끄러울 수가 없다. 얼굴이 새빨개진 청사는 고도가 평소답지 않게 먼저 안겨 오는 것을 보고 손을 어디에 둘 줄 몰라 쩔쩔 맸다. 고도가 청사의 가슴에 얼굴을 기대고 눈을 감자, 그제야 청사도 허공만 더듬던 손으로 조심스럽게 고도의 허리를 안아주었다. 편안하게 기대어 오는 고도를 보고 눈가까지 붉혔던 청사가 고도의 머리카락 사이로 입술을 가져갔다. 햇빛을 받아 포근한 향내가 나는 머리에 쪽 하고 입을 맞추니, 고도가 얼마나 여기에 홀로 서서 저를 기다리고 있었는지 알 수 있었다.

"대롱아."

다시 부르는 소리에 청사가 응, 하고 작게 대답하자 고도는 청사의 도포 속으로 더 파고들었다. 고도는 가슴 부근에 묻고 있던 고개를 들어 청사의 턱에 살짝 입을 맞추었다. 가볍고 간지러운 느낌에 청사의 심장이 크게 뜀박질했다. 홍조를 띤 얼굴로 한 뼘도 채 되지 않는 가까운 거리의 고도를 내려다보다가 결국 욕심껏 고개를 숙여 입을 맞췄다. 고도는 그 입맞춤을 피하지 않고 오히려 고개를 살짝 틀어서 청사가 혀를 섞기 편하도록 해주었다. 고도는 먼저 입을 떼고 청사와 눈이 마주칠세라 그의 품에 고개를 묻었다. 청사는 고도의 사랑스러운 행동에 아랫입술만 질끈 깨물었다. 확 어떻게 하고 싶은 이상한 충동이 이성과 힘겨루기를 했다.

"사랑하는 사람을 보내지 못하는 마음, 누구보다 내가 더 잘 안다."

여기 서서 푸줏간 안주인 이야기를 모두 들은 모양이었다. 고도에게 들키고 싶지 않았던 부끄러운 짓이었는데, 그에게 딱 걸린 셈이었다. 고도는 이 일로 청사를 대견해하고 있었다. 아니, 대견하다 못해 아주 사랑스러워하고 있었는데 청사가 자발적으로 인간에게 관심을 가진 것 때문에 그런 듯했다.

"널 잃어서 후회할 짓 하지 않도록 내가 노력 많이 하겠다."

본심을 숨기고, 감정을 속이면서, 세상 그 어떤 것도 자신을 이해하지 못하도록 껍질을 온몸에 두르고 있던 남자. 그런 남자가 아마 처음으로 속마음을 보이고 타인의 접근을 허락한 것이 아닐는지. 청사는 방금 전 느꼈던 사랑스러움보다도 더 큰 감동과 고마움에 수줍게 웃어 보였다.

"나도."

품에 안긴 것은 고도이거늘. 어느새 매달리는 쪽은 청사가 되어서 그의 벅차오르는 감정을 달래는 쪽이 고도가 되었다. 고도는 청사의 목에 둘렀던 팔을 풀어 대신 등을 토닥여 주었다. 청사의 검은 머리카락이 가을 햇빛에 완전히 익을 때까지, 그 포근한 품에서 고도는 슬며시 미소를 짓고 있었다.

해가 뉘엿하고 서산으로 넘어갈 무렵, 고도는 행장을 다 꾸리고 나와 마루에서 신을 갈아 신었다. 고도가 떠날 때를 맞춰서 주모는 미호가 좋아하는 녹두전과 당과, 사탕을 한 보따리 싸서 주막 문 앞에 서서 기다렸다. 주모는 가까이 다가온 고도에게 음식 보따리를 내밀면서 정중하게 허리를 숙여 인사하는 것을 잊지 않았다.

"정말 감사합니다."

몰래 아이를 키우기 좋지 않았던 우물동 마을 환경. 그렇다고 이사를 하자니, 다른 곳에 가서도 주막 일을 순탄치 않게 할 자신이 없어서 이곳에 눌러 살려면 마을의 이상 현상을 없애야겠다고 마음먹었었다. 그런 주모가 무리를 해서 고도에게 부탁을 한 것인데, 일이 다행스럽게 잘 풀렸다.

그녀는 이것이 하늘의 뜻이 아니고 무엇이겠냐며 고도를 존경하고 또 감사하는 마음을 담아 음식을 정중하게 내밀었다. 음식 보따리를 보고는 고도보다도 미호가 더 좋아하며 폴짝 뛰었다. 그녀가 자기 상체만 한 보따리를 받아 들자 고도는 주모에게 눈으로 감사의 인사를 했다. 그러곤 주막을 나서기 전에 주모 치마폭 뒤에 숨어서 쭈뼛거리며 눈치를 보는 금동이에게 다가갔다.

"아이야."

고도는 금동이의 눈높이에 맞춰 한쪽 무릎을 꿇었다. 금동이는 며칠 전에 고도와 검을 섞는 큰 무례를 범했다 생각한 탓인지, 고도를 대하기 무척 어려워했다. 더욱이 제 어미가 무릎까지 꿇고 울고 불며 매달린 사람이어서 혹 해코지는 하지 않을지 걱정이 되는 모양이었다. 고도는 그런 금동이의 머리를 쓰다듬어 줬다.

"아비 없는 하늘 아래에서 혼자 크긴 힘들 것이다."

금동이는 우물쭈물하다가 얘기했다.

"아부지 있어. 어무니가 아부지 있다 말했는걸."

"널 낳아 주신 아버지는 있을지 몰라도, 키워 주는 아버지는 없을 것이다."

아이는 눈을 크게 뜨고 어머니를 바라봤다. 이 말이 사실이냐는 눈빛에 어머니는 차마 대답을 하지 못하고 고개를 돌렸다. 아이는 크게 낙심하여 발끝으로 마당의 흙을 파헤쳤다.

"아부지가…… 아부지가 직접 검술을 가르쳐 주셨는데……."

그것이 처음이자 마지막으로 아버지께 받은 배움이 될지 이 어린아이가 어찌 알았을까. 고도는 상심한 아이의 손을 잡았다. 미호보다 작고 여린 손을 매만지다가 억지로 주먹을 쥐게 했다. 사내대장부의 손은 이래야 한다는 걸 알려 주려는 것처럼, 힘 빠진 손을 주먹으로 꽉 쥐어 주면서 말했다.

"네가 네 어미를 지켜야 한다."

아이는 고도 손에 잡힌 제 주먹을 쳐다봤다. 시무룩한 얼굴로 고개를 끄덕이지만 그것이 마음에 와 닿지는 않는 것처럼. 같은 하늘 아래 있을 아버지를 아버지라 부를 수 없고 볼 수도 없다는 충격에서 헤어 나오지 못했다.

"홍길동전을 아느냐."

아는 이야기가 나오자 그제야 기운이 빠져 있던 두 눈에 빛이 감돈다.

"응! 알아."

고개를 힘차게 끄덕이는 모습을 보고 고도가 다시 물었다.

"길동이가 어려서 어찌 지냈느냐."

"서자라서 아부지를 아부지라 부르지 못하고, 형을 형이라 부르지 못했어."

"그렇게 힘들게 지냈지만 커서 어찌 되었지?"

"나라 하나 세웠지! 백성들을 풍요롭게 하고, 또또, 좋은 일도 많이 했어! 의로운 사람이야!"

"그래. 호부呼父를 하지 못하긴 너도 마찬가지며, 믿을 만한 것이 검 하나 휘두르는 것밖에 없다는 것도 이하 동문이로다. 소중한 이를 지키기 위해 휘두르는 검이 세상에서 가장 강하고, 또 의로운 행위다. 네 이 손으로 어머니를 지키고, 마을을 지켜 주거라. 알겠느냐."

고도의 손에 쥐어진 주먹을, 금동이는 가만 내려다보았다. 곧 아이는 제 힘으로 주먹을 움켜쥐었다. 그러곤 들고 있는 젓가락이 홍길동이 휘두른 칼이라도 된 양, 힘차게 쥐었다. 아이는 입을 합 다물고 고개를 크게 끄덕였다.

"응!"

고도는 무릎을 털고 일어났다. 주모가 건네주는 행장을 꾸리고 정리하곤 문밖을 나서기 전에 고갯짓으로 인사했다.

"행복하시오."

눈물이 그렁그렁 매달린 주모가 작은 소리로 "감사합니다."라고 하였다. 마을을 지켜 준 것에, 본인과 아이의 사연을 알면서도 관군에 고하지 않은 것에, 그리고 아이의 용기와 희망을 지켜 준 것에.

고도는 터덜터덜 길을 따라 걸으며 산속으로 사라졌다. 언제나 고도의 등 뒤만 바라보고 걷던 청사가 고도의 옆에 나란히 붙어 미호와 투닥거리는 모습은 저무는 해 속에 가려 금세 시야 밖으로 벗어났다.

소중한 것은 지킬 때 그 빛을 발한다. 하지만 소중한 것을 지키고자 하는 마음보다 지키려는 행위 자체에 무게를 두게 되면 그 어찌 의롭다 할 수 있겠는가. 아무리 좋은 의도를 갖고 의를 행한다 해도 사사로운 정과 욕심이 개입하면 그것은 다만 자기 합리화에 지나지 않는다. 남을 공격함으로써 내 의지와 생각을 지키는 것은 폭력에 불과하니, 맞부딪히기 전에 피하고 물러나길 먼저 행하고 다시금 생각하라. 지켜야 하는 것은 그대의 욕심이 아닌 소중한 것 그 자체이다.

—무학도감 서문, 최산해 제1정규군 전前 장이 스승의 말을 남기며.

제3장. 푸줏간 안주인의 비밀 끝

배꽃이 아름답게 피던 춘삼월, 자량 도읍 최고 번화가인 화서가(街)에 삿갓을 쓴 젊은 선비 하나가 가던 길을 멈추었다. 선비 눈에 하늘하늘 떨어지는 배꽃보다 더 희고 아름다운 여자의 모습이 들어왔다. 여자는 자주색 보자기를 머리에 써 얼굴을 가렸으나 물빛 저고리와 옥빛 치마로도 숨기지 못하는 매혹적인 분위기를 자아냈다. 때마침 바람이 불어 보자기가 뒤집히니 얇은 천 너머에 가려 있던 얼굴이 드러나 복사꽃처럼 고운 볼을 가지고 초승달보다도 아름다운 눈썹을 볼 수 있었다. 혼기가 꽉 찬 나이로 보이는 여인에게 남자는 한눈에 반하고 말았다. 그는 여인을 쫓아가 그녀 앞에 멈추어 섰다.

"서생, 글공부를 하는 장영이라 하오. 예가 아닌 줄 아나, 그대를 보고 이대로 놓칠 수 없어 부득이 말을 걸게 되었소. 그대의 이름과 함께 만날 날과 시를 약조해 준다면 더 바랄 것이 없겠소."

과거시를 위해 힘써야 할 선비는 입신양명의 꿈보다 더 들끓는 사랑에 꿀꺽 침을 삼키며 빌었다. 서생의 저돌적인 표현에 당황한 기색을 보이던 여인은 곧 눈을 가만히 내리깔고 단아하게 대답했다.

"소인, 가연이라 하옵니다."

장영은 아름다운 연꽃(가연佳蓮)이란 이름에 몹시 기뻐했다. 장영이 조심스럽지만 단호하게 가연의 손을 움켜쥐니, 여인은 살며시 손을 떨면서도 두 볼에 발그레한 홍조를 띠었다. 다시 만날 날을 약조하고 공부방으로 돌아가는 장영은 가던 걸음을 수십 번도 더 멈추면서 뒤를 돌아 가연에게 손을 흔들었다. 도령이 사라질 때까지 치마폭을 잡고 배꽃이 흩날리는 바람을 맞고 서 있던 여인은 몸을 돌려 화서가 뒤, 토월산으로 향했다. 콧노래를 부르는 그녀의 발걸음은 가볍고 경쾌했다. 또한 그녀의 옥빛 치맛자락 밑으로 아홉 개의 여우 꼬리가 발걸음에 맞춰 흔들리더라.

제4장. 안녕 미호 (상)

"짠!"

미호가 옥색 천으로 만든 치마를 머리 위로 번쩍 들어 올렸다. 치마는 달빛 아래서 보석처럼 반짝였다. 그 색감이 어찌나 곱던지, 여자들 옷이나 장신구에 영 관심도 없던 도깨비마저 저 멀리에서 냉큼 달려와 감탄사를 뱉을 정도였다. 소가 이 치마는 어디서 났느냐 묻자 미호는 의기양양하게 대답했다.

"고도가 박우리 장터에 가서 끊어 준 비단 천으로 틈틈이 바느질 했지!"

미호가 꼬리까지 흔들며 치마를 자랑했다. 옆에 있던 소가 껄껄거리며 미호를 대견하게 쳐다봤다.

"눈 돌아갈 정도로 곱다, 고와!"

"그럼. 이걸 사다 준 게 누군데 당연하지. 우리 고도가 보는 안목이 있다니까!"

치마 자랑에 신이 난 미호는 수풀 속으로 휙 숨어들더니만 입고 있던 다홍치마를 벗고 새로 만든 옥색 치마를 입었다. 제 몸에 딱 맞게 만든 치마를 입고 나온 미호가 주변을 빙글빙글 돌았다. 소도 미호의 꼬리를 잡기라도 할 것처럼 그 뒤를 빙빙 돌았다. 미호는 까르륵 웃음을 터뜨렸고, 소는 바닥을 데굴데굴 굴렀다. 소가 미호의 몸통만 한 손으로 그녀의 뒷덜미를 잡아채 어깨에 목말을 태우자, 미호는 치마가 구겨질세라 치맛자락을 한 손으로 잡고 몸가짐을 바로 했다. 소의 상투를 붙잡고 발을 흔드는 모습이 신나도 여간 신난 게 아니다. 치마 하나 때문에 덜떨어진 놈처럼 저리 좋아하다니.

"허파에 바람이 들었나."

청사가 나무 기둥에 느긋하게 기대어 구경하다가 픽 하고 비웃었다. 미호는 기분 좋게 살랑살랑 흔들던 꼬리를 빳빳하게 세우고는 청사를 노려보았다.

"하여튼 산통 깨는 데는 네놈이 최고야."

주먹을 쥐고 흔드는 게 당장이라도 달려들 기세다.

"올 테면 와봐라, 팔미호."

청사가 손가락을 까딱이자 미호가 두 팔을 들어 요술이라도 쓸 채비를 갖췄다. 구경하던 소만 신나서 옆에서 박수까지 치며 "씨름, 씨름!"하고 싸움판을 조장했다. 미호가 소의 어깨 위에서 폴짝 뛰어내렸다. 그러곤 와다다다, 청사에게 냅다 달려왔다. 청사가 그런 미호를 들배지기 하려고 자세를 잡을 찰나였다. 달려온 미호가 불쑥 등 뒤에 숨긴 것을 내놓았다.

"짜투리 천이 남아서 만들어 봤어."

청사가 턱 밑까지 내밀어진 물건을 쳐다봤다. 삐뚤삐뚤, 어설픈 바느질로 누빈 머리끈이었다. 그래도 붉은 실과 노란 실로 나비며 꽃을 수놓았는데 더도 말고 덜도 말고 딱 어린아이 솜씨 아닌가. 청사는 저도 모르게 정말로 유쾌한 웃음을 터뜨리고 말았다.

"아하하하. 아이고, 배야. 너 설마 날 위해 이걸 만들었다는 거야?"

"뭐! 불만이냐?"

미호는 흥, 칫, 핏, 온갖 심통 난 소리를 다 내뱉으면서도 슬며시 청사 뒤로 돌아서 머리카락을 잡아당겼다. 청사가 고개를 돌리려 하자 뒤통수를 딱 때리면서 가만히 있으라는 훈계를 놓았다. 그녀는 고운 머릿결을 손빗으로 쓱쓱 빗더니만 제가 만든 머리끈으로 다소곳하게 묶어 주었다.

"네놈은 눈이 파래서 옷도 파란 게 어울리더니만, 끈도 그런 색상이 얼굴에 받는다."

이건 어느 나라 깔맞춤인가. 온통 푸른색으로 덮여 버린 청사는 결국 장대를 문 채 제 머리를 만지작거렸다. 끈도 엉성하게 만들더니만 묶은 것도 누구 솜씨 아니랄까 봐.

"바느질 연습 좀 더 해라. 그래 가지고 어디에 시집가겠냐."

"이게 선물을 줘도 불만이네!"

"쯧쯧, 지진아 선물 받고 누가 좋아하나."

미호가 열이 뻗쳐 머리끈을 빼앗으려 하자 청사는 날렵한 움직임으로 미호의 손아귀에서 빠져나갔다. 나뭇가지 위에 한 발로 몸을 기대어 서니, 미호가 감히 따라오지 못하고 매서운 눈으로 노려보기만 했다. 둘은 그렇게 한참이나 서로를 지그시 쳐다보더니만 미호가 먼저 눈싸움을 그만두고 소에게 달려왔다.

"자! 아저씨도 선물!"

미호는 소에게도 머리에 달 수 있는 나비 모양 매듭을 건네 준 뒤, 절벽 끝으로 달려갔다.

"머리끈이랑 매듭 안 하고 다니면 내 손에 주욱어어."

조그마한 주먹을 쥐고 흔들어 보인 미호를 향해 청사가 혀를 쑥 내밀었다. 청사가 머리끈을 냉큼 풀자 미호가 자리에서 방방 뛰고 난리를 부린 탓에 청사는 놀라서 다시 그 끈으로 머리를 묶어야만 했다. 소도 어울리지 않게 상투머리에 나비매듭을 붙인 후에 미호의 만족스러운 고갯짓을 받고 나서야 자유를 되찾을 수 있었다. 미호는 두 남성의 머리 위에서 빛나는 옥빛 천을 다시 한 번 확인하고는 절벽 너머로 고개를 돌렸다.

절벽 밑에는 초겨울에 접어들어 반쯤 옷을 벗은 나무들이 빽빽했다.

나무 꼭대기마다 걸린 까치집들은 비어 있었다. 고드름이 언 나뭇가지 사이로 지금까지 돌아다녔던 어떤 향촌과도 비교할 수 없는 크고 화려한 지역이 보였다.

자량이라 불리는 도읍이었다. 자량은 네 개의 산에 포근하게 안긴 형태로, 급변하는 날씨와 외세에도 크게 피해를 보지 않는 안정된 지리를 가지고 있다. 이 나라 최고의 번화가이자 왕이 사는 곳, 자량. 한밤중인데도 이 먼 곳에서 불빛을 구분할 수 있을 만큼 늦은 시간까지 사람들로 떠들썩했다. 저 속에서는 공부하는 선비며 조정 관료들이 유학의 가르침을 수행한다. 조정 관료들과 비밀리에 손을 잡은 상인들도 살고 있기에 매일매일이 새롭고 화려한 물건을 볼 수 있는 곳이었다. 하지만 빛이 반짝이면 그 반대편은 그림자가 짙게 지는 법이라 온 세상 거지와 빈민들이 하루 먹을 음식이 없어 바닥에 엎드려 구걸하는 곳이기도 했다.

미호는 아름답게 반짝이는 자량에서 눈을 떼지 못하고 중얼거렸다.

"내일이면 저기 도착하겠다."

소가 미호 옆에 엉덩이를 붙이고 앉았다.

"그래. 인간들이 제일 득실거리는 그 도읍 땅을 내일이면 밟을 수 있겠구나. 기분이 어떻느냐?"

"음. 감회가 새로워. 오랜만에 돌아온 곳이잖아."

"츠츠, 담백한 반응이로다. 우리 여우 다 컸다, 다 컸어."

"뭐래, 이 덜떨어진 아저씨가."

미호가 손가락을 퉁겨 소의 콧방울을 때렸다. 소는 양손으로 코를 감싸 쥐고 아프다 엄살을 부렸다. 미호가 눈을 접어 웃었다. 둘을 구경하던 청사가 보기에 지극히 억지스러운 웃음이었다. 청사는 웃고 싶지 않은데 애써 웃어 보이는 미호의 부조화스러운 반응을 보고 입에 물고 있던 장대를 손에 옮겼다. 신나서 방방 뛰었던 조금 전의 미호는 보이지 않았다.

소가 아픈 코를 비틀어대다가 물었다.

"저기 들어가면 어딜 제일 먼저 가보고 싶으냐."

"오작교."

고민할 것도 없이 냉큼 대답한 미호를 보면서, 소는 턱수염을 매만졌다. 견우와 직녀가 까마귀, 까치의 도움으로 만났다는 그 오작교렷다. 소는 도성 외곽 쪽에 그리 불리는 다리 하나가 있다는 사실을 상기했다. 남녀가 함께 가면 이유 불문하고 헤어지게 된다는 저주가 걸린 다리로 유명한 곳이었다. 이 날씨에 다리 밑의 연못도 살얼음이 졌을 테고, 복사꽃이 날리던 나무도 앙상한 가지만 드러내고 있을 텐데 무엇을 보려고 오작교를 가고 싶다는지 모를 일이었다. 소는 내심 그 이유를 알 것 같은지 조심스럽게 미호의 머리를 쓰다듬어 주었다.

청사는 소와 미호의 사연 깊은 분위기를 짐작하고는 나무 기둥에 기대어 있던 몸을 바로 했다. 사정도 모른 채 미호의 변화를 구경하려니 괜히 뒤끝이 씁쓸해서 자리를 뜨고 싶었다.

"둘이 구경하고 있어라. 나는 고도 찾으러 갔다 올게."

소가 알겠다는 듯 손을 들어 보였다. 청사는 훌쩍, 가벼운 몸놀림으로 나무 위를 올라갔다. 나무 꼭대기에서 산 전경을 한눈에 담자, 그중에서도 유독 폭포가 흐르는 동쪽이 눈에 띄었다. 앙상한 나뭇가지 사이로 쓸쓸한 누각 하나도 보이나니, 저곳에 고도가 있으리라 확신했다.

청사는 나뭇가지들 사이를 획획 뛰어넘었다. 나뭇가지 사이로 보이는 자량은 하늘의 은하수를 한 가닥 끊어 지상에 펼쳐 놓은 것처럼 한밤중에도 반짝거리는 동네인데 그것이 마냥 예쁘게는 보이지 않았다. 이유는 딱 하나다.

'왜 급히 자량으로 가려는 거야?'

청사는 우물동 마을에서 곧장 자량으로 향하던 고도를 향해 물은 적이 있었다. 고도가 최종적으로 가려는 곳은 아직도 모르지만, 이무기인 꽝철이를 만나려던 목적을 선회한 것쯤은 알고 있다. 그러려고 한산뫼로 향하고 있다는 것도 대략 아는 터였다. 한데 모든 일정을 뒤로 미루고 도읍으로 우선 발걸음을 옮기는 것은 퍽 심상치 않았다. 언제나 여유 만만하여 구름 따라, 물 흐르는 길 따라 움직이던 고도가 마치 쫓기는 듯이 굴었기 때문이다.

'만날 사람이 있다.'

자량까지 가서 만나야 할 사람이라면 조정 관료거나 그 이상이라는 소리다. 또한, 고도가 급하다 느낄 정도로 그 사람을 만나 긴히 할 얘기가 있는 셈이다.

다람쥐처럼 나뭇가지 사이를 휙휙 넘나들던 청사는 금세 누각에 도착했다. 산중 버려진 누각 주변에는 물안개가 자욱했다. 누각 뒤로 난 작은 폭포는 선녀폭포라 하여, 그믐날 상제가 아끼는 선녀들이 내려와 몸을 씻고 돌아갔다는 전설로 유명한 곳이었다. 이름만큼이나 부드럽고 유려한 곡선으로 떨어지는 폭포는 바람이 불면 선녀의 옷자락처럼 물줄기가 허공을 넘실거리는 모습이 가히 장관을 이루었다.

하나 절경을 앞에 두고도 그 앞에 서 있는 고도의 반응은 미미했다. 여유를 가지고 폭포의 모습을 보노라면, 붓 한 번 긋는 것만으로도 명필이라 불릴 만큼 아름다운 글을 뽑아 낼 수 있을 것이다. 그림을 그리고자 한다면, 색 하나 내는 것만으로도 신선화라 오해할 만큼 빼어난 산수화를 그릴 수 있을 법한 풍경. 고도는 그러한 폭포를 바로 앞에 두고도 눈을 감고 있었다.

누각 정중앙에 앉은 고도 주변으로 손바닥만 한 크기의 종이들이 날아다녔다. 그것들은 때로는 폭포에서 튀는 물방울에 젖어 시름시름 앓듯이 바닥으로 추락하는가 하면, 고도를 굽어보는 것처럼 머리 꼭대기에서 내려오지 않기도 하고, 고도의 몸에 들러붙기도 했다. 그 수는 눈대중만으로도 족히 삼백은 넘어 보였다. 삼백이 넘는 종이가 한 인간 주변을 돌며 구르며 허공을 수놓았다. 그것은 신비롭고 아름답다 못해 이 세상의 풍경이 아닌 것처럼 몽환적이었다.

종이들은 살아 숨 쉬는 것처럼 움직이다가도, 멈추면 일제히 금색으로 빛이 났다. 종이들이 금빛으로 물들면 고도가 대강 그린 듯한 종이 위의 먹 선들은 사방으로 뻗어나가 저희들끼리 기묘한 글자를 이루고 문양을 만들면서 차츰 부적으로 변해 갔다. 종이에서 부적으로 변모한 것들은 고도의 무릎 위로 얌전히 쌓였고, 다시 맨 종이들이 부적이 있던 자리를 대신하여 떠오르길 반복했다. 종이들이 사방에서 춤을 추고, 빛을 뿌려 대는 신선놀음을 하는 동안, 고도의 검은 두루마기 위로는 금가루가 쌓였다. 폭포가 떨어지는 바람결에 그 금가루가 날리면 종이에 다시 달라붙고, 종이들이 다시 움직이며 금가루를 털어내면 다시 고도의 검은 머리와 어깨 위로 떨어지길 반복했다.

두 시진 가량 부적을 만드는 데 정성을 다하던 고도가 처음으로 눈을 떴다. 양반 다리 위에 얌전히 올려놓았던 두 손을 허공으로 드니 종이들이 고도의 손 위로 쏟아져 내리기 시작했다. 부적들이 모두 고도의 손바닥 위로 차곡차곡 쌓였다. 도술이 사라진 누각에는 금가루만이 남아 반딧불이처럼 주변을 밝혔다. 하지만 그것도 잠시. 금가루는 폭포가 떨어지는 바람결에 밀려 허공으로 사라졌고 누각 안은 무슨 일이 있었냐는 듯 고요한 어둠에 잠식되었다.

고도는 호흡을 가다듬은 뒤 감고 있는 눈을 떴다. 눈앞은 깜깜하고 들리는 건 폭포 소리뿐인데도, 그는 어둠을 향해 말했다.

"왔으면 말을 해야지, 앙큼한 고양이야."

고도가 고개를 돌리자 그의 뒤편에 서 있던 청사가 불만이 가득한 표정을 지으며 툴툴거렸다.

"내가 왜 고양이야."

"살금살금, 몰래 잘 돌아다니지 않느냐."

"그런 고양이 발자국 소릴 너는 어찌 알았느냐?"

"소리가 아니라 냄새로 알았다."

뭐시? 내가 몸에서 냄새가 난단 소린가. 청사는 충격을 받아 당장 옷자락을 코로 잡아당겨 킁킁 냄새를 맡았다. 하나, 고도가 고개도 돌리지 않고 청사가 다가온 것을 알 만큼 이상한 냄새는 나지 않았다.

"네게서는 꽃향기가 나거든."

옷자락에 코를 묻고 있던 청사가 고도의 말에 움직임을 멈췄다. 처음에는 무슨 소리인지 몰라 눈만 멀뚱거리던 청사는 곧 얼굴을 붉혔다.

"노, 놀리긴."

고도는 갓 만든 따끈따끈한 부적들을 소매 속으로 집어넣었다. 그러고는 빙글, 몸을 돌려 가까이 다가온 청사를 앞에 앉혔다. 청사의 다리를 손바닥으로 투덕투덕 두드려서 자리를 만들어 내고 머리를 기대어 누웠다.

고도의 갑작스런 행동에 청사가 움찔하고 어색한 듯 반응했다. 청사가 고도에게 먼저 다가왔다고는 하나, 고도는 다가온 이를 내치지 않았다. 오히려 익숙한 듯 몸을 기댔다. 이는 서로에게 신뢰와 믿음이 생기고 나아가 친근함과 애정이 깊어지고 있다 봐야 하지 않겠나. 이것도 설레발인 걸까.

청사는 손가락을 움찔거리다 참지 못하고 고도의 얼굴을 매만졌다. 폭포에서 물방울이 튄 볼과 이마가 차가웠다. 손끝을 적시는 물기를 슬며시 닦아 보자 얼굴에 투명한 자국이 남았다. 묘한 시선으로 물의 흔적을 보고 있던 청사가 슬쩍 고개를 숙였다.

쪽.

볼에 닿은 입술에서 작지만 또렷한 소리가 울렸다. 입술이 내려앉은 따뜻한 감촉에 고도가 옅은 미소를 지었다.

왜 웃지? 좋아서 그러는 걸까?

상대를 갖고 노는 데만 능통하지, 좀처럼 제 속을 보이지 않는 고도 때문에 청사는 마음만 초조해졌다. 고도의 표정이고 행동이고 모든 걸 다 면면히 관찰해도 청사 자신을 좋아하는지, 좋아한다면 얼마나 좋아하는지를 알 수가 없었다. 이렇게 입술을 가져다 물어도 좋다, 싫다 말이라도 한마디 하면 답답하진 않을 텐데. 청사는 고도의 얼굴을 양손으로 감싼 뒤, 이마에도 입술을 내리 눌렀다.

"환영 도사, 고도. 요괴들에겐 최고의 천적이자 먹잇감으로 불리는 도사. 네 이름 두자가 내가 아는 것의 전부구나."

그게 웬 궁상맞은 소리일꼬. 고도는 영 뜬금없는 청사의 소리에 고개를 갸웃했다.

"그게 내 전부 맞다. 무엇을 더 바라느냐?"

"넌 비밀이 너무 많아."

"네놈이 평범한 도사한테서 너무 특별한 것을 찾는 것은 아니고?"

또또, 이런 식으로 말을 돌리지. 청사는 심통이 나서 고도의 볼을 잡아당겼다. 떡처럼 말랑말랑해서 감촉이 좋은 볼이 청사의 손아귀에서 조롱당했지만 고도는 끝까지 아프다고 손을 놓으라는 소리를 하지 않았다.

"네가 특별한 건 바보라도 다 알겠다. 너는 왜 스스로를 고통스러운 길이라 하는지, 네 벗이었던 친구는 너를 왜 외로운 섬이라는 이름으로 고립시켰는지. 요괴를 잡는 이유는 무엇인지, 나이는 몇인지. 팔미호와 도깨비 우두머리와는 어떤 인연으로 알게 된 것인지. 그게 어찌 평범한 인간의 비밀이란 말이냐?"

"그 정도 비밀은 누구나 다 갖고 있지 않느냐."

"대체 누가?"

"인간사 복잡하기는 나와 비할 바가 못 된다. 다들 말하지 않는다 뿐, 나보다 복잡하게 살고 있는 이들이 수두룩할 터. 단지, 네가 내게 관심이 많아서 그런 부분들이 크게 보일 뿐이다."

"내가 크게 보는 게 싫어?"

"흐음, 그건 아니다만, 그런 사소한 것에 삐치면 곤란하지. 바꿔 생각해 봐라. 나도 널 모르잖느냐. 널 캐묻지도 않고."

"그건 그렇지만ㅡ."

"네놈도 비밀투성이면서 나만 질책하지 마라."

핵심을 꼬집는 말에 청사는 합죽이가 되었다. 상대를 알고 싶으면 자고로 스스로 감추고 있는 껍질을 벗어야 하는 법인데, 청사는 스스로를 내보이지 않으면서 상대가 벌거벗길 요구하고만 있었다. 합당한 거래를 위해서는 서로 궁금해하는 것을 맞교환하면 된다. 하지만 서로가 천둥벌거숭이가 되는 것을 바라지 않았다. 고도도 청사도 상대를 파헤치기보다는 스스로를 꽁꽁 숨기는 데 더 익숙한 자들이었다.

"본디 비밀이란 사람을 더욱 매력적으로 보이게 하는 법이다."

고도는 제 얼굴을 만지작거리는 청사의 손등에 손을 포갰다. 청사는 저도 모르게 꿀꺽, 마른침을 삼켰다.

"나는 특히 소녀의 비밀은 간직해 주고 싶다."

소녀 타령도 계속 듣다 보니 무슨 고백으로 들리는 수준이다. 소녀에게 유독 다정하고 옆자리를 잘 내주는 고도를 지켜봐 왔기에 청사마저 고도에게 그런 배려를 받는 기분이었다. 고도에게 있어서 소중한 존재, 지켜 주고 싶은 존재. 물론, 그보다 더 특별한 존재가 되고 싶지만 그것은 욕심일 터. 지금은 고도가 저를 내치지 않고 살갑게 대해 주는 정도로 만족하기로 했다. 청사는 감정을 가다듬은 목소리로 말했다.

"고도, 나중에 네 일 모두 끝나면…… 저기, 음. 그러니까…… 나랑 같이 살자."

쑥스러워하는 기색이 완연했다. 청혼을 한 것도 아닐진대, 저리도 부끄러워하면서 들뜨는 모습에 고도는 눈만 껌뻑였다. 빤히 올려다보는 고도의 눈길에 청사가 꿀떡하고 마른침을 삼켰다. 고도에게서 또 무슨 망상이냐고 한 소리 들으면 어떻게 반응할지를 생각해 보았다. 청사는 손끝만 움찔거리더니 결국은 참지 못하고 고개를 확 숙여 고도의 입술을 깨물었다. 고도가 밀어내려는 손길에 꿋꿋하게 버티면서 입술 사이로 혀를 밀어 넣었다. 청사의 어깨를 밀어내던 손길도 어느샌가 청사의 목 뒤에 감기게 되었다. 떨어지는 폭포물이 튀어 고도와 청사의 옷깃을 조금씩 적셨다. 그것은 마치 둘의 감정이 서로에게 물드는 것과 같았다.

"가능하다면 그러자."

맞붙은 입술이 살짝 떼어진 틈에 고도가 속삭였다. 청사는 잠시 입맞춤을 멈추고 고도의 새까만 눈을 들여다보았다.

"가능하다면? 조건이 뭐 그래?"

청사의 지적에도 고도는 웃기만 할 뿐 대답을 하지 않았다. 고도는 청사의 얼굴을 끌어내려 쪽, 하고 입을 맞춰 줬다. 청사는 고도의 대답이 마음에 들지 않아 미간을 좁히고 있었지만 청사를 달래 주는 듯한 부드러운 입맞춤에 곧 표정을 풀었다. 청사는 몸을 틀어 제 무릎을 베고 누운 고도를 바닥에 똑바로 눕혔다. 고도의 검은 두루마기 옷깃 안쪽을 한참 바라봤다. 흔적을 남기고 싶어서 시선을 돌릴 수가 없었다. 고도는 그러한 청사의 기다란 머리카락만 만지작거릴 뿐이었다.

"저기, 나 얼른 짝짓기하고 싶은데."

청사가 어느새 발그레 물든 얼굴을 고도의 목 주변에 묻으며 말했다.

뽀얀 살결을 입에 물고 쪽쪽 빨거나 이로 살짝 깨물어대니, 고도가 움츠러드는 기색을 보였다. 고도는 퍽 곤란한 얼굴로 청사를 보다가 안 되겠다 싶어서 그의 고개를 떼어 냈다.

"나중에."

고도가 벌어진 옷깃을 추스르고 몸을 일으켰다. 청사는 입맛만 쩝쩝 다시면서 고도를 바라보았다. 요즘 들어 자꾸 고도의 벗은 몸을 상상하게 되는 스스로를 깨닫게 되었다. 별 감정도 없는 고도의 얼굴이 붉게 물들어서 힘든 듯, 좋은 듯 일그러지는 표정 역시나.

"너 자꾸 애태우면 나중에 더 힘들어질 거다."

"애태우기는. 내가 얼마나 바쁜 도사인지 까먹었나 보구나. 이렇게 놀 시간 없다."

"왜 만날 피하고 그래. 네 바쁜 일은 내가 도와주면 되잖아."

"그 예쁜 얼굴로 이리 밝혀서 어찌할까."

"내가 밝히는 요괴라고 욕하며 붙잡을 땐 언제고!"

"요괴도 아닌 게 요괴 행세 한 주제에 말이 많구나."

"고도가 날 너무 말려 죽이려니까 그렇지."

"어허."

"미워."

누각을 내려가려던 고도가 그 소리에 고개만 돌려 청사를 바라봤다. 청사가 손가락을 휘이 돌렸다. 그러자 그의 손끝에서 만들어진 바람이 고도를 끌고 왔다. 청사는 바람이 대령해 준 고도를 품에 안고서 그의 입술을 깨물었다. 품에서 빠져나가려는 고도를, 청사는 허리까지 꽉 붙든 채로 입술과 볼이 퉁퉁 부풀 때까지 물고 또 핥았다.

도읍의 장점이 무어냐 물으면, 미호는 이렇게 대답할 것이다.

"사람이 뭐 이리 많아!"

그게 어찌 장점일까. 징글징글한 풍경인 것을.

그녀의 꽥 하는 비명소리가 와글와글한 사람들 통에 묻힐 만큼 대단한 인파였다. 도성 내에 들어서자마자 초립을 쓴 생원부터 커다란 보따리를 이고 가는 상인까지, 넓은 길을 가득 메운 사람들 틈에서 미호는 머리에 쓴 고도의 삿갓을 꽉 잡았다. 혹여나 사람들 틈에 휩쓸려 길을 잃을까 봐 고도의 옷자락도 움켜쥐고 놓치지 않으려 애썼다. 보다 못한 고도가 미호를 들어 안아 목말을 태워 주었다. 덩치 큰 사람들 발에 짜부라질까 걱정하던 미호가 방긋 웃으며 좋아했다. 고도의 머리카락을 조그마한 손으로 잡고 다른 누구보다 시선이 높아진 눈을 사방으로 굴려댔다.

길 양쪽으로 온갖 것들이 펼쳐져 있었다. 평소 먹기 힘든 과자와 떡이라든지, 보기 힘든 진귀한 보석과 장식품 등이 구경꾼들의 발길을 잡아 끌었다. 그중에서도 가장 인기가 많은 것은 심마니가 캐온 산삼이었다. 마흔을 넘은 남자가 반듯한 나무 상자에 촉촉한 이끼로 바닥을 깔고 그 위에 크기가 고른 산삼들을 가지런히 놓았다. 사람들은 높은 가격에 차마 사지는 못하고 그 향기에 코만 킁킁 벌름거렸다. 그 수가 수십에 달해 진을 이룰 정도였다.

저런 식물뿌리 먹으면 불로장생이라도 하나. 인간들이 건강과 생명 연장에 가지는 욕심이 끝도 없다는 사실을 미호가 영 이해할 수 없다는 듯 쳐다볼 때였다.

번화가 한쪽에 멍석을 말고 누워 있는 무리가 보였다. 남자와 여자가 섞여서 그 나잇대도 천차만별이었다. 갓난아기부터 늙은 노파까지 해지고 허름한 옷을 걸친 채 길가는 사람에게 구걸하듯 손을 벌리고 있었다. 개중 인심 좋은 아줌마나 선비들이 엽전 몇 닢을 던졌으나, 대다수가 길바닥에 펼치고 있는 손바닥을 밟고 지나갈 뿐이었다. 길 한쪽은 휘황찬란한 보석과 장신구, 먹거리로 장사진을 이루는데 그 바로 옆에서는 물한 모금 제대로 마시지 못해 삐쩍 곯은 빈민들이 구걸을 하는 모습은 충격이었다. 미호는 지방 향촌을 돌 때는 본 적 없는 풍경에 고도의 머리칼을 잡아당겼다.

"자량은 다 잘 사는 동네 아니었어? 언제부터 이런 꼴이 된 거야?"

미호를 머리에 인 채 가판에서 닭 꼬치를 하나 산 고도가 꼬치 하나를 청사에게, 다른 하나는 미호에게 건네면서 답했다.

"만백성을 두루 살피는 일이 왕의 직무이나 그 덕德이 미치지 못하는 곳도 분명 존재하는 법이지."

"그래도 심하잖아. 먼 데도 아니고 바로 왕 자신이 사는 곳 사람들도 돌보지 못하는 게 어디 있어. 이렇게 눈에 띄게 있는데도 해결 못 하는 거야?"

"오호, 이거 당장 문방제구를 사서 네게 선물로 줘야겠구나."

"갑자기 왜?"

"말 나온 김에 왕에게 올릴 상소문을 쓰자꾸나."

그 소리에 미호는 찍소리도 못 했다. 그녀는 고도의 머리칼을 손가락으로 빙글빙글 돌리면서 항변했다.

"정치에 불만이 있는 것이 아니라 가난한 사람이 눈에 띄어서 그렇지."

미호가 어찌하든, 고도는 닭 꼬치를 우물우물 씹으면서 한가하게 주변이나 돌아보았다. 그 모습이 참으로 태평했다. 같은 인간인데 어찌 저리 무심한지 원. 미호는 인간 세상에 영 관심 없는 요괴인 청사나, 인간들에게 이롭고자 요괴를 잡으러 다니는 사람인 고도나 오십보백보라면서 두 볼에 바람을 불어 넣었다. 그녀는 고도의 머리통을 탁탁 치면서 구시렁 거렸다.

"넌 퇴마할 때 만나는 사람들의 사정이 딱하면 지나치지 못하면서, 이런 데에서는 아주 잔인할 정도로 매몰차더라. 너와 인연이 닿는 사람만 사람 취급이고, 이런 사람들은 아예 취급도 안 하는 거니? 어쩜 그래?"

미호의 힐난에 고도는 입 안 가득 씹던 닭을 꿀떡 삼켰다. 되새김질이라도 할 것처럼 입 안이 비고 나서도 한참이나 쩝쩝거리길 잊지 않았다.

"나는 딱 하나 자랑할 만한 재능을 가지고 있지. 뭔지 아느냐?"

"으음. 요괴 퇴치?"

고도는 옅은 미소를 지어서 미호의 대답에 긍정을 표했다. 거야. 고도에게 있어서 퇴마는 단순히 자랑할 만한 게 아니라 나라가 나서서 지켜주고 보존해 줘야 할 수준의 재능이다. 하지만 여기서 나라의 인재 운운했다가는 고도의 이상한 말장난에 걸려들 것 같아서 미호는 근질근질한 입을 떼지 않았다. 저놈이 대체 뭔 얘길 하려는지 잠자코 듣기로 했다.

"헌데 요괴 잡는 재능을 가지고 태어난 게 내 미덕 덕분이겠느냐? 다 운이다, 운. 운이 좋아 이런 재능을 가진 거야."

청사가 고도에게 먹다 남은 꼬치를 물려주었다. 고도는 그걸 또 천연덕스럽게 받아먹었다. 청사가 고도 옆에 바싹 붙어 서서 고도를 살뜰히 챙겼고, 고도는 그런 청사가 돌봐 주는 것을 익숙한 듯 받아들이고 있었다. 둘 사이가 예전보다 훨씬 가까워진 것이 미호는 불만이었다. 그녀는 고도가 청사에게 마음을 여는 것이 마음에 들지 않아 고도의 손에서 꼬치를 홱 빼어 버렸다.

"너는 그 잘난 재능을 옆에 있는 놈한테는 쓰지 않고 뭐하는 거니?"

청사가 미호의 말뜻을 알아듣고 미호에게서 다시 꼬치를 뺏었다.

"너도 요괴란다, 지진아. 머리가 이리 녹슬어서 어찌해야 하나."

"우씨, 나 머리 안 나쁘다니까."

"네 머리 사정까지 돌봐 주는 내가 이젠 딱해지려 하는구나."

"못살아, 진짜. 그러니까 너는 뭐야. 넌 요괴 퇴치라는 재능 내버려 두고 지금 뭐하는 건데."

미호가 다시 꼬치를 뺏었다. 청사가 또 그걸 뺏어서 아예 고도 입에 물려주었다. 미호가 고도 입에서 꼬치를 앗았을 땐 이미 알맹이는 없고 빈 나무젓가락뿐이었다. 결국은 뺏고 뺏기던 닭 꼬치는 최종적으로 고도의 입 안에서 산산이 부서지고 있었다. 미호는 손바닥으로 고도의 머리통을 탁탁 쳤다. 탁탁탁탁. 말 못 하는 불편한 감정을 깨달은 고도가 미호의 손을 잡아 더는 머리통을 두드리지 못하게 했다.

"네 말이 맞다. 재능이 있더라도 나처럼 안 쓰는 놈들도 많지. 자고로, 나처럼 천운이 따른 사람은 성과를 이루더라도 혼자 독식할 것이 아니라 공공의 몫으로 돌리는 게 옳지 않겠나. 요괴 잡는 것도 나 좋으라고 하는 거겠느냐. 다 세상 평온해지라고 하는 짓이다. 그런 공공의 이익이라는 당연한 이치를 잊고 사는 사람들이 너무도 많다."

고도는 미호가 시선을 주었던 빈민들을 물끄러미 쳐다봤다. 저들이 기대어 앉아 있는 낡은 집 뒤로 으리으리한 양반 가옥의 기와가 보였다. 하늘이 양반 될 자와 천민이 될 자를 나눴다. 태어날 때부터 도술에 재능이 있었던 자신처럼 말이다. 고도는 팔자와 운이라는 것을 쉽게 받아들이지 않는 미호를 위해서 말을 이었다.

"네게 상소를 써 올려 보라고 한 것이 빈말이 아니었다. 그렇게라도 이치를 잊고 사는 사람들을 자각시킬 수 있다면 그 어찌 헛된 일이겠느냐. 부모 덕에 출세 가도를 달린 관료들도 다 운이 좋아 그런 부모를 두게 된 것인데, 공을 세워도 백성에게 돌리지 않는구나."

냉철한 고도의 모습에서 미호는 불편한 심기를 감출 수 없었다. 때때로 고도는 인간 같지가 않았다. 세상이 변해 가는 모습을 그저 관찰하는 신선처럼 보였다. 조금도 그들 사는 세상에 개입하지 않고 물러서서 관찰하는 그 무능력한 늙은이들처럼.

"알면서 왜 이 사람들을 모른 척하는 거야? 네 말대로라면 이 사람들은 단지 부모 잘못 만난 불운 때문에 괴로워하는 것일 뿐이잖아."

"바로 그 때문에 돕지 않는 것이다. 이들은 운이 덜 따른 팔자를 저항 없이 받아들였다. 그것이 바로 그들을 돕지 않아도 되는 이유다."

하늘의 덕을 조금 덜 봤다면, 모자란 만큼을 살면서 채워 나가야 할진대 어찌 바닥에 드러눕고 엎어져 다른 이들에게 손을 벌리고 있느냐는 질책을 우회적으로 돌려 말한 것이나 다름없었다. 관료가 될 수 있는 양반 가문에 태어난 이들이 그 관직의 힘을 발아래 백성들 돌보는 데 쓰지 않은 것도 잘못된 일이나, 제 사나운 팔자에 안주하여 인생의 고통을 그저 받아들인 사람 역시 비난 받아 마땅하다는 소리다. 차라리 불쌍한 백성들에게 동정하는 눈빛이라도 보였으면 인간적으로 보일진대, 냉철한 대답을 듣고 미호는 고도의 머리를 잡아당겼다.

"마음에 안 들어, 너."

"아야, 아프다, 지진아."

"너 진짜 마음에 안 든다고."

미호는 인간들 세상에 요괴가 왈가왈부할 수 없으니 고도의 입장을 비판할 자격이 없었다. 그래도 기분이 상한 건 어쩔 수 없다. 그 감정을 솔직하게 토로하자 고도는 미호의 몸을 다시 한 번 토닥여 주었다. 무엇을 달래 주려는지 고도는 알고서 하는 걸까.

고도는 미호와 이야기를 하느라 멈추었던 걸음을 뗐다. 구걸하는 사람들은 기이한 복식을 갖춘 고도에겐 손을 내밀지 않는데, 무엇보다도 두루마기 자락 밑으로 드러난 검집 때문일 것이다. 이들은 위험한 인물로 보이는 고도와 청사를 무시하고 돈이 많아 보이는 양반들의 옷자락을 붙잡았다.

미호는 고도의 말이 청산유수라 깜빡 넘어갈 뻔했지만, 다시금 머리를 정리하자 중요한 사실을 깨달을 수 있었다. 고도는 요괴를 잡는 제 일을 하늘이 내린 운이라고 했다. 좋든 싫든 그 운을 받아들인 것. 그것이야말로 고도가 비판한 '팔자에 안주하는 사람'이다.

"어머."

어디선가 깜짝 놀란 여자의 목소리가 울렸다. 삿갓 속에 숨겨 있던 미호의 귀가 쫑긋했다. 청사와 고도 역시 익숙한 음색에 걸음을 멈추었다. 목소리가 들린 쪽으로 고개를 돌리자 한 여인네가 시종 계집 하나를 이끌고 길을 걷다 고도 일행을 반색한 표정으로 보고 있었다.

가채를 올린 머리 위에 얇은 비단 천 보자기가 덧대어 있었다. 노을보다 더 붉고 아름다운 황담색 보자기였다. 그것을 고운 손으로 슬쩍 들추니, 그 아래 드러난 얼굴이 절색이라. 얇게 화장한 뽀얀 피부하며 꽃분홍색 입술, 복사꽃이 피어난 듯 과하지도 모자라지도 않게 분을 칠한 두 볼까지 참으로 매력적인 여인이었다. 얼굴만큼이나 화사한 옷차림은 높은 관직에 출사한 양반집 신분임을 보여 주고 있었다. 꽃과 나비가 화려하게 수놓인 홍색 저고리와 꽃분홍 치마. 그녀의 뒤로 마님, 왜 그러시나유 하고 안절부절못하는 계집종까지. 우아한 자태와 아름다운 모습에 더불어 가문 또한 모자라지 않으니 그 모습이야말로 하늘이 내린 운을 타고난 여인이었다.

"세상에, 이곳에서 나리를 뵙다니요! 이건 분명 어떠한 인연이 틀림없습니다!"

여인은 계집종의 만류에도 불구하고 사람들 틈바구니를 헤치고 와 고도 앞에 섰다. 어찌 외간 남자와 말을 섞느냐고 계집종이 펄쩍 뛰고 난리도 아니었다. 하나, 그녀는 두 눈에 순수한 기쁨과 행복만을 담고 있었다. 가만 내려다보고 있는 고도가 저를 보고 반가워하는 여인의 인사를 받아 주었다.

"내가 할 소리군. 자넨 어찌 여기 있는 것인가."

계집종이 놀라서 에그머니나, 목소리를 높였다. 남자에게 먼저 달려간 마님이나, 그런 마님을 아는 것처럼 인사를 받아 주는 남자나 모두 두 눈 똑바로 뜨고 지켜보기 남세스러운 풍경이었다.

"마님, 사람들 눈이 안 보이십니까, 어서 몸가짐을 바로 하세유."

계집종이 끙끙거리면서 여자를 뒤로 잡아 빼고 난리가 아니었다. 여인은 그 손길이 귀찮은지 허리를 붙든 손을 철썩 쳐내고 무섭게 노려보았다. 계집종이 그 눈빛에 기가 죽어 찍소리도 못 하고 종종걸음으로 물러났다. 여인은 한참이나 종을 노려보더니, 그 날카로운 기세는 어디 갔는지 고도를 볼 때는 눈가에서 사르르 힘을 풀고 웃음을 머금었다.

"아이참, 정말 몰라서 하는 말씀이신가요."

그녀의 곱게 휘어진 눈웃음이 뭇 사내들의 애간장을 녹일 만큼 아름다웠다. 그녀가 치맛자락을 곱게 움켜쥐고 허리를 숙여 예를 다해 인사했다.

"칠복산 아랫마을 한 소향, 두 달 전에 이곳에 와 혼인을 했나이다."

미호와 청사가 놀라서 입을 쩍 벌렸다. 웬 절세가인인가 했더니만 그 정체가 향촌에서 마냥 어린애처럼 보였던 소녀라니. 못 본 석 달 사이 한 떨기 꽃처럼 아름다워졌다. 몰라볼 만큼 말이다.

"정인의 사랑을 받는 어엿한 여인이 다 됐군."

고도의 말을 들은 소향이 너무도 행복한 미소를 지으며 까르륵 웃었다. 고도는 그 모습이 너무도 보기 좋아 저도 모르게 마주 웃고 말았다.

"편히 쉬다 가세요!"

소향이 팔을 벌려 집 안을 보여 주자 고도, 미호, 청사가 하나같이 눈을 휘둥그레 뜨고 넓은 집을 쳐다봤다.

으리으리한 기와집이었다. 성문 같은 문을 열고 들어가자 너른 마당이 보였다. 한쪽에는 잉어를 풀어 둔 연못과 풍류를 즐길 수 있는 정자도 있었다. 디귿자로 연결된 집은 눈짐작만으로도 서른 칸이 넘는 방으로 구성되어 있었다. 마당쇠나 계집종이 사는 곳의 서까래 밑에는 여름내 만들어서 말려 두고 있는 메주나 고추 따위도 보였다. 암만 봐도 고위 관료에게 어울리는 집안이다. 이 정도로 으리으리한 집에서 향촌 소녀인 소향을 며느리로 맞았다니, 참으로 놀랄 노자였다. 신분을 초월한 사랑의 결과가 이러하다면 책으로 묶어 내도 부족함이 없을 정도 아닌가.

"그동안 잘 지내셨나요? 오랜만에 뵈니 그 기쁨을 말로 다 설명할 수가 없네요."

소향이 집 구경 한다고 정신이 팔려 있는 고도에게 말을 건넸다. 그러자 고도를 대신하여, 미호가 두 손을 번쩍 들었다.

"우린 죽어라 고생만 했어!"

삿갓 밑으로 삐쭉 드러난 얼굴은 그녀가 말한 고생의 여파를 찾아볼 수가 없었다. 미호의 모습은 소향이 처음 봤을 때와 마찬가지였다. 뽀얀 우윳빛의 얼굴, 윤기가 자르르 흐르는 머리칼. 더욱이 두르고 있는 옥빛 치마가 참으로 곱디 고와 양반집 아녀자들도 탐을 낼 만큼 귀해 보였다. 그곳엔 어떠한 고생의 흔적도 없었으니 누가 힘들다 외치는 미호의 말을 받아들일 수 있을까. 소향은 손으로 입을 가리더니 소리를 죽여 웃었다.

"엄살이세요, 미호 씨."

"으잉! 엄살이라니, 엄살이라니! 나 정말 고생했다고! 완전 고생했는데!"

미호는 왜 내 말을 안 믿느냐고 자리에서 펄쩍 뛰었다. 미호의 격렬한 반응에 놀란 소향은 냉큼 청사에게 고개를 돌려 정말 이 정도로 난리를 칠만큼 고생을 했느냐고 눈으로 물었다. 느긋하게 담배를 피우고 있던 청사는 미호의 뒷덜미를 움켜쥐고 질질 끌어당기는 것으로 대답을 대신했다.

"놓아라, 이 망할 대롱이 녀석! 왜! 내 말이 사실이잖아. 나 진짜 고도 때문에 몇 년간 고생을 했는데. 일일이 다 말해 줄까?"

필요 없다면서 청사는 미호 엉덩이를 걷어찼다. 그녀가 꽥 소릴 지르며 엉덩이가 아픈 것보다 치마에 발자국이 났다며 노발대발했다. 요기까지 방출해서 날뛰는 미호를 보고 그에 질세라 청사도 발끈하여 힘을 개방했다. 두 요괴가 서로를 보고 으르렁거리니 소향이 곤란한 얼굴로 식은땀만 뻘뻘 흘렸다.

"도, 도사님."

소향이 말려 주십사 고도의 옷깃을 잡아당기자, 양반집 구경에 눈동자만 데구르르 굴리던 고도가 두 요괴에게로 시선을 돌렸다. 미호가 여덟 개의 꼬리 중 한 개를 흔들어 바닥을 우르르 울리니, 청사는 손가락을 휘저어 바람을 날렸다. 식솔들이 놀라서 죄 뛰어나올 만큼 요란한 대립이었다. 그 모습을 보고도 고도는 태평하게 말했다.

"젊은 것들이라 힘이 좋아."

"그 힘자랑 하다가 저희 집 무너지겠습니다."

"걱정 마라. 그 정도로 무식한 것들은 아니다. 저러다 바로 흥, 하고 서로 외면할걸?"

고도의 말이 끝나기가 무섭게 미호는 사납게 흔들던 꼬리를 숨기고 콧소리를 내며 고개를 돌렸다. 청사도 더는 어린 여우 요괴를 상대하고 싶지 않아 지붕 위로 뛰어올랐다. 소향은 어어 하면서 청사와 미호를 번갈아 쳐다봤다. 싸움을 도중에 멈췄으니 좋아해야 할지, 아니면 둘 사이를 중재해 주지 않아 토라진 바를 걱정해야 할지 모를 일이었다. 옆에 있던 고도는 "내 말이 맞지?"하면서 즐거움을 숨기지 못했다. 참으로 대책 없는 일행이었다.

소향은 개성이 강한 셋을 일일이 신경 쓰다가는 정신이 남아나지 않겠다며 앞으로 이 집에 머무는 한, 어떤 불화가 생겨도 모른 척하기로 마음먹었다.

"그럼 아랫것들을 시켜서 세 분이 머물 방을 정리하라 이르겠습니다. 편히 쉬다 가세요."

소향의 친절에 고도는 선뜻 고맙다고 대답하지 않았다. 돈도 없던 찰나에 공짜로 잠잘 곳이 해결된 일은 흔쾌히 반길 만하지만, 장애물 하나 없이 일사천리로 일이 진행되면 괜히 불안해지는 법이다. 고도는 고개를 갸웃하고는 소향에게 물었다.

"어찌, 네 시부모님은 나의 일행을 받아 준 것이냐. 처음 보는 남자가 별안간 집에 머물겠다는데 이름도, 얼굴도 확인을 안 할 수가 있느냐."

고도가 그 불안함 중 하나를 골라내 물었다. 소향이 고도가 묻는 의도를 알고 웃으며 대답했다.

"걱정하시는 바는 잘 알고 있습니다만 염려 마시지요. 제가 이곳에 온 후로 어머님께 어르신 이야기를 많이 해서 괜찮습니다."

"어허, 뒷담화는 내가 모르게 해야지. 그렇게 발설하면 쓰나."

"뒷담화가 아니라 칭찬입니다."

"칭찬도 듣는 귀가 없는 데서 하면 뒷담화지. 그런고로 네 어머니와 했다는 이야기 다시 해보거라. 내 친히 들어 주마."

자기 칭찬 듣겠다고 참으로 뻔뻔하게 요구하는데 그게 밉지가 않았다. 고도의 눈빛은 초롱초롱했다. 칭찬을 듣고자 뱉은 말이 단순한 농이 아니라는 소리다. 소향이 그런 고도의 모습에 웃음보가 터져 배를 잡고 까르륵 소리를 냈다.

"어르신은 그대로십니다. 여전히 재밌고 유쾌하고 엉뚱하세요."

"오호라, 그 세 가지가 뒷담화 속 칭찬이란 말이지?"

"호호호, 시부모님께는 어르신께서 우리 마을을 도와주신 이야기를 했습니다."

소향에게 있어서 우리 마을이란 이 도읍이 아닌 칠복산 아래에 있는 달래마을이다. 거기서 있던 일을 어떤 식으로 말했기에 외간 남자가 집 안 어르신들을 직접 뵙지도 않고 집에 머무르게 한 것인지 참으로 궁금했다. 고도가 물었다.

"내 얘기를 혹 영웅담처럼 과장하지는 않았는가."

"제가 그런 허풍을 왜 하겠습니다. 있는 그대로를 말했습니다. 어머님도 아버님도 모두 현명하신 분이라 제 이야기 속에서 사실만을 추리셨어요. 그러니 이곳에 머무는 걸 너무 염려하지 마소서. 걱정이 되신다면 오늘은 일찍 눈을 붙이시고 내일 아침 찾아뵈면 되지요."

고도는 그래도 영 꺼림칙함을 지울 수 없었다. 고도가 너그러운 소향의 시부모님을 의심하는 이유는 이 커다란 기와집의 주인이 고위 관료라는 사실과 관련이 있었다. 고관 집주인이 외간 남자의 신분도 철저히 조사하지 않고 며느리의 말만 곧이곧대로 믿는다는 것은 상식적으로 이해가 되지 않는 부분이다. 혹 시부모가 고도의 정체를 알고 있지 않고서야.

고도는 곰곰이 생각하던 고개를 들었다. 자신이 의심한 바를 소향에게 들키지 않도록 부러 이야기 화제를 돌려 버렸다.

"그보다 자네 고향은 괜찮은가. 큰일을 치르고 나면 흉과 길 중 하나의 운은 받기 마련이다."

소향은 말을 돌린 고도를 빤히 쳐다보다가 속눈썹을 내리깔았다. 그녀는 마을 일을 떠올리고는 고개를 끄덕였다.

"예. 어르신께서 말씀하신 바와 같이 억울하게 죽은 넋들을 달래 주는 제를 올렸더니 더 이상 밤중에 누군가 사라지는 일은 생기지 않았습니다. 어르신의 도움으로 마을에 평화와 웃음이 돌아왔습니다."

"그렇담 다행이지."

"저야말로 어르신께 물어볼 것이 많습니다. 아까 미호 씨의 모습을 보니 여정이 여간 힘든 게 아니었던 모양인데요. 어인 일로 도움까지 오셨는지요. 혹 제가 도와드릴 일은 없나요?"

"자세한 설은 해가 뜨면 하도록 하자. 밤이 늦었다. 야심한 시각에 외간 남자랑 함부로 말을 섞는 게 아니다."

"어르신이 이리 걱정해 주시니 제가 다 부끄럽습니다. 그럼 어르신이 불편하지 않기 위해서라도 먼저 들어가겠습니다. 편히 쉬세요."

소향이 인사를 하고 제 방 쪽으로 몸을 돌렸다. 고도는 돌아선 소향의 머리가 눈에 들어왔다. 달래마을에서 봤을 때는 머리를 곱게 땋아 댕기를 드렸었다. 미호처럼 비단 끈으로 머리끝을 묶어 두었던 아기씨의 표시였다. 하지만 몇 개월 사이에 한 집안의 마님이 되었다. 그것은 가채를 올린 머리만 보아도 알 수 있었다.

"행복한가."

고도의 물음에 소향이 걸음을 멈추었다. 그녀는 고개를 돌리고 고도를 바라봤다. 어떤 연유로 그런 걸 물어보는지 살피려는 것처럼 소향은 한동안 아무 말도 없었다. 소향의 가채에 매달린 꽃과 나비 장식과 비녀가 달빛에 반짝반짝 빛났다. 하나, 그러한 보석 장신구도 발그레 짓는 여인의 미소에 비할 수가 없었다. 세상에서 가장 아름다운 것은 역시 사랑에 빠진 여인의 미소일지다.

"행복합니다."

고도는 환하게 웃는 소향에게서 눈을 떼지 못했다. 스스로 행복하다고 기쁘게 웃어 보이는 그녀를 보는 고도의 눈은 복잡하게 흔들렸다. 고도는 한참 만에 등을 돌렸다. 미호와 청사가 보이는 마당으로 되돌아가는 걸음걸이가 여느 때와 다름없었다. 소향은 반듯한 등을 향해 정중하게 인사를 했다. 계집종이 손님들 머물 방을 정리했다고 달려 나올 때까지, 그 자리에서 숙인 허리를 들지 않았다.

"도사님도 마을에서 뵀을 때보다 훨씬 편하고 행복해 보이십니다."

빙그레 미소 지으며 흘리는 소향의 말을, 저 멀리 터벅터벅 걸어가는 고도는 듣지 못했을 것이다.

미호가 담장 위로 손을 뻗었다. 수확을 끝내고 겨울철 까치밥으로나 남겨 두었을 산수유 나뭇가지를 꺾자, 잘 익은 열매가 손아귀에 한 움큼 잡혔다. 손바닥 가득한 열매를 잡아 하나하나 입 안에 넣고 터뜨리니, 입 안에 터지는 붉은 맛이 그렇게 시큼털털할 수가 없다. 미호는 손가락과 입술까지 빨갛게 물들이면서 산수유 열매에 함빡 취해 있다가 익숙한 발자국 소리에 귀를 세워 쫑긋거렸다. 소향과 이야기를 마친 고도가 특유의 느린 걸음으로 다가오고 있었다.

"고도."

미호가 고도에게 달려가 남은 산수유 열매를 내밀었다. 고도가 새빨간 열매와 미호의 얼굴을 번갈아 보더니만 별말 없이 허리를 숙이고 입을 벌렸다. 미호가 꼭지를 잡아 뗀 탱글탱글한 열매를 입 안에 밀어 넣어 주자 고도는 그걸 우물우물 씹어 삼켰다. 미호가 두 번째 열매를 입 속에 밀어 넣었고, 고도는 그것 역시 거부하지 않고 받아먹었다. 고도에게 열매를 한 알 한 알 먹여 주는 미호와 그걸 또 위화감 없이 받아먹는 고도를 탐탁지 않은 시선으로 보는 이가 있었다. 높은 기와지붕 위에서 둘의 다정한 모습을 샘이 난 듯 부루퉁한 얼굴로 지켜보는 청사였다. 소녀에게는 유독 약해지는 고도이지만 미호를 대할 때는 금이야, 옥이야, 제 새끼처럼 챙겨 주니 그게 얼마나 부럽고 또 욕심이 나던가.

"여우가 무슨 자기 딸이라도 되나. 끔찍하게도 아끼네."

밤이 되어 본래 모습으로 돌아온 소가 옆에서 심통 난 청사를 보며 츠츠츠, 기괴한 소리로 웃어댔다.

"지금 새끼 여우를 질투하는 게냐."

"지진아가 본래 모습이 여염집 규수 같았다지?"

"어여쁜 처자였다더군. 나야 본 적이 없다만."

"혹시 성인 여성체였을 때의 지진아랑 고도랑 사귀는 사이였어?"

소는 그 기가 막힌 소리에 입만 쩍 벌렸다. 이 무슨 발칙한 소리인지 모르겠다. 하고많은 상대 중에 왜 하필 미호와 고도를 콕 집어 연결했는가. 소는 진심으로 농담하느냐고 묻고 싶었지만, 청사가 유독 진지한 얼굴로 산수유 열매를 받아먹는 고도를 쳐다보니 우스꽝스럽게 대답할 분위기가 아니었다. 그렇노라 농담 한 번 하면 충격 받아서 미호한테 해코지할 상이었다. 소는 손까지 휘휘 저으면서 청사 생각을 극구 부인했다.

"그럴 리가 있나. 고도 짝은 따로 있었다."

기면 기고, 아니면 아니고. 청사는 그러한 간단한 대답만 생각하다가 난데없는 소낙비라도 맞은 표정이 되었다. 이는 파격적이다 못해 충격적인 대답이었다. 고도에게서 한시도 눈을 떼지 못하던 청사가 얼마나 깜짝 놀랐으면 소에게 아예 고개까지 휙 돌렸다.

"배필이 있었단 말이냐?"

"쟤가 살아온 날이 햇수로만 몇 년인데, 설마하니 짝 한 번 없이 늙었겠느냐."

"말도 안 돼. 퇴마만 관심 있는 놈 아니었어? 여자가 있었단 말이야?"

청사는 설마하고 말했다.

"애틋한 사랑 운운하는 걸 덜떨어진 여우한테서 들은 적이 있어. 그것과 관련한 정인인 거야?"

"미호가 그렇게 말하던가? 똑똑하군. 잊은 줄 알았는데."

"말 돌리지 말고."

"맞긴 맞다. 헌데, 워낙 오래전 일이고, 고도도 잊은 듯하니 다시 말을 꺼내기 조심스럽군. 그때 그 여자 이후로 고도는 웬만해선 여자들한테 마음 잘 안 준다. 그러니 미호와 연결시키는 일은 농담이라도 입에 담지 말거라."

소가 워낙 대수롭지 않게 말하는 터라, 청사는 고도가 대체 무슨 사랑을 했는지 상상할 수도 없었다. 저 무감각하고 남의 사정 살피지 않는 인간이 여자랑 사랑을 했다는 게 있을 수나 있는 일인가. 사람들 관심을 귀찮아하는 족속이, 그 귀찮음을 마다하고 정을 준 여인이 있다니.

"으으."

청사는 무척 기분이 상해서 손톱만 잘근잘근 씹었다. 오래전 일이라니까 한때 사랑을 했었을 그 여자는 볼품없이 늙었거나 이미 죽었을 터다.

이제 와서 죽은 여자를 상대로 연적이라 여기며 열을 낼 생각은 없었다. 그래도 마음에 걸리는 건 어쩔 수 없었다.

고도는 과연 사랑하는 사람을 어떤 눈으로 바라봤을까? 엉뚱한 말만 내뱉는 저 입술로 어떤 밀어를 속삭이고, 남들에게 좀처럼 내주지 않는 옆자리를 비워 주면서 어떤 생각을 했을까. 자신이 좋아한다 말해도 쉽게 속을 보여 주지 않는 남자인데, 과연 그 여자에게는 얼마나 진심을 표했을까.

고도의 손길이 닿고, 눈길이 닿았을, 이름도 얼굴도 모를 여인이 미우면서도 부러웠다. 미호를 따뜻하게 대해 주는 놀라운 다정함이 한 여인만을 위해서 한정되던 때도 있었단 말에 기분이 상했다. 청사는 질투가 나서 손톱만 씹어대다가 드디어 산수유가 다 떨어져 더 이상 고도에게 먹여 줄 것이 없는 미호를 향해 손을 한 번 휘저었다. 미호의 몸이 붕 떠올랐다. 놀란 그녀가 꺅 소릴 냈지만 청사는 그녀를 끌어당겨 부득불 제 옆에 앉혔다.

"뭐니, 대롱이!"

청사는 왜 고도와의 오붓한 시간을 방해하느냐는 미호의 힐난을 들은 척도 하지 않았다. 그저 지붕 위에 도깨비와 요괴들이 나란히 앉아 있는 모습을 올려다보는 고도에게만 시선을 고정시켰다. 얼굴에 심통이 가득 찬 청사가 미호를 확 끌어안아 버렸다. 품속에서 미호는 목 졸린 닭처럼 꽥꽥 울어대며 격렬한 거부 반응을 보였다. 청사는 발버둥지는 미호를 붙잡고 고도를 있는 힘껏 노려보았다. 청사의 이해할 수 없는 행동에 고도는 눈만 끔뻑였다. 당황하지도 않고, 청사를 나무라지도 않고, 이해할 수 없다는 표정으로 쳐다보기만 했다. 그러자 청사는 화가 나서 톡 쏘듯이 말했다.

"질투 안 나?"

누가 누구를 질투한단 말이지. 고도는 눈만 껌뻑거리다가 슬그머니 제 손가락으로 자기 자신을 가리켰다. 그러곤 그 손가락을 미호와 청사 어느 쪽으로 뻗어야 할지 몰라 망설이더니 청사를 지목했다.

"내가 너를 질투한다는 소리냐. 지진아 때문에?"

"뭐 이런 바보 같은 놈이 다 있어. 너 진짜 시샘도 안 나고 질투도 안 나?"

"주어 술어 모두 써서 다시 말하도록. 어디서 마음대로 문장 구조를 바꿔서 얘기를 하느냐."

"젠장! 너! 말이야, 너! 너는 내가 이렇게 지진아 안고 있어도 화가 나거나 질투가 나지 않느냐고!"

고도는 고개를 갸웃하더니만 곰곰이 생각하기 시작했다. 그러는 동안 미호는 청사의 행동을 양쪽 귀까지 바싹 젖히고 쳐다봤다. 청사가 본디 섬세한 성격이긴 하다만, 이렇게 다른 이를 이용해 질투를 유발하는 짓을 할 줄은 몰랐다. 얼레리꼴레리 놀리고 싶어도 기세가 워낙 살벌하여 농도 던지지 못했다. 미호는 버둥거리던 것을 멈추고 청사의 눈치를 살폈다. 그러더니 열불 난 청사의 옷깃을 꾹꾹 당기면서 조심스레 말했다.

"얘, 너 혹시 산수유 먹여 주는 게 그렇게 기분 나빴어? 아직 담장에 산수유 많이 달려 있는데, 가서 고도 먹여 줘."

"닥쳐라. 너랑 얘기하는 거 아니니까."

미호는 군말 없이 입을 다물었다. 미호가 청사를 보며 성격 한 번 모나다고 구시렁거리긴 했지만 청사의 이목은 오직 고도에게 집중되어 있었다. 고도는 혼자만의 생각에 빠져서 청사의 말을 곱씹더니 드디어 판단을 내린 듯 손바닥에 주먹을 탁 쳤다.

"그러니까 결론은 내가 너를 질투하느냐 묻는 것이군. 뭐냐, 대롱이. 처음에 한 말이 맞잖아. 언성을 높이기에 내 이해력이 떨어지는 줄 알

앉다."

그런 고도의 반응에 더 미치고 팔짝 뛸 이들은 청사가 아니라 미호와 소였다. 쟤는 요괴 잡을 땐 눈치가 그렇게 빠릿하면서 이런 사소한 감정 놀음에는 어찌 저리 아는 것이 없는지. 지금 청사가 '왜' 질투를 하는지 고도는 전혀 모르고 있었다. 청사가 노발대발하는 이유가 무엇인지를 고민하는 줄 알았건만 문장의 주술호응이나 따지고 앉아 있던 게다.

"너 미워. 됐어, 사라져 버려."

"왜 또 삐치고 그러느냐."

"안 삐쳤어! 화난 거니까 가버리래도!"

"대롱아."

"썩 안 사라져?"

고도는 여전히 자리에 서서 청사만 쳐다봤다. 청사는 그런 고도가 야속해서 눈만 세모꼴로 뜬 채 노려보았다. 청사가 본 고도의 표정에는 여전히 이해할 수 없다는 기색만 떠 있었다. 청사가 왜 저렇게 예민하게 구는지 좀처럼 알 수 없는 얼굴이었다. 그런 모습을 보니 청사는 속만 더 들끓었다.

지진아도 눈치챘고, 둔해 보이는 소마저도 상황 파악 대충 끝내서 말 없이 지켜보고 있는데, 정작 세 종족 중 가장 감정이 풍부하다 일러진 인간이란 작자가 제일 눈치가 없고 덜떨어지는 꼴 아닌가. 어디 가서 요괴랑 도깨비도 눈치챈 바를 인간이 전혀 모르더라고 얘기하면 누고두고 놀림감이 될 일이었다.

한번 마음이 상한 청사는 고도가 결국 등을 돌려 방으로 향하는 모습을 보고 더 화딱지가 났다. 차라리 진지하게 "왜 그렇게 짜증이냐."고 물어봤으면 나을 뻔했다. 저 꼴을 보면 말싸움하기 귀찮아서 피하는 꼴로밖에 보이지 않았다.

"망할."

청사는 움켜쥐고 있던 미호의 목을 풀어 주었다. 미호는 제 목에 가해진 가혹 행위에 대해서 그 어떤 말도 함구하고 조용히 기침만 내뱉었다. 청사가 짜증스레 머리를 벅벅 긁었다.

"나만 고도를 좋아하나 봐. 고도도 나 좋아하는 줄 알았는데."

미호는 슬그머니 소의 옆으로 옮겨 앉았다. 청사는 넋이 나가서 마당만 바라보다 머리를 벅벅 긁었다. 고도에게 그렇게까지 짜증을 낼 일이 아니었는데 괜히 감정만 앞서서 사이가 벌어질 만한 짓을 한 건 아닌지, 뒤늦게 후회하는 기색이었다.

죄책감과 실망, 아쉬움과 분노가 복합적으로 녹아든 청사의 모습을 미호와 소가 잠자코 지켜봤다. 그러다 소가 손가락을 들어 허공에 무언가를 쓰기 시작했다. 손가락이 지나간 자리에 도깨비 불씨가 뿌려지자 잔상처럼 흔적이 남았다. 그 흔적을 이용해 글자를 적어 내리니, 옆에 있던 미호가 도깨비불로 쓴 글을 읽고 소를 책망하듯 노려보기도 했다.

소가 쓴 글귀 속 내용은 '고도에게 여자가 있었다는 사실을 청사에게 일러 줬다'는 것이었다. 별생각 없이 내뱉은 말이 화근이 된 셈이다. 미호 때문에 약간의 질투를 느끼던 청사 속을 뒤집어 놓은 바나 다름없었다. 도깨비불이 사르르 녹아서 사라지고 허공의 글귀 역시 바람에 날려가자, 소와 눈빛을 교환하던 미호가 자리에서 일어났다.

"얘, 대롱아."

미호는 조심스레 청사 옆에 다가와 말을 걸었다. 청사는 아무 반응도 없었다. 잔뜩 찌푸린 표정으로 별 의미 없이 지붕 아래 마당에만 시선을 두고 있을 뿐이었다. 미호는 슬쩍 소의 눈치를 봤다. 소는 본인은 간섭 안 할 테니 너 하고 싶은 말 다 하라면서 손을 휘휘 저어 한 걸음 물러나는 태도를 취했다.

미호는 다시 청사 얼굴을 들여다보았다. 인간 하나 때문에 청사의 기분은 하루에도 수십 번도 더 바뀌어댔다. 그 기분이란 놈이 발끝으로 떨어지기도, 하늘 위로 솟구치기도 하는 경험을 미호는 누구보다 잘 알고 있었다. 그녀는 머릿속에서 할 말을 고르고 또 고른 끝에 그것을 혀끝에 담았다.

"혹시 기억해? 도사인 고도가 왜 요괴인 나를 옆에 두는지. 내가 예전에 말해 줬었잖아."

청사는 슬그머니 고개를 돌려 옆에 바싹 붙어 있는 미호를 쳐다봤다.

"사랑의 배신인가, 뭔가 하는 거?"

"기억력 좋다. 흘리듯이 말한 것도 아네."

"고도에 대한 거라면 다 기억하고 있어."

"그럼 이것도 기억해라. 고도는 원래 자기 마음을 잘 열지 않아. 심지어 동정심에 거둬 준 나한테도 제 속은 안 보이는걸. 소 아저씨에게는 글쎄, 아저씨도 고도에 대해서 많은 걸 알지는 않을 걸?"

미호가 그렇지? 하고 묻자 소가 고개를 끄덕였다. 소는 미호의 이야기에 신빙성을 더해 주려는 것처럼, 혹은 제가 실수로 꺼낸 이야기에 크게 낙담한 청사를 달래려는 것처럼 술술 이야기를 해주었다.

"고도는 자기 얘기를 제 입으로 안 한다. 옆에 함께 있다 보면 알게 되는 것으로 대충 추리하고 예상해야만 하지. 내가 아는 것도 단순히 유추한 것에 불구하니까 말이다."

고도가 제 속을 꽁꽁 숨기는 음흉한 종자라는 사실을 미호와 소가 적극적으로 알려 주었다. 미호 하나뿐이라면 모르나 소까지 가세해서 그리 말하니 믿지 않을 수가 없었다. 청사가 마지못해 고개를 끄덕이며 둘의 이야기에 동감을 표하자 미호가 말을 이었다.

"사랑의 배신이라고 두루뭉술하게 말했는데, 이번 기회에 그냥 확실하게 말해 줄게.”

“고도가 사랑하다가 상처 입었다는 말에 무슨 확실한 게 필요하다고.”

“그 오해를 풀어 준다는 거야. 고도는 사랑 때문에 상처 입은 사람이 아니거든.”

“……무슨 뜻이야?”

“고도가 상대를 배신한 거야. 배신당한 게 아니라.”

생각도 못한 사실에 청사는 눈을 동그랗게 떴다. 그는 어어, 하면서 말을 제대로 잇지 못하더니만 소를 향해 휙 고개를 돌렸다.

“고도한테 과거에 사랑했던 정인이 있었다면서.”

“그렇다. 정인이 있었다.”

“그 정인을 고도가 배신했다는 거야?”

“그래.”

“고도가 배신당한 게 아니라, 자기가 했다고?”

소가 고개를 끄덕였다. 한 치의 망설임도 없이 제 고갯짓에 확신을 담아냈다. 청사는 혼란스러운 표정으로 입을 다물지 못했다. 그는 미호의 여덟 개밖에 남지 않은 꼬리를 주목했다. 미호는 사랑에 배신당해 꼬리 하나를 잃었다. 그런 그녀를 거두어 준 사람이 고도다. 도사인 고도가 사냥감인 요괴를 죽통에 봉인하는 대신, 옆에 끼고 다니며 소중하게 챙겨 주는 것이 단순히 자기와 비슷한 처지라 그랬던 것이 아니란 말인가. 동질감에서 비롯된 행동이 아닌, 자신의 여자를 배신했던 죄책감 때문에 데리고 다니는 것이라고?

“대롱아. 요괴는 사람한테 크게 마음 주면 안 돼. 다치고 말아.”

청사의 복잡한 얼굴을 보면서 미호는 솔직하게 말했다.

“정말이야. 사람의 마음은 변덕이 심해서, 사랑하는 사람에게서도 쉽게 정을 거둬 갈 수 있어. 요괴와는 다르지. 한번 배필은 영원한 배필이라 여기는 요괴들보다 마음이 가볍다고."

청사는 아무런 말도 하지 못했다. 사람과 사랑하다 꼬리까지 잃은 구미호의 이야기이기에 그 현실성이 직접 와 닿았다. 어떻게 사랑을 나눴는지 감히 상상하기도 힘든 고도라는 남자가 결국 그 사랑을 배신했다면, 이는 곧 고도를 좋아하는 자신에게도 되돌아올 수 있는 가능성을 말하는 것이 아니고 무엇이겠는가.

청사는 허벅지 위에 얌전히 올려놓았던 손에 힘을 주어 옷을 움켜쥐었다. 어지럽고 복잡하다 못해 괴로워 보이는 청사의 모습을 보노라니 미호는 괜한 측은지심을 느꼈다. 사랑 때문에 힘들어하는 이를 쉬이 지나치지 못하는 이유는 과거의 자신이 겹쳐 보이기 때문일 것이다.

"저기, 저 산 보여?"

미호는 뭉뚝한 손끝으로 도성의 북쪽 산을 가리켰다. 성을 등 뒤에서 부드럽게 감싸 안은 산은 그 하늘 위에 뜬 달 덕분인지 주변 어디보다도 밝고 환하게 빛나고 있었다. 쉬지 않고 낙엽을 떨어트리는 나무들은 벌거숭이가 되어 산머리가 휑휑했다. 그 꼴을 보고 소가 무거운 분위기를 어느 정도 날려 버릴 정도의, 경박하지 않은 웃음소리를 냈다.

"대머리다, 대머리."

미호는 분위기를 유화시켜 주는 소의 노력에 고마움을 표하고는 이야기를 마저 했다.

"저 산 이름이 토월산이야."

청사는 소가 대머리라고 놀린 산꼭대기를 쳐다보다가 뭔가가 생각난 듯 아는 척을 해보였다.

"구미호들 고향이라는 그 토월산?"

"응."

"이렇게 도성 가까이에 있는 산이었어?"

"도읍이 커져서 그래. 원래 토월산은 사람 사는 데랑 멀리 떨어진 곳이었어. 지금이야 백성들 발길이 끊이지 않지만. 예전엔 첩첩산중이었지."

토월산은 달을 토하는 산이라 불릴 만큼 산마루가 하늘에 맞닿은 뾰족산이다. 한때는 방아 찧는 옥토끼들이 동아줄을 타고 산에 내려와 인간세상을 유람했고, 여우 요괴들은 그런 토끼 가족들의 토실토실한 엉덩이를 보면서 군침을 삼켰다. 산 깊은 곳에서 섬광처럼 빛이 번쩍이고 나무들이 우수수 잘려 나가는 기현상도 심심치 않게 구경할 수 있었다. 그것은 여우 요괴들이 옥토끼를 사냥하는 장면이었다. 도망치는 토끼들의 도력과 그를 쫓는 여우 요괴들의 요력이 만나 산이 빛나고 바람이 불며 간혹 지엽적인 비가 쏟아지기도 했다. 밤중 기묘한 경관으로 손꼽아도 손색이 없었다.

지금은 사람 사는 곳과 가까워진 탓에 옥토끼가 토월산으로 마실 나오지 않게 되었다. 또한 옥토끼를 지상 최고의 별미로 삼던 여우 요괴들 역시 인간들의 사냥감으로 전락하여 지금은 토월산보다 더 깊고 음습한 산으로 피하게 되었다.

"있지. 내가 재밌는 얘기 하나 해줄게."

그렇게 토끼 고기를 구워 먹었을 여우 요괴 중 하나인 미호가 토월산에서 내려오는 기담 하나를 들려 주었다.

"옛날 옛날 구미호 마을에는 촌장의 무남독녀 따님이 하나 있었어. 그녀는 태어날 때부터 꼬리가 아홉 개여서 다른 구미호들과 불여우들의 존경과 사랑을 한 몸에 받았지."

구미호는 종족상 순혈과 혼혈의 두 가지로 분류된다. 태어날 때부터 구미호인 순혈여우 요괴는 달빛을 머금은 털을 가지고 태어났다. 지상에서 오랫동안 요력을 쌓아 꼬리가 아홉 개가 될 때까지 기다려야 하는 혼혈 구미호들의 백색 털과는 비교할 수 없을 만큼 아름다운 털이었다. 또한 혼혈 여우들이 힘겹게 요력을 모아 여우구슬을 만들어 내는 것과는 달리, 순혈 여우는 태어날 때부터 입에 요력이 가득 깃든 여우구슬을 물고 나왔다. 지상에서 나고 자라 요괴로 화생化生하는 이들과는 태생부터가 구별되는 것이다. 속세에서는 이런 순혈 여우를 두고 천계에서 내려온 영물이기 때문에 함부로 잡아서도 안 되고, 욕보여서도 안 된다고도 말한다. 그 정도로 귀중한 존재였다.

청사는 은사를 엮어 놓은 듯한 미호의 푸르스름한 백색 머리카락과 그 속에서 쫑긋 솟은 하얀 여우 귀를 응시했다. 옥색 치마 밑에서는 동색의 꼬리 여덟 개가 살랑살랑 흔들리고 있었다. 미호의 신분이 얼마나 고귀한지는 한눈에 봐도 알 만했다.

"그녀는 고귀한 혈통 때문에 주변에서 워낙 사랑을 받고 자란 탓에 어리광도 심했고, 제멋대로 주변 사람들을 부려 먹기 일쑤였어. 마음에 안 들면 될 때까지 떼를 쓰고 억지를 부리기도 했지. 정말 정말 철부지 공주님이었지 뭐야."

청사의 입꼬리에 슬며시 미소가 붙었다. 그 공주님이 누구인지를 눈치채고는 아예 미호 쪽으로 몸을 돌려서 이야기를 경청했다. 미호가 신이 나서 말했다.

"그렇게 오백 년을 곱게 자란 그녀가 어느 날, 인간 세상에 놀러 갔다가 한 남자의 고백을 받게 돼. 남자의 적극적인 접근에 호기심 반, 기대 반으로 응하게 되고 결국은 진심으로 남자를 사랑하게 됐지. 언제나 오작교에서 만나 사랑을 속삭이고, 아버지인 촌장님과 여우 가족들에게 들키지 않도록 토월산에서 먼 곳만을 골라 다니면서 사랑을 키웠어. 둘이서 정혼을 하고 같이 살자고 약조할 만큼이나 열렬하게 사랑을 한 거야."

인간과 요괴의 사랑. 딱 소설 주제로다. 청사는 흥미로운 표정으로 미호의 이야기에 고개를 끄덕였다. 미호가 다시 입을 열었다.

"남편이 된 서생은 방에 초를 켜두고 밤낮으로 공부를 했고, 그녀는 남편 옆에서 바느질을 하곤 했어. 그녀는 남편을 위해서 인간이 되기로 결심을 했지. 백 일 동안 진실한 사랑을 하면 인간이 될 수 있다는 전설을 믿었거든. 그런데 사랑한 지 구십구 일이 되던 밤에 그녀가 실수로 꼬리를 보인 탓에 남자는 그 자리에서 도망치고 말았어. 사랑을 잃은 슬픔에 식음을 전폐하며 울던 그녀에게 남자가 다시 찾아왔지. 요괴인 자신을 사랑해 줄 수 있다는 대답을 기다렸지만, 다시 찾아온 남자는 여자의 마지막 남은 믿음마저 배신했어. 구미호의 꼬리는 영험하여 그 어떤 부적보다도 강력한 효력이 있기 때문에 그걸 하나 잘라가 버린 거야. 자신이 과거 시험에 급제하기 위해서 말이야."

반전된 이야기에 청사의 표정이 눈에 띄게 굳었다. 무언가 위로가 될 만한 말을 건네고 싶었으나 입이 쉬이 떨어지지 않았다. 당황한 청사를 보고 미호는 히히덕거리며 웃기만 했다. 비극적인 이야기를 얘기하는 녀석이 시종일관 밝고 천진난만한 미소를 보였다. 억지로 꾸며 낸 가식이 아니라, 이 비극을 얘기하면서도 아무렇지 않을 경지에 도달했기에 가능한 얼굴이었다.

"그녀는 사랑에도 배신당하고, 소중한 꼬리마저 잃었지. 불구나 다름없어진 그녀가 토월산으로 돌아갔다가는 촌장 아버지가 진노하여 남자와 가족들을 살해할 거라 생각했어. 그래서 집으로도 돌아가지 못하고 그저 슬픔에 잠긴 채 인간 세상을 떠돌게 된 거야. 그러다 웬 요괴 잡는 인간 하나한테 코가 꿰서 그놈만 졸졸 쫓아다니는 목줄 맨 여우로 전락했고 말이야. 어때? 재밌는 이야기지?"

헤실헤실 웃은 미호는 자리를 털고 일어났다. 그녀는 태평하게 달구경이나 하는 소의 옆구리로 파고들었다. 그녀는 소의 커다란 손바닥에 제 머리를 비볐다. 어리광이 심한 새끼 여우의 몸짓에 소는 고양이라도 쓰다듬어 주는 것처럼 느릿하게 손을 움직였다. 둘 다 참으로 태평한 태도였다. 모르는 사람이 본다면 옛이야기를 구전동화처럼 들려준 줄 알겠다.

"하나도 재미없어."

짜증 섞인 청사의 대꾸에 소의 허벅지에 얼굴을 기대고 있던 미호가 씨익 웃었다.

"사랑에 울고 웃는 건 미련한 짓이야. 알았지?"

"고도는 안 그래. 이간질하지 마."

"정말 그렇게 생각해?"

청사는 대답 대신 장대를 꺼냈다. 담배에 불을 붙이고 연기를 후욱 빨아들이니 갑갑하게 억눌려 있던 가슴 곳곳이 편해지는 기분이었다. 청사는 숨을 쉴 때마다 하얗게 번져 나오는 연기를 하늘로 뱉었다.

"그렇게 생각해."

아직은 청사의 마음속에 가장 큰 자리를 차지하고 있는 인간은 고도뿐. 그를 믿는 마음은 변치 않았다. 청사보다 오랫동안 고도 곁을 지켜 온 미호조차도 고도를 믿지 못하건만, 청사는 아직까진 고도를 의심하지 않으려 했다. 고도는 청사가 만난 인간들을 통틀어 가장 특별한 인간이었다. 특이한 성정, 정체를 알 수 없는 비밀들, 도력이 높은 강인한 도사이면서 의외로 허술한 구석이 많아 시시때때로 다치기 때문에 눈을 뗄 수 없는 특이점까지. 청사는 고도의 시선과 미소, 그에게 입 맞추었던 감촉들을 선명하게 기억해 냈다. 머릿속으로 떠올리기만 해도 두 볼이 홧홧해지는 이 감정을, 아직은 간직하고 싶었다.

"고도를 이해하고 싶어. 진심이야."

제게서 한 발자국 거리를 두고 좀처럼 좁혀질 않는 고도를 청사가 먼저 붙잡기로 했다. 미호가 경고하고, 달래마을에서 소가 일러 주었던 말들을 떠올리면서도 청사의 마음은 변함없었다.

아직은.

그래 아직은 고도에게 다가가고 싶었다. 누가 무슨 말을 하든 간에.

미호는 눈에 보이니 고향 땅 좀 밟아 보겠다면서 토월산에 슬쩍 다녀온다는 말을 남겼다. 토월산이라면 죽은 원혼들이 많아서 귀신들 길라잡이 할 맛이 나겠다는 소는 미호의 손을 잡고 도성 북쪽으로 날아갔다. 그 사이에 청사는 기와지붕 밑으로 폴짝 뛰어내렸다. 청사는 너른 마당을 보면서 걸음을 옮겼다.

지금까지 전전했던 향촌의 주막이나 초가집과는 전혀 다른 양반집의 모습에 청사의 마음이 차분해졌다. 그는 서른 칸이 넘는 양반집이 오히려 좁은 초가집보다 아늑하고 익숙했다. 실은 아흔아홉 칸쯤은 넘어야 비로소 여기가 집이구나, 라는 생각을 할 수 있겠다만. 인간들은 국법으로 아흔아홉 칸 이상의 집을 지을 수 없으니 이 정도만 해도 잘나가는 양반 집안이라 할 수 있었다. 이 집에 매인 식솔이 스물이 넘지 않던가. 결코 적은 숫자로 볼 수 없었다. 청사는 제 기준에서 볼 때 모처럼만에 '사람 사는 집'에 온 셈이다. 방 곳곳을 구경하고 뜰과 연못을 걸어 보고 싶었지만, 그 욕심은 내일 해가 뜨고 나서 충족시키기로 했다.

청사가 향한 곳은 고도가 들어간 방이었다. 촛불도 꺼져 있는 문 앞에 멈춰선 청사는 아주 깊게 심호흡을 했다. 망설이고 또 망설이다 끝내 조심스럽게 문을 열었다.

열린 틈사이로 방바닥에 납작 엎드려 있는 고도의 뒷모습이 보였다. 엎드려 있는 모습을 보고 청사는 처음에는 기절한 줄 알고서 깜짝 놀랄 뻔했다. 똑바로 누워 잘 것이지, 이불도 덮지 않은 채 저리 자니 어찌 놀라지 않을 쏘냐. 왜 저러나 싶었는데, 방에 들어서자 고도가 저런 자세를 취한 이유를 알 수 있었다.

발바닥이 뜨끈뜨끈했다. 따뜻한 아랫목은 소향네가 고도를 위해 신경을 써준 것이다. 청사는 소향의 노력이 헛되지 않은 고도의 꼴을 보고 혀를 찼다. 저놈은 생긴 건 멀쩡한 젊은이가 하는 짓은 노인 같다. 이런 뜨거운 아랫목에 뱃가죽 지지길 좋아하는 건 늙어서 움직이기 싫어하는 사람들이 대부분이거늘.

"고도."

청사는 얌전히 고도 앞으로 다가가 그의 뒤통수에 대고 이름을 불렀다. 하지만 고도는 통 미동이 없었다. 다시 고도, 하고 불러도 대답이 없자 심통 난 청사는 손가락으로 고도의 뒤통수를 꾹꾹 눌러댔다.

"야속한 놈아, 자?"

역시나 반응 없는 고도였다. 청사는 잠깐 고민하더니 고도의 머리카락을 매만지고 그의 뒷목을 쓰다듬다가 조심스럽게 몸을 뒤집었다. 아주 깊은 잠에 빠진 고도는 몸을 움직여도 꿈쩍하지 않았다. 청사가 고도의 머리를 제 무릎 위에 올려놔도 역시나 눈을 뜨지 않았다. 이렇게까지 깊이 잠든 고도는 처음 보기에 청사는 고도가 머리를 기댄 무릎의 반대편에 팔까지 괴고 그 얼굴을 관찰했다.

산속에서는 나무 위에 올라가 한 시진 정도씩만 쪽잠을 자더니만, 방바닥이 따뜻하다고 바로 정신 놓고 잠이 든 게 어린아이 같았다. 볼을 손가락으로 눌러 보고 쭉쭉 잡아당겨도 미간 한 번 좁히지 않고 나른하게 잠에 취해 있었다.

새근새근 곱게 잠이 든 고도를 보니 조금 전 미호가 해준 이야기가 떠올랐다. 구미호가 한 인간 남자에게 배신당해 꼬리도 잃고, 고향에도 돌아가지 못하고 전전긍긍하는 비극적인 동화였다. 그 이야기가 고도가 배신한 사랑 이야기와 연결되니 기분이 몹시 나빠졌다.

갑자기 울컥하고 가슴 한편에서 뜨거운 응어리가 분출하는 느낌이었다. 화가 나기도 하고, 짜증이 나기도 하고, 속상하기도 했다. 이렇게 천진난만하게 자고 있는 남자가 미호가 들려준 이야기 속의 사내와 같은 짓을 할 리가 없다. 못난 여우가 고도와 자신의 사이를 질투해 이간질을 한 것이 분명했다.

청사는 조심스럽게 허리를 숙여 고도의 머리를 끌어안았다. 처음에는 이마에 입술을 묻고, 그 후에는 콧대를 지나 콧방울까지 입술을 피부에 붙인 채 이동시켰다. 으응, 하는 잠꼬대가 터지는 입술을 맞물 듯이 겹쳤다. 고도의 몸이 마치 가위에 눌린 사람처럼 움찔거리며 힘겨워하는 기색이 보였다.

청사는 신경 쓰지 않고 고도의 턱을 손으로 잡아 눌러 입을 벌리게 만들었다. 기다란 혀를 미끄러지듯이 고도의 입 속으로 집어넣자 고도의 손끝이 꿈틀거렸다. 청사가 맞붙은 입술을 벌려 조금 더 깊숙하게 혀를 집어넣었다. 자던 와중에 봉변을 당한 고도는 눈을 뜨자마자 손을 뻗어 청사의 어깨를 움켜쥐었다. 그러나 입을 뗄 수가 없었다. 입맞춤은 충분히 농익은 뒤였다.

청사의 혀가 고도의 잇몸과 입천장을 훑고서 도망치려는 고도의 혀를 붙잡아 자신 쪽으로 끌어당겼다. 서로의 입 속에서 얽힌 혀는 질척한 소리를 내며 입술 주변을 온통 타액으로 적셨다. 고도의 숨결이 거칠어지기 시작했다. 청사는 고도가 고개도 못 돌리게끔 아예 얼굴을 붙잡고 혀를 움직였다. 청사의 혀가 입천장 깊숙한 곳을 핥자 고도의 몸이 굳었다.

고도가 무어라 말을 꺼내려할 때마다 그 입을 봉해 버렸다. 벌어진 입을 혀로 헤집어 놓는 탓에 고도는 눈을 크게 뜨고 어쩔 줄 몰라 했다. 청사의 공격적인 행동에 잔뜩 당황한 듯 눈가가 미세하게 떨리기까지 했다.

양껏 밀어붙였던 청사가 고도의 입술에 가볍게 도장을 찍은 뒤에야 비로소 고개를 들었다. 고도는 가슴을 바삐 오르내리며 숨을 쉬기에 급급한 모습으로 청사를 올려다보았다. 청사의 갑작스런 입맞춤을 말린다고 제법 저항했더니 옷이며 머리카락이 온통 뒤죽박죽으로 헤집어진 꼴이었다. 저렇게 흐트러진 몰골로 입술만 유독 부각되어 헐떡이니, 그것이 또 색다른 자극이라 청사는 눈가를 살짝 붉히고 말았다.

"대롱이, 네 이놈 뭐하는 거냐?"

고도가 소매로 입술을 닦으려 하자, 청사가 그 손목을 꽉 움켜쥐었다.

"하지 마. 그대로 있어."

"아깐 그렇게 화를 내더니, 이건 혹 화풀이더냐."

"화풀이로 보여?"

고도는 장난으로도 고개를 끄덕이지 못했다. 화풀이치고는 입맞춤이 부드러웠다는 사실을 부인할 수가 없었다. 고도는 상황을 파악하려고 애써 보았다. 청사가 몰래 방으로 들어와 입을 맞춘 행동이나, 이렇게 손목을 봉하고 지척에서 빤히 내려다보는 그 심리를 이해해 보려고 애썼다. 흘러내린 청사의 머리칼들이 고도의 목과 가슴 부근을 간질였다. 그것이 마치 청사의 심정처럼 느껴졌다.

"무슨 일 있었느냐."

청사가 입을 벙긋거리다가 대답을 피했다. 그 대신 고개를 조금 틀어 고도의 젖은 입술을 다시 물었다. 고도의 벌어진 입술 사이로 다시 혀를 밀어 넣으면서 쪽, 쪽 하고 단둘이 듣기에도 민망한 소리를 울리더니 이제는 고도의 입술 대신 그의 귀와 목을 핥기 시작했다.

"너랑 짝짓기하고 싶다."

"혹시 시간이 정해지면 짝짓기란 말을 내뱉기로 결심한 건 아니겠지."

"하자."

"몇 시진마다 종을 치는 마을의 종지기들 같구나. 아침 묘시요! 외치며 짝짓기! 외치는 새로운 방식을 터득한 건 아니고?"

"이젠 네 헛소리에 휘둘리지 않는다. 예쁜 도사야, 하자."

"자는 사람을 덮쳐서는 못 하는 말이 없구나."

"정말로 싫은 게 아니라면, 하자. 하면 안 될까?"

너무도 진지한 청사의 태도에 고도는 굳은 표정을 풀지 못했다. 단순히 발정기라서 몸을 섞고 싶다는 느낌으로 들리지 않았다. 청사에게서 진심이 느껴졌다. 한번 해보자는 가벼운 시도가 아니라, 붙잡은 고도의 손목을 놔주지 않는 것처럼 진지하게 감정적인 성교를 바라고 있었다. 고도는 덜컥 무서운 기분이 들었다. 이렇게 벌거벗겨지듯이 직접적으로 감정을 맞부딪히기는 지나치게 오래전 일이라 두려운 마음이 컸다.

"비켜라."

힘을 주어 손목을 풀어 낸 고도가 몸을 일으켰다. 손바닥으로 청사의 얼굴을 밀어내고는 그의 품에서 빠져나왔다. 옷을 추스르면서 문 앞에 도달하자마자 문고리를 잡으려 했다. 하지만 손끝에 문고리가 닿기 직전, 뭔가가 고도의 다리를 붙잡았다. 사람 손가락과 다른 기묘한 감촉에 고도가 시선을 내렸다. 발목을 잡고 있는 것은 검은 비늘이 덮여 있는 검은 꼬리였다. 파충류의 비늘이 덮여는 있다만 암만 봐도 뱀보다는 더 거대한 종족의 꼬리였다. 두껍기는 옛적에 멸종한 한 거대 동물의 꼬리와 비슷할 정도였다.

고도는 갑자기 꼬리가 힘을 주어 발목을 잡아당기는 바람에 자리에서 쾅당 소릴 내며 고꾸라졌다. 넘어진 고도의 몸이 바닥을 쭈욱 미끄러졌

다. 발목을 감고 있던 꼬리가 어느새 종아리까지 단단하게 감아 올라와
아예 허벅지까지 움켜쥐었다. 꼬리를 따라 시선을 돌리자 그것은 청사의
푸른 도포자락 아래까지 뻗어 있었다. 고도는 어느새 꼬리가 잡아당기는
대로 청사의 곁까지 끌려왔다.

"이건 뱀 꼬리가 아닌데……."

청사가 고도를 두 팔 사이에 가뒀다. 꼬리의 정체에 혼란을 느끼는 고
도의 표정을 보더니 어느샌가 입을 맞췄다. 고도가 손을 뻗어 청사의 어
깨를 움켜쥐었다. 하지 말라고 몸부림쳐도 청사는 쉽게 물러날 것처럼
보이지 않았다.

"대롱이, 잠깐—."

청사는 고도에게 입을 맞추면서 그의 말을 삼켜 버렸다. 놀고 있는 두
손을 두루마기 자락 안으로 집어넣자 흠칫 놀라는 게 느껴졌다. 손끝으
로 군살 없이 매끈한 복부를 더듬고 가슴팍을 만지작거리자 긴장한 몸이
굳어서 뒤틀렸다. 고도는 벗겨지는 두루마기 자락을 꽉 쥐면서 청사가
한 번도 본 적 없는 표정을 지어 냈다. 청사가 잠깐 입을 뗀 뒤 귓가에 대
고 속삭여 물었다.

"고도, 내가 싫어?"

너무 직설적인 질문 아니더냐. 고도는 가슴을 매만지는 손길에 어깨를
움츠렸다. 고도의 눈을 보면, 싫다고 대답하지 못하는 스스로에 당황스
러워하는 감정이 보였다. 자신감을 얻은 청사가 고도를 품으로 더 끌어
안으면서 다시 물었다. 내가 싫으냐고.

"놓고 말하자."

타액에 젖고 도톰하게 부풀어 오른 입술이 우물거리는 걸 보면서 청사
는 살짝 얼굴을 붉혔다. 침을 꼴깍 삼키면서 고도를 진정시키듯이 입을
맞췄다. 고도는 입가를 부드럽게 핥고 이제는 익숙한 듯 입 속을 들락날

락거리는 청사의 혀의 움직임을 주춤거리면서 따라갔다.

"다시 물을게. 고도, 내가 이러는 거 싫어?"

고도의 맨살을 더듬던 청사는 과감하게 고도의 옷고름을 풀어 두루마기와 상의를 벗겼다. 자신 역시 도포를 벗으면서 묻는데 고도는 어디에 눈을 둬야 할지 모르는 어정쩡한 표정으로 대답을 찾고 있었다. 세상 사는 이치에는 훤한 놈이 이런 것엔 또 쑥맥인지라, 그 차이가 참으로 못 견디게 귀엽다.

평소 색에 관심이 없다는 것도 알지만 경험도 없던 것일까. 청사는 웃음도 나오지 않을 만큼 고도가 사랑스럽게 보였다. 자신의 돌발적인 행동에 당황하여 시선도 제대로 못 맞추면서 정작 싫다고 밀치지 않는 고도가 정말 좋아서 머리가 이상해질 것만 같았다.

청사는 고도를 끌어당겨 제 허벅지 위에 앉혔다. 상의는 아무것도 걸치지 않은 남자 둘이 맨 살을 부대끼고 있는 자세에 고도가 극도의 어색함을 느꼈다. 슬쩍 청사의 어깨를 밀어서 서로 붙어 있던 가슴을 떨어트리려 애쓰는데, 그런 고도의 생각을 파악한 청사가 상체를 다시 붙이는 것에 그치지 않고 아예 몸을 비비기까지 했다. 고도의 눈가가 붉어졌다. 손끝을 움찔거리며 시선을 바닥에 고정시킨 채 몸을 움츠렸다. 고도가 긴장한 탓인지 그의 가슴돌기가 뾰족하게 섰다. 청사는 부러 가슴을 비벼 유두를 쓸 듯이 애무했다. 고도는 밀착한 채 몸이 비벼지는 이상한 감촉에 자꾸만 움찔거리며 눈가를 붉히다가 이내 울상이 되었다.

"대롱아."

고도를 보는 청사는 속으로 욕을 삼켰다.

망할 녀석. 정말 싫으면 밀치면 되잖아. 억지로 할 생각 없는데, 이렇게 안절부절못하는 모습을 보이면 나더러 대체 어쩌라고.

고도는 청사가 언젠가는 이런 식으로 나올 줄 알고 있었지만, 그게 바로 오늘 저녁일 줄은 상상도 못 했다. 청사의 입맞춤과 애무가 싫지는 않으나 어디까지 받아들여야 할지 고려해 본 적이 없기에 당황한 것이고. 또 그러한 고도의 심정이 눈앞에 빤히 보이니 청사는 여기서 그만둘 수가 없었다. 고도는 나이를 헛먹은 게 분명하다. 지금까지 살아온 세월을 퇴마에만 바친 것이 확실했다. 그렇지 않고서야 알 만큼 알 놈이 이렇게 당황할 리가 없지 않나. 당황해서 쩔쩔매는 모습이 얼마나 자극적인지도 모르는 못난 놈이다.

청사는 고도의 엉덩이를 한 손으로 주물렀다. 다른 손으로는 그의 바지에 있는 허리 매듭을 풀어냈다. 고도가 이 이상은 어렵겠다는 듯 청사를 만류해 보았다. 그러나 그럴 때마다 청사가 가슴을 비빈 탓에 움찔거리며 어깨를 움츠리기 바빠서 청사의 행동을 완강히 저지하지 못했다.

청사는 헐렁해진 바지춤 안으로 제 꼬리를 밀어 넣었다. 발목과 종아리, 허벅지를 감싸고 있던 꼬리가 바지 속으로 들어가자 청사의 어깨를 잡고 있던 고도의 손에 더 큰 힘이 들어갔다. 고도는 청사의 어깨 대신 꼬리를 붙잡았다. 미끈거리고 차가운 꼬리는 고도가 잡아 뽑으려 해도 계속해서 바지 속으로 기어 들어갈 뿐이었다. 골반을 더듬던 꼬리 끝이 치골뼈를 쓰다듬고 급기야 음모 속을 파고드니, 고도는 놀라서 표정을 찌푸렸다. 그럴수록 청사는 고도의 반응 때문에 미칠 것 같은 감정을 다스리느라 혼쭐이 났다.

"고도……, 쉬이, 긴장 풀어 봐. 괜찮아."

청사의 꼬리가 고도의 음모를 쓰다듬고 성기를 감싸면서 회음부를 미끄러지듯이 자극했다. 고도의 뻣뻣하게 굳어 있던 몸이 조금씩 허물어지기 시작했다. 청사는 제게 기대어 어깨에 고개를 묻어 버린 고도를 안았다. 벗은 어깨와 목 주변에 입술을 묻었다. 쪽, 쪽 소리를 내어 순흔을 남길 때마다 꼬리가 감싼 성기와 불알이 딱딱해졌다. 고도는 결국 참지 못하고 말했다.

"못 참겠다."

허리에 제대로 힘이 들어가지 않는 고도가 완전히 기대어 오자 청사는 귀까지 빨개져서 침만 꼴깍 삼켰다. 자꾸만 아래로 숙여지려는 고도의 상체를 억지로 붙잡아 고정시키고 다시금 몸을 비볐다. 딱딱하게 곤두선 유두는 피부가 쓸릴 때마다 자극을 당하는지, 고도는 입술을 깨물면서 이상한 감각을 견디려고 애썼다. 청사의 입술은 흥분으로 달아오르는 고도의 얼굴 곳곳에 내려앉고, 그의 두 손은 고도의 엉덩이를 주물렀다. 상체는 비벼져 열기를 머금고, 꼬리는 성기와 회음부를 자극하니 고도는 생전 처음 느껴 보는 흥분에 허리를 뒤틀었다. 고도는 결국 참지 못하고 청사의 허리를 끌어안아 버렸다. 고도가 몸을 더 바싹 붙여 오자 청사는 침을 꼴깍 삼키면서 고도의 귓가에 대고 속삭였다.

"좋아?"

고도의 눈가가 잔뜩 붉어져서 제대로 눈도 뜨지 못하고 숨을 몰아쉬는 게 너무 예뻐 보여서 청사는 고도의 엉덩이를 더 크게 주물렀다.

"……싫으면 밀어냈겠지."

고도가 이런 대답을 할 줄이야 누가 상상이나 했을까. 청사는 엉덩이를 만지작거리던 손을 떼고 고도의 겨드랑이에 두 손을 끼웠다. 제게 푹 기대어 있던 몸을 억지로 떨어트리니 빳빳하게 선 유두가 눈앞에 또렷하게 보였다. 몸에서 힘이 풀린 탓에 고개를 푹 숙이고 쌕쌕 숨을 몰아쉬는 고도의 얼굴 역시 자세히 살필 수 있었다. 쏟아져 내린 앞 머리카락들에 얼굴이 조금 가려졌지만, 그래도 흥분을 참지 못하고 움찔거리는 표정을 못 읽을 정도는 아니었다.

청사는 고도의 겨드랑이를 지탱하고 있던 손으로 딱딱해진 유두를 만지고 손 사이에 끼우고 돌리면서 자극했다. 고도가 신음을 삼켰다. 억지로 자신이 느끼는 감각을 참는 표정이 도리어 외설적이었다. 청사는 입을 벌려 고도의 유두를 삼켰다. 청사의 머리 위에서 아, 하는 놀란 신음성이 터졌다. 입 속에 머금은 가슴을 빨면서 유두를 날카로운 이로 긁기도 하니 고도가 청사의 머리칼 속에 손가락을 넣었다. 유륜을 삼키듯 빠는 감각에 몸을 파르르 떠는 고도를 느낄 수 있었다.

"예전엔 여기 만져도 별 반응 없었는데, 고도. 네 몸이 민감해진 걸까, 아님 드디어 내 매력이 먹혀서 널 의식하게 만드는 걸까?"

"쓸데없는 소리 하지 마라."

"듣고 싶어서 그렇지."

"이런 데에서 말 많은 사내는 매력적이지 못하느니라. 그건 이런 일에 자신이 없어서 시선을 분산시키려는 것처럼 보이거든."

"그 반대지. 너무 자신이 넘쳐서 여유 만만하다는 거니까."

"허어, 그 자신감의 근본은 무엇일꼬."

"글쎄. 우리 예쁜 도사가 좋아하는 내 얼굴?"

"내가 언제 좋아했다고. 그리고 네놈도 네 얼굴 잘난 건 아는구나."

"인간 여자들은 나와 눈이라도 마주치면 얼굴을 붉히지. 내가 그들 눈에 어떻게 비치는지는 잘 알고 있어."

"역시 매력이 없다."

"매력이 넘치는 거야."

눈꼬리까지 접어서 살살 웃는 모습에 고도는 고개를 푹 숙였다. 고도가 부끄러워하는 모습에 청사는 해맑게 미소를 지었다. 청사는 가슴에서 입을 떼고 고도의 입 속에 혀를 밀어 넣었다. 고도가 순순히 응하듯 입술을 열고 청사의 혀를 받아들였다. 입 안에서, 그리고 그 밖에서도 서로 얽히듯 섞이는 혀의 움직임과 함께, 청사는 제 바지춤을 끌렀다. 꼬리로 잔뜩 흥분시킨 고도의 성기와 고도의 모습을 보는 것만으로 흥분해 버린 자신의 성기를 두 손으로 감쌌다.

뜨거운 열기를 품은 둘의 성기를 한꺼번에 매만지자 입을 맞추는 고도의 숨결이 더욱 거칠어졌다. 고도는 입술을 떼고 정상적으로 호흡을 하려 했다. 그렇다고 청사가 순순히 놔줄 위인이 아니다. 도망치려는 고도의 혀를 따라 끝까지 입술을 떼지 않았다. 그러고는 성기를 흥분시키던 꼬리로 회음부를 쓸어내리다가 그 뒤로 넘어가 엉덩이 골 사이를 벌렸다.

"아!"

길고 미끈거리는 것이 어려움 없이 항문을 파고들자 고도의 허리가 크게 휘었다. 청사는 제 것과 고도의 성기를 한 손에 쥔 채 위아래로 흔들면서 다른 손으로는 고도가 뒤로 넘어가지 않게끔 허리를 단단하게 받쳐주었다. 고도의 몸속으로 들어간 꼬리가 내부를 휘저을 때마다 고도의 눈도 커졌다. 꼬리가 살아 있는 짐승처럼 몸 안을 헤집고, 성기는 청사의 손 안에서 수음을 하듯 흔들렸다.

"아, 아, 잠깐, 대, 대롱이, 너, 잠깐."

당황한 고도가 다급히 청사를 말리려 했다. 몸속에서 꿈틀거리던 꼬리가 더 깊숙하게 파고들었다. 고도는 헛숨을 들이마시면서 두 개의 성기를 만지작거리는 청사의 손을 꽉 붙잡았다. 말리는 것인지, 더 해달라는 것인지 청사로서는 알 길이 없었다. 다만 고도보다 더 이런 종류의 경험이 많은 청사가 보기에 고도는 이런 감각을 생전 처음 느끼는 듯했다. 청사의 흥분이 고스란히 전달된 꼬리가 고도의 몸 안을 날뛰었다. 어딘가를 자극당한 고도의 눈가가 새빨갛게 변했다. 어느새 청사의 손아귀에 있던 성기가 빳빳하니 흥분하기 시작했다. 고도가 싫어하기는커녕, 흥분하고 또 당황하는 모습에 청사는 코피라도 쏟고 싶은 기분이었다.

미치겠다. 아이고, 미치고 싶다.

청사는 가까스로 이성의 고삐를 붙잡고 있었다. 한 줌 남은 이성이 어찌나 위태로웠는지, 어떤 계기를 통해 놓치기라도 하면 고도를 당장 뒤로 넘어트려 몸 위로 올라탈 것만 같았다. 고도의 몸속에 꼬리가 아닌 흥분한 성기를 꽂고 흔들고 싶었다. 언제나 무표정하고 세상만사 귀찮다는 듯 하품이나 하는 저 얼굴이 붉게 물든 채로 일그러져서는 신음을 쏟으며 헐떡이는 모습을 보고 싶었다.

청사가 딱딱하게 기립한 제 성기를 고도의 성기에 비비면서 그의 치골이나 회음부를 쿡쿡 쑤셨다. 그럴수록 몸속에 박힌 꼬리도 꿈틀거리며 안쪽을 자극해 놓는 통에 고도는 허벅지 안쪽을 파르르 떨었다. 찔끔거리며 성기 끝에서 멀건 물이 흘러나오자 고도는 차마 고개를 들지 못하고 청사의 시선을 피했다.

고도의 어쩔 줄 몰라 하는 모습을 보고 청사는 얼굴에 몰린 열기를 식힐 수가 없었다. 고도의 반응을 보는 것만으로도 숨결이 절로 가빠지고, 성기가 껄떡이며 자신이 들어가야 할 길을 찾아댔다. 고도의 얼굴을 가리고 있는 머리칼이 땀에 젖어 이마와 볼에 달라붙고 있었다.

같이 흥분했는데 해도 되지 않을까. 해도 괜찮을 것이다. 고도가 제 아래에서 정신없이 흔들리면서 눈물을 쏙 빼며 우는 상상만 해도 머릿속이 펑 소릴 내며 터질 것 같은 기분이었다.

"으으…… 고도!"

결국 참지 못한 청사가 고도를 자리에 눕혔다. 허겁지겁 고도의 입에 입술을 맞추고 반쯤 벗겼던 고도의 바지를 발목까지 확 잡아 내렸다. 고도가 말리려 하자 청사는 그 틈도 주지 않고 고도의 양다리를 어깨 위에 걸쳤다. 고도는 이 상황이 무엇인지를 깨달은 듯 눈을 커다랗게 떴다. 몸속을 헤집던 꼬리가 스르륵 빠져나가고, 대신 그 길에 흥분한 성기를 가져가니 고도가 기겁을 하고 청사의 가슴팍을 손바닥으로 밀어냈다.

"자, 잠깐……!"

청사가 고도의 상체를 와락 끌어안고 거대해진 양물을 고도의 몸속으로 밀어 버리려는 찰나였다.

바스락.

누군가의 발자국 소리가 들렸다. 고도와 청사는 맞붙은 몸 그대로 움직임을 멈췄다. 고도는 거친 호흡을 뱉으면서 눈동자를 굴렸다. 청사는 고도에게 미처 성기를 삽입하지 못한 상태로 창호지를 덧댄 문 너머를 응시했다. 둘 다 갑작스러운 소리에 흥분도 잊을 정도였다. 다행히 방 안의 촛불을 끄고 있었기에 밖에서 수상쩍게 생각하진 않을 터였다. 걱정이라면 이 안에서 질척이는 소리를 듣진 않았을까, 하는 점이다.

고도가 청사의 어깨 위에 얹힌 다리를 내렸다. 고도가 차마 눈도 마주치지 못하고 조심스레 옷을 챙기는 모습에 청사는 안타까움을 금할 수 없었다.

조금만 더 하면 상상에만 그쳤던 행위를 끝낼 수 있었는데. 고도가 울면서 매달리는 모습을 직접 목격할 수 있었는데.

안타까움을 넘어서 분노마저 생기려던 청사는 마음 같아선 밖에서 난 소리가 마당을 가로지르는 쥐새끼 짓이라 치부하고 잠시 멈추었던 행위에 다시 열중하고 싶었다. 하지만 아무리 봐도 쥐새끼가 아닌 사람 새끼 발자국 소리였다. 제 욕심대로 고도를 취했다가는 그에게 밉보이는 것에 그치지 않고, 고도의 예쁘게 우는 모습을 다른 사람에게 보여 주는 꼴이 될지도 모른다.

청사는 하는 수 없이 고도를 도와 그의 흐트러진 옷을 추슬렀다. 발목까지 벗겼던 바지를 똑바로 입히고, 두루마기 자락도 단정하게 여며 주었다. 그때까지도 눈을 마주치지 못하던 고도가 급히 도망치고 싶은 마음에 문고리를 잡아당기려 했다. 청사가 그런 고도를 재빨리 붙잡았다.

"머리 흐트러졌어."

청사의 손가락이 고도의 흐트러진 머리를 단정하게 빗어 주었다. 고도는 청사의 배려에 얼굴을 붉혔다. 청사는 자신을 의식하는 고도를 보고 머리를 넘겨주던 손을 내려 고도의 턱을 잡았다. 턱을 쥔 손을 들어 억지로 고개를 들게 하니, 허공만 배회하던 고도의 새까만 눈동자가 힘겹게 청사와 눈을 마주쳤다. 하지만 마주치는 시간도 잠시다. 다시 시선을 피해 버린 고도를 보고 청사는 마음속에서 간질간질 피어나는 감정을 참지 못해 입을 맞췄다.

처음에는 청사의 입맞춤을 조심스럽게 받아들이던 고도가 곧 청사를 밀치고 방문을 열었다. 붉어진 얼굴을 최대한 수습하고 나온 고도의 눈앞에 달빛이 환한 마당이 보였다. 그 중앙에 웬 남자 하나가 서 있었다. 이 늦은 시간에 어딜 갔다 왔는지 외출복에 갓을 쓴 이였다. 녹황색 도포를 입고 뒷짐을 진 그는 도성 북쪽을 보고 있었다. 토월산을 보는 것인지, 도성을 보는 것인지는 알 수 없었다. 어느 쪽이건, 방 안에서 고도와 청사가 벌인 일을 신경 쓰는 것 같지는 않아 보였다.

고도는 저도 모르게 작게 안도의 한숨을 내쉬었다. 이대로 조용히 방문을 닫고 모른 척하려 했으나, 마침 북쪽만 쳐다보던 사내가 삐그덕 소리 내며 문이 닫히는 경칩 소리에 고개를 돌렸다. 정면에서 눈이 딱 마주친 고도는 문고리만 잡은 채 얼어붙었다. 지은 죄가 있어선지 자꾸만 뜨끔하여 행동이 어색하고 여유가 없었다. 사내는 고도의 행색을 보더니 묘하게 눈살을 찌푸렸다.

"누구요. 누군데 남의 집에 머물고 있는 건가."

몰래 문 닫고 잔다고 해결될 일이 아니었다. 아직 들키지 않은 방 안 청사를 숨기려고 제 몸만 밖으로 빼낸 뒤 문을 닫아 버렸다.

"이 집 새댁의 덕으로 하룻밤 머물게 된 객이오."

목소리도 표정도 처음 보는 사람이 의심할 정도로 긴장하거나 떨리지 않고 제대로 나와 주었다. 책잡힐 일 없겠다며 안도하는 고도에 비해, 새댁이란 말을 들은 사내는 제법 불쾌한 기색을 내비쳤다.

"내 부인을 말하는 건가."

그 말에 고도 눈이 반짝였다. 오호라, 이놈이 한소향의 정인이란 말인가. 고도는 저를 경계하듯 노려보는 젊은이를 호기심 가득한 눈으로 뚫어져라 쳐다봤다. 나이는 스물여섯 정도로 반듯한 얼굴과 자세를 보아하니 어려서부터 사대부 교육을 철저히 배워 온 듯했다. 하긴 가문 자체가 유명해 보이는데 양반 될 자질을 제대로 갖추는 건 당연하지 않겠나. 고도는 마루에서 내려와 신을 신고 사내에게 다가갔다.

"고도라 하오."

가벼운 인사에 사내는 경계심을 가지고 고도를 쳐다보다 말고 눈을 휘둥그레 떴다. 고도라는 말을 곱씹더니만 놀라서 입을 벌렸다.

"혹, 부인의 고향에서 만난 기인이 당신이오?"

"음? 달래마을에서 만난 게 맞긴 한데 기인이라는 얘긴 못 들었는데."

"허허, 이거 참. 큰 결례를 끼쳤습니다. 웬 한량이 집에 들어왔나 오해한 점을 부디 너그러이 용서해 주십시오. 어르신에 대한 이야기는 부인에게서 들었습니다. 고향 마을에서 큰 은혜를 입었다 하니, 이는 제게도 은인이나 다름없습니다."

정중하게 예를 갖춰서 고마움과 미안함을 표하는 서생이 나쁘게 보이진 않았다. 아니, 오히려 이렇듯 깍듯이 어른을 대하는 태도에 고도는 오히려 마음에 든 터였다. 참 예의 바르고 반듯한 젊은이로다. 고도는 한결 호감이 깊어져서 사내를 위아래로 쳐다보고는 더욱 가까이 다가왔다.

"글공부를 하는 것처럼 보이는군."

그 말에 사내가 쑥스럽다며 턱 밑을 긁었다. 나름대로 어른스럽게 보이러고 수염을 모나게 길렀는데 그 어설픈 모습이 도리어 풋풋한 인상을 강조하는 격이었다.

"맞습니다. 저는 글공부하는 보잘 것 없는 서생이지요. 스물셋에 진사시에 붙었습니다. 지금은 대과를 준비하고 있으나 쉽지가 않군요. 이러다 평생 진사로 집안 체면만 유지할까 봐 겁이 납니다."

겸손한 건지, 자신이 없는 건지. 표정과 몸짓을 보아하니 전자가 확실하다.

"스물셋에 진사가 됐다라. 자기 자랑이군. 유교 경전을 달달 외우기도 잘했고, 문학 소양도 남달라 스물셋이란 새파란 나이에 임금에게 인정받았다는 소리로 들리네만."

"너스레가 통하지 않는 어르신이로군요. 부인이 특이한 분이라 칭한 이유를 알겠습니다."

소향이 이것이 뭔 얘길 했기에 저리 재미있다는 듯이 사람을 보는지 모르겠다. 고도는 이 부부가 혹 저를 놀리는 건가 하여 눈을 가늘게 뜨고 살폈으나 이상한 징후는 찾을 수 없었다. 사내는 진실로 고도를 대하는 것에 불과했다. 아직 젊은 것들이라 때 타지 않은 순수함이 있나 보다. 한쪽은 유복하게 자란 서생이고, 다른 한쪽은 그런 순수한 남자의 사랑을 듬뿍 받아 행복한 여인이려니. 둘이 붙어 있으면 얼마나 깨소금이 떨어질지 안 봐도 훤했다.

"이 늦은 시간에 어딜 갔다 온 건가."

고도가 외출복식의 사내를 위아래로 쳐다보자 그는 잠시 대답하길 꺼렸다. 하지만 곧 대수롭지 않은 이야기라 스스로 판단했는지 고도가 더 관심을 가지지 않아도 순순히 대답했다.

"조금 전에 저보고 스물셋에 진사시에 붙었다 하여 제 능력을 높이 사 주셨지요. 실은 그땐 요행이었습니다. 아주 귀한 부적을 얻어 제 소원을 이룬 것뿐이죠."

대체 얼마나 대단한 무당이나 도사가 부적을 만들어 줬기에 시험에 붙었을까. 사람의 운명마저 바꿔 놓는 부적을 만드는 대단한 이가 누군가 하는 궁금증에 고도가 조금 더 바싹 붙어 섰다. 그러자 사내가 씨익 웃었다.

"그 부적이 그리워 찾아다니고 있는 중입니다. 한 번만 더 구할 수 있다면 조정 관료가 되어 나라를 위해 일할 수 있을 텐데 말입니다."

"누가 만들어 준 것인데?"

"아름다운 여인입니다."

"선녀보살이라도 되는 건가. 나도 소개해 주지 그러나. 나도 내 운명 좀 바꿔 봅세."

"근처에 아주 맛있는 굴국밥집이 있습니다. 한 끼 대접해 드릴 테니 함께하시겠습니까."

"밥 먹으면서 그 능력 좋은 젊은 처자 이야기를 해주려고?"

"그 얘기는 나중에 하지 않으시렵니까. 지금은 그저 살아가는 이야기를 하고 싶습니다."

고도는 사내를 가는 눈으로 쳐다봤다. 부적을 준 여인에 대한 말을 돌리는 것이 이상했다. 설마 사랑하는 임을 놔두고 다른 여자와 정을 나누지는 않는지, 오해할 만한 태도였다. 늦은 시간 곱게 단장하고 부적을 만들어 줬다는 여인을 찾아나서는 꼴 자체가 문제가 아닐는지. 하지만 소향과 이 서생은 신혼이다. 소향은 제 지아비를 신뢰하고 그 사랑 받는 자신을 행복하다 여긴다. 서생 역시 섣불리 다른 여자에게 눈길을 돌릴 치로는 보이지 않았다. 고도는 자신의 걱정은 기우라 생각하며 사내가 다른 이에게 정을 줄 가능성에 대해서는 더는 생각지 않기로 했다. 대신 그가 말한 여인의 정체에 관심이 갔다. 시험도 떡하니 붙여 줄 만한 부적을 만들 줄 아는 여인이.

"고도."

익숙한 목소리가 들렸다. 고도가 고개를 돌리니 청사가 문을 열고 문설주에 기댄 채 고도와 사내를 보고 있었다. 장대에 불을 붙이고 구경하는 태도가 고도와 사내의 모습을 지켜본 지 한참이나 된 듯했다. 이렇게 쳐다봐도 고도가 눈치채지 못할 정도로 사내와의 대화에 푹 빠져 있다는 사실이 청사로 하여금 참다 못하고 고도의 이름을 부르게 만들었다. 청사는 마당에 서서 정답게 대화를 나누는 고도와 사내를 보고 한쪽 눈썹을 꿈틀거렸다. 명백한 불쾌함과 질투였다.

청사는 고도와 말을 섞은 것 자체가 불만이어서 사내를 죽어라 노려보았지만, 그도 오래가지 않았다. 청사가 고도에게 눈길을 주자마자 고도가 그 눈길을 피해 버린 탓이다. 청사는 입에 물고 있던 장대를 바닥에 뚝 떨어트리고 말았다. 시선을 피해 버린 고도의 얼굴에 드러난 것은 부끄러움이었다. 저것은 분명 부끄러워서 차마 눈을 마주치지 못하고 있는 것이 틀림없었다.

고도가 어색해하고 있다. 저를 의식하는 데 그치지 않고 눈길마저 피할 만큼 안절부절못하고 있다.

청사의 입꼬리가 슬쩍 올라갔다. 그는 대죽을 손으로 옮기고 버선발로 고도에게 다가오려 했다. 그를 눈치챈 고도가 다급히 사내에게 말했다.

"나는 잠시 나갔다 오겠소. 국밥은…… 둘이 먹으면 되겠군."

청사는 붉어진 얼굴을 숨기고 황급히 자리를 뜨는 고도를 잡지 못했고, 고도가 사라진 방향만 멍하니 바라봤다. 사내가 국밥집에서 대접을 하겠다는데도 청사는 반사적으로 고개만 끄덕일 뿐 제대로 된 대꾸를 하지 못했다. 그의 시선은 고도가 사라진 방향에 박혀 있었다. 그러더니 저도 모르게 소매에 얼굴을 묻게 되었다.

"저녁 공기가 차서 그런지 얼굴이 붉습니다."

이게 과연 찬 공기 때문인지는 청사 본인도 알지 못했다.

"여기가 이 거리에서 제일 맛있지요. 소문이 자자합니다. 주모, 두 그 릇 내주시오!"

늦은 시간에도 저잣거리의 국밥집은 등을 켜놓고 손님을 받고 있었다. 청사는 얼결에 서생을 쫓아왔다가 이게 뭐하는 짓인가 싶은 회의감에 얼 굴을 찌푸렸다. 글공부하는 서생이라면서 늦은 시간에 탁주 시켜 놓고 국밥을 말아 먹는 것이 참으로 어울리지 않았다. 배는 고픈데 이미 잠든 가솔들 깨워 음식을 차리라 부산을 떨게 만들고 싶지 않아서였을까. 아 니면, 마음이 답답해 집에 있기 싫은 찰나에 손님이 왔으니 밖에 나갈 핑 곗거리라도 만들고 싶었던 걸까.

어느 쪽이건 고도와 단둘이 있던 시간을 훼방 놓은 방해꾼이란 사실은 변함이 없다. 그 때문에 해맑게 도움 이야기를 하는 청년이 밉살맞은 나 머지, 청사는 시켜 놓은 국밥이 다 식을 때까지 팔짱을 낀 고자세를 유지 했다. 사내는 청사의 탐탁치 않아 하는 눈빛을 눈치채지 못했다. 체하라 고 노려봐도 시원하게 국밥 한 그릇을 뚝딱 해치울 뿐이었다.

"여기 한 그릇 더 주시오."

손을 들어 두 그릇째 음식을 시키자 저 안쪽에서 예에, 예에 하는 대답 소리가 들렸다. 얼마 안 가 모락모락 김이 나는 국밥이 도착했고 사내는 배도 안 부른지, 그것마저 맛있게 둘러 마셨다. 청사가 그런 서생을 보면 서 고까운 어투로 말했다.

"밤중에 이렇게 먹고 노는 것이 글공부하는 치답지 않군."

댁 부끄러우라고 한 소리건만 사내는 허허실실 웃기만 했다. 양반 체면은 어드메요, 한밤중에 모르는 사람을 앞에 앉혀 두고 국밥만 둘러 마시는 꼴이 가관이었다. 고도와는 다른 의미로 뻔뻔하기 그지없는 사내의 태도에 청사는 기가 막혀 허한 소리만 냈다. 이건 뭐, 화를 내도 배고파서 그러나 보오, 어서 잡수시오 하면서 너스레나 떨 놈이다.

"저녁을 먹고 나면 꼭 이맘때에 배에서 천둥번개가 치는 게 아니겠습니까. 배가 어찌나 허한지 잠도 안 올 지경입니다."

"저녁 먹고 어딜 싸돌아다니니 그런 거 아니겠어?"

"그렇지 않습니다. 생원들과 토월산 근처를 돌아다니는 게 전부입니다."

"여기 오기 전에 저잣거리에서 구걸하는 인간들을 봤다. 그들이 들으면 통탄할 일이야. 나라를 이끌어야 할 재목들이 학문에 정진하지는 못할망정, 밥 먹고 길거리나 어슬렁거리고 있으니."

청사의 그 얘기는 어떠한 심오한 뜻을 품고 사회를 비판하고자 던진 말이 아니었다. 단지 고도와 함께 있을 시간을 방해한 놈이라는 악의에서 비롯된 단순한 비아냥이었다. 하지만 사내는 청사의 말을 달리 인식하여 국밥을 휘젓던 숟가락을 내려놓았다. 철딱서니 없게 주모나 외치며 국밥을 먹던 놈이 돌연 진중한 표정으로 청사를 바라보았다. 우물우물 밥을 씹던 입도 딱 멈춘 채 지그시 쳐다보자 그 눈빛을 고스란히 마주봐야 하는 청사는 인상을 찌푸릴 수밖에 없었다.

"선생도 그렇게 생각하십니까?"

닫혀 있던 입이 열리기 무섭게 양쪽 볼에 가득 채워 두었던 밥알들이 청사의 얼굴 위로 분사되었다. 청사는 볼과 이마에 달라붙어 주르륵 흘러내리는 기분 나쁜 밥알의 느낌에 눈을 홉떴다. 손가락들로 팔을 탁탁 두드리며 족칠 시간을 가늠하는 순간, 사내가 조금 더 격앙된 어조로 물었다.

"이 나라 관료들이 그렇게 무능해 보이시는 겁니까?"

밥알이 두 번째 분사됐다. 이번에는 국밥 안에 들은 소고기 건더기까지 함께 튀어나와 얼굴을 철썩 치고 떨어져 나갔다. 청사는 손바닥으로 얼굴을 닦은 뒤 버럭 소리를 질렀다.

"밥을 먹으려면 밥만 먹고, 말을 하려면 말만 해! 동시에 두 개 다 하지 말고!"

"선생, 어찌 그런 무심한 말을 할 수 있습니까. 밥 먹으면서 나랏일을 논하는 것도 부족한 시간입니다. 동시에 두 가지 일은 거뜬히 이룰 수 있어야 조정에 나가서도 큰일을 할 수 있지 않겠습니까?"

"밥도 질질 흘리면서 먹으면서 무슨! 그럴 거면 길거리는 왜 돌아다녀? 어?"

"달을 보며 걷노라면 벗들과 함께 나랏일을 이야기할 수 있기 때문입니다."

청사의 거친 반응에 서생은 들고 있던 숟가락을 상 위에 내려놓았다. 그는 입 안에 남아 있던 국밥을 씹지도 않고 꿀꺽 삼켰다. 그러고는 글공부를 할 때나 바로 앉을 법한 자세로 청사를 마주보았다.

"선생. 학문이 추구해야 할 길이 무엇이라 보시는지요."

그는 등허리를 꼿꼿하게 폈다. 옷매무새를 바로 한 사내의 모습이 조금 전 밥풀을 튀기며 추접스럽게 굴던 이와 어찌 같다고 말할 수 있을까. 꼿꼿한 소나무는 가지가 자라도 휘지 않고 부러지기 일쑤라더니, 남자가 꼭 그러했다. 청렴결백하여 티끌만 한 세상의 먼지에 조금도 오염되지 않은 남자를 청사는 이전보다 더 호감도가 떨어진 눈으로 흘겨보았다.

"밥 먹을 때 하면 안 되는 이야기가 정치 얘기다."

"저는 정치에 대해 묻는 것이 아닙니다. 제가 하고 있는 공부에 대해 여쭙는 것입니다."

"그 공부가 정치판에서 쓰이는 주제에 내숭은. 그딴 건 네 동료랑 얘기해라. 나한테 밥풀 튀기며 말하지 말고."

"선생은 보는 것만으로도 귀한 집안의 자제 같습니다. 차림새와 생김새를 보아하니 우리나라 사람은 아닌 것 같고, 대국인으로 보이는 군요. 그래서 그쪽 나라의 학문은 어떠한지를 듣고 싶은 것입니다."

고도에게도 '서역인 같다'는 외모 평가를 받은 전적이 있는 청사였다. 이제 와서 이 나라 사람과 다른 외모에 대해 어색해하거나 다른 이들의 눈치를 볼 생각은 없었다. 그래서 쉽게 말할 수 있었다.

"집안만 따지면 자네보단 낫겠지."

"하늘이 보우하사, 제게 좋은 가르침을 받을 기회를 주셨나 봅니다. 선생, 내게 가르침 하나 전수해 주십시오. 선생은 학문이 추구해야 할 길을 어찌 생각하십니까?"

청사는 두 눈에 별이라도 심은 듯 초롱초롱한 빛을 띠는 사내의 눈에 두드러기라도 날 것만 같았다. 뭔 개소리냐고 상판을 확 뒤집어엎고 싶은데 이놈은 머리 위로 국밥이 떨어져도 저자세 그대로 "대답해 주시오!"하고 외칠 종자였다. 참으로 가지가지 한다. 왜 갑자기 학문에 대해 묻는지도 모르겠고, 처음 보는 사람한테서 얼마나 대단한 대답을 얻으리라 기대하는지도 모르겠다. 청사는 짜증이 가득한 얼굴로 사내를 보았다. 팔짱을 낀 손가락들은 아직도 팔을 두드리면서 열불 난 속을 삭히느라 애쓰고 있었다.

"네놈은 학문을 통해서 무언가 대단한 대답이라도 구하려고 하는군."

"저는 수년간 과거 공부를 했습니다. 진사시에는 일찍 붙었으나, 조정에 출사하기 위한 대과 시험공부에는 4년 가까이 매달리고 있습니다. 허나 진척이 없습니다. 제가 학문에 큰 회의를 갖고 있기 때문이지요."

청사가 한쪽 눈썹을 휘어 올리자 사내는 침울한 어조로 말을 이었다.

"세상의 바른 이치가 글 속에 모두 들어 있는데, 어찌 그 학식을 전하께 확인 받은 조정 관료들은 책보다 못한 내용으로 세상을 다스리는지 궁금합니다. 아무리 아는 바와 행하는 바가 같지 않다지만 해가 지나도 나아지는 것은 없습니다. 공부한 내용은 다 어디서 쓰이는 것인가요. 저 역시 그런 무능한 관료가 될까 두려운 마음이 가득하여 공부에 집중할 수가 없습니다."

바른 목적으로 공부를 하려는 자라면 누구나 사내처럼 세상에 나가 어떠한 큰일을 할 수 있을지를 고민할 터였다. 사내가 유별난 것이 아니었다. 오랫동안 공부를 해온 이들의 공통된 회의감일 것이다.

청사는 지나치게 대쪽 같아 융통성이라고는 찾아보려 해도 찾아볼 수도 없는 사내를 가는 눈으로 쳐다보았다. 인간들이 인간 세상을 다스리는 데 조언을 구한다고 해서 그에 맞는 대답을 해줄 필요는 없다. 살아가는 방식이 전혀 다른 두 종족이 머리를 맞대고 학문의 길이니, 바른 세상을 위해 힘쓸 관료가 되려면 어찌해야 한다느니 하는 이야기를 하는 것 자체가 우습지 아니한가. 다만 저 헛똑똑이가 쓸데없는 고민에 진이 빠져서 그렇게 바라던 관료가 되지 못한다면 그것이 바로 한심한 일이라고 생각했다.

대과에 붙지도 않은 놈이다. 국정 일을 좌지우지할 높은 품계를 받게 될지, 아님 향촌으로 가서 지방 관인이 될지도 모를 일이다. 당장 눈앞에 있는 시험부터 처리하고 고민하라 간단히 일러 주고 싶었으나, 글 깨나 읽었다는 선비치고 남의 이야기에 쉽게 고개를 끄덕이며 행동을 바꾸는 이들은 본적이 없었다.

수학하는 행위란 참으로 무서운 것이다. 공부를 하면 지식을 쌓는 것은 물론이요, 타인의 의견에 굴하지 않는 자신만의 생각과 신념이 쌓이게 된다. 신념은 좋게 말해 높은 이성이라 말할 수 있으나, 달리 말하면 세상의 어떤 의견에도 귀를 닫게 되는 것을 뜻한다. 자신이 옳다 여기는 것 하나만을 바라보게 된다는 소리기도 했다. 이미 학문의 본질에 대해 묻는 지경이라면 머리에 든 게 많아서 남들이 당연하다 여기는 선인들의 가르침도 의심할 경지일 것이다. 이제 와서 처음 보는 남자에게 조언을 구한다고 수년간 쌓아 온 신념을 단숨에 무너뜨리고 새로운 탑을 쌓아 올릴 리 만무했다.

"자네는 장남인가?"

학문에 대한 어떤 대단한 대답을 기대하던 사내의 눈에 실망 어린 기색이 가득했다.

"어찌 제 질문을 피하고 그런 것을 물으십니까?"

"네 질문은 나중에 한꺼번에 받겠어. 내 질문부터 우선 답해. 자네 집안에서 자네가 첫째냐고 물었다."

무슨 이야기를 하고자 집안 사정까지 캐묻는지는 알 수 없으나 사내는 순순히 고개를 끄덕였다.

"외동아들이라 부족함 없이 먹고 입었으며, 임과도 한결같이 사랑을 하고 있습니다."

장성한 사대부 가문에 하나뿐인 아들이라. 부모가 이 사내를 얼마나 아낄지 눈에 그려졌다. 청사는 흐음 하고 목을 울리더니만 자세를 달리하고 앉았다. 팔짱을 풀고 몸을 기우뚱 숙였다. 미동도 없이 바른 자세로 앉아 있는 사내와 퍽 대비되는, 흐느적거리고 성의 없는 자세라 할 수 있었다.

"난 자네와 달리 장남이 아니야. 위로 누이 하나와 형님 둘이 있지. 자네와 내가 닮은 점이 있다면 부족함 없이 내 뜻대로 살아온 점이다. 내게는 자네와 다른 막내만의 특권이 더해졌지. 내가 가문을 이을 필요가 없었어. 집안에는 먹을 것과 금은보화가 넘쳐나니 뭔가를 이룰 욕심도 없었어. 그저 여성들과 방탕하게 놀았다. 그것이 내 낙이었거든.”

사내가 단박에 손바닥으로 상머리를 쾅 치면서 말했다.

“그릇된 일입니다.”

“그래. 그릇된 일이다.”

“사람을 잘못 봤군요. 당신한테 학문에 대해 물은 것이 잘못되었습니다. 더 들을 얘기도 없습니다. 국밥은 제가 계산하고 먼저 일어나겠습니다.”

“대과 입시에 필요한 과목이 총 몇 개지? 인간들 시험 과목은 잘 모르겠지만 이거 하나는 확실하게 말할 수 있겠군. 난 너보다 수천 배쯤 더 많은 책을 팠다.”

자리를 털고 일어나려던 사내가 뚝 멈추었다. 겉으로만 보아도 청사는 사내보다 나이가 어렸다. 청사가 이제 막 도련님 티를 갓 벗었다면, 사내는 꾸준한 배움을 통해 학문의 본질과 국정에 대해서도 고민할 수 있는 나잇대였다. 그러니 사내보다 덜 살았을 청사가 대과를 준비하는 서생보다 수천 배나 많은 책을 읽었다는 말은 허풍으로 들릴 만한 이야기였다. 하지만 사내는 청사의 말을 거짓말이라 치부할 수 없었다. 사내는 다시 제자리에 앉아 청사를 지그시 바라봤다. 사람을 잡아끄는 기묘한 매력이 있다는 사실을 부인할 수 없었다.

“자네가 말하는 나의 ‘그릇된 행동들’ 때문에 나는 아버님께 벌을 받았지. 당신이 원하는 대답을 가져오기 전까진 집에 한 발자국도 들이지 못해. 처음에는 아버지의 그런 결정에 몹시 분개했어. 왜냐면 내가 가진 모든 것을 박탈당했으니까.”

청사는 성의 없이 손가락을 꼽기 시작했다.

"돈, 권력, 명예, 위엄, 존경 그리고 향락의 즐거움."

이미 한 손은 모두 접었고, 다른 손의 손가락마저 꼽게 되었다. 청사는 셀 수 있는 손가락 개수가 줄어들수록 인상을 써 미간의 골을 좁혔다.

"하찮게 본 인간들과 어울려 살아야 하고, 그들을 이해해야 하고……. 빌어먹을. 이건 있던 권리를 박탈당한 데 그치지 않고 없는 박까지 뒤집어쓰는 꼴 아니더냐?"

몇 가지의 불만사항을 더 꼽자 양손에 남은 손가락이 없었다. 필요하다면 발가락까지 꼽으며 피해 받은 것들을 나열할 수 있겠지만, 굳이 그런 수고스러움까지는 보이지 않았다. 청사는 주먹을 쥔 양손을 다시 펼쳤다. 하나하나 손가락을 접으면서 손을 움켜쥐었으나 이렇게 다시 펼치니 남은 것이 하나도 없었다. 청사는 텅 빈 손바닥을 가만 쳐다보다가 그것을 사내 앞에서 내밀어 보였다.

"뭔가로 가득 찼던 내 두 손이 이렇게 비고 나니까 알겠더라. 내가 당연하다는 듯 누려 왔던 권리가 사라지고 빈털터리가 되니, 그 권리의 가치를 정확하게 알 수 있노라고."

사내 역시 따지고 보면 손에 쥔 것들이 많았다. 좋은 집안의 도련님으로 태어나 호의호식하면서 공부도, 사랑도 이루지 못한 바가 없었다. 그것들은 너무 당연했기에 청사처럼 있는 것이 없어졌을 때를 생각해 본적이 없었다. 아니, 그런 상상을 할 필요가 없었다. 이미 갖추어져 있는데 어째서 모자란 때를 생각해야 하는 건가. 그런 사내의 마음속 궁금증을 꿰뚫어본 것처럼 청사가 제 말뜻의 요지를 일러 주었다.

"학문이 어떻게 선군정치를 위해 쓰일 수 있는지 고민이 된다고 했느냐. 내가 해줄 말은 하나다. 네놈이 직접 세상에 나와 보기 전에는 그 궁금증에 대한 답을 찾지 못할 것이다."

한편으로는 성의 없는 대답이기도, 다른 한편으로는 우문현답이기도 했다. 사내가 하찮다 여긴 책 속의 선조들 말씀은 선조들이 살아 있을 때 구한 최선의 답을 모은 것들이었다. 이상적이고 바른 말로 학문을 배우는 이들의 몸과 마음을 바르게 해주는 말씀들이다. 따라서 책 속에서 말하는 이상은 현실과 다를진대, 단순히 공부한 것이 그대로 세상에 쓰일 수 없다 하여 수학 자체를 게을리하는 것은 옳지 못했다. 공부에 매진하는 이들이 쉽게 범할 수 있는 우였다. 탁상에 앉아 책을 펴고 꿈꾸는 것과 그 꿈을 펼칠 세상의 간극을 알아채지 못한다는 것. 청사는 그 간극을 알라며 자신의 빈손을 보여 준 것이었다.

청사는 많은 말을 한 것도 아닌데, 단지 아버지에게 벌을 받아 빈털터리로 세상을 떠돌다 보니 얻게 된 이치를 이리도 간단하게 알려 주는 재주를 가졌다. 언제나 능구렁이 열 마리쯤은 집어삼킨 듯 서로의 속내를 보이지 않는 관료들만 보아 오던 사내에게 청사의 유쾌하고 직선적인 면모는 몹시도 매력적으로 와 닿았다.

"선생, 궁금합니다."

무엇이 말이냐. 청사가 눈으로 묻자 사내가 빙그레 웃으며 말을 이었다.

"선생의 춘부장께서 선생의 모든 권리를 박탈하고, 그것을 찾기 위한 답을 구해 오라고 말씀하셨지요. 그 질문이 무엇입니까? 선생께 좋은 이야기를 들었으니 나도 미약하나마 선생께 도움이 되고 싶습니다."

"비밀."

"너무하지 않습니까. 그 질문이 무엇입니까. 나도 알고 싶습니다."

"아, 거 참, 귀찮게."

떼를 쓰듯 알려 달라 말하는 사내에게 손사래 친 청사는 우연히 문밖으로 고개를 돌렸다가 익숙한 형상 하나를 발견했다. 하얀 머리에 옥색 치마를 두른 소녀, 미호였다. 토월산에 갔다 온다더니 벌써 돌아온 모양이었다. 함께 떠난 소는 어디 갔는지 보이지 않고 미호 하나만 총총 걸음으로 소향네 집으로 향했다. 청사는 그녀의 얼굴이 잔뜩 풀이 죽어 있는 모습을 그냥 지나칠 수가 없었다. 청사가 자리에서 일어나자 사내가 청사의 옷자락을 붙잡았다.

"어디 가시는 겁니까?"

"일행 하나를 더 소개해 주러."

남자는 어리둥절하여 청사가 향하는 곳만 바라봤다. 주막을 나선 청사는 미호의 등 뒤를 바싹 따라붙었다. 그러고는 미호의 어깨를 와락 움켜잡았다.

"에비!"

"꺅!"

청사가 몰래 다가와 놀래자 미호가 자리에서 펄쩍 뛰며 소리를 질렀다. 놀란 여우가 눈까지 새빨갛게 빛내면서 맹렬하게 꼬리를 흔드는 모습에 청사는 그 자리에서 뒤집어지며 웃었다.

"이 망할 뱀 요괴 같으니라고! 놀릴 사람이 없어서 감히 구미호를 건드려!"

미호가 퍽퍽 청사를 발로 차댔으나, 솜방망이 발길질이라 청사는 조금도 아프지 않았다.

"너 이 시간에 왜 저잣거리에 나와서 날 놀래는 거니?"

"국밥 먹고 있던 사내 한 명 소개해 주마."

"인간 남자와의 만남은 이쪽에서 사절하지."

"너 같은 젖비린내 나는 어린애를 어떤 인간 남자가 좋다고 하겠냐."

"이익! 너 아까부터 자꾸만 날 괴롭혀댄다?"

"괴롭히기 좋은 반응을 보이니까 그런 거다. 어이, 이봐."

청사가 고개를 돌려 주막을 향해 손짓했다. 미호는 청사가 고도랑 밤새 술이라도 마시고 있었나 싶어서 청사의 옆구리 너머로 빼꼼, 고개를 내밀었다. 그러다 옷을 바로 하고 천천히 다가오는 남자를 보고는 눈을 함지박만 하게 떴다. 그녀는 눈을 꾹 감았다가 뜨고도 남자가 사라지지 않자 아예 두 손으로 눈을 비비기까지 했다. 그래도 남자는 신기루처럼 사라지지 않았다. 눈을 감을 때마다 남자가 더 가까이 다가오기만 할 뿐이었다.

미호는 얼음처럼 굳어 버렸다. 충격으로 굳어진 얼굴은 남자의 모습에서 한 시도 떨어지지 않았다. 미호의 변화를 알 리 없는 청사는 남자에게 미호를 일행으로 소개했고, 그녀의 치마에 꼬리가 가려져 있던 탓에 구미호라고는 생각하지 못한 남자는 미호에게 반갑게 인사를 했다.

"처음 뵙겠소."

목소리는 부드럽고 다정했다. 미호는 미동조차 없었다. 남자는 그런 미호의 상태를 눈치채지 못한 채 화사하게 웃었다.

"장영이라 하오."

아마도 세상을 잃은 사람의 모습이 미호와 같을 것이다. 미호는 얼굴은 하얗게 질리고, 몸은 가누지도 못할 만큼 달달 떨면서 절망 어린 표정을 지었다. 그녀는 남자의 인사를 받지도 않고 비틀거리며 일어나더니 그 자리에서 쏜살같이 달아났다. 청사와 장영은 가다가 고꾸라지면서도 허겁지겁 도망가는 미호를 넋이 나간 채 쳐다보았다. 청사가 눈살을 확 찌푸렸다.

"뭐야, 저거."

"어어? 선생!"

청사는 장영이 불러도 돌아보지도 않고 미호를 뒤쫓기 시작했다. 미호는 앞도, 옆도 보지 않고 오로지 바닥만을 본 채 달리고 있었다. 지나가는 사람들에게 세게 부딪히고 나가떨어져 뒹굴면서도 달리고 또 달렸다.

청사가 사람들을 피해 그녀를 쫓아 보지만 저렇게까지 무식하게 달리는 어린애를 잡기란 쉽지 않았다. 절박하리만큼 무언가에서 도망가려는 미호의 상태는 정상이 아니었다.

청사는 더 이상 망설이지 않고 요기를 분출했다. 사람들을 피해 달리던 발걸음은 순식간에 가벼워지더니 마치 고도가 축지법을 하듯, 사람들 사이를 바람같이 가르고 달리기 시작했다. 바람에 실린 달리기로 순식간에 미호를 따라잡을 수 있었다. 청사는 미호에게 손이 닿는 거리까지 바싹 붙은 뒤, 그녀의 뒷덜미를 사정없이 낚아챘다. 동시에 발에 걸린 요술을 풀자 하늘에서 사람이라도 뚝 떨어진 것처럼 갑자기 나타난 미호와 청사를 보고 길 가던 이들이 놀라서 뒤로 자빠졌다. 사람들의 시선이 둘에게 박혔으나, 청사도 미호도 그런 인간들의 관심에 신경을 쓰지 않았다. 청사는 짐짓 화가 나서 미호에게 호통을 쳤다.

"갑자기 왜 그러는 거야?"

뒷덜미를 잡은 미호를 들어 올렸다. 미호가 짚신을 꼭 쥔 채 울고 있었다. 붉은 눈동자만큼이나 새빨개진 얼굴로 두 눈 가득 차오른 눈물을 쉼없이 떨어트리면서 흐느껴 울었다. 청사는 미호의 뒷덜미를 잡고 있던 손을 풀었다. 청사의 손에서 떨어지자마자 바닥에 나동그라진 미호는 치마폭에 얼굴을 묻고 엉엉 울었다. 너무도 서럽고 가슴 아프게 울어서 청사는 당황하여 어쩔 줄을 몰라 했다.

"지, 지진아."

우는 아이를 어떻게 달래야 하는지 모른다. 더군다나 평소에 활기차다 못해 요란 법석을 떠는 계집애가 이렇게나 서럽게 울 때는 어떻게 달래줘야 한단 말인가. 청사는 주변을 둘러보며 누군가의 도움을 요청하려고 했으나 인간들은 구경만 할 뿐 나서서 도와주지 않았다. 어린아이 달래기가 뭐 그리 어렵느냐고 도리어 쩔쩔매는 청사를 질책하는 눈으로 쳐다볼 뿐이었다.

청사는 극도로 망설이다가 조심스럽게 미호의 뒷덜미를 다시 잡았다. 슬그머니 들어 올리는 꼴이 마치 새끼 강아지의 목 뒤를 한 손으로 잡고 대롱대롱 흔드는 것 같았다. 아무래도 이렇게 잡는 것은 아닌 듯싶어 팔을 고쳐서 미호를 품에 안아 보았다. 갓난아기처럼 품에 쏙 안기지도 않고, 고도를 안을 때처럼 애정이 충만해지지도 않았지만, 여물지 않은 소녀의 뼈가 세게 쥐면 부서질 듯 위태로운 느낌은 들었다. 어린아이를 어떻게 안아야 하는지도 모르는 청사는 답답한 심정이었다. 엄마 잃은 아이보다도 더 구슬피 우는 미호를 달래는 일이 너무도 어려웠다.

"뚝."

청사는 우선 사람들의 시선을 피해 안아 든 미호를 흔들어 주면서 걸었다. 그나마 사람들 없는 골목으로 돌아오니, 텅 빈 돌담길이 보였다. 이파리도 몇 개 안 달린 돌담길 가로수들을 보건대, 봄이 되면 벚꽃이 만발하여 연인들이 즐겨 찾을 만한 장소로 보였다. 그 길을 걸으며 미호를 달래자 숨도 못 쉴 만큼 엉엉 울어대던 미호가 차츰 울음소리를 낮추기 시작했다. 미호는 청사가 돌담길 끝에 달하고 나서야 완전히 울음을 그쳤다. 돌담길 끝에는 얼음이 만들어진 연못과 그 위를 가로지르는 구름다리가 있었다. 다리 앞에 꽂혀 있는 작은 푯말에 '오작교'라는 문구가 적혀 있었다.

"아까 그 사람, 장영은……."

도읍에 오면 제일 먼저 오작교를 보고 싶었던 미호였다. 그 바람을 예기치 않게 청사가 들어줬는데도 오작교를 보게 된 기쁨은 눈을 씻고 찾아보아도 없었다. 오히려 울음 끝에 발길을 옮긴 곳이 이 다리라는 사실을 운명의 가혹한 장난처럼 여기는 듯 보였다. 미호는 떨리는 목소리로 말을 이었다.

"그 사람은 내가 혼신을 다해 사랑했던 남자야."

청사는 더 이상 굳어 움직이지 못했다. 청사의 품에서 눈물을 쏟은 미호가 그 품에서 내려오자 다리에 기대어 앉았다. 떨리는 몸을 스스로 끌어안고 무릎에 고개를 묻고 닭똥 같은 눈물을 뚝뚝 흘렸다. 눈이 퉁퉁 불어 안쓰러울 정도로, 눈물은 멈출 기미가 보이지 않았다.

"공주님의 하나뿐인 왕자님이었다고."

이미 어엿한 가정을 꾸리고, 집안을 이을 생각으로 가득한 장영이 과연 미호를 기억하겠는가. 기억한다 해도 말할 수가 없을 것이다. 그는 곧 한 가정을 파탄 낼 일일 테니.

목 놓아 우는 미호를 보며 청사는 아무 말도 할 수 없었다.

그토록 가슴에 한이 맺히듯 우는 미호의 모습은 처음 보았다. 언제나 해맑고 때론 순진무구하게 이곳저곳 뛰어다니던 지진아 팔미호라고는 믿을 수 없을 만큼 격렬한 반응이었다. 청사는 입술을 굳게 다문 채 미호를 꼭 안아 주었다. 지금은 포옹 말고 해줄 수 있는 것이 없었다.

"하아."

날이 밝을 때까지 궐내 침엽수 가지 위에 기대어 앉아 있던 고도가 한숨을 내쉬었다. 간밤에 한숨도 자지 못한 얼굴은 사뭇 피곤해 보였으나, 이제 와서 눈을 붙일 분위기가 아니었다. 멍하니 하늘을 보다가 제 입술을 만지작거리다 살짝 어색해하거나 쑥스러워하다가 이유도 없이 옷깃을 다시 여미고 고개를 푹 숙이기도 했다. 마음에 번민이 가득해 생각을 정리하지도 못하고, 행동거지 역시 추스르지 못했다. 해가 동산 너머로 얼굴을 드러내고 나서야 감성적인 생각에서 벗어날 수 있었는지, 고도는 그제야 심호흡을 하고 눈을 감아 명상을 통해 마음을 다스렸다. 한 시진 동안 아침 햇살을 받으면서 마음을 진정시킨 후에야 고도는 평소의 표정과 마음가짐을 유지할 수 있었다.

고도는 침엽수에 걸터앉아 있는 제 모습을 보고 궐내 역시 한 바퀴 빙 둘러 보았다. 외부인이 쉽게 궁궐로 들어가 나무에 앉아 있음에도 게으른 금군들은 침입자를 발견하지도, 찾을 의지도 보이지 않았다. 과연 무능한 금군을 욕해야 할 것인가, 그만큼 은신을 잘하는 자신의 도술에 후한 점수를 줘야 할 것인가. 고도는 실없는 생각을 하며 몸을 돌렸다. 아침 햇살을 받고 있는 궐내 사람 사는 모습을 구경했다.

이른 아침, 임금은 대비께 문안 인사를 올리고는 관료들과 함께 상참의常參儀를 가졌다. 상참의를 마친 관료들이 쏟아져 나오자, 고도는 차가운 밤공기에 노출된 몸을 덥히고자 주막에서 사왔던 탁주 두 개 중 비어 버린 것을 바닥에 버리고 새것을 꺼냈다. 나무 위에서 똑 떨어진 도자기 병이 요란한 소릴 내며 깨졌다. 근처에 있던 금군들이 하나같이 고개를 들어 나무 위에 앉아 있는 고도를 발견했다. 나무에 기대어 앉아 한량처럼 술을 마시는 고도의 모습은 지나치게 태평했다. 그는 병목을 잡고 탁주를 입 안에 털어 넣고 있었다. 가지 밑으로 손을 축 떨어트려 그것을 까딱이는 것이 시조가락에 맞춰 흥얼거리는 것처럼 보였다.

"웬 놈이냐!"

밤새 모르던 것들이 술병을 던져 줘야만 눈치를 채는구나. 고도는 우르르 나무 밑으로 몰려와 창끝을 겨누는 군들을 보면서 술병만 휘휘 흔들었다. 썩 내려오지 못하겠느냐는 군들의 성화에도 고도는 나뭇가지에 엎드리는 등 아슬아슬한 자세를 유지했다. 그는 반쯤 빈 막걸리 병을 빙글빙글 돌렸다. 밑에서 노발대발한 금군들이 나무 밑동을 걷어차거나 나무 위로 기어오르려고 해도, 아무런 도구 없이 이 커다란 침엽수를 기어오르기는 사실상 불가능했다.

아침부터 성내 한쪽에서 소란이 일자 상참의를 마친 고관 늙은이들의 이목 또한 집중됐다. 그들은 외부인의 침입에 소란스러워진 금군들의 호위를 받으며 나무로 다가왔다. 나무 아래 깨어진 술병에서 풀풀 풍기는 술 냄새에 먼저 인상을 찡그렸고, 후에는 고도의 기이한 행색과 태도에 불쾌한 눈빛을 던졌다. 고도는 수십의 관중을 둘러보면서 속내를 알기 힘든 눈동자만 굴렸다. 그러다 무엇을 발견했는지 지금 앉은 곳보다 조금 더 낮은 나뭇가지로 내려왔다. 금군 하나가 창을 휘둘러도 여전히 그 끝이 닿지 않는 높이였다.

"오랜만에 보오, 늙은이."

몰려온 관료들은 고도의 망발에 혀를 차고 고개를 저었다. 금군장이 성화를 냈다.

"저놈을 당장 붙잡아 내리지 못하고 뭐하느냐!"

금군들이 땀을 뻘뻘 흘렸다.

"나무가 높아서 올라가기가 어렵사옵니다."

"서로 목말이라도 타서 올라가!"

금군들이 서로의 목에 올라타길 주저하는 모습을 고도는 평온하게 내려다보기만 했다. 부뚜막에 앉은 고양이처럼 나뭇가지에 늘어지게 엎드려서 노인 한 명을 유독 응시했다. 정체불명의 외부인 출입에 난리가 난 관료나 군사들과 달리, 유일하게 침착함을 유지하고 있는 노인이었다.

노인은 유난히 하얀 눈썹에, 흰머리를 가진 여든 살쯤 되어 보이는 자였다. 입매는 장승처럼 단단하게 굳고 콧대는 늙은이의 아집처럼 휘어짐 없이 곧고 길었다. 두 눈은 매처럼 날카로워서 그 속에 깊이 자리 잡은 눈동자는 그 누구도 속내를 헤아리지 못할 갑옷을 두르고 있었다.

"오 년 만의 조우로군. 그대는 변한 게 없어."

고도가 해후를 기념하며 건넨 인사는 금군들의 성화에 묻히고 말았다.

"저, 저 무엄한 놈을 보았는가!"

"썩 내려오지 못할까!"

"당장 궁수들도 데려와라! 저놈을 단발에 쏴 죽여라!"

분기탱천하여 목소리를 높이는 관료들과 군들 사이에서 노인, '장수적'이 처음으로 한 걸음 앞으로 나왔다. 단지 나무에 가까이 다가왔을 뿐인데, 순식간에 주변이 조용해졌다. 모래 바닥을 밟는 자박거리는 걸음소리조차 울릴 정도의 기묘한 침묵이었다. 굉장한 위압감이었다. 이 나라 어디를 뒤져 보아도 임금 외에 이토록 강력한 존재감을 뿜어내는 인간은 없을 것이다.

장수적은 그의 손으로 모신 왕이 네 명을 넘는다. 네 번 나라가 바뀌는 것을 옆에서 지켜보았다. 이젠 장수적의 눈빛 하나로 성곽이 무너지고, 손짓 하나에 수많은 사람의 목숨을 좌지우지할 수 있다. 입 한 번 벙긋하면 국법이 바뀌는 데도 영향을 미치며, 직접 행차하는 곳엔 모든 이들이 배꼽 높이 위로 고개를 들지조차 못한다. 임금만큼이나, 아니 어떠한 부분에서는 임금보다 더 강력한 영향력을 행사하는 장수적은 무리들을 자연스레 옆으로 물린 뒤, 고도를 올려다보았다.

고도는 장수적이 눈빛으로 무엇을 말하는지 알 수 있었다. 고도는 나무에서 훌쩍 뛰어내려 장수적 앞에 섰다. 금군이 당장 붙잡을 것처럼 고도의 사방을 둥그렇게 둘러섰다. 하나, 장수적의 명이 있기 전까진 그에게 창만 겨눌 뿐, 직접적으로 달려들지는 않았다.

충견들이로다.

고도는 여전히 예라곤 눈곱만치도 갖추지 않는 건들거리는 자세로 탁주를 입에 털어 넣었다.

"오랜만이오. 그간 무탈했는가."

고도를 알아본 장수적의 목소리는 감정 없이 낮고 중후했다. 모진 세월의 풍파가 그대로 느껴지는 깊이가 울렸다. 고도는 그간 저를 잊지 않은 장수적을 보면서 다시금 술로 입술을 축였다.

"물론이다. 사지가 멀쩡하니 자네 눈앞에 나타나지 않았겠나."

"그대는 변함이 없소. 신출귀몰하기가 그 누구보다 탁월하오. 사라질 때도 연기처럼 사라지더니, 나타날 때도 이처럼 느닷없지 않은가."

"살다 보니 그대의 칭찬을 다 듣는군."

"이렇게 느닷없이 찾아온 이유를 들어 보고 싶군. 내게 어떤 볼일이 있으신가."

"그리 팍팍하게 굴지 말게나. 때가 되면 원수끼리도 돕고 사는 게 세상 이치 아니겠나."

"원수라. 그대는 내가 미운가 보오."

"밉고 좋고에 기한이 있다면 그 감정은 이미 옛적에 사라졌다. 지금까지 보관해 둬봤자 썩어문드러지지 않겠는가."

"하하, 아무 감정 없이 이른 아침부터 나를 만나러 온 것은 아닐 텐데."

"감정이 사라진 곳엔 잊을 수 없는 추억이 대신 자리 잡았지. 자네가 내 원수라는 사실에 어찌 변함이 있겠는가."

장수적이 입꼬리를 말아 웃었다. 감히 장수적과 속 편하게 원수 운운하는 고도를 보고 군사들은 당황하여 서로의 눈치를 살피기 바빴다. 보아하니 장수적과 고도는 서로 아는 사이임을 넘어 '원수'라 칭할 만큼 그 인연이 각별한 듯한데, 서로 적의를 보이지도 않고 그렇다고 뜻밖의 조우에 기뻐하지도 않는 오묘한 분위기만 풍기고 있었다. 병사들은 슬그머니 고도에게 내밀었던 창을 거두었다.

"내, 자네를 귀찮게 하고자 불현듯 온 게 아니다. 볼일만 마치면 예전처럼 자네 눈과 귀에 닿지 않는 곳으로 가지."

"볼일을 보겠다니, 그 무슨 말이오."

"하나만 묻자. 강문의 행적을 아는가."

장수적의 미간이 꿈틀거리며 반응했다. 고도는 얼마 남지 않은 술병의 내용물을 입 안에 탈탈 털어 넣은 뒤 빈병을 발 옆에 세웠다. 고도가 한 걸음 더 장수적에게 다가갔다.

"그 파계승을 마지막으로 본 자가 자네라 들었다. 자네한테 행적은 말하고 사라졌을 거야. 그자의 위치를 말하라."

강문이란 이름은 무척 유명한지라, 특히나 왕실 사정에 밝은 관료들은 술렁거렸다. 검은 두루마기를 걸친 이립도 안 된 젊은 청년이 장수적과 말을 놓다 못해 서로를 원수라 칭하는 것도 모자라 강문이라는 법명을 입에 담았다.

강문은 나라 안에서도 명망 높은 보살로 알려져 있다. 혜안이 밝으며 만물의 이치를 깨닫기가 어느 학자보다 뛰어나기에 왕실 가족은 물론 높은 직급의 관료들이 암암리에 찾아가 가르침을 받기로 유명했다. 성리학을 숭상하는 사대부들이 불교에 몸담은 자를 이리도 대우하는 상대는 강문이 처음일 정도다. 강문은 관좌 하나를 내려 준다 해도 권력에 욕심이 없었다. 국운에 대해 알려 주는 것이 감사하여 금은보화와 명예로 그 보답을 한다 해도 모든 게 부처의 뜻이니 너무 심려 말라고만 이르렀다. 아무리 융통성 없기로 소문난 성리학자들이라도 고개를 숙이게 되는 위대한 승이었다.

하지만 강문을 유명 인사로 만든 일은 그의 탁월한 법력 때문만이 아니었다. 위대한 자가 수십 년 전에 모종의 이유로 파계를 당했기 때문이다. 불가에서는 그 이유를 비밀에 부쳤고, 강문 역시 자신의 억울함을 호소하지 않으니 강문 스스로가 도승으로서는 행해서 안 되는 엄청난 잘못을 저질렀다고밖에 볼 수 없었다. 강문은 파계를 당하고도 민가에 부처님 말씀을 전하고 백성을 위해 살아간다는 이야기만 근근이 전해지고 있다. 이제는 세월이 제법 흘러, 잊힐 법한 파계승의 이름을 절체불명의 괴한이 장수적을 붙잡고 묻고 있었다. 술렁이는 관료들 중 하나가 결국 장수적을 붙잡고 묻기에 이르렀다.

"대체 이자가 누군데 강문 보살의 이름까지 언급한단 말이오? 대체 어느 집안 자제요?"

장수적은 고도를 노려보는 눈길을 옮기지 않고, 오로지 입만 움직여 그 물음에 답했다.

"집안도, 근본도 모두 볼품없는 자다. 어촌에서 낚시질로 입에 풀칠만 하던 어부였지."

"허허! 이런 천한 것을 이리 날뛰게 놔둔단 말이오? 내 저것을 당장 붙잡겠습니다."

"그 한량의 이름이 고도라고 한다."

술렁이던 이들의 얼굴에 하나같이 경악에 가득 찬 기색이 떠올랐다.

"고도? 환영도사 고도?"

"산속 호랑이를 손짓 하나로 불러들이고, 새 떼를 도성 위에 가득 불러들여 암울한 국운을 점지했던 전설과도 같은 도사?"

"선왕께서 직접 그의 신분을 천민에서 중인으로 끌어올려 주었으며 옆에 있도록 명하신, 지음知音이라 불렸던 그 수수께끼의 인물 말이오?"

그 외에도 잔칫날 왕의 상판을 뒤집었다던가, 선왕이 친우를 아끼는 마음이 극진해 정실도 들이지 않고 예순이 넘어서야 첩을 하나 두어 현왕을 낳을 정도로 옆에 오래토록 두고 싶어 했다던가, 바다에서 혈혈단신으로 용왕을 상대해 그의 보석 같은 눈을 찔러 실명시켰다던가, 신선의 관심을 받고, 옥황상제와 선녀들이 고도를 하늘로 불러들이려고 애를 쓴다던가, 하는 허구인지 전설인지도 알 수 없는 이야기가 사방에서 쏟아졌다.

가만 듣고 있으면 고도라는 인물은 마치 용이나 신선만큼 기이한 설화 속 인물처럼 들렸다. 실제와 달라도 많이 다른 얘기였다. 고도는 가문도 근본도 없는 천한 자이다. 위대한 이를 기리기 위해 있지도 않은 이야기를 만들어 신성화하는 역대 왕이나 소설 속 인물들과 달리 고도는 여전히 살아 있는 존재였다. 말도 안 되는 헛소문의 온상이라 하기엔 아니 땐 굴뚝에서 연기나랴는 속담이 사람들의 마음에 걸렸다. 실제로 한 일이 있으니 고도라는 수수께끼의 인물이 옛날이야기처럼 전해지는 게 아니겠는가.

사람들은 고도를 진귀한 존재처럼 쳐다봤다. 하나 고도는 물론, 장수적 역시나 사람들의 관심은 없는 것으로 취급하면서 서로를 응시하는 시선을 피하지 않았다. 장수적은 고도의 유명세보다도 지금 그가 강문을 이유로 들어 자신을 만나러 온 사실에 집중했다.

"필요하다면 원수끼리도 돕고 사는 세상이라지만, 그 세상살이 기저에 깔린 이치를 깜빡한 모양이오."

느긋하게 말을 마친 장수적이 손을 횡으로 들었다. 그 지시 사항을 아는 군사들이 엉거주춤 창을 다시 들었다. 고도를 구속하라는 손짓이었지만, 과연 도사를 동아줄로 묶는다고 될 일인가 의문이 든 모습이었다.

"여봐라, 저자를 당장 옥에 가두어라."

사방에서 "대감!" 하고 말리는 소리가 들렸다.

"이자는 대감 혼자 판단해 옥에 가두고 말고 할 인물이 아니오!"

"주상 전하께는 따로 이르리다."

"허허, 어찌 그런단 말이오? 이자는 나라가 지켜야 할 존재요!"

"그대들은 잊었나 보군. 인재라 칭할 정도로 대단한 이 인물이 오 년 전에 어떤 난리를 부리고 전하 곁을 떠났는지. 그리고 지금 다시 강문이란 자의 정보를 얻고자 제 발로 들어왔는지. 이에 대한 문책은 묻지 않고 그저 극진히 대접할 생각이오? 나라의 기강과 질서가 하찮은 천민 하나에 무너지는 게 옳다는 게요!"

"하지만 도사를 옥에 가둔다는 것 자체가 어불성설이오!"

"물론이오, 언제든지 도망갈 수 있을 테니. 허나, 그는 그러지 않을 거요. 도망가서는 이곳에 직접 걸어 들어온 목적을 이루지 못할 테니까. 안 그렇소, 고도?"

고도는 부적을 쓸 수 있음에도 소매 안쪽으로 손을 뻗지 않았다. 그는 그저 피식 웃을 뿐이었다. 잔칫상을 벌려서 환영을 해주리라 생각하지 않았어도, 다짜고짜 옥에 가두라고 말할 줄은 몰랐다. 고도는 군사들에게 명령하는 장수적을 보며 중얼거렸다.

"내가 그대에게 미운털이 박혀도 아주 큰 터럭이 박혔군."

장수적의 명을 받든 군사들이 고도에게 달려들었다. 저항할 의지가 없는 고도를 넘어트리고 그의 몸에 동아줄을 묶었다. 능지처참할 죄인보다도 더 험하게 다루는 손길 속에서 고도는 바닥에 깨어진 탁주 병의 파편만 응시했다. 깨어진 도자기 조각에 아무 표정도 없는 자신의 얼굴이 비추어졌다.

"주상께 보고하고, 그대의 처우가 정해진 이후에 강문에 대해서 말해주겠소. 알겠소?"

"왕이라."

'그대는 외로운 섬이라, 그 섬에 들어갈 수 있는 이는 짐뿐이니. 그 누구에게도 마음을 허락지 말고 오직 짐만을 받아들여라.'

핏줄은 속일 수 없는 노릇으로, 아비나 아들이나 고도에게 향했던 애정과 집착은 한결같았다. 대대로 내려온 그들의 집착이 이번엔 어떤 식으로 구현될지 감히 짐작하기 어려웠다. 어떤 식으로 자신을 궐에서 빠져나가지 못하게 만들고 또한 정신적으로 괴롭혀댈지. 고도의 입꼬리가 우울하게 내려앉았다.

"하늘이 내린 가문과 재능의 운을 만인에게 베풀기는커녕, 개인의 욕심을 충족하는 데만 쓰는 것들. 왕이고 관료고 똑같다. 너희들은 요괴보다 못한 것들이다."

고도의 머리 위로 앞을 볼 수 없는 복면이 씌워지고 목에는 칼이 채워졌다. 고도는 부적을 모조리 뺏긴 뒤, 어둡고 음습한 옥으로 끌려갔다.

제4장. 안녕 미호 (하)에서 이어집니다.

곡두기행 1

초판 1쇄 발행 2017년 8월 31일

글 G바겐

발행인 원종우
발행처 이미지프레임

주소 (13814) 경기도 과천시 뒷골1로 6, 3층
영업부 02-3667-2653 **편집부** 02-3667-2654 **팩스** 02-3667-2655
메일 mm@imageframe.kr **웹** mmnovel.com

ISBN 979-11-6085-323-0-03810 (1권)
979-11-6085-322-3-03810 (세트)